PRIX CLUB DES LECTEURS

Ce livre a été lu en avant-première par des lecteurs et libraires de la France entière, membres des Clubs des Lecteurs J'ai lu. Chaque mois, ces passionnés se réunissent pour partager leur amour des livres. Cette année, ils vont plus loin en élisant leur livre préféré parmi six romans.

Librairie Lagon Noir à Aix-en-Provence (13)
Brigitte, Caroline, Charlotte, Delphine, Kenza, Lucile, Nathalie, Stéphan

Espace Culturel E.Leclerc à Gouesnou (29)
Annaïg, Brigitte, Christine, Claudie, Françoise, Gwen, Hélène, Inès, Isabelle, Karine, Marion, Morgan, Nathalie, Nelly, Virginie

Librairie Olbia à Hyères (83)
Danielle, Françoise, Jessica, Lucie, Marcello, Maryse, Monique

Librairie un point un trait à Lodève (34)
Agnès, Cécile, Christelle, Colette, Cynthia, Élisabeth, Hélène G., Hélène T., Isabelle M., Isabelle P., Magali, Maud, Marie, Marie-José, Marion, Martine, Palma, Raoul, Sarah B., Sarah R., Stephan

Librairie-papeterie Colbert à Mont-Saint-Aignan (76)
Brigitte, Catherine, Christiane, Christine, Jérôme, Monique, Odile

Librairie Forum à Saint-Étienne (42)
Camille, Cécile, Clémence, Dominique, Edina, Fernando, Isabelle, Marie, Raphaël, Samia, Stéphanie

Cultura à Venette (60)
Delphine, Gwenaelle, Isabelle D., Isabelle N., Maryline, Noémie, Régine, Sylvie

Retrouvez toutes les informations sur le prix, la sélection et les clubs sur le site des Éditions J'ai lu : www.jailu.com

Le magasin des souvenirs

KATHARINA FUCHS

Le magasin des souvenirs

Charlotte et Anna

ROMAN

Traduit de l'allemand
par Céline Maurice

J'AI LU

Précédemment paru sous le titre
L'ambition du bonheur

TITRE ORIGINAL
Zwei Handvoll Leben

ÉDITEUR ORIGINAL
Droemer Verlag, 2019

Cette édition a été publiée avec l'accord de Michael Gaeb literary Agency, Berlin, et son agent attitré Books And More, Paris, France.

Préambule

Ce livre est l'histoire de mes grands-mères, toutes deux nées durant la troisième semaine d'octobre 1899. La mère de ma mère, Anna Tannenberg, dans un petit village de la forêt de la Sprée, et la mère de mon père, Charlotte Feltin, sur un domaine agricole de Saxe. Quarante-cinq ans plus tard, l'Allemagne ne serait plus qu'un champ de ruines. Mes grands-mères ne pouvaient pas le savoir quand elles grandirent, allèrent à l'école, apprirent leur métier, tombèrent amoureuses, fondèrent une famille. Elles suivirent de mauvais exemples, perdirent tout et se mirent à reconstruire ; elles cultivèrent espoirs et envies, comme nous tous. Et lorsqu'elles firent connaissance dans le Berlin de l'après-guerre, c'est l'union de leurs enfants Gisela et Felix, la pénurie de logements et la sollicitude d'Anna qui les rapprochèrent, mais surtout l'étonnant aveu mutuel d'un amour malheureux.

LIVRE PREMIER

Anna

À cet endroit, la glace était particulièrement lisse, et Anna glissait plus vite que sur les autres canaux de la Sprée. Elle s'élança pour atteindre sa vitesse maximale, posa un pied derrière l'autre et savoura la sensation de filer droit devant sans bouger. Les minuscules irrégularités de la surface gelée faisaient à peine vibrer ses jambes. Juste avant de s'arrêter, elle décrivait un demi-cercle, reprenait de l'élan et repartait en sens inverse, encore et encore. Elle pencha la tête en arrière. Il avait commencé à neiger et les flocons lui tombaient dans les yeux, restant parfois accrochés à ses cils. Elle en fit fondre quelques-uns sur sa langue, savourant leur goût.

Le ciel couvert ne laissait passer qu'une lumière grisâtre mais l'heure du petit déjeuner devait avoir sonné depuis longtemps. L'idée de rentrer s'imposa peu à peu à elle ; elle l'aurait volontiers écartée pour continuer à patiner. On était le 24 décembre 1913, et il fallait que l'anniversaire de Wilhelm tombe pile ce jour-là. Les six enfants étaient tenus d'assister à la remise de cadeau matinale. Anna était partie avant l'aube pour patiner au moins une heure avant d'aider toute la journée aux tâches domestiques.

Elle prit le chemin du retour sur les canaux qui sillonnaient la forêt de la Sprée comme une toile finement tissée. Dans un passage plus étroit, une branche gelée dépassait de la glace ; Anna la vit trop tard à travers la couche de neige fraîche. Elle trébucha, se rattrapa de justesse en posant les mains devant elle, et quand elle se releva, le bruit du tissu qui se déchirait la fit tressaillir. Tremblante, elle inspecta sa longue jupe à la recherche de l'accroc pour évaluer les dégâts. Le vêtement était ouvert de l'ourlet jusqu'au milieu du mollet, en plein milieu du tissu. Ce n'était pas joli à voir ; elle pensa à sa mère et eut soudain très chaud malgré le temps glacial. Il fallait pourtant qu'elle rentre. Peut-être pourrait-elle demander à sa sœur aînée, Emma, de réparer la jupe avant que leur mère remarque la déchirure. Emma était déjà en troisième année de son apprentissage de couturière. Avec un peu de chance, son adresse permettrait à Anna d'échapper à une punition.

Elle continua sa route. Le dernier pont était déjà en vue. Sur la rive, haletante, elle s'appuya à un tronc d'arbre d'une main et, de l'autre, détacha les lames de sous ses bottes. Il ne lui restait plus qu'à remonter le talus puis à traverser la petite passerelle en bois d'où pendaient de grosses stalactites de glace. Si elle en avait eu le temps, Anna aurait cassé la plus grosse pour la suçoter. Quand elle bifurqua à la hauteur des trois gros saules pleureurs, elle aperçut la colline, les clapiers et la basse-cour des oies. Derrière, la minuscule maison de ses parents au toit de tuiles irrégulier, couvert de neige, sous lequel se trouvaient les deux petites chambres à coucher.

Du seuil, son père la guettait en secouant la tête, scrutant la montre à gousset dont il était si fier. Ses épais cheveux bruns avaient précocement blanchi aux tempes. Il avait des sourcils broussailleux presque noirs et un nez un peu trop long. Philipp Tannenberg était sur le point de faire demi-tour quand il la vit surgir.

— Anna, mais où étais-tu ? Tout le monde t'attend ! Pourquoi faut-il toujours que tu sois la dernière ?

Il lui posa un bras sur les épaules et l'attira à l'intérieur. La famille était déjà réunie dans le couloir, seule la mère manquait.

Les halètements d'Anna résonnèrent dans le silence. Elle rejoignit ses frères, et aussitôt, quelqu'un lui lança un coup de poing si violent dans les côtes qu'elle en eut le souffle coupé et se courba de douleur.

Rire étouffé.

Sa petite sœur, Dora, se serra contre elle. Elle aimait et admirait Anna, et s'effrayait toujours de voir leur frère Otto la maltraiter ainsi. Leur père s'apprêtait à dire quelque chose quand la porte de la cuisine s'ouvrit pour laisser apparaître leur mère. Elle posa un doigt sur ses lèvres puis commença à chanter : « Joyeux anniversaire… »

Le père se joignit à elle avec sa profonde voix de basse, et le reste de la famille entonna la suite des paroles. Otto donna encore discrètement quelques coups de poing dans le bras d'Anna, mais cette fois, elle lui enfonça profondément les ongles dans la peau.

Wilhelm eut du mal à cacher sa déception en ouvrant son unique cadeau : un tablier de cuir qu'il porterait durant son travail de serrurier. Il rêvait pourtant d'une trompette, mais leurs parents n'avaient pas les moyens d'acheter des instruments de musique.

Ses frères et sœurs attendaient le gâteau avec impatience.

— Je peux avoir la première part ? supplia la petite Dora.

Elle mordillait déjà nerveusement le bout d'une de ses tresses brunes.

— Wilhelm d'abord, c'est son anniversaire ! Et aujourd'hui, il y a une part pour chacun.

Leur grand-mère en robe noire était restée assise, voûtée, sur le banc près du fourneau. Enfin elle se leva péniblement en gémissant, une main sur les reins ; tous savaient qu'elle mettait toujours un soupçon de comédie dans ses mouvements. Elle sortit un grand couteau du tiroir et découpa le gâteau en parts égales. Les enfants tendirent vivement la main vers les fragments de glaçage qui se détachèrent. Ils furent plus rapides que leur grand-mère qui essayait, par jeu, de leur donner de petites tapes. Puis elle posa son index sur sa joue ridée et parcheminée. Ils savaient ce que cela signifiait : ils devraient lui donner un baiser avant de recevoir une part de gâteau qu'ils avaleraient goulûment, là, debout.

— C'est fini, maintenant !

Leur mère frappa dans ses mains.

— C'est le réveillon de Noël, aujourd'hui, et il y a encore beaucoup à faire. Max, tu peux couper le bois. Va te mettre dans la grange sinon il sera trop mouillé, vu la neige qui tombe encore ce matin. Wilhelm et Otto peuvent aller chercher le sapin dans la forêt avec père.

Puis, se tournant vers les trois filles, elle déclara :

— Quant à vous, j'ai besoin de votre aide dans la cuisine.

Elle regarda Anna dans les yeux et dressa l'index.

— Et après ça, on aura une petite conversation, toutes les deux.

Anna soutint un instant le regard sévère de sa mère puis baissa la tête et loucha prudemment vers l'arrière. Avait-elle déjà vu la déchirure sur sa jupe ou était-elle juste fâchée par son retard ? La veille de Noël, il n'y aurait tout de même pas de punition sévère ?

Avec sa mère, elle n'était jamais sûre de rien ; elle commença aussitôt à inventer des excuses. Qu'est-ce qui aurait pu la retenir ? Peut-être le berger allemand des voisins qui l'aurait poursuivie, c'était déjà arrivé une fois quand il avait brisé sa chaîne. Ce qui aurait aussi expliqué l'état de sa robe. Anna était très imaginative en la matière. Ce n'était toutefois pas d'une grande utilité, car sa mère recherchait toujours impitoyablement la vérité. Anna le savait, et elle savait aussi que les excuses fantaisistes la mettaient beaucoup plus en colère que les fautes qu'elles visaient à dissimuler. Et les conséquences étaient douloureuses. Pourtant, elle résistait mal à la tentation de lui servir des explications étonnamment peu crédibles.

— C'est pour quand, la soupe d'abats d'oie ? demandèrent les garçons.

— Commencez par faire votre travail, vous venez juste d'avoir du gâteau, obtinrent-ils pour toute réponse.

Ils se ruèrent hors de la cuisine. Wilhelm attrapa la dernière part sans accorder un regard à son cadeau. Tous ses espoirs reposaient sur Noël. Il allait maintenant abattre le sapin avec le père ; c'était son privilège, et le seul avantage d'être né le 24 décembre.

Dans la cuisine, Anna décrocha un tablier blanc du crochet qu'elle atteignait enfin sans bondir. Elle avait quatorze ans, trois de moins que son frère Wilhelm dont on venait de célébrer l'anniversaire.

Elle avait tant grandi au cours de l'année précédente que plus aucune robe ne lui allait. Elle dépassait presque tous les enfants de son âge, y compris Erich, son meilleur ami.

La grand-mère avait débarrassé le plat du gâteau ; la mère posa un panier de pommes de terre sur la table.

— Tiens, Anna, tu pèles tout ça très fin, tu m'entends ? Et enlève bien les yeux. Dora peut commencer à râper.

Elle prit un grand couteau dans le tiroir.

— Allez viens, Emma, on va abattre les oies.

Sans un mot, l'aînée suivit sa mère, qui sortit de la pièce avec son couteau et une cuvette d'émail. Anna et Dora savaient comment elle se sentait : pour elles toutes, abattre les oies était la tâche la plus répugnante. Elles se mirent au travail, mais en entendant les volatiles criailler à l'extérieur, elles se bouchèrent les oreilles.

Peu après, Emma et leur mère revinrent avec deux bêtes mortes dans la cuvette. Sans un mot, la grand-mère ôta du fourneau une casserole d'eau bouillante et en arrosa les volailles. Puis elle se rassit à sa place près du poêle et se mit à en plumer une.

— Oh, maman, est-ce qu'il restera une oie pour nous, cette année ?

Anna sentit l'eau lui monter à la bouche en pensant à la peau croustillante. Le dégoût que lui inspirait l'abattage était déjà oublié. Dès que l'animal était mort, elle n'y voyait plus que de la nourriture, et dans ce cas précis, une nourriture particulièrement exquise. Elle percevait bien l'ambivalence de cette attitude, pourtant jamais elle n'aurait aidé de son plein gré à tuer les bêtes. Sa mère ne l'y forçait pas, la considérant encore comme une enfant.

Depuis plusieurs jours, le fumet du rôti flottait dans toute la maison. Mais leur mère réduisit ses espoirs à néant.

— Enfin, tu sais bien que non ! Les oies sont toutes réservées. Celle-ci est pour le pasteur. Nous ne gardons que les abats et les ailes. Avec les *Knödel* et le chou rouge en saumure, ça fera un bon repas quand même. Et, Anna, ajouta sa mère, à partir de maintenant, je veux que tu rentres à l'heure à la maison. Tu sais que nous avons tous été obligés de t'attendre, une fois de plus. Si ça se reproduit, tu seras privée de sortie. C'est compris ?

Anna fut soulagée. Elle ouvrit tout de même la bouche pour lancer l'excuse qu'elle avait préparée, mais sa mère la prit de vitesse.

— Je n'ai vraiment pas le temps d'écouter tes histoires aujourd'hui. Fais ton travail, et arrête tes bêtises !

À cet instant, elles entendirent le père qui rentrait de la forêt en chantant à tue-tête. Anna et Dora jetèrent couteau et râpe sur la table, se ruèrent vers la fenêtre et l'ouvrirent en grand.

— Papa, papa, c'est le plus bel arbre de Noël qu'on ait jamais eu ! On peut t'aider à le nettoyer ?

— Anna, referme cette fenêtre, je vais attraper la mort ! croassa la grand-mère avant d'être prise d'une interminable quinte de toux.

Anna repoussa le battant avec fracas et se rua dans le couloir pour accueillir son père.

À 17 heures, toute la famille se mit en route pour la messe de Noël célébrée à l'église de Vetschau. Seuls Emma et Wilhelm étaient partis plus tôt ; ils devaient se changer pour participer à la crèche vivante, où ils tenaient un rôle cette année. La neige avait cessé et les enfants se réjouirent de la couverture immaculée, bien qu'elle soit trop poudreuse pour en faire des boules. Anna avait même l'impression de sentir la neige, quand son odeur n'était pas couverte par celle du feu au charbon de bois. Elle savourait le délicieux mélange d'impatience et de joie anticipée, la sensation de vouloir figer chaque instant. Elle aurait aimé dire : s'il vous plaît, on s'arrête ici, j'aimerais profiter de tout ça encore quelques minutes ou quelques heures, et en même temps, je n'en peux plus d'attendre, pourvu que tout arrive vite !

À l'église, c'était le bruit des livres de chant que l'on refermait, le bruissement du tissu des manteaux, un petit enfant qui pleurait à gorge déployée puis se taisait soudain, apaisé par sa mère, ce silence bref et complet avant que le prêtre commence à raconter l'histoire de Noël. Anna et Dora se tenaient par la main en écoutant ces paroles familières.

Si seulement je pouvais arrêter le temps ! songea Anna.

Le chemin du retour avait lui aussi son charme. À certaines fenêtres, on apercevait déjà la lueur des bougies dans les arbres décorés, entourés des silhouettes des familles assemblées.

Vint enfin le moment tant attendu. De nouveau, les enfants se réunirent autour du père dans le couloir, cette fois très sombre. Dora et Otto, les deux plus jeunes, finissaient de réciter un poème, alternant un vers chacun.

On entonna alors des chants de Noël, puis la porte de la cuisine s'ouvrit. L'arbre était décoré de boules et de guirlandes et illuminé de bougies collectées tout au long de l'année. Sous le sapin et à côté, les cadeaux : la vieille poupée de Dora avait une nouvelle marinière, qu'Emma avait cousue elle-même avec des chutes de tissu. Pour les garçons, un établi avec quelques outils dont le père n'avait plus besoin, ou qu'il avait fabriqués exprès pour eux.

Anna vit son cadeau de loin : une nouvelle robe en belle laine bleu sombre, un tissu qu'elle avait déjà vu quelque part sans pouvoir se rappeler où, ornée d'un petit col blanc amovible à boutons. Elle la souleva précautionneusement et la plaqua contre elle. Le tissu grattait un peu, mais le vêtement lui irait sans doute très bien. En regardant tout autour, elle remarqua sa mère qui l'observait. Elle avait l'air fatigué, ses yeux manquaient d'éclat, mais ses cheveux étaient encore aussi bruns et épais que ceux de sa fille. Elle posa une main sur l'épaule d'Anna.

— Emma l'a cousue pour toi. Plus rien ne te va, tu deviens adulte. Je vais te chercher une place en apprentissage pour l'automne prochain.

Anna sourit. Elle prit douloureusement conscience que le sommet du bonheur venait d'être atteint et serait dépassé quelques secondes plus tard.

Elle tourna les yeux vers son frère Wilhelm, qui s'efforçait de se réjouir. Pas de trompette pour lui, évidemment. Les parents n'avaient pas pu réunir l'argent nécessaire, et il devrait se contenter des outils, cadeau commun pour les trois garçons. Lui s'intéressait à la musique et aurait voulu ne pas apprendre de métier manuel comme les autres.

Une fois que tous furent assis à la table de la cuisine, Wilhelm se laissa emporter par la bonne humeur. Les ailes et abats d'oies accompagnés de chou rouge et de Knödel étaient le meilleur repas qu'ils faisaient depuis longtemps, et ce jour-là, il y en avait assez pour tout le monde. Anna leva la tête de son assiette et regarda successivement ses frères et sœurs et ses parents. Ils étaient pauvres, sa mère sévère, et ses frères l'embêtaient sans cesse.

Pourtant, elle aimait chacun des membres de sa famille, avec bien sûr une préférence pour son père et Dora. Soudain, il lui sembla qu'un étau de fer lui enserrait la poitrine, se refermant un peu plus à chaque respiration. En cet instant, elle sut que c'était la dernière fête de Noël qu'ils célébraient ensemble avec insouciance.

Charlotte

Au domaine Feltin aussi, la famille était réunie pour le réveillon de Noël 1913. Le *Neunerlei*, une salade composée d'exactement neuf ingrédients dont des pommes de terre, du céleri, des oignons et du hareng, était le repas saxon traditionnel. Charlotte, du haut de ses quatorze ans, ne s'en réjouissait guère. Elle surmonta toutefois sa réticence et n'en montra rien pour ne pas agacer son père.

Cette année, elle était très satisfaite de ses cadeaux, à juste titre. Elle aussi avait reçu une nouvelle robe, mais aussi deux paires de bottines, trois livres, du fil et un cercle à broder.

La table de la salle à manger était couverte d'une nappe en damas que la grand-mère de Charlotte avait passé des semaines à broder de motifs délicats. On avait mis le service en porcelaine de Saxe à dragon royal vert et les couverts en argent. Charlotte aimait particulièrement les porte-couteaux en forme d'animaux qui semblaient bondir par-dessus la table en une longue foulée. Au milieu, se dressait la pyramide de Noël avec son petit arbre en sciure pressée, où tournaient grâce aux bougies des anges de bois munis d'instruments de musique. Le sapin lui-même, aux branches touffues et régulières, provenait de la forêt du domaine.

— Il manque quelque chose dans le Neunerlei, cette année.

Le père de Charlotte fit la moue. Sa femme jeta un coup d'œil alarmé à sa belle-mère, qui cessa aussitôt de mastiquer et prit une profonde inspiration. En général, quand quelque chose ne convenait pas au chef de famille, il ne tardait pas à piquer une de ses colères légendaires.

— Que manque-t-il donc, Richard ? s'enquit son épouse. Nous avons fait la salade avec les mêmes ingrédients qu'à chaque Noël. Demande à ta mère, elle a aidé à la préparation.

— Demande à ta mère, demande à ta mère… Je n'ai pas besoin de ma mère pour remarquer que quelque chose ne va pas. Je le sens, c'est tout.

Richard jeta sa serviette dans son assiette et se leva d'un bond. Son visage prit une teinte cramoisie menaçante.

— Trois bonnes femmes pas fichues de préparer un Neunerlei digne de ce nom pour Noël. Ça me coupe vraiment l'appétit.

Toutes savaient qu'il était inutile d'essayer de le calmer. Chaque mot prononcé ne ferait que le provoquer davantage, entraînant des conséquences imprévisibles.

Charlotte aussi trouvait son père effrayant, à cet instant. Elle n'avait pas oublié le coup de cravache lors de son dernier accès de fureur. Même si elle s'était baissée juste à temps pour ne pas le prendre en pleine figure, le sifflement de la badine frôlant ses cheveux résonnait toujours à son oreille. Tout ça parce qu'elle avait oublié d'éteindre la lanterne de l'écurie.

Pourtant, elle eut une idée qui fut sans doute salvatrice.

— On ne pourrait pas se passer de Neunerlei et apporter tout de suite la crème au chocolat ? Tu l'aimes toujours, celle-là.

Un silence pesant s'ensuivit, durant lequel on n'entendit que le tic-tac de l'horloge. Charlotte n'osait pas regarder son père. Tout le monde retenait son souffle. Richard la dévisageait, les lèvres entrouvertes. Mais les paroles de sa fille furent pour lui une bouée de sauvetage à laquelle il s'agrippa pour s'extirper de l'impuissance où le plongeait sa fureur montante. Il accepta, non sans lâcher une pique destinée à sa femme.

— Tu as raison, Lotte, et les cochons pourront bouffer cette saleté. Que la domestique apporte le dessert, peut-être que ça nous calera quand même.

Il se rassit en observant les autres convives comme si rien ne s'était passé.

Lisbeth, la mère de Charlotte, poussa un soupir de soulagement. Elle se leva et saisit le saladier de cristal. Richard semblait avoir oublié que le réveillon était le seul soir de l'année où le personnel avait congé, pour fêter Noël en famille. Plus tôt, près du sapin, Lisbeth avait solennellement remis à chacun des employés un cadeau choisi avec soin. Elle alla chercher le dessert à la cuisine. Au passage, elle goûta encore une fois la salade et fronça les sourcils. Avec la meilleure volonté du monde, elle était incapable de déceler ce qui pouvait bien y manquer, à condition même qu'on ait omis quoi que ce soit. Il fallait surtout ne plus aborder le sujet. Elle souffrait beaucoup des coups de sang de son mari mais avait appris à vivre avec. En général, il oubliait en une seconde la raison de sa fureur et n'y revenait que rarement. Au début de leur mariage, elle s'était souvent trituré les méninges pour essayer de comprendre ce qu'elle faisait de travers. Toutefois sa belle-mère, Wilhelmine, était de son côté et l'aidait à supporter le tempérament difficile de son fils.

— Lisbeth, mieux vaut rester calme et attendre que l'orage passe. C'est toujours vite oublié. Richard a commencé à avoir des crises de ce genre à l'âge de deux ans et n'a plus arrêté depuis. Tu ne le changeras pas.

La famille, de nouveau réunie autour de la table, dégustait la crème au chocolat. Les trois femmes étaient tendues. Elles savaient que la moindre occasion suffirait à provoquer la fureur de Richard. Alors que Charlotte tendait sa coupelle pour qu'on la resserve, la porte s'ouvrit soudain. Lisbeth, très nerveuse, en lâcha sa cuillère.

— Qu'y a-t-il donc, Leutner ? gronda Richard.

Leutner était la bonne âme du domaine, au service des Feltin depuis bien avant la naissance de Charlotte. Il entra dans la salle à manger, les épaules couvertes de neige et le béret à la main, si essoufflé qu'il avait du mal à parler.

— Monsieur Feltin, c'est la Berta qui vêle. Je faisais juste un tour à l'étable pour la voir et je l'ai entendue meugler depuis la cour. Le garçon d'écurie est déjà avec elle. Je crois que c'est le moment.

— Bon sang de bois ! Cette stupide vache n'aurait pas pu attendre une journée de plus ? Ces bestiaux ne nous laissent même pas réveillonner en paix. J'arrive, j'arrive. Lotte, lâche ta crème. Tu voulais être là quand la Berta aurait son premier veau.

Charlotte reposa sa coupelle. Elle savait qu'en réalité son père se réjouissait de cette naissance, et que Noël ne comptait guère pour lui. L'arrivée d'un veau était toujours un événement.

— Si le veau arrive avant minuit, on l'appellera Jésus, dit-elle.

Richard éclata de rire.

— Ce sera un veau sacré !

— Arrêtez donc vos sacrilèges ! pesta Wilhelmine.

— N'importe quoi. Allons voir si ça avance vraiment aussi vite. On aura peut-être besoin du vétérinaire. Il va être content, le soir du réveillon.

Richard se rendit dans le couloir où il enfila à la hâte ses bottes et son manteau. Charlotte l'imita puis se rua derrière lui dans la cour. Sa mère lança dans leur dos :

— Lotte, Richard, vous ne pouvez pas rester dans vos beaux vêtements !

Personne ne lui prêta la moindre attention. Sur les pavés tout blancs, ils traversèrent la cour obscure à la suite de Leutner. Malgré la lampe à acétylène brandie par celui-ci, ils n'y voyaient presque rien à travers les bourrasques de neige. Les longs beuglements de la vache résonnaient depuis l'étable.

Elle arpentait nerveusement sa stalle, les yeux vitreux. Le garçon d'écurie l'avait séparée des autres et emmenée dans un box plus spacieux où elle pouvait remuer à loisir. Richard s'approcha, lui parla d'un ton apaisant et caressa son poil trempé de sueur. Quand il l'avait examinée, deux jours plus tôt, il n'avait rien remarqué d'inhabituel : le veau était dans le bon sens et le col de l'utérus pas encore ouvert. Mais ses meuglements anxieux n'étaient pas normaux. Berta resta immobile un moment ; Richard en profita pour la palper. La pression sur son ventre parut lui faire mal et elle alla se réfugier dans l'angle opposé.

— Essaie de la tenir par le cou, il faut que je l'examine de plus près ! ordonna-t-il au garçon d'écurie.

— Papa, là, regarde.

Charlotte balbutiait d'excitation. Debout derrière la porte basse du box, elle pointait du doigt l'arrière-train de Berta. Richard vit sortir le liquide amniotique et une partie de la poche des eaux. Soudain, une patte avant surgit. Il l'attrapa, tâtonna à la recherche de la seconde puis tira doucement. La tête apparut. La mère était désormais très calme.

— Bien, Berta, c'est presque fini. Bonne fille.

Le reste du petit corps glissa hors de la mère et Richard tenta d'amortir un peu sa chute. Charlotte se tenait près de lui. Le spectacle du nouveau-né à la fourrure encore mouillée et collante, l'odeur d'étable et de paille mêlée à celles du sang et du liquide amniotique, tout cela avait pour elle quelque chose d'à la fois familier et étranger. Savourant cet instant, elle porta la main à ses joues brûlantes et humides de larmes.

Le veau avait un pelage pie, comme celui de sa mère, la tête presque entièrement noire et un chanfrein blanc. Charlotte avait assisté à très peu de naissances jusqu'ici, la plupart se déroulant de nuit. Les animaux semblaient toujours attendre le calme et l'obscurité, et elle n'était jamais autorisée à veiller si tard. Une fois, elle s'était cachée dans l'étable, mais avait fini par s'y endormir, ratant le moment décisif. Elle s'étonna de voir son père si calme et pondéré ; lui d'ordinaire tellement agité et autoritaire était aussi ému par l'événement.

— Tiens, Lotte.

Richard lui tendait un mouchoir brodé des initiales RF et une poignée de foin.

— Tu peux la sécher, si tu veux. C'est une fille.

Charlotte voulait, bien sûr. Elle essuya son propre visage avec le mouchoir, puis saisit la paille et se mit à frotter délicatement le veau.

— Comment va-t-on l'appeler, tu as déjà pensé à un nom ?

— Oui, Lisa.

Le veau essaya de se lever pendant que sa mère le léchait, mais ses pattes ne cessaient de céder sous lui. Au bout de plusieurs tentatives, il parvint à se mettre debout, tout chancelant. Il chercha aussitôt les pis ; Berta patientait, paisible. Richard fit pivoter le veau et tourna sa tête dans la bonne direction. Le petit hésita, lécha, recula. Il finit par atteindre son but et se mit à téter pour la première fois, satisfait.

Richard caressa la vache et la félicita :

— Tu as bien travaillé, Berta. Et même si tu as choisi le soir du réveillon, tu ne nous as pas fait attendre.

Il se tourna ensuite vers le garçon d'écurie :

— Donne-lui une ration de nourriture en plus et de l'eau fraîche ! Et maintenant, bonne nuit, et joyeux Noël.

Il passa un bras autour des épaules de Charlotte et l'entraîna hors de l'étable.

Dans la maison, tout était sombre. Richard regarda sa montre à gousset en or. Déjà minuit et demi.

— Au lit, Lotte. Demain, on se lève tôt et toute la famille débarque.

Charlotte ôta son manteau et constata qu'il était couvert de fumier et de sang. Son père n'avait pas meilleure allure. Elle jeta avec insouciance le manteau souillé sur une patère. Elle se dressa sur la pointe des pieds pour embrasser son père et lui souffler à l'oreille :

— C'était une belle fête de Noël, papa. Bonne nuit.

Il lui fit un clin d'œil et lui rendit un baiser rapide. Il paraissait ailleurs, à organiser en pensée la journée du lendemain.

— C'est bien, c'est bien, va vite te coucher.

Charlotte, comprenant que son accès de sentimentalisme était passé, se le tint pour dit, trop fatiguée pour s'en formaliser. Elle se glissa sans bruit jusqu'à sa chambre, se déshabilla et éteignit la lumière.

Anna

Six bons mois venaient de passer.

La lumière du jour tombait depuis longtemps à travers le petit vasistas quand Anna se réveilla peu à peu. Emma la secouait par l'épaule.

— Dépêche-toi, enfin, tu vas être en retard à l'école !

À part la petite Dora, les enfants étaient déjà debout, et le plancher de la mansarde où ils dormaient tous vibrait. Emma arrangeait ses vêtements tout en se peignant ; elle releva ses cheveux en un chignon qu'elle fixa avec des épingles coincées entre ses lèvres.

Encore ensommeillée, Anna cligna des yeux et était en train de se redresser quand un gant de toilette trempé la frappa en pleine figure. Elle sursauta. Ses frères éclatèrent d'un rire moqueur et se ruèrent hors de la pièce. Le coup violent lui avait mis le visage en feu, et les larmes lui montèrent aux yeux. Emma lui caressa brièvement les cheveux pour la consoler et cria aux garçons :

— Bande d'idiots ! Vous feriez mieux de vous préparer, vous aussi ! (Puis elle s'adressa à sa sœur :) Ne joue pas les douillettes et accélère si tu ne veux pas reprendre des coups de baguette.

Anna jeta un rapide coup d'œil au miroir près de la penderie et se débarbouilla à l'eau froide, la cuvette posée sur une chaise. Hormis Dora, encore endormie, la chambre était vide, les autres s'étaient rués en bas. Anna brossa ses longs cheveux bruns avec impatience. Normalement, les filles se coiffaient toujours l'une l'autre, mais Emma était déjà partie : elle devait être à 7 heures chez la couturière.

Dans la cuisine, sa grand-mère lui coupa une tranche de pain. Anna laça à contrecœur ses bottes noires bien trop chaudes pour la saison. Elle n'avait pas d'autres chaussures et sa mère lui interdisait d'aller pieds nus à l'école. Sa grand-mère mit le couteau dans l'évier de pierre et donna à Anna une petite claque affectueuse sur le derrière.

— Il faut toujours que tu sois la dernière. Demain, je te réveille à 6 heures. Peut-être que comme ça, tu seras ponctuelle une fois dans ta vie !

— Ça ira, grand-mère. Je cours vite comme l'éclair, je ne serai pas en retard aujourd'hui non plus !

Elle l'embrassa sur la joue, saisit sa pile de livres et sortit à la hâte.

Dehors, le soleil brillait déjà, la journée de juillet s'annonçait chaude. Anna dévala la petite colline jusqu'au pont ; Erich la guettait, alors qu'il risquait d'être en retard aussi à cause d'elle.

— Allez, viens !

Elle passa près de lui à toute allure et l'entraîna par le bras. Erich vacilla, se rattrapa et se mit à courir à ses côtés.

— Anna, si tu pouvais te lever plus tôt au moins une fois ! Je vais avoir des ennuis si je continue à t'attendre comme ça ! fit-il, haletant.

— Pas de ma faute, répliqua Anna, faussement hautaine. Si tu tiens tant à ma compagnie, il faut que tu t'adaptes. Je n'arrive presque jamais en retard parce que je suis incroyablement rapide !

— Peuh ! Tu vas peut-être vite, mais pas autant que moi !

Erich la doubla et ajouta sans se retourner :

— Seulement aujourd'hui, ça ne nous servira à rien.

Il avait raison : la cloche de l'école sonnait déjà. Anna accéléra encore mais ne rattrapa pas tout à fait Erich et atteignit le bâtiment après lui. Ils montèrent l'escalier quatre à quatre et poussèrent ensemble la lourde porte bardée de fer, heureusement pas encore verrouillée. Elle tourna sur ses gonds en grinçant et l'odeur d'encaustique, de craie et d'encre sauta aux narines d'Anna. Ils reprirent leur souffle un instant devant la salle de classe. Penchée en avant, appuyée à l'encadrement de la porte, Anna tenta de respirer plus lentement. Son pouls battait à ses oreilles. Portant une main à ses joues brûlantes, elle se tourna vers Erich.

— Tu es rouge comme une tomate, dit-il.

— Et tu te crois plus beau ? rétorqua-t-elle.

Il lui adressa un signe de tête d'encouragement. Elle se redressa, frappa à la porte et entra sans attendre de réponse.

Leur maître était en train d'inscrire un exercice de multiplication au tableau tandis que les autres élèves sortaient leurs cahiers de leurs cartables. Anna et Erich firent mine de gagner leurs places mais l'enseignant les suivit, les attrapa chacun par une oreille et les ramena vers l'avant.

— Vous n'allez pas vous en tirer comme ça ! C'est la deuxième fois cette semaine que vous arrivez en retard. Aujourd'hui, quatre minutes. Ça fait deux coups par minute. Tendez les mains.

La voix nasillarde de M. Kübler résonna à travers la salle. Anna n'avait pas peur de grand monde, mais en cachette, les élèves racontaient que Kübler tapait vraiment fort et qu'il aimait faire mal aux élèves. Il se tourna vers son pupitre, ôta sa veste et retroussa méthodiquement ses manches de chemise.

Anna serra les lèvres et jeta un bref coup d'œil à Erich, qui le lui rendit. Ils savaient ce qui les attendait. Ce n'était pas la première fois que le maître les punissait. Elle connaissait bien le moment où sa baguette fendait l'air et frappait les doigts. Il ne fallait surtout pas tenter d'esquiver, ni même incliner légèrement les mains, sans quoi on recevait des coups supplémentaires. Rester immobile était pourtant très difficile, car la violence du coup et la douleur poussaient à baisser les mains. Autrefois, on les posait sur le pupitre pour subir sa punition, mais il y avait eu plusieurs fractures graves et la direction de l'école avait interdit cette méthode. Dans la classe, le silence était presque complet. Les autres enfants ne faisaient pas un bruit, on n'entendait rien dans le couloir. Quelques chants d'oiseaux, dehors, s'éteignirent vite. Une mouche bourdonna à travers la pièce et se posa au bord de la fenêtre fermée. Kübler leva le bras. Anna crispa si fort les muscles de ses bras et de ses mains qu'ils en tremblèrent un peu. Elle contempla ses mains, l'ongle de son annulaire droit était un peu fendillé. Comme les manches de son gilet blanc étaient devenues courtes ! Retenant son souffle, elle vit la baguette descendre au ralenti. Quand elle toucha ses doigts, un gémissement jaillit de ses lèvres serrées, et Anna se maudit. Elle ouvrit la bouche et se rendit compte qu'elle était pleine de sang, tant elle s'était mordu la langue. Kübler reprit son élan.

Allongés côte à côte sur le ventre au bord d'un des canaux, Anna et Erich trempaient leurs mains dans l'eau pour les rafraîchir.

— À ton avis, qui a-t-il frappé le plus fort ? demanda Anna sans lever les yeux.

— Moi, bien sûr. Il frappe moins fort les filles, c'est évident.

Elle sortit les mains de l'eau et les examina. Les striures rouges étaient encore bien visibles. Elle avait les index et les majeurs un peu gonflés et la peau légèrement écorchée à deux endroits, mais elle ne saignait pas. Erich, lui, avait saigné, et un de ses majeurs était tout bleu et gonflé.

— Tu as sans doute raison, dit-elle.

Elle roula sur le dos et le bout de ses tresses effleura la surface de l'eau. Puis elle redressa la tête. Dans le ciel, quelques nuages cotonneux tout effilochés passèrent. Anna savait qu'ils avaient été châtiés par sa faute. Quelques mots d'excuse ou de reconnaissance auraient sans doute suffi à satisfaire Erich, mais malgré toute son affection pour lui, elle était incapable de rien articuler de tel.

Elle rejeta la tête en arrière et cracha soudain par-dessus son nez et son front, jusque dans l'eau. Quelques petits poissons surgirent à la surface et replongèrent aussitôt.

— Tu sais faire ça aussi, sans que le crachat te retombe sur la figure ?

Elle lorgna Erich. Il était toujours partant pour ce genre d'âneries. Il se tourna aussitôt sur le dos et l'imita. Ils s'occupèrent ainsi un moment, blaguant et se titillant mutuellement, jusqu'à ce qu'Anna se souvienne qu'elle devait rentrer aider sa mère à la maison.

Elle ne remit ses bottes qu'à la hauteur des saules, peu avant d'arriver. Ses pieds étaient si gonflés par la chaleur qu'elle eut du mal à les enfiler. Son ami, qui l'avait accompagnée jusque-là, s'apprêtait à prendre le chemin du retour quand Anna l'appela :

— Erich !

Il se retourna, dans l'expectative ; elle fit deux pas vers lui et prit ses mains avec hésitation. Très doucement, presque sans les toucher, elle lui caressa les doigts, se pencha vers l'avant et souffla. Puis elle le regarda droit dans ses yeux gris clair. Erich rougit brusquement. Anna se détourna et courut jusque chez elle.

La scolarité d'Anna prit fin en 1914. Par chance, le maître ne tint pas compte de ses fréquents retards pour la noter, et elle obtint un bon bulletin. Sa mère avait déjà conclu pour elle un contrat d'apprentissage chez la couturière de Vetschau, où elle prendrait la suite de sa sœur. Elle aurait pourtant bien eu besoin de son aide à la maison, et les frais seraient un poids pour la famille, mais elle avait des idées progressistes et tenait à ce que ses filles, elles aussi, suivent une formation professionnelle. Anna commencerait donc son apprentissage de couturière le 1er août.

Elle était heureuse de quitter l'école. Elle n'avait aucune difficulté à apprendre, mais rester assise pendant des heures lui pesait beaucoup, tout comme la discipline permanente. Elle ignorait cependant ce qui l'attendait quand sa mère la présenta à la couturière, Mme Willnitz. Emma lui avait dit que c'était une femme sévère et calculatrice, qui ne pardonnait jamais rien à ses apprentis.

Anna écarta ces réflexions. L'été s'ouvrait à elle, les grillons chantaient, le ciel d'un bleu d'acier était presque vierge de nuages. Après avoir fait sa part du travail domestique, elle avait rendez-vous avec Erich, qui l'attendait au bout du pont de bois.

— Salut Anna, lança-t-il de loin. J'ai trouvé un nouvel endroit, où l'eau est très profonde !

— Je ne sais pas nager, tu as oublié ? répondit-elle, hésitante.

L'espace d'un instant, elle pensa à sa mère, qui ne l'aurait jamais autorisée à aller se baigner avec un garçon.

— Eh bien, il est grand temps que tu apprennes, rétorqua-t-il.

Il tira sur une de ses longues tresses et la dépassa.

Par une telle chaleur, l'idée de se baigner était irrésistible, et quand ils arrivèrent au point d'eau, Anna fut la première à retirer ses chaussures. Quelqu'un avait bloqué le courant d'un des canaux avec des branches et de la terre, de sorte qu'une petite mare s'était formée. Elle ôta sa robe, retroussa les jambes de sa longue culotte et se tourna vers Erich, qui n'avait même pas commencé à se déshabiller. Anna avança et, se tenant à une branche qui pendait au-dessus de la mare, elle mit un pied dans l'eau. Le fond était boueux et glissant, l'eau plus chaude et moins rafraîchissante qu'elle l'avait espéré. Elle pataugea prudemment ; une fois l'eau au-dessus des genoux, elle voulut faire un pas de plus quand soudain le sol disparut sous ses pieds. Elle essaya de reculer, dérapa, tendit la main vers l'arrière pour trouver un appui ; Erich la rattrapa et l'entraîna vers la rive.

— De justesse !

Soulagée, elle était sur le point de le remercier quand elle vit une étrange expression sur le visage de son ami, qui regardait ses jambes. Elle baissa les yeux et poussa un cri. Une dizaine de grosses sangsues noires étaient collées à ses mollets. Elle eut un hoquet de surprise et de dégoût mais parvint à refouler sa nausée. Sans réfléchir, elle arracha des rameaux au saule pleureur tout proche et se mit à s'en fouetter les jambes. Erich lui saisit de nouveau la main, cette fois pour l'arrêter.

— Non, Anna, ne fais pas ça. Il faut attendre qu'elles soient rassasiées. Elles tomberont d'elles-mêmes.

Elle savait qu'il avait raison. C'était pourtant terriblement difficile de surmonter sa répulsion et d'attendre sans rien faire. Elle abaissa lentement la main. Quelques-unes des bestioles avaient été déchiquetées par ses coups, leurs fragments gisaient dans l'herbe et sur ses pieds. Elle regarda Erich, et constata alors qu'il était trempé jusqu'à la taille mais encore tout habillé.

Peu à peu, elle saisit. Il l'avait attirée ici à dessein sans avoir la moindre intention de se baigner. Il avait même gardé ses chaussures ! Évidemment : c'était sa manière de se venger des coups de baguette qu'il avait si souvent endurés à cause de ses retards à elle.

Son horreur des sangsues collées à ses jambes se changea en colère.

— Tu savais très bien qu'il y avait de ces bestioles ici et tu as fait exprès de m'emmener ! Voilà pourquoi tu n'es pas allé dans l'eau !

Elle serra plus fort le rameau de saule qu'elle tenait toujours et leva le bras. Erich l'évita juste à temps.

— Tu es folle ! Jamais je ne ferais une chose pareille. Je ne savais rien des sangsues.

Anna tenta une nouvelle fois de le frapper et frôla son bras. Il fit un bond en avant, la jeta au sol et lui arracha sa cravache improvisée. Assis sur le buste d'Anna, il appuyait ses deux bras contre le sol. Elle se débattit pour se libérer. Erich était plus petit mais avait assez de force pour la maîtriser.

— Avoue, espèce de saligaud ! Tu es trop lâche pour me le dire !

— Anna, crois-moi, je ne pensais pas qu'il y en avait autant. Quand je suis venu me baigner avec Hans, hier, j'ai eu une seule sangsue sur une jambe et lui, aucune. Je ne sais vraiment pas d'où elles sortent. Je ne voulais pas... Crois-moi... Je suis désolé.

Anna perçut la chaleur de son souffle alors qu'il implorait son pardon.

— Pas étonnant ! Hans et toi, vous savez nager, vous n'avez pas mis les pieds dans la boue. Tout le monde sait que les sang...

Elle s'interrompit, incapable de prononcer le mot tant qu'un seul de ces vampires serait encore accroché à elle.

— ... que ces sales bestioles se cachent dans le sol.

Erich semblait sincèrement pris de remords.

— Je n'y avais pas pensé... C'est vraiment idiot !

Il lui lâcha les bras et Anna lui flanqua une gifle retentissante. Elle le repoussa et, sans plus s'occuper de lui, se releva pour examiner de nouveau ses jambes.

La plupart des sangsues s'étaient détachées, laissant de petites plaies dont le sang coulait encore.

Erich entreprit de tapoter ses blessures avec un mouchoir mouillé. Il leva les yeux un instant et ne vit rien dans son regard qui lui interdise de poursuivre. Délicatement, presque avec tendresse, il nettoya les traces rouge sombre sur sa peau dorée.

Un vent léger se leva et Anna frissonna. Était-ce le bref souffle d'air frais ou les mains d'Erich qui lui donnaient la chair de poule ? D'en haut, elle voyait les cheveux châtains de son ami, tout ébouriffés par leur bagarre. Elle prit conscience de la délicatesse de ses doigts et de la douceur glabre du dos de ses mains. Sa colère contre lui était retombée, et elle s'étonna de ne trouver ce contact ni désagréable ni embarrassant. Finalement, elle dut même reconnaître qu'elle l'appréciait.

Charlotte

Richard Feltin, penché sur le pupitre de noyer de son bureau, notait les dernières dépenses dans son livre de comptes. Il le feuilleta ensuite pour étudier les résultats obtenus depuis le début de l'année par les produits laitiers et l'élevage de porcs. Il se servait d'une loupe, ses lunettes n'étant plus assez puissantes. Reposant son stylo, il lissa sa moustache bien soignée puis se tourna vers la fenêtre, d'où il avait vue sur la cour intérieure. Le notaire et le propriétaire de la ferme voisine devaient arriver d'une minute à l'autre. L'achat du domaine d'Euba ferait monter la surface totale des terrains de Richard à plus de 570 hectares, une affaire formidable à un prix négocié durant des semaines. La terre d'Euba était particulièrement fertile, et moins pierreuse que Feltin. Le contrat avait été conclu la veille par une poignée de main. Il développerait d'abord l'élevage porcin, qui s'était révélé fort rentable ces derniers temps. Richard avait trouvé une solution au problème de la mortalité des porcelets : les petits animaux étant très sensibles au froid, il allait installer des lampes chauffantes. C'est aussi dans cet objectif qu'il prévoyait d'alimenter la ferme en électricité produite sur place. Il se retrouverait ainsi en complète autarcie, ce qui ferait de lui l'exploitant agricole le plus moderne de la région. Certes, il existait dans les environs quelques domaines seigneuriaux, et les très vieilles familles se transmettaient des terres bien plus vastes depuis des générations. Mais même parmi eux, aucun propriétaire terrien ne menait ses affaires avec un tel succès.

Richard savoura un instant la douce sensation de la prospérité qu'il devait à son propre travail, et prit plaisir à faire des projets. Seule la question de sa succession le tracassait. Qui poursuivrait l'œuvre de sa vie ? Son épouse ne lui avait donné qu'une fille, ses espoirs d'autres héritiers étaient restés déçus. Richard aimait énormément Charlotte mais, comme tous les hommes, il aurait voulu un fils, s'imaginant avec lui au sommet de la colline de Feltin, à lui montrer toutes les terres qui lui appartiendraient un jour.

Il n'avait désormais plus d'autre choix que de considérer Charlotte comme sa future héritière. Une équation à une inconnue, à savoir l'identité de son époux : serait-il apte au rôle de propriétaire terrien ? Richard n'était pas complètement opposé à l'idée de transmettre un jour à Charlotte la direction du domaine ; bien que du sexe faible, elle faisait déjà preuve d'une certaine habileté. Mais elle aurait tout de même à assurer la descendance – plus nombreuse espérait-il que celle donnée par sa propre femme. Il savait qu'il ne pouvait laisser au hasard ni l'éducation de Charlotte ni le choix de son mari.

Une carriole à deux chevaux franchit la voûte du portail. Il referma son livre de comptes en vélin et saisit sa redingote.

Charlotte, assise à une table de jardin dans le verger, aidait sa grand-mère à éplucher la rhubarbe. Leurs tabliers blancs étaient déjà tachés de rose.

C'était la saison des conserves et des confitures, et il y avait tant à faire que toute aide était la bienvenue. Sa mère, à la cuisine avec les domestiques, surveillait la cuisson dans d'énormes marmites.

Richard arrivait du bâtiment principal d'un pas nonchalant, accompagné de deux hommes. Manifestement d'excellente humeur, il riait, faisant vibrer sa moustache torsadée. Il prit place sur une des chaises de métal puis désigna les deux sièges encore libres. Charlotte connaissait le plus âgé des deux hommes, celui aux cheveux gris, qui la salua cordialement. Le plus jeune resta debout un instant, esquissant une courbette à l'intention de la jeune fille et de sa grand-mère. Richard le présenta : c'était le nouveau notaire de Chemnitz. Charlotte vit qu'il l'observait assez ouvertement. Il n'était pas désagréable à regarder : un visage bien dessiné au nez mince, un menton viril et des lèvres remarquablement sensuelles. Il portait de larges favoris, très à la mode alors. Ses cheveux, séparés par une raie sur le côté, étaient plus sombres que ceux de Charlotte. Elle nota l'éclat chaleureux de ses yeux marron. Sans cesser de la dévisager, il s'assit sur la chaise restée libre à côté d'elle. Elle s'étonna que son père se prélasse ainsi dans le jardin avec deux visiteurs en plein milieu de semaine. D'ordinaire, il travaillait du matin au soir.

— Lotte, fit-il, file à la cuisine demander qu'on nous apporte une bouteille d'eau-de-vie de poire et des verres. Et dis à ta mère de venir trinquer avec nous.

Charlotte se leva aussitôt et prit la direction de la maison. Sentant les regards des hommes la suivre, elle se dit qu'elle aurait aimé porter une robe plus jolie que celle-ci, grise et décolorée. Après avoir transmis les instructions au vol, elle courut dans le couloir, ôta son tablier, ouvrit la penderie au petit miroir et se tourna de côté en lissant son vêtement. Elle avait pris tant de poitrine au cours des six derniers mois que sa robe boutonnée jusqu'en haut était devenue un peu étroite. Charlotte se mordit les lèvres et vit qu'elles étaient de nouveau fissurées. Elle était tellement souvent dehors que le soleil et le vent les desséchaient. Sa lèvre supérieure avait toutefois une jolie forme de cœur que sa meilleure amie lui enviait. Elle avait le teint hâlé et quelques mèches plus claires dans les cheveux.

— Tu vas bientôt avoir l'air d'une petite Polonaise, lui dit sa mère en passant devant elle, suivie d'une domestique. Ce n'est pas très raffiné, Lotte. Je t'ai déjà dit cent fois de ne pas te mettre au soleil, ou au moins de te servir de l'ombrelle que tante Cäcilie t'a offerte.

Charlotte fit la grimace. Elle trouvait l'ombrelle superflue et ridicule. Erna secoua la tête et pinça les lèvres en souriant, pour conseiller à Charlotte de ne pas protester. La domestique servait à la ferme depuis aussi longtemps que la jeune fille s'en souvienne. Jadis, elles jouaient ensemble, et Charlotte avait parfois vu en Erna une sorte de sœur aînée. Mais les différences étaient devenues évidentes à mesure qu'elles grandissaient. C'était Charlotte qui sonnait depuis sa chambre pour appeler Erna. Et c'était Erna qui l'aidait à s'habiller, rangeait ses affaires, récurait la baignoire et cirait ses bottes. Charlotte s'était parfois demandé comment Erna avait pu si facilement accepter les rôles que le sort leur avait attribués. Elle était la fille du propriétaire, la future héritière, et Erna resterait sans doute toute sa vie à son service.

Charlotte suivit sa mère et la servante dans le jardin.

— Ah, Walter ! s'exclama Lisbeth. Comment va Thea, s'est-elle remise ?

Tous deux discutèrent de la santé de l'épouse du voisin tandis que la grand-mère ordonnait à Erna de rapporter à la cuisine épluchures et saladier. Charlotte se demandait ce qu'il y avait à célébrer.

Richard se frottait le haut des cuisses avec impatience. Il avait distribué les petits verres remplis d'eau-de-vie, ignorant le geste de protestation de Lisbeth quand il en avait posé un devant leur fille. Il leva le sien et resta immobile jusqu'à ce que les autres l'imitent.

— Lisbeth, mère, Charlotte : j'ai acheté à Walter le domaine d'Euba. Nous venons de signer le contrat, et notre jeune notaire ici présent a tout authentifié. C'est désormais officiel, et nous pouvons trinquer. À votre santé !

— À votre santé, répliquèrent les autres.

Les hommes burent leur schnaps d'une traite tandis que les femmes se contentèrent d'y plonger les lèvres.

Charlotte remarqua une fois de plus M. Händel observer le moindre de ses mouvements. Elle eut soudain très chaud, et crut sentir la minuscule gorgée d'alcool lui monter à la tête. Elle trouvait cela excitant et embarrassant à la fois. Était-elle la seule à s'en rendre compte ?

Seifert avait l'air beaucoup moins satisfait que son père.

— Je ne fais pas cela de gaieté de cœur, avoua-t-il doucement sans lever les yeux. Je n'arrive plus à entretenir le domaine. Thea est grabataire et ne peut plus travailler.

La mère de Charlotte hocha la tête.

— Je sais, Walter. Dis-lui que je viendrai la voir demain.

Les traits durs de Seifert s'adoucirent un instant.

— Merci, Lisbeth, tu t'es toujours occupée d'elle.

Elle eut un sourire plein de compassion, mais quand il reprit la parole, son regard se voila de nouveau de désespoir.

— Je ne peux pas payer assez de valets pour le travail des champs, et de toute façon, depuis l'accident de Kurt, tout ça n'a plus de sens.

Lisbeth serra les lèvres.

— Ton Richard est un sacré malin qui sait arriver à ses fins, Lisbeth. J'espère qu'avec lui, Euba sera entre de bonnes mains. Et maintenant, ça suffit. Je rentre.

Il sortit un grand mouchoir, y souffla puis fit un signe de la main en guise d'adieu. Richard s'était levé pour le saluer, mais Seifert partit à la hâte sans lui accorder un regard.

Charlotte le suivit des yeux. Des larmes coulaient-elles vraiment sur ses joues ? Elle n'avait jamais vu cela chez un homme. Jamais son père, son grand-père, Leutner ni aucun des valets de ferme n'avait versé une larme devant elle. Elle en fut désagréablement touchée, et soudain mal à l'aise. Elle n'avait pas vraiment compris pourquoi il devait vendre sa ferme juste parce que sa femme était tombée malade, et une vague intuition lui soufflait que son père n'était pas totalement étranger au malheur de M. Seifert.

— Que lui arrive-t-il ? demanda-t-elle. Il était pourtant si drôle, avant !

— Ce qui lui arrive ? répéta Richard d'un ton rude.

Du coin de l'œil, Charlotte vit le jeune notaire jeter un regard surpris à son père.

Richard haussa la voix :

— Il a mal géré ses affaires, voilà ce qui lui arrive. Il refuse de l'admettre et prétend que c'est la faute de sa femme. D'ailleurs, je ne trouve pas vraiment qu'on puisse parler de maladie quand une bonne femme refuse de se lever le matin. De mon temps, on appelait ça de la paresse.

— Richard, c'est un jugement bien sévère. Seifert a vraiment manqué de chance : il ne s'agit pas que de... (Lisbeth chercha le mot juste.)... de la mélancolie de Thea. La récolte détruite par la grêle l'an dernier, presque tous ses cochons crevés, et son fils qui perd une jambe dans un accident, personne ne peut supporter autant de malchance, conclut-elle.

— Ça se peut. Mais la grêle, on en a eu aussi, et on s'en est pourtant sortis. La chance sourit à ceux qui savent y faire, voilà tout.

Ils entendirent le bétail qu'on ramenait du pâturage.

— Et vous, monsieur Händel ? Avez-vous déjà vu traire cent vingt vaches ? demanda Richard au notaire.

Händel se leva aussitôt et saisit son chapeau.

— En effet, monsieur Feltin. Nous avons toujours fait de l'élevage laitier, à la maison. Mais je serais ravi de voir vos étables. Permettriez-vous à votre fille de me les faire visiter ?

Richard plissa les paupières, examinant soudain le notaire avec une grande attention.

— Ah oui ? Combien de têtes ?

— Quatre-vingts laitières et dix bœufs.

— Des cochons ?

— Non.

— Des terres arables ?

— Deux cent vingt hectares.

Richard pinça les lèvres en réfléchissant.

— Tiens donc. Et vous vous êtes destiné à la jurisprudence ? Vous avez sans doute un frère aîné qui héritera du tout ?

— Exactement, monsieur Feltin.

— Vous êtes encore bien jeune pour être notaire. Puis-je vous demander votre âge ?

— Richard ! s'exclama Lisbeth.

— Quoi ? Ce n'est pas une bonne femme.

M. Händel toussota.

— Mais certainement : j'ai vingt-trois ans.

Richard l'examina encore un instant en silence.

— Eh bien, pourquoi pas. Charlotte, montre donc nos étables à ce jeune monsieur. Et sois de retour dans une demi-heure pour le dîner.

Charlotte se leva sans savoir si elle devait se réjouir. Elle se tourna vers M. Händel. Il la dépassait de presque une tête et, en se dirigeant à ses côtés vers la maison, elle prit conscience que cela lui plaisait.

— C'est une propriété impressionnante. Quand a-t-elle été bâtie ? demanda-t-il.

Charlotte regarda le bâtiment dans la lumière du soir et le vit soudain avec ses yeux à lui. La façade resplendissait de blancheur ; les vastes fenêtres à croisillons aux rebords de grès reluisaient dans la lumière dorée. C'était une des maisons les plus grandes et les plus modernes de la région.

— Je crois qu'elle a été terminée en 1908, répondit-elle doucement. Je me souviens de notre emménagement, c'était en plein hiver et une des conduites d'eau avait gelé.

Et elle se mit à parler, expliquant à M. Händel que son père avait fait construire la propriété sur le modèle d'un domaine seigneurial, mais avec un équipement beaucoup plus moderne : il avait fait poser des canalisations d'arrivée et d'évacuation d'eau. Plusieurs salles de bains avaient l'eau courante, des toilettes et la lumière électrique. Son père piquait parfois de violentes colères, cependant elle était fière de ce qu'il avait construit ici. Elle s'arrêta et se plaqua une main sur la bouche.

— Je viens vraiment de dire ça ?

M. Händel la regarda de côté et éclata de rire, un rire grave et sympathique.

— Oui, vraiment, et vous avez absolument raison... Enfin, d'être fière de votre père.

Ils étaient encore à une dizaine de mètres de l'étable, où elle savait qu'ils ne seraient plus seuls.

— Par ici, monsieur Händel.

Elle lui indiqua l'entrée arrière. Il se tourna vers elle et se rapprocha d'un pas.

— Lisez-vous ? Je veux dire, avez-vous un écrivain préféré ?

Charlotte fut étonnée qu'un homme s'intéressât à cette question. Son père n'ouvrait jamais un livre contenant autre chose que des chiffres.

— Oui, je viens de terminer un recueil de nouvelles de jeunes auteurs.

— Et l'une de ces nouvelles vous a-t-elle plu en particulier ?

Charlotte remarqua que sa voix avait exactement la tonalité qu'il fallait pour lui donner l'air sympathique. Il pourrait sûrement tenir de bons discours, captiver son auditoire sans grand effort.

— *Sturm*, de Dora Duncker. La connaissez-vous, monsieur Händel ?

— Non, pas encore. Nous pourrions peut-être échanger des volumes à l'occasion ? Et, mademoiselle Feltin, voulez-vous m'appeler Leo ?

Charlotte lui rendit son regard sans ciller. Une étrange sensation l'envahit, un mélange de gêne et de joyeuse excitation, comme si quelque chose d'exaltant, de dangereux risquait d'arriver à tout instant.

— Très bien, Leo. Et vous, appelez-moi Lotte.

Il repoussa du visage de Charlotte une longue mèche échappée de son chignon. Puis il se pencha vers elle et l'embrassa prudemment sur la bouche.

Anna

Sophie Tannenberg, penchée au-dessus de la planche à laver derrière la maison, tentait de frotter encore plus fort. Deux taches refusaient de disparaître de la chemise. Quand elle se redressa, la douleur cuisante ressurgit près de sa colonne vertébrale. Elle repoussa une mèche de cheveux de son visage puis jeta un coup d'œil à ses doigts rougis et crevassés par l'eau savonneuse. Un profond soupir lui échappa ; elle regarda autour d'elle, un peu gênée, pour s'assurer que personne ne l'avait entendue. Mais seule Dora était là, occupée à étendre de petites pièces de linge sur le fil.

Anna surgit à l'angle de la maison.

— Anna, te voilà ! Va vite te changer, tu vas m'aider à faire la grande lessive. Tu pourras peut-être ravoir la chemise du dimanche de ton père, moi, je n'ai plus la force de frotter.

— Oh, maman, il le faut vraiment ? grogna Anna. J'ai déjà passé la journée à repasser, chez la Willnitz, et en plus, je me suis brûlée.

Elle retroussa une manche et montra son avant-bras à sa mère ; le bord du fer à repasser avait laissé sur sa peau une trace rouge bien visible, couverte de cloques.

— En voilà une histoire, ma fille. Va vite mettre du jus d'oignon dessus. Il faut que je finisse ça aujourd'hui, demain il va pleuvoir.

Sa grand-mère sortit de la maison avec un panier d'osier ; il contenait le reste de la lessive qu'elle avait fait bouillir dans une grosse casserole. Elle gémissait tant sous le poids de sa charge qu'Anna laissa tomber ses champignons et courut lui prendre le panier.

— C'est bien, Anna, deux mains de plus vont nous être utiles. On s'affaire à la grande lessive depuis ce matin et j'ai...

— Oui, je sais, tu as trop de travail et tu as mal partout.

Elle perçut elle-même l'insolence avec laquelle elle venait d'interrompre sa grand-mère. Mais aujourd'hui, Anna aussi avait mal au dos et à un bras après avoir si longtemps manié le lourd fer à repasser. Elle posa le panier près de la lessiveuse, retroussa sa seconde manche et ôta la planche à laver des mains de sa mère. Celle-ci rejoignit la grand-mère pour ramasser et replier les draps mis à blanchir dans l'herbe.

— Au fait, Anna, Erich est passé tout à l'heure. Il avait oublié à quelle heure tu débauches chez la Willnitz. Il ne va sûrement pas tarder à revenir. À ton âge, tu ne devrais pas passer ton temps à te balader avec des garçons. Tu avais bien de gentilles amies, avant, vous ne faisiez pas les quatre cents coups comme ça.

— Ah, maman, Erich et moi, c'est spécial, tu ne peux pas comprendre.

— Ça, c'est ce que tu crois. Ne va pas t'imaginer qu'il t'épousera un jour. Une pauvre fille de serrurier ne sera jamais assez bien pour lui. Le fils du gros fermier se cherchera mieux, c'est sûr, alors ne te fais pas de faux espoirs.

La grand-mère hocha la tête.

— Je n'espère rien du tout. Et je n'ai jamais pensé à me marier, je suis bien trop jeune.

Anna se mit à la lessive en priant pour que sa mère abandonne le sujet, et surtout pour qu'Erich ne choisisse pas cet instant pour arriver.

De son lit, Anna entendit un doux sifflement sous la fenêtre de la chambre. Deux courts, un long. Elle le connaissait trop bien pour le confondre avec celui d'un oiseau. Elle balaya du regard la pièce vaguement éclairée par la lueur de la lune presque pleine, et constata avec soulagement que tous les autres dormaient. Repoussant doucement le bras de Dora de sa poitrine, Anna se leva en silence et s'approcha de la fenêtre sur la pointe des pieds. En bas, près du potager, elle distingua la silhouette d'Erich. Il agita la main quand il la vit. Elle lui fit comprendre d'un geste qu'elle descendait. En se dirigeant vers la porte, elle prit conscience d'un changement dans l'atmosphère de la chambre. Le léger ronflement de son frère cadet Otto, qui était affligé de polypes, s'était tu. Quand Anna se tourna vers lui, il la fixait de ses yeux écarquillés.

— Tu vas où, comme ça, en pleine nuit ? chuchota-t-il.

— C'est pas tes affaires !

— Si c'est pas mes affaires, je le dirai à mère demain.

Anna comprit qu'elle ne s'en tirerait pas comme ça. Elle réfléchit fébrilement à une manière de calmer Otto et se souvint des caramels mous qu'elle s'était achetés la veille. Pour se les payer, elle avait fait cinq heures supplémentaires chez la Willnitz, le soir, parce qu'il fallait absolument achever une robe pour la femme du pasteur. Celle-ci, sachant qu'Anna ne touchait aucun salaire pendant son apprentissage, lui avait donné un groschen.

Elle fouilla la poche de son tablier suspendu au pied du lit. En trouvant le sachet froissé, elle compta du bout des doigts les bonbons qui restaient. Encore quatre. Elle faillit céder à la tentation de s'en fourrer un à la hâte dans la bouche, sentit presque son goût sucré et crémeux sur sa langue, et déglutit, l'eau à la bouche. Mais elle fit volte-face, la peau de son pied nu frottant doucement le parquet, trouva à tâtons la main d'Otto et y glissa le sachet.

— Tiens, c'est pour toi – et pas un mot à mère !

Otto saisit un bonbon, le renifla, puis le mangea aussitôt.

— C'est d'accord !

Anna le saisit par le poignet et s'étonna qu'il soit aussi mince et fragile. Après tout, il n'avait que sept ans. Pourtant, il fallait qu'elle essaie de l'intimider un peu pour s'assurer de son silence.

Elle se pencha vers lui, s'approchant tant que son nez effleura le sien et qu'elle perçut la douce odeur du caramel.

— Donne-moi ta parole d'honneur !

— Oui, oui, parole d'honneur !

Lui aussi avait hâte d'en finir et de savourer enfin les sucreries en paix. Mais Anna ne céda pas. Les bavardages de son petit frère face à leurs parents lui avaient déjà causé quelques mauvaises surprises. Entre eux, les autres enfants le surnommaient « le mouchard ».

Elle entendit Erich répéter plusieurs fois son sifflement ; sans doute allait-il se lasser et rentrer chez lui. Elle serra le poignet d'Otto aussi fort qu'elle le put, en ayant la présence d'esprit de lui mettre l'autre main sur la bouche pour qu'il ne la trahisse pas d'un cri. Il écarquilla encore plus les yeux ; elle lâcha son poignet sans ôter sa main de ses lèvres et chuchota :

— Si tu trahis ta parole d'honneur, tu auras tout le monde contre toi, et j'espère que tu sais ce que ça veut dire !

Otto hocha vivement la tête. Anna retira la main de sa bouche. Quand elle le vit enfourner un deuxième bonbon en silence, elle se détourna sans un mot et sortit à pas de loup.

Elle ouvrit la porte de la maison tout doucement, pour éviter de faire le moindre bruit, et l'air glacé lui sauta au visage. Elle décrocha un vêtement au hasard de la patère et s'en enveloppa. Erich, qui l'avait déjà vue, se tenait sur le seuil. Quand elle sortit, il lui saisit le bras et l'attira de côté. Anna poussa un cri.

— Quoi ? Depuis quand es-tu si douillette ?

Elle souleva sa manche et lui montra sa brûlure.

— Aïe. Tu t'es fait ça chez la Willnitz ?

Elle hocha la tête.

— Tu en as mis, un temps ! Je siffle depuis une éternité !

— Il a fallu que je fasse taire mon petit frère. Il s'est réveillé.

— J'espère qu'il ne te causera pas d'ennuis.

— Je ne crois pas : il y a gagné quatre caramels et m'a donné sa parole d'honneur. Je pense qu'il se taira. Alors, qu'est-ce qui se passe pour que tu viennes ici en pleine nuit ?

Erich hésita, et Anna vit à la lumière de la lune qu'il avait l'air étrangement grave ; ses taches de rousseur semblaient soudain complètement déplacées.

— Anna, j'ai quelque chose à te dire.

Elle resserra le manteau de son père autour de ses épaules.

— Je ne serai plus là pour ton anniversaire. Je pars demain à Potsdam. Je voulais te donner ça.

Il tira de sa poche un petit objet emballé dans un mouchoir, déplia le tissu et posa le cadeau dans la main d'Anna. Il observa le bout de ses souliers, embarrassé, en traçant un motif quelconque dans la poussière.

— Qu'est-ce que c'est ? demanda-t-elle.

Elle approcha de son visage la petite assiette en bois. Une plaque de verre y était insérée, qui abritait une jolie fougère séchée.

— J'ai fait ça pour toi. La fougère vient de notre coin baignade. Derrière, j'ai gravé l'année.

Sans un mot, Anna se pencha en avant et lui planta un baiser rapide sur la joue. Mais quand il voulut l'attirer à lui, elle le repoussa.

— Pourquoi tu ne seras pas là pour mon anniversaire ? s'enquit-elle.

— Je me suis inscrit au service militaire, lâcha Erich.

On aurait dit qu'il voulait en finir au plus vite.

Soudain, Anna perçut très distinctement le froid ambiant. Elle déglutit sans savoir où regarder ni quoi dire. La nouvelle lui paraissait si définitive. Ne pars pas, tu es mon meilleur ami, mon seul ami – voilà tout ce qu'elle parvenait à penser. Elle fut cependant incapable de se lancer, comme elle avait été incapable de lui présenter des excuses pour les coups de baguette qu'il avait reçus à cause d'elle.

Elle s'aperçut qu'il la fixait des yeux, attendant une réaction.

— Tu ne dis rien ?

Anna resta muette. Il lui prit la main. Quand il se rendit compte qu'elle ne réagissait pas, il eut honte de son geste et la lâcha. Elle retomba mollement.

— Comprends-moi. J'ai toujours voulu aller à l'académie militaire. C'est ma seule chance. Je ne veux pas pourrir ici, dans la forêt de la Sprée, à faire pousser des légumes comme mes parents. Après trois ans de service, je pourrai poser ma candidature quelque part.

Anna se détourna et Erich resta planté là, désemparé. Elle ne rouvrit la bouche qu'au bout d'un moment, toujours dos à lui.

— Tu veux que je te comprenne ? Que je sois contente que tu me laisses en plan ici ? Tant mieux pour toi si tu vas à l'académie militaire ! Bonne chance, Erich ! Porte-toi bien ! Et envoie-moi une carte postale de Potsdam ! C'est ça que tu veux que je te dise ?

Au moment où elle prononçait ces mots, Anna sentit à quel point son comportement était injuste. Pourtant, elle ne parvenait pas à s'arrêter.

— Ou est-ce que tu préférerais... (Elle prit un ton exagérément suppliant, larmoyant.) Oh non, Erich, reste ! Je ne veux pas que tu partes ! Tu vas tellement me manquer ! S'il te plaît, reste !

Elle marqua une pause et gronda :

— Je ne te dirai rien de tout ça !

Elle savait bien qu'elle était ridicule mais ne put s'empêcher de lever le bras et de jeter la petite assiette de bois, qui décrivit un large arc de cercle avant de tomber sur le gravier. Elle fit un pas vers la maison, consciente d'être sur le point de perdre tout contrôle d'elle-même. Ils restèrent immobiles un moment. Erich lui saisit le bras, sentit qu'elle se crispait, la lâcha de nouveau. Aucun d'eux n'aurait su dire s'ils restèrent ainsi une minute, ou dix. Enfin, presque avec soulagement, Anna entendit les pas hésitants du jeune homme crisser sur le gravier. Ils accélérèrent, furent étouffés par le gazon puis s'éloignèrent. Anna se retourna et aperçut brièvement l'ombre de son ami avant qu'il ne disparaisse dans la forêt. Elle grelottait, ses pieds nus étaient gelés. Une tristesse et une déception infinies formaient une grosse boule dans sa poitrine. Erich quittait Vetschau, mais surtout, elle avait été incapable de lui montrer et de lui dire à quel point elle en était désespérée.

Anna avança prudemment, fouillant des yeux le sol obscur. Elle perçut sous son pied nu la petite assiette de bois, se pencha, la ramassa et suivit du bout du doigt la fissure sur la plaque de verre. Au moins, il n'est pas complètement brisé, pensa-t-elle en serrant l'objet contre elle. Sans plus se soucier d'être silencieuse, elle remonta l'étroit escalier très raide et retourna dans la chambre. Otto dormait, l'air d'un ange. Le léger ronflement si familier était revenu, il avait encore dans une main le sachet de papier froissé. Anna se glissa dans son lit et poussa un peu Dora, toujours endormie. Elle cacha le cadeau d'adieu d'Erich sous le matelas pour que ses frères ne le découvrent pas au matin. Puis elle se blottit contre Dora et sentit une chaleur bienfaisante émaner du petit corps de sa sœur pour couler dans ses membres glacés.

Charlotte

La mère de Charlotte revenait vers la maison avec une jatte d'œufs frais. Elle avait demandé à un valet de ferme de les lui ramasser pour faire des crêpes. La journée de fin juillet touchait à sa fin. Lisbeth frissonna ; le vent lui semblait un peu frais pour la saison. Elle pensa à l'appétit et au plaisir avec lesquels Charlotte se jetait toujours sur les crêpes quand elle était encore à la ferme. Elle revoyait sa fille assise dans la cuisine, ses longues tresses blondes reposant sur ses épaules, l'expression satisfaite de ses yeux gris-bleu très écartés. Elle n'était partie qu'une semaine plus tôt chez la belle-sœur de Lisbeth, à Leipzig, où elle devait passer au moins trois semaines, et elle lui manquait déjà.

Un chariot entra dans la cour à toute vitesse. Lisbeth sursauta et en lâcha sa jatte d'émail qui tomba au sol dans un tintement métallique. Richard bondit du siège du cocher et vint vers elle tandis que ses chiens se jetaient sur les œufs cassés pour les laper.

— J'arrive de Chemnitz. L'héritier du trône austro-hongrois a été assassiné.

Pourquoi me raconte-t-il cela ? se demanda Lisbeth. Les paroles de son mari atteignirent progressivement son cerveau exténué. Depuis le départ de Charlotte, elle ne dormait presque plus, restant éveillée des nuits entières à écouter Richard ronfler bruyamment. Et à présent, même avec la meilleure volonté du monde, elle ne comprenait pas en quoi cette information les concernait. Sa lassitude renforçait encore son manque d'intérêt pour la politique. Richard plissa ses yeux bleus, pencha légèrement la tête en arrière et observa sa femme, l'air déconcerté. Il n'avait pas l'habitude qu'elle ne réagisse pas à ce qu'il lui disait. Il secoua la tête et, sans plus de commentaire, partit à la recherche d'un public plus intéressé par les nouvelles fraîches qu'il rapportait de l'hôtel Chemnitzer Hof. Il fréquentait régulièrement le restaurant de l'établissement, y prenant un chocolat chaud et un verre d'eau-de-vie avec des connaissances après avoir conclu ses affaires en ville.

Une heure plus tard, ils dînèrent de pain de viande et de pommes de terre, au lieu de crêpes. Comme le repas était à son goût, Richard n'évoqua plus le comportement de sa femme et revint à ses préoccupations politiques.

— L'Autriche a lancé un ultimatum à la Serbie pour élucider le meurtre, mais on dit que ce n'est qu'un prétexte et que la guerre est déjà décidée.

— La guerre ? répéta Lisbeth. Pourquoi la guerre ?

— Eh bien, avec l'Allemagne comme alliée, les Autrichiens se sentent évidemment très forts. Seuls, ils n'auraient pas les tripes d'y aller, expliqua Richard. Et l'empereur Guillaume a clairement dit que l'Allemagne soutiendrait fidèlement l'Autriche-Hongrie. Alors évidemment, ils osent tout !

— Oui, oui, qui sait où tout ça nous mènera…, soupira sa mère, Wilhelmine.

Richard se mit ensuite à parler du quotidien de la ferme, un sujet quasi inépuisable. Lisbeth, muette, ne prit pas part à la conversation ; cela n'échappa pas à sa belle-mère, qui commençait à se faire du souci.

— Lisbeth, tu ne te sens pas bien ? Tu ne serais pas en train de tomber malade ?

— Oh, ce n'est rien, mère. Je suis juste un peu fatiguée, et... (Elle ajouta à voix un peu plus basse, avec un coup d'œil vigilant à Richard :) Lotte me manque beaucoup. C'est tellement calme, ici, depuis qu'elle est partie.

Sa belle-mère hocha la tête, devinant que ce n'était probablement pas tout.

De fait, Lisbeth ne se languissait pas seulement de la vivacité de Charlotte. L'immense ferme offrait suffisamment de distractions et de vie. La proximité, l'intimité la liant à son unique enfant laissaient un vide, car même si Charlotte aurait quinze ans quelques mois plus tard, elle ne s'était pas complètement détachée de sa mère. Lisbeth plongea machinalement la main dans la poche de son tablier où elle conservait la première lettre que lui avait envoyée sa fille, à son arrivée. Dès le début, elle s'était opposée à l'idée de Richard d'envoyer leur fille quelques semaines chez sa sœur, à Leipzig. Mais sa décision était liée aux visites à Feltin désormais presque quotidiennes du jeune notaire. Richard avait très sérieusement déclaré qu'il le soupçonnait de faire la cour à Charlotte. Pourtant, elle était encore presque une enfant. Lisbeth avait témoigné d'une obstination inhabituelle pour tenter de la garder auprès d'elle. Cela lui avait coûté une énergie folle, et elle avait enduré plusieurs accès de colère de Richard. Elle avait fini par céder. Il semblait avoir des projets précis pour le prétendant de Charlotte, même s'il ne lui révéla rien. Incapable de s'imposer face à un mari si dominant, qui ne croyait pas du tout à la démocratie au sein du mariage, elle fut obligée de laisser Charlotte partir. Mais si la guerre éclatait vraiment ? Ne serait-ce pas une raison de faire rentrer leur fille à la maison au plus vite ?

Dans l'après-midi du 1er août 1914, Charlotte, assise à l'étage noble avec sa cousine Edith et sa tante Cäcilie, brodait une housse de coussin. Les jeunes filles jetaient des coups d'œil de plus en plus fréquents à l'immense horloge du mur tendu de soie bleu pâle. Ce jour-là, le temps refusait obstinément de passer. Elles attendaient avec impatience que la petite aiguille se pose enfin sur le 5. Depuis l'arrivée de Charlotte chez sa tante, il ne se passait pas une journée sans que la haute société de Leipzig ne vienne prendre le thé chez les Liebermann. Cäcilie tenait un salon où se retrouvaient chaque après-midi les épouses des industriels et des banquiers de la ville avec leurs rejetons en âge de se marier. Et chaque fois, on présentait à Charlotte des jeunes hommes pleins d'espoir. Elle constatait toutefois sans jalousie que beaucoup présentaient leurs hommages à sa cousine Edith, d'un an son aînée. Sa tante et son oncle menaient grand train dans leur hôtel particulier somptueusement meublé. Cäcilie avait épousé un membre d'une riche famille de banquiers. L'oncle de Charlotte travaillait beaucoup mais allait aussi au théâtre, appréciait les soirées organisées par sa femme et gâtait sa famille avec tout le luxe possible. Tous étaient vêtus à la dernière mode, et Cäcilie avait pris grand plaisir à refaire la garde-robe de sa nièce. Cet après-midi-là, Charlotte portait une jupe entravée à basque, d'élégantes bottines à boutons, et un chemisier de soie vert canard aux manches ballons ornées de dentelle délicate. Sa cousine avait choisi un ensemble comparable d'un bleu œuf-de-pigeon.

La femme de chambre d'Edith avait coiffé Lotte avec un fer à friser dernier cri, de sorte que des boucles blondes et dorées encadraient son visage finement poudré. Depuis qu'elle prenait ses repas avec la famille de sa tante, elle avait minci : à peine avait-elle commencé à manger qu'un serveur en livrée remportait déjà son assiette. Dans le miroir, il ne restait pas grand-chose de la campagnarde brunie par le soleil. Charlotte imaginait souvent sa première saison de bal, l'occasion pour sa tante de l'introduire officiellement dans la haute société. Ce grand événement était prévu pour l'automne suivant.

Malgré ces distractions, elle pensait beaucoup à Leo Händel. Il paraissait bien plus adulte et instruit que les jeunes admirateurs qui la saluaient ici chaque jour. Et lors de sa dernière visite, il lui avait vraiment donné l'impression de s'intéresser à elle.

Soudain, des acclamations retentirent à l'extérieur. Heureuses d'être ainsi interrompues dans leurs travaux d'aiguille, Edith et Charlotte se ruèrent vers les fenêtres ouvertes du balcon et s'appuyèrent à la balustrade de fer forgé. Des centaines d'hommes défilaient dans la rue en chantant la *Deutschlandlied* et une autre chanson dont le refrain disait : « Au pays, au pays, nous nous reverrons. »

Les jeunes filles agitèrent la main vers eux.

— Que faites-vous donc ? demanda la maîtresse de maison dans leur dos.

— Mère ! Sais-tu ce qui se passe, pourquoi tous ces gens sont dans la rue ? s'enquit Edith.

— L'Allemagne a déclaré la guerre à la Russie ! On mobilise ! répondit Cäcilie.

Elle les chassa du balcon, referma la porte-fenêtre puis se tourna vers les adolescentes qui chuchotaient avec agitation.

— Père a dit que quand la guerre commencera enfin, nous vaincrons les Français et les Russes d'ici Noël. On va leur montrer de quoi sont capables les Allemands, déclara Edith.

Sa mère la regarda sans un mot, mais il sembla à Charlotte qu'elle ne partageait pas son avis.

— Est-ce que tous les hommes doivent partir ? demanda-t-elle.

— J'imagine que oui. En tout cas ceux qui ne sont pas trop jeunes, trop vieux ou trop malades.

Charlotte hocha la tête en silence. Elles retournèrent à leur broderie. Au bout d'un moment, elle s'adressa à sa tante :

— Puis-je écrire une lettre ?

— Bien sûr. Tu n'as pas besoin de me poser la question, Lotte. Va donc t'asseoir à mon secrétaire, sers-toi de mon papier à lettres. Et n'oublie pas de saluer chaleureusement Lisbeth de ma part.

Charlotte aurait préféré s'installer dans sa chambre mais ne pouvait guère refuser la proposition de sa tante. Elle plongea sa plume dans l'encre et se demanda si sa lettre atteindrait le jeune homme à temps. Et comment allait-elle s'adresser à lui ?

Leipzig, le 1er août 1914

Très cher Leo,

Vous avez certainement vous aussi appris la nouvelle de la déclaration de guerre. Je me trouve en ce moment chez ma tante, à Leipzig. Cet après-midi, nous avons vu des centaines d'hommes défiler dans les rues en se réjouissant du début de la guerre.

J'ignore moi-même qu'en penser. Allez-vous devoir partir au combat ? J'espère que vous

Percevant soudain une présence dans son dos, elle se retourna et se retrouva nez à nez avec Edith. Charlotte couvrit hâtivement sa lettre de ses mains et sentit le rouge lui monter aux joues.

— Tu écris à tes parents ?

— Tu m'espionnes ?

— Oh, voyons, Charlotte, à qui d'autre peux-tu bien écrire ? Tu n'as sûrement pas d'amant secret.

Edith la regardait droit dans les yeux, avec une telle franchise que Charlotte ne put douter de son honnêteté. De toute façon, elle n'était pas de nature méfiante.

— Laisse-moi voir ! la supplia Edith. Pas de secret entre nous, n'est-ce pas ?

Charlotte scruta le fin visage de sa cousine, dont la lèvre supérieure en forme de cœur était semblable à la sienne. Avec ses yeux bleus caractéristiques des Feltin, c'était là leur unique ressemblance. Mais Charlotte appréciait Edith et ses traits singuliers. Son teint pâle était le contraire absolu de sa propre carnation rose. Les sourcils en V qui surmontaient ses yeux de biais lui donnaient en permanence un air un peu trop étonné. À l'inverse de la plupart des jeunes filles de son âge, elle portait lâchés ses épais cheveux couleur moka. Chaque vertèbre de son dos mince et allongé se détachait sous sa robe turquoise, et ses clavicules ressortaient de part et d'autre de son décolleté. Sa physionomie peu banale lui attirait bien des regards, pas tous bienveillants.

Charlotte soupira et ôta les mains de sa lettre. Edith se pencha et, dès la lecture de l'adresse, écarquilla ses yeux clairs. Elle survola les quelques lignes puis se plaqua une main sur la bouche.

— Lotte ! Tu dois tout me dire de lui ! s'exclama-t-elle.

Anna

La clochette de la porte d'entrée tinta et Mme Willnitz se leva pour aller accueillir la clientèle. La boutique était séparée de l'atelier par une tenture à motif bleu. Anna, assise devant la machine à coudre, peinait sur des rideaux pour une cliente de Cottbus. Elle avait du mal à coudre droit sur le tissu fin et glissant, et savait qu'elle devrait tout découdre et recommencer si la Willnitz, qui avait l'œil sévère, n'était pas satisfaite.

Concentrée comme elle l'était, elle n'entendit pas les pas dans son dos. Elle sursauta de surprise et de douleur quand deux mains l'attrapèrent par-derrière, écrasant sa poitrine encore presque plate. Elle saisit les doigts, notant avec dégoût qu'ils étaient moites, et tenta de toutes ses forces de s'en libérer. Mais la poigne se resserra encore, et Anna cria malgré elle. Une voix qu'elle connaissait bien lui siffla à l'oreille :

— Alors, Anna, on te compte encore les côtes. Mange donc un peu plus de soupe pour ne pas rester plate comme une limande et avoir enfin quelque chose à peloter.

Son agresseur posa ses lèvres ouvertes contre son cou, suça sa peau et la lécha de sa langue humide. L'odeur de ses cheveux gras et sales lui monta au nez, lui donnant la nausée. Anna cherchait désespérément à se défendre quand ses yeux se posèrent sur les ciseaux, près de la machine à coudre. Elle tendit la main. Il restait deux centimètres pour les atteindre et elle voulut se pencher en avant, mais l'étreinte était trop forte. Soudain, son tortionnaire la lâcha. Elle saisit les ciseaux, se retourna sans même quitter sa chaise et s'apprêtait déjà à planter une lame dans le bras de l'agresseur quand il tomba d'un coup à la renverse. Anna lâcha les ciseaux et se leva lentement. Eduard, le fils de dix-sept ans de la Willnitz, gisait devant elle. Sa mère, de retour dans l'atelier, venait de l'arracher à sa victime.

La couturière fut la première à retrouver la parole.

— Debout, Eduard, fiche le camp d'ici. Fais ton travail, ça t'évitera d'avoir des idées idiotes. Mme Bäumler attend depuis hier les deux jupes qu'elle a commandées.

— Oui, mère, j'y vais, j'y vais, fit-il pour toute réponse.

Il se remit pesamment sur pied et lissa son pantalon. En sortant, il se retourna vers Anna et, sans que sa mère le voie, agita la langue entre ses lèvres ouvertes de manière obscène.

Sans un mot d'excuse ou de compassion, Mme Willnitz se pencha sur son ouvrage pour le contrôler.

— C'est ni fait ni à faire, Anna ! Tu es bonne pour tout recommencer !

La jeune fille observa le rideau pour évaluer les dégâts. Par chance, elle avait automatiquement cessé d'activer la pédale lorsqu'Eduard l'avait agressée. La machine à coudre s'était arrêtée et l'ourlet n'avait dévié que de sept centimètres vers la droite.

La Willnitz devait bien se douter que ce n'était pas sa faute.

— Bien sûr, madame Willnitz, mais c'est arrivé quand Eduard...

— Tais-toi, l'interrompit rudement la couturière. Je ne veux rien entendre. Et ne va pas raconter ça au village, sinon, tu n'auras pas besoin de remettre les pieds ici.

Anna garda le silence. Elle tenait absolument à terminer son apprentissage, même s'il lui en coûtait. Pas question de se faire renvoyer dans le déshonneur, elle ne pouvait pas infliger ça à ses parents. Et jamais elle ne parlerait à sa mère de l'incident, qui la mettait bien trop mal à l'aise. Elle se sentait presque coupable qu'Eduard se soit ainsi jeté sur elle.

Elle défit l'ourlet et tenta de poursuivre son travail, mais elle n'arrivait plus à se concentrer. La couture ne cessait de glisser, et elle devait tout le temps recommencer. Alors qu'elle était enfin sur le point de passer la bande à plomb dans l'ourlet du rideau, Mme Willnitz regarda l'horloge murale et déclara :

— Anna, il est déjà 17 heures. Rentre donc chez toi.

La jeune fille tourna la tête, interloquée. Était-elle renvoyée malgré tout ? Elle se leva doucement. Mme Willnitz était debout devant elle. À l'inverse de son fils, la couturière était toujours très soignée. Son chemisier amidonné se tendait, immaculé et sans un pli, sur sa généreuse poitrine. Ses mèches striées de gris étaient retenues en un chignon strict couvert d'un filet, pour qu'aucun cheveu ne tombe sur la marchandise.

En observant son visage, Anna tressaillit. On aurait dit qu'elle avait dix ans de plus que le matin. Sous ses sourcils dressés, le regard d'habitude si froid de ses yeux clairs avait perdu toute sa sévérité, et les rides autour de son nez s'étaient encore creusées.

Anna en ressentit presque de la pitié pour elle, bien que sa patronne ne lui ait jamais adressé le moindre mot aimable. Manifestement, l'agression d'Eduard l'avait beaucoup remuée, elle aussi, lui prouvant une fois de plus qu'elle avait raté son éducation – le père était mort jeune de la tuberculose et elle devait élever son fils seule.

— Très bien, merci, madame Willnitz. Alors je... j'y vais. Mais... vous allez bien ? balbutia Anna.

La couturière la regarda d'un air épuisé et répondit doucement, presque avec peine :

— Ah, Anna, la vie nous joue parfois de sales tours. Tu crois sûrement que je ne t'aime pas, ou que j'ai un cœur de pierre, et que c'est pour ça que je suis si dure avec toi. Mais crois-moi, il n'est jamais trop tôt pour apprendre la discipline, qui sert à faire face à tous les hauts et les bas de l'existence. En s'écoutant et en cédant à toutes ses faiblesses, on ne s'en sort jamais. Peu importe que tu sois née avec une cuillère d'argent dans la bouche, ce qui n'est hélas pas ton cas, ou que tu fasses partie des miséreux obligés de vivre du travail de leurs mains. Sois toujours dure avec toi-même, c'est le seul moyen d'y arriver.

Elle tendit la main et effleura les cheveux bruns d'Anna, presque sans la toucher. Celle-ci n'aurait jamais cru sa patronne capable d'un tel geste.

— Tu es une bonne fille, et Eduard est un vrai cochon.

À ces mots, les larmes coulèrent sur les joues de la couturière. Mais dès la phrase suivante, elle retrouva un peu de sa sévérité habituelle.

— Prends garde, Anna. Il essayera encore, et je ne peux pas te protéger de lui. Si quelque chose arrive vraiment, je soutiendrai mon fils et je nierai tout. C'est la chair de ma chair. Tu ne peux pas le comprendre maintenant ; un jour, peut-être. Alors fais bien attention !

Anna fut prise de sueurs froides à l'idée d'affronter de nouveau Eduard et de se retrouver dans une situation pire encore. Et en cet instant, elle sut avec certitude qu'elle le tuerait plutôt que de supporter une nouvelle agression. Elle n'en dit rien, cependant il lui sembla que Mme Willnitz, qui la dévisageait presque dans l'expectative, l'avait deviné, et la considérait désormais comme un danger. Anna rougit et se tourna vivement vers la porte.

— Alors à demain, madame Willnitz.

La couturière, immobile, ne répondit pas.

Anna parcourut le chemin du retour au pas de course sans cesser de penser à cette confrontation muette avec sa patronne. Son cœur battait à tout rompre, et pas seulement parce qu'elle courait vite. Elle avait peur. Peur d'Eduard, de ce qu'il pourrait lui faire, et peur de sa propre réaction. Anna s'arrêta d'un coup. Elle venait d'arriver sur le pont de bois où Erich l'avait jadis si souvent attendue.

Soudain, elle se rendit compte que son meilleur ami lui manquait terriblement. Elle n'était pas certaine qu'elle lui aurait raconté l'incident, mais il aurait dû être là pour lui changer les idées. Elle prit douloureusement conscience qu'elle l'avait offensé par son comportement puéril. Pourquoi avait-elle fait ça ? Quel sentiment l'avait poussée à le traiter ainsi ?

À pas lents, Anna reprit son chemin jusqu'à la maison familiale, vers laquelle elle retournerait toujours. Évidemment. Mais qu'est-ce qui l'y attirait vraiment ? C'était son chez-elle. Là où vivait son père. L'espace d'un instant, une sensation d'amour et de reconnaissance l'envahit quand elle pensa à sa bienveillance permanente, toujours altruiste, rarement réprobatrice. Pourtant jamais elle n'aurait pu se confier à lui. Elle savait que si elle lui racontait ce qui s'était passé, son père adoré, complètement dépassé, se jetterait dans un activisme impuissant, chaotique et sans doute déplacé.

Ses frères et sœurs ? Emma ? Peut-être celle-ci trouverait-elle quelques mots de compassion, voire un bon conseil. Mais voulait-elle vraiment l'entendre ? N'avait-elle pas juste besoin d'être consolée, sans condescendance et sans se soucier de la sensibilité de sa confidente ? Dora n'entrait pas en ligne de compte. Bien trop jeune, elle aurait encore moins compris qu'elle-même ce qui venait de se passer. Elle l'aurait sans nul doute serrée dans ses bras pour la réconforter, seulement il aurait été irresponsable d'entraîner ainsi sa petite sœur dans sa souffrance.

L'été précédent encore, avant son quatorzième anniversaire, elle ne se serait pas souciée des sentiments de son père ou de sa sœur. Anna prit conscience qu'elle avait déjà perdu un peu de l'insouciance de son enfance, ce qui ne la réconforta en rien.

Et puis, il y avait sa mère. Elle repensa à cet après-midi d'octobre dernier et à ce qu'elle lui avait dit à propos d'Erich, et qui l'avait bouleversée. Elle était effrayée par ses sentiments naissants, et une sorte d'instinct autoprotecteur lui interdisait de leur laisser plus de place et d'y réfléchir plus intensément.

Anna fixa en silence l'étroit canal, sous le pont, très calme dans la lumière du soir. Observer les nuées de moustiques danser au-dessus du miroir de l'eau l'apaisait. Un couple de cygnes passa lentement en laissant des vaguelettes dans son sillage. Soudain, à la vue de ce spectacle simple et beau, elle trouva d'autant plus injuste que son univers soit sur le point de se disloquer. En cet instant, la vie lui semblait sans issue, et elle fut presque terrassée par cette douloureuse confusion. Si c'était là un avant-goût du passage à l'âge adulte, l'expérience était glaçante et ne lui inspirait guère de curiosité face à ce monde encore largement inconnu.

C'est dans cet état d'abattement qu'elle arriva enfin chez elle. Elle ouvrit la porte, espérant vaguement ne rencontrer personne, mais à peine fut-elle dans le couloir qu'Otto se précipita vers elle, un fusil de bois à la main, et lança :

— Anna, je serai bientôt soldat, j'irai me battre contre les Russes et les Français. Wilhelm et moi, on va tous les tuer.

La jeune fille jeta un coup d'œil interrogateur à Wilhelm puis à leur mère, qui avait l'air malheureuse.

— Oui, Anna, c'est vrai. Wilhelm s'est porté volontaire. Il va partir à la guerre.

Wilhelm était debout à la fenêtre de la cuisine. Sa silhouette maigre se détachait distinctement dans le contre-jour. Il se tenait de profil, mettant en évidence le nez caractéristique des Tannenberg dont Anna avait hérité aussi, à son grand désespoir.

Wilhelm avait toujours été le frère préféré d'Anna, et il l'avait souvent protégée de Max. À cet instant toutefois, il paraissait juste très mince et vulnérable. Il leva fièrement la tête en regardant sa sœur.

— On aura vaincu les Russes et les Français dès l'automne. Vous verrez : je serai de retour à la maison pour Noël, avec une batterie de décorations sur la poitrine. Et vous serez fiers de moi !

Anna n'en croyait pas ses oreilles.

— Mais enfin, Wilhelm, tu n'as jamais été à l'armée, comment veux-tu devenir soldat d'un coup et te faire envoyer à la guerre ? Tu te feras tuer tout de suite !

— Tu n'y connais rien ! On fera d'abord nos classes, bien sûr. Et ça fait longtemps que je sais tirer !

Il postillonnait d'excitation. Trop fatiguée de sa propre journée pour se lancer dans une grande conversation, Anna admit, apaisante :

— D'accord, d'accord, tu sais sûrement ce que tu fais. Je suis très fatiguée, j'aimerais aller me coucher tout de suite.

— Tu ne veux pas dîner ? Il y a de la soupe de pommes de terre.

Jusque-là, à cause de l'agitation provoquée par Wilhelm, sa mère n'avait pas prêté attention à Anna. Soudain alertée, elle dévisagea sa fille. Il n'y avait jamais trop à manger chez les Tannenberg, et aucun enfant ne sautait volontairement un repas.

— Non merci, maman. Je n'ai pas faim du tout.

Elle se détourna vivement et se dirigea vers la porte, voulant à tout prix éviter que sa mère apprenne ce qui lui était arrivé. Le seul moyen était de quitter la pièce sans tarder. Sophie Tannenberg faisait parfois preuve d'une perspicacité presque surnaturelle quant aux états d'âme de ses enfants. Anna grimpa à la hâte l'escalier qui menait aux chambres, échappant pour le moment à un questionnement plus approfondi. Elle se laissa tomber sur le lit. Une minute plus tard, elle dormait profondément.

Sa mère la suivit des yeux puis retourna mettre la dernière main au repas du soir. La soupe de pommes de terre était prête, et Max appela tout le monde.

— Où est donc Anna ? demanda le père en arrivant dans la cuisine. Pas encore rentrée ? Cette Willnitz est une mauvaise femme. Elle exploite ses apprenties.

— Non, non, Anna était fatiguée, elle est déjà couchée. Quelque chose ne va pas. J'irai la voir tout à l'heure. Mais dis-moi, est-ce que ton aîné t'a parlé de ses projets ?

— Oui, bien sûr. Nous en avons discuté avant qu'il se porte volontaire.

Sophie regarda son mari, incrédule.

— Et tu lui as conseillé de s'engager dans cette guerre délirante ?

Wilhelm bondit, renversant sa chaise. Il était soudain cramoisi.

— Mère ! Comment peux-tu dire une chose pareille ! Notre empereur doit tenir parole et soutenir ses alliés. Et c'est le fichu devoir et l'obligation de tout homme sain de se battre pour la mère patrie !

— Allons, allons, Wilhelm, ne parle pas ainsi à ta mère ! Même si, sur le fond, je suis de ton avis. Et Sophie, si je n'avais pas huit bouches à nourrir, sois certaine que je me porterais moi aussi volontaire. Les Français, surtout, avec leur grande gueule, ont bien besoin qu'on leur rabatte leur caquet !

Sophie le regarda, sidérée. Son mari ne s'était jamais intéressé à la politique, se moquant complètement des affaires du vaste monde. Que savait-il des Français ? C'était si loin, la France. Son fils était jeune et fougueux, cela pouvait expliquer et même excuser son patriotisme enflammé. Mais chez un homme mûr, elle trouvait ces radotages sur la mère patrie absolument ridicules. Elle haussa les sourcils et répliqua d'un ton délibérément provocateur :

— Eh bien, on dirait que votre avis sur la question est définitif. Je suis tout de même stupéfaite qu'un homme adulte et intelligent colporte de tels boniments de bistro et incite son propre fils à aller servir de chair à canon. Enfin, par les temps qui courent, le sens commun ne semble plus rien valoir. Voilà que j'ai perdu l'appétit aussi. Je préfère aller voir les oies, elles cancanent moins d'âneries que vous.

Avant que quiconque puisse réagir, Sophie Tannenberg fit volte-face et sortit dans le jardin. Les deux hommes se regardèrent, gênés. Les plus jeunes, qui n'avaient encore jamais vu leurs parents se disputer, étaient perturbés.

— Maman ne reviendra jamais ? demanda Dora.

— Mais si, bien sûr que si, la consola son père.

Il avait pourtant du mal à garder son calme après avoir été ainsi malmené devant toute sa famille.

— Elle est juste partie aux oies !

Anna fut la première à apercevoir Erich dans son uniforme gris. En la voyant, il voulut poursuivre son chemin en faisant mine de ne pas la connaître, mais elle fondit droit sur lui et il comprit qu'il en serait incapable.

— Erich ! appela-t-elle doucement.

Il s'arrêta.

— Tu reviens de l'enterrement ? Je l'ai appris par ma mère. Je suis vraiment, vraiment désolée. (Elle lui prit la main.) Ta sœur était si petite. C'est tellement injuste.

Il leva la tête et Anna tressaillit. Il avait le visage tordu de douleur et de chagrin. Elle comprenait bien sa peine, il lui suffisait de s'imaginer Dora touchée par cette terrible maladie.

Erich déglutit, et elle s'aperçut qu'il luttait contre les larmes.

— Elle venait d'avoir six ans. La diphtérie. Et je n'étais pas là. Tout est allé si vite.

Il détourna les yeux.

— Erich... Je ne sais pas comment te le dire. Je crois que je me suis comportée comme une idiote, ce jour-là... tu sais... La nuit, dans le jardin...

Il garda le silence. Anna lui avait manqué aussi, ces derniers temps. Mais chaque fois qu'il repensait à cette fameuse soirée, il en concluait qu'elle n'était qu'une petite dinde stupide, comme la plupart des filles.

— Erich, je suis vraiment désolée. S'il te plaît, on pourrait être de nouveau amis ?

Il ne répondait toujours pas. Et s'il me plante là ? se dit soudain Anna. Ou pire, s'il se moque de moi comme je me suis moquée de lui ?

Les secondes passèrent, se changèrent en minutes. D'autres personnes les dépassèrent, secouant la tête à la vue des deux jeunes gens plantés sur le trottoir l'un en face de l'autre, silencieux.

Il va se venger, pensa-t-elle. Le souvenir amer de leur dernière rencontre remonta en elle.

— C'est bon, Anna !

Erich avait réagi au tout dernier moment, alors qu'elle était sur le point de reprendre ses excuses.

— C'était vraiment puéril de ta part. Est-ce que tu as enfin appris à nager ?

Elle scruta son visage couvert de taches de rousseur, qui semblait soudain un peu moins affecté. Soulagée, elle lui frappa l'épaule du plat de la main.

— Tu ne crois quand même pas que tu vas réussir à m'attirer une fois de plus dans cette mare à sangsues ?

— Je n'en savais vraiment rien. D'ailleurs j'ai trouvé un autre endroit, plus sûr. Aucune sangsue là-bas, je te le garantis. Je peux y aller le premier, cette fois !

Anna lui sourit.

— Je dois retourner au travail, Erich.

Il se renfrogna de nouveau.

— La Willnitz m'a juste envoyée faire une course parce qu'Ed... parce que personne d'autre n'était là.

Le nom du fils de la couturière était lié à bien trop de pensées désagréables pour qu'elle puisse le prononcer. Ces derniers temps, une sensation de malaise la saisissait toujours sur le chemin de la maison ; elle craignait qu'Eduard la guette quelque part. Depuis l'incident, il n'avait plus osé s'approcher d'elle à l'atelier.

— Tu restes ici combien de temps ?

— Je rejoins la troupe demain par le premier train.

— Tu crois que tu pourrais venir me chercher, ce soir ? Je termine à 19 heures.

Elle le regarda d'un air suppliant.

— Je vais voir, si ma mère me laisse sortir. Tu te doutes bien à quel point c'est horrible, pour elle.

Anna hocha la tête, compatissante.

— Mais ne me fais plus attendre ! reprit Erich.

Elle lui reprit la main.

— Erich, ils n'envoient pas au combat des cadets aussi jeunes que toi, non ?

Il la regarda sans répondre puis souffla simplement :

— Il faut que je rentre. Ils doivent tous se demander où je suis. À ce soir.

Charlotte

Lisbeth ne cessait de jeter des coups d'œil impatients par la vitre. Il était déjà 11 h 30 et elle attendait depuis le début de la matinée. De sa place, elle avait une excellente vue sur toute la ferme. La fenêtre était ouverte et elle fut soulagée de constater qu'en cette chaude journée de septembre, le domaine ne sentait que très peu le lisier de porc. La cour intérieure pavée avait été balayée méticuleusement, elle en avait supervisé le nettoyage en personne.

Leurs visiteurs arrivèrent presque à l'heure du déjeuner. La famille Liebermann fit son entrée dans une calèche tirée par quatre chevaux bais, et la voiture marron ornée de marqueterie noire fit grande impression dans leur cour. Le vieux Leutner ouvrit la portière, déplia la marche escamotable et tendit la main aux invités. Charlotte en bondit la première, le salua et sauta au cou de sa mère.

Cäcilie enlaça la grand-mère de Charlotte et la serra chaleureusement contre elle.

— Mère ! Nous ne vivons pas très loin et nous voyons pourtant si peu !

Richard apparut juste à temps pour accueillir sa sœur d'un baisemain galant. Les beaux-frères se serrèrent la main tout en se donnant des tapes joviales sur les épaules.

— Content de vous voir, Cäcilie, Salomon... Edith... Et ma Lotte, bien sûr.

Il posa les mains sur les épaules de sa fille.

— Montre-toi donc !

Il la fit pivoter à droite et à gauche, saisit son menton d'une main, le leva, puis se tourna vers sa sœur.

— Je m'en doutais. Vous en avez fait une vraie petite dame.

Impossible de deviner s'il s'en réjouissait ou si la transformation de Charlotte lui déplaisait. Cäcilie lui sourit et hocha la tête.

— Vous avez une fille fort jolie. Et intelligente, en plus. Nous avons été ravis de l'accueillir. Edith et moi l'aurions bien gardée plus longtemps.

— Et je n'aurais rien eu contre, moi non plus, intervint Salomon Liebermann.

C'était un petit homme mince aux cheveux sombres strictement peignés en arrière et au teint presque olivâtre. Il portait un costume beige qui, étonnamment, avait supporté le voyage sans froissure apparente.

— Attends, nous t'avons apporté quelque chose !

Edith remonta dans la calèche et en ressortit avec un panier d'osier. Lisbeth se récria en voyant deux têtes de chiots en dépasser.

— Voilà ! Un pour Charlotte, son cadeau d'anniversaire en avance, et l'autre pour toi, Lisbeth. Ce sont des cockers anglais.

Richard se pencha vers les chiens.

— Ils sont bons à quelque chose ? Assez minces pour se glisser dans un terrier de renard et l'en faire sortir, peut-être ?

— N'y pense même pas, Richard, le rembarra sa sœur. Ce sont des chiens de compagnie, pas de chasse.

Charlotte souleva un chiot et remarqua au même instant que sa robe se mouillait : dans son excitation, l'animal venait de se soulager. Sans s'en formaliser, elle le posa prudemment par terre puis sortit la femelle du panier. Les cockers étaient couleur rouille ; leurs longues oreilles soyeuses et leurs yeux marron foncé leur donnaient une expression mélancolique, mais leur air espiègle contredisait cette impression. Ils bondissaient entre les jambes de tout le monde en remuant leur courte queue, se chamaillaient et se roulaient par terre.

Les chiens de Richard avaient brièvement reniflé les chiots, qui avaient subi l'examen en gémissant peureusement et en manifestant leur soumission, puis s'étaient détournés, pas plus intéressés que ça, pour retourner s'allonger à l'ombre.

Charlotte regarda son père, tout heureuse ; il semblait d'excellente humeur et se présentait sous son meilleur jour. Elle constata, satisfaite, qu'avec sa redingote brune et sa silhouette élancée (il dépassait Salomon d'une demi-tête), il n'avait rien à envier à l'élégance des Liebermann.

— Richard, par les temps qui courent, j'espère que tu ne prendras pas cela pour un manque de patriotisme de vous apporter des chiens anglais, déclara Salomon.

Le père de Charlotte répondit d'un proverbe :

— Nous vivons unis, nous haïssons unis, nous n'avons qu'un ennemi : l'Angleterre. Il n'y a pas de mal, Salomon. Je ne me suis encore jamais demandé ce que ça ferait de vivre avec des chiens venus de chez l'ennemi.

Il prit un instant un air grave, impénétrable, et tous l'observèrent dans l'expectative. Il finit par éclater de rire.

— Vu la joie de ces dames, je vais bien être obligé d'essayer, et comme Charlotte oublie une fois de plus ses manières, je vous remercie en son nom pour votre cadeau.

Lisbeth et Lotte poussèrent un soupir de soulagement. Elles avaient craint un instant que l'humeur de Richard ne bascule. Apparemment, le danger était passé. Elles furent aussi surprises de l'entendre les qualifier de « dames » alors qu'il ne parlait habituellement que de « bonnes femmes » ou de « drôlesses ». Charlotte prit Edith par la taille et l'entraîna.

— Je veux te montrer les étables, l'écurie et la maison. Ça fait tellement longtemps que tu n'es pas venue, et tu vas passer plusieurs semaines ici !

Les chiots suivirent les deux jeunes filles en se dandinant.

Lisbeth se tourna vers sa belle-sœur, admirant son élégance : Cäcilie portait une robe étroite de soie crème à passepoil bleu foncé dont la sobriété accentuait encore le raffinement. Chapeau, chaussures et sac à main étaient exactement de la même couleur que la robe. Elle ne ressemblait guère à son frère, mais avait les mêmes lèvres que Charlotte et Edith. Ses yeux bleu clair très écartés, caractéristiques des Feltin, brillaient d'une telle intensité qu'on ne pouvait guère s'en détourner. Lisbeth observa sa propre tenue à la dérobée. Elle avait mis sa plus belle robe, bleu nuit, avec un décolleté de velours qu'elle remplissait bien. Ses formes généreuses avaient toujours plu à Richard, même si elle n'avait pas l'élégance de sa belle-sœur. Toutefois, comme chaque fois qu'elles se voyaient, Cäcilie sut dissiper en quelques mots la gêne de Lisbeth. Elle passa son bras sous le sien et se laissa conduire à l'intérieur.

— Lisbeth, tu n'imagines pas à quel point Charlotte nous a enchantés par son naturel.

— Vous avez dû dépenser une fortune pour l'habiller ainsi de pied en cap, Cäcilie.

Celle-ci lâcha un rire perlé.

— Oh, ça nous a beaucoup amusées, crois-moi ! Les journées peuvent être si ternes, à Leipzig. Nous sommes vraiment trop loin de la capitale. J'ai bien essayé de convaincre Salomon de partir à Berlin, mais les affaires… ! Affiner la beauté de Lotte a été pour nous une distraction bienvenue.

Richard avait trouvé en Salomon un interlocuteur à sa hauteur et très intéressé. Tandis que les femmes se dirigeaient vers la maison, il lui fit faire le tour des écuries et des étables, lui montra une partie des champs et des pâturages, et enfin le nouveau générateur dont il était si fier.

— Richard, ton domaine a pris des proportions impressionnantes. Et en fabriquant ta propre électricité, tu es devenu véritablement un pionnier, déclara Salomon.

Son beau-frère caressa sa moustache avec satisfaction et chassa quelques mouches de la main.

— J'espère bien ! Personne n'en est encore là dans la région, mais ça ne veut rien dire. Il y a des domaines, d'anciennes propriétés seigneuriales, qui possèdent beaucoup plus de terres. Surtout, mon cher Salomon, n'oublions pas que ce que tu vois ici est le fruit d'un dur labeur et d'achats habiles, conclus au bon moment, qui ont permis d'étendre considérablement les terres. Les domaines seigneuriaux, eux, sont des héritages. Leurs propriétaires se reposent sur de grandes exploitations dont les fondements ont été posés par des ancêtres travailleurs et rusés. Je n'ai évidemment rien contre l'héritage légal et testamentaire. Et je suis heureux d'avoir au moins une héritière, même si elle n'est pas du sexe espéré ; nous sommes compagnons d'infortune. Ne me comprends pas mal, j'aime notre Lotte de tout cœur, naturellement.

Salomon hocha vivement la tête pour abonder dans le sens de Richard.

— Mais c'est tout de même très différent d'être responsable de sa prospérité et d'avoir bâti quelque chose à la sueur de son front. On aimerait savoir entre quelles mains tout cela atterrira le moment venu. Je suppose que tu es de mon avis ?

— Oui, je vois aussi les choses ainsi, Richard. Seule une fortune bâtie grâce à son propre travail apporte une véritable satisfaction. J'ai certes eu la chance de marcher dans les traces de mon père, qui avait commencé par un petit établissement. Au fil des années, après son décès, mon frère et moi sommes comme tu le sais parvenus à étendre nos affaires bancaires aux assurances et à déployer notre activité dans tout le pays. Et nous avons vraiment réussi, soit dit en toute modestie. Cependant, il faudra voir les conséquences de la guerre. Qu'en penses-tu, combien de temps va-t-elle durer ?

Richard se gratta la tête, entortilla sa moustache.

— Pas facile à dire. En tout cas, la victoire n'a plus l'air aussi certaine. Le général von Moltke a ordonné le retrait lors de la bataille de la Marne alors que, d'après les rapports, elle se déroulait plutôt bien ; l'erreur pourrait être fatale. Il va être difficile de reprendre le dessus contre un front uni, et face aux alliés, nous sommes désespérément inférieurs en nombre.

Avant que Salomon ait pu répondre, les deux hommes étaient devant la maison, juste à temps pour entendre retentir le gong du déjeuner.

— Ah, nous sommes à l'heure pour le repas. Puis-je te précéder, Salomon ?

Ils entrèrent dans la salle à manger et Richard, après une esquisse de courbette, avança une chaise pour sa sœur. Avec une légère amertume, Lisbeth constata une fois de plus les bonnes manières dont pouvait faire preuve son mari quand il le voulait. Il ne s'était montré si attentionné et galant envers elle qu'au tout début de leur mariage.

Erna apporta un bouillon de bœuf aux *Maultaschen* et Richard observa la tablée d'un air satisfait. Lisbeth avait même fait allumer des bougies dans de grands chandeliers de cristal pour donner aux lieux un air plus festif. Les deux jeunes filles chuchotaient, assises côte à côte. Alors seulement, Richard sentit quelque chose remuer à ses pieds. Il souleva la longue nappe et regarda sous la table.

— Ah non, Lotte, ça va trop loin. Tu ne peux pas laisser les chiens entrer dans la salle à manger. Les animaux n'ont rien à faire dans la maison, sauf sous forme de rôti !

Edith sursauta en entendant tonner son oncle et jeta un coup d'œil nerveux à sa cousine, puis à son père. Charlotte s'aperçut alors seulement qu'un coin de ses lèvres tressaillait. Elle lui posa une main sur le bras pour la rassurer. Même si son père était souvent imprévisible, elle avait compris à son ton qu'il était encore de bonne humeur et s'amusait de la situation.

— Viens, Edith, souffla-t-elle, aide-moi vite à mettre les chiots dehors.

Elles attrapèrent les animaux et allèrent les confier à Leutner avant de revenir à table.

On apporta le rôti de veau et Salomon poussa un « aaahhh » appréciateur.

— On n'a pas tous les jours des plats d'une telle qualité.

Charlotte regarda son oncle avec admiration. À chaque repas, il mangeait des mets exquis, mais il savait tout simplement se montrer aimable et faire des compliments.

— Et par les temps qui courent, c'est une joie d'avoir un beau-frère agriculteur. On ne risque guère de manquer de nourriture.

Debout devant la table, Richard découpait le rôti fumant et déposait les tranches sur les assiettes que lui présentait la domestique.

— Tu as bien raison, répondit-il. Nous sommes suffisamment autonomes pour nous procurer tout le nécessaire par nous-mêmes sans avoir besoin d'acheter quoi que ce soit. À part certaines choses qui rendent la vie digne d'être vécue, comme ce bordeaux que je me permets de vous servir aujourd'hui. Je le tiens d'un importateur de Chemnitz, qui ne peut naturellement plus rien faire venir de chez l'ennemi.

Une fois le rôti tranché, Richard leva son verre, imité par les autres.

— Enfin, espérons que tout cela sera bientôt fini. Buvons à une victoire rapide.

— À la victoire ! renchérirent-ils.

Le verre déjà aux lèvres, il interrompit son geste pour ajouter :

— Nous sommes en tout cas ravis d'accueillir Edith. J'espère que nous pourrons la remplumer un peu. Elle est toute maigrelette, et pâle comme un linge ! Vous n'avez déjà plus rien à manger, à Leipzig ? Une jeune fille aussi maigrichonne ne trouvera jamais de mari ! Alors, bon appétit.

Aux derniers mots de Richard, Edith avait légèrement rougi. Tous les regards se tournèrent vers elle.

Lisbeth, surtout, comprit à quel point la remarque de Richard l'avait mise mal à l'aise. En cherchant un nouveau sujet de conversation pour lui venir en aide, elle prit conscience pour la première fois de la beauté naissante de sa nièce. En matière d'apparence, ses ancêtres lui avaient légué le meilleur d'eux-mêmes. Les lèvres en forme de cœur des femmes Feltin, leur teint pâle, les cheveux sombres et brillants des Liebermann, leurs sourcils arqués, le long cou qu'on disait venir de la grand-mère commune de Charlotte et Edith. Wilhelmine était assise en bout de table, et Lisbeth constata que le cou de la vieille dame était désormais tout ridé. Elle sourit en observant sa Charlotte, jolie jeune fille blonde qui n'aurait jamais cette élégance mais possédait déjà le caractère inflexible de son père. L'amitié qui la liait à sa cousine si sensible et douée pour la musique lui serait bénéfique. Elle devrait pourtant s'habituer à ce qu'Edith l'éclipse.

— Cäcilie, s'il te plaît, parle-nous donc un peu de la vie en ville, qui nous est hélas si étrangère. C'est bientôt le début de la saison des bals, n'est-ce pas ?

Sa belle-sœur était assez fine pour comprendre l'intention de Lisbeth et se plia sans ciller à cet abrupt changement de sujet.

— Oui, malgré la guerre, l'ouverture annuelle de la saison aura lieu comme d'habitude dans trois semaines avec le bal d'automne. Salomon n'y voit qu'un événement de société où, en tant qu'homme d'affaires, il convient de se montrer, mais la danse n'est pas vraiment une de ses activités préférées.

Elle s'assura d'un coup d'œil que son mari l'écoutait puis poursuivit :

— Moi, au contraire, j'adore danser, et je suis malheureusement forcée d'attendre que d'autres messieurs m'invitent.

Salomon, qui était en grande discussion avec Richard, avait gardé une oreille sur la conversation des dames. Il intervint en protestant avec une fierté évidente.

— Ah, mais tu n'as jamais à patienter bien longtemps. Ces messieurs font toujours la queue pour danser avec Cäcilie. Comme du temps où je lui faisais la cour et avais du mal ne serait-ce qu'à l'approcher. Tu t'en souviens sans doute, Richard. Quoiqu'à l'époque, déjà, j'avais peu d'espoir de l'impressionner avec mes talents de danseur.

Cäcilie lui lança un baiser du bout des doigts.

— N'ennuie donc pas Richard et Lisbeth avec ces vieilles histoires.

Richard, qui savourait le badinage de ses invités, intervint :

— Mais pas du tout, nous sommes ravis de vous écouter, n'est-ce pas, Lisbeth ? Poursuivez donc.

Salomon voulut reprendre mais son épouse fut plus rapide.

— J'espère que vous n'avez pas l'intention de priver Charlotte de sa saison ? Je suppose, ma chère Lisbeth, que tu voudras assister à son entrée en société.

Lisbeth ne put accepter d'emblée. L'idée d'assister à un bal avec la belle société de Leipzig lui semblait très tentante, et la perspective d'échapper pour quelques jours à la chambre qu'elle partageait avec Richard était littéralement irrésistible. Pourtant, elle fut prise de doutes :

— Cäcilie, merci de ton invitation, mais j'hésite. Je n'ai pas de garde-robe adaptée à un tel événement.

— Ma chère, ne te tracasse donc pas. Nous aurions bien le temps de faire préparer quelque chose par ma couturière. Pas d'inquiétude sur ce point !

Lisbeth regarda son mari, incertaine. Elle ne pouvait croire qu'il donnerait son consentement sans détour. Mais Richard était de si belle humeur qu'il l'incita même à accepter l'invitation.

— Plus de raison d'atermoyer, Lisbeth. Une telle opportunité ne se représentera pas de sitôt. Peut-être même que je vous accompagnerai.

Lisbeth se demanda si Richard avait l'intention d'assister lui-même à un des bals.

Charlotte était heureuse de voir son père si gai, et surtout, elle se réjouissait que sa mère eût enfin l'occasion de profiter d'une autre compagnie que de celle de sa belle-mère et des domestiques. Ces dernières semaines, Lotte avait appris à savourer le temps passé loin de chez elle. Elle qui avait tant rechigné à partir adorait la compagnie de sa cousine, avec qui elle partageait tout, comme avec la sœur qu'elle aurait tant voulu avoir. Elle avait vaguement mauvaise conscience vis-à-vis de sa mère. Jusqu'à présent, celle-ci avait été la personne qu'elle aimait le plus au monde et à qui elle faisait le plus confiance, et jamais elle n'aurait pu s'imaginer être séparée d'elle longtemps. Mais désormais, elle devait s'avouer qu'Edith aussi avait pris une place importante dans sa vie.

Une autre constatation s'était imposée pendant son séjour à Leipzig : la libération de ne plus être quotidiennement à la merci des sautes d'humeur de son père. Sa mère continuerait pour toujours à en souffrir et elle se rendait compte qu'elle n'était pas prête à subir cela. Jamais elle ne se soumettrait à un époux aussi dominant et coléreux, jamais !

Edith donna un petit coup de coude à Charlotte pour la tirer de ses pensées. Le dessert venait d'arriver, et en bonne amie, elle savait à quel point sa cousine aimait les sucreries.

— Lotte, que se passe-t-il ? La meringue est pourtant ton dessert préféré. À quoi rêves-tu donc ?

Charlotte prit soudain conscience qu'elle voulait absolument revoir Leo. Il était différent de son père, bien plus équilibré et attentionné. Et il s'intéressait à elle. Il n'avait pourtant pas répondu à ses lettres. Avait-il déjà été mobilisé ? Il fallait qu'elle le découvre.

— Tu as raison, Edith, répondit-il en se servant généreusement. La meringue est un morceau de paradis sur terre.

Anna

À l'atelier, Anna travaillait à une boutonnière. Elle peinait à tenir l'aiguille et à former des points précis. Ses doigts étaient de plus en plus engourdis, bien qu'elle porte des chauffe-poignets en tricot et un épais manteau de son frère. Les températures étaient tombées en dessous de zéro une semaine plus tôt, et les pièces étaient si glaciales qu'on y voyait son propre souffle.

La Willnitz se lamentait sans cesse, pestant contre ces conditions de vie. Depuis qu'une victoire rapide n'était plus en vue, et avec le changement d'année et l'hiver rigoureux que des milliers de soldats allemands passaient dans les tranchées françaises, l'enthousiasme général pour la guerre avait cédé place à la désillusion. Mme Willnitz se faisait surtout du souci pour son fils, qui s'était porté volontaire début décembre.

Anna avait à peine cru à sa chance en le voyant en uniforme. Elle n'aurait jamais pensé qu'il aurait un tel courage. Erich avait eu un bref congé pour Noël et, en patinant sur les canaux gelés, tous deux avaient blagué en supposant que c'était avant tout la bêtise et la naïveté qui avaient poussé Eduard à s'engager.

— Peut-être a-t-il compris qu'il ne servait à rien, ici, à part jouer les coursiers. Et il n'est pas non plus arrivé à ses fins avec toi.

Un peu par jeu, elle lui avait donné une vigoureuse bourrade en protestant :

— Arrête avec ça ! Rien que d'y penser, ça me donne la nausée. J'espère vraiment de tout cœur qu'il ne reviendra p...

Anna s'était interrompue et avait plaqué une main gantée sur sa bouche, horrifiée. Son frère aîné aussi était en France. Presque aussi superstitieuse que sa mère et sa grand-mère, elle se mit à craindre que la malédiction lancée contre Eduard ne retombe sur son frère.

— Tu as raison, mieux vaut ne pas le dire à haute voix. Peut-être que moi aussi, on va m'envoyer au front, et tu serais bien contente !

Anna avait secoué la tête énergiquement, faisant voler ses longues tresses qui dépassaient de sous son bonnet à pompon.

— N'importe quoi, tu es beaucoup trop jeune. Et puis ton père a de nouveau besoin de toi à la ferme.

— Oui, mais il paraît que maintenant, tous les hommes vont être mobilisés.

Anna avait entendu cela aussi. Elle n'osait pas y penser ; cela signifierait que son père et son autre grand frère, Max, qui s'était porté volontaire, devraient partir.

— Ils n'enverront quand même pas d'enfants à la guerre, avait-elle repris en sachant qu'Erich s'en agacerait.

— Ta mère a-t-elle déjà reçu du courrier de ton frère, cette année ?

La voix de la couturière venait de la ramener au présent.

— Non, madame Willnitz, nous n'avons plus eu de nouvelles depuis son congé de Noël, et nous nous faisons tous beaucoup de souci.

— C'est pareil pour moi, confirma sa patronne.

Elle ferma les yeux et se massa les tempes du bout des doigts sans rien ajouter. Malgré son douloureux besoin de parler de ses craintes à quelqu'un, elle savait qu'Anna n'était pas l'interlocutrice idéale.

Toutes deux se penchèrent sur leur ouvrage et passèrent le reste de l'après-midi en silence, perdues dans leurs pensées. Anna, agitée, ne trouvait pas de position confortable. Elle avait mal au dos depuis des jours, et des tiraillements désagréables dans le bas-ventre étaient venus s'y ajouter le matin. Quand sa journée de travail se termina enfin, elle se leva péniblement en gémissant de douleur. La Willnitz ne l'entendit pas, ou ne voulut pas l'entendre. Elle se contenta de lui souhaiter le bonsoir et verrouilla sa porte sans un regard pour son apprentie.

Anna fut réveillée en pleine nuit par une inhabituelle sensation d'humidité entre les jambes. Quand elle alluma prudemment la petite lampe à pétrole, elle vit avec terreur que son drap était souillé de sang. La lampe à la main, sans faire de bruit pour ne pas réveiller ses frères et sœurs, elle se rendit dans la chambre de ses parents. Le sang coulait le long de ses jambes et gouttait sur le sol. Sa mère, qui avait le sommeil léger, ouvrit l'œil. En voyant les taches sur la chemise de nuit d'Anna, elle comprit aussitôt. Elle se leva à la hâte et poussa sa fille dans le couloir pour qu'elle ne dérange pas son père.

— Doux Jésus, Anna, chuchota-t-elle en levant les yeux au plafond comme si elle en attendait une aide quelconque. T'inquiète pas, va, ce n'est rien de grave.

Il va falloir que tu t'y habitues, ça viendra tous les mois, maintenant. Attends une minute.

Elle retourna dans sa chambre et Anna l'entendit y chercher quelque chose. Elle revint avec quelques torchons, une ceinture de tissu et un petit sachet de mousse séchée et de sciure.

— Tiens, tu mettras les torchons sur le drap. Enfile une chemise de nuit propre. Mets la ceinture en y attachant le sachet pour qu'il soit bien fixé entre tes jambes. Je t'en donnerai d'autres demain. Ça va durer quelques jours puis ce sera fini pour cette fois. Enlève le drap quand personne ne te verra et mets-le sous le lit, avec la chemise de nuit. Je viendrai les chercher pour les laver.

Elle prit brièvement Anna dans ses bras, lui posa un baiser sur la joue et tenta de la réconforter.

— Anna, tu deviens adulte. Les saignements, ça en fait partie. Tu verras, tu t'y habitueras. File dormir, maintenant. Le coq va bientôt chanter.

Sa mère essuya grossièrement le sang sur le plancher, éteignit la lumière et retourna se coucher.

Anna resta un instant plantée là dans le noir, désemparée. Avec le sachet serré entre les jambes, elle alla se remettre au lit. Ce que venait de lui expliquer sa mère n'avait rien de rassurant. Si tout cela était normal, pourquoi devait-elle cacher son drap et sa chemise de nuit ?

Elle se changea et poussa un peu Dora, toujours endormie, pour qu'elle ne touche pas les taches de sang. Elle disposa les torchons sur le drap de dessous, comme le lui avait dit sa mère, et s'allongea prudemment. Anna eut bien du mal à se rendormir. Et quand le premier chant du coq retentit, elle avait toujours les yeux ouverts.

Charlotte

En ligne droite, Charlotte menait au pas les deux chevaux de trait. Sous le chapeau de paille qui la protégeait du soleil, ses cheveux étaient trempés, et des gouttes de sueur lui dégoulinaient dans les yeux.

Les travailleurs suivaient l'arracheuse, courbés, et ramassaient les pommes de terre. En cette deuxième année de guerre, tous les valets de ferme en bonne santé avaient été appelés sous les drapeaux. Ils n'avaient d'autre choix que de mettre au travail les femmes, les enfants, le vieux Leutner et Wilfried le manchot. Richard, exploitant agricole et donc dispensé, surveillait la récolte du haut d'un vieux hongre alezan, son cheval préféré.

— Charlotte ! lança-t-il en avançant vers elle au petit trot.

Lotte arrêta les deux puissantes bêtes d'un sifflement apaisant. Elle portait une jupe longue et ample, une chemise de lin grossière et de grosses bottes qui lui mettaient les pieds en sang. Elle n'était pas accoutumée au rude travail physique en plein soleil mais refusait de le montrer à son père.

— L'air est vraiment étouffant, aujourd'hui, père. Pouvons-nous faire une pause et abreuver les bêtes ? demanda-t-elle.

Richard arrêta son cheval. Il saisit les rênes d'une main, leva le bras et désigna les nuages noirs derrière elle.

— Ça se couvre. L'orage va être terrible. Veillons à ce que tout le monde se mette à l'abri à temps.

Charlotte hocha la tête et claqua la langue pour faire repartir ses chevaux. Elle se figea en percevant le grondement encore doux du tonnerre venant des collines à l'est.

— Dételle les chevaux, Lotte, sinon ils n'iront pas assez vite ! ordonna Richard avant de lancer aux autres : Vite, laissez tout tomber et prenez vos jambes à votre cou ! L'orage nous arrive droit dessus, c'est très dangereux !

Personne ne se le fit dire deux fois. La foudre frappant les champs avait déjà provoqué trop d'accidents. Richard sauta à terre pour aller aider Charlotte à détacher les bêtes de trait. Elle sentait déjà les premières gouttes de pluie s'écraser sur ses bras nus, et le vent frais lui parut même agréable. Les bêtes s'agitèrent, nerveuses, et Richard leur parla d'une voix profonde pour les calmer.

— Tu te sens capable de monter Hannes jusqu'à l'écurie ? Je guiderai le Noir par la sangle !

Charlotte hocha la tête. La pluie tombait dru, à présent. Richard aida sa fille à monter sur le large dos du cheval et lui tendit les rênes. Elle talonna le lourd cheval de trait, mais ses jambes étaient trop courtes pour l'énorme bête et ses talons si hauts que Hannes ne réagit même pas, se bornant à tourner en rond. Charlotte claqua la langue et cria :

— Allez, au galop, espèce de stupide bourrin !

Richard, une fois en selle, poussa son alezan ; alors seulement, Hannes se mit en mouvement, se lançant dans un trot si rude que Charlotte, qui montait à cru, faillit glisser. Ils rattrapèrent les femmes et les enfants qui couraient vers la ferme. Il pleuvait des cordes à présent, et le champ se transformait progressivement en un marais boueux où on s'enfonçait jusqu'aux chevilles. Deux fillettes glissèrent et tombèrent.

— Donnez-nous les petites, hurla Richard. L'orage est déjà presque sur nous !

Deux femmes soulevèrent les gamines et les assirent en croupe de Richard et de Charlotte. Christine, qui avait huit ans, se cramponna à Lotte, les jambes en l'air de chaque côté de l'énorme bête.

— Ça va aller ? demanda Richard à sa fille.

Il observa son visage bruni par le soleil et luisant de pluie. Elle avait perdu son chapeau et ses tresses trempées lui collaient au cou. Elle hocha la tête, et il constata avec fierté qu'il n'y avait pas une once de peur dans ses yeux. Il éperonna son cheval. Ils étaient encore à une centaine de mètres des bâtiments, et des éclairs sillonnaient le ciel noir.

À l'instant où ils atteignaient la grange, un coup de tonnerre assourdissant résonna juste au-dessus d'eux. Christine gémit doucement.

— Reste ici avec les enfants. Je retourne aider les femmes.

Charlotte sauta à terre et ouvrit la porte, Richard lui tendit la petite Leonore. Elle entra dans la grange, menant les bêtes de trait par les rênes, puis referma derrière elles. Elles étaient trempées jusqu'aux os mais l'odeur du foin réconforta un peu les fillettes. Lotte attacha les chevaux et aida les petites à ôter leurs vêtements mouillés. Elle savait que la grange n'offrait pas une protection idéale contre l'orage. Les bâtiments de la ferme étaient toutefois trop loin pour prendre le risque d'y aller.

— Tenez, frottez-vous avec ça, dit-elle en leur tendant une poignée de foin à chacune.

L'orage se déchaînait juste au-dessus de leurs têtes, et les gamines geignaient à chaque coup de tonnerre.

— Et mère, où est-elle ? Est-ce que M. Feltin va la chercher ? demanda Leonore.

Charlotte scruta les deux petits visages. Les timides enfants n'étaient à la ferme que depuis l'été. Comme les bras manquaient partout, leur mère les avait emmenées pour la récolte des pommes de terre. Elles étaient évidemment beaucoup trop petites et malingres pour effectuer ce travail simple mais exténuant.

— Bien sûr qu'il va la chercher ! dit Lotte. Ils vont sûrement arriver dans un instant.

Elle entrebâilla la porte de la grange et risqua un œil au-dehors.

— Tu vois notre mère ? demanda Christine.

— Non, il fait trop sombre et la pluie est trop drue. On n'y voit presque rien. Peut-être qu'ils sont allés dans la forêt, c'est moins loin que la grange.

Elle se retourna et vit le désarroi des petites. Christine éclata en sanglots. Charlotte tâcha de la rassurer.

— Ne vous inquiétez pas. La tempête sera bientôt passée et nous pourrons retourner à la maison. Et puis, ce n'est pas le premier orage de votre mère. Elle sait ce qu'elle doit faire. Je parie qu'elle ne va pas tarder à entrer ici, toute souriante !

Alors qu'elle cherchait à rassurer les petites, elle se rendit compte qu'elle aussi aurait bien eu besoin de réconfort. Elle parvint toutefois à tirer Christine de sa crise de larmes, puis deux chatons tigrés surgirent du tas de foin, détournant l'attention des petites. Les fillettes se mirent à jouer avec les animaux, et même Charlotte oublia un instant son inquiétude pour son père.

Au bout d'environ une heure, le battement de la pluie sur le toit s'était quasi arrêté, et on n'entendait presque plus le tonnerre. Charlotte ouvrit la porte. L'air avait nettement fraîchi, même si le soleil brillait de nouveau. De la brume s'élevait des champs environnants. Dans une sorte de brouillard, Lotte aperçut avec soulagement le groupe qui approchait à pas lents.

— Leonore, Christine, regardez, ils arrivent !

Les fillettes lâchèrent les chatons et se ruèrent vers la porte. Charlotte comprit alors que quelque chose clochait. Son cœur se crispa, son souffle se fit court. Elle le distinguait bien, à présent : ils portaient un corps !

Elle ne vit pas les fillettes se figer près d'elle. Toutes trois regardaient sans un mot le groupe avancer dans leur direction.

Leonore fut la première à s'exclamer, dès qu'elle eut trouvé ce qu'elle avait si avidement cherché :

— Le foulard bleu... c'est mère !

Les fillettes se précipitèrent mais Charlotte ne ressentit aucun soulagement. Elle se dirigea sans hâte vers le groupe. Nul cheval n'était avec eux, et elle ne reconnut pas non plus le chapeau brun clair de son père parmi les gens qui se dirigeaient vers elles. Leonore tomba, se releva et trébucha de nouveau. Couverte de boue, elle arriva tout de même la première auprès de leur mère et se jeta dans ses bras. Celle-ci la serra contre elle et enlaça aussi Christine quand elle les rejoignit. Elles demeurèrent ainsi quelques instants, sans rien dire.

— Faites que ce ne soit pas père ! pensa Charlotte sans se rendre compte qu'elle venait de parler à haute voix.

Le groupe se rapprocha encore.

— Ce pauvre Wilfried a tout pris ! fit soudain la voix de Richard, enrouée.

Elle reconnut alors son père, qui aidait à porter le valet de ferme et était caché par les deux femmes qui marchaient devant lui. Charlotte sentit les larmes lui monter aux yeux.

— Quand nous avons compris que nous ne pourrions plus atteindre la grange, nous nous sommes tous roulés en boule sur le sol pour ne pas attirer la foudre. Mais Wilfried n'a voulu écouter personne et a continué à avancer…, expliqua la mère des fillettes.

Les autres femmes hochèrent lentement la tête pour confirmer ses dires. On posa le corps par terre. La mère de Christine et Leonore éloigna les petites pour leur épargner ce spectacle. Lotte remarqua soudain l'odeur de chair brûlée. Elle vit que la boucle de ceinture de Wilfried avait fondu, puis elle se tourna vers son père. Ils se dévisagèrent. Ils pensaient la même chose : Wilfried était depuis une éternité à Feltin et faisait presque partie de la famille, autant qu'on puisse le dire d'un valet de ferme. Il connaissait Charlotte depuis sa naissance et avait toujours été adorable avec elle. C'était une terrible perte ! Pourtant, elle dissimulait mal son soulagement que Wilfried soit là, mort, et non son père.

— Et ton alezan ? s'enquit-elle.

— Je l'ai lâché, je n'ai rien pu faire d'autre.

Richard détourna les yeux. Sans un mot, Charlotte appuya la tête contre la poitrine de son père.

Anna

Deux longues années et demie de guerre s'étaient écoulées. La famille d'Anna prenait le petit déjeuner du dimanche, plus frugal que jamais, bien qu'il y eût trois bouches de moins à nourrir. Son père avait finalement été appelé ainsi que son autre grand frère, Max.

Pour être juste et éviter les disputes entre ses enfants, Sophie Tannenberg attribuait sa ration de pain à chacun en début de semaine. Ils marquaient d'encoches leurs portions quotidiennes, mais tous ne s'y tenaient pas aussi strictement que la raisonnable Emma. Anna avait une fois cédé à sa faim et dévoré d'un coup sa ration de deux jours. Dora, qui idolâtrait toujours sa grande sœur, avait de son plein gré partagé avec elle.

Seul Otto avalait toujours tout dès le premier jour, se retrouvant les mains vides. Comme il n'apprenait rien de ses erreurs, répétant chaque semaine la même bêtise, ses prières n'attendrissaient plus personne. Il larmoyait de faim à la table du petit déjeuner, les grondements de son estomac à peine étouffés par les craquements du pain sous les dents des autres.

Chacun avait droit à une noisette de beurre, que Sophie mesurait sur un pèse-lettre pour ne léser personne. Il y avait aussi du « faux pâté », un mélange de levure, de lait tiède et de chapelure au goût atroce.

— Qu'est-ce qu'on mange ce midi, mère ? s'enquit Otto, l'air plein d'espoir.

— Qu'est-ce que tu veux qu'il y ait ? De la soupe de rutabagas, évidemment ! Tu t'en doutes, non ?

— Oh non, encore ! s'exclamèrent les enfants à l'unisson, déçus.

— Il n'y a rien d'autre en ce moment. Nos conserves sont pratiquement finies, ou échangées contre du charbon. Nous n'avons plus de tickets de rationnement pour autre chose, et les rutabagas ne sont pas rationnés. Vous ne devriez pas courir partout comme ça ni aller patiner, ça vous donne encore plus faim ! Emma et Anna, commencez à nettoyer les légumes, et enlevez-en le moins possible !

Emma se leva aussitôt pour aller chercher un saladier de rutabagas au garde-manger. Anna soupira et se mit à les trancher avec le gros couteau de cuisine. Comme elle haïssait ces machins violacés, ronds et sans goût. L'hiver précédent, ils avaient au moins pu stocker à la cave les pommes de terre de leur propre jardin. Cette année, il n'y avait pas eu de récolte ; ils n'avaient tiré de terre que des tubercules moisis, écœurants. L'Europe entière souffrait de la guerre, mais aussi du blocus et des mauvaises récoltes provoquées par le mildiou.

— Vous vous souvenez de la soupe d'abats d'oie qu'on mangeait toujours au réveillon ? lança soudain Otto. Avec les yeux gras qui remontaient dans le bouillon ?

— Mmh, fit Anna, le regard vitreux. Et du pain de seigle tout frais, avec une grosse couche de graisse d'oie, ajouta-t-elle.

L'eau lui monta à la bouche.

— Taisez-vous ! s'écria Emma en déglutissant aussi. C'est insupportable.

Anna avait d'autres soucis. Depuis la fin de son apprentissage, six mois plus tôt, la Willnitz lui payait un modeste salaire hebdomadaire, qu'elle remettait à sa mère. Mais la veille, la couturière lui avait annoncé sans ambages qu'elle ne pouvait plus l'employer. Il n'y avait plus de tissu depuis longtemps et les travaux de ravaudage lui permettaient à peine de se payer elle-même.

— Maman, il faut que je te dise quelque chose. La Willnitz m'a renvoyée. Elle n'a plus assez de travail pour deux.

Sophie, qui venait de poser une grosse casserole d'eau sur le fourneau, se tourna vers elle.

— Je m'en doutais. De toute façon, ça m'étonnait qu'elle continue à te payer, elle avait renvoyé Emma dès la fin de son apprentissage.

Anna aussi s'était posé la question, songeant parfois que la Willnitz avait peut-être mauvaise conscience après que son fils eut essayé de la violer. Sophie s'essuya les mains sur son tablier.

— Il serait surtout temps pour Emma et toi de penser au mariage, seulement comment trouver un mari quand presque tous les hommes en âge de convoler sont au front ?

Elle vit la gêne de ses filles et ajouta à la hâte :

— Ça ira, Anna. On a à peu près réussi à nourrir tout le monde, jusqu'ici.

La jeune fille se réjouit que sa mère fasse preuve de tant de compréhension, mais la vit déjà se mettre à calculer pour s'en sortir sans les dix marks hebdomadaires d'Anna.

Ses réflexions furent interrompues par la sonnette. Otto courut ouvrir et lança depuis le couloir :

— Maman, le facteur a une dépêche pour toi !

Quand il prononça le mot « dépêche », le visage de leur mère perdit ses dernières couleurs. Les enfants retinrent leur souffle tandis qu'elle se dirigeait vers la porte. Elle sembla mettre une éternité à revenir à la cuisine. Soudain, tout était silencieux dans leur petite maison. Personne n'osait plus parler ou manger, personne ne faisait plus le moindre bruit. Anna vit sur-le-champ la profonde douleur dans les yeux de sa mère. Sans pleurer, sans prononcer un mot, Sophie se laissa tomber sur une chaise, la dépêche à la main.

Pas papa, je vous en prie, pas papa, pensa Anna.

Emma fut la première à se lever. Elle rejoignit leur mère et lui posa un bras sur les épaules. Dora se mit à pleurer doucement, blottie contre Anna. Malgré son jeune âge, elle comprenait la gravité de la situation. Anna la serra un instant contre elle puis alla s'agenouiller devant leur mère. Elle essaya avec hésitation de lui ôter la dépêche de la main, mais cela ne fit que tirer Sophie de sa torpeur. Elle serra les doigts autour du papier et lança un coup d'œil d'avertissement à Anna. D'un coup, ses yeux étaient pleins de fureur.

— C'est Max ! lâcha-t-elle d'une voix ferme et puissante.

— Oh non ! s'écria Emma.

Les autres enfants crièrent aussi. Anna perçut aussitôt une douleur sourde envahir ses entrailles et sa poitrine. On aurait dit qu'un poing d'homme venait de la frapper durement à l'estomac. Elle mit une main sur son ventre et se recroquevilla.

— Ils nous l'ont pris. Vous vous rendez compte ? Voilà ce qu'ils font de nos fils, vos frères, nos maris, vos pères. Ils les sacrifient sur le champ de bataille. Ils nous imposent cette souffrance… Voilà ce qu'ils nous font…

Sa voix se brisa. Elle brandit la main qui tenait toujours le télégramme froissé.

— Je jure devant Dieu tout-puissant que je ne laisserai plus cette guerre me prendre un seul de ceux que j'aime, dit-elle doucement, la voix brisée.

Anna leva les yeux vers elle, admirative, impressionnée de voir sa mère ne pas fondre en larmes mais se dresser, menaçante. Pourtant, que pourrait-elle faire, même elle qui était si forte ? Une autre dépêche dévastatrice pourrait bientôt venir du front. Elle saisit combien ils étaient impuissants, insignifiants. Anna ignorait tout du sort d'Erich depuis plus d'un an. Elle n'avait pas osé aller à la ferme de ses parents pour demander où il était posté. Instinctivement, elle avait compris que sa mère avait raison : Anna était trop pauvre, son amitié avec Erich n'était pas vue d'un bon œil par la famille du jeune homme. Pourtant ne devait-elle pas à son ami de prendre de ses nouvelles ? Elle savait qu'elle ne le trouverait pas chez lui, mais peut-être apprendrait-elle où il se trouvait et se sentirait ainsi un peu plus proche de lui.

Sa mère réagit à peine quand elle s'excusa à voix basse avant de quitter la cuisine. Elle décrocha de la patère son manteau et un foulard de laine dont elle s'enveloppa la tête. Dès qu'elle sortit, le vent d'est glacial lui souffla au visage. La ferme d'Erich était à trois kilomètres. Elle irait plus vite en passant par les canaux gelés. Elle alla jusqu'au pont de bois devant leur maison et descendit prudemment la pente raide qui menait à la glace, s'accrochant aux buissons pour ne pas glisser. Une fois sur la rive, elle s'assit sur un rocher pour fixer les lames sous ses chaussures. Elle posa ensuite les pieds sur la glace, y planta l'arrière d'une lame pour se retenir et noua plus étroitement son foulard sous son menton.

L'amertume lui envahit la gorge. C'était la douleur de la perte de son frère. Après coup, Anna se souviendrait de ce jour comme de la fin de son enfance. Mais un autre sentiment lui vint soudain, une trouble prémonition : elle patinait pour la dernière fois sur les canaux de la Sprée.

Charlotte

Edith était venue passer les grandes vacances de 1914 au domaine Feltin. Elle y était maintenant depuis plus de trois ans. Il était vite devenu évident que pendant les austères années de guerre, une jeune fille avait tout avantage à vivre à la source de la nourriture. Charlotte et elle fréquentèrent aussi longtemps que possible l'école pour jeunes filles de Chemnitz, à seulement quatre kilomètres de là. La première année, Leutner les y emmenait et venait les rechercher en carriole. On eut toutefois vite besoin de lui à la ferme, les valets ayant été incorporés. Charlotte dut alors atteler elle-même un cheval et jouer les cochers. À l'automne 1917, leur dernière jument efflanquée fut confisquée. Dès lors, on employa des bœufs pour les travaux des champs et les filles durent aller à l'école à pied. Puis des pluies incessantes noyèrent les chemins sous la boue et même cela devint impossible. Depuis son retour de Leipzig, Charlotte avait reçu en tout et pour tout deux lettres du front de Leo. Elle espérait parfois qu'il obtienne un congé et lui rende visite sans s'annoncer. Mais il ne vint pas.

Leur mère avait prié l'instituteur retraité du village de donner cours aux filles au moins trois fois par semaine. C'était un indécrottable monarchiste, qui invoquait toutes les deux phrases le « temps de l'empereur Guillaume » ou « l'ordre et la discipline ». Son autorité de jadis avait fléchi face aux signes avant-coureurs de la sénilité. Sans qu'Edith et Charlotte s'y efforcent le moins du monde, la vitalité qui émanait d'elles le poussa à bout. Elles avaient le dessus, et elles le savaient. Au bout de quelques semaines, le vieil homme prétexta une maladie de sa femme et ne revint jamais au domaine. Charlotte était satisfaite, convaincue de savoir déjà tout ce qu'on pouvait apprendre dans les livres scolaires. Elle ne s'imaginait pas d'autre vie qu'à Feltin. Tous les jours, elle accompagnait son père dans ses tournées d'inspection des étables et des écuries, aux champs et à la chasse. Ils passaient des demi-journées dans les bois. Sans avoir disparu, ses accès de colère se faisaient plus rares alors qu'il voyait combien Charlotte s'intéressait à l'agriculture. L'inquiétude de trouver un successeur n'était plus aussi pressante. Il devenait de plus en plus évident que Charlotte resterait pour toujours à la ferme et continuerait à la diriger selon l'idée de son père. Pour sa nièce Edith, en revanche, c'était différent. Elle se joignait rarement à eux, et uniquement pour faire plaisir à Charlotte. Des cystites et des rhumes à répétition la poussaient à rester le plus souvent possible à la maison avec sa tante. Elle passait des heures au salon, emmitouflée dans plusieurs épaisseurs de vêtements, à jouer du violoncelle. L'idée de rattraper les cours perdus en s'exerçant sans relâche l'obsédait, car malgré la guerre, elle n'avait pas abandonné son rêve de devenir musicienne de concert.

À l'hiver 1917, alors que l'école de filles était fermée depuis longtemps, Richard acheta sa première automobile. C'était un modèle sans cabine de conducteur ni vitre de séparation. Il proposa d'emmener Edith à Leipzig une fois par semaine. Cäcilie avait trouvé un violoncelliste, ancien membre de l'orchestre du Gewandhaus réformé pour déficience cardiaque, qui avait accepté de lui donner des cours. Au début, Charlotte l'accompagna, surtout parce qu'elle adorait faire le trajet dans leur nouveau véhicule. Elle fut même bientôt autorisée à conduire. Mais écouter sa cousine prendre son cours exigeait une patience qu'elle perdit vite. Le problème se résolut lorsque, au bout de quelques semaines, on constata que le professeur n'était pas apte à enseigner à Edith. Sans qu'elle s'en vante ouvertement, elle avait déjà un niveau supérieur au sien.

Même si Charlotte évitait d'écouter le jeu littéralement obsessionnel de sa cousine, elle adorait les soirées où Edith et elle, blotties au lit, se chuchotaient leurs rêves d'avenir. Elles disposaient chacune d'une chambre tapissée d'élégant papier peint à motifs, et chaque soir, Erna leur apportait une bouillotte d'étain qu'elles plaçaient à leurs pieds. Mais pendant les hivers glaciaux, quand les pièces restaient froides malgré le feu de cheminée crépitant, Charlotte allait se glisser sous le baldaquin d'Edith. Richard avait commandé son large lit de merisier durant la première année de guerre aux ateliers nationaux de Dresde, comme tous les meubles de la maison. Et les jeunes filles, toutes deux enfants uniques, savouraient cette intimité.

— Tu crois que tu vivras un jour à Leipzig et que tu auras un salon, comme ta maman ? demanda Charlotte en mettant un oreiller de duvet sous sa tête.

Elle accentuait la seconde syllabe de « maman » comme Edith le faisait en s'adressant à sa mère. Elle observa le profil délicat de sa cousine. La ligne très droite menant du front au nez, en particulier, conférait à son visage une part de fascination. Sa tresse épaisse reposait sur l'édredon, et Charlotte s'en enroula le bout autour des doigts. Edith tira les manches de sa chemise de nuit de dentelle par-dessus ses minces poignets, croisa les bras derrière sa tête et regarda en l'air. La lumière chaude de la lampe de chevet projetait des ombres sur les fronces du ciel de lit. Elle semblait y lire l'avenir.

— Je serai bien trop occupée pour ça. Je voyagerai d'une salle de concert à une autre, je jouerai au Musikverein de Vienne, au Konzerthaus de Berlin sur le Gendarmenmarkt, à l'Auditori de Barcelone…

— Tu veux aller si loin que ça ? demanda Charlotte.

Edith hocha vivement la tête.

— Mais pourquoi ?

— Voir toutes ces villes, y être célébrée pour ce qu'on adore faire, c'est… je ne sais pas comment dire… mon plus beau rêve. Je me souviens encore de la première fois que j'ai joué au salon de maman. Tout le monde était enchanté. Ma musique, ma manière de jouer ont eu l'air de les enchanter. Ils m'ont ovationnée. Les applaudissements, ça rend presque fou, ça donne envie d'en avoir toujours plus, tu comprends ?

Elle se tourna vers Charlotte en attendant sa réaction.

— Je n'arrive pas à imaginer ça. Ne rien faire d'autre que jouer du violoncelle… S'exercer, encore et encore… Tu as déjà les doigts tout abîmés par les cordes !

Elle saisit la main gauche d'Edith et effleura la couche de corne au bout de ses doigts.

— … et ne jamais se promener dans la forêt, ne jamais voir le premier rayon de soleil traverser la brume, ni faire les foins, avec l'odeur de l'herbe fraîchement coupée, la plus délicieuse au monde… Et la soupe aux pois bien épaisse, avec du lard, après le travail. Je ne pourrais pas me passer de tout ça. Si tu me poses la question : moi, je voudrais rester toute ma vie à Feltin. Quand la guerre sera enfin finie, tout redeviendra comme avant. Nous aurons assez de travailleurs… Et des chevaux, les écuries et les étables seront de nouveau pleines. Papa agrandira encore le domaine. L'autre jour, il m'a montré l'image d'un tracteur à moteur aussi puissant que trente chevaux. Avec ça, on finira le travail bien plus vite.

Elle se frotta les yeux et bâilla avec délices. Edith tendit la main pour jouer avec les longues franges du rideau de lit.

— Tu sais ce que je crois, parfois ?

Elle marqua une pause et, comme Charlotte ne réagissait pas, conclut :

— Bah, il vaut mieux que je me taise.

Sa cousine se tourna vers elle pour la dévisager.

— Que voulais-tu dire ?

Edith hésita.

— Promets-moi de ne pas te fâcher !

— Je ne pourrais jamais me fâcher contre toi, tu le sais bien.

— Par moments, j'ai l'impression que tu fais tout ça seulement par amour de lui.

Charlotte se redressa.

— Par amour de qui ? Que veux-tu dire ?

— Mais de qui donc ? Ton père, bien sûr. Mon oncle Richard.

Elle déclara cela telle une évidence, comme si elle n'annonçait rien de nouveau. En croisant le regard de Charlotte, elle s'effraya de l'expression de rejet qu'elle y vit.

— Quelle bêtise ! lança celle-ci avec brusquerie. Vraiment, Edith, où vas-tu chercher ça ?

Ce fut au tour d'Edith de prendre la main de sa cousine.

— Parce qu'à force de vivre ici, j'ai remarqué à quel point il essaie d'influencer ceux qui l'entourent, de leur imposer ses volontés, de les former. Lisbeth, toi, notre grand-mère... Avec moi, il a vite arrêté, parce que je n'ai pas réagi. Et puis je ne compte sans doute pas assez pour lui. Mais toi, sa seule fille... Crois-moi, Charlotte, tu ne devrais pas construire ta vie uniquement selon ses désirs. Quand tu étais chez nous, à Leipzig, tu te comportais très différemment, tu avais de tout autres rêves. Tu n'es pas obligée de rester pour toujours à Feltin juste parce que ton père le veut et que tu es la seule héritière.

Charlotte ne cacha pas la désapprobation que lui inspiraient les reproches de sa cousine. Ils ne correspondaient pas à l'image qu'elle s'était faite d'elle-même et de son avenir, et qu'elle refusait de remettre en question. Elle changea vite de sujet.

— Et tes enfants, que feront-ils ? Tu veux avoir des enfants, non ?

Edith lui rendit son regard et, malgré la chiche lumière, ses yeux bleu clair étincelèrent. Elle repoussa une mèche blonde du visage de Charlotte.

— Les enfants ? Ils m'accompagneront, bien sûr. Nous emploierons des professeurs privés, voilà tout. Ils auront sûrement le sens de la musique, eux aussi, et voyager est une forme d'éducation...

— Qui c'est, « nous » ? Qui est le cher homme qui t'accompagnera à travers les grandes villes d'Europe ? Allez, dis-le-moi ! Est-il brun ou blond ? Avec ou sans moustache ?

Charlotte pinça affectueusement sa cousine au côté, et elles gloussèrent. Edith repoussa son attaque des deux mains.

— Arrête ! s'écria-t-elle, hors d'haleine. Tu sais bien que je n'ai pas de galant, pas comme toi !

Charlotte, serrant les lèvres, se laissa retomber sur son oreiller et tira l'édredon par-dessus sa tête. Elle tenta de se souvenir des traits de Leo. Où était-il maintenant, en cet instant précis ? Toujours dans son bureau ? Ou dans une tranchée, en France ? Elle n'avait plus eu de ses nouvelles depuis si longtemps. Était-il même encore en vie ?

Edith lui ôta la couverture du visage.

— Tu crois qu'il pense parfois à moi ? demanda Charlotte.

— Évidemment ! répondit Edith avec une véhémence inaccoutumée. Dès qu'il le peut. D'ailleurs, as-tu une photo de lui ?

Charlotte secoua la tête.

— Non. Il avait déjà été incorporé quand nous sommes revenues de Leipzig.

Elles gardèrent le silence un moment, repensant à cette époque.

— Tu sais ce que je préfère chez lui ?

— Quoi ? s'enquit Edith en appuyant la tête sur une main.

— Son rire. Je n'ai jamais entendu personne rire avec une telle chaleur.

Edith sourit, et Charlotte fut sur le point d'ajouter qu'elle n'avait jamais vu non plus de sourire aussi enchanteur que le sien. Mais elle se retint, sentant soudain qu'il serait malvenu de faire un tel compliment à une fille. Et sa cousine recevait bien assez de louanges sur sa beauté.

— Peut-être qu'il aura au moins un congé à Noël. Votre fête de Noël est si belle, à Feltin, lâcha Edith.

— Notre réveillon ? Qu'a-t-il donc de si extraordinaire ? En général, à Noël, papa cherche la bagarre.

— Rien que l'orchestre d'anges en bois sculpté, avec les figurines joufflues qui jouent toutes d'un instrument différent. L'immense sapin couvert de boules de verre argentées et de bougies. La musique, ces chants languissants et solennels, s'extasia Edith. Je suis si contente qu'on ait pu fêter Noël dernier à Feltin avec mes parents. Maman est toujours obligée de convaincre mon père d'acheter au moins un sapin. Et chaque fois, il est minuscule. Pourtant, à part ça, il fait presque tout pour elle.

— C'est parce qu'il est juif ? Pour lui, Noël n'existe pas du tout, c'est ça ? questionna Charlotte.

Edith hocha la tête sans un mot. Ce fut la seule fois qu'elles évoquèrent les religions différentes de leurs familles.

— En tout cas, à Noël prochain, la guerre sera finie ! Tout le monde le dit. Et maintenant, dors bien ! Je me lève à 5 h 30, demain, pour aider à la traite, marmonna Charlotte en se retournant.

— Pourvu que tu aies raison ! Fais de beaux rêves !

Charlotte enfonça l'interrupteur en bakélite de la lampe. Juste avant de s'endormir, elle tâcha une fois de plus de revoir le visage de Leo, mais malgré ses efforts, ses traits restaient flous. Pourtant, rêvant déjà, elle s'imagina entendre son rire grave.

Anna

Une année s'était écoulée. L'hiver suivant avait lui aussi semblé interminable, jusqu'à ce que le printemps jette enfin son voile vert tendre sur les terres puis que la chaleur estivale inonde la forêt de la Sprée. Anna avait appris qu'Erich était encore en vie, et son jeune frère Otto venait de lui annoncer qu'il était en congé à Vetschau.

Elle courait le long du chemin comme si sa vie en dépendait. Il était forcément là ; elle en était persuadée. Ses bottines lui compressaient douloureusement les orteils. Bah, peu importe, se dit-elle, pourquoi garder ces machins trop petits ? Elle s'assit dans l'herbe au bord du chemin et dénoua ses lacets. Quel bonheur de libérer ses pieds ! Soulagée, elle agita en l'air ses orteils rougis et écorchés. Puis elle lia ses souliers par leurs lacets, les jeta sur son épaule et repartit.

Elle le vit dès qu'elle bifurqua. Une botte posée sur la barre inférieure de la balustrade de bois, les coudes sur la rambarde, il lui tournait le dos et fumait. Sa silhouette se découpait sur le ciel d'un bleu d'acier exactement à l'endroit où, jadis, ils se retrouvaient chaque matin pour aller à l'école. Pour Anna, cela remontait à une éternité. Erich portait son uniforme vert-de-gris. Comme elle était pieds nus, il ne l'entendit pas arriver et elle eut le temps de l'observer. Ses épaules s'étaient élargies, sa taille affinée, sanglée par une ceinture de cuir noir. Lorsqu'il se tourna, elle dut s'avouer qu'il lui plaisait dans son uniforme. Son visage aussi avait changé. Il était plus marqué, ses pommettes saillaient, son menton semblait plus fort, son nez plus long que jadis. Il avait un sourcil à moitié rasé, quatre fils noirs y fermaient une blessure récente. Ils s'approchèrent l'un de l'autre.

— Qu'est-ce qui t'est arrivé ? demanda Anna en tendant la main vers son front.

Il recula.

— Rien.

Erich tira une nouvelle bouffée, souffla la fumée dans l'air vibrant de la chaleur de midi, puis il jeta la cigarette au sol et l'écrasa de la pointe de sa botte. Il attira Anna contre lui et, sans avertissement, l'embrassa durement sur la bouche. Quand sa langue tenta d'ouvrir ses lèvres, elle céda. Ils n'avaient encore jamais fait cela et elle ignorait ce qu'il attendait d'elle. Il l'inclina en arrière, lui retenant la nuque d'une main. La langue du jeune homme fouilla sa bouche à la recherche de la sienne. Elle répondit avec hésitation. Il avait le goût du tabac et de la fumée. Peu à peu, Anna commença à apprécier ; des sensations totalement nouvelles naissaient en elle. L'autre main d'Erich glissa le long de son dos, très doucement, vertèbre par vertèbre, jusqu'à son postérieur puis sa hanche. Soudain, elle s'affola. Dans quoi s'embarquait-elle ? Était-ce là ce dont on ne parlait qu'à mi-voix ? Ce qui n'était jamais clairement dit ? Ce que les hommes faisaient avec les femmes quand ils étaient mariés ? Elle essaya de se dégager, posa les mains sur sa poitrine et le repoussa.

— Qu'est-ce qui se passe ? demanda-t-il. Ça ne te plaît pas ?

— Erich, nous n'avons pas le droit.

Il baissa les bras et recula d'un pas.

— Je suis désolé. Je ne voulais pas te brusquer.

Anna lui prit la main.

— Viens, on va sur la rive, tu sais où.

Elle l'entraîna. Ils s'écartèrent du chemin et suivirent, courbés, le sentier qu'ils avaient emprunté tant de fois. Comme jadis, les douces feuilles des saules pleureurs leur effleurèrent le visage, les épaules et les bras. Ils atteignirent l'endroit qu'ils aimaient tant où, grâce à un fort courant, l'eau n'était jamais stagnante. L'herbe était encore haute sur la rive en pente douce. Ici, la rivière faisait trois bons mètres de large. À cause des fortes pluies, le niveau était plus haut que d'ordinaire en juillet. Anna retroussa sa jupe et la noua autour de sa taille pour ne pas la mouiller. Elle ne portait pas encore ces modèles étroits à la mode, même si elle avait plusieurs fois pensé à la retoucher. Elle traversa l'herbe haute pour entrer dans l'eau cristalline et fuyante, perçut la fraîcheur sur ses chevilles, la légère brûlure sur sa peau écorchée, les pierres moussues glissantes sous ses pieds.

— C'est délicieux, lança-t-elle à Erich. Allez, viens !

Elle se pencha et prit de l'eau dans sa main pour l'éclabousser.

Erich se passa les doigts dans les cheveux et resta planté là quelques secondes, indécis. Il déboutonna sa veste d'uniforme et la laissa tomber dans l'herbe. Quand il n'eut plus sur lui que son caleçon, il pataugea sur les cailloux jusqu'à se retrouver à environ un mètre d'Anna. Elle observa sa poitrine au gonflement viril, aux rares poils blonds et bouclés. Sa peau blanche formait un contraste frappant avec son visage bruni par le soleil. Il se pencha et se mit à l'éclabousser à son tour, d'abord avec hésitation, puis plus hardiment.

— Hé, pas si fort ! Je vais être trempée ! s'écria-t-elle en continuant à l'asperger.

Elle éclata de rire et se demanda pourquoi il ne l'imitait pas. Il souriait, certes, mais jadis, il aurait ri aux éclats et l'aurait poursuivie dans le ruisseau.

Soudain il se figea, et Anna cessa de lui envoyer de l'eau. Ils restèrent immobiles l'un en face de l'autre, presque gênés. L'eau montait aux genoux de la jeune fille, lui n'en avait qu'à mi-mollets.

— Viens, on sort ! fit-il avec gravité.

Il étala sa veste dans l'herbe et s'assit dessus, regarda Anna ôter sa jupe puis l'accrocher aux roseaux pour qu'elle sèche. Elle se laissa tomber près de lui, seulement vêtue de ses sous-vêtements blancs. La tête appuyée sur une main, il se tourna vers elle. Elle le laissa la caresser avec un long brin d'herbe, très doucement. Il commença par ses jambes, lui chatouilla la plante des pieds, remonta jusqu'à ses bras nus qu'elle avait croisés derrière sa tête.

— Tu es en congé combien de temps ?

— Encore deux jours. Je dois y retourner mardi.

— C'est très dur ? s'enquit Anna en le regardant.

Aussitôt, elle vit son visage changer, son expression redevenir distante. Il jeta le brin d'herbe et fouilla dans la poche de sa veste d'uniforme.

— Tu ne veux vraiment pas en parler ? insista-t-elle.

Erich sortit un paquet de tabac et se roula une cigarette. Il l'alluma, prit une profonde bouffée et la tendit à Anna, qui frissonna de dégoût.

— Depuis quand tu fumes ?

— Depuis que je suis à l'armée.

Anna posa la tête sur sa poitrine, écouta les battements réguliers de son cœur et attendit. Ils restèrent ainsi au moins un quart d'heure, immobiles, muets.

— On s'enterre comme des taupes, commença-t-il, balbutiant. Des deux côtés, tu te rends compte ?

Elle savait qu'il n'attendait pas de réponse.

— En France, les troupes sont retranchées des deux côtés, poursuivit-il. Au début, c'était juste des espèces de fortifications toutes simples, mais maintenant c'est très complexe, comme des tunnels de taupes ou des terriers de lapins sophistiqués. Une ligne ininterrompue qui va de la Manche jusqu'à la frontière suisse. On y vit par milliers. Des fosses boueuses pleines de vermine et de rats, creusées en zigzags les unes derrière les autres, protégées par de gros rouleaux de barbelés. Il y a des tranchées de raccordement qui mènent à l'arrière, à des entrepôts et des infirmeries. Ça fait une éternité qu'on ne bouge plus d'un mètre, ni en avant ni en arrière. De temps en temps, on envoie une troupe d'assaut dans les tranchées adverses, et tous espèrent ne pas en faire partie. Presque personne n'en revient. Et une pluie de balles peut déchiqueter au hasard la tête d'un camarade dans la tranchée, à quelques centimètres de toi. Pendant les pauses, on a le temps de penser. C'est le pire. Il faudrait pouvoir arrêter complètement de penser.

Il se tut quelques minutes, fumant.

— Ah, Anna, si on avait su, à l'époque, tout ce qu'on avait. On croyait que la vie serait plus belle à l'âge adulte. Comme si c'était un pays lointain, lumineux, quelque part au-delà des champs. Extraordinaire, inconnu et plein de promesses.

De son bras tendu, il désigna le champ de blé doré de l'autre côté du ruisseau. Il abaissa lentement la main.

— Mais tout autour de moi, je ne vois plus que lamentations et misère, et ça semble ne jamais devoir s'arrêter.

Anna se redressa, s'appuyant sur un coude.

— Mon pauvre chéri, dit-elle en s'étonnant que ce mot lui vienne si facilement. Je suis tellement désolée que tu doives subir tout ça, je ne peux même pas te dire à quel point.

Pour la première fois depuis leurs retrouvailles, Erich la regarda dans les yeux. Il jeta sa cigarette. Anna se pencha vers lui, s'approcha encore. Il resta allongé sans la toucher. Elle l'embrassa sur la bouche avec douceur. Prudemment, il l'enlaça, attendant sa réaction. Quand il vit qu'elle le voulait, il lui caressa les cheveux, les dénoua. Ils s'embrassèrent d'abord tendrement, encore et encore, puis avec de plus en plus de désespoir et d'avidité, sentant combien ils avaient besoin l'un de l'autre, se désiraient, s'aimaient.

Charlotte

Quatre mois plus tard, en novembre 1918, la dernière offensive allemande échoua. La guerre était perdue militairement et les conditions draconiennes du cessez-le-feu de Compiègne signées. En l'espace de quinze jours, l'Allemagne devait retirer toutes ses troupes des zones occupées et remettre aux vainqueurs l'ensemble de ses armes.

— Ici à Feltin, nous sommes loin de tout, Lotte, dit Richard en grimpant à l'échelle d'un affût, sur une clairière.

Charlotte attendait en bas, près des chiens, que son père finisse son ascension, et scrutait déjà la trouée. En partant, à 7 heures, ils avaient eu besoin d'une lampe à acétylène pour éclairer leur chemin. À présent, l'aube baignait le bois de sapins d'une lueur pâle. Il fallait guetter les yeux du gibier. Ils reluisaient très brièvement avant qu'on distingue leur silhouette à l'orée du bois. Charlotte arracha quelques brins d'herbe et les jeta en l'air. Le sens du vent était idéal. Si des cervidés venaient brouter dans la clairière, ils ne les sentiraient pas. Elle se retourna, grimpa à son tour et s'assit sur le banc près de son père, qui sortit leurs en-cas. Charlotte brandit les jumelles. Rien ne bougeait. Pourvu qu'ils ne rentrent pas les mains vides. Les forêts étaient désertes, l'étang aux carpes vide. De trop nombreux braconniers préféraient risquer une lourde peine que de laisser leur famille mourir de faim.

— Nous sommes tout près de la frontière tchèque et nous n'avons pas entendu un coup de feu de toute la guerre, à part ceux de nos propres fusils de chasse. Et pourtant, nous avons dû faire des sacrifices qui se révèlent complètement inutiles, déclara Richard.

Il tendit une tartine de saindoux à sa fille. Elle mordit dedans en se préparant à subir un long discours.

— Il serait enfin temps que nous, les Allemands… et surtout nous, les Saxons, comprenions qu'un champ de blé ou de patates est aussi un champ d'honneur.

Charlotte observait toujours la clairière.

— Tu disais bien autre chose au début de la guerre, papa, répliqua-t-elle en mastiquant.

Elle abaissa ses jumelles.

— Oui, mais ils ont commis trop d'erreurs. Trois offensives en un an, même la meilleure des armées ne supporte pas ça. Nous avons exagéré. En été… Ça aurait été le bon moment pour conclure une paix satisfaisante. Il y a bien eu quelques personnes sensées pour le dire, seulement on ne les écoute jamais. C'est toujours comme ça. Le bon sens couplé au désir de s'améliorer, ça n'est pas donné à tout le monde. Le courage, c'est bien, pourtant quand le moment est venu de faire queue basse, il faut savoir le reconnaître. Nous, les Feltin, on sent ça. Toi aussi, Lotte.

Il lui lança un regard en coin puis sortit une nouvelle tartine et la lui tendit. Elle ne se fit pas prier.

— On n'écoute que ceux qui crient le plus fort, jamais les voix raisonnables. Et nous voilà à la merci des vainqueurs. Qui sait ce qu'ils nous réservent.

On ne va pas s'en sortir comme ça. Il y aura des indemnités massives à payer.

Charlotte se demanda pourquoi il lui parlait ainsi. Qu'avait-elle à voir avec l'issue de la guerre ? Le principal, c'était qu'elle soit enfin finie. Même dans les villages les plus retirés de Saxe, on avait appris la défaite de l'Allemagne, et tous regardaient anxieusement vers la France où les puissances victorieuses allaient décider de leur sort. Mais c'était tellement loin de Feltin.

Elle porta de nouveau les jumelles à ses yeux.

— Si je te raconte tout ça, c'est parce que je suis désormais certain que tu reprendras la ferme. Un jour, tu voudras te marier. Et tu ne devras pas laisser décider que ton cœur. Il faut aussi songer que tu auras la responsabilité de nos terres, de la ferme, de nos gens et du bétail. Choisis un homme raisonnable et prévoyant.

Elle leva prudemment le bras pour indiquer l'angle gauche de la clairière.

— Ils sont là ! chuchota-t-elle.

Son père reposa sans un bruit la boîte en ferblanc et saisit son fusil, qu'il avait appuyé contre la rambarde.

— Tu ne laisses même pas ton vieux père petit-déjeuner en paix. C'est vrai que nous ne sommes pas ici pour le plaisir.

Il ôta le cran de sûreté de l'arme, s'apprêta à l'épauler, puis changea d'avis.

— Tiens, dit-il en tendant le fusil à Charlotte. Tu t'es suffisamment exercée. Aujourd'hui, c'est toi qui tires.

Sans hésiter, elle prit l'arme des deux mains, l'épaula d'un mouvement calme et regarda à travers le viseur. Elle se savait bonne tireuse, mais elle était aussi consciente qu'ils avaient un besoin urgent de gibier, leur propre stock de bétail et de porc s'amenuisant à vue d'œil.

Elle n'avait droit qu'à un coup. Ensuite, l'occasion serait passée, et ils n'attraperaient plus rien ce matin. À cet instant, le grand mâle surgit du troupeau et lui présenta son flanc. Charlotte déglutit et enfonça la détente.

Avec des aboiements et des hurlements assourdissants, les chiens se précipitèrent et firent cercle autour du cadavre. La bête n'avait plus fait un pas, s'effondrant dès le coup de feu. Sans attendre son père, Charlotte descendit l'échelle et franchit la centaine de mètres de la clairière en quelques secondes. Elle s'arrêta, incrédule, devant l'animal étalé par terre. Haletante, elle se pencha et posa deux doigts sur le cou du gigantesque cadavre fumant pour s'assurer de ce qu'elle savait déjà. Son cœur avait cessé de battre. Soudain, Charlotte eut l'impression de flotter près de son propre corps et de s'observer elle-même. Pourquoi avait-elle été capable de tuer si facilement ce magnifique et noble animal ? Que s'était-il passé en elle ? Elle aimait toutes les bêtes de leur ferme et ne parvenait pas à assister aux abattages. Mais elle devait admettre qu'elle avait savouré l'instant où elle avait enfoncé la détente, la certitude d'avoir touché la bête. Elle se plaqua une main sur la bouche, consternée.

— Comme à la parade ! s'exclama Richard en la rejoignant, à bout de souffle.

Devinant ce que sa fille ressentait, il s'agenouilla près d'elle et lui posa une main sur le dos.

— Ça va aller, chchcht, ça va aller… C'est toujours comme ça, la première fois.

Charlotte se retourna et le regarda, stupéfaite.

— Ça t'a fait ça, à toi aussi ?

— Oui. J'avais douze ans quand j'ai abattu ma première biche, et même si j'étais un garçon, j'ai pleuré. Ce sont de nobles créatures, mais la chasse fait aussi partie de notre vie. De temps à autre, nous devons en abattre quelques-uns. Ils méritent notre respect et ont le droit de mourir proprement.

Il lui tapota le dos.

— Tu as très bien fait. Et maintenant, allons chercher la carriole. Nous ne pouvons pas porter une bête de cette taille jusqu'à la maison.

Dans le hall, Charlotte posa un talon dans l'encoche arrondie du tire-botte. Elle se retint d'une main au pommeau de laiton de la rampe, gémit sous l'effort en ôtant l'étroite botte faite sur mesure puis la laissa tomber, pleine de glaise, sur le carrelage noir et blanc.

— Maman, Erna… Edith ! lança-t-elle. Où êtes-vous ? J'ai abattu un cerf à douze cors, vous vous rendez compte. D'un seul coup de feu !

La porte laquée de blanc du salon s'entrouvrit, laissant apparaître le visage de sa cousine. Les deux cockers se ruèrent vers Charlotte et l'entourèrent en remuant la queue. Elle s'agenouilla pour les saluer.

— Tu as de la visite au salon, chuchota Edith. Tu ne devineras jamais qui c'est.

En se relevant, Charlotte remarqua que les pâles joues d'Edith avaient une couleur inhabituelle. Même ses yeux brillaient de nouveau. Elle posa son second talon sur le tire-botte et l'ôta à la hâte, mais quand elle voulut courir au salon, sa cousine la retint.

— Tu ne peux certainement pas le recevoir dans cette tenue.

— Dis-moi enfin qui c'est !

Elle devina avant même qu'Edith réponde.

— Leo. Il est revenu, indemne, heureusement. Juste un peu maigre, si tu veux mon avis. Enfin, je ne sais pas de quoi il avait l'air avant la guerre. Allez, va vite te changer.

Quand elle entra au salon, Leo reposa à la hâte le volume de poésie dans lequel il montrait quelque chose à Edith et se leva. Charlotte portait une jupe vert émeraude et un chemisier crème à col lavallière et manches bouffantes. Elle avait conservé ces vêtements élégants de son séjour à Leipzig. Elle avait beaucoup grandi depuis, mais Erna avait habilement défait l'ourlet et allongé les manchettes.

— Lotte ! s'exclama Leo d'un ton joyeux.

En vêtements civils, un costume de toile gris sombre bien coupé assorti d'une cravate en soie claire, il s'approcha d'elle, un sourire éclatant aux lèvres. Il se courba, lui baisa la main, et Charlotte posa les yeux sur ses cheveux ondulés. Ils avaient foncé. Quand ils prirent place côte à côte sur le canapé, une odeur d'eau de Cologne agréablement boisée monta au nez de la jeune fille. Jamais encore elle n'avait senti cela chez un homme. Edith avait raison : Leo avait un peu minci. Et il avait rasé ses épais favoris, qu'elle trouvait de toute façon vaguement ridicules. À part cela, il n'avait pas changé. Pas comme leurs valets de ferme, rentrés de la guerre et de captivité amaigris et vieillis, le visage et le corps marqués par les privations et la souffrance. Le fils de Leutner avait été amputé sous le genou. Hartmut avait perdu un œil et eu la peau du visage brûlée par une attaque au gaz des Français. La nuit, dans le logement du personnel, on l'entendait parfois hurler, tourmenté par ses cauchemars. Leo, lui, n'avait pas de blessure visible. La guerre semblait ne lui avoir laissé presque aucune trace.

— L'examen est terminé ? demanda-t-il.

Charlotte en eut le rouge aux joues ; elle prit conscience de l'avoir dévisagé pendant plusieurs minutes. Agitant bras et jambes, il ajouta :

— Tout est toujours là, comme vous le voyez.

Edith lâcha un rire nerveux. Alors seulement, Charlotte remarqua que sa cousine s'était assise en face d'eux. Elle avait pourtant espéré qu'elle se retirerait et les laisserait seuls au moins un instant. Elle se leva et prit sur le plateau d'argent la théière de porcelaine à motif fleuri.

— Je vois qu'on vous a déjà offert du thé, dit-elle en désignant sa tasse pleine.

Elle se servit et prit un morceau de sucre.

— Vous avez encore du sucre, remarqua Leo.

— Oui, un peu. Échangé contre des œufs ou du lard. Même si cela aussi se fait rare.

— Comment allez-vous, Charlotte ? J'ai l'impression que vous aussi, vous avez bien surmonté la guerre.

Elle ne sut d'abord pas quoi répondre. Puis les mots de son père dans l'affût lui revinrent, et elle les répéta sans réfléchir.

— Nous sommes loin de tout, ici. Nous sommes tout près de la frontière tchèque et nous n'avons pas entendu un coup de feu de toute la guerre, à part ceux de nos propres fusils de chasse.

Leo éclata de son rire grave, aussi chaleureux et naturel que jadis, celui qui avait aussitôt conquis Charlotte. Il se pencha, saisit sa tasse et la vida d'un trait. Aussitôt, Edith se leva pour le resservir. Elle ouvrit le sucrier et prit un morceau, le regardant d'un air interrogateur avant de le mettre dans sa tasse. Au cinquième, il l'arrêta :

— Merci. Ce serait vraiment puéril d'en prendre encore plus. Mais cela fait si longtemps que je n'ai pas mangé de sucre...

Edith baissa ses paupières aux longs cils sombres et sourit, reposa le sucrier et se rassit. Charlotte l'observa. Elle n'avait plus mis depuis longtemps l'étroite jupe de satin et le chemisier rose en crêpe de Chine qu'elle portait à présent. Le tissu très fin n'était pas assez chaud pour elle qui frissonnait toujours. S'était-elle changée exprès pour lui ? Y avait-il quelque chose entre eux ? se demanda-t-elle soudain. Leo n'avait fait la connaissance d'Edith qu'aujourd'hui. Charlotte s'efforça de voir sa cousine avec les yeux du jeune homme. Enfant, avec ses yeux bleu clair en biais et son visage mince, elle ressemblait à un chaton effarouché. Mais la fillette maigrelette était devenue une beauté hors du commun, ce qui n'avait pu échapper à Leo. Partout où Charlotte allait avec elle, elle remarquait les regards que sa cousine attirait. Ce jour-là, cependant, elle eut pour la première fois l'impression qu'Edith s'y appliquait sciemment. Elle savait pourtant combien Charlotte avait été amoureuse de Leo. Comment pouvait-elle flirter ainsi avec lui ? Elle en ressentit une douleur cuisante : elle était jalouse de sa cousine. Soudain, elle comprit l'absurdité qu'elle avait eue à répéter sans réfléchir le discours de son père, se donnant l'air sotte et naïve. Charlotte allait lui ouvrir les yeux, lui décrire la réalité des années de guerre, tout son travail et ses efforts.

— Nous avons perdu énormément de cochons, de bétail et de volaille, commença-t-elle à voix basse. Ils sont morts parce que nous n'avions plus de quoi les nourrir, puis il y a une épidémie. Les dernières semaines ont été les pires. Tous les matins, il fallait sortir les bêtes crevées de l'étable. Beaucoup ont été volées, et les chevaux confisqués. Nous avons été obligés de faire le travail des champs avec les bœufs, si vous comprenez ce que ça signifie. Ils n'avancent jamais d'eux-mêmes. Et quand je dis « nous », ça veut dire aussi ma mère et moi, parce que la plupart des valets de la ferme ont été incorporés. Ils ne nous ont laissé que le vieux Leutner, car il a été dispensé, étant classé « indispensable », mais il n'est plus assez fort pour se charger des travaux vraiment pénibles. Wilfried le manchot n'a pas été envoyé au front non plus mais il a été frappé par la foudre et est mort sur place, dans le champ. On a tous senti l'odeur de sa chair carbonisée. Et on a pu s'estimer heureux de ne pas avoir été touchés.

En se rendant compte qu'elle crispait les doigts sur la soie verte de sa jupe, Charlotte croisa les mains.

— Nous n'avons plus d'engrais et la récolte a été mauvaise. En plus, cette année, les pommes de terre ont attrapé le mildiou.

Elle regarda Leo ; il n'avait pas l'air de l'écouter et ne semblait avoir d'yeux que pour Edith.

Un goût amer se posa soudain sur la langue de Charlotte, comme si elle venait de croquer une amande gâtée.

— Edith, peux-tu demander à Erna de refaire du thé ? demanda-t-elle en s'efforçant de ne pas laisser sa cousine sentir sa vexation soudaine.

— Bien sûr, répondit celle-ci en se levant pour sortir.

— Pourquoi êtes-vous ici, Leo ? demanda Charlotte sans détour dès qu'Edith eu refermé la porte derrière elle. En trois ans, je n'ai reçu que deux lettres de vous. N'avez-vous donc jamais eu de congé ?

Désarçonné par une telle franchise, il prit sa tasse et fit tourner sa cuillère.

— Je pensais que vous seriez contente de me revoir, Charlotte.

— Bien sûr que je suis contente, surtout de voir que vous vous en êtes sorti indemne alors que tant de jeunes hommes ont perdu la vie au combat. Mais je ne suis plus la petite sotte à qui vous avez fait tourner la tête avant la guerre. Et je n'ai pas non plus le temps de prendre le thé en bavardant. Nous venons d'abattre un cerf à douze cors et il faut que nous le sortions du bois avant que d'autres s'en chargent. Nous avons besoin de la viande pour nos gens, ici. Alors, si vous voulez bien m'excuser.

Elle se leva et Leo l'imita aussitôt, reposant sa tasse sur la table basse.

— Charlotte…, balbutia-t-il. Ne voulez-vous donc pas entendre ce que j'ai à vous dire ?

— Vous auriez dû y penser plus tôt.

Sans plus de cérémonie, elle se dirigea vers la porte. Leo la suivit du regard, stupéfait. Une si jeune femme, si sûre d'elle ? Elle le plantait bel et bien là. Un geste insolent qui le charma.

Anna

— Tiens, voilà un cadeau pour Adelheid, dit la mère d'Anna.

Elle lui tendit un petit panier d'osier recouvert d'un linge de coton. Il était 6 heures du matin et elles attendaient le premier train à la gare de Cottbus. Son père et sa petite sœur Dora étaient venus aussi. Il lui donna deux pièces, et Anna lut sur son visage combien ces adieux lui coûtaient. Elle garda un instant dans la sienne sa main à la peau rêche et calleuse.

Sophie Tannenberg, voyant la lèvre inférieure de son mari trembler un peu, s'empressa de dire :

— Allons, Philipp. Elle ne part pas au bout du monde.

— À Berlin, maintenant, objecta-t-il. Alors que les troubles de la Révolution ne sont sûrement pas finis. Elle aurait pu rester encore quelques semaines.

— Mais de quoi vivrait-elle ? Il n'y a pas de travail, ici ! Et chez sa tante, elle sera en de bonnes mains. (Elle se tourna vers Anna :) Le mieux est de demander ton chemin dès que tu arriveras. Tu as bien le nom de la rue ?

Anna hocha la tête et montra le feuillet où sa mère avait noté l'adresse. Sachant qu'elle aurait du mal à se maîtriser plus longtemps, elle fut soulagée d'entendre au loin les martèlements de la locomotive à vapeur.

— Fais-toi le moins d'ennemis possible, Anna ! déclara sa mère d'un air grave.

La jeune fille hocha la tête, serra ses parents puis Dora dans ses bras, ramassa son vieux sac de voyage sur le quai poussiéreux. Dès que le train entra en gare, elle se détourna, consciente qu'il ne faisait qu'une brève halte et surtout qu'elle ne pourrait plus retenir ses larmes.

C'est alors que Philipp Tannenberg prit le visage de sa fille entre ses mains.

— Et n'oublie pas de te regarder tous les soirs dans un miroir, Anna. Observe ton reflet et demande-toi si tu as été bonne. Tu pourras…

Ses mots furent avalés par le sifflement de la machine à vapeur. Anna hocha vigoureusement la tête et se détacha de lui. Elle l'embrassa sur la joue et s'éloigna à la hâte.

— Il faut que je monte, papa.

Elle grimpa les marches de fer et s'engouffra dans le wagon. Au troisième compartiment, elle posa sac et panier et regarda par la fenêtre. Ses parents et Dora étaient toujours là, immobiles. Son père avait passé un bras autour des épaules de Sophie et tenait la main de Dora. Il ne lâchait pas le train des yeux, comme hypnotisé. Anna baissa la vitre et lança :

— Au revoir !

Alors qu'elle leur envoyait un baiser de la main, le contrôleur siffla pour donner le signal du départ. Le train se mit en mouvement. L'image de ses parents et de sa sœur devant la gare rapetissa vite. Anna regardait toujours dans leur direction même s'ils avaient disparu depuis longtemps ; l'image des trois personnes qui avaient si longtemps déterminé sa vie se grava dans sa mémoire.

Les arbres de la forêt de la Sprée, dénudés par l'hiver, défilèrent derrière la vitre. Quelques barques de pêcheurs flottaient sur les canaux dans le soleil matinal, bien trop proches de la voie ferrée pour attraper quoi que ce soit, se dit Anna. Elle finit par s'asseoir sur le banc de bois dur. Elle souleva prudemment le linge qui recouvrait le panier pour vérifier si le pot de graisse d'oie et le bocal de cornichons étaient encore intacts. En face d'elle, une vieille femme rondelette coiffée d'un chapeau bordeaux l'observait.

— Tu vas à Berlin ? demanda-t-elle.

Anna hocha la tête.

— Tu ferais mieux de cacher tout ça. Il y a des contrôles, ils cherchent les provisions de ceux qui font des stocks.

En la remerciant du conseil, Anna enfouit les pots dans son sac, au milieu de ses vêtements, puis glissa le panier vide sous le banc. Elle s'étonnait de son propre comportement. La nuit précédente, elle n'avait pratiquement pas dormi, angoissée par les adieux et son avenir incertain. Surtout, elle s'inquiétait de ne plus être à Vetschau quand Erich rentrerait. Elle avait bien demandé à Dora de lui remettre une lettre de sa part, mais elle n'avait plus eu de ses nouvelles depuis juillet. Était-il déjà sur le chemin du retour ? On disait que l'ordre de retrait avait été donné en décembre. Avait-il atterri dans un camp de prisonniers français ? Anna refusa d'imaginer pire encore et tenta de ne plus y penser, préférant se concentrer sur ce qui l'attendait. Soudain, une autre sorte de nervosité la saisit. Elle n'avait jamais vu la capitale, cela allait changer avec la nouvelle année ! Chez une cliente de la Willnitz, elle avait aperçu dans un journal une photographie de la luxueuse avenue Unter den Linden. Des fiacres à quatre chevaux, beaucoup d'automobiles, des gens élégamment vêtus flânant sur le trottoir. Elle ne s'était jamais rendue dans une véritable ville, et Berlin était même une métropole. Quelle vie l'y attendait ? Elle s'imaginait la plupart des Berlinois prospères, heureux et bien habillés, mangeant du rôti et buvant de la bière blanche ; le soir, les rues et les immeubles resplendissaient sûrement à la lumière électrique comme les fenêtres de Vetschau le soir de Noël. Peut-être un peu de cet éclat rejaillirait-il sur elle. Anna fut soudain terriblement impatiente, pressée d'arriver enfin à Berlin. Elle voulait fouler au moins une fois ce *boulevard*[1], comme on l'appelait dans le journal.

En posant le pied pour la première fois sur l'asphalte berlinois, à la gare de Görlitz, Anna eut l'impression d'être aspirée par la vie urbaine. Elle resta plantée sur le quai à observer l'agitation ambiante. Jamais elle n'avait vu autant de gens d'un coup, ils étaient tous en mouvement. Plusieurs porteurs l'abordèrent, voulant prendre son sac, mais elle le serra contre elle en secouant la tête. C'est seulement après avoir été bousculée plusieurs fois, puis presque renversée par un homme qui tentait d'attraper le train, qu'elle émergea de sa torpeur. Elle avança le long du quai, cherchant des yeux un panneau indicateur.

« Le mieux est que tu prennes l'électrique jusqu'à la Gitschiner Straße. Là, tu changes direction Wedding et tu descends à la station Leopoldplatz, avait écrit sa tante dans une lettre. Le reste, tu pourras le faire à pied. »

Comment trouver le tramway ? Elle sortit du bâtiment et constata que l'effervescence n'était pas

1. En français dans le texte. (Toutes les notes sont de la traductrice.)

moindre à l'extérieur. Un gamin d'environ huit ans coiffé d'une raie sur le côté et vêtu d'amples knickerbockers s'approcha et demanda si la dame avait besoin d'un fiacre.

— J'ai l'air de pouvoir m'en payer un ? répliqua-t-elle.

— On ne sait jamais, fit-il avec désinvolture.

Il examina son vieux manteau marron, qui avait appartenu à Max et qu'elle avait retouché. Le regard du gamin s'attarda sur ses bottines usées, jadis brun clair, et il secoua la tête. Anna en profita pour lui demander où se trouvait la station de tram. Elle n'arrivait pas à s'imaginer un train électrique, sans vapeur ni vacarme, et observa d'un œil sceptique les câbles tendus par-dessus la rue. C'est seulement quand la rame surgit devant elle qu'elle fut convaincue de son existence.

Bien qu'elle ait vu Adelheid pour la dernière fois huit ans plus tôt, au baptême de Dora, elle la reconnut aussitôt. Les sourcils typiques des Tannenberg, sombres et arqués, donnaient une allure particulière à son visage jadis joli. Mais les rides qui couraient des ailes de son nez aux coins de sa bouche étaient trop marquées pour son âge, et elle avait de mauvaises dents.

Elle l'accueillit chaleureusement.

— Entre donc, Anna, dit-elle en ouvrant la porte de son petit appartement dans la troisième arrière-cour. Je t'attendais. Tu dois avoir faim, après ce voyage. Tu n'as pas eu de mal à trouver ?

Anna passa le seuil et remarqua aussitôt la forte odeur de chou. Dans le train, elle n'avait mangé qu'un des cornichons marinés que sa mère lui avait donnés pour Adelheid, sans oser en avaler plus – ils ne lui étaient pas destinés. Évidemment, cela n'avait pas suffi. Elle regarda autour d'elle. Des cloques d'humidité grosses comme le poing déformaient les murs du couloir peints en rouge sang-de-bœuf. Dans la pénombre, on croyait voir proliférer d'énormes verrues. Il n'émanait pas plus de lumière de la pièce de droite, dont la porte était entrouverte.

— Pose donc ton sac et viens à la cuisine, proposa Adelheid en la précédant.

La jeune fille la suivit, observant les mouvements de son corps amaigri sous sa vieille robe en laine bleu foncé. Quand sa tante ouvrit la porte de la cuisine, Anna sursauta. Un homme massif, coiffé d'un béret graisseux tiré bas sur son front, était assis à la petite table. Sans lever les yeux, il continua à manger, à la cuillère. Elle vit que son odorat ne l'avait pas trompée : son assiette contenait de la soupe au chou guère épaisse.

— Tu pourrais au moins enlever ton béret, Günter, fit Adelheid. Voici Anna, je t'ai parlé d'elle.

L'homme continua son repas sans lui accorder un regard. Il racla son assiette puis l'essuya d'un morceau de pain. La jeune fille était mal à l'aise ; il ne lui donnait vraiment pas l'impression d'être la bienvenue.

— Assieds-toi donc, Anna, dit gentiment Adelheid.

Elle lui montra un escabeau glissé sous la minuscule table. Anna hésita. Malgré sa faim, elle n'avait pas la moindre envie de prendre place en face de cet homme. Elle ignorait que sa tante ne vivait pas seule. Adelheid était veuve de guerre, l'oncle Maximilian étant tombé à la bataille de la Somme en 1916. Ils n'avaient pas d'enfants et, pensant qu'Adelheid n'aurait pas encore fait son deuil, Sophie avait dit à Anna qu'elle serait bien chez elle, qu'elles pourraient se réconforter l'une l'autre. Apparemment, quelqu'un d'autre réconfortait déjà Adelheid.

L'homme repoussa enfin son assiette d'un geste brusque puis se carra dans le dossier de sa chaise avec une telle force que le bois craqua dangereusement. Il caressa son ventre proéminent et fit claquer ses bretelles. Quand il leva la tête, Anna pensa tout de suite qu'elle aurait préféré qu'il continue à laper sa soupe. Ses petits yeux perçants se tournèrent vers elle et ses lèvres surmontées d'une épaisse moustache brune émirent un bruit de succion. Les poils descendaient plus bas que les coins de sa bouche, ce que la grand-mère d'Anna appelait un « crochet slave ».

— Tiens tiens, qui voilà ? C'est donc la petite-nièce de la forêt de la Sprée !

Il avait une voix étonnamment haut perchée pour un homme de son gabarit. Il parlait avec un fort accent berlinois qu'Anna trouvait d'ordinaire plaisant, mais il émanait de lui quelque chose qui la mit sur la défensive.

— Et elle a quel âge ? Dix-neuf ans ? Elle a que la peau sur les os, cette gamine. Plate comme une limande.

Il la scrutait, aux aguets. Anna rougit, embarrassée, et se demanda si elle devait répondre à ce propos déplacé. Ne ferait-elle pas que le provoquer davantage ? Et puis, il s'était adressé à sa tante, pas à elle.

— Qu'est-ce que tu racontes, Günter ! s'écria Adelheid en passant un bras autour des épaules d'Anna. Tu vas lui faire peur, à cette petite !

— Pourquoi donc ? rétorqua-t-il en croisant les bras derrière la tête. Je demande juste quel âge elle a. Y a rien de mal ! (Il adressa enfin un signe de tête à Anna.) Tu sais travailler ? Tu as appris quelque chose ? Ou tu comptes vivre aux crochets de ta tante ? Tu as des tickets de rationnement ?

— Günter, vraiment !

La voix d'Adelheid était réprobatrice, mais Anna y perçut autre chose. Sa tante semblait témoigner d'une certaine prudence face à cet homme, voire de peur.

— Il n'est pas question que je sois une charge pour tante Adelheid, répondit hâtivement Anna.

Elle se rendit compte qu'elle n'avait pas encore sorti les aliments donnés par sa mère.

— Un instant, je reviens tout de suite.

Elle retourna dans le couloir et fouilla son sac.

— Voilà, de la part de maman ! s'exclama-t-elle en tendant à sa tante le bocal de cornichons et celui, plus petit, de graisse. C'est de l'oie, précisa-t-elle non sans fierté.

Elle aurait tant aimé en manger, sur une belle tranche de pain.

— C'est vraiment gentil de sa part. Ça n'a pas dû être facile à trouver.

— Vous avez encore des oies ? blagua Günter. C'est bien ce que je dis : à la campagne, ils vivent comme des coqs en pâte.

Anna baissa les yeux. Puis elle se reprit et soutint le regard de Günter.

— Non, nous n'avons plus d'oies depuis longtemps. Ce bocal-là, ma mère le gardait pour une occasion spéciale. (Elle se redressa et poursuivit :) Je suis couturière diplômée ; dès demain, je vais chercher un travail.

Günter écarquilla les yeux et feignit quelques secondes d'être impressionné par sa déclaration. Puis il pouffa exagérément fort et fit semblant de rire au point de tomber de sa chaise. Son corps massif vibrait et tremblait. Il frappa plusieurs fois la table du plat de la main, croisa les jambes, applaudit. Les deux femmes assistèrent en silence à ce spectacle. Anna, écœurée, se demanda comment elle allait supporter de vivre avec un tel homme dans ce petit appartement. Elle résolut de se chercher un autre logement le plus vite possible.

Günter finit enfin par se calmer, frappa encore une fois dans ses mains et dit :

— Te chercher un travail. Tu entends ça, Adelheid ? La gamine croit peut-être qu'on n'attend qu'elle, ici ?

Adelheid se détourna en secouant la tête, souleva une plaque de fer du fourneau avec une pince et ranima le feu.

— Günter, ça va bientôt s'éteindre. Sois gentil, va chercher un seau de charbon à la cave. Je te l'ai déjà demandé hier.

Elle reposa la plaque et y mit la marmite. Günter ne bougea pas.

— Et ça fait une semaine que tu ne m'as pas payé ta part.

Il marmonna une réponse incompréhensible.

— Tout le monde cherche du travail, ici, tu entends ? lança-t-il en se tournant vers Anna, l'index dressé. Tu te crois mieux que les autres ? Et des couturières, c'est sûr qu'on en a besoin d'urgence, sans parler de tout le tissu qu'on trouve partout pour trois sous.

Il se remit à rire bruyamment.

— Bon, ça suffit, Günter.

Adelheid débarrassa son assiette, retourna au fourneau, remua le reste de soupe dans la casserole et en remplit une nouvelle assiette.

— Anna, assieds-toi et mange un peu, dit-elle en lui tirant l'escabeau.

La jeune fille prit place, et quand Adelheid posa la soupe devant elle, elle se mit enfin à manger. En roulant des yeux vers Günter, sa tante ramassa un seau en tôle dans un coin et se dirigea vers la porte.

— Envoie donc la gamine, s'exclama Günter en désignant Anna de la tête.

Celle-ci reposa sa cuillère et fit mine de se lever, mais Adelheid l'arrêta.

— Laisse-la arriver. Je reviens tout de suite.

Un instant plus tard, la porte de l'appartement claqua.

La soupe chaude fit beaucoup de bien à Anna. Elle sentait Günter observer le moindre de ses mouvements. On dirait un renard guettant sa proie, pensa-t-elle. Elle résolut de fermer sa porte à clé pendant la nuit. Elle ignorait encore qu'elle dormirait dans la cuisine.

Charlotte

Au cours des semaines suivantes, il ne se passa pas un jour sans que Leo ne vienne à Feltin. Parfois, il apportait une liste de petites fermes mises en vente. Peu de domaines agricoles avaient aussi bien surmonté la guerre que Feltin, et Richard ne manquait pas une occasion d'acheter. D'autres fois, Leo venait discuter de contrats notariaux. Richard accordait de plus en plus d'importance à son avis, tenait compte de ses réflexions, l'incluait dans ses décisions commerciales. Charlotte, impliquée dans les activités du domaine, inspectait les champs à cheval, contrôlait écuries et étables, et n'était à la maison qu'à l'heure des repas. Jusqu'ici, Richard ne l'avait pas tenue au courant de ses projets d'acquisitions, et ne l'invitait donc jamais à ses entretiens avec Leo.

Le jeune homme demandait à la voir à chacune de ses visites. Au début, elle se montra réservée, trop déçue par leurs retrouvailles après son retour du front. Certains jours, elle faisait même répondre qu'elle était absente. Leo s'obstina, lui apportant de petites attentions : le dernier roman paru, un recueil de poésies, un joli carnet, ou juste quelques vers découpés dans un journal. Elle le savait intelligent, éduqué et homme de goût. En lui offrant ses présents, comme jadis, il lui donnait l'impression qu'elle était la personne la plus instruite, la plus spirituelle et la mieux vêtue au monde. S'il la rencontrait en compagnie d'Edith, il saluait celle-ci poliment mais la traitait avec bien plus de distance que Charlotte. Cela impressionna la jeune fille. Sa manière charismatique de lui faire la cour ne resta pas sans effet, et son attirance pour lui refit surface. Ses mains effleuraient les siennes comme par inadvertance, elle surprenait ses coups d'œil enflammés. Finalement, elle se mit à laisser son regard errer sur l'entrée du domaine chaque fois qu'elle se trouvait près d'une fenêtre. Elle trouvait des prétextes pour aller voir les hommes dans le bureau de Richard. Ignorant les grognements impatients de son père, elle ne voulait qu'une chose : contempler le visage plein de vivacité de Leo. Durant les brefs instants qu'ils passaient seuls, elle tentait de l'égayer. Son rire profond lui donnait la chair de poule. Charlotte demandait désormais chaque matin à son père, le plus incidemment possible, si un entretien avec M. Händel était prévu ce jour-là. Elle ne l'aurait jamais admis, mais elle organisait alors ses journées de manière à être là à l'heure du rendez-vous. Si c'était le matin, elle retardait sa sortie à cheval. Quand il était annoncé pour l'après-midi, elle se changeait et apportait un plateau de thé au bureau. Elle aimait déranger les deux hommes plongés dans leurs documents. Richard réagissait à ses interruptions avec de plus en plus de bienveillance. Une fois, il lui demanda même de venir et lui montra une carte de la région où il avait entouré de rouge les terres nouvellement acquises. Il suivit du doigt les contours du nouveau domaine en lui décrivant ses opérations. Charlotte fut ébahie de l'habileté avec laquelle tout s'imbriquait. À l'est, des prairies verdoyantes et un ruisseau très convoité. À l'ouest, le lieu-dit du Breitenlehn, connu pour sa terre noire rendue très fertile par son taux d'humus élevé. Richard y avait acquis quarante hectares lors d'une vente judiciaire. Et quand les domaines jouxtaient le terrain de Feltin, il était prêt à payer plus que n'importe qui.

— Et un jour, Lotte, tout cela t'appartiendra, conclut Richard.

Le silence embarrassé qui suivit ne le troubla guère. Il parlait rarement sans arrière-pensée, à part dans ses accès de colère. Charlotte rougit. Elle savait très bien pourquoi son père insistait ainsi sur le fait qu'elle était son unique héritière, et cela la gênait. Leo fit mine de ne pas saisir l'allusion et ouvrit un porte-documents de cuir qui contenait les actes notariés.

— Voici les certificats, pour vos archives. La réservation est déjà inscrite au cadastre. En avons-nous terminé pour aujourd'hui, monsieur Feltin, ou avez-vous d'autres questions ?

— Allez donc, mon cher ami !

Charlotte leva la tête, stupéfaite. Jamais elle n'avait entendu son père employer une telle expression. Il adoubait ainsi pratiquement Leo.

— Emmenez donc Lotte. Vous avez bien mérité un après-midi de congé, d'autant qu'à en juger par vos factures des dernières semaines, vous pouvez vous accorder une petite pause sans vous retrouver sur la paille.

Il rit de sa propre boutade, faisant tressauter sa moustache triangulaire bien taillée. Leo referma le porte-documents et le posa sur le bureau.

— Vous avez raison, monsieur Feltin. D'autant que j'ai été nommé associé du cabinet avant-hier.

— Non ! s'exclama Richard. Et vous ne me le dites que maintenant ?

Charlotte trouva irrésistible le sourire embarrassé de Leo.

— Lotte, tu as entendu ça ? Notre jeune ami est désormais partenaire de la société de notaires. Qui aurait cru que le vieux Burkhard abandonnerait de son plein gré une part du gâteau ?

Leo hocha la tête et éclata de son rire de gorge. Charlotte faillit lui sauter au cou.

— Il faut fêter ça, déclara Richard.

Ouvrant un tiroir du bureau, il en sortit une carafe de poire Williams à bec d'argent et trois petits verres. Puis il posa le tout sur la table et fit le service.

— À Leo, notre notaire zélé et désormais associé ! lança-t-il en levant son verre.

Charlotte hésita, sachant que l'alcool lui monterait aussitôt à la tête et consciente que Leo la regardait avec attention. Elle trempa les lèvres dans son verre tandis que les deux hommes vidaient le leur d'une traite.

— Bien, je ne vous retiens pas plus longtemps. Il est peut-être un peu tard, mais le temps est idéal pour une promenade à cheval. Monsieur Händel, vous montez certainement ?

Charlotte attendit avec curiosité la réaction de Leo. Il lissa ses cheveux sombres que, depuis son retour, il portait toujours pommadés et avec une raie de côté. Pourtant, grâce aux quelques mèches rebelles qu'il semblait oublier, cette coiffure ne lui donnait pas l'air guindé.

— Oh non, monsieur Feltin. Il en faudrait beaucoup pour me forcer à remonter en selle, répondit-il promptement.

En voyant l'expression déçue de Charlotte, il ajouta :

— Jadis, dans notre ferme, cela faisait partie du quotidien. Ce n'est pas que j'en sois incapable, mais je suis plus à mon aise derrière le dos des livres que sur celui des chevaux.

En temps normal, une telle comparaison aurait inspiré une réflexion ironique à Richard. Cette fois-ci, il s'abstint de tout commentaire et chassa les deux jeunes gens de son étude d'un geste bienveillant.

Quand ils traversèrent le domaine, le soleil d'hiver teintait d'orange les nuages effilochés de l'ouest. La boule rouge n'allait pas tarder à disparaître derrière les toits de tuile des écuries. Ce crépuscule flamboyant captiva leur regard. En marchant sur les pavés près de Leo, Charlotte eut l'impression d'avoir le corps en feu, bien qu'il fasse moins de zéro depuis des semaines. Sans se concerter, ils accélérèrent le pas, impatients d'être hors de vue de la maison de maître. À l'instant où ils passèrent le portail et tournèrent à droite, il saisit la main de la jeune fille et la serra. Charlotte remarqua une chaleur brûlante, irradiant tout son bras. Elle lui jeta un coup d'œil. La percevait-il également ? Son cœur battait-il lui aussi à se rompre ? Il ne la regardait pas. Une fois derrière les écuries, devant l'ancienne grange à fourrage, il lui posa une main dans le dos et l'attira à lui. Le sang de Charlotte se mit à frémir dans ses veines. Les mains ardentes de Leo embrasèrent son dos, glissèrent plus bas, enflammant son derrière et ses hanches. Elle sentit ses genoux se dérober. Ils s'embrassèrent, tendrement puis de plus en plus avidement. Leo l'entraîna et dut se courber pour passer la porte de l'antique bâtisse désaffectée. Charlotte le suivit. Ses yeux s'habituèrent peu à peu à la pénombre. Elle reconnut l'odeur étrange, non pas de foin frais mais de poussière, de vieux bois, de moisissure et de déjections de souris. Leo voulut l'attirer au sol, mais le désir intense qu'elle ressentait pour lui l'effraya soudain. Que faisait-elle ?

Qu'en dirait son père ? Elle resta debout face à lui, haletante. Elle savait que Richard approuvait leur amitié, cependant jamais il n'admettrait ceci. Les pulsations de son corps, pourtant, lui dictaient tout autre chose. La voix de Leo chuchotait des mots dont le sens ne l'atteignait pas. Un sentiment puissant la parcourait, refoulant l'image de son père : ils étaient faits l'un pour l'autre, elle en était certaine. Pourquoi attendre davantage ? Très doucement, elle se laissa glisser sur le sol froid, juste couvert d'une mince couche de paille datant de temps anciens. Leo couvrit son visage de baisers passionnés, ses lèvres glissèrent le long de son cou et il laissa échapper un petit gémissement. À cet instant, elle vit pardessus son épaule deux yeux d'un jaune incandescent qui les fixaient dans l'obscurité. Elle poussa un cri strident. Leo lui mit une main sur la bouche mais Charlotte se dégagea et bondit sur ses pieds, épouvantée.

— Là ! dit-elle seulement.

La terreur l'empêchait de prononcer un mot de plus ; elle tendait le doigt vers la charpente. Leo éclata de rire et lui posa un bras protecteur sur les épaules.

— N'aie pas peur, ce n'est qu'un chat-huant.

Il avait raison, mais son excitation était retombée. C'est peut-être un signe, pensa-t-elle. Elle tapota sa jupe et retourna à la porte. Malgré la déception perceptible du jeune homme, Charlotte était heureuse d'avoir pu se raisonner à temps. Tandis qu'ils revenaient vers la maison dans l'obscurité, elle songea au bonheur qu'elle aurait à être officiellement autorisée à aimer Leo dans leur lit conjugal. Elle faillit lui souffler de faire bientôt sa demande.

Anna

En plein milieu de la nuit, Anna se redressa d'un coup sur son grabat, réveillée par un bruit dans le couloir. Il faisait noir comme dans un four et elle n'avait pas de lampe à portée de la main. Elle tira la couverture jusqu'à son menton et retint son souffle, s'immobilisant pour ne pas faire grincer le banc où elle était couchée. Des pas. On poussa la porte. Quand la lampe à pétrole s'alluma, elle était sur le côté, la tête à moitié couverte, et faisait semblant de dormir profondément. Soudain, elle se souvint : la veille, sa tante lui avait dit que Günter partait à 4 heures le lundi matin. Il était journalier à la gare d'Anhalt, où il déchargeait des trains de marchandises. Pourvu qu'il s'en aille vite. Alors peut-être, elle pourrait dormir une heure tranquillement. Jusqu'ici, elle en avait été incapable, sans doute parce que c'était la première nuit qu'elle passait sans la chaleur du petit corps de Dora près d'elle. Mais surtout, une sorte de nervosité profonde l'avait tenue éveillée, comme celle d'un animal en fuite. À maintes reprises, elle avait collé l'oreille au mur glacial et tenté de distinguer dans l'obscurité si la poignée de la porte bougeait. À présent, elle subissait le remue-ménage de Günter ; à un mètre d'elle, il traînait des pieds, faisait cliqueter ses couverts, toussait et se mouchait. Enfin, elle l'entendit sortir de la cuisine puis claquer derrière lui la porte de l'appartement. Anna poussa un soupir de soulagement, se retourna et sombra dans un sommeil sans rêve.

Quand elle ouvrit les yeux, il faisait grand jour. Pourtant, il n'y avait guère de lumière dans la cuisine. Elle étira les bras et se leva. Tout son dos lui faisait mal après sa nuit sur ce banc en bois dur. Dans sa longue chemise de nuit blanche, elle ouvrit les rideaux jaunis et tressaillit : le crépi lépreux du bâtiment voisin n'était pas à plus de cinq mètres. Au-dessus, on ne voyait pas le moindre bout de ciel. Anna avait déjà la nostalgie de leur minuscule maison de Vetschau. Depuis la fenêtre de leur chambrette aux rideaux blancs, sous les combles, on avait vue sur le jardin potager ; le matin, c'était la lumière du soleil et l'odeur terreuse de la forêt qui la réveillaient, à condition qu'aucun de ses frères ne lui balance un gant humide en pleine figure. Anna sourit. Même Otto le bagarreur lui manquait. Elle sortit ses quelques affaires de son sac. Sur le dessus, elle saisit l'objet protégé d'un mouchoir, s'assit sur l'escabeau et le déballa. C'était la petite assiette de bois ornée d'une fougère séchée qu'Erich lui avait offerte en guise de cadeau d'adieu. Elle suivit de l'index la fissure sur le verre et repensa au soir où elle l'avait jetée par terre, furieuse. Où était Erich en ce moment même ? Elle repensa à la chaude journée de juillet où il était rentré du front pour un congé et où ils s'étaient aimés au bord du ruisseau. Aux semaines qui avaient suivi pendant lesquelles elle avait failli devenir folle d'inquiétude, osant à peine regarder sa mère dans les yeux, jusqu'à ce qu'une tache de sang libératrice apparaisse enfin sur sa chemise de nuit. Et depuis, elle avait tellement peur pour Erich. Il avait tant changé, à la fois dur, distant, et en même temps si fragile. Qu'est-ce que cette guerre avait fait d'eux ? Quand elle pensait à lui, c'était son visage de jeune garçon qui se dessinait devant elle, son sourire espiègle, son air toujours prêt aux pires bêtises. Elle remballa l'assiette de bois et l'enfouit tout au fond de son sac, qu'elle glissa sous le banc. Elle se débarbouilla à l'évier et remit ses vêtements de la veille. Pour aller aux toilettes, elle dut sortir de l'appartement et descendre six marches jusqu'au demi-étage. Il n'y avait qu'un cabinet pour deux étages, que plusieurs familles se partageaient. Quand elle revint, sa curiosité l'emporta. Elle enfonça prudemment la poignée de l'unique autre pièce et jeta un coup d'œil à l'intérieur. Guère plus large qu'un corridor, elle contenait deux lits de métal mis bout à bout. Une odeur douceâtre d'air vicié la frappa, et elle eut aussitôt honte de lorgner ainsi dans la chambre de sa tante. Puis elle entendit un ronflement. Elle avança d'un pas et crut distinguer une chevelure ébouriffée dans la pénombre. Le reste du corps était dissimulé par une couverture. Elle perçut aussi un mouvement dans le second lit. Anna se figea. Qui était-ce ? Adelheid et Günter avaient quitté le logement des heures plus tôt. Surtout, ne réveille personne, se dit-elle en ressortant sur la pointe des pieds. Très intriguée, elle referma la porte aussi silencieusement qu'elle le put. À sa connaissance, sa tante n'avait pas d'autre famille. Il ne pouvait tout de même pas y avoir de parfaits inconnus couchés chez elle. Elle résolut d'interroger Adelheid le soir venu. Sur la table, elle trouva un bol vide, une cuillère, ainsi qu'une note :

Chère Anna, je suis partie au travail. Il y a de la soupe au lait sur le fourneau. Va à la blanchisserie

de la Themsestraße voir s'ils ont du ravaudage à faire. Demande Mme Lehmann.
À ce soir, tante Adelheid.

Anna fourra la note dans la poche de sa jupe puis perça de sa cuillère la peau qui s'était formée à la surface de la soupe, refroidie depuis longtemps. Ses frères trouvaient toujours ce plat écœurant, mais cela lui rappela la maison. Elle termina la soupe et lava son bol, enfila le manteau de Max et sortit. Dans l'arrière-cour, elle prit conscience du nombre d'habitants de l'immense immeuble. Plusieurs femmes étendaient du linge sur des fils tendus à travers la cour. L'une d'elles était enceinte jusqu'aux yeux ; de très jeunes enfants rampaient à ses pieds. Dans un coin, deux petits bras sortaient d'une poussette en osier rafistolé. Les ménagères n'accordèrent pas un regard à Anna. Le vacarme de la rue la saisit : le moteur bruyant d'une automobile, les sabots des chevaux sur les pavés, le martèlement d'une masse sur un échafaudage la submergèrent. Des enfants jouant à la marelle piaillaient dès que l'un d'eux mordait sur une ligne. Assis sur le trottoir, un très jeune bambin coiffé d'un bonnet bleu clair usé se mordillait le poing. Pas de mère en vue ; Anna supposa qu'elle était au travail, ou en train d'étendre du linge dans la cour. Elle questionna une des gamines, visage sale et tresses blondes, pouvait-elle lui indiquer la Themsestraße. La petite secoua la tête sans rien dire. Au bout de la rue, face au croisement très passant, Anna se retourna encore. C'était donc Berlin : d'immenses immeubles locatifs sans âme des deux côtés de la rue, à perte de vue. Des trottoirs encombrés de gens aux vêtements miteux, des femmes de tous les âges, des invalides de guerre appuyés sur des béquilles en bois, certains avec des cache-œil noirs. Au moment où elle voulut faire un pas sur l'artère principale, le coup d'avertisseur d'une automobile l'effraya tant qu'elle faillit perdre l'équilibre. Elle bondit en arrière pour regagner le trottoir et suivit des yeux la berline ouverte. À Vetschau, ces nouveaux véhicules motorisés étaient rares, mais ici, ils paraissaient plus courants que les voitures à cheval. Deux élégantes étaient assises sur la banquette arrière, coiffées de chapeaux ressemblant à des casseroles retournées, leurs foulards flottant au vent. C'était donc ça, la mode berlinoise dont certaines clientes de la Willnitz parlaient avec tant d'admiration ? Ces femmes avaient l'air gaies. C'est bon signe ! se dit Anna.

Elle demanda son chemin à un homme âgé, qui marchait avec une canne, et eut plus de chance. Il lui expliqua qu'elle n'avait qu'à avancer d'un pâté de maisons puis tourner à droite pour trouver la Themsestraße.

La blanchisserie était en sous-sol. Avant même de descendre les cinq marches qui y menaient, on était pris à la gorge par l'odeur mordante de soude et de bicarbonate de sodium. En entrant dans la pièce basse de plafond, Anna eut aussitôt l'impression d'étouffer. Les étroites fenêtres étaient embuées et une vapeur brûlante montait d'une rangée d'énormes cuves d'émail. Pourvu que ce ne soit pas mon nouveau lieu de travail, pensa-t-elle. Une femme au visage cramoisi et boursouflé passa devant elle d'un air affairé, les bras chargés d'une pile de nappes pliées.

— Excusez-moi, savez-vous où je peux trouver Mme Lehmann ? s'enquit Anna.

L'autre lui répondit rudement, sans la regarder :

— Elle est derrière, dans la salle de repassage.

Anna se pencha pour franchir le passage voûté et suivit un couloir sombre jusqu'à une autre pièce, encore plus basse et sans fenêtre. Deux ampoules pendaient du plafond, l'éclairant chichement. Cet immeuble a déjà l'électricité, il n'est pourtant pas loin de celui de tante Adelheid où il n'y a que des lampes à pétrole et des becs de gaz, s'étonna Anna. Avant même de voir Mme Lehmann, elle entendit sa voix stridente aux intonations furieuses. Percevant des bribes de phrases, « brûlé... chemise de nuit hors de prix... la retiendrai sur ton salaire... », Anna hésita. Ça n'était peut-être pas le moment de se présenter. Elle ne pouvait pourtant pas non plus repartir comme ça. Où irait-elle ? S'il y avait un poste à pourvoir ici, elle devait saisir sa chance.

Une grande femme maigre en blouse à petits motifs lui tournait le dos et houspillait une gamine timide debout derrière une planche à repasser. Celle-ci parut soulagée en voyant apparaître Anna. Suivant son regard, Mme Lehmann se retourna. À peu près de l'âge d'Adelheid, elle avait une tache de naissance très visible sur la joue droite. Anna s'efforça de la regarder dans les yeux, ses parents lui ayant appris à ne pas fixer les tares d'autrui.

— Qu'est-ce que tu viens faire ici ? Si tu apportes du linge, tu peux le déposer dans la salle de devant.

Anna secoua la tête.

— Je n'apporte pas de linge, je cherche du travail.

Mme Lehmann abaissa la chemise de nuit, où se dessinait nettement une marque brune. Elle scruta Anna de la tête aux pieds comme pour la jauger.

— Et qu'est-ce qui te fait croire que nous en avons pour toi ?

Anna expliqua que sa tante Adelheid l'envoyait, qu'elle était couturière diplômée et venait de

Vetschau, dans la forêt de la Sprée. La mine de la blanchisseuse s'éclaira un peu.

— De la part d'Adelheid, hein ? Elle ne m'a rien dit. Maintenant que j'y pense, je pourrais bien avoir besoin de quelqu'un. Tu as sûrement appris à repasser, si tu es couturière ?

Anna hocha la tête avec hésitation, devinant ce à quoi pensait Mme Lehmann. Avant qu'elle puisse ouvrir la bouche, celle-ci fit face à la gamine aux cernes noirs, derrière la planche à repasser.

— Fiche-moi le camp d'ici ! Tu n'es bonne à rien.

Les yeux de la petite s'emplirent aussitôt de larmes.

— S'il vous plaît, madame Lehmann, supplia-t-elle. J'ai besoin de cette place. Retenez la chemise de nuit de mon salaire, ou je peux rester tard le soir et commencer plus tôt pour la rembourser.

Elle sortit de son recoin et Anna constata avec effroi qu'elle était aussi fluette qu'une enfant de six ans.

— Ça, tu vas me la rembourser, pour sûr. Mais du travail, tu t'en trouveras ailleurs. Une souillon comme toi, ça me fait fuir les clients. Allez, ouste !

La gamine se dirigea vers le couloir en sanglotant. À la hauteur d'Anna, elle tendit les bras vers elle. Sous les manches retroussées de sa chemise délavée et informe, ses avant-bras maigrelets étaient couverts de brûlures d'un brun rougeâtre. Ses mains étaient rougies et irritées par le détergent. Anna recula et bafouilla quelques mots d'excuse. Non, elle ne voulait pas travailler ici, et pas non plus voler le poste de cette pauvre enfant. Elle savait que le repassage était un travail très dur. Souvent, chez la Willnitz, elle y avait passé des journées entières, rentrant chez elle à la tombée de la nuit le dos perclus de douleur. Il lui était aussi arrivé de se brûler, mais pas à ce point-là. Jamais elle n'avait vu de mains et de bras dans un tel état.

— C'est horrible. Il faut tamponner tes blessures avec une moitié d'oignon ou de pomme de terre, elle ne te l'a pas dit ? demanda-t-elle en désignant Mme Lehmann du menton.

La petite secoua la tête. D'un ton ferme, Anna lança à la blanchisseuse :

— Je suis couturière diplômée, plus apprentie, et pas repasseuse. Si vous n'avez pas de couture à me donner, je vais me chercher une place ailleurs.

Elle fit demi-tour sans attendre de réponse. Du coin de l'œil, elle vit Mme Lehmann la fixer, bouche bée. Manifestement, la déclaration d'Anna lui avait coupé le sifflet. Celle-ci ne voulait d'ailleurs plus rien entendre, mais elle avait encore une chose sur le cœur.

— Et personne ne mérite d'être traité comme ça. C'est encore une enfant ! Vous n'avez donc pas de cœur ?

Mme Lehmann poussa un soupir scandalisé avant de déverser un torrent d'injures sur Anna, qui se dirigea vers la porte d'un pas mesuré pour ne pas avoir l'air de fuir. Quand elle passa devant la fillette, celle-ci leva vers elle des yeux pleins de peur mais aussi d'admiration. Anna devait sortir d'ici au plus vite. Elle retraversa hâtivement la salle de lavage pleine de vapeur et ne s'arrêta qu'en haut des marches, dans la rue. Adossée au mur de crépi grossier, elle rejeta la tête en arrière et prit une grande inspiration. Des gouttelettes froides se posèrent sur son visage. Une petite bruine s'était mise à tomber. Au-dessus d'elle, des fenêtres obscures perçaient les hautes façades ternes, qui semblaient toucher les nuages bas du ciel de plomb berlinois. La recommandation de sa mère lui revint soudain en mémoire : « Fais-toi le moins d'ennemis possible ! »

Cette pensée la frappa comme un coup d'aiguille douloureux. C'était sa première journée ici et elle se disputait, par-dessus le marché avec quelqu'un que lui avait recommandé Adelheid. Pourtant, elle ne pouvait s'imaginer que cette horrible femme soit plus qu'une vague connaissance de sa tante. Elle l'espérait, en tout cas !

Tout à coup, elle sentit quelqu'un lui toucher la main. Elle la retira vivement, choquée, et baissa la tête. C'était la gamine maigrelette aux bras brûlés.

— Elle t'a mise dehors quand même, alors ?

La petite hocha la tête puis lui demanda doucement ce qu'elle comptait faire. Anna haussa les épaules.

— Je n'en sais rien du tout.

La gamine lui reprit la main et la dévisagea de ses yeux sombres. Anna l'observa plus attentivement. Sa chemise pendait de travers sur sa jupe en cloche à l'ourlet défait, trop grande d'au moins deux tailles. Ses cheveux bruns et gras étaient séparés d'une raie au milieu et coincés derrière ses oreilles décollées. Tout son visage semblait converger vers son petit nez en trompette. Une bouille de souris, se dit Anna, mais qui touche au cœur. Il ne manquait plus que ça. Comment allait-elle trouver un travail avec une gamine abandonnée dans les pattes ? Sans le vouloir, elle pensa à sa petite sœur, Dora, maintenant âgée de neuf ans. Celle-ci n'avait guère l'air plus vieille. Elle devait faire quelque chose.

— Tu as faim ? reprit-elle.

La gamine hocha la tête et sourit pour la première fois, dévoilant deux grosses incisives très écartées et étonnamment blanches.

— Alors viens, reprit Anna en lui rendant son sourire.

Main dans la main, elles avancèrent dans la rue pavée. Anna se souvint d'être passée en venant devant une épicerie au volet roulant encore fermé. En tournant à l'angle, elles se retrouvèrent au bout de la file qui s'était formée devant le magasin, des silhouettes voûtées emmitouflées sur une bonne cinquantaine de mètres. Anna demanda à la femme qui les précédait ce qu'il y avait à acheter. Un visage sillonné de rides, aux yeux blêmes, se tourna vers elle.

— Du pain, fit-elle sèchement.

Elle tira son foulard marron encore plus bas sur son front et se détourna. Anna mit la main dans sa poche et y trouva avec soulagement le dernier ticket de pain tout froissé qu'elle avait apporté de Vetschau. Avec la petite, elle prit place au bout de la queue. La pluie avait forci, la mince chemise de la gamine était trempée et lui collait au corps. Anna ôta son manteau, le lui posa sur les épaules puis se pressa contre le mur pour ne pas être trop mouillée. Par chance, elles étaient à la hauteur d'un auvent d'immeuble. Lorsque la file avança, elles durent suivre et se retrouver sous la pluie, au risque de perdre leur place. L'averse finit par se calmer. Alors qu'elles n'étaient plus qu'à cinq mètres de l'épicerie, Anna se prit à espérer. Elle avait faim ; le reste de maigre soupe au lait du matin n'avait pas tenu bien longtemps. En voyant les clients repartir de la boutique avec leur ration dans les mains, elle sentit l'eau lui monter à la bouche. Soudain, un homme vêtu d'une blouse jadis blanche sortit de l'épicerie en clopinant. Il brandit un manche à balai doté d'un crochet de métal, inséra le crochet dans un œillet au bas du rideau de fer et tira d'un coup sec, faisant dégringoler le store dans un vacarme assourdissant.

— Y a plus de pain ! dit-il sans même lever la voix, d'un ton catégorique.

Anna s'étonna de voir la file d'attente se défaire et les gens s'éparpiller dans toutes les directions sans protester ni se plaindre, comme s'ils s'étaient de toute façon attendus à ne rien obtenir. Leurs visages amaigris affichaient une profonde résignation. Anna n'avait jamais vu cela à Vetschau. Là-bas, on s'entraidait, on troquait le peu qu'on avait, et personne ne rentrait jamais chez soi les mains vraiment vides.

La fillette, près d'elle, ne paraissait pas non plus particulièrement surprise par la soudaine fermeture de l'épicerie.

— Et maintenant, qu'est-ce qu'on fait ? demanda Anna, les yeux posés sur les cheveux dégoulinants de la petite. Comment tu t'appelles, d'ailleurs ?

— Ida.

— D'accord, Ida. Je suis Anna.

Charlotte

— Enfin, Lotte, comment peux-tu être aussi têtue !

Richard lissa sa moustache, dont il faisait désormais raccourcir les bouts, puis recourba des deux mains la cravache en cuir de cerf qu'il ne lâchait jamais. Il scruta sa fille. Lui cachait-elle quelque chose ? Son comportement était un mystère pour lui. Il avait pourtant eu l'impression que le jeune notaire avait charmé Charlotte dès le début. Le jour où Leonhard Händel était venu à Feltin pour la conclusion de l'achat du domaine d'Euba, Charlotte et lui s'étaient plu. Richard en était certain, il avait l'œil pour ce genre de choses. C'était même pour cela qu'il l'avait envoyée à Leipzig, la trouvant bien trop jeune pour une amourette. Et depuis que Händel était rentré de la guerre, qu'il avait passée plutôt à son aise au service postal (on en pensait ce qu'on voulait : si on appréciait le jeune homme, on pouvait voir là une preuve de son habileté), depuis son retour, donc, il était venu à Feltin tous les jours. Richard avait découvert en lui un interlocuteur intelligent et s'était lentement mais sûrement fait à l'idée de l'accepter comme gendre. Sauf que sa fille refusait catégoriquement sa demande en mariage. L'union aurait pourtant été satisfaisante.

Certes, un aristocrate et propriétaire terrien, avec sa propre exploitation et quelques centaines d'hectares à apporter au ménage, aurait constitué un meilleur parti. Toutefois Feltin se serait peut-être retrouvé au second plan, au lieu de conserver la place d'honneur qui lui revenait. Après tout, ce domaine était l'œuvre de la vie de Richard. Il dévisagea Charlotte, assise bien droite dans sa robe vert foncé au bureau de son étude. Elle n'était plus une enfant. Sans jouir de la beauté exceptionnelle de sa cousine Edith, elle avait un visage franc et régulier malgré son nez un peu large, et les yeux bleus très écartés des Feltin, clairs et hardis. Ses fins cheveux blonds lui conféraient un air angélique. Toutes les rondeurs voulues étaient à leur place, parfaitement convenables pour une future propriétaire terrienne. Et voilà qu'un jeune notaire plein d'avenir, avec sa propre étude à Chemnitz, venait lui demander sa main. Il avait même l'avantage de tenir de sa jeunesse rurale quelques rudiments d'agronomie, sans pourtant être en mesure de donner de leçons à Charlotte en la matière. Pour couronner le tout, son prétendant était doté d'un sens indéniable des affaires, avec un flair particulier pour l'immobilier. Malgré cela, la gamine refusait.

— Non ! répéta Charlotte avec une moue boudeuse.

— Ne te comporte pas comme une enfant capricieuse. Tu n'as plus douze ans, Lotte. Tu es une jeune dame de dix-neuf ans qui ne devrait pas refuser à la légère un bon parti. Sache qu'il ne se présentera pas dix nouveaux candidats à notre porte chaque semaine. La guerre a nettement réduit le nombre de jeunes hommes en âge de se marier.

— Je ne refuse pas à la légère. J'ai mes raisons.

— Alors donne-les-moi !

Richard lâcha l'extrémité recourbée de sa cravache, leva brusquement le bras et en flanqua un grand coup sur la table. Charlotte sursauta. Tous les accessoires d'écriture bien ordonnés de son père firent un bond : l'encrier de cristal où s'enroulait un lézard d'argent, le tampon buvard en ivoire, le porte-plume bleu nuit. L'entaille, très claire, vint s'ajouter aux innombrables autres traces sur la surface de chêne.

— Si je savais au moins ce qui t'empêche d'accepter la demande de Händel, ce serait autre chose. Peut-être que je pourrais même comprendre.

Garde ton calme, pensa Charlotte. Elle s'était si souvent demandé quel prétexte elle donnerait à son père. Pour ne pas faiblir, elle posa les yeux sur l'armoire à fusils, derrière Richard, et tenta de se concentrer sur le vitrail incrusté dans la porte, des canards sauvages au plumage vert et gris.

— Tu ne comprendrais pas, papa.

Elle vit un éclair passer dans les yeux de Richard. Pourvu qu'elle ne l'ait pas poussé à bout. Sa dernière colère remontait à un certain temps déjà et Charlotte se montrait de plus en plus audacieuse, se tenant moins sur ses gardes. Elle savait qu'elle ne devait en aucun cas lui avouer la véritable raison. Jamais il ne devait apprendre pourquoi elle refusait d'épouser Leo. Elle croisa les jambes et pencha la tête de côté en prenant l'air aussi arrogant qu'elle le put.

— Mon Dieu, fit-elle. Il reste bien assez de célibataires, la plupart des héritiers des domaines seigneuriaux et des fils d'industriels n'ont même pas été incorporés. La première saison de bals d'après-guerre va bientôt commencer à Leipzig et tante Cäcilie m'a déjà invitée.

Qu'est-ce qu'elle racontait là ? Elle ne pouvait pas aller au bal avec Edith, pas après tout ce qui s'était passé. Elle repoussa cette idée et mena son raisonnement à son terme.

— Et là, j'aurai dix prétendants à chaque doigt, s'entendit-elle claironner. Je ne suis tout de même pas obligée d'accepter ce petit avocat véreux. Pourquoi devrais-je dire oui au premier chasseur d'héritage venu sans me faire une idée des autres possibilités ? Après tout, il faudra que je passe toute ma vie avec lui.

Richard s'enfonça dans son fauteuil et posa bruyamment sur son bureau ses pieds chaussés de hautes bottes. Il se mit à tapoter la paume de sa main du bout tressé de sa cravache. Charlotte retint son souffle. Était-elle allée trop loin ? Le tapotement se changea peu à peu en coups. Il se frappait la main gauche de plus en plus fort, sans afficher la moindre douleur. Enfin, il donna encore un coup sur la table et siffla :

— Alors fais bien attention de ne pas te tromper, Lotte. L'orgueil précède la chute. Et maintenant, hors de ma vue !

À sa voix contenue, elle comprit qu'il faisait un énorme effort pour ne pas exploser. Il désigna la porte du bout de sa cravache. Charlotte se leva aussitôt et sortit, soulagée de s'en tirer à si bon compte ; l'affaire semblait close. Épuisée, elle s'adossa à la porte fermée et se plaqua les mains sur le visage. Par chance, son père ne semblait pas deviner le mal qu'elle avait eu à se montrer aussi blasée.

L'image qui l'obsédait depuis des nuits lui revint en tête. C'était elle qui avait eu l'idée de remplir une baignoire de zinc dans le verger hivernal, derrière la charmille ; la maison de maître disposait pourtant de deux salles de bains confortables. La température inhabituellement douce lui avait inspiré cette petite folie. Alors que, un broc à la main, elle s'apprêtait à lancer : « Voici la deuxième cruche d'eau chaude ! », elle ravala ses mots et s'immobilisa. À travers les branches, elle distinguait la silhouette d'Edith assise sur une chaise en métal, un pied nu gracieusement posé sur le rebord de la baignoire, l'autre plongé dans l'eau. Sa robe crème avait glissé, une des bretelles smockées était tombée comme par inadvertance, dégageant la peau lisse et pâle de son épaule. Le haut chignon qui retenait ses cheveux s'était défait, ses mèches brillantes descendaient jusqu'à sa taille. Et elle n'était plus seule : Leo était agenouillé devant elle sur la pelouse, les manches de sa chemise retroussées jusqu'aux coudes. Des deux mains, il lui savonnait le pied, passant doucement le savon sous sa plante puis entre ses orteils délicats. Le rire perlé de sa cousine fusa, auquel Leo se joignit avec toute la chaleur que Charlotte lui connaissait. L'expression de son visage, sa satisfaction face au plaisir d'Edith, son envie d'en voir davantage. Ses mains qui remontaient le long du mollet ovale et lisse de la jeune fille, dépassant le genou, caressant la jambe. Charlotte fut incapable de supporter plus longtemps ce spectacle douloureux, mal cachée derrière la haie aux branches trop minces et dénudées. Si elle partait, le crissement des feuilles mortes sous ses pieds la trahirait et révélerait la spectatrice indésirable, la voyeuse. Elle voulut lever précautionneusement un pied, mais le lichen et la mousse semblaient avoir pris possession de sa chaussure, s'être incrustés dans ses semelles de cuir. Alors, au moins, détourner le regard. Résister à la force cruelle qui maintenait sa tête droite, la serrant comme un étau, et lui ordonnait de garder les yeux ouverts.

Charlotte se redressa. Toujours adossée à la porte du bureau de Richard, elle porta les mains à son cou. Elle avait la gorge sèche et irritée, envie de tousser, pourtant elle ne put émettre qu'une espèce de gargouillement éraillé. Elle déglutit, un goût âpre sur la langue. C'était le parfum amer d'une profonde jalousie.

— Te voilà donc, Lotte ! Edith t'a cherchée partout. Elle repart à Leipzig aujourd'hui !

Lisbeth venait de surgir, tout affairée, un panier de pommes de pin sous le bras. Elle rejoignit Charlotte et s'arrêta si abruptement que quelques-unes roulèrent au sol.

— Edith a été très attristée de ne pas te trouver. Et il est très inconvenant de ta part de ne pas faire tes adieux à ta cousine, après tout le temps que vous avez passé ensemble. Si tu te dépêches un peu, tu pourras encore l'accompagner à la gare. Je crois qu'ils viennent juste de partir pour attraper le train de 9 heures, poursuivit sa mère en ramassant ses pommes de pin.

Charlotte s'agenouilla près d'elle pour l'aider.

— Je ne te connais pas si impolie. Nous avons cru que tu étais aux champs. Tu ne nous as pas entendues t'appeler ?

Quand elle regarda enfin sa fille en face, Lisbeth se tut.

— Lotte, mais que t'arrive-t-il ? Tu es pâle comme un linge ! Est-ce que ton père a encore… ?

Charlotte secoua lentement la tête et leva la main.

— Non, ça n'a rien à voir avec papa.

La main de sa mère sur son front était d'une fraîcheur délicieuse. Ce geste attentionné avait toujours été apaisant.

— Tu as de la fièvre ? Il ne manquerait plus que ça.

Elle tourna la tête et lança d'une voix forte :

— Erna ! Apporte vite une cuvette d'eau froide et des linges ! (Puis, à Charlotte :) Pourquoi n'as-tu rien dit ? Va te mettre au lit tout de suite !

La porte dans le dos de Charlotte s'ouvrit d'un coup.

— Que se passe-t-il ici ? Vous autres bonnes femmes braillez toujours à la moindre contrariété ?

— Ce n'est pas une simple contrariété ! rétorqua Lisbeth. Lotte a une forte fièvre.

— De la fièvre ? répéta Richard, incrédule, sans accorder un regard à Charlotte. J'ignorais que cet état d'esprit était qualifié de « fièvre ». J'appellerais plutôt ça « des manières ». Fantasmes, délires, en tout cas un refus de la réalité. Voilà ce qu'elle a, ta fille. Il se peut qu'en plus, ça lui donne de la fièvre. Venant d'elle, plus rien ne m'étonne.

Il se détourna, sur le point de regagner son bureau, et jeta encore à Lisbeth :

— Et je te prie de t'assurer que toute cette scène ne met pas en péril la ponctualité de notre déjeuner.

La porte de l'étude se referma et Lisbeth la fixa des yeux. Elle savait que leur repas commun à midi pile était incontournable. Ils prendraient place à table, se passeraient les plats en ne se disant que « voilà » et « merci », n'adressant la parole qu'à sa belle-mère pour s'enquérir de sa santé ou de détails du quotidien, puis repartiraient chacun de leur côté. L'immensité de Feltin constituait le salut de Lisbeth. Ils ne se disputaient que lorsqu'ils n'avaient pas la place de s'éviter, et ces derniers temps, elle avait souvent remercié le Seigneur que ce ne soit pas le cas ici. Lisbeth descendait d'une famille de huguenots français, drapiers à Lyon. Elle était très peu pratiquante, ne se rendant même pas tous les dimanches à la messe de la petite chapelle évangélique. Mais elle formulait ce genre de remerciements avec le plus grand sérieux. Tout comme en cet instant, alors qu'elle lançait vers le Ciel une supplique silencieuse en accompagnant Charlotte dans sa chambre. Elle se faisait du souci pour sa fille unique, qui jouissait habituellement d'une bonne santé. Le visage de Lotte brillait de sueur, et elle semblait trop faible pour monter seule les marches. Lisbeth avait entendu parler de cas de grippe espagnole à Chemnitz, tous commençant par une forte fièvre puis devenant très vite une menace réelle pour les malades. Deux enfants en étaient déjà morts. Dès que Charlotte fut couchée, Erna lui appliqua des compresses froides sur les jambes. Lisbeth lui posa un gant humide sur le front.

— S'il te plaît, envoie tout de suite quelqu'un chercher le docteur Hauser, dit Lisbeth. Ou sers-toi du téléphone.

Lisbeth voyait toujours d'un œil sceptique la dernière acquisition de Richard, installée six mois plus tôt, mais là, elle serait peut-être utile. La domestique hocha la tête et sortit, l'air soucieux.

Lisbeth plongea le gant dans la cuvette qu'Erna avait posée près du lit et en tapota doucement les tempes de sa fille. Elle s'assit et l'examina.

— Tu t'es sentie malade, ces derniers jours ?

Charlotte détourna la tête.

— Non, maman !

— As-tu mal quelque part ?

Sans répondre, Lotte tourna les yeux vers la fenêtre. Lisbeth eut l'impression qu'elle ravalait à grand-peine sa réponse. Elle sentait d'instinct que sa fille souffrait. Voir sa Lotte dans un tel état, elle qui était d'habitude joyeuse et de bonne humeur, lui brisait le cœur. Elle lui reposa le linge humide sur le front et resta près d'elle en silence. Elles ne passaient plus guère de temps ensemble, désormais.

Lisbeth effectuait elle-même toujours plus de travaux ménagers et agricoles, ayant du mal à trouver des valets, et en plus, au cours de l'année écoulée, Charlotte avait davantage suivi Richard. Comme il l'associait de plus en plus à la direction du domaine, elle avait développé un véritable intérêt pour tout ce qui y touchait. L'été précédent, elle s'était montrée euphorique quand, malgré de mauvaises conditions météorologiques, ils avaient rentré juste à temps une belle récolte de blé ; elle n'avait parlé que de cela pendant des jours. La nuit, elle veillait à l'étable si une vache devait vêler, puisqu'ils n'avaient toujours pas retrouvé de vacher. Et quand elle rentrait enfin à la maison, épuisée mais visiblement satisfaite, c'était pour papoter avec Edith. Ces derniers temps, les deux jeunes filles n'avaient cessé de chuchoter, se taisant dès que Lisbeth les rejoignait. Celle-ci supposait que leurs petits secrets avaient un rapport avec ce Leo Händel qui venait si souvent leur rendre visite depuis la fin de la guerre. Lisbeth devait admettre qu'elle se sentait souvent exclue de la vie de sa fille. Et alors que Lotte gisait devant elle dans cet état pitoyable, elle ignorait comment l'aider. Comment aurait-elle pu savoir que sa fille n'était pas malade, mais profondément blessée ?

Anna

Il faisait déjà nuit quand Anna rentra chez sa tante. Les réverbères à gaz n'éclairaient que faiblement la rue, la bruine avait repris. En montant l'étroit escalier de bois, elle s'étonna d'y voir à cette heure autant d'enfants. Pauvrement vêtus, ils jouaient avec des billes de verre, leur faisant dévaler les marches dans un claquement sonore. Une porte s'ouvrit et une voix stridente de femme les rappela à l'ordre, sans qu'ils s'en inquiètent le moins du monde. La femme attrapa alors le plus bruyant des enfants par un bras et l'entraîna avec elle. Anna ralentit en se demandant comment elle allait raconter sa journée à Adelheid. Pourvu que cette Mme Lehmann ne lui ait pas déjà relaté leur rencontre, cela n'aurait sans doute rien de flatteur. La porte de l'appartement n'était pas verrouillée et Anna suivit d'un pas hésitant le couloir menant à la cuisine, d'où venaient de la lumière et des cliquètements. Une odeur de brûlé lui monta au nez. Elle poussa la porte. À son grand désarroi, il n'y avait là que Günter qui touillait le contenu d'une casserole en jurant. Pas trace d'Adelheid. L'idée d'être seule avec Günter mit la jeune fille mal à l'aise. Elle aurait aimé repartir tout de suite, mais pour aller où ? Elle ne connaissait à Berlin qu'Adelheid, et depuis peu Mme Lehmann et Ida. La gamine l'avait quittée dans l'après-midi à deux rues de là. Apparemment, elle vivait avec sa famille, six personnes en tout. Elles s'étaient rendues ensemble dans plusieurs blanchisseries. Aucune ne cherchait de couturière. À la fin, Anna aurait accepté avec joie une place de repasseuse, mais il n'y en avait pas non plus. Sa première journée à Berlin n'avait pas été particulièrement encourageante.

Günter poussa un profond soupir en la voyant.

— Ah, mademoiselle la couturière impériale est de retour. Tant mieux. Tu sais peut-être faire ça mieux que moi.

Il recula d'un pas, dégageant l'accès au fourneau. Anna ôta son manteau et le posa sur le banc. Elle regarda dans la grosse casserole d'émail où quelques épluchures de pommes de terre mijotaient, à moitié carbonisées. Elle attrapa aussitôt un torchon et retira la casserole du feu avant de reposer sur la plaque les deux cercles métalliques manquants.

— C'était trop chaud et il n'y avait pas assez d'eau, alors ça a brûlé, dit-elle en se détournant. Il reste des pommes de terre ?

Elle n'avait rien avalé d'autre que la soupe au lait du matin, et son estomac avait grondé tout l'après-midi.

— Tu en vois quelque part ? répliqua Günter.

Il écarquilla les yeux, moqueur.

Anna, qui le voyait pour la première fois sans son béret, comprit pourquoi il ne l'enlevait presque jamais. Son front dégarni ne l'avantageait pas. Ses cheveux bruns négligés, en couronne, étaient gras, quelques taches de pigmentation s'étendaient déjà sur sa peau. Elle avait du mal à évaluer son âge mais se dit que malgré les apparences, il devait être nettement plus jeune que son père.

Elle secoua la tête sans savoir où regarder ni comment réagir.

— Si au moins on avait du pain, on pourrait manger ta délicieuse graisse d'oie.

Elle s'aperçut qu'elle se laissait de nouveau intimider.

— J'ai essayé d'en acheter avec mon dernier ticket de rationnement. J'ai fait la queue pendant une heure et la boulangerie a fermé pile sous mon nez.

Elle sortit de la poche de son manteau le ticket chiffonné, bon pour une ration de 200 grammes, et le posa sur la table. Cherchant un sujet de conversation plus inoffensif, elle demanda où était Adelheid.

— Qu'est-ce que tu crois ? Au boulot, répondit-il.

— Elle travaille où ?

Anna se tenait dos au fourneau. En face d'elle, Günter était plus affalé qu'assis sur le bord d'une chaise, les jambes écartées. Il posa une main sur l'entrejambe taché de son pantalon d'un air provocant, puis avança un pied jusqu'à toucher la pointe de la chaussure d'Anna. Elle tourna les yeux vers la porte de la cuisine comme pour y chercher de l'aide. Quand Adelheid allait-elle enfin rentrer ? Elle prit conscience que sa tante ne se réjouirait guère de voir sa casserole brûlée. Il fallait ajouter de l'eau pour ramollir la croûte de pommes de terre brûlées, sans quoi on ne pourrait plus l'en faire partir. Mais à la manière dont Günter la scrutait, elle n'osa pas lui tourner le dos, craignant qu'il en profite pour lui tripoter le derrière.

— Le matin elle livre les journaux, et à partir de midi elle rince des canettes chez le grossiste en bière, dit-il.

Anna déglutit et hocha la tête. Il fallait qu'elle entretienne la conversation.

— Il y a quelqu'un d'autre qui habite ici, à part vous et ma tante ? s'enquit-elle.

Elle n'avoua pas qu'elle avait jeté un coup d'œil discret dans la chambre.

— Nan ! répondit Günter, maussade. Juste les dormeurs. Ils travaillent de nuit, ils ont pas de toit et dorment ici quand on sort. Ta tante gagne un peu plus avec ça, sinon elle pourrait pas payer le loyer.

Anna grimaça involontairement. De parfaits inconnus se servaient du lit d'Adelheid ? Günter, voyant sa mine, en rajouta aussitôt :

— Quoi, quoi ? En voilà des chichis ! C'est comme ça, ici, à Wedding ! Tu devrais t'estimer heureuse de rien payer pour ton couchage. Enfin je vais te dire une chose : ça pourra pas durer. Il faudra vite que tu te trouves une autre solution.

Si seulement je pouvais ! pensa Anna.

— À moins que… (Il se passa deux doigts sur la moustache.)… j'aurais peut-être une autre idée.

Il ôta sa pantoufle et fit glisser son pied en chaussette le long du mollet d'Anna. Il ouvrit la bouche et passa le bout de la langue sur ses incisives.

— Tu as trouvé du boulot, aujourd'hui ? Ou tu voudrais gagner un petit quelque chose ? Mon Max est déjà au garde-à-vous.

Il baissa les yeux vers la bosse de sa braguette et guetta la réaction d'Anna. Elle recula de quelques centimètres mais se retrouva les fesses contre le fourneau. Avant qu'elle ait trouvé que répondre à la proposition indécente de Günter, la porte de l'appartement claqua. Il rabaissa le pied avec une lenteur étudiée. Des pas dans le couloir. Günter recula sa chaise juste avant qu'Adelheid entre dans la cuisine, un porte-bouteilles avec de la bière dans une main, un pain enveloppé de papier journal dans l'autre. Elle paraissait exténuée. Les rides autour de son nez semblaient s'être incrustées encore plus profondément.

— Eh ben, c'est pas trop tôt, lança Günter.

Prenant aussitôt une bouteille de bière, il fit claquer le bouchon et vida la moitié d'un trait puis s'essuya la bouche du dos de la main.

— Aaahhh, fit-il. Ça coule tout seul !

Il saisit une autre bouteille et la tendit à Anna.

— T'en veux une aussi ?

Elle secoua la tête. Elle n'avait jamais bu de bière de sa vie et n'allait certainement pas s'y mettre pour fraterniser avec lui.

— Donne-lui plutôt une tartine, fit Adelheid en posant le pain sur la table avant de demander : c'est à toi, Anna ? ajouta-t-elle en brandissant le ticket de rationnement.

Alors seulement, elle prit conscience de la tension ambiante. Ses yeux fatigués reprirent de la vigueur en passant de Günter à Anna. L'atmosphère crispée emplissait la pièce comme une bulle de savon sale. Adelheid ouvrit la fenêtre et se tourna vers le fourneau. En voyant la casserole brûlée, elle s'exclama :

— Oh mon Dieu, Anna, c'est toi qui as fait ça ? Je la rattraperai jamais !

Anna jeta un coup d'œil à Günter pour juger de sa réaction. Il se contenta de croiser les bras en se carrant sur sa chaise. Apparemment, il ne lui venait même pas à l'idée d'avouer sa faute.

— Je suis vraiment désolée ! Je m'en occupe, dit Anna.

Elle mit la casserole dans l'évier et la remplit d'eau. Puis elle ranima le feu, la posa sur le fourneau et attendit que l'eau bouille. Du coin de l'œil, elle crut apercevoir le regard satisfait de Günter. C'était sans doute la meilleure manière de se comporter avec lui : trouver le moyen de gagner sa sympathie sans qu'il lui vienne à l'idée d'exiger d'elle des services amoureux. Et il fallait qu'elle se trouve un autre logement au plus vite.

— Allez, je prends quand même une bière, lança-t-elle.

Günter dressa la tête et elle lut de la surprise dans ses yeux.

— Tiens donc, v'là la gamine qui devient téméraire ! commenta-t-il en lui ouvrant une canette.

Tout en mastiquant une tartine de graisse d'oie, il saisit la page du *Volksstimme* qui avait servi à emballer le pain. La bouche pleine, il lut le grand titre :

— « Friedrich Ebert élu président du Reich provisoire à Weimar. »

Il prit une autre bouchée et survola l'article.

— C'est enfin l'un d'entre nous qui tient les rênes en Allemagne. Ebert, au moins, vient d'une famille de travailleurs. Mais qu'ils vous aient refilé le droit de vote à vous autres, les bonnes femmes, va comprendre !

Il ne sembla pas se soucier que ni Anna ni Adelheid n'approuvent son commentaire. Anna avait déjà entendu parler de ce nouveau droit de vote pour les femmes, seulement elle n'aurait pas su à qui donner sa voix, ignorant tout de la politique et des partis. De plus, il fallait avoir vingt ans pour voter. Elle se mit à frotter le fond de la casserole avec une éponge métallique. Alors qu'Adelheid était sur le point de répondre, Günter reprit la parole, déclarant que l'heure était venue d'abolir les différences.

— Guerre aux châteaux, paix dans les chaumières ! lança-t-il soudain à voix haute en ouvrant la troisième bouteille de bière.

— En voilà des propos ! On dirait un communiste, fit Adelheid.

— Et alors ! rétorqua-t-il rudement.

Elle secoua la tête.

— Ce qu'ils ont fait en Russie à la famille du tsar, c'est inhumain !

— Tu crois pas qu'ils l'avaient bien mérité ? Ils étaient pas non plus du genre délicat ! beugla Günter.

— Mais assassiner les enfants comme ça, sans pitié ! C'est abominable !

— La révolution, ça fait des victimes, voilà tout. En Allemagne, on n'a plus d'empereur, c'est déjà bien. Peut-être que ça ira bientôt mieux. De toute façon, ça peut pas être pire.

Günter abattit violemment la bouteille sur la table.

— Papa dit toujours, tous riches, c'est pas possible, alors tous pauvres, voilà ce qui arrivera, dit Anna sans se retourner.

— M'a tout l'air d'être un malin, ton paternel !

Adelheid questionna Anna d'une voix douce :

— Qu'est-ce que tu vas faire, maintenant, Anna ? J'ai appris comment ça s'est passé avec Mme Lehmann.

Anna se sentit rougir.

— Ça n'a rien donné de bon.

— Je suis désolée, dit la jeune fille en baissant la tête, honteuse.

— Bah, t'en fais pas. C'est pas vraiment ce qu'on peut appeler une femme agréable, reprit Adelheid.

Anna vit dans ses yeux qu'elle savait exactement de quoi il retournait.

— J'aurais pas dû t'envoyer chez elle. Mais quand on cherche du travail, de nos jours, on peut pas être regardant.

Anna savait que sa tante avait bon cœur. Elle trouvait d'autant plus étonnant qu'elle vive avec un mufle comme Günter, et en concubinage, en plus.

Sa mère ne l'aurait sûrement pas envoyée ici si elle avait été au courant.

— Y a pas, il va falloir que tu viennes avec moi demain chez le grossiste en bière. Ils cherchent des journaliers pour rincer les bouteilles. Je peux pas te promettre que tu auras du travail ; parfois il leur en faut dix, parfois seulement trois, selon le nombre de consignes qui reviennent. Et il y a toujours une bonne vingtaine de journaliers qui font la queue pour être pris.

Anna déglutit. Ce n'était vraiment pas le genre de tâche qu'elle avait espéré, et même là, ses chances semblaient maigres.

— Tu peux m'accompagner demain matin quand j'irai livrer les journaux, ça te fera au moins découvrir Berlin. Plus tard, on pourra se partager les rues.

En voyant l'air dubitatif d'Anna, elle ajouta :

— Ne sois pas si méfiante. Après, on ira chez Kraievski. Tu verras, c'est un homme bien. Et le boulot n'est quand même pas si dur.

Günter était étonnamment silencieux. Anna se tourna vers lui et vit qu'il s'était endormi sur sa chaise. Adelheid le secoua par l'épaule et il se réveilla avec un ronflement sonore.

— Tu ferais mieux d'aller te coucher. Le réveil sonne à 3 h 30, fit-elle.

Curieusement, il se leva sans protester et marmonna :

— Bonne nuit, tout le monde.

L'alcool semblait l'avoir fatigué et rendu moins agressif. Anna se promit de ne pas l'oublier. Mais en passant, il lui adressa un clin d'œil complice, comme s'ils étaient de vieux amis. Elle s'efforça de composer un sourire de circonstance, bien consciente qu'elle devrait toujours se méfier de lui.

Charlotte

Charlotte n'avait pas quitté son lit deux jours et deux nuits durant. Elle n'avait voulu voir personne, parler à personne, et rien avalé d'autre que du thé. Lisbeth était régulièrement venue à son chevet pour tenter de la convaincre.

— Prends au moins du bouillon de pigeon, Lotte ! S'il te plaît. Mme Leutner l'a préparé exprès pour toi.

Charlotte s'était tournée vers la fenêtre en serrant les lèvres, comme chaque fois que quelqu'un entrait dans sa chambre. Elle détestait le bouillon de pigeon. Même si elle en était désolée pour Mme Leutner, c'était la dernière chose qui aurait pu la convaincre d'interrompre sa grève de la faim. Elle aurait sans doute eu plus de mal à résister à des crêpes ou à de la terrine de lapin, mais ça, elle ne pouvait pas l'avouer sans briser le vœu de silence auquel elle s'était astreinte.

— Tu ne veux pas me raconter ce qui s'est passé ?

Lotte restait muette.

Wilhelmine tenta de rassurer sa bru :

— Une fille de son âge, c'est difficile. Elle s'imagine qu'on est contre elle alors qu'on essaie simplement de la protéger du pire. En tout cas, elle n'a pas la grippe espagnole, c'est déjà ça.

De fait, le médecin n'avait constaté aucune maladie. La fièvre était tombée dès le deuxième jour et Charlotte avait retrouvé une température normale.

— C'est un chagrin d'amour, Lisbeth, ajouta sa belle-mère.

Wilhelmine tira sur un fil qui dépassait d'une nappe brodée. Elles faisaient l'inventaire du linge, dans la buanderie. Une domestique perchée sur une échelle sortait un par un nappes, draps et taies d'oreiller des placards qui s'élevaient jusqu'au plafond. Elles étendaient la pièce de linge sur la table, au milieu de la pièce, et notaient son état sur une liste.

— Mais c'est impossible ! M. Händel l'a demandée en mariage et elle a refusé. Comment peut-elle avoir un chagrin d'amour si c'est elle qui le repousse ? Et je ne vois vraiment pas quel autre jeune homme pourrait l'intéresser. Ça fait bien trop longtemps qu'il n'y en a pas eu, ici.

Elle regarda les yeux délavés de Wilhelmine. Même si elle avait les cheveux blancs, son visage rose n'était pas aussi ridé qu'on aurait pu s'y attendre pour une sexagénaire. Malgré son âge, c'était une femme encore digne et spirituelle, qui tenait à être impliquée dans les affaires de la maison, brodait et lisait des romans.

— Il y a pourtant quelque chose qui cloche. Ça a peut-être un rapport avec Edith. Tu ne trouves pas qu'elle est partie bien précipitamment ? Et Charlotte ne lui a même pas fait ses adieux, alors qu'elles ont vécu ensemble ici pendant quatre ans !

Lisbeth réfléchit aux paroles de sa belle-mère. Elle replia la nappe puis sortit une nouvelle pile de l'armoire.

— Tu crois vraiment ? Dommage que je ne puisse plus poser la question à Edith. Et maintenant que Charlotte va si mal, je ne vais pas partir à Leipzig.

— Tu devrais d'abord essayer encore une fois d'en parler à Lotte. Ou alors, je m'en charge. Mais si nous n'en tirons rien, nous n'aurons pas le choix. Je suis certaine qu'Edith sait. Tu passeras la nuit chez Cäcilie, elle se réjouira sûrement de ta visite.

Wilhelmine lissa de la main une grosse tache de café sur une nappe en damas.

— Il faut reblanchir cette nappe. Je me demande pourquoi on l'a rangée dans cet état, marmonna-t-elle avant de relever la tête pour ajouter : Dommage, j'aimerais bien revoir ma fille. Mais l'une de nous doit rester ici avec Lotte.

Lisbeth se posa un doigt sur les lèvres.

— N'est-il pas un peu exagéré de faire le voyage jusqu'à Leipzig juste à cause d'une vague supposition ? Je pourrais essayer de parler à Edith au téléphone.

Wilhelmine eut un geste de dénégation.

— Cette invention moderne est peut-être pratique pour appeler un médecin ou les pompiers, mais pas pour discuter de sujets aussi délicats. (Elle se tourna vers la domestique.) Marie, tout cela reste entre nous, n'est-ce pas ?

La jeune fille hocha docilement la tête.

Lisbeth mit de côté trois housses de couette auxquelles manquaient des boutons, puis elle lissa sa jupe bleu ciel.

— Tu as sans doute raison. Attends, il me vient une idée : pourquoi ne vas-tu pas à Leipzig, toi ? Tu es bien plus proche que moi de l'aînée de tes petites-filles. Si quelqu'un peut découvrir ce qui s'est passé, c'est toi !

— Que j'aille seule à Leipzig ?

— Tu pourrais emmener une des domestiques.

— Eh bien…

Wilhelmine fit la moue, semblant considérer l'idée.

— Avant de me lancer dans cette aventure, j'aimerais aller voir Lotte et tenter d'en tirer quelque chose. L'idéal serait qu'elle m'accompagne là-bas. Penses-tu que j'aie encore le temps d'une petite conversation avant le déjeuner ?

Lisbeth regarda par la fenêtre, qui donnait sur l'étang à carpes gelé et le bosquet de bouleaux. Elle n'avait pas besoin de montre pour connaître l'heure. Un coup d'œil au pâle soleil d'hiver, derrière les arbres dénudés, lui suffit. Elle répondit à sa belle-mère qu'il n'était que 11 heures et qu'il lui restait donc une heure jusqu'au repas. De toute façon, elle n'obtiendrait sans doute rien de sa petite-fille. Puis elle la regarda s'éloigner, très droite, dans le couloir menant à la chambre de Charlotte.

— Ah, grand-mère, te voilà donc toi aussi ! fit Charlotte, agacée, quand Wilhelmine entra.

Erna, assoupie dans un fauteuil à oreilles près de la fenêtre, se leva aussitôt.

— Ça fait déjà plus de mots que tu n'en as prononcés ces deux derniers jours, à ce que me dit ta mère, répondit Wilhelmine.

Elle pria Erna d'approcher le siège du lit. La domestique était restée nuit et jour au chevet de Charlotte.

— Et va donc te coucher, toi aussi. Tu dois être complètement exténuée. Repose-toi.

— Bien, madame Feltin, répondit Erna.

Elle assura à Charlotte qu'elle reviendrait la voir une heure plus tard.

— Va donc, Erna, insista Charlotte. Tu m'as déjà supportée bien trop longtemps.

Erna fit une courbette et quitta docilement la pièce. Wilhelmine s'installa.

— Nous nous faisons tous beaucoup de souci à ton sujet.

Charlotte roula des yeux.

— Vous vous faites du souci ? J'ai plutôt l'impression d'être entourée de gouvernantes qui me disent ce que j'ai à faire ou à ne pas faire.

Wilhelmine joua du bout des doigts avec un bouton nacré de son chemisier. Une broche ovale incrustée d'un papillon en émail ornait le vêtement. Elle en ouvrit le fermoir, ôta l'aiguille du tissu et déboutonna son col. Il faisait une chaleur étouffante dans la chambre. Elle se souvint que sa bru avait ordonné aux domestiques d'entretenir le feu tant que Charlotte ne serait pas remise. Elle aurait aimé ouvrir une fenêtre pour laisser entrer l'air hivernal. Les rideaux étaient fermés et seules les flammes de la cheminée éclairaient la pièce, baignant d'une lumière vacillante les murs bordeaux au délicat motif fleuri. Wilhelmine observa le profil de sa petite-fille. Allongée sur le dos, immobile et très distante, elle gardait les yeux tournés vers le ciel de lit. Quelque chose devait l'avoir blessée profondément pour qu'elle érige autour d'elle ce mur invisible. Comment le percer ?

— Vois-tu, Lotte, il existe une différence très importante entre moi et une gouvernante, reprit Wilhelmine.

Charlotte la regarda pour la première fois, et sa grand-mère sursauta. Elle était si mince et si pâle !

— Ah oui ? Et c'est quoi, cette différence ? s'enquit la jeune fille d'un ton pincé.

— C'est que je t'aime énormément.

Wilhelmine se pencha et saisit la main de Lotte, glacée malgré la chaleur de la pièce.

Durant plusieurs secondes, la jeune fille fixa de nouveau le plafond, puis ses yeux se remplirent de larmes.

Elle se redressa et enlaça sa grand-mère, le visage sur son épaule arrondie.

Wilhelmine caressa ses doux cheveux tout ébouriffés.

— Pleure donc, pleure pour de bon. Ça fait du bien, parfois, murmura-t-elle en la berçant. Tu n'es pas obligée de me raconter si tu n'en as pas envie.

Charlotte laissa échapper un gros sanglot puis balbutia :

— Edith et Leo, je les ai vus, grand-mère… dans le jardin, il lui lavait les pieds et… ils se sont embrassés… En tout cas, je sais que c'est elle qu'il veut et pas moi… et pourtant il me fait sa demande… c'est tellement… malhonnête, tellement répugnant.

Elle se remit à pleurer.

— En effet, ça m'en a tout l'air, confirma Wilhelmine.

Charlotte reprit :

— Et Edith ! Je nous croyais amies… mais elle a impressionné Leo dès leur première rencontre. Pourtant, ensuite, j'étais convaincue qu'il me préférait, il me faisait la cour si ouvertement… je ne doutais plus de son amour, j'ai même failli…

Charlotte s'interrompit et repensa à l'instant où, dans l'ancienne grange, elle avait été sur le point de s'abandonner à lui. Ses yeux croisèrent ceux de sa grand-mère et elle se sentit rougir.

Wilhelmine parut deviner ses pensées.

— Edith est beaucoup plus belle que moi, bien sûr, poursuivit la jeune fille. Si raffinée et gracieuse et…

— C'est vrai, Edith est extrêmement belle, mais tu l'es aussi, Charlotte. Tu l'es d'une autre manière, c'est tout. Tu as une infinité de qualités. L'homme qui t'épousera sera bien chanceux.

— Tu dis ça maintenant, seulement, tout ne tourne qu'autour d'Edith. J'étais tellement fière qu'elle soit mon amie... Et maintenant, j'ai perdu deux personnes d'un coup. Ma meilleure amie et mon prétendant.

Le chemisier blanc amidonné n'était plus si pimpant qu'un instant plus tôt, Charlotte ne s'étant guère retenue. Wilhelmine s'en moquait, soulagée que sa petite-fille parle enfin. En son for intérieur, elle se félicita de sa connaissance de la nature humaine : il s'était produit exactement ce qu'elle redoutait depuis un certain temps. Lorsqu'Edith, d'enfant effacée, s'était changée en femme, sa grand-mère avait compris que ses irrésistibles attraits n'auraient pas que des avantages. Ils entraînaient aussi des dangers. La plus âgée de ses petites-filles, si exceptionnelle, ne faisait peut-être pas toujours ressortir le meilleur des gens qu'elle rencontrait.

Wilhelmine saisit le visage de Charlotte entre ses mains et l'éloigna un peu d'elle, passant les doigts sur sa joue trempée. Elle tira de sa poche un mouchoir finement brodé et essuya ses larmes.

— Tu penses qu'Edith s'est efforcée de séduire Leo ? demanda-t-elle. On peut parfois le penser, quand une personne exerce une telle attraction sur une autre. Mais ce n'est pas toujours intentionnel.

Charlotte s'écarta, s'assit dans son lit et glissa un oreiller dans son dos. Elle haussa les épaules.

— En général, ici, elle portait toujours son gilet de laine et s'emmitouflait dans une couverture, alors que quand Leo venait, elle mettait un de ses jolis chemisiers en mousseline.

— Et Leo ? Tu l'aimes ?

Charlotte secoua doucement la tête.

— Je ne sais pas. Cela n'a plus d'importance. Je ne l'épouserai pas.

Puis, repensant soudain à quelque chose, elle regarda Wilhelmine d'un air suppliant :

— Tu ne dois surtout pas dire à papa pourquoi j'ai refusé la demande de Leo !

Wilhelmine, pensive, ne répondit pas tout de suite.

Le gong du déjeuner retentit au rez-de-chaussée. Son écho perçant s'entendait même de l'écurie. Toutes deux savaient que ce signal, donné par Erna ou par Mme Leutner à midi pile, devait être strictement respecté par tous les membres de la famille. À moins d'être pris par une tâche impossible à reporter, il fallait se trouver à l'heure dans la salle à manger. En ce moment, bien sûr, personne n'attendait de Charlotte qu'elle s'y tienne. Mais Wilhelmine ne bougea pas non plus. Elle finit par déclarer :

— Je pense devoir te donner raison sur ce point. Il vaut mieux que ton père n'apprenne pas tes raisons. Et c'est très honorable de ta part d'insister sur ce point.

Charlotte hocha la tête. Elle ne voulait pas que Richard en veuille à Edith ou ait une mauvaise opinion d'elle. Sans parvenir à se l'expliquer, elle n'était pas réellement fâchée contre sa cousine. Elle savait juste qu'elle ne voulait pas la voir pendant un certain temps.

— Te sens-tu en état de te lever, Lotte ? demanda Wilhelmine en quittant son siège.

La jeune fille baissa les yeux.

— Donne-moi encore une journée, grand-maman. Mais s'il te plaît, demande à Erna de m'apporter à manger. Je meurs de faim ! Et ouvre les rideaux !

— Dieu merci ! s'exclama Wilhelmine en claquant dans ses mains.

Elle ne pouvait se douter qu'elle se réjouissait trop vite.

Anna

Quand elles sortirent dans le noir, à 5 heures du matin, la rue était déjà étonnamment animée. Berlin semblait ne jamais vraiment dormir. Au moins, ce jour-là, il ne pleuvait pas. Anna leva les yeux et remonta le col de son manteau. Les étoiles brillaient dans le ciel dégagé ; il faisait beaucoup plus froid que la veille, si froid qu'une couche de glace scintillante s'était formée sur les flaques du caniveau. Elle se félicita d'avoir enfilé son bonnet de laine juste avant de partir. Alors qu'elles s'éloignaient, elle aperçut de l'autre côté de la rue une petite silhouette recroquevillée sur le bord du trottoir : Ida. Soit la gamine de la laverie avait passé la nuit ici, soit elle s'était levée très tôt pour ne pas la manquer. Quand elle reconnut Anna, elle se leva et courut la rejoindre. Elle portait un manteau feutré vert foncé bien trop grand pour elle, qui ne suffirait pas à la protéger du froid glacial.

— Ida ! Qu'est-ce que tu fabriques ici ? Tu attends depuis longtemps ? Il fait beaucoup trop froid pour être assise comme ça sur le trottoir ! lança Anna.

— Ça fait juste une demi-heure que je suis là.

Ida leva les yeux vers elle, l'air heureuse de la voir enfin. Anna constata qu'elle semblait moins abattue que la veille, même si son visage de petite souris paraissait encore plus maigrelet. En constatant qu'Adelheid observait la gamine du coin de l'œil, elle expliqua :

— C'est Ida. Jusqu'à hier, elle travaillait comme repasseuse chez Mme Lehmann, mais...

— Ah, c'est elle ! la coupa Adelheid, impatiente. Je suis au courant. (Puis, à Ida :) Qu'est-ce que tu veux d'Anna, maintenant ?

Ida haussa les épaules, désemparée.

— Bah, je m'en doute bien, reprit Adelheid un peu trop rudement.

Anna crut toutefois déceler sur son visage un soupçon de sympathie envers la petite, manifestement encore plus pauvre qu'elle. Elle s'accroupit pour se mettre à la hauteur d'Ida.

— Je suis tante Adelheid. Écoute bien, Ida : je ne peux pas vous promettre de vous trouver du travail, ni à toi ni à Anna. Mais je vais essayer. Maintenant, il faut que j'aille chercher les journaux. Et vite, je suis déjà en retard.

Elle partit d'un pas vif, au point qu'Anna et Ida eurent du mal à la suivre. Elles devaient veiller à ne pas glisser. Les rues étaient mal éclairées, on voyait trop tard les plaques de verglas. Elles évitèrent plusieurs fois de justesse d'entrer en collision avec d'autres passants ; à cette heure, dans la rue, tout le monde était pressé et grognon. En voyant qu'Ida peinait, Anna lui attrapa la main. Elle était gelée. Au moins, leur marche rapide la réchaufferait. Au bout d'une dizaine de minutes, elles arrivèrent devant un bâtiment de briques rouges, puis traversèrent deux arrière-cours encombrées de poubelles et de bric-à-brac. Au-dessus d'une porte, un panneau de guingois annonçait en lettres vertes à moitié délavées : « Imprimerie Borchhard. » Adelheid monta quatre à quatre les marches menant à l'entresol.

De la lumière passait par la lourde porte vitrée. Elle la poussa et faillit télescoper un homme trapu, au visage à moitié caché par un chapeau trop grand. Il portait une pile de journaux retenus par une ficelle.

— Les autres sont déjà partis ? s'enquit Adelheid.

— Presque tous, mais y en a trois qui sont pas venus, aujourd'hui, grogna-t-il en pointant le pouce derrière lui.

Six paquets de journaux ficelés étaient posés devant une immense fenêtre à croisillons, qui dévoilait une grande salle abritant plusieurs machines à imprimer.

— Tu as donc amené du renfort, aujourd'hui ? Ça tombe à pic ! ajouta l'homme en montrant Anna et Ida de la tête. Le Borchhard est là-bas. Il faut que j'y aille.

Il leur tint la porte puis descendit l'escalier à la hâte.

— Attendez-moi ici ! ordonna Adelheid.

Par la grande fenêtre, Anna et Ida la regardèrent traverser la salle des machines. Arrivée au bout, elle s'adressa à un homme dont on ne voyait que les jambes ; le reste de son corps était enfoui sous une presse. Un instant plus tard, il se redressa et se tourna vers elles. Son visage rond était couvert d'encre. Au bout d'un moment, au cours duquel Adelheid lui parla avec insistance, il hocha la tête. Se levant, il s'approcha d'une étagère murale, fouilla une pile de papiers et tendit quelques feuilles à Adelheid. Elle revint en souriant un peu. Anna s'aperçut qu'elle ne l'avait vue qu'une fois avec une expression aussi détendue, le jour où elle l'avait accueillie chez elle. Elle se dit que son sourire la rajeunissait beaucoup et que sans ses mauvaises dents, elle aurait presque paru jolie.

— Il est d'accord pour que vous preniez un secteur chacune. Seulement aujourd'hui pour commencer, parce que trois porteurs ne sont pas venus ! annonça-t-elle.

Elle saisit deux paquets de journaux par la ficelle et désigna les autres.

— J'en prends deux, vous en prenez un chacune.

Elle les précéda dans l'escalier. Près de l'entrée, des chariots munis de caisses de bois attendaient. Adelheid posa ses journaux dans l'une d'elles, Anna et Ida l'imitèrent. Puis elle donna à chacune une liste tapée à la machine.

— Ce sont les noms et adresses des abonnés. Ça indique aussi s'il faut poser le journal devant la porte ou dans la boîte aux lettres. Ça risque d'être un peu plus compliqué pour Anna parce qu'elle ne connaît pas encore la ville. Mais toi, Ida, je suppose que tu es une vraie Berlinoise ?

La petite hocha la tête, les yeux fixés sur la feuille de papier. Anna constata qu'elle n'avait pas du tout l'air de se réjouir.

— Le chariot est trop lourd pour toi ? Ou tu as trop froid ? demanda-t-elle.

Ida secoua la tête.

— Je pourrais peut-être faire la tournée avec Ida, dit-elle à sa tante. On livrera d'abord ses exemplaires, puis les miens.

Adelheid objecta qu'elles n'en auraient pas le temps, les clients voulaient leur journal avant le petit déjeuner.

— Il faut vraiment y aller, maintenant. Ah, au fait, c'est payé à la pièce. Un pfennig pour vingt journaux. D'autres questions ?

Les filles secouèrent la tête ; elles se mirent en route, tirant leur chariot à travers la cour. Ida n'avait toujours pas dit un mot.

— Qu'est-ce qui t'arrive ? voulut savoir Anna. Ce n'est quand même pas si mal, surtout comparé au repassage chez la Lehmann. Je sais qu'il fait vraiment froid, aujourd'hui, mais on se réchauffera en marchant, et puis...

Elle ôta son bonnet et le posa sur la tête d'Ida, l'ajustant pour qu'il ne lui tombe pas sur les yeux.

— Merci, marmonna Ida en la regardant brièvement.

Elle se détourna de nouveau.

— Tu sais, Ida, tu es du coin, reprit Anna. Ce sera facile pour toi. Moi, j'aurai sûrement plus de mal à faire ma tournée.

Ida ne réagit pas et Anna s'impatienta. Pourquoi se montrait-elle soudain si têtue ? Et, la trouvant vraiment ingrate, elle se demanda pourquoi elle s'encombrait de cette gamine maussade. Elle la dévisagea, de plus en plus agacée, et vit alors qu'Ida était sur le point d'éclater en sanglots. Son visage blême rougissait pour retenir ses larmes. Anna pensa aussitôt à sa petite sœur, Dora. Et si c'était elle qui se tenait là, aussi malheureuse ? N'aurait-elle pas tout tenté pour la réconforter ? Elle s'accroupit devant Ida, lui saisit les bras et demanda :

— Mais enfin, qu'est-ce que tu as ? Tu vas finir par me le dire ?

Les larmes roulaient maintenant sur la petite face de rongeur.

— Je peux pas faire ce travail parce que je sais pas lire, avoua-t-elle.

Anna se tourna vers Adelheid. Elles avaient oublié que la plupart des enfants des familles d'ouvriers n'étaient pas allés à l'école et n'avaient appris ni à lire ni à écrire.

— C'est pas un drame, lança Adelheid en se penchant à son tour.

Anna savait que sa tante était très en retard, qu'elles auraient dû se mettre en route une demi-heure plus tôt, et pourtant, elle cherchait à résoudre le problème. Finalement, elle déclara qu'il n'y avait qu'une solution : Anna et Ida feraient leurs tournées ensemble.

— Ce sera encore mieux. Ida, tu connais les lieux, et Anna lira les adresses. Voilà. Et maintenant, plus question de traîner ! Vous devez essayer de tout distribuer le plus vite possible. Sinon, j'aurai des ennuis. Si les gens se plaignent que leur journal est arrivé trop tard, ce sera la fin pour vous mais aussi pour moi. Nous n'allons pas dans le même sens, malheureusement, mais on se retrouve ici à 7 heures.

Elle leur indiqua la rue par laquelle commencer puis s'éloigna d'un pas vif dans l'autre direction. Anna faillit foncer dans un jeune homme en haillons qui portait un panneau autour du cou. On y lisait, en grosses lettres manuscrites : « JE CHERCHE N'IMPORTE QUEL TRAVAIL. » Stupéfaite, elle le suivit des yeux, mais Ida ne sembla rien y voir d'extraordinaire.

— Allez, Ida, c'est parti, lança Anna. Montre-moi Berlin.

Le paquet d'Ida, sur le chariot, avait enfin diminué. Elles avaient mal progressé. Même si elles avaient trouvé la première rue indiquée par Adelheid au bout de deux stations de tram, Ida avait ensuite eu du mal à dénicher les autres. En fait, elle ne connaissait que le quartier où elle vivait et deux ou trois rues alentour. Anna attendait dans la Bremer Straße tandis qu'Ida glissait un journal entre deux bouteilles de lait, devant une porte. Il y a même des jardinets, ici, s'étonna-t-elle en ouvrant pour Ida un portail en fer forgé avant de le laisser se refermer derrière elle. Le visage de la gamine luisait sous l'effort. Elle semblait prendre un certain plaisir à son nouveau travail. Anna, la liste des abonnés à la main, annonça :

— Le prochain est A. Lehmann, au 45, deuxième étage. Et le dernier est juste quelques numéros plus loin.

Elle désigna le bout de la rue. Ida saisit un journal et partit en courant tandis qu'Anna prenait le dernier exemplaire du *Tägliche Rundschau* dans le chariot. Elle savait qu'elles étaient très en retard. Il était certainement plus de 8 heures, et elles devaient encore rapporter les chariots vides. Tante Adelheid allait être en colère.

Elle serra le journal entre ses doigts rougis par le froid. Elle n'avait même pas encore regardé le titre de une.

— « La conférence de paix de Versailles a lieu sans représentant des forces vaincues », lut-elle à voix basse.

En dessous, plus petit : « Qu'est-ce que les "Dix Grands" vont faire de nous ? » « Dix Grands » était imprimé en caractères gras et anguleux. Günter allait sûrement s'énerver à ce propos ce soir. Elle feuilleta le journal jusqu'à la page des petites annonces. Ida, de retour près d'elle, lorgna par-dessus son bras.

— C'est le dernier, je voulais au moins jeter un coup d'œil, marmonna Anna. Regarde, là. On cherche des vendeuses au *Kaufhaus des Westens*. Tu connais ?

Ida secoua la tête.

— « Le Kaufhaus des Westens recherche pour son rayon confection vingt vendeuses assidues et de bonne présentation, avec une longue expérience dans ce domaine. Qu'on se présente à M. Körner, entrée Passauer Straße, Berlin-Charlottenbourg. »

Anna regarda Ida et s'aperçut qu'elle avait les lèvres bleues de froid, alors qu'elle venait juste de courir. Elle lui enfonça son bonnet encore plus bas sur le front.

— Il est temps qu'on aille se réchauffer quelque part, dit-elle.

La petite hocha la tête.

— L'annonce est jolie, non ?

Elle désigna les caractères à fioritures et la silhouette d'une dame élégante en jupe étroite imprimée à côté. Elle plaqua le journal contre elle, pencha la tête en arrière et pivota sur elle-même.

— Ah, ce serait quelque chose : vendeuse dans un grand magasin, au chaud toute la journée, au milieu de beaux tissus et de belles robes.

— Ça veut dire quoi, « assidues » ? demanda Ida.

Anna baissa les bras, replia le journal et le lissa pour lui redonner l'air neuf.

— Allez, on va vite le poser à la porte du dernier abonné de la liste, et on aura fini.

Une fois leur tâche accomplie, elles reprirent à la hâte le chemin de l'imprimerie sans plus évoquer l'annonce. Elles n'en entendirent que mieux leurs estomacs gronder. La recherche des adresses avait détourné leur attention, les empêchant de ressentir la faim, mais Anna était affaiblie et frigorifiée. Elle vit qu'Ida n'allait pas mieux, elle chancelait, même. Si seulement elles avaient pu prendre le tram pour rentrer, elles s'y seraient un peu reposées et réchauffées, mais elles n'avaient plus un sou. Elles s'assirent sur la marche supérieure d'un perron pour souffler un instant. Anna posa le bras sur les épaules d'Ida et lui frotta le dos.

Un joueur d'orgue de Barbarie boiteux s'installa sur le trottoir d'en face. Il ôta son chapeau et le donna au petit singe assis tout naturellement sur l'instrument. Très lentement, l'homme se mit à tourner sa manivelle, et les deux jeunes filles écoutèrent la rengaine berlinoise qu'il jouait. Elles sentirent bientôt le froid des marches glaciales s'insinuer le long de leurs membres, ce qui les fit grelotter encore plus. Il fallut se lever, mettre un pied devant l'autre jusqu'à ce que les jambes bougent de nouveau d'elles-mêmes. Tout là-haut, l'horloge d'une église les fit tressaillir. Huit coups : elles étaient vraiment en retard. Adelheid n'était sûrement plus là. Elles pressèrent le pas, appuyées sur la poignée de leurs chariots, grimpant dessus pour aller plus vite. Quand le trottoir se fit plus étroit, le risque devint trop grand de télescoper des passants. Enfin, la barre d'immeubles grisâtres derrière laquelle se cachait l'imprimerie apparut au loin. Elles garèrent les chariots dans la cour.

— On va devoir aller chercher notre argent nous-mêmes, dit Anna.

Ida haussa les épaules, désemparée. Anna prit une profonde inspiration et poussa la lourde porte de l'imprimerie. Dans le hall déjà, il faisait bien plus chaud qu'à l'extérieur. Elles se dirigèrent vers la baie vitrée de l'atelier derrière laquelle se trouvaient les presses. Une seule machine était en service, l'homme avec qui avait discuté Adelheid se tenait derrière. Il tourna la manivelle d'une roue en fer forgé et la presse s'abaissa. Les pas d'Anna et Ida résonnèrent dans la haute salle. La gamine tira Anna par la manche et chuchota :

— Pourvu qu'il ne nous gronde pas parce qu'on a mis beaucoup trop longtemps…

L'homme leva les yeux, et elles virent aussitôt à son expression qu'il les avait reconnues. Il remua les lèvres sans qu'elles l'entendent à travers la vitre. Il lâcha la manivelle et vint vers elles. Anna remarqua qu'il traînait la jambe. Son handicap leur aurait laissé le temps de prendre la fuite.

— Viens, on fiche le camp ! fit Ida, formulant à voix haute la pensée d'Anna.

Elle retourna à pas lent vers la sortie mais Anna ne bougea pas, attendant que Borchhard les rejoigne.

— Vous finissez seulement la livraison ? demanda-t-il d'un ton tranchant.

Ses joues couperosées et les rares cheveux qui restaient sur sa tête lui donnaient l'air plus âgé qu'il ne l'était sans doute. Il était en manches de chemise, et Anna vit que la peau de ses bras était toute bleutée.

Elle eut la présence d'esprit de répondre :

— Nous avions autre chose à faire sur le chemin du retour, ça fait déjà un moment que nous avons terminé.

Il devint encore plus rouge et leva d'un coup le bras droit. Ida porta les mains à sa tête pour se protéger. Borchhard fit rouler son épaule et éclata de rire.

— Tiens tiens, on dirait que tu te prends souvent des roustes, chez toi ?

Il répéta le mouvement de l'autre bras et ajouta :

— Ne t'en fais pas, je ne frappe pas les enfants, moi. J'ai juste besoin de me détendre les muscles. Mais je vais avoir des ennuis avec les abonnés.

Anna le dévisagea ouvertement, sans réagir à sa remarque. Il avait l'air plus gentil qu'il ne le montrait.

— Bon !

Il leur fit signe de le suivre. Ida ôta les mains de sa tête et Anna lui adressa un geste d'encouragement. Elles traversèrent avec Borchhard la halle aux murs bruts. Ça sentait l'encre, une odeur pas désagréable, au contraire : Anna la trouva envoûtante. La première page du *Berliner Illustrirte Zeitung* était sur la presse qu'il venait de quitter. Anna aurait bien voulu la regarder de plus près. C'était le premier journal qu'elle avait vu de sa vie, chez une cliente de Vetschau. Il contenait même des photographies de mode. Mais Borchhard, sans attendre, ouvrit la porte d'un bureau très encombré. Près d'une table couverte de journaux et d'un petit poêle qui ronronnait douillettement, un fauteuil au cuir usé était caché par une couverture écossaise.

— Briquettes de papier, déclara Borchhard pour toute explication en désignant le poêle.

Avec la pénurie de charbon, chauffer un bureau était inhabituel. Il s'approcha d'une grosse Thermos, prit deux tasses en émail sur une étagère puis lança aux filles :

— Vous m'avez l'air frigorifiées. Vous voulez du café ?

Elles hochèrent vivement la tête, et il leur servit à chacune une pleine tasse d'un liquide brun fumant. Anna vit que les doigts du milieu manquaient à sa main gauche. Remarquant son coup d'œil, il expliqua :

— Non, pas à la guerre, comme tu le crois peut-être. C'est arrivé ici. T'as pas envie de savoir comment.

Il désigna la salle des presses. Anna avala une gorgée, et bien que le liquide brûlant ait goût d'orge et pas de café, elle fut reconnaissante de le sentir couler dans sa gorge.

— C'est du jus de chaussette, mais au moins, c'est chaud, fit Borchhard.

D'un air bienveillant, il les regarda avaler le breuvage, puis vit Ida posa les yeux sur une miche de pain entamée, près de la Thermos.

— Et vous avez faim, en plus, marmonna-t-il.

Il leur découpa deux tranches épaisses. Elles le remercièrent et y mordirent à belles dents. Le pain était dur comme de la pierre. Une fois trempé dans l'ersatz de café, il devenait mangeable. Ida regarda Borchhard avec reconnaissance. Elle n'aurait jamais imaginé qu'il se montre aussi gentil avec elles.

— Asseyez-vous donc ! grogna-t-il en désignant deux chaises. Vous pouvez vous reposer et vous réchauffer ici aussi longtemps que vous voudrez.

Lorsqu'Ida ôta son manteau en loden et le suspendit au dossier de sa chaise, Anna eut l'impression que Borchhard la scrutait avec un peu trop d'insistance. La trouvait-il à son goût ? Elle n'était pourtant qu'une enfant.

— Bon, gronda-t-il. Il faut que j'y retourne.

Il repartit dans la salle d'impression en boitillant.

Anna cessa de mastiquer. Elle avait cru que Borchhard leur verserait leur salaire tout de suite. Perplexe, elle regarda Ida qui continuait à tremper sa croûte dans sa tasse, l'air satisfait. Une fois son pain fini, Anna se leva et rejoignit Borchhard. Elle s'approcha par-derrière tandis qu'il réglait une presse, puis s'arrêta à côté de lui. Au bout d'un moment, il se tourna vers elle.

— Y a autre chose ?

Anna toussota.

— Et notre salaire ?

— Votre salaire ?

Borchhard se redressa, les mains sur les hanches, et plissa les yeux. Soudain, il n'avait plus du tout l'air aimable ni bienveillant.

— Qu'est-ce que tu crois que les abonnés ont dit en recevant leur journal une heure plus tard que d'habitude ? Ils le veulent avant le petit déjeuner, et basta.

Il claqua le dos de sa main droite dans la paume de la gauche.

— La moitié va sûrement résilier l'abonnement. Et toi, tu viens me demander un salaire ! Vous pouvez vous estimer heureuses que je vous demande pas de dédommagement ! Je vous donne à manger et vous devenez insolentes !

Il criait plus qu'il ne parlait, désormais, et Ida n'osa pas approcher davantage.

— Fichez le camp d'ici et n'y revenez plus, bande d'ingrates !

— Mais nous avons travaillé, nous avons fait aussi vite que nous le pouvions ! Nous avons besoin de cet argent, s'il vous plaît, tenta encore timidement Anna.

Elle savait pourtant que c'était sans espoir. Borchhard leva l'index.

— Fais attention que je ne vire pas ta tante aussi. J'ai voulu lui rendre un service et je le regrette bien. Allez, du balai.

Anna ne revint que le soir devant le pâté de maisons où vivait sa tante. En traversant les arrière-cours, elle leva la tête vers les façades nues. Certains habitants avaient tendu des lignes entre les coins des bâtiments. Quelques pièces de linge y pendaient comme des oiseaux morts, s'agitant doucement dans le vent. Anna se sentait découragée et inutile. Qu'allait-elle dire à sa tante ? Depuis son arrivée à Berlin, elle ne lui causait que des soucis et n'avait pas contribué d'un sou à ses frais quotidiens. Une fois de plus, elle rentrait les mains vides. On aurait dit que, dans les quartiers alentour, tout le monde s'était ligué contre elle. Personne ne voulait d'elle. Aujourd'hui, elle n'avait mangé que la tranche de pain de l'imprimerie. Abattue et affaiblie, elle monta les marches. Les enfants assis dans l'escalier à peine éclairé se turent en la voyant. Un petit chien ébouriffé vint vers elle en gémissant. Elle se pencha pour le caresser mais un gamin au visage maigre s'exclama :

— Non ! Il est malade !

Anna recula la main, effrayée. Elle voyait à présent les plaques sans poils de son pelage.

— Pourquoi vous restez assis comme ça devant la porte ? questionna-t-elle à voix basse.

— Maman et papa nous ont mis dehors, répondit une fillette au long nez et aux cheveux gras.

— Ils veulent être tranquilles, ajouta le plus âgé des garçons d'un air éloquent.

La fillette essayait de calmer le nourrisson gémissant qu'elle tenait dans les bras. Anna secoua la tête, consternée. Ces enfants forcés d'attendre dans le couloir froid et sombre lui faisaient de la peine. Jamais ses parents n'auraient agi ainsi. Elle se demanda comment allait Ida. L'avait-on mise à la porte, elle aussi, ou son père la battait-il parce qu'elle était rentrée sans salaire ?

L'appartement de tante Adelheid se trouvait un demi-étage plus haut. Elle vit de loin que la porte était verrouillée et pas seulement refermée, comme d'habitude. Elle sonna et frappa, même si elle se doutait que personne ne lui ouvrirait. Puis elle tendit le bras vers le haut de l'encadrement de la porte, où Adelheid mettait toujours la clé. Rien ! Anna souffla la poussière de ses doigts. Épuisée et découragée, elle se laissa tomber sur la marche du haut et s'adossa au crépi lépreux. Adelheid l'avait-elle enfermée dehors intentionnellement ? Elle entendit, plus bas, les murmures des enfants, les gémissements du chien, les plaintes du nourrisson. Voilà qu'elle partageait leur sort. Les bruits se fondirent et semblèrent diminuer. Quelques instants plus tard, Anna dormait profondément.

Elle revint peu à peu à elle ; quelqu'un lui secouait l'épaule. Des doigts glacés effleurèrent sa joue.

— Anna, mais réveille-toi, enfin !

C'était Adelheid, penchée sur elle.

— Anna, tu n'as pas à dormir dans l'escalier ! Je t'ai pourtant dit où était la clé.

Elle posa son panier, dont dépassaient un pain et une tête de chou, se dressa sur la pointe des pieds et passa la main au-dessus de la porte.

— J'ai déjà cherché là, marmonna Anna, encore tout ensommeillée.

— Ça alors, je ne comprends pas. Est-ce Günter qui l'a prise ? fit sa tante. Je reviens tout de suite.

Elle redescendit au rez-de-chaussée et réapparut au bout d'un moment en brandissant une clé.

— En cas de besoin, on peut toujours sonner chez les concierges. Ils ont les clés de tous les appartements.

Anna la suivit d'un pas hésitant dans l'appartement obscur et resta plantée là, indécise, tandis que sa tante allumait la lumière et débarrassait la table. En voyant le seau à charbon de nouveau vide, Adelheid soupira et attrapa l'anse.

— Je peux y aller, moi ! s'exclama Anna en tendant la main.

La perspective de descendre dans la cave à charbon toute sombre lui donnait pourtant la chair de poule.

— Laisse donc ! protesta Adelheid en voyant à quel point elle était faible. Tu n'as rien mangé de la journée, pas vrai ?

Elle fourragea avec le tisonnier, trouva encore quelques briquettes sous la plaque du fourneau et les ralluma. Elle posa ensuite une nouvelle miche de pain sur la table. Anna se demanda comment elle s'y prenait pour trouver chaque jour des provisions. Tous les magasins qu'elle avait vus jusqu'ici étaient vides, ou alors la file d'attente était si longue qu'il était manifestement inutile d'y prendre place. Il faut juste savoir où aller et avoir quelques relations, expliqua Adelheid. Puis elle commença à couper le chou pour la soupe.

Une heure plus tard, Anna était repue et réchauffée. Elle avait raconté sa journée à sa tante en essayant de ne rien enjoliver. En parler avec elle et sentir qu'elle lui pardonnait lui avait fait du bien. Et surtout, elle était soulagée d'être enfin seule avec elle. Adelheid lui coupa une nouvelle tranche de pain.

— Tiens, tu as sûrement encore faim.

Anna secoua la tête en la remerciant. Elle ne voulait pas avoir l'air avide, et son estomac se crispait douloureusement. Elle avait mangé trop vite et n'était plus habituée à avaler tant de nourriture d'un coup.

— On dirait que ça te ferait du bien de dormir dans un vrai lit, cette nuit. Je laisse la clé dans la serrure de l'intérieur, comme ça, s'il finit par rentrer, il ne pourra pas ouvrir.

Anna aurait voulu lui demander comment elle était tombée sur Günter et pourquoi il n'était pas là ce soir, mais elle n'osa pas. Un souvenir lui revint soudain.

— Dans le journal, il y avait une annonce du Kaufhaus des Westens. Ils cherchent des vendeuses.

Elle attendit la réaction de sa tante. Comme celle-ci ne disait rien, Anna tenta de réciter de mémoire le texte de l'annonce et demanda :

— Tu y es déjà allée ?

— Dieu m'en préserve ! s'exclama Adelheid. Qu'est-ce qu'une pauvresse comme moi irait faire dans un grand magasin ? On dit que c'est le plus grand d'Allemagne, que le hall d'entrée est entièrement couvert de bois d'Australie, et qu'il y a de beaux tapis partout.

Anna posa le menton sur ses mains et ouvrit de grands yeux.

— Et quoi d'autre ? demanda-t-elle, pressante.

— Il y a une pièce orientale aux murs tendus de soie, et la confection pour dames, ah ! Des salles d'accueil, des salons d'essayage, et une pièce avec autant de lustres que dans un château, où les clientes peuvent juger de l'effet de leurs robes sous un éclairage festif.

— Comment tu sais tout ça ?

— Bah, j'ai mes sources, répondit Adelheid, restant vague. Mais ça m'étonne qu'ils aient encore des marchandises. Tous les rayonnages sont vides, partout. Où trouvent-ils ça ?

Anna haussa les épaules.

— Tu l'as dit toi-même : il faut savoir où aller et avoir quelques relations.

Adelheid rit.

— Et tu veux poser ta candidature ?

Anna baissa la tête, les yeux vers la table.

— Ils ne prennent que des gens ayant de l'expérience dans la vente.

— Ça ne fait rien, Anna. Tu devrais y aller quand même, répliqua aussitôt Adelheid. D'ailleurs tu aurais dû t'y rendre tout de suite, juste après avoir lu l'annonce. Peut-être que toutes les places sont déjà prises.

Anna sentit le rouge lui monter au front. Elle n'y avait pas pensé. Avait-elle raté sa chance ?

— Je ne sais pas si je serais capable de servir les dames de la belle société.

Adelheid emballa le reste de pain dans du papier journal ; Anna vit les écorchures et les ampoules éclatées qui couvraient ses mains à la peau rougie.

— Tu es couturière diplômée, Anna. Tu connais les tissus, tu sais où et comment une couture doit être faite. Tu es la meilleure chose qui puisse leur arriver. J'aurais bien aimé passer un tel diplôme, tu sais. Sophie a eu raison de te pousser à apprendre un vrai métier. Tes parents ont sûrement dû se priver pour payer ton apprentissage.

— Tu penses vraiment que j'ai une chance ? C'est un magasin si immense, si célèbre ! Même Mme Willnitz, à Vetschau, le connaissait.

Adelheid regarda sa nièce et saisit une longue mèche brune échappée de sa tresse.

— Peut-être pas dans cet état-là. Il va falloir te pomponner un peu.

Anna prit conscience qu'elle ne s'était pas lavée depuis trois jours, notamment parce que Günter rôdait en permanence dans l'appartement.

— Va donc chercher du charbon, je ferai chauffer de l'eau pour te laver les cheveux. Tu verras, demain, tu seras comme neuve.

Charlotte

Charlotte souffrait du silence de plomb, elle en souffrait plus qu'elle n'aurait voulu l'admettre. Il en allait ainsi à chaque repas. On n'entendait que le doux cliquètement des cuillères dans les assiettes à soupe. Le mois de janvier froid et gris et la première moitié de février avaient duré une éternité, renforçant son abattement. Et bien sûr, la tension qui régnait entre elle et son père aggravait sa mélancolie. Richard se montrait rarement rancunier. En général, sa colère passait aussi vite qu'elle était venue. Cette fois-ci, les choses étaient différentes : il ne pardonnait pas à Charlotte d'avoir éconduit Leo, persuadé qu'elle avait rejeté sa demande par simple caprice alors que le jeune homme aurait été l'époux idéal pour elle, et surtout le gendre idéal pour lui. Depuis le jour où, dans son bureau, Charlotte lui avait déclaré d'un air faussement hautain qu'elle aurait bientôt dix prétendants à chaque doigt, ils n'avaient plus échangé un mot.

Quand Richard prit soudain la parole, Lisbeth, Charlotte et Wilhelmine le regardèrent, étonnées. Délibérément, il ne s'adressa qu'à sa mère.

— Je me demande ce que les vainqueurs nous concoctent en ce moment à Paris.

— Qu'est-ce qui te fait dire ça, Richard ? demanda Wilhelmine en se tapotant les lèvres de sa serviette en damas.

— Eh bien, les alliés décident ces jours-ci du sort de l'Allemagne. Personne n'aurait cru qu'on en arriverait là. La réalité dépasse souvent notre imagination, et dans ce cas-là, c'est pire que tout.

— Nous ne pouvons rien y faire, intervint Lisbeth.

Elle souleva le couvercle de la soupière et demanda :

— Qui en reveut ? Richard ?

Sans répondre, il lui tendit son assiette.

— Ce ne sont pas des pourparlers de paix qui ont cours là-bas, reprit-il. L'Allemagne n'est même pas invitée. Les conditions vont nous être dictées, et tout Allemand ayant un tant soit peu le sens de l'économie et de la politique sait qu'il faudra plusieurs décennies à notre pays pour se remettre des contraintes et des réparations annuelles. On met l'Allemagne à genoux, on lui écrase le nez dans la crasse.

Il tapa du poing sur la table, faisant tinter la vaisselle.

— Enfin, Richard, objecta Wilhelmine, est-ce si étonnant ? Penses-tu que notre empereur Guillaume et ses généraux auraient été plus cléments en cas de victoire ?

Charlotte et Lisbeth reposèrent leurs cuillères. Habituellement, quand Richard était sur le point de piquer une colère, personne n'osait faire le moindre bruit, pas même sa propre mère. Il ne répondit pas tout de suite, terminant d'abord son assiette. Charlotte l'observa du coin de l'œil. Sa moustache vibrait. Bouillait-il intérieurement ?

— Tu as raison, mère, dit-il enfin.

Lisbeth poussa un soupir de soulagement.

— Nous ne nous sommes vraiment pas couverts de gloire, poursuivit-il. Mieux vaut ne pas se lamenter. Quel est le plat principal ? Ce bouillon n'était que l'entrée, j'espère ! J'ai encore une longue journée devant moi.

— Certainement, Mme Leutner a préparé des tripes, répondit Lisbeth.

Le visage de Richard s'illumina aussitôt.

— Ah, je l'avais senti !

Charlotte sourit ; elle comprenait les intentions de sa mère, qui cherchait à mettre son père de bonne humeur. Les tripes étaient un des plats préférés de Richard. Elle-même haïssait ces entrailles mises à cuire dans de l'eau salée pendant dix heures, ce qui expliquait pourquoi leur odeur envahissait les cuisines depuis la veille. Normalement, personne n'exigeait qu'elle en mange une seule bouchée. Quand Erna entra pour débarrasser les assiettes, Charlotte se leva en murmurant :

— Excusez-moi.

Alors qu'elle se dirigeait vers la porte, un choc sourd la fit tressaillir. C'était la seconde fois du repas que son père tapait du poing sur la table.

— Qui a permis à ta fille de se lever ? demanda Richard à sa femme d'une voix tremblante.

— Laisse-la donc, Richard. Tu sais bien que...

Lisbeth ne termina pas sa phrase, regardant son mari d'un air suppliant. Charlotte n'osait plus bouger. Tout comme Erna, le plateau entre les mains. Wilhelmine observa son fils, comprenant à son attitude combien, en cet instant, il luttait contre lui-même. Elle l'avait si souvent vu plonger dans ce dilemme. Elle savait qu'il aimait sa fille unique pardessus tout, mais son comportement le contrariait tant qu'il faisait ressortir le pire trait de son caractère.

— Dis-lui de se rasseoir tout de suite.

Le visage de Lisbeth se figea, tel un masque. Au bout d'un instant, elle articula :

— Lotte, tu as entendu ton père.

Charlotte fit volte-face et revint à sa place d'un pas saccadé.

— Erna, va chercher les tripes, ordonna Richard.

La domestique jeta un coup d'œil de commisération à Charlotte et sortit à la hâte. Personne n'osait parler. Lotte tâcha de se préparer à la suite, qu'elle devinait. Une fois le grand plat sur la table, Richard la servit lui-même. Il remplit son assiette de morceaux de panse coupés en anneaux et ajouta une pleine louche de sauce. Puis il donna aux autres et à lui-même de plus petites portions, et se mit à manger sans quitter Charlotte des yeux. Elle était toute raide sur sa chaise.

— Dis à ta fille de commencer, ordonna-t-il à sa femme.

Mais Lisbeth se contenta de le fixer des yeux en silence.

Charlotte réfléchissait fiévreusement. Elle tenta d'abord de refouler la nausée montante et de se forcer. Allez, oublie ton goût, oublie ton odorat, ferme les yeux et vas-y, essaya-t-elle de s'encourager. Avale tout sans trop mastiquer et file d'ici. Mais l'assiette était pleine à ras bord et elle se doutait que son père ne la laisserait pas se sauver après deux ou trois bouchées. Lui-même avait déjà englouti la moitié de sa part.

— Ces tripes sont délicieuses, comme toujours ! Mes compliments à la cuisinière ! lança-t-il avec une jovialité forcée en hochant la tête.

Charlotte saisit son couteau et sa fourchette, touilla dans son assiette et finit par pêcher une bandelette caoutchouteuse. En portant la fourchette à sa bouche, elle sentit une sourde sensation de nausée monter de son ventre et lui nouer la gorge. Le dégoût allait bientôt la submerger, elle allait perdre le contrôle. Elle regarda sa mère puis sa grand-mère, lisant dans leurs yeux la compassion et la honte, la culpabilité de leur propre passivité. Pourtant, elles gardèrent le silence et n'entreprirent rien face à cette humiliation. Charlotte ouvrit la bouche, abaissant la langue autant qu'elle le pouvait pour percevoir le moins possible la structure alvéolée de la viande. Les morceaux étaient trop gros, elle n'y arriverait pas sans mâcher. Elle mastiqua mécaniquement, sentant l'écœurement prendre le dessus, puis parvint à le refouler pour avaler. L'effort et la conscience de sa soumission lui firent monter les larmes aux yeux. Elle prit d'autres morceaux. Mastiqua. Avala. Essaya de penser à quelque chose d'agréable, mais les trois paires d'yeux fixées sur elle l'empêchaient de laisser son esprit vagabonder. Avaler. Refouler un renvoi. De la sauce coula du coin de sa bouche. Piquer de nouveaux morceaux. L'assiette était toujours pleine, son contenu ne semblait pas diminuer. Sa main qui tenait la fourchette se mit à trembler et des gouttes de sauce tachèrent la serviette étalée sur sa jupe. Elle ramena son couvert à une vingtaine de centimètres au-dessus de son assiette. Soudain, elle ouvrit la main et lâcha dans l'assiette sa fourchette encore chargée de viande. La sauce jaillit de tous côtés, couvrant la nappe blanche de taches brunes, éclaboussant son chemisier. Charlotte repoussa brusquement son assiette vers le milieu de la table, faisant déborder des morceaux de tripes. Elle se leva et regarda son père droit dans les yeux. Il avait arrêté de mastiquer. Et il était sans voix. D'un coup, tout devenait facile. Se rebeller face à lui était étonnamment aisé. Le visage de Richard exprimait la stupéfaction, voire un soupçon d'admiration. Sans un mot, Charlotte quitta la salle à manger.

Anna

Le 19 février 1919, Anna arriva pour la première fois devant la façade de presque cent mètres de long du KaDeWe, dans la Tauentzienstraße. L'immense portail d'entrée s'élevait sur deux étages ; creusé en profondeur dans le grès, il donnait au visiteur l'impression de pénétrer dans le magasin à travers un hall. Il n'était pas tout à fait 8 heures, les hautes portes de verre étaient encore fermées. L'entrée était surmontée d'une horloge artistiquement décorée à l'immense cadran de bronze. Alors qu'Anna s'avançait, la grande aiguille passa sur le 12 et, à sa stupeur, les deux petites portes qui flanquaient la pendule s'ouvrirent. Bouche bée, elle vit un bateau de bronze aux voiles gonflées surgir de l'obscurité et décrire une courbe majestueuse devant le cadran. Dommage qu'Ida et Dora ne voient pas ça, pensa-t-elle. Mais Dora était loin, chez leurs parents, et Ida n'était pas venue devant chez elle ce matin comme elles en étaient convenues. Anna n'avait pas eu le temps de l'attendre. Elle devait absolument faire partie des premières candidates. Une fois les petites portes refermées derrière le voilier, Anna se détourna et se dirigea vers la Passauer Straße, à droite de l'immeuble. De loin déjà, elle aperçut une marée humaine agglutinée devant l'entrée du personnel. En s'approchant, elle vit que de nombreuses femmes formaient une espèce de haie. Quiconque cherchait à atteindre la porte devait affronter une foule hurlante, essuyer de tous côtés insultes et bourrades. Anna ne remarqua pas que quelqu'un l'avait rejointe. Elle ne tourna la tête qu'en entendant une voix féminine déclarer :

— Ce sont des employées qui cherchent à faire céder par la force les briseurs de grève. Et bien sûr, elles veulent aussi faire fuir les nouvelles candidates, parce que c'est précisément pour ça que Jandorf a besoin d'elles.

Une jolie jeune femme, les cheveux coupés au menton sous un chapeau cloche vert clair, venait de lui adresser la parole. En constatant qu'Anna ignorait de quoi elle parlait, elle ajouta :

— Depuis une semaine, il y a la grève presque partout, y compris au KaDeWe.

Anna sentit son cœur battre à tout rompre. Quelle malchance ! Elle avait mis tous ses espoirs dans cet entretien d'embauche. Qu'allait-elle faire ? Au même moment, elle vit une femme qui essayait de traverser la meute pour atteindre la porte se faire projeter au sol et cracher dessus. Pour rien au monde elle n'aurait voulu être à sa place.

— Qui est Jandorf ? demanda-t-elle.

La jeune femme éclata d'un rire perlé.

— Tu ne sais pas qui est Adolf Jandorf ? C'est le propriétaire. Le patron du plus grand magasin d'Allemagne. Tu es sûrement ici pour l'offre d'emploi ?

Sans répondre, Anna s'enquit :

— Et ça veut dire quoi, « il y a la grève » ?

— Tu n'es vraiment au courant de rien. Les employés veulent de meilleurs salaires et l'instauration de la journée de huit heures. Pour l'obtenir, ils ont arrêté de travailler.

Elle tendit une main gantée de cuir vert foncé.

— Je suis Elisabeth, on m'appelle Ella. Et toi ?

— Anna.

Les deux femmes se serrèrent la main. Ella désigna la coiffure d'Anna et déclara, admirative :

— Cette banane est très élégante. Tu ne l'as pas faite toute seule, n'est-ce pas ?

Anna leva la main vers ses cheveux bruns et brillants. Elle n'était pas habituée au rouleau volumineux qui ornait l'arrière de sa tête.

— Non, c'est ma tante. Exprès pour l'entretien. J'habite chez elle, en ce moment.

Au même instant, un coup de sifflet strident retentit. Une troupe de gendarmes en uniforme gris surgirent et se ruèrent vers les grévistes. Ils dispersèrent la foule, et les hommes qui résistèrent furent aussitôt roués de coups. Anna et Ella, le souffle coupé, observaient le tumulte. Heureusement, elles étaient assez éloignées pour ne pas y être mêlées. En quelques minutes, les policiers mirent fin à l'attroupement et embarquèrent dans un camion les grévistes récalcitrants. Quand le véhicule noir aux fenêtres grillagées passa devant elles, Ella porta la main à son chapeau comme pour se mettre au garde-à-vous.

— Amusez-vous bien en prison ! lança-t-elle.

La rue devant l'entrée latérale était désormais étrangement déserte.

— Bon, reprit Ella sans gêne, ils nous ont libéré le passage. Attention, Jandorf, voici tes nouvelles vendeuses !

Anna hésita. Profiter ainsi de la situation la mettait mal à l'aise. Ella, pour sa part, ne semblait pas s'embarrasser de ce genre de scrupules. Un sourire triomphant aux lèvres, elle passa le bras sous celui d'Anna et, avant que celle-ci ait le temps de protester, l'entraîna vers le magasin.

Quand elles entrèrent au KaDeWe par la porte latérale, Anna fut surprise qu'elles y soient seules et que le portier en livrée bordeaux referme la grille ouvragée juste derrière elles. Elles entendirent un murmure, un léger brouhaha, et en prirent la direction. Elles regardèrent autour d'elles tout en avançant et Anna repensa aux descriptions de tante Adelheid. Le hall d'entrée avait été conçu sans ostentation ni excès ornementaux. Elle trouvait les murs lambrissés et les élégantes lampes à arc très modernes et de bon goût. La grille de fer forgé de l'entrée, que le portier venait de refermer, avait plus de fioritures que le reste de l'aménagement. À mesure qu'elles approchaient de la salle de vente principale, haute de deux étages, les voix amplifièrent. Elles y pénétrèrent ; une cinquantaine de femmes étaient regroupées sous un lustre à bulbes d'au moins quatre mètres d'envergure. Toutes discutaient à bâtons rompus, s'aidaient mutuellement à rajuster leurs coiffures ou à chasser la poussière de leurs vêtements.

— C'est bien ce que je craignais. Viens vite ! fit Ella en entraînant Anna.

Elles s'avancèrent sur le magnifique parquet, dépassant toutes celles qui étaient arrivées avant elles. Anna entendit quelques protestations : « Quelle insolence ! », « Faites la queue comme tout le monde ! »

Ella les ignora. Très déterminée, elle guida Anna jusqu'au premier rang, et elles s'arrêtèrent devant une vitrine pleine d'articles de toilette luxueux. Anna aurait aimé examiner plus attentivement les flacons de parfum, les savons et les poudriers d'argent. Pour elle, un petit morceau de savon de Marseille représentait déjà un luxe absolu, et ici, il semblait y avoir des savons du monde entier à foison, à tous les parfums imaginables. Ella la poussa entre deux femmes en disant simplement : « Vous permettez ! » et en leur jetant un coup d'œil si énergique qu'elles s'écartèrent d'elles-mêmes. Anna s'excusa, s'agrippant à son sac et osant à peine tourner la tête pour regarder autour d'elle. À droite et à gauche, deux larges volées de marches montaient à l'entresol.

— C'est cinquante-cinquante : le chef du personnel viendra soit par l'escalier de droite, soit par celui de gauche, souffla Ella. Si nous restons plantées ici, au milieu, il ne nous verra pas. Il faut qu'on choisisse un côté.

Anna ne répondit pas. Elle avait honte d'être passée si insolemment devant tout le monde, et il lui semblait que les autres femmes la fixaient d'un air furieux. Le plus discrètement possible, elle tourna la tête pour observer les candidates du coin de l'œil. Elles avaient toutes dû affronter la haie de grévistes, à l'extérieur, pour arriver jusqu'ici. Leur courage l'impressionnait d'autant plus. Certaines étaient nettement plus âgées qu'elle, et moins bien mises. Elle examina furtivement sa propre tenue et fut heureuse d'avoir brossé deux fois son manteau. Adelheid lui avait prêté ses chaussures du dimanche, même si elles étaient trop petites et lui faisaient mal aux pieds. À côté d'elle, Ella sautillait avec nervosité, comme un cheval de course agité. Qu'avait donc cette jeune femme pour qu'Anna la laisse l'entraîner ainsi sans protester ? Ella poursuivait ses objectifs sans s'encombrer de scrupules, et peut-être qu'en cet instant, c'était exactement de ce genre de compagnie qu'Anna avait besoin. Soudain, Ella lui planta son coude dans les côtes et gronda :

— Le voilà, sur l'escalier de gauche !

Elle lui attrapa le bras et la poussa vers la gauche, doublant les autres.

— Oh mon Dieu ! C'est Jandorf en personne ! souffla-t-elle.

Quand elle leva la tête, Anna vit un homme à la moustache sombre et touffue, des lunettes rondes sur le nez, descendre les marches. Ses tempes blanchies formaient un contraste frappant avec ses cheveux d'un noir de jais. Il devait avoir une cinquantaine d'années mais avec son costume sombre, évoluant ainsi dans l'escalier d'un pas rapide, il paraissait encore agile et vigoureux. Un homme et une femme le suivaient à trois marches de distance. Jandorf s'arrêta sur la dernière marche, juste devant Anna et Ella, bien visible de toutes. Les deux employés se placèrent à sa droite et à sa gauche, quelques marches derrière. Il joignit les mains sur sa poitrine. Quand il prit la parole, Anna fut surprise par sa voix haut perchée.

— Bonjour mesdames. Je vous remercie d'être venues et vous prie d'excuser les circonstances plutôt inhabituelles dans lesquelles vous êtes aujourd'hui entrées chez nous. Il n'est pas dans mes habitudes de livrer des représentantes du beau sexe à une racaille imprévisible et même violente. Je suis donc d'autant plus heureux de vous voir répondre si nombreuses à l'appel que j'ai passé dans les journaux. Comme vous le voyez, notre maison reste fermée aujourd'hui, pourtant un jour ouvrable. C'est la première fois depuis l'inauguration, le 27 mars 1907, et cela devra être la dernière.

Il baissa la tête, marquant une brève pause. Jusque-là, il avait gardé les yeux au loin, mais soudain, il regarda Anna et Ella en face. Celle-ci fit aussitôt un minuscule pas vers l'avant, écarquilla les yeux et lui adressa un sourire éclatant. Jandorf sembla presque en perdre le fil, la pause se prolongea. Enfin, il toussota, se redressa et poursuivit.

— Mesdames, voici M. Körner et Mme Brettschneider.

Il pivota et indiqua l'homme et la femme debout derrière lui.

— Ils vont toutes vous interroger individuellement, puis décider lesquelles d'entre vous nous pourrons employer.

Tous les yeux se posèrent sur les deux employés, qui affichaient une mine grave et distante.

— Eh bien, on va rigoler ! chuchota Ella.

La femme portait ses cheveux striés de gris serrés en un chignon sévère. Sa robe noire était bien coupée, mais son haut col soulignait l'austérité de ses traits. L'homme avait un monocle déjà passé de mode bien longtemps avant l'abdication de l'empereur. Anna prit conscience que ces deux personnes allaient aujourd'hui décider de son destin, et cette idée n'avait rien de rassurant.

— Face à cette affluence, inattendue au vu des circonstances, reprit Jandorf, je ne peux vous accueillir toutes dans le bureau du personnel. Nous avons donc résolu, pour ainsi dire en guise de compensation des désagréments subis, de vous inviter dans notre salon de thé du deuxième étage. On vous y servira des rafraîchissements tandis que vous attendrez.

Un murmure parcourut la foule : il y eut quelques exclamations enthousiastes, « Quelle générosité ! », « Oh oui ! », que Jandorf accueillit d'un hochement de tête bienveillant.

— Mon Dieu, le salon de thé ! J'ai toujours rêvé d'y aller ! souffla Ella à Anna. On dit qu'il est d'une élégance folle !

Jandorf leva la main et toutes les femmes se turent.

— Veuillez me suivre.

Il fit volte-face et monta l'escalier. La plupart des candidates hésitèrent un instant, mais Ella saisit de nouveau Anna par le bras et l'entraîna. Celle-ci se dit qu'elle aurait sûrement des bleus le soir venu : jamais personne ne l'avait ainsi malmenée. Une fois de plus, elle suivit sans broncher. Elles atteignirent la marche où se tenaient M. Körner et Mme Brettschneider, chacun d'un côté. Anna se trompait-elle ou Mme Brettschneider venait-elle de leur lancer un coup d'œil désapprobateur ? Elles poursuivirent leur ascension et Anna se retourna un instant. Le duo mal assorti restait là, semblant attendre que toutes les femmes soient passées. Les candidates traversèrent l'entresol, foulant des tapis orientaux en soie, et Anna regretta une fois de plus de ne pas avoir le temps d'observer de plus près les marchandises exposées sur les comptoirs et dans les vitrines. Jamais elle n'avait vu de porcelaine, de vaisselle ni de couverts d'argent de ce genre.

Quand elles entrèrent dans le salon de thé, les bavardages firent place à un silence recueilli. Anna trouva l'aménagement très particulier. Le jaune et le vert dominaient. Une moquette bouclée jaune couvrait le sol. Les lambris étaient d'un bois clair qu'Anna n'avait encore jamais vu sur aucun meuble et le plafond peint à la cire, en vert. Des centaines de lampes aux gracieux abat-jour de verre dépoli y étaient suspendues, baignant toute la pièce dans une douce lumière. Mais c'était surtout les innombrables palmiers montant jusqu'au plafond qui conféraient à la salle son atmosphère exotique. Jandorf désigna les tables de quatre et les femmes sortirent de leur torpeur ; les bavardages reprirent.

— Veuillez prendre place, mesdames.

Anna se dirigeait déjà vers une table située contre le mur du fond quand Ella la retint. Elle désigna les deux tables individuelles placées au centre, devant lesquelles une surface assez vaste avait été laissée libre. C'est précisément là que s'installèrent Mme Brettschneider et M. Körner.

— Il faut qu'on veille à ne pas passer les dernières, sinon ils auront peut-être déjà pourvu tous les postes.

Anna hocha la tête et la suivit jusqu'à une table toute proche des deux responsables du personnel.

— Et comme ça, on pourra mieux voir la concurrence.

En s'asseyant, Anna remarqua tout de suite la nappe de damas amidonnée. Elle ôta son manteau et examina sa tenue. Sa robe de laine bleue au col blanc était trop petite ; elle avait rallongé les manches avec une pièce de tissu qui lui semblait maintenant reluire d'une vilaine teinte verdâtre. Ella sortit un petit miroir de son sac puis retira son chapeau. Elle portait un ensemble couleur caramel recousu à plusieurs reprises pour lui faire perdre au moins une taille, Anna le vit aussitôt. Ella s'assit, leva d'une main son miroir à hauteur de son visage et tripota sa coiffure de l'autre. Anna l'observa avec attention. Sans chapeau, elle faisait une tout autre impression ; on voyait sa coiffure à la garçonne, comme celle d'une petite fille. Aucune autre femme n'avait les cheveux aussi courts, mais cette coupe donnait à Ella une allure chic et moderne qui semblait tout à fait correspondre à son caractère.

— Tu es Berlinoise ? demanda Anna.

Ella hocha la tête.

— Oui, de Neukölln. Et toi ?

— De Vetschau, dans la forêt de la Sprée. C'est dans le Brandebourg.

— Ah, ça explique tout, commenta Ella. Mais ta coiffure... (Elle forma un O du pouce et de l'index.)... vraiment très élégante.

Les responsables du personnel donnèrent de nouvelles instructions aux candidates. Elles devaient avancer table par table pour se présenter. Anna espéra en son for intérieur ne pas tomber sur Mme Brettschneider, dont l'air sévère lui faisait peur. Les quatre postulantes de la table devant elles se levèrent et lissèrent leurs jupes avant de s'avancer. L'une d'elles avait la moitié d'une joue mangée par une tache de naissance.

Deux s'assirent, les deux autres restèrent debout à quelque distance. Malgré tous ses efforts, Ella n'entendit pas un mot de ce qui se disait. Anna se sentait de plus en plus nerveuse. Encore une table et ce serait leur tour. L'interrogatoire de la femme à la joue marquée ne dura qu'un instant ; M. Körner désigna l'escalier et elle se leva.

— J'étais sûre qu'ils ne la prendraient pas ; elle ferait fuir les clientes, commenta Ella sans la moindre compassion.

Un serveur s'approcha et, sans qu'elles n'aient rien commandé, y déposa deux théières d'argent, des tasses en porcelaine blanche et une assiette de minuscules gâteaux ronds et carrés recouverts de glaçage, voire de chocolat. Les deux jeunes femmes s'entreregardèrent puis, comme sur un signal, se fourrèrent chacune une poignée de friandises dans la bouche. Ella roula des yeux d'extase ; Anna eut l'impression de n'avoir jamais rien mangé d'aussi exquis. À part peut-être le gâteau marbré de sa grand-mère, celui qu'elle préparait avant-guerre pour tous les anniversaires. Depuis son arrivée à Berlin, Anna avait l'impression que la ville entière mourait de faim. La guerre et la pénurie de nourriture semblaient n'avoir eu aucun effet sur cet endroit merveilleux. En un clin d'œil, l'assiette fut vide.

— Eh bien, il y en avait plein ma dent creuse ! fit Ella.

— Oui, mais je trouve quand même cela très généreux, répondit Anna.

Elle tenta de conserver encore un peu le goût sucré dans sa bouche, sentant grandir son désir de travailler dans cette maison. Il fallait absolument qu'elle décroche un des postes.

— Tu as déjà travaillé comme vendeuse ? demanda-t-elle en se servant du thé.

— Oui. Pas toi ?

Anna secoua doucement la tête.

— Je n'ai sans doute pas beaucoup de chances d'être prise.

Ella posa un doigt sur ses lèvres et dit :

— Chut.

Elle se pencha en avant. Anna remarqua qu'elle avait les cils noirs et très fournis. Ella lui saisit une fois de plus le bras, avec douceur cette fois, et déclara d'un ton convaincu :

— Tu n'as pas le droit de penser ça, et encore moins de le dire ! Réfléchis plutôt à ce que tu fais mieux que les autres. Il y a sûrement quelque chose. Qu'est-ce qui te rend si unique ? Crois en toi, les autres le feront aussi !

— Ces dames aimeraient-elles se présenter ou préfèrent-elles continuer à papoter ? lança soudain une voix d'homme grave et sonore.

Anna fut mortifiée de voir que M. Körner s'était levé pour leur adresser la parole. Une fois de plus, toutes les autres les dévisageaient.

— D'abord elles passent devant tout le monde, et après, elles ne remarquent même pas que c'est leur tour, siffla une voix derrière elles.

— C'est inouï, renchérit une autre.

Anna rougit jusqu'aux oreilles. Elles se levèrent et Ella chuchota :

— Du calme, tout va bien se passer. Va voir la femme, moi, elle ne m'aime pas.

Anna lui jeta un coup d'œil désemparé : c'était précisément ce qu'elle avait voulu éviter. Mais Ella avançait déjà, tête haute et sourire aux lèvres, vers la table de M. Körner. Elle n'eut d'autre choix que de prendre place face à Mme Brettschneider, dont les petits yeux vifs l'observèrent avec attention tandis qu'elle tirait la chaise et s'asseyait.

— Votre nom ?

— Anna Tannenberg.

— Situation de famille ?

— Célibataire.

— Quel âge avez-vous, mademoiselle Tannenberg ?

— Dix-neuf ans.

Mme Brettschneider porta ces informations sur sa liste. Quand elle annonça son âge, elle leva la tête et la regarda dans les yeux. Anna ne put deviner ce qu'elle pensait d'elle, son visage ne trahissait pas la moindre émotion.

— Dans quel magasin avez-vous travaillé jusqu'ici ?

Anna observa ses doigts et se mit à les triturer.

— Je n'ai hélas pas d'expérience en tant que vendeuse, en revanche je…

— N'avez-vous donc pas lu l'annonce ? la coupa sèchement Mme Brettschneider. Nous ne cherchons que des employées expérimentées.

— Je suis couturière dipl…, tenta Anna en ouvrant son sac.

Mme Brettschneider ne la laissa pas terminer. Sur un ton aimable mais ferme qui ne tolérait aucune contradiction, elle conclut :

— Je suis désolée, mademoiselle Tannenberg, nous n'avons pas de poste à vous proposer. Veuillez laisser votre place à la candidate suivante.

Anna tourna la tête vers Ella, désemparée. Les choses semblaient mieux se passer pour elle. Elle menait une conversation animée avec M. Körner, qui tenait son monocle à quelques centimètres de son œil. Il observait tour à tour Ella puis sa liste, où il prenait régulièrement des notes en hochant la tête avec amabilité. Anna eut presque l'impression qu'il l'observait avec un peu trop de bienveillance.

— Mademoiselle Tannenberg, s'il vous plaît, insista Mme Brettschneider d'une voix forte. C'est par là.

Elle tendit la main vers la sortie du salon de thé. Quelques candidates se mirent à glousser, certaines pestèrent : « Elle est longue à la détente ! »

Anna se leva lentement. Son rêve devait-il vraiment s'évanouir si vite ? C'était impossible. Les paroles d'Ella lui revinrent. Unique... Qu'est-ce qui la rendait si unique ?

— Mademoiselle Tannenberg ! Je vous prie de partir, sinon je vais devoir appeler quelqu'un, insista Mme Brettschneider en se levant à son tour.

— Je peux vous dire exactement en quel tissu est votre robe, souffla Anna. En gabardine.

Mme Brettschneider la dévisagea, interloquée.

— C'est une sorte de serge, ajouta Anna.

Comme l'autre ne l'interrompait pas, elle continua à voix plus haute :

— C'est un tissage à armure croisée, avec des côtes obliques. Me permettez-vous de toucher ?

Mme Brettschneider ne répondit pas, ce qu'Anna prit pour une approbation. Elle fit le tour de la table et effleura la manche de la robe. Dans le salon de thé, les conversations s'interrompirent. M. Körner et Ella observaient eux aussi l'étonnante scène.

— La gabardine se reconnaît à sa fermeté au toucher, poursuivit Anna avec conviction. Pour la tisser, on utilise souvent du coton pur ou de la laine peignée.

Elle passa la main sur le dos de la robe. Mme Brettschneider, qui était plus petite qu'Anna, leva les yeux vers elle et la laissa faire.

— Je pense que votre robe est en pure laine, elle est à la fois douce et résistante. On a ajouté un peu de dentelle de chantilly au col. Pour adoucir la sévérité de l'ensemble, si vous me permettez la réflexion.

Mme Brettschneider toucha du bout des doigts la dentelle noire de son col et déglutit.

— Les boutons sont en jais, n'est-ce pas ?

L'autre écarquilla les yeux. Sans attendre de réponse, Anna poursuivit :

— Et votre robe a été resserrée, je le vois aux coutures latérales. Elles ne sont pas très droites et la transition avec la jupe n'est pas propre. Ce n'est pas du travail soigné. Mme Willnitz n'aurait pas laissé passer cela.

Mme Brettschneider haussa les sourcils.

— C'est la retouche que j'ai faite le plus souvent, ces dernières années. Presque tout le monde a maigri, hélas, et pas l'inverse.

Mme Brettschneider hocha la tête en murmurant :

— À qui le dites-vous !

Anna refit le tour de la table, sortit son certificat de son sac et le posa devant elle.

— Je suis couturière diplômée ; si je puis me permettre, j'aurais pu retoucher votre robe si parfaitement que le meilleur professionnel n'y aurait vu que du feu.

— Vous avez terminé ?

— Oui.

— Alors allez-y, maintenant ! conclut son interlocutrice.

Anna la dévisagea, incrédule. Elle avait cru que sa démonstration avait convaincu Mme Brettschneider. Manifestement, elle avait fait erreur. L'employée lui rendit son certificat. L'amertume donna presque le vertige à Anna. Elle allait se retrouver dans la rue, à chercher du travail. Elle remit le document dans son sac et repoussa sa chaise.

— Le bureau du personnel est au quatrième étage. On vous y expliquera tout le reste. Bienvenue au KaDeWe, mademoiselle Tannenberg ! déclara Mme Brettschneider.

Ce fut la première fois qu'Anna la vit sourire.

Charlotte

En découvrant les premiers crocus violets et jaunes dans le verger, Charlotte faillit pousser un petit cri de joie, mais la boule dans sa gorge était encore trop grosse. Jamais elle n'avait attendu aussi longtemps les signes annonciateurs du printemps, supplié chaque jour les sensibles bourgeons d'enfin exposer leurs extrémités à l'air glacial. Charlotte se pencha et effleura un pistil orangé du bout du doigt.

— Le printemps vit là-dedans, chuchota-t-elle aux chiens.

Ils étaient trop occupés à gambader. Chaque matin, un coup d'œil par la fenêtre et la vue de fleurs de givre sur la vitre ou d'une couche de neige fraîche avaient suffi à décevoir l'espoir de jours plus doux, et on était déjà fin mars. Même les deux cockers lançaient à leur maîtresse un coup d'œil incrédule chaque fois qu'elle leur ouvrait la porte. Des semaines durant, le froid mordant avait freiné les ardeurs et l'envie de sortir des deux animaux pourtant si vifs. Ce jour-là cependant, tout était différent. Ils chahutaient, déchaînés, sur l'herbe brunie par l'hiver. Leur joie manifeste donnait presque à Charlotte une sensation de satisfaction. Dans ses pires moments de mélancolie, les chiens avaient toujours essayé de l'égayer, sentant d'instinct combien son âme souffrait.

Elle se redressa, exposa son visage au soleil et laissa glisser son châle de laine noir de ses épaules. Soudain, un long coup de clairon retentit au-dessus d'elle ; elle mit une main en visière et leva la tête. Elle connaissait ce cri, et sut aussitôt ce qu'il signifiait : les grues arrivaient. Elle vit les formations en V des grands oiseaux gris se découper sur le ciel bleu. Il devait y en avoir des centaines, voire des milliers. Ils revenaient de leurs quartiers d'hiver du sud de la France ou d'Espagne et feraient étape ici, en Saxe. À Feltin, si tout le monde aimait ces bêtes magnifiques, annonciatrices des beaux jours, on redoutait pourtant leur appétit après leur long et pénible voyage. Le maïs tout juste semé était pour elles un mets de choix. Même si son père l'avait ces derniers temps exclue des travaux de la ferme, Charlotte savait qu'il avait été très difficile de trouver des semences, et qu'elles avaient coûté cher. Son apathie des semaines précédentes laissa la place à un dynamisme soudain. Relevant ses jupes, elle courut à la recherche de son père. Elle ouvrit à la volée la porte de son bureau, qui craqua sur ses gonds. Des grains de poussière flottaient dans les rayons de soleil presque horizontaux qui entraient par la fenêtre. La pièce était déserte. Charlotte fit volte-face et se précipita vers les écuries ; les chiens, sur ses talons, prenaient cela pour un jeu.

— Papa ? Les grues sont là ! cria-t-elle.

Elle longea les boxes et vit de loin que celui du hongre acheté par Richard la semaine précédente avec deux autres chevaux était ouvert. Quand elle se retourna, le nouveau palefrenier sortait du box du fond, inoccupé. Il chassa la paille de son pantalon et des manches de sa veste bleue.

— Si vous cherchez votre père, il est descendu au fleuve. L'eau de fonte a fait déborder la Zwönitz et les champs alentour sont inondés. Il voulait voir ça. Dois-je seller Falstaff ?

Charlotte observa sa tenue. Elle ne pouvait partir à cheval avec cette jupe. Cela faisait un moment déjà qu'elle ne montait plus en amazone, bien que sa mère et sa grand-mère roulent toujours des yeux en la voyant en culotte d'équitation. Elle se demanda ce qui serait le plus rapide, prendre l'automobile pour aller aux champs de maïs ou se changer, puis se dit que les chemins devaient être trop boueux pour la voiture.

— Oui, mais selle-moi plutôt la nouvelle jument… Comment t'appelles-tu, déjà ?

L'homme lui lança un coup d'œil étonné.

— Je m'appelle Werner, mademoiselle. La jument, vous êtes sûre ? Elle n'est arrivée qu'avant-hier. Personne ici ne l'a encore montée, et elle est très jeune.

— Eh bien, il est grand temps de commencer. Mets-lui la selle de Trajan, Werner, elle devrait lui aller, décréta-t-elle d'une voix ferme.

Il se détourna sans façon, et Charlotte vit qu'il avait le dos couvert de paille. Il lui lança par-dessus son épaule :

— Je ne peux pas faire cela sans l'autorisation de M. Feltin.

— Je t'ordonne de rester là quand je te parle !

Il se figea d'un air théâtral puis pencha le buste vers l'arrière comme pour railler son ordre.

Charlotte se redressa, leva le menton et le toisa alors qu'il lui tournait toujours le dos. C'était un des rares hommes rentrés indemnes de la guerre. Tout comme Leo, à qui elle en voulait aussi, d'une certaine manière, d'avoir si bien surmonté les quatre ans de conflit. Par ailleurs, ce valet n'avait pas récupéré sa place à la ferme voisine, sans que l'on apprenne pourquoi. Comme Feltin avait urgemment besoin d'employés, son père l'avait tout de même embauché. Charlotte allait donner une leçon à ce gaillard. Elle se sentait sur le point de perdre son sang-froid. Que s'imaginait ce paltoquet ? Elle serra les poings.

— Regarde-moi ! ordonna-t-elle.

Il exécuta une sorte de pirouette sur la pointe des pieds et la regarda. Son visage plat, ses yeux bas aux sourcils épais qui se rejoignaient, tout dans son attitude trahissait le dédain.

— Ôte ton béret quand tu parles à une dame !

Il enleva sa casquette avec une lenteur étudiée, dévoilant des cheveux blonds en pagaille.

— Tu ne sais pas à qui tu t'adresses. Selle-moi tout de suite la jument et ne me contredis plus, sinon tu seras renvoyé en moins de temps qu'il n'en faut pour le dire.

— Monsieur votre père ne verra pas d'un bon œil que je vous laisse sortir seule avec la jeune jument, et je m'en tiens à ce qu'il dit.

Tout en parlant, il faisait tournoyer son béret marron au bout de son index et la regardait d'un air de défi.

Charlotte devina qu'il refusait de suivre ses ordres pour une tout autre raison. Une étincelle de rébellion brillait dans ses yeux. Elle avait déjà entendu dire plusieurs fois que, depuis l'abdication de l'empereur et la proclamation de la République, les employés des domaines voisins se révoltaient. Avaient-ils embauché un communiste qui leur planterait bientôt une fourche dans le dos ? Ou se faisait-il réellement du souci pour elle ? Il avait raison à propos de la jument, mais à présent, Charlotte était d'humeur belliqueuse.

— Bon, j'en ai assez, dit-elle calmement. Et je n'ai pas le temps de discuter avec un palefrenier. Je reviens dans un quart d'heure, la jument sera sellée et prête à sortir. Et prépare Falstaff pour toi. Nous avons besoin de tout le monde pour chasser les grues des champs de maïs. Me suis-je bien fait comprendre ?

— Très bien, mademoiselle.

Il remit son béret et porta deux doigts à la visière en un geste d'obéissance. Toutefois, son visage exprimait bien autre chose. Son sourire à peine voilé, plein de suffisance, fit clairement comprendre à Charlotte combien il méprisait les gens de son espèce. Elle rappela ses chiens d'une voix sévère et se dirigea vers la maison pour aller prendre son fusil dans l'armoire du bureau. Peu après, vêtue d'un jodhpur et d'une chaude veste de tweed, elle retraversa la cour au pas de course pour regagner l'écurie. En tournant à l'angle, elle faillit foncer dans Erna, qui écarquilla les yeux.

— Que fais-tu ici ? demanda Charlotte, stupéfaite. Tu me cherchais ?

— Oui... je pensais... Eh bien, il fait froid..., balbutia la domestique, alors je me suis dit que vous auriez peut-être besoin d'un châle plus chaud.

— Ah oui ? Et où est-il, ce châle ?

Quelques mèches s'échappaient du chignon d'Erna. Jamais encore elle ne l'avait vue si négligée. La jeune fille se plaqua une main sur la bouche et rougit.

— Oh, je crois que je l'ai oublié à la maison. Je vais le chercher.

— Ce n'est pas la peine, je pars tout de suite, à cheval...

Erna l'avait déjà dépassée et Charlotte se retourna, intriguée. Les brins de paille qui lui collaient dans le dos formaient un contraste étrange avec le bleu foncé de sa robe de service.

— ... dans les champs de maïs, acheva-t-elle en la regardant courir vers la maison.

Quand Charlotte entra dans l'écurie, les deux chevaux attendaient, sellés, dans l'allée entre les boxes. Elle passa la sangle de cuir de son fusil en bandoulière et observa un instant Werner mettre son mors au cheval gris pommelé. Il avait enfilé un imperméable noir et des bottes d'équitation bicolores qui avaient jadis appartenu à Richard. Charlotte s'approcha de la frêle jument alezane, caressa son chanfrein blanc et lui chuchota quelques paroles flatteuses.

— Tu as déjà un nom ? demanda-t-elle doucement.

Elle détacha le mousqueton qui la retenait et l'emmena dans la cour.

— Aide-moi ! lança-t-elle à Werner.

Il planta là le cheval pommelé, sortit, saisit la jambe gauche de la jeune fille et l'aida à monter en selle. Aussitôt, la jument se crispa et lança quelques petites ruades. Charlotte indiqua à Werner d'un signe de tête qu'elle s'en débrouillerait. Elle fit avancer la jument avec un claquement de langue, traversa la cour pavée au petit trot puis franchit les portes de la ferme et emprunta l'allée de tilleuls. Elle entendit Werner la suivre. Quand elle bifurqua dans le chemin de terre, il l'avait déjà rattrapée.

— Tu vois ça ? fit-elle en désignant les formations d'oiseaux qui continuaient à arriver du sud.

La plupart descendaient déjà et, semblant suivre une ligne invisible, se dirigeaient droit vers le Breitenlehn, où se trouvaient les champs de maïs.

Comme s'ils savaient d'instinct, même depuis les hauteurs, où les attendait le repas le plus copieux.

Charlotte ne pouvait traverser les champs à cheval. Le risque était trop grand que la terre soit encore gelée à certains endroits. Elle resta sur le chemin en tâchant de maintenir la jument à un trot tranquille. Celle-ci avait été enfermée trop longtemps, la liberté et l'air frais l'émoustillaient. Werner vit que Charlotte avait du mal à la retenir.

— Il vaut mieux que vous me laissiez passer devant ! lança-t-il en la doublant.

Mais cela ne fit qu'aiguillonner la jument, qui se mit aussitôt au galop et voulut reprendre la tête. Charlotte tenta de la faire ralentir. Elle comprit qu'elle n'avait plus d'autorité sur la jument et ne pourrait pas lui imposer sa volonté. L'animal adopta un galop allongé et dépassa le hongre, filant sur le chemin boueux. Surtout, ne pas glisser, pensa Charlotte en une fervente prière silencieuse. S'il vous plaît, faites qu'elle ne glisse pas !

Le vent mordant lui soufflait au visage, lui mettant les larmes aux yeux. Elle devait s'efforcer de ne pas perdre l'équilibre sur sa selle de chasse et espérer que sa monture ne foncerait pas tête baissée dans la prairie marécageuse qui s'étendait au bout du sentier. Werner était tout près d'elle, et Charlotte devina son intention : il voulait la rattraper avant la croisée des chemins pour montrer le virage à sa jument. C'était la seule solution. Elle écarta prudemment sa monture, juste assez pour laisser à Werner la place de passer. Dix mètres plus loin, il tourna en serrant à droite. Charlotte, voyant approcher à toute vitesse les buissons d'épines qui marquaient le début du marécage, retint son souffle. Elle tira vers la droite les rênes du dedans, la jument accéléra. Charlotte tenta de la faire changer de rythme et la jument obéit, bifurquant à bride abattue à la suite du hongre pommelé. Lotte respira profondément, remarquant alors que son cœur battait la chamade. Werner ralentit peu à peu, et cette fois, la jument l'imita. Les deux chevaux passèrent au trot, puis le palefrenier arrêta enfin le hongre et lui tapota l'encolure pour le féliciter. Ils poursuivirent le trajet au pas, côte à côte. De la vapeur montait des bêtes en sueur. Charlotte observa Werner à la dérobée. Jamais elle n'aurait admis qu'il avait eu raison de l'avertir. À sa vue, elle ne put s'empêcher d'éclater de rire. Elle désigna son visage et sa veste, couverts de taches de boue.

— Tu devrais te voir ! s'exclama-t-elle.

Il baissa la tête, s'examina et il tendit le doigt vers elle.

— N'allez pas croire que vous avez meilleure mine !

D'un simple coup d'œil aux manches de sa veste, Charlotte remarqua qu'il disait vrai.

— Vous savez ce qui est le plus important quand quelqu'un galope devant vous ? demanda-t-il.

— Non, mais je suis sûre que tu vas me le révéler.

Il se tourna vers elle et désigna son œil droit.

— Toujours en fermer un pour le garder en état de voir quelque chose.

Charlotte pinça les lèvres pour ne pas rire.

— Voilà un conseil bien intelligent. Tu m'as l'air d'être un vrai petit malin.

— En tout cas, j'avais raison à propos de la jument.

— Et nous sommes arrivés aux champs de maïs bien plus vite que je ne l'aurais cru, rétorqua-t-elle. C'est là, devant. Tu vois ces nuées de grues affamées ? On va les faire fuir.

Elle arrêta sa jument et noua les rênes au pommeau de la selle. Puis elle passa la sangle de son fusil par-dessus sa tête et ôta le cran de sûreté.

— Vous voulez vraiment tuer les oiseaux ? s'enquit Werner.

Au même instant, un coup de feu éclata à l'autre bout du champ. Une nuée de grues s'envolèrent à tire d'ailes. C'en fut trop pour la jeune jument : elle se cabra sur les pattes arrière, se détourna et partit au galop. La brusque cabriole fit perdre l'équilibre à Charlotte, qui s'étala sur le chemin. D'autres coups de feu suivirent.

— C'est sûrement mon père, dit Charlotte en se relevant et en chassant la saleté de son pantalon et de sa veste.

— Vous vous êtes fait mal ?

— Bien sûr que non ! répliqua Charlotte d'un ton cassant. Va donc rattraper mon cheval.

La jument se laissa ramener par la bride avec une docilité étonnante. Sans un mot de remerciement, Charlotte ordonna à Werner de l'aider à remonter.

Peu après, son père arriva le long du champ de maïs. Son long manteau flottait sur le dos de son cheval, et il avait un fusil de chasse à la main.

— Ces saloperies de bestioles détruisent tous nos semis ! pesta-t-il.

En approchant, il dévisagea sa fille, et elle prit conscience d'être couverte de boue. Richard secoua la tête, interloqué, et s'adressa à Werner :

— Pourquoi monte-t-elle la jument ? Comment as-tu pu permettre cela ? Tu sais parfaitement qu'elle est trop jeune et pas assez dressée ! L'as-tu montée une seule fois depuis qu'elle est ici ?

Werner ouvrit la bouche pour répondre, et Charlotte s'apprêtait à lui couper la parole quand il répondit de façon totalement inattendue :

— Oui, c'est ma faute, monsieur Feltin.

Elle le regarda, surprise. Il poursuivit sur le même ton :

— Je pensais que la jument était prête. Mlle Charlotte l'a d'ailleurs très bien montée. Elle n'est pas encore habituée aux coups de feu. Dès que vous avez tiré, elle s'est emballée.

Richard le rabroua :

— C'était irresponsable. Lotte aurait pu se briser le cou. Encore une seule erreur et tu seras renvoyé.

Werner baissa la tête, et Charlotte observa ce geste de soumission avec une stupéfaction croissante.

— Très bien, monsieur Feltin.

Richard grogna encore quelques mots inaudibles ; pour lui, l'affaire semblait close. Il se retourna vers les champs de maïs, les jumelles collées aux yeux. Quelques oiseaux survolaient encore la terre fraîchement labourée, attendant de voir si les choses se calmaient. La plupart des grues avaient complètement ignoré les coups de feu.

— On dirait qu'on a encore du travail, gronda Richard. (Puis, à Werner :) Échange ton cheval avec celui de ma fille.

Werner sauta aussitôt au sol, s'approcha de Charlotte et tendit la main vers les rênes de la jument. Au lieu de mettre pied à terre et de lui donner la bride, Lotte y resserra les doigts et resta en selle, la mâchoire en avant et l'air pugnace. Elle n'avait pas l'intention de laisser son père l'humilier devant le palefrenier. Richard s'appuya des deux mains sur le pommeau de sa selle et observa la scène sans rien dire. Charlotte leva la tête, le fixa droit dans les yeux et soutint son regard. Au bout d'un instant, il grommela :

— Très bien !

Il dit à Werner de remonter sur le hongre, fit volte-face avec sa monture et tendit le bras, désignant la vallée.

— On se sépare là-bas, à la croisée des chemins. Je vais à droite, Werner à gauche, Lotte tout droit.

— Oui, monsieur Feltin.

Alors qu'ils allaient partir, Richard ajouta :

— Je vais en abattre quelques-uns. Ça me désole vraiment pour ces beaux oiseaux, pourtant c'est le seul moyen de faire comprendre aux autres que nous ne plaisantons pas.

Charlotte prit une profonde inspiration et répondit :

— Tu as raison, hélas… papa.

C'était les premières phrases qu'ils échangeaient depuis le déjeuner malheureux. Charlotte serra les cuisses sur les flancs de la jument, qui réagit aussitôt. L'espace d'un instant, elle regarda les deux hommes dans les yeux. Elle fut satisfaite d'y lire de la considération.

Anna

Anna vit de loin les deux femmes qui se dirigeaient vers elle d'un pas décidé. Sans doute la mère et la fille, à en juger par la similitude de leurs visages ronds et de leurs petits nez en trompette. Elle se tenait devant l'étalage, bien droite dans sa peu flatteuse robe-tablier bleu marine, l'uniforme de toutes les vendeuses. Elle sourit aux clientes en gardant les lèvres serrées, comme le leur avait appris Mme Stieglitz, la directrice du rayon confection pour dames. Alors qu'elles étaient encore à dix pas d'elle, la plus âgée lui ordonna de leur montrer les derniers modèles de robes du soir. Son attitude autoritaire n'augure rien de bon, songea Anna. Elle avait hélas souvent eu affaire à ce genre de clientes au cours des deux mois qu'elle venait de passer au KaDeWe. Elle devait leur répondre avec d'autant plus de politesse, même si cela lui coûtait.

Anna esquissa une courbette et déclara :

— Très volontiers, mesdames. Un instant, je vous prie. Souhaitez-vous prendre place en attendant ?

Elle désigna deux fauteuils à oreilles rembourrés. Les clientes, l'ignorant, se jetèrent sur un mannequin de tissu vêtu d'un ensemble d'après-midi et se mirent à tripoter l'étoffe violet foncé. Anna leur indiqua que c'était le dernier exemplaire et qu'il n'était hélas plus disponible dans leur taille. Aussitôt, la plus âgée la rabroua :

— Vous a-t-on posé la question ? Qu'attendez-vous ? Apportez-nous donc les robes du soir ! Ou voulez-vous prendre racine ?

— Je vous prie de m'excuser, répondit Anna en ajoutant : Pour laquelle de ces dames sera la robe ?

La mère répondit, hautaine :

— Pour ma fille.

Anna l'assura qu'elle s'en chargeait volontiers, se détourna et tenta d'attirer l'attention de l'autre vendeuse plantée de l'autre côté de l'espace de réception. Elle ne voulait pas laisser ses clientes seules le temps d'aller chercher les robes exigées. Mais sa collègue ne réagit pas à son appel muet et l'ignora délibérément. Elle savait pourquoi : Iris était une des employées qui avaient participé à la grève, et elle n'avait pas pardonné à Anna d'être entrée au KaDeWe juste à ce moment-là. Anna la comprenait. Elle et cinquante-quatre autres femmes avaient été prêtes à commencer au pied levé, et Adolf Jandorf avait pu licencier les employées qui avaient refusé de céder pendant le conflit.

Anna chercha des yeux Olga, la jeune femme dont Ella avait affirmé le jour de l'entretien qu'elle n'aurait aucune chance à cause de sa tache de naissance. Pour une fois, Ella s'était trompée. Olga parlait russe couramment et servait à merveille les riches exilées qui avaient fui l'Armée rouge et étaient venues s'établir dans le quartier de Charlottenbourg. Anna s'entendait bien avec elle. Olga, justement accaparée par une cliente pétersbourgeoise exaltée, secoua discrètement la tête pour lui indiquer qu'elle ne pouvait pas l'aider. Elle n'eut d'autre choix que de se dépêcher.

— Je reviens dans un instant, dit-elle en poussant un rideau.

Elle entra dans un long couloir bordé de portants. Il était difficile de trouver des modèles qui correspondent aux goûts de ces clientes gâtées. L'offre d'après-guerre interdisait toujours à Jandorf la moindre extravagance. On proposait surtout des robes simples, à la coupe droite et sobre. Elles tombaient librement sur le corps, désormais rarement bridé dans un corset, et étaient retenues par une ceinture que la cliente serrait à la hauteur souhaitée. Anna passa le dos de la main sur les manches pendantes, or le contact du tissu n'éveilla aucune émotion en elle. Les matières étaient en majeure partie issues des anciens stocks, plus résistantes que nobles ou raffinées. On n'achetait plus ni modèles ni tissu à la France depuis cinq ans. Il était grand temps qu'un vent de renouveau souffle sur la confection pour dames.

Anna prit sur les tringles quelques modèles dans les discrètes couleurs habituelles. Quand elle revint, les vêtements dans les bras, les clientes avaient disparu. Elle regarda autour d'elle et demanda à une de ses collègues si elle les avait vues. Celle-ci répondit tout de suite :

— Ah, ces deux dames-là... Mère et fille... Elles sont déjà en cabine d'essayage.

Anna poursuivit jusqu'aux spacieuses cabines. La plus âgée, plantée au beau milieu de la pièce sur le tapis moelleux, s'observait déjà dans un gigantesque miroir sur pied. Vêtue de l'ensemble violet du mannequin, elle se tournait dans un sens puis dans l'autre, prenant des poses comme si elle était sur scène. Anna vit au premier coup d'œil que la tenue était bien trop petite pour cette femme étonnamment corpulente malgré la dureté des temps. La popeline se tendait sur ses cuisses, faisant remonter le tissu de la doublure. De plus, le violet foncé n'allait pas à son teint pâle.

— Magnifique ! s'exclama alors Iris. C'est fait pour vous ! Avec ça, vous allez ensorceler tous les hommes, et les autres dames seront blêmes d'envie.

Comment peut-elle mentir à ce point-là ? se demanda Anna. Elle avait souvent vu ses collègues tout faire pour vendre à des clientes des robes qui ne les avantageaient pas ou n'étaient pas à leur taille, mais Iris était la pire de toutes. Elle semblait complètement se moquer de savoir si les clientes seraient ensuite satisfaites. Anna s'approcha, les robes du soir sur le bras, et les suspendit à un crochet.

— Voilà, j'ai apporté plusieurs modèles, annonça-t-elle. Souhaitez-vous en essayer un ?

La plus jeune vint vers elle et tâta l'étoffe.

— Je commence par la verte, apportez-la dans ma cabine.

Elle désigna le rideau ouvert. Anna la suivit avec une des robes et l'aida à l'enfiler. Une fois la cliente face au miroir, elle se mit derrière elle et ajusta les coutures latérales avec des épingles.

— Nous n'aurons pas besoin de modifier grand-chose pour lui donner plus de tenue. La taille d'en dessous vous serrerait trop aux épaules, expliqua-t-elle.

Tandis que la jeune femme examinait son reflet, Anna eut soudain une idée. Elle ôta la ceinture bordeaux d'une autre robe, la passa autour de la taille de sa cliente et la noua lâchement. Le contraste conféra au vêtement un aspect beaucoup plus sémillant.

— Oui, j'aime beaucoup ! s'écria-t-elle en mettant les mains sur les hanches.

L'autre dame s'était péniblement extirpée de l'ensemble violet, qu'elle tendit à Iris.

— Emballez-moi ça.

Iris hocha la tête, satisfaite, et commença à l'envelopper de papier. L'acheteuse se tourna vers sa fille, et Anna profita de l'occasion pour lui souffler :

— Vous ne devriez pas acheter l'ensemble violet.

— Et pourquoi pas ? demanda l'autre, stupéfaite.

— D'abord parce qu'il est trop petit pour vous, ensuite parce que la couleur ne vous va pas, répondit Anna en jetant un coup d'œil nerveux à Iris.

Celle-ci n'avait encore rien saisi de leur conversation.

— Tu as entendu ce que cette petite vendeuse vient de me dire ? lança la dame à voix haute à sa fille qui, les mains toujours sur les hanches, tournoyait sur elle-même. Que je n'achète pas l'ensemble violet !

Cette fois, Iris s'approcha.

— Ne l'écoutez pas, elle est nouvelle ici et ne s'y connaît pas encore très bien, intervint-elle avec un regard méprisant à Anna. Cet ensemble vous va parfaitement.

— Je ne sais pas, peut-être a-t-elle raison. Mais cette robe du soir, là, est élégante. Surtout une fois retouchée, et avec la ceinture rouge. C'est un ensemble ?

— Maintenant, oui, répondit Anna. Si vous le permettez, je vais prendre vos mesures, comme cela nous pourrons effectuer les changements au plus vite.

La dame hocha la tête et Anna la mesura à gestes habiles avec un mètre en ruban, notant les chiffres sur un petit bloc-notes. La mère la regarda faire.

— Vous avez l'air de vous y connaître. Je vais suivre votre conseil, déclara-t-elle.

Une fois les clientes parties, Anna emballa la robe pour la couturière. Iris s'approcha.

— Ne refais jamais ça, siffla-t-elle. Sans toi, j'aurais vendu l'ensemble et j'aurais touché ma provision. Tu le regretteras.

— Tu n'as donc pas remarqué qu'il était bien trop petit pour elle ? Et la couleur ne lui allait pas non plus.

Iris plissa les paupières.

— Qu'est-ce que ça peut te faire ? À l'avenir, occupe-toi de tes affaires et laisse-moi tranquille quand je vends quelque chose, cracha-t-elle. Et je t'ai vue échanger les ceintures des robes. Tu sais que tu n'as pas le droit. La prochaine fois, je le dis à Mme Stieglitz.

Elle parlait avec une telle colère que la scène se grava dans la mémoire d'Anna. Après une vente, elles ne touchaient une provision que d'un pour mille, versée le mois suivant. Le montant ne justifiait pas de mécontenter une cliente. Que signifiait donc le comportement d'Iris ?

À la pause déjeuner, en descendant au rez-de-chaussée avec Ella, elle lui raconta l'incident. Le portier leur ouvrit le battant latéral et elles clignèrent des yeux en sortant à l'air libre. C'était une magnifique journée de printemps, le soleil retrouvait enfin sa chaleur. Elles traversèrent la Wittenbergplatz et virent de loin que les rares bancs étaient déjà occupés. Ce jour-là, tous ceux qui étaient autorisés à prendre leur pause à cette heure se ruaient dehors, avides de savourer la douceur d'avril. Alors qu'elles étaient sur le point de repartir, Anna aperçut deux places libres tout au bout du square, et elles accélérèrent le pas.

— Quel bonheur ! fit Ella avec un soupir de bien-être en s'asseyant après un bref salut.

Les deux vendeuses plus âgées du rayon mercerie leur firent de la place. Ella offrit son visage au soleil en fermant les yeux. Anna se pencha pour se masser les mollets. Rester debout des heures était éprouvant ; elles n'avaient pas le droit de s'asseoir pendant leurs heures de travail, ne serait-ce que quelques minutes. Même si elles s'appuyaient quelque part, Mme Stieglitz les rappelait aussitôt à l'ordre.

— Mais pourquoi fait-elle ça ? demanda Anna d'une voix étouffée avec un regard en coin à leurs deux collègues.

Ne sachant pas si elles la connaissaient, elle ne prononça pas le nom d'Iris.

— Se moque-t-elle donc de savoir si ses clientes sont satisfaites ? Elle se serait rendu compte que l'ensemble ne lui allait pas au plus tard en le montrant à son mari, chez elle.

Ella ne répondit pas, poussant juste un nouveau soupir d'aise. Anna se tourna vers elle et la secoua doucement par l'épaule.

— Hé, c'est pas le moment de faire la sieste !

— C'est de la méchanceté ! dit Ella sans même ouvrir les yeux.

— Enfin, je ne t'ai rien fait de grave ! protesta Anna en remarquant une fois de plus les cils épais et recourbés de son amie.

— Je ne parle pas de toi, je parle d'Iris, expliqua Ella.

Elle cligna des yeux et mit une main en visière pour se protéger du soleil.

— Si tu veux mon avis, dans son cas, c'est de la méchanceté pure, associée à de la jalousie et de la malveillance.

Anna observa Ella, pensive. Son avis comptait beaucoup pour elle. Depuis leur rencontre, elles étaient très liées. Pour Anna, l'expérience était nouvelle. Durant sa scolarité, elle n'avait pas entretenu d'amitié, pleinement satisfaite de sa relation avec ses sœurs et avec Erich. Quant à Ida, elle voyait aussi en elle une sorte de petite sœur. Elle était fascinée par la vivacité et l'impitoyable honnêteté d'Ella, qui lui faisait parfois aussi un peu peur. Elle avait toujours un avis tranché sur ceux qu'elle rencontrait, et il était rarement bienveillant. Anna se sentait d'autant plus flattée qu'elle l'ait élue comme amie.

— Tu crois vraiment ?

— Pas toi ? C'est une personne foncièrement envieuse, voilà tout. Elle déteste toutes les clientes qui peuvent se permettre de faire leurs courses au KaDeWe. Et nous aussi, elle nous a dans le nez.

Anna hocha la tête.

— Mais elle doit bien avoir une raison d'être comme ça.

— Il n'y a pas toujours de raison. Certaines personnes sont comme ça, et voilà, conclut Ella d'un ton blasé.

Anna déballa ses tartines, entourées de papier journal, et en tendit une à son amie.

— C'est à quoi ? demanda celle-ci.

— Salami. N'est-ce pas merveilleux ? Il y a deux mois à peine, je n'aurais même pas osé rêver d'une si belle vie.

Ella se servit puis sortit son propre pique-nique.

— Moi, j'ai même du pâté de foie. Incroyable, non ?

Elles partagèrent et mordirent à belles dents dans le pain de seigle frais, savourant un instant son goût exquis. Anna observa la façade latérale du KaDeWe. On avait baissé les stores du rez-de-chaussée, donnant un air presque méditerranéen au sévère bâtiment. Les deux vendeuses assises près d'elles se levèrent, leur adressèrent un signe de tête et retournèrent vers le grand magasin. Anna glissa au milieu du banc et étendit les bras sur le dossier.

— On a des tickets de rationnement, on trouve du pain et de la charcuterie sans faire beaucoup la queue, on gagne quatre-vingts marks par mois, on a nos dimanches. Le soleil brille... Tout pourrait être merveilleux.

— Pourquoi « pourrait » ? s'enquit Ella en mastiquant.

Elle se tourna vers Anna.

— Oh, tu as déjà pris des couleurs !

— Et toi, des taches de rousseur, répondit Anna en désignant les petits points qui couvraient le nez de son amie.

— Oh mon Dieu, non ! s'écria celle-ci, désespérée, en se détournant du soleil. Pour en revenir à ce que tu disais, moi non plus, je ne trouve pas tout merveilleux au KaDeWe. On travaille vraiment beaucoup ; sur pied tous les jours de 8 heures à 20 heures, toujours aimable, même avec les clientes snobs et injustes. Et pendant les semaines du blanc, quand les clientes ont envahi la boutique pour profiter des réductions sur le linge de maison, on a fait encore plus d'heures sans salaire supplémentaire.

— De 8 heures à 20 heures, ce n'est pas tout à fait vrai : nous avons quelques pauses, objecta Anna. Et moi, je suis vraiment heureuse de travailler ici, même si j'aimerais recommencer la couture. J'aurais tellement d'idées, tu sais ? Les robes que nous vendons sont toutes si ternes, si ennuyeuses !

— Je suis bien d'accord là-dessus ! reprit Ella en chassant les miettes de sa jupe.

— Mais je parlais d'autre chose en disant que tout *pourrait* être merveilleux.

— De quoi donc ?

— Tu sais, Ida…

Ella leva les yeux au ciel.

— La morveuse ? Enfin, Anna, arrête un peu ! Pourquoi elle te préoccupe tellement ? Elle n'est même pas de ta famille !

Anna craignait une telle réaction. Son amie avait bien des qualités mais n'était certainement pas la personne la plus altruiste qui soit.

— Je me sens un peu responsable d'elle. Elle a perdu sa place de repasseuse à cause de moi, et elle me fait penser à ma petite sœur.

Ella déballa son autre tartine.

— Et alors ?

— Elle a besoin de travail.

— Comme presque tout le monde à Berlin, en ce moment. (Elle se tut un instant.) Demande donc à ces deux-là !

À quelque distance, deux vendeurs du rayon alimentation venaient vers elles. L'un grand et mince, avec des manches trop courtes, l'autre de taille moyenne, compact. Ella remballa sa tartine à la hâte et la cacha dans son dos.

— Peut-être qu'ils ont encore besoin d'aide à la boucherie ou à la boulangerie ; il y aurait en tout cas plus de chances qu'à la confection.

Elle se tourna vers Anna et retroussa les lèvres. Son amie secoua la tête : non, Ella n'avait rien de coincé entre les dents.

— Quoi qu'il en soit, ça ne peut pas faire de mal de se mettre bien avec ces gars-là. Ils sont à la source ! Et le grand me plaît. Tu peux prendre l'autre.

Anna jeta un coup d'œil en coin à Ella. Elle s'était redressée et mise de profil, croisant les jambes, l'air aussi désintéressé que possible.

— Bonjour mesdemoiselles ! lança le plus grand en tirant son chapeau.

Il révéla des cheveux blond cendré complètement ébouriffés.

— Auriez-vous encore deux places pour nous ? s'enquit l'autre.

Il leva la main à son chapeau gris, qu'il portait de biais, mais ne l'enleva pas.

— Cela dépend ! rétorqua hardiment Ella.

— Et de quoi ? demanda le blond en pétrissant entre ses mains le bord de son couvre-chef.

— De ce qu'il y a sur vos tartines.

Anna jeta un coup d'œil en coin à son amie, qui ne semblait pas gênée le moins du monde.

— Du fromage de tête.

Sans un mot, Ella tapota la place libre à côté d'elle. Les deux hommes sourirent. Le blond s'assit à côté d'elle, l'autre attendit l'accord d'Anna, ne s'installant tout au bout du banc, à sa gauche, que lorsqu'elle eut hoché la tête. Pourtant, elle vit tout de suite que cette place ne lui convenait pas. Sans doute préférerait-il être à côté d'Ella, pensa Anna. Elle avait déjà remarqué que son joli minois et son effronterie plaisaient à la plupart des hommes. Alors qu'elle voulait se lever pour lui laisser sa place, elle remarqua sa blessure de guerre. Son oreille droite avait disparu, remplacée par une cicatrice boursouflée sur sa peau rougie, qui évoquait une brûlure. Anna comprit aussitôt que c'était pour cela qu'il n'avait pas voulu se mettre à sa gauche : il n'entendait rien du côté droit. C'était aussi sûrement la raison pour laquelle il n'ôtait pas son chapeau, que son oreille manquante le forçait à porter de travers. Elle s'efforça de ne rien laisser paraître et lui proposa de s'asseoir au milieu. Il échangea sa place avec reconnaissance, déballa ses tartines et en offrit une à chacune des jeunes filles. Elles acceptèrent, et Anna ferma un instant les yeux pour savourer l'odeur de la charcuterie.

— Il m'est arrivé d'en rêver la nuit, dit-elle.

— C'est vrai, ces dernières années, ça a pu arriver, répondit-il.

Puis il tendit la main :

— Vous permettez ? Emil Köstner.

— Anna Tannenberg, répondit-elle.

Ces présentations formelles leur parurent à tous deux fort maladroites. Anna déballa la tartine qui lui restait et la lui tendit. Elle trouvait injuste qu'Ella et elle mangent ainsi les siennes. Il secoua la tête.

— Merci beaucoup. Au deuxième étage, nous avons vraiment tout ce qu'il nous faut.

De là où ils étaient, on ne voyait pas l'horloge du KaDeWe, mais Anna se doutait qu'il ne leur restait que peu de temps. Elle demanda donc sans plus attendre, très directement :

— Cherche-t-on des journaliers ou des assistants au rayon alimentation ? Une de mes amies a urgemment besoin de travail.

Le blond éclata aussitôt d'un rire amer.

— Presque tous ceux que je connais ont urgemment besoin de travail. Et nous avons nous-mêmes bien assez de camarades de l'armée ou de cousins qui nous posent sans cesse la question. Mais depuis la fin de la grève, le KaDeWe n'embauche plus personne. Votre amie n'a pas de chance, et vous, vous êtes arrivées de justesse.

— Vous aussi, à ce qu'on dirait ! rétorqua Ella avec son habituel sens de la repartie.

Anna s'étonna que le jeune homme soit au courant des circonstances dans lesquelles elles avaient été embauchées. Sa réponse la déçut. Elle se leva, aussitôt imitée par Emil.

— En tout cas, merci beaucoup pour la tartine, c'était vraiment gentil de votre part, dit Anna. Nous devons y retourner, hélas. Si nous ne rentrons pas à l'heure, nous aurons un avertissement. Vous savez ce que c'est.

— Je suis désolé.

— Vous revenez ici demain ? s'enquit le blond en restant assis.

— Peut-être, peut-être pas, rétorqua Ella d'un ton dédaigneux avant qu'Anna ne réponde.

Puis elle passa son bras sous le sien et l'entraîna.

— Non mais qu'est-ce qu'il s'imagine, ce gommeux ? gronda-t-elle lorsqu'elles furent hors de portée de voix. T'envoyer bouler avec une telle arrogance !

Anna ne dit rien. Le jeune homme blessé l'avait fait penser à Erich. Soudain, il lui manquait profondément, et elle eut mauvaise conscience d'avoir une si belle vie, ici. Pourquoi ne lui écrivait-il pas ? Dora lui avait-elle remis sa lettre ? Peut-être n'était-il pas rentré du tout ?

Charlotte

Un cliquètement bruyant réveilla Charlotte en sursaut. Elle tendit la main, trouva à tâtons l'interrupteur de sa lampe de chevet, chercha ses pantoufles du bout des pieds. Seulement vêtue de sa longue chemise de nuit blanche, elle se dirigea vers la porte. Malgré les quelques bûches qui rougeoyaient encore dans la cheminée, il faisait froid dans sa chambre. L'hiver 1919-1920 semblait vouloir surpasser le précédent. Elle jeta un châle de laine sur ses épaules. Dans le couloir, elle manqua télescoper Wilhelmine, dans sa robe de chambre à volants. Elle aussi avait été réveillée par le bruit. Ses cheveux blancs noués en une tresse mince reposaient sur son épaule. Charlotte se rendit compte qu'elle n'avait jamais vu sa grand-mère ainsi. Elle ne la connaissait que coiffée d'un chignon sévère retenu par de nombreuses épingles et un filet. À présent, dans cette tenue et à la lumière pâle du plafonnier, elle avait presque l'air d'un fantôme.

— Tu as entendu, Lotte ? J'ai cru que ça venait de ta chambre. Tout va bien ? demanda Wilhelmine, inquiète.

— Oui, ça m'a réveillée aussi, ça ne venait pas de chez moi.

— Étrange que ça n'ait pas tiré tes parents du lit.

Elles suivirent le couloir l'une derrière l'autre sur la pointe des pieds. Une fois devant la chambre de Lisbeth et Richard, Wilhelmine colla l'oreille à la porte en regardant Charlotte d'un air interrogateur. Celle-ci haussa les épaules et Wilhelmine frappa. Au bout d'un moment, le battant s'entrouvrit. Lisbeth apparut en chemise de nuit de flanelle, une liseuse sur les épaules, et Charlotte crut qu'elle avait pleuré. Un souffle d'air glacial sortit de la pièce ; la jeune femme grelotta et resserra son châle autour d'elle. À l'intérieur, un ronflement régulier. Lisbeth posa un doigt sur ses lèvres.

— Chut, ne le réveillez pas. Je suis contente qu'il se soit enfin calmé.

Elle fit un pas dans le couloir et referma doucement la porte derrière elle.

— Nous avons eu un différend, chuchota-t-elle.

Charlotte vit que sa mère tremblait.

— Il trouvait qu'il faisait trop chaud dans la chambre et voulait laisser la fenêtre ouverte. Mais comme il fait moins douze dehors, je l'ai refermée.

Lisbeth fournit visiblement un gros effort pour continuer à parler.

— Alors il a ramassé une de ses grosses chaussures et l'a balancée à travers la vitre.

Wilhelmine poussa un cri étrange, à la fois surprise et soulagée qu'il ne soit rien arrivé de pire. Elle se plaqua aussitôt la main sur la bouche. Charlotte eut l'impression que sa grand-mère aurait éclaté de rire si elle n'avait pas été consciente que la situation avait dû paraître très dangereuse à Lisbeth. Et bien sûr, les nuits étaient glaciales ; malgré les épais édredons de duvet, le froid de la chambre devait être insoutenable.

— Pourquoi ne vas-tu pas dormir dans l'ancienne chambre d'Edith ? suggéra Charlotte à voix basse. Elle est inoccupée depuis qu'elle est rentrée à Leipzig, et il y fait certainement plus chaud. Je vais réveiller Erna pour qu'elle prépare vite le lit.

Lisbeth ne répondit pas tout de suite. Même entourée de sa famille, elle était incapable d'exprimer ses sentiments. Sa belle-mère et sa fille la virent lutter intérieurement, tentée par la perspective de coucher seule dans un lit doux et chaud. Sans attendre sa réponse, Charlotte fila au bout du couloir sur la pointe des pieds. De là, un escalier menait aux combles, où se trouvaient les chambres des domestiques. Elle le monta sans bruit puis se pencha, le toit mansardé étant trop bas pour qu'un adulte s'y tienne debout. Il faisait beaucoup plus froid qu'au premier étage, constata-t-elle tout en cherchant un interrupteur avant de se souvenir qu'il n'y avait pas d'électricité ici ; elle aurait dû emporter une lampe à pétrole. Erna et Luise se partageaient la deuxième chambre. Sans frapper, Charlotte ouvrit doucement la porte. Elle écouta un instant le souffle régulier des dormeuses, inspira l'odeur des corps de ces jeunes femmes qui effectuaient chaque jour un dur travail physique. Puis elle avança dans le noir jusqu'à l'étroit lit en métal d'Erna.

— Erna, chuchota-t-elle.

Elle posa la main sur la couverture là où elle pensait trouver son épaule. Impossible de distinguer son visage dans cette obscurité. Erna ne bougea pas. Charlotte secoua doucement, ne perçut pas de résistance, et se rendit compte qu'aucune chaleur humaine n'émanait du lit. Elle ôta l'édredon, tâta les couvertures roulées en boudin en dessous, et tressaillit. Erna n'était pas dans son lit. Charlotte se redressa lentement. Ses yeux s'étaient maintenant accoutumés à l'obscurité ; à la lueur de la lune qui tombait par la petite lucarne, elle vit Luise dans le second lit, l'air profondément endormi. Indécise, elle suivit la condensation de son souffle. Devait-elle la réveiller, demander des explications au sujet d'Erna et ordonner de faire préparer le lit de la chambre d'amis ? Elle en décida autrement. Luise n'était pas à la ferme depuis longtemps, Charlotte n'avait pas assez confiance en elle pour lui confier d'un coup deux situations délicates. Pas à pas, elle regagna le couloir. Après avoir refermé la porte, elle se retrouva dans les ténèbres. Seule la lumière qui filtrait du premier étage lui permit de s'orienter. De retour devant la chambre de ses parents, elle n'y trouva plus que sa grand-mère.

— Qu'est-ce qui t'a pris si longtemps ?

— Je n'ai pas réussi à réveiller Erna, je vais aller faire le lit moi-même, mentit Charlotte.

Wilhelmine la dévisagea d'un air scrutateur, intriguée qu'on n'arrive pas à tirer une domestique du sommeil.

— Ce n'est plus la peine. Ta mère est retournée dans le lit conjugal. Je t'attendais, c'est tout.

— Mais pourquoi ? demanda Charlotte.

— Elle a dit qu'elle n'avait pas le choix, qu'elle devait s'en accommoder.

Une fois dans son lit, Charlotte ne parvint pas à se rendormir, préoccupée par les événements de la nuit. Elle savait où se trouvait Erna. Depuis le jour où elle avait croisé la domestique toute décoiffée près de l'écurie, elle connaissait sa liaison avec Werner. Le nouveau palefrenier était la bête noire de Charlotte. Docile et soumis face à son père, il tenait de grands discours dans les logements des employés, parlant d'exproprier la classe dirigeante, de redistribuer les biens, de faire la révolution. Peu à peu, elle voyait Erna changer, ne plus obéir qu'à contrecœur, remettre en question l'ordre établi. Mais qu'elle ose passer la nuit avec lui… Cela provoquerait immanquablement un scandale au domaine si cela se savait. Quant à sa mère, Charlotte venait de se rendre compte d'une chose : elles devaient quitter Feltin toutes les deux. Elle ne pouvait plus supporter les humiliations de son père ni laisser sa mère les subir. Pourtant elles n'avaient qu'un endroit où aller : chez sa tante Cäcilie, à Leipzig. Et pour cela, elle devrait accepter les retrouvailles avec sa cousine Edith. Cette nuit-là, Charlotte prit une décision dont elle ne laisserait rien ni personne la détourner. Son père allait enfin devoir apprendre à se débrouiller sans elles. Elle mettrait son plan à exécution. Quant à Erna, elle l'emmènerait, tout simplement.

Deux jours plus tard, à midi, elles arrivèrent à la gare de Leipzig. Elles descendirent du train et Erna les suivit avec les bagages, l'air vexé. Leur départ précipité avait soulevé aussi peu d'enthousiasme chez elle que chez Richard, pour des raisons bien différentes. Charlotte avait ignoré tant les protestations orageuses de son père que celles, silencieuses, de sa femme de chambre. Tous deux durent se plier à sa volonté. Comme Richard interdit à Leutner de les conduire à la gare, elle ordonna à Werner, venu faire ses adieux, de charger les bagages. Erna hésita à monter. Un regard sévère de Charlotte suffit à lui faire prendre place sur le siège passager. Lisbeth s'assit à l'arrière. Elle était navrée pour sa grand-mère et ses chiens, mais Wilhelmine avait chassé ses scrupules. Elle s'accommoderait très bien de vivre seule avec Richard, et lui promit de prendre soin des cockers. Debout dans la cour, les chiens à ses pieds, elle agita un mouchoir de dentelle en signe d'adieu. Charlotte conduisit elle-même la voiture, qu'elle laissa sur la rotonde devant la gare. Son père n'aurait qu'à se débrouiller pour la récupérer.

Sur le quai de Leipzig, elle regarda autour d'elle. Son oncle n'avait-il pas envoyé de chauffeur ? Elle fit signe à deux porteurs qui attendaient non loin de là.

— Par ici ! lança-t-elle d'un ton assuré, habituée à donner des ordres.

Quelle gare gigantesque, pensa-t-elle. Les fiers habitants de la ville l'avaient à l'époque présentée comme le plus grand terminus d'Europe. Impressionnée par la hauteur du hall, impossible à embrasser d'un coup d'œil, Charlotte attira l'attention de sa mère sur les verrières rondes. Lisbeth était ébahie par cet immense bâtiment moderne. Tout en avançant, elle observa sa fille. Elle portait un ensemble moka à col de renard, avec une jupe étroite tombant aux chevilles qu'elle avait fait retoucher par Erna. Le tout lui seyait à ravir. Ses longs cheveux étaient attachés en un chignon volumineux noué bas sur la nuque. Lisbeth la reconnaissait à peine. Elle-même se faisait l'impression d'être une vieille paysanne, avec sa robe noire démodée et son châle de laine. Pourtant, la métamorphose de Charlotte la réjouissait. Depuis que son humeur sombre et mélancolique était passée, sa fille se montrait plus décidée que jamais. Elle paraissait tellement plus sûre d'elle ; apparemment, la vexation et la tristesse l'avaient fait passer à l'âge adulte.

Le chauffeur des Liebermann arriva alors qu'elles franchissaient le portail de la gare. Il arrêta la berline noire le long du trottoir, descendit d'un air zélé en ôtant son képi et s'excusa de son retard, sans pourtant l'expliquer. Il ouvrit les portières arrière et aida les dames à s'installer. Après avoir fait monter Erna sur le siège passager, il chargea dans le coffre les bagages et la grosse malle d'osier contenant les cadeaux. Wilhelmine avait fait remplir à ras bord la malle destinée à la famille de sa fille : pâtés de gibier, jambons, œufs frais soigneusement emballés et légumes d'hiver. Mme Leutner était allée chercher le tout à la hâte au garde-manger.

Au bout d'une quinzaine de minutes à peine, ils s'engagèrent dans la Karl-Tauchnitz-Straße bordée d'ormes, où se trouvait la maison de ville des Liebermann. En cette journée de printemps, les façades de stuc resplendissaient de blancheur. La voiture passa le portail de fer forgé aux lances hautes de trois mètres, dont les pointes dorées étincelaient sous le soleil de midi, et s'arrêta pile devant l'entrée. Cäcilie, qui les attendait, s'avança au bas des marches de marbre, les bras tendus. Son apparition coupa le souffle à Lisbeth et Charlotte. Où avait-elle déniché un ensemble aussi magnifique par les temps qui couraient ? Sa jupe plissée d'un rose poudreux dansait autour de ses chevilles. Au-dessus, un pull-over très fin, vert tilleul, descendait bien au-delà de la ceinture de la jupe. Malgré le froid, elle ne portait pas de manteau. Sur sa poitrine, une grosse broche en forme d'oiseau de paradis sertie de pierres précieuses. Ses traits révélaient qu'elle avait passé la quarantaine, une mèche blanche traversait ses cheveux bruns, et pourtant sa tenue à la mode ne semblait pas déplacée. Cäcilie ouvrit les bras, mettant en valeur les manches trompettes de sa tenue, et lança, rayonnante :

— Lisbeth, Charlotte, vous ne pouvez pas savoir à quel point votre appel m'a fait plaisir !

Elle serra tendrement contre elle sa belle-sœur puis sa nièce.

— Quelle joie de vous recevoir ! Charlotte a eu une idée formidable de revenir enfin nous voir.

Charlotte s'aperçut que cette chaleur et cette joie de vivre lui avaient beaucoup manqué. Bien sûr, elle aimait sa mère et sa grand-mère et savait que c'était réciproque, mais aucune d'elles n'était capable d'exprimer son affection aussi ouvertement que Cäcilie. La peur permanente des colères de Richard affectait leur attitude, et toute l'atmosphère de Feltin. Même s'il pouvait se montrer sociable et aimable pendant des jours ou des semaines, en sa présence, tout le monde était sur le qui-vive. Charlotte comptait donc bien profiter de son séjour pour se détendre.

Cäcilie, qui la tenait toujours par le bras, la dévisagea.

— Tu es devenue une jeune femme magnifique, Lotte. Plus d'une dame de la bonne société serait prête à tuer pour avoir tes cheveux d'ange.

— Oh, Cäcilie, n'exagère pas, la tança Lisbeth. Tu nous embarrasses.

Deux domestiques vinrent prendre les bagages. Charlotte les vit observer Erna de la tête aux pieds, alors que la jeune femme les ignorait froidement. Quand l'un d'eux passa devant elles avec la malle d'osier, Lisbeth annonça :

— Wilhelmine a fait emballer quelques denrées pour vous. Comme d'habitude, Mme Leutner et elle n'ont pas fait les choses à moitié, tu verras.

Cäcilie ordonna au domestique de poser la malle, l'ouvrit et écarta le torchon à carreaux qui protégeait les bocaux.

— C'est merveilleux ! Est-ce le légendaire pâté de gibier de Mme Leutner ? Salomon va être enchanté !

Lisbeth hocha la tête, satisfaite. Le pâté était exceptionnel, voilà au moins une chose qui lui permettrait d'impressionner sa belle-sœur et son beau-frère. Charlotte jeta un coup d'œil par la porte grande ouverte, scrutant l'escalier menant à l'étage noble. Edith allait-elle bientôt descendre les marches recouvertes d'un délicat tapis persan ? Elle ne savait trop que penser. Leurs retrouvailles étaient inévitables, et cette perspective la troublait. Elle ne ressentait pas de haine envers sa cousine, plutôt une sorte de déception d'avoir vu sa jalousie larvée se justifier à ce point. Pendant le trajet, elle avait ruminé à l'idée de la revoir, et résolu de garder ses distances. Jamais plus elle ne se confierait aussi pleinement à quelqu'un. Cäcilie surprit son regard.

— Si tu cherches Edith, elle est encore au conservatoire pour une répétition. Elle donne un concert au Gewandhaus dans quinze jours. Il faut absolument que vous restiez jusque-là. Vous me le promettez ? Et ce n'est pas tout, mais le mieux sera qu'elle vous le raconte elle-même…

Charlotte fut soulagée que les retrouvailles avec sa cousine soient reportées.

— Entrez donc ! s'exclama sa tante. Vous voulez certainement vous rafraîchir. Martha va vous montrer vos chambres. Charlotte, tu prendras de nouveau celle avec les tentures chinoises, à côté d'Edith, si cela te convient. Quant à toi, Lisbeth, je t'ai fait préparer la chambre verte. Elle va sûrement te plaire. Même si je dois reconnaître que, maintenant que cette horrible guerre est finie, nous attendons avec impatience de pouvoir acheter de nouvelles étoffes et de nouveaux papiers peints. La maison a grand besoin d'être redécorée. Enfin, cela devra attendre encore quelques semaines, voire quelques mois.

Lisbeth observait sa belle-sœur, bouche bée. Cäcilie avait toujours été très extravertie, mais aujourd'hui, elle se montrait intarissable. Toutefois, elle aussi appréciait cette vivacité.

— C'est merveilleux, Cäcilie, mais ne te donne pas tant de mal pour nous ! Tu sais que nous ne sommes pas difficiles.

Cäcilie haussa les sourcils.

— Vous devriez pourtant l'être, ma chère. Et si vous ne l'étiez pas jusque-là, je vais vite vous apprendre à le devenir. Ici, vous serez gâtées, et je ne veux pas de protestations. (Elle précéda sa belle-sœur dans l'escalier.) Il y a si longtemps que nous ne nous sommes plus amusés, et vous avez nourri Edith pendant toute la guerre. Nous avons une grande dette envers vous.

— Ne dis donc pas n'importe quoi, Cäcilie, répliqua Lisbeth. Vous ne nous devez rien du tout ! Edith est notre seule nièce, c'était tout naturel !

Cäcilie s'arrêta puis se retourna avec un sourire reconnaissant. Lisbeth lui sourit en retour. La sœur de son mari était bien plus élégante qu'elle, et jouissait manifestement d'une vie beaucoup plus facile avec Salomon qu'elle-même avec Richard, pourtant jamais elle ne s'était sentie envieuse.

— Retrouvons-nous dans une demi-heure à la salle à manger pour un déjeuner léger, nous discuterons de tout ce que nous ferons ensemble.

Alors qu'elle s'apprêtait à gravir les marches à leur suite, Charlotte entendit quelqu'un l'appeler. Elle se retourna. Edith, dans l'entrée, posait l'étui de son violoncelle. Charlotte sentit son cœur battre la chamade, cognant si fort dans sa poitrine qu'elle crut que tout le monde allait l'entendre. Était-elle devenue encore plus belle, ou son souvenir d'elle avait-il terni ? Sa cousine portait les cheveux tressés à la française et noués lâchement sur la nuque. Sa coiffure si féminine et sa cape bordeaux à col de zibeline et boutons brandebourg lui conféraient une allure aristocratique. Son rayonnement n'impressionna manifestement pas que Charlotte.

— Mon Dieu, Edith ! s'écria Lisbeth. On dirait la fille aînée du tsar !

Elle se plaqua aussitôt la main sur la bouche, effarée. Même Cäcilie lui jeta un coup d'œil choqué.

— Oh mon Dieu, qu'ai-je dit là, bafouilla Lisbeth, très embarrassée.

Tout le monde avait en mémoire le massacre par les bolcheviques de la famille du tsar. Évidemment, après cet acte monstrueux, les images de la belle princesse avaient fait le tour du monde. Comparer Edith avec une jeune fille assassinée à cet âge tendre était de fort mauvais goût.

— Ma chère tante Lisbeth, on me l'a souvent dit, répondit Edith sans se troubler.

Elle monta les marches et lui prit les mains.

— Je tâcherai de faire honneur à sa mémoire.

Elle tira ainsi Lisbeth de ce mauvais pas, et tout le monde se détendit. Edith se tourna vers sa cousine, qu'elle venait de dépasser, redescendit l'escalier et vint à sa hauteur. Elles s'embrassèrent brièvement. Charlotte reconnut son doux parfum. Elles évitèrent de se regarder dans les yeux, sentant leurs mères observer le moindre de leurs mouvements. La délicate main d'Edith était posée sur la rampe en bois d'ébène. Un saphir enchâssé dans un sobre anneau d'or blanc et entouré de petits diamants étincelants brillait à son annulaire droit comme s'il avait toujours été là. La pierre précieuse d'un bleu profond, symbole de fidélité, ornait traditionnellement les bagues de fiançailles. Edith suivit le regard de sa cousine. Tout son corps se crispa. Elles échangèrent un bref coup d'œil. Charlotte comprit la vérité : Edith s'était fiancée à Leo.

Anna

Anna monta l'escalier après une longue journée au grand magasin. Rester debout en permanence la fatiguait beaucoup, elle ne sentait presque plus ses pieds. Mais elle avait touché sa paie mensuelle, et pour elle, le moment restait particulier. Elle n'était pas mécontente de la vie qu'elle menait à présent, plus agréable que celle de la plupart des Berlinois. Elle avait un travail bien payé, un toit et assez à manger. Si seulement elle avait eu des nouvelles d'Erich. En rentrant à Vetschau, pour Noël, elle avait même osé s'enquérir de lui à la ferme de ses parents. Leur réponse l'avait accablée : un an et demi après la fin de la guerre, il était toujours porté disparu.

Elle prit la volée de marches suivante. Un bain de pieds, un repas léger et au lit, pensa-t-elle. Ce soir-là, pas d'enfants dans l'escalier, seul le petit chien était roulé en boule sur le paillasson. Anna s'arrêta un instant à sa hauteur. Elle déballa une tartine restant de son déjeuner et en détacha quelques morceaux. Il les mangea dans sa main avec avidité.

— Mon pauvre bonhomme, ils n'ont pas de place pour toi, là-dedans ? demanda-t-elle à voix basse.

Elle le caressa avec prudence et il remua faiblement la queue. Une fourrure légère repoussait sur ses taches pelées ; il allait mieux depuis qu'elle lui apportait régulièrement de quoi manger. Les cris d'une dispute et les gémissements d'un nourrisson venaient du logement d'une seule pièce. Tout semblait normal, sauf que les enfants étaient exceptionnellement autorisés à passer la soirée à l'intérieur. Anna ouvrit sa porte. Une lumière chaude et familière sortait de la cuisine. En général, Adelheid rentrait avant elle. Elle aimait beaucoup sa tante, sa seule parente à Berlin, qui remplaçait un peu la famille nombreuse qu'elle avait laissée dans la forêt de la Sprée. Depuis que Günter avait disparu, un an plus tôt, pour une raison inconnue, la vie des deux femmes s'était améliorée. Leurs revenus leur permettaient de vivre modestement dans le petit logement, et Anna parvenait même à mettre quelques marks de côté chaque mois.

— Tante Adelheid ! lança-t-elle en enlevant son manteau. J'ai touché mon salaire, je peux te donner ma part du loyer !

En accrochant son vêtement à la patère, elle se réjouit une fois de plus de donner chaque mois assez d'argent à sa tante pour que celle-ci n'ait plus à sous-louer ses lits. Elle avait détesté vivre aux frais d'Adelheid.

— Tante Adelheid ?

Anna tendit l'oreille. Rien ne vint. Elle suivit le couloir obscur et poussa la porte entrouverte de la cuisine. Quand elle vit qui était assis là, son cœur manqua un battement.

— Ben, t'es pas contente de me revoir ? fit Günter. Tu t'y attendais pas, hein, après être venue t'installer ici comme chez toi.

Sur l'assiette devant lui, juste à côté de sa casquette graisseuse, gisait le reste du saucisson qu'elle avait rapporté la veille. Suivant son regard, il reprit :

— La saucisse, c'était pas mal. T'es devenue riche pour acheter ça ? T'as un salaire ?

Il frotta de la manche son nez qui coulait. Anna vit que ses rares cheveux étaient encore plus gras et plus longs que jadis. À en juger par l'odeur aigre qui émanait de lui, il ne devait pas s'être lavé depuis longtemps. Où dormait-il ? Elle préférait ne pas le savoir.

— Je ne suis pas riche, j'ai juste un poste fixe, je travaille toute la journée et je suis payée. C'est tout.

— Tiens tiens, donc c'est tout.

Anna s'accroupit, ouvrit le rideau gris sous l'évier, sortit une cuvette en émail. Elle ranima le feu, posa la bouilloire sur la plaque du fourneau, prit une pincée de camomille séchée dans un bocal et la jeta dans la cuvette. Elle procéda mécaniquement à ces préparatifs, comme elle le faisait chaque soir depuis des semaines en rentrant du travail. Elle s'étonnait pourtant de son propre comportement. D'instinct, elle sentait que cette soirée n'allait pas être comme les autres. Adelheid n'avait plus reparlé de Günter, mais Anna avait remarqué que sa tante verrouillait soigneusement la porte avant d'aller se coucher, laissant la clé dans la serrure, ce qu'elle ne faisait jamais auparavant. Sans qu'elles l'évoquent, elle avait compris que c'était à cause de lui. Elle voulait s'assurer qu'il ne puisse pas se glisser chez elles pendant la nuit. Si seulement elle avait changé la serrure, pensa-t-elle. Quand la bouilloire siffla, elle remplit la cuvette et y ajouta de l'eau froide. Elle ôta ses bottines et ses bas, retroussa un peu son caleçon long et plongea les pieds dans la bassine avec un léger soupir. Günter tourna sa chaise pour la regarder.

— T'as la belle vie, pas vrai ? Tu travailles où, alors ?

— Au KaDeWe, à la confection pour dames, depuis plus d'un an, répondit-elle à voix basse.

— Au KaDeWe, hein ? La confection pour dames ! T'es devenue raffinée, dis-moi ?

— C'est les clientes qui sont raffinées. Nous les vendeuses, on n'a jamais le droit de s'asseoir, c'est pour ça que j'ai mal aux pieds. Mais je remercie Dieu chaque jour pour ce travail.

Elle remua les orteils ; en relevant la tête, elle vit dans ses yeux l'éclat menaçant qu'elle y avait déjà aperçu à plusieurs reprises.

— Sont beaux, tes pieds.

Alors seulement, elle comprit qu'elle aurait mieux fait de garder ses chaussures. Son cœur se remit à battre violemment, ses pensées se bousculèrent dans sa tête. Comment avait-elle pu être aussi idiote ?

— Tu veux que je te les masse ? Ça te fera du bien, après tout ça !

Il approcha sa chaise et se pencha.

Anna secoua péniblement la tête. Ses mains se posèrent dans son giron, sa tête se tourna de côté et ses yeux se baissèrent. Elle ne pouvait rien contre le langage de son corps qui, fatalement, facilitait la tâche de Günter, lui révélait clairement sa peur. Et c'est bien ce qui enhardit tellement celui-ci. Il plongea une main dans la bassine, attrapa son pied et suivit du doigt les veines bleues sur le dessus. Quelques secondes plus tard, il avait les deux mains dans l'eau. Tout alla très vite. Elle eut à peine le temps de prendre une inspiration qu'il saisit ses chevilles et la tira au bas du tabouret d'un geste sec, la faisant tomber violemment sur le coccyx. Elle hurla ; la douleur la transperça comme une flèche. L'eau de la cuvette se répandit sur le sol. Günter retroussa sa jupe et se jeta sur elle.

— Arrête, cria-t-elle d'une voix stridente en essayant de le repousser. Arrête tout de suite !

Elle appuya les deux poings contre sa poitrine de toutes ses forces alors qu'il lui arrachait rudement son caleçon. Levant le bras, il lui donna une telle gifle que sa tête vola sur le côté. Quelque chose craqua dans sa joue, elle vit des étoiles et sentit le sang lui dégouliner du nez.

— Encore un bruit et je te casse les dents, siffla-t-il.

Il lui attrapa les poignets, les serrant comme un étau, et lui repoussa les bras au-dessus de la tête. Seul le tissu du pantalon de Günter les séparait encore. Anna perçut son haleine fétide, sa sueur lui coula sur les lèvres. Elle perçut son excitation, son bassin collé au sien. Il posa une main sur sa poitrine, la malaxa, chercha en vain une ouverture dans sa robe. Puis il posa sa bouche sur la sienne et glissa sa langue entre ses dents. Elle l'entendit gémir. Il lui lâcha une main pour tenter de déboutonner sa braguette. Elle savait ce qui allait arriver. Il allait la violer, la déshonorer, la souiller. Soudain, le visage d'Erich lui apparut. Son visage enfantin tant aimé, couvert de taches de rousseur, puis sa figure anguleuse de soldat. Erich ! Pourquoi ne pouvait-il pas la sauver ? Pourquoi n'était-il pas là ? Que dirait-il s'il savait ce que ce salopard était en train de lui faire ?

Soudain, Anna le sut :

« Tue-le ! »

« Tue-le ! » dirait-il.

Elle entendit Günter jurer. Il lui souffla son haleine putride au visage. Sa braguette récalcitrante le rendait furieux. De sa main libre, Anna tâta le sol, cherchant fébrilement un objet qui pourrait lui servir d'arme. Il ne lui restait pas beaucoup de temps. Il venait de réussir à ouvrir sa braguette et essayait maintenant de lui écarter les cuisses. À cet instant, ses doigts se refermèrent autour d'un pied du lourd tabouret de bois sur lequel elle était assise plus tôt. Sans réfléchir, elle le serra aussi fort qu'elle le put, rassembla toutes ses forces et lui en flanqua un violent coup sur le crâne. Du sang gicla de tous côtés, éclaboussant son visage et le sol. Günter s'effondra sur elle, inconscient. Sans perdre de temps, elle s'extirpa en se tortillant avec peine et se remit debout. La douleur dans son coccyx était presque insoutenable. Aveuglée par les larmes, elle remit son caleçon, rajusta sa jupe puis regarda autour d'elle. Ses bas et ses chaussures étaient éparpillés dans la cuisine. Elle commença à enfiler ses bas, en se demandant pourquoi elle faisait ça alors qu'elle pouvait à peine bouger. Et là, Günter gémit, remua et porta la main à sa tête.

Hâtivement, Anna chercha des yeux la pochette de toile dans laquelle elle avait rangé son salaire du mois. Elle ne la vit nulle part. Günter appuya les mains au sol. Terrifiée, Anna comprit qu'il était sur le point de se redresser. Le temps pressait ; elle ramassa vite ses chaussures. Où était la pochette ? Soudain, elle aperçut, coincée sous Günter, une extrémité de la bandelette de tissu rouge qui la fermait. Elle tendit la main. Son revenu d'un mois de travail, quatre-vingts marks en billets, enfouis sous son agresseur. Le sang continuait à jaillir de sa blessure béante à l'occiput, coulant sur sa nuque et ses oreilles. Elle avait trop peur d'approcher pour récupérer son argent. Günter était en train de se mettre à genoux. La tête toujours pendante, il avança lourdement un pied ; bientôt, il serait debout.

Anna parcourut les étagères des yeux, cherchant de quoi se défendre. Elle vit le couteau sur l'assiette, près du reste de saucisson. Mais si elle le tuait ? La croirait-on si elle disait qu'il avait voulu la violer ? Soudain, elle eut des doutes. Il poussa un long gémissement, hurla des mots incompréhensibles, sa voix sonore comme celle d'un fauve blessé. Au moment où il posa la main sur le bord de la table pour se relever, Anna résolut en une fraction de seconde qu'elle préférerait la fuite à l'attaque. Ses souliers dans une main, en chaussettes, elle se précipita hors de la cuisine aussi vite que son dos blessé le lui permettait. Chaque pas était une torture.

— Bouge pas d'ici, espèce de catin ! hurla Günter.

Elle passa devant la porte de la chambre et hésita un instant à prendre son sac et ses affaires. Un fracas lui parvint ; horrifiée, elle vit Günter, voûté mais debout, dans l'encadrement de la porte de la cuisine. Il avançait vers elle en chancelant. Elle arracha son manteau de la patère, ouvrit la porte de l'appartement et se mit à descendre les marches, manquant défaillir de douleur. Chaque pas était un coup de poignard dans sa colonne vertébrale. Les beuglements de Günter résonnèrent dans la cage d'escalier :

— Tu me le paieras ! Je te retrouverai, je te le jure !

Il avait apparemment atteint la porte de l'appartement. Serait-il capable de la suivre plus loin ?

Elle poussa la porte de l'immeuble, sortit dans la cour en boitillant et, alors seulement, se rendit compte qu'elle était toujours en chaussettes. Elle n'était pas en sûreté, ici, elle ne pouvait pas enfiler ses chaussures. Il était peut-être à sa poursuite, et personne ne lui viendrait en aide. Elle devait atteindre la rue, pas encore déserte, où il n'oserait pas l'agresser de nouveau. Elle poursuivit son chemin en clopinant jusqu'à la porte principale, et constata avec soulagement qu'elle avait eu raison. Un homme et une femme se promenaient sur le trottoir d'en face, main dans la main. Anna traversa. La femme l'observa d'un air étrange, presque comme si elle avait peur. Elle porta la main à son nez douloureux et prit conscience qu'elle devait être couverte de sang. Elle suivit le couple, qui accéléra le pas. Elle se retourna plusieurs fois pour voir si elle était suivie. Quand ils tournèrent à l'angle, enfin, elle s'assit sur une marche de la boulangerie, mit ses chaussures et tenta d'essuyer le sang sur son nez. Où aller ? Elle n'avait plus que ce qu'elle portait sur elle. Et elle ne connaissait personne d'autre à Berlin que Adelheid, Ida... et Ella ! Ella ! Son appartement du quartier de Neukölln était bien trop loin, jamais elle ne pourrait marcher jusque là-bas avec un tel mal de dos. Une fois debout, elle constata que s'asseoir avait encore aggravé la douleur. Elle reprit son avancée bancale dans la rue, se retournant encore plusieurs fois ; personne ne semblait l'avoir suivie. Elle atteignit bientôt un pâté de maisons encore plus délabré que celui de sa tante. Elle le connaissait, sans pouvoir dire pourquoi ses pas l'avaient menée ici. Anna poussa la porte, traversa trois arrière-cours sombres et sales, l'écho de ses pas résonnant de manière inquiétante. Après avoir failli trébucher sur un clapier cassé que quelqu'un avait jeté là, elle entra dans le dernier immeuble, où flottait une odeur putride de pauvreté et de maladie. Elle grimpa quelques marches et fut prise de vertige. Elle crut entendre la voix de baryton de son père. Son gentil visage aux sourcils broussailleux surgit devant elle. Puis la voix de sa mère lança d'un ton réprobateur : « C'était ta faute, Anna ! »

Elle s'agrippa à la rampe. Au-delà de la douleur cuisante, elle perçut autre chose, une sensation encore pire qui l'atteignit au plus profond de son âme et dont elle sut qu'elle ne se débarrasserait jamais. C'était la honte. Jamais ses parents ne devaient apprendre ce qui venait de lui arriver. Soudain, tout tourna autour d'elle. Les marches de bois usées se rapprochèrent et les murs à la peinture écaillée disparurent dans un brouillard impénétrable.

Charlotte

Le paon au plumage turquoise tendait le cou pour atteindre les baies rouges, ouvrant le bec avec gourmandise, mais les fruits juteux étaient inaccessibles. Il était posé sur la branche d'un arbre chinois aux fleurs blanches. La magnificence des couleurs de l'oiseau formait un contraste saisissant avec le fond jaune clair. Charlotte observait la scène depuis son lit, un bras enroulé autour d'un des montants, la joue posée contre l'acajou poli. Elle ne vit la contradiction qu'à cet instant : un arbre en fleur ne porte pas de fruits. C'était forcément pareil en Chine. Peut-être l'artiste qui avait créé ces tentures s'était-il laissé déborder par son imagination.

La faune et la flore exotiques qui ornaient les murs de sa chambre la fascinaient, pourtant ce décor n'était pas la seule chose qui l'empêchait de retomber dans la mélancolie. Elle le devait à sa propre volonté. L'éreintante lutte de pouvoir avec son père avait duré longtemps, sans doute la totalité des vingt années qu'elle avait déjà passées sur cette terre. Et durant les semaines précédant son départ pour Leipzig, elle avait failli y succomber, à deux doigts de la soumission définitive, sentant le souffle de plomb du renoncement. Le manque d'estime que lui témoignait Richard avait paralysé sa volonté, effaçant progressivement sa personnalité. Elle s'était sentie tiraillée, doutant de plus en plus de sa décision, croyant avoir commis une erreur fatale en refusant la demande de Leo, se persuadant qu'elle aurait dû considérer comme une bagatelle la scène du jardin entre Edith et lui, l'oublier. Qu'elle aurait dû courir après le jeune homme, lui demander pardon, le supplier de renouveler sa demande.

La bague de fiançailles d'Edith l'avait choquée. Que Leo se fût décidé pour sa cousine si peu de temps après qu'elle eut rejeté sa demande lui avait brisé le cœur. C'était toutefois une confirmation : elle avait pris la bonne décision. Il ne l'aimait pas. Peut-être aimait-il Edith, ou aucune d'elles deux. Mais Charlotte en fut convaincue : son mariage avec lui n'aurait jamais été heureux. Forte de cette certitude, elle garderait la tête haute lors de leur prochaine rencontre.

Quand on frappa et qu'Erna entra, Charlotte prit conscience qu'il était tard. Elle devait se changer. Cäcilie donnait une soirée au cours de laquelle Edith présenterait quelques extraits de son concert à venir.

— Quelle robe souhaitez-vous porter ce soir, chère mademoiselle ?

— Cesse enfin d'employer de telles formules, Erna, exigea Charlotte pour la énième fois. Appelle-moi simplement Charlotte, comme avant.

— Comme vous voudrez, mademoiselle Charlotte, répliqua Erna, toujours formelle, en esquissant une courbette.

Ici, à Leipzig, elle n'avait d'autre occupation que de jouer les femmes de chambre. Il était inhabituel pour les deux jeunes femmes qu'Erna aide systématiquement Charlotte à s'habiller et à se déshabiller, et elle semblait s'inspirer de la manière de parler des autres domestiques. C'était d'autant plus étonnant qu'elle avait auparavant, sous l'influence de Werner, souvent remis en cause l'ordre établi.

— Je porterai la nouvelle robe à épaules nues, avec les dentelles dans le dos. Et prépare-moi s'il te plaît les gants du soir assortis.

— Très bien.

Erna sortit la robe émeraude que Cäcilie avait fait coudre pour sa nièce dès leur arrivée. Elle la suspendit à l'armoire et demanda quels bijoux Charlotte porterait. Elle choisit un long collier de perles de sa grand-mère, qu'on entourait normalement plusieurs fois autour du cou mais qu'elle mettrait ce soir-là en sautoir, le laissant pendre jusqu'à la taille comme elle l'avait vu chez certaines femmes de la bonne société de Leipzig.

Une fois assise devant la coiffeuse, alors qu'Erna confectionnait son chignon, elle demanda :

— La vie à Leipzig te plaît-elle, Erna ? Est-ce que tu t'entends bien avec les domestiques de mon oncle et ma tante ?

Elle observa le reflet de la jeune fille. Elle trouvait que celle-ci ne paraissait plus aussi malheureuse qu'à leur départ de Feltin. Ses yeux brun clair avaient retrouvé leur éclat, et malgré l'air de la ville, ses joues avaient l'air de deux pommes rouges.

— Je m'attendais à pire. Le personnel est très gentil avec moi. Parfois, le soir, nous jouons aux cartes, c'est très amusant.

Charlotte enfila ses gants et les ajusta au-dessus de ses coudes.

— Le valet de mon oncle est un homme séduisant, n'est-ce pas ?

Comme elle l'avait espéré, elle vit tressaillir le coin de la bouche d'Erna. Elle avait donc vu juste : il lui plaisait. La jeune femme, ne voulant pas le reconnaître, répondit d'un air désintéressé :

— Cet Eberhard, vous voulez dire ?

— Exactement.

Erna haussa les épaules, indifférente, et répondit :

— Ça se peut, mais je ne l'ai pas remarqué plus que cela.

Elle rougit tellement que Charlotte sut aussitôt à quoi s'en tenir. Ce qu'elle avait espéré pour Erna s'était donc produit. Elle voulait qu'elle tombe amoureuse d'un autre homme et oublie Werner, qui avait si mauvaise influence sur elle. Charlotte avait hélas perdu tout pouvoir sur son père, sans quoi elle l'aurait prié de renvoyer le palefrenier pendant son absence.

— Peut-être pourrais-je m'arranger pour qu'Eberhard t'invite à sortir pendant sa soirée libre, par exemple au cinéma ? Je vous offrirais les billets.

Le visage d'Erna s'éclaira.

— Vous feriez cela, mademoiselle Charlotte ?

Lotte hocha la tête. Quand Erna attacha son collier, elle passa le bout des doigts sur les perles toutes lisses.

— Bien sûr. Je suis ravie que tu sois de meilleure humeur que ces dernières semaines.

— Ça fait du bien de voir autre chose... que Feltin, répondit Erna.

Puis elle fit rouler le grand miroir au cadre d'acajou jusqu'au centre de la pièce et recula d'un pas.

Charlotte s'examina à la lumière du lustre de cristal. La robe tombait tout droit sur ses hanches sans souligner sa taille, une coupe moderne à laquelle elle n'était pas encore habituée. Quand sa tante l'avait convaincue de choisir ce vêtement, elle était restée sceptique. Mais les fines bretelles mettaient en valeur ses belles épaules rondes, et elle trouva le dos en dentelle transparente littéralement époustouflant. Avec les longs gants et le collier de perles, elle avait l'air à la fois moderne et distinguée. Son reflet lui plut, et Erna était impressionnée aussi :

— Vous êtes tellement élégante, mademoiselle Charlotte. Comme une comtesse ou quelque chose comme ça.

Charlotte dut admettre qu'Erna avait raison. Il fallait reconnaître une chose à la sœur de son père : elle avait un goût incroyablement sûr.

En franchissant la double porte menant au salon, elle s'étonna de voir le nombre d'invités déjà présents. D'innombrables appliques murales électriques et cinq lustres scintillants illuminaient la pièce ; celui du milieu, un lustre montgolfière, était gigantesque. Lisbeth se tenait juste au-dessous en compagnie de Cäcilie et de deux autres femmes de leur âge. Elles s'interrompirent en voyant Charlotte approcher.

— Lotte, tu es fabuleuse ! lui souffla Cäcilie.

Sa mère hocha la tête avec un sourire plein de fierté.

Lisbeth aussi avait laissé Cäcilie la convaincre d'oser un nouveau style. Elle portait une jupe froncée surmontée d'un haut lâche à l'ourlet orné de franges. Le turquoise sombre lui allait à ravir. Quand elle avait demandé à sa belle-sœur où elle trouvait ces étoffes raffinées et ces patrons inédits, celle-ci avait posé un doigt sur ses lèvres d'un air cachottier. Tandis que sa tante lui présentait les autres dames, Charlotte laissa son regard errer dans la pièce. Elle cherchait deux personnes. Edith, qui s'était retirée dans une pièce voisine en attendant de se produire. Des notes de violoncelle jaillissaient parfois entre les portes fermées. Et Leo, mais Charlotte ne le voyait nulle part. Cäcilie se dirigea vers de nouveaux convives pour les saluer. Debout près du piano à queue, plusieurs jeunes gens observaient Charlotte, l'air de parler d'elle. L'un d'eux avait le bras en écharpe, et la main qui en sortait était cachée dans un gant de cuir noir. En remarquant leurs regards, elle se tourna vers la dame que sa tante venait de lui présenter comme madame la *Kommerzienrätin*, l'épouse du conseiller commercial Taubner. Celle-ci se mit aussitôt à chanter les louanges des salons de Cäcilie, précisant que toute la bourgeoisie des bonnes œuvres de Leipzig s'y retrouvait régulièrement. Quel dommage qu'à cause d'une décision totalement aberrante des sociaux-démocrates, on ne décerne plus de titres honorifiques ; son cher oncle aurait été un candidat idéal grâce à ses donations généreuses au conservatoire royal.

— Et monsieur votre oncle est un des rares dans cette ville à encore disposer de réserves de champagne, qu'il partage si généreusement avec ses invités...

Elle mit sa main gantée devant sa bouche et ajouta d'une voix étouffée :

— ... bien que ces délicieuses bulles devraient nous rester en travers de la gorge, au vu des conditions scandaleuses imposées par le traité de la honte signé à Versailles.

Pour une femme, il était inhabituel et toujours mal vu d'exprimer des opinions politiques. Toutefois, de plus en plus de personnes se plaignaient du pillage et des tourments infligés aux Allemands par les Alliés. Charlotte, qui ne s'intéressait pas le moins du monde à ce genre de déclarations, n'écoutait que d'une oreille. Un des jeunes hommes venait de se détacher du groupe près du piano et se dirigeait vers elle d'un pas décidé. Il avait le visage étroit, des sourcils sombres, et des yeux étonnamment clairs qui n'avaient pas quitté la jeune femme depuis son entrée dans la pièce. Ses cheveux châtains étaient coupés à quelques millimètres sur les tempes et se dressaient comme une brosse au-dessus du front, une coiffure militaire. Pourtant, il ne portait pas d'uniforme mais, comme tous les messieurs présents, une veste queue-de-pie visiblement taillée pour un autre. Il devait avoir environ vingt-cinq ans et n'était guère plus grand que Charlotte, ce dont elle ne s'aperçut que lorsqu'il arriva devant elle.

— Je vois que vous n'avez encore rien à boire, très chère mademoiselle Feltin. Puis-je vous faire servir quelque chose ? demanda-t-il.

Elle sourit avec réserve.

— Peut-être... Je constate que vous connaissez déjà mon nom alors que j'ignore le vôtre, monsieur... ?

En le voyant de près, elle constata qu'il avait les lèvres très minces, loin d'être aussi joliment ourlées que celles de Leo.

— Vous permettez ? demanda-t-il, claquant des talons avant de faire une courbette. Ernst Trotha.

— Enchantée, répondit-elle. Et vous êtes... ?

— Un ami de la famille.

Charlotte hocha la tête en souriant ; comme aucun d'eux n'ajouta rien, ils détournèrent les yeux, un peu embarrassés. Elle remarqua toutefois que son sourcil droit poussait de manière irrégulière et dissimulait mal de nombreuses petites cicatrices. Charlotte toussota et Trotha la regarda d'un air interrogateur. Apparemment, il avait oublié son verre, mais il aurait été inconvenant pour une dame de le lui rappeler. Heureusement, son oncle les rejoignit et fit signe à un serveur, qui proposa aussitôt du champagne à Charlotte.

— Ah, Lotte ! Je vois que vous avez déjà fait connaissance. En rencontrant M. le docteur Trotha, j'ai aussitôt pensé à mon beau-frère, ton père.

— Pourquoi cela, mon oncle ? demanda Charlotte, perplexe. Mon père n'a pas besoin d'un médecin !

— Mais M. le docteur Trotha n'est pas médecin. Il a obtenu un doctorat d'élevage porcin et enseigne à l'université de Leipzig. Ses théories d'agronomie intéresseraient certainement Richard.

Charlotte regarda de côté l'homme aux yeux froids. Elle n'aurait jamais pensé qu'il était agriculteur.

— Ah, vous avez étudié l'agronomie ? Pourquoi donc ? Votre famille possède-t-elle des terres ? demanda-t-elle.

— Veuillez m'excuser, glissa Salomon en s'éloignant pour aller saluer d'autres invités.

— Rien qui vaille la peine d'en parler. J'ai choisi ce domaine d'études pour d'autres raisons. L'industrie agraire va jouer un rôle de plus en plus important en Allemagne et en Europe. Pendant la guerre, nous avons tous constaté à quel point la population et l'armée souffrent quand les denrées deviennent rares. Ceci n'est pas une fatalité. J'ai appris à rendre la production plus efficace, expliqua-t-il.

Il semblait à présent dans son élément.

— Ça impressionnerait certainement mon père, intervint Charlotte lorsqu'il marqua une brève pause. Vous devriez le rencontrer.

— Dois-je en conclure que votre famille exploite de grandes terres ?

L'expression de son visage avait à peine changé, n'exprimant aucune curiosité particulière. Charlotte ne s'y laissa pas prendre. Elle était certaine qu'il s'était renseigné depuis longtemps sur elle et sur les dimensions de la propriété des Feltin, et qu'il venait de parler d'elle avec les autres jeunes gens. Mais avant qu'elle puisse répondre, son attention fut attirée par un des derniers arrivants : Leo.

Charlotte ne l'avait encore jamais vu en tenue de soirée ; il était si beau dans son col montant, sa veste cintrée et sa cravate de soie qu'elle en fut blessée dans son orgueil. Il portait les cheveux plus longs que jadis, la raie moins nette. Seule la nuque était rasée. Sa nouvelle coiffure lui donnait presque des airs d'artiste. En entrant dans le salon, il se figea un instant pour regarder autour de lui. Il cherchait Edith, bien sûr, mais leurs yeux se croisèrent. Charlotte se retourna aussitôt vers son interlocuteur et lui posa une question sans aucun rapport avec leur conversation. Elle s'efforça surtout de contrôler sa respiration et de maîtriser le flot de ses pensées, se tançant intérieurement : Leo n'était pas fait pour elle, et il était désormais promis à une autre.

— Que voulez-vous dire, mademoiselle Feltin ? Non, je ne suis pas issu d'une famille nombreuse, répondit Trotha, un peu étonné.

Charlotte avait déjà oublié ce qu'elle lui venait de lui demander : Leo se dirigeait droit vers elle. Elle sentit le rouge lui monter au front, et se haït pour cela. Alors qu'il traversait d'un pas déterminé l'immense tapis des Gobelins, Charlotte crut que le regard de braise du jeune homme allait la consumer en quelques secondes. En marmonnant « Vous permettez », il passa devant Trotha, qui lui jeta un coup d'œil scandalisé. Leo ouvrit la bouche, dit quelque chose. Comment ose-t-il me fixer d'un regard aussi insistant alors qu'il en a choisi une autre, pensa Charlotte, furieuse. Au même instant, un tintement cristallin retentit. Tous se tournèrent vers le centre de la pièce, où Cäcilie frappait sa flûte en cristal avec une cuillère d'argent. Les conversations se turent ; elle pria l'assistance de prendre place sur les chaises disposées à cet effet, demandant aux messieurs de laisser les sièges aux dames et aux spectateurs les plus âgés. Puis elle annonça sa fille en termes modestes et le pianiste avec un enthousiasme débordant.

La plupart des invités s'assirent, Trotha et Leo restèrent debout, appuyés d'une épaule contre le mur. Quand Edith entra dans une robe en mousseline bordeaux, suivie de son pianiste, on applaudit poliment. Seul Leo claqua des mains en l'air avec ardeur. Le bref regard qu'ils échangèrent n'échappa pas à Charlotte.

Edith annonça sobrement qu'ils commenceraient par une *Fantasiestück* de Robert Schumann, puis ils se mirent à jouer. Le son profond qu'elle tira de son coûteux instrument italien bouleversa Charlotte. Son corps jusque-là si fébrile se détendit. Ses mains cessèrent de trembler et elle sentit se dresser le fin duvet blond de ses bras : elle avait la chair de poule. De son siège au deuxième rang, elle n'était qu'à quelques mètres de sa cousine et pouvait l'observer attentivement. Edith avait baissé ses paupières aux longs cils et paraissait jouer dans une sorte de transe, accompagnant de tout son corps les mouvements de l'archet qu'elle tenait de la main droite. La peau nue au-dessus de ses clavicules, laissée libre par la robe, semblait palpiter.

Charlotte parcourut le public du regard et vit Leo observer Edith avec ravissement. Même les lèvres minces de Trotha affichaient un sourire charmé. Deux hommes différents en tout point, sauf un, pensa-t-elle avec amertume : tous deux étaient envoûtés par Edith, et tous deux avaient des vues sur Feltin. Elle se retourna vers sa cousine, qui paraissait de plus en plus extatique, observa son long cou. Soudain, elle vit une minuscule goutte de sang couler sur sa peau nue, jaillissant d'une petite coupure. Le souffle coupé, Charlotte regarda la blessure s'élargir, comme si quelqu'un était en train d'ouvrir la gorge de sa cousine avec une lame de rasoir. Le sang coulait à présent à flots sur son décolleté, imbibant le tissu de sa robe. Edith continuait à jouer comme si de rien n'était, comme si elle ne sentait rien. Charlotte ouvrit la bouche pour crier mais pas un son n'en sortit. Personne ne voyait-il donc ce qui arrivait ? Elle ferma les yeux.

Le premier morceau s'acheva sur une note grave et plaintive. Une sorte de soupir traversa la salle. Pas un spectateur n'était resté insensible. L'interprétation d'Edith avait ensorcelé l'assistance. Charlotte rouvrit les yeux ; sa cousine, parfaitement indemne, faisait face au public.

À la fin du concert, les applaudissements éclatèrent à un volume inouï pour ce petit cercle raffiné. Charlotte observa ses propres mains, sur ses genoux. Des mains soignées, capables de travailler dur le cas échéant, et si différentes des doigts longs et fins de sa cousine. Les hommes lançaient des « bravos » sonores. Leo, surtout, mais aussi Trotha et les autres messieurs étaient dans tous leurs états, acclamant Edith avec un air de vénération fanatique. Une fois de plus, Charlotte se sentait à mille lieues d'égaler un jour sa cousine, si belle et si douée. Elle se reprit toutefois, redressant les épaules et le dos. Ses mains se mirent à claquer, de plus en plus vite, de plus en plus fort, sans pouvoir s'arrêter. Elle quitta sa chaise, tendit les bras et cria son admiration. Les autres spectateurs se levèrent à leur tour, l'un après l'autre. Edith les regarda, surprise. Puis elle baissa la tête et s'inclina profondément… face à Charlotte.

Anna

La première chose que distingua vaguement Anna en revenant à elle fut un rideau où étaient fixées des centaines de petites épingles. Elle dégagea les bras et palpa l'édredon qui la couvrait. Alors seulement, la douleur revint, rayonnant de ses vertèbres lombaires jusqu'au bas de sa jambe gauche, insoutenable. Elle essaya de soulever le bassin puis gémit. Soudain, une petite main froide se posa sur son front. Au-dessus d'elle, un peu flou, surgit le visage de souris d'une très jeune fille. Ida.

— Tu es réveillée, dit celle-ci, puis, plus fort : Elle est réveillée !

L'instant d'après, on tira le rideau.

— Tu es réveillée, répéta une claire voix de femme.

Un visage amical encadré de cheveux coupés au menton apparut. Ella fronça les sourcils et regarda Anna d'un air inquiet en se penchant vers elle.

— Tu as très mal ?

Anna tenta de sourire, sans succès. Quelque chose clochait avec son visage. Sa souffrance était manifeste.

— Nous ne savions pas à quel point c'était grave, alors nous t'avons laissée dormir. Qui t'a fait ça ? s'enquit Ella sans détour.

Anna remua nerveusement, secouant la tête sur son oreiller. Les souvenirs ne lui revenaient que par fragments, presque aussi douloureux que son dos.

— Du calme, reprit Ella. Tu es en sécurité, ici. Tu n'as pas besoin de me le dire maintenant si ça te chamboule trop.

Ida prit un linge dans une cuvette d'eau froide, l'essora et tapota prudemment la peau sous le nez d'Anna. Quand elle remonta vers sa pommette, la jeune femme poussa un gémissement de chien battu. Ida recula aussitôt la main en chuchotant :

— Pardon !

— Oui, j'imagine que ça doit faire mal, commenta Ella. Tu as un sacré coquard. Ton œil droit est tout gonflé.

Anna sentit les larmes lui monter aux yeux.

— Ne t'inquiète pas ! Je ne crois pas qu'il y ait de casse par là. Ton nez est toujours droit et, autant que je puisse le voir, tes dents sont encore toutes en place. Ça va aller, on va y arriver.

Quand Anna essaya de parler, son amie lui posa un doigt sur les lèvres.

— Chut, pas besoin de dire quoi que ce soit. Je me doute bien que tu te demandes où tu es ?

Elle écarta les bras en un geste théâtral et désigna les murs à la décoration très originale :

— Chez moi ! Bienvenue dans mon palais en plein cœur de Neukölln !

Anna tourna la tête vers le mur. Juste au-dessus d'elle, une grande affiche publicitaire pour un parfum français. Ella suivit son regard.

— Avant que tu t'étonnes : c'était dans la réserve du magasin. Je ne crois pas qu'on en ait encore besoin. Plus personne ne fait de publicité pour les produits du vainqueur haï… Mais moi, elle me plaît !

— Qui m'a..., commença Anna en articulant avec peine.

Ella dressa l'index pour lui rappeler de garder le silence.

— Qui t'a trouvée ?

Anna hocha la tête.

— Ta petite amie, ici présente, qui est loin d'être aussi bête que je le croyais.

Ella posa le bras sur les maigres épaules d'Ida.

— Ida ? C'est toi ? demanda Anna.

La petite, embarrassée, hocha la tête en baissant les yeux.

— Exactement, cette Ida-ci ! lança Ella. Tu gisais dans l'escalier devant chez elle, inconsciente. Dieu sait comment tu as fait pour aller jusque là-bas dans l'état où tu étais.

Anna s'agita de nouveau et chercha à parler. Ella lui fit signe de se taire.

— Elle ne pouvait pas te prendre chez elle, elle vit avec toute sa famille dans un trou à rats d'une seule pièce.

— On n'a pas de rats ! protesta Ida avec vigueur.

— Peu importe, c'est juste une façon de parler ! Je n'y suis jamais allée, et d'ailleurs je n'ai aucune raison d'y mettre les pieds.

Voyant qu'Ida se contentait de se mâchouiller la lèvre, elle poursuivit :

— Elle a convaincu son frère de te porter jusque chez moi avec un copain. Finalement, c'est une chance qu'elle soit déjà venue ici avec toi, même si ce jour-là, honnêtement, je n'ai pas compris pourquoi tu la trimballais.

Ida, intimidée, lui jeta un coup d'œil en coin. Ella la prit par la taille et la serra contre elle.

— C'est une bonne petite. Il faudrait qu'on la nourrisse un peu et qu'on lui trouve une nouvelle robe. (Ella tirailla sur le chemisier usé d'Ida.) Peut-être que je mettrai la main sur une chute de tissu au KaDeWe.

Anna eut mauvaise conscience. Toutes ses tentatives pour trouver un travail à Ida avaient échoué. Chaque matin, la petite l'avait attendue, pleine d'espoir, et accompagnée sur une partie du trajet. Et chaque matin, elle avait dû la décevoir. Puis Ida avait fini par ne plus venir, et Anna avait été presque soulagée de ne plus devoir affronter son air désemparé. Sans doute aurait-elle dû poser la question plus souvent à Mme Brettschneider, mais elle avait remarqué que la sévère responsable du personnel était sur le point de perdre patience.

— Comment vas-tu, Ida ? As-tu du travail ? s'enquit Anna.

Elle avait l'impression d'avoir la bouche pleine de coton.

Ida hocha la tête :

— Oui, dans une autre blanchisserie.

Les yeux d'Anna se posèrent sur les mains de la petite, qui les cacha vite dans son dos. Ce bref coup d'œil lui avait suffi pour voir sa peau rouge et irritée. Elle fut submergée d'une vague de compassion. La comparaison avec sa petite sœur lui revint en tête. Dora était tellement mieux lotie à l'école de leur village.

— Je suis vraiment désolée, murmura Anna.

— Ne t'inquiète pas, c'est pas si terrible que ça, dit Ida pour tenter de la rassurer.

Anna résolut de refaire une tentative dès qu'elle serait de retour au KaDeWe.

— Oh mon Dieu, s'exclama-t-elle alors.

Qu'allait-il advenir de son poste ? L'avait-elle déjà perdu en ne se présentant pas au travail ? Elle prit une profonde inspiration. Ella la fit taire une fois de plus.

— Tu t'inquiètes à cause du KaDeWe !

Anna hocha imperceptiblement la tête.

Ella s'assit près d'elle. Alors seulement, Anna remarqua que c'était le lit le plus large dans lequel elle ait jamais couché. La pièce était petite mais Ella l'avait aménagée avec goût. Lors de sa seule visite, Anna n'avait vu que le salon, pas la petite chambre dissimulée par un rideau.

— Évidemment, la Stieglitz a commencé à radoter que tu serais renvoyée si tu restais absente trop longtemps.

Anna écarquilla les yeux.

— Oh non, par pitié ! balbutia-t-elle.

— Pas de panique ! Tout va bien. J'ai parlé à Mme Brettschneider. Elle t'a à la bonne, on dirait, reprit Ella avec un grand sourire. Évidemment, je lui ai raconté quelques bobards. Je ne pouvais pas lui dire que tu t'étais fait tabasser ou…

Ella toussota, indiqua qu'elle supposait qu'Anna avait peut-être subi pire encore.

— Non, surtout pas ! bafouilla celle-ci.

— Bref, je lui ai dit que tu t'étais fait renverser par un fiacre. Je n'ai rien trouvé de mieux. Enfin c'est pas mal, comme explication, non ?

Anna ne répondit rien, pensive. Au bout d'un moment, elle souffla :

— De l'eau !

— Quoi qu'il en soit, la Brettschneider a dit qu'elle avait parlé en personne à Jandorf. Ils te gardent ton poste le temps que tu guérisses. Par les temps qui courent, c'est un miracle !

Ida la soutint et porta à ses lèvres une tasse prise sur la table de chevet. Anna lui posa une main sur le bras et regarda ses deux amies dans les yeux, l'une après l'autre :

— Merci !

— Mais c'est tout naturel ! s'exclama Ella tandis qu'Ida souriait. Une dernière question, avant qu'on t'emmène voir un docteur : est-ce qu'on doit mettre tes parents au courant ?

Anna détourna la tête et se demanda si Adelheid leur avait déjà écrit. Que savait sa tante, d'ailleurs ? Des fragments de souvenirs lui revinrent d'un coup. Elle montait l'escalier, sa tante n'était pas là. Soudain, elle revit le couloir obscur avec, tout au bout, la lumière pâle provenant de la cuisine. Anna ferma les yeux. Jamais elle ne retournerait de son plein gré dans cet appartement. Elle devait pourtant informer sa tante, lui faire savoir qu'elle était en sûreté. Un sursaut d'effroi la parcourut. Pourvu que Günter n'ait rien fait à Adelheid !

— Vous pourriez aller voir si ma tante va bien ?

Ida et Ella hochèrent la tête.

— Allez-y seulement ensemble… Et dites-lui que je suis en sécurité.

— Et tes parents ? répéta Ella.

Anna s'imagina les questions que poserait sa mère, l'inquiétude de son père. Elle regarda Ella dans les yeux et répondit :

— Surtout pas !

Charlotte

Ce à quoi Charlotte s'était secrètement attendue se produisit au bout d'à peine une journée. On sonna à la porte, puis un des domestiques s'approcha de la table du petit déjeuner avec un bouquet de roses rouges et une enveloppe.

— Oh, quelles fleurs magnifiques, en plein hiver ! s'écria Cäcilie. Une charmante attention de Leo. Regarde, Edith !

Le domestique se figea devant Cäcilie.

— Veuillez m'excuser, madame, mais ces fleurs ont été livrées pour mademoiselle Charlotte.

— Voyez-vous cela ! commenta Salomon en abaissant son journal, avant de poursuivre avec un sourire amusé : J'ai même une idée très précise de l'identité de l'expéditeur. Il faut reconnaître qu'il ne perd pas de temps.

Il mordit dans sa tartine et regarda avec curiosité sa nièce ouvrir l'enveloppe du bout de son couteau à beurre, se moquant complètement de la souiller.

— *Avec les meilleures salutations du Dr. Ernst Trotha*, lut-elle.

— Oh, c'est formidable, je suis bien contente pour toi ! s'exclama Edith.

Charlotte lui retourna un coup d'œil éloquent. Savoir qu'elle avait un nouveau prétendant apaisait la conscience de sa cousine.

Lisbeth ne quittait pas sa fille des yeux, impatiente de voir sa réaction. Cäcilie saisit la cafetière de porcelaine ventrue et servit son mari, puis elle-même, avant de prendre deux cuillerées de sucre.

— M. le Dr. Trotha, répéta-t-elle, pensive. Salomon, rafraîchis-moi la mémoire, je ne vois plus de qui il s'agit.

— C'est le jeune homme à la coiffure en brosse qui enseigne les sciences agraires à l'université. Je te l'ai présenté il n'y a pas si longtemps, tu te souviens ?

— Pendant mon concert, il était juste à côté de Leo, contre le mur de droite, ajouta Edith, tout excitée. Et après, il m'a félicitée en personne.

— Certes, mais on dirait que c'est surtout ta charmante cousine Lotte qui lui a plu. Et je le comprends très bien, conclut Salomon.

Charlotte s'abstint de tout commentaire. Elle s'était fait sa propre idée de Trotha, convaincue qu'il s'intéressait uniquement au domaine de Feltin et pas le moins du monde à elle. Elle décida pourtant de faire contre mauvaise fortune bon cœur. Qu'il lui fasse donc la cour ! Elle tolérerait ses efforts avec la retenue adéquate.

— Est-ce tout ce qu'il écrit ? Ne veut-il pas te revoir ? demanda Edith.

— Enfin, ne sois donc pas si curieuse ! lui reprocha sa mère.

— Mais si, répondit froidement Charlotte. Il aimerait venir me présenter ses respects cet après-midi.

Lisbeth l'observait en silence. Elle la connaissait assez pour lire sur son visage comme dans un livre ouvert. Charlotte dressait le menton d'un air buté, et ses yeux clairs rayonnaient d'un mépris glacial qui effraya Lisbeth. Sa fille manigançait quelque chose, et cela ne lui disait rien de bon.

Cinq mois plus tard, au matin du 6 juin 1920, Charlotte était debout face au miroir en pied de sa chambre. Autour d'elle, Erna et une autre domestique arrangeaient sa robe. Lisbeth, à côté, tenait entre les mains un diadème d'argent auquel étaient fixées des églantines blanches. Quand on frappa à la porte, Charlotte marmonna d'un ton plein d'impatience :

— Quoi encore… Entrez ! finit-elle par dire.

La porte s'entrouvrit et sa grand-mère passa la tête. Quand elle vit sa petite-fille en robe de mariée, ses yeux s'écarquillèrent d'émotion.

— Tu es magnifique, Lotte ! chuchota-t-elle.

La tension s'effaça soudain du visage de Charlotte.

— Ah, c'est toi, grand-maman ! fit-elle.

Elle adressa un bref sourire à Wilhelmine puis pinça de nouveau les lèvres en une moue d'agacement.

— Je ne sais pas pourquoi mais le tissu refuse de tomber correctement. Regarde donc cette couture, sur le côté, elle est horrible. À quoi pensait donc la couturière ?

Elle saisit entre le pouce et l'index la fine crêpe de soie, sur sa hanche, et la tirailla. Wilhelmine se pencha et inspecta la robe.

— Enfin, Lotte, je ne vois rien qui cloche. Même s'il est vrai que mes yeux ne sont plus ce qu'ils étaient.

Elle secoua la tête, perplexe, avant de se redresser.

— Qu'en dis-tu, Lisbeth ?

Celle-ci s'approcha et observa la couture pour la troisième fois.

— C'est la nervosité bien compréhensible d'une jeune femme le jour de ses noces. Le problème, ce n'est pas la robe. Cäcilie l'a fait faire exprès pour toi à Leipzig, elle est magnifique et te va à ravir.

Lisbeth détourna le visage pour lancer discrètement à sa belle-mère un coup d'œil qui exprimait toute son inquiétude des derniers mois. Wilhelmine pinça les lèvres et hocha la tête. Puis, s'adressant à Lisbeth et aux domestiques :

— Pourriez-vous me laisser un instant seule avec Lotte ?

Lisbeth hocha la tête à l'intention des deux jeunes femmes, qui s'éclipsèrent avec une courbette. Elle posa le diadème fleuri sur la coiffeuse et sortit à son tour, refermant la porte derrière elle. Wilhelmine se laissa tomber dans le fauteuil à oreilles, près de la fenêtre. Elle appuya sa canne au sol devant elle, le bras tendu, et garda le silence jusqu'à ce que Charlotte se détourne du miroir et la regarde enfin.

— Tu n'as pas à faire cela, Lotte. Il est toujours temps d'annuler le mariage.

— Qu'est-ce qui te fait croire que je veux l'annuler ? rétorqua Charlotte.

Wilhelmine garda les yeux posés sur le tapis de soie tissé de scènes de chasse, donnant à sa petite-fille le temps de se reprendre.

Charlotte inspira profondément et examina le visage couvert de fines ridules de son aïeule. Elle prit conscience de toute la sagesse qui se cachait derrière ce haut front, sous ces cheveux blancs très fins et bien coiffés. Et une petite voix lui souffla qu'elle ferait mieux de l'écouter.

Wilhelmine leva la tête et scruta Charlotte avant de dire d'une voix douce :

— Lotte... Es-tu vraiment certaine que c'est l'homme avec lequel tu veux passer le restant de tes jours ?

La jeune femme roula des yeux pour montrer à quel point la question lui semblait superflue. Combien de fois pourtant se l'était-elle posée au cours des semaines et des mois précédents ? Il lui venait systématiquement une réponse différente. Certains jours, elle était convaincue que Ernst était celui qu'il lui fallait. Intelligent, honnête et fiable, il lui assurerait la stabilité. Avec toutes ses connaissances techniques, il inaugurerait une nouvelle ère à Feltin. Et surtout, il saurait tenir tête à Richard.

Debout en plein milieu de sa chambre, Charlotte baissa les bras, désemparée. Elle ne s'asseyait pas pour ne pas froisser sa robe. Wilhelmine l'examinait d'un œil perçant ; un combat intérieur agitait le cœur de la jeune fille. Ernst l'inondait d'hommages, lui faisait une cour infatigable. Elle avait fini par refouler l'idée qu'il ne s'intéressait qu'à l'héritière de Feltin, cherchant à se convaincre qu'il la voulait, elle. Pourtant le soir, dans son lit, elle prenait conscience de la maladresse de leurs brefs contacts physiques. Les rares fois où ils s'étaient embrassés, elle avait vainement attendu l'exaltation soulevée par Leo. Mais Leo n'était plus libre. Il avait épousé Edith un mois plus tôt.

Charlotte se tapota doucement le coin de l'œil. Elle savait qu'elle ne pourrait guère se contenir plus longtemps si elle continuait à considérer ses propres doutes. Elle sentait les larmes venir, et il y avait une chose qu'elle ne voulait pour rien au monde : se mettre à pleurer.

— Comment pourrais-je le savoir ? lança-t-elle à Wilhelmine sur un ton plus brusque qu'elle ne l'aurait voulu. Tu le savais, toi, quand tu as épousé mon grand-père ?

— Non, effectivement. C'était une autre époque. Mes parents avaient choisi mon mari pour moi. Et c'est encore souvent le cas. Mais toi, tu as décidé toi-même, et...

— Et quoi ? Maman et toi, vous ne supportez pas Ernst, voilà tout, siffla Charlotte.

Elle s'interrompit, sentant qu'elle devenait trop mordante. Wilhelmine pinça les lèvres. Elle pouvait difficilement avouer à sa petite-fille qu'elle venait de taper dans le mille.

— Là n'est pas la question, Lotte.

Elle tendit les mains et Charlotte fit deux pas pour venir y poser les siennes.

— T'a-t-il déjà dit qu'il t'aimait... Et, plus important encore... L'aimes-tu, toi ?

Charlotte hésita. Soudain, une grave voix d'homme tonna dans le couloir :

— Alors, vous descendez ? Ou dois-je venir vous chercher ? Les cloches de l'église sonnent déjà depuis une demi-heure, nom de nom !

C'était Richard. Lotte lâcha les mains de Wilhelmine.

— Ah, grand-maman, bien sûr qu'il me l'a dit, et bien sûr que je l'aime.

Elle parla à toute vitesse, mentant coup sur coup sans savoir pourquoi. Les mots étaient sortis tout seuls.

— Allons-y. Je ne veux pas faire attendre mon fiancé plus longtemps.

— Bah, patienter un peu n'a jamais fait de mal à personne, conclut Wilhelmine, très déçue.

Elle se leva. En ouvrant la porte, elle manqua télescoper Lisbeth, qui attendait là. Wilhelmine lui souffla :

— Je ne vois pas pourquoi elle court à son malheur avec une telle hâte.

— C'est uniquement pour Feltin..., chuchota Lisbeth en retour, puis, avec un signe de tête vers

Richard, qui attendait au bout de l'escalier : ... Et pour lui !

En parcourant l'allée centrale de l'église luthérienne au bras de son père, Charlotte était si nerveuse qu'elle ne reconnut presque aucun des invités debout dans les travées. Les bancs étaient ornés d'églantines semblables à celles de son diadème. Elle se réjouit qu'à travers le voile qui lui couvrait le visage, personne ne puisse déceler son état d'agitation. La nef était comble. Il y avait même des spectateurs sur la galerie qui courait derrière la rambarde de bois blanc. Elle chercha des yeux des visages familiers, passa devant Cäcilie et Salomon, qui lui sourirent avec tendresse. Juste à côté, Edith et Leo, dans les bras l'un de l'autre. À l'instant où sa cousine lui lança un baiser du bout des doigts, Charlotte prit conscience qu'elle serrait les dents depuis le début. Elle entrouvrit la bouche et redressa le coin des lèvres. Son visage se détendit aussitôt. Devant l'autel, Ernst l'attendait, impassible dans une queue-de-pie sur mesure, une églantine ornée de gypsophile à la boutonnière. Pourquoi ne souriait-il pas ? Ses lèvres minces formaient une ligne droite, ses yeux l'observaient avec une expression étrangement ironique. Sa grand-mère avait-elle eu raison ? La rendrait-il malheureuse ? Pouvait-elle encore reculer ?

Richard, la sentant se crisper et ralentir le pas, tourna presque imperceptiblement les yeux vers elle. À ce moment-là, elle comprit qu'elle épousait Ernst pour une seule et unique raison : prouver à son père qu'elle avait su trouver un parti acceptable peu après avoir refusé la demande de Leo. Richard posa brièvement sa main sur la sienne puis la remit à son époux.

Anna

Anna songea que depuis qu'elle avait emménagé chez Ella, sa vie était redevenue belle. Les deux jeunes femmes étaient assises côte à côte sur le petit canapé. Un corset couleur chair, avec de solides sangles de cuir fixées à la partie centrale en acier, reposait sur les genoux d'Anna. Le jeune médecin chez qui Ida et Ella l'avaient emmenée avait diagnostiqué une fracture de vertèbre coccygienne et préconisé le port de ce corset pendant au moins six mois.

— C'était ma première nuit sans corset ! annonça Anna.

Elle le lança en l'air et le rattrapa du bout des doigts.

— Fini, la peau du dos irritée et écorchée ! J'ai dormi comme un bébé. Et je vais passer ma première journée sans cet engin de torture !

— Il faut fêter ça ! décréta Ella, ravie. Tu t'es assez morfondue comme ça. Aujourd'hui c'est dimanche, nous allons danser.

Elle ôta l'appareil des mains d'Anna, le jeta sur le divan puis entraîna son amie.

— N'est-ce pas un peu risqué ? Mon coccyx est à peine guéri !

Ella ne l'écoutait pas. Elle entonna une chanson en esquissant quelques pas de danse, roula des hanches, leva le bras pour faire tourner Anna sur elle-même.

— Pas question de gaspiller les plus belles années de ta vie. Si tu peux travailler, tu peux aussi danser, et ça fait déjà trois mois que tu passes de nouveau huit heures par jour debout.

Elles portaient encore leurs longues chemises de nuit ; Anna remarqua que le tissu s'enroulait autour de ses jambes, limitant ses mouvements et l'empêchant de réellement danser. De toute façon, elle n'avait jamais appris. Et sans l'étroit corset qu'elle avait docilement porté nuit et jour pendant six mois, elle se sentait libérée et avait très envie de suivre son amie.

— Et qu'est-ce que je vais mettre ? Je n'ai rien !

Ella tournoya sur elle-même en éclatant de rire.

— Et ça, là ? demanda-t-elle.

Elle désigna le mannequin, dans un coin, recouvert d'une étoffe blanche.

— C'est juste un vieux drap, protesta Anna.

Avant qu'elle ait eu le temps de l'en empêcher, Ella la lâcha et fit tomber la toile, dévoilant une robe bleu clair.

— Tu croyais vraiment que je ne t'avais pas vue coudre en secret, la nuit ? fit Ella. Où as-tu trouvé ce patron, et le tissu ?

Anna essaya en vain de l'empêcher de danser à travers la pièce, le mannequin dans les bras.

— Ella ! La robe est juste épinglée, pas cousue ! s'écria-t-elle en tentant de lui reprendre le mannequin. Tu vas tout déchirer, et je n'ai même pas fini de payer le tissu !

Incapable de tempérer l'humeur survoltée de son amie, elle se laissa retomber sur le canapé.

— Je ne l'aurai jamais finie pour cet après-midi, conclut-elle avec un geste de découragement.

En réalité, elle avait coupé la robe d'après un patron de son invention et comptait en faire la surprise à Ella pour son anniversaire. Elle avait prévu de la coudre à l'atelier du KaDeWe pendant ses pauses déjeuner à condition qu'une des couturières lui permette d'utiliser sa machine, car elle n'en possédait pas.

— Je ne peux pas la coudre à la main, expliqua-t-elle.

— Et pourquoi tu ne la mets pas simplement comme ça ? insista Ella.

Anna secoua la tête avec véhémence.

— Tu n'es pas sérieuse, j'espère ? Depuis combien de temps travailles-tu au rayon confection pour avoir des idées aussi absurdes ?

Ella reposa le mannequin en prenant un air faussement dépité.

— Eh bien, tant pis ! Nous allons devoir une fois de plus nous satisfaire des stocks débordants de notre boudoir.

Elle ouvrit le placard et effleura du bout des doigts les quelques vêtements suspendus là. Elle sortit deux robes à la coupe sobre et aux couleurs discrètes et s'en colla une le long du corps.

— S'il faut qu'on sorte avec des nippes pareilles, on va au moins se faire des boucles. J'ai emprunté le modèle d'exposition du dernier fer à friser, au deuxième étage.

Anna éclata de rire en voyant son amie brandir l'engin. Avec ses poignées de bois et ses arcs en métal ouvragé, il ressemblait plutôt à une énorme paire de ciseaux, ou à une pince. À la différence près qu'on ne le faisait plus chauffer sur le fourneau, mais en le raccordant à une prise électrique.

— Tu as toujours de ces idées ! commenta-t-elle.

Ses nouvelles boucles, retenues à l'arrière de sa tête par deux barrettes, se balançaient à chaque pas. Anna les sentit rebondir quand, au bras d'Ella, elle monta l'escalier du métro pour revenir à la lumière éblouissante de l'après-midi. Le trajet jusqu'au quartier de Prenzlauer Berg lui avait semblé court, bien qu'elles viennent de l'autre bout de la ville. Elle prenait rarement le train souterrain, et la vitesse à laquelle il fonçait dans les tunnels sombres l'inquiétait un peu.

Elles se dirigeaient à présent vers une brasserie aménagée dans une arrière-cour, sous des châtaigniers touffus. De loin déjà, on entendait le brouhaha et la musique d'un orchestre. Anna se sentait toute légère, pas encore habituée à évoluer sans son corset. Par-dessus sa modeste robe, elle portait un gilet couleur rouille retenu à la taille par un cordon d'où pendaient deux pompons. Ella avait un modèle similaire vert foncé. Elles franchirent le portail coloré du *Prater* et Ella s'arrêta. Les deux jeunes femmes regardèrent autour d'elles.

L'immense café dansant était très fréquenté, mais elles remarquèrent tout de suite que les femmes constituaient la majeure partie de la clientèle. Bien trop d'hommes étaient tombés au combat ou toujours portés disparus. C'est alors qu'un client, non loin de la piste de danse, se leva de sa chaise et leur fit signe. Anna pensa aussitôt à Erich, et son cœur manqua un battement. De loin, il lui ressemblait beaucoup. Jadis, son ami portait exactement la même casquette. Était-ce possible ?

— Viens vite ! s'exclama Ella en l'attrapant par le bras. Ce sont les types du rayon alimentation. Allons de l'autre côté.

Le grand Theo se leva à son tour et Anna les reconnut enfin. Ma mémoire m'a joué un tour, se dit-elle, déçue. Il fallait absolument qu'elle oublie Erich. Quand Theo se dirigea vers elles, Ella s'éloigna.

— On ne devrait pas s'asseoir avec eux ? demanda Anna.

Ella haussa les sourcils.

— Tu es folle ? On aurait l'air de s'intéresser à eux, et personne d'autre ne nous adresserait la parole de tout l'après-midi.

Elle tira Anna par le bras.

— Ils sont bien gentils, seulement il faut quand même qu'on trouve de meilleurs partis qu'un boucher et un boulanger, Anna. Ce n'est vraiment pas comme ça que je vois mon futur galant.

Anna regarda son amie s'éloigner sur la terrasse. Les ondulations du fer à friser donnaient à sa coupe à la garçonne une allure particulièrement moderne. Aucune autre femme n'était coiffée ainsi. Ella attirait les regards des hommes. Était-elle aussi calculatrice qu'elle le prétendait ? Elle n'avait jamais refusé une seule des tartines de charcuterie que les deux hommes leur offraient le midi.

Elles prirent place côte à côte sur des chaises et commandèrent des limonades à une serveuse. Deux tables plus loin, trois hommes étaient installés avec une seule femme, au mépris de la proportion entre les sexes alors dominante. Vêtue d'une robe bleu clair, elle semblait savourer toute cette attention.

— Regarde là-bas, dit Ella. Sa robe ressemble beaucoup à celle de ton mannequin. Tu aurais pu vite la finir, ce serait peut-être toi, à sa place.

Anna tourna la tête vers le petit groupe et examina la robe.

— Elle est bleue aussi, mais c'est vraiment le seul point commun.

Anna se demanda quand Ella finirait par développer un instinct pour les tissus et les coupes. Elle se disait parfois que son amie n'était pas à sa place au rayon confection, même si son éloquence et sa jovialité plaisaient à la plupart des clientes.

— Sa robe a des manches ballon et une coupe étroite. La mienne est beaucoup plus sobre, avec une taille basse. Et puis le tissu de la sienne est bien plus épais, une sorte de popeline.

— Tu vois tout ça d'ici ? fit Ella en plissant les yeux.

— Enfin, ne la regarde pas avec autant d'insistance ! gronda Anna.

Trop tard. La femme en bleu avait remarqué qu'elles parlaient d'elle. Tout son petit groupe tourna la tête. Ella ne parut pas s'en formaliser le moins du monde. Elle afficha la posture qu'Anna l'avait vue prendre si souvent, de profil, deux doigts sous le menton. Anna rougit. Un des hommes et la femme se levèrent pour rejoindre la piste de danse. Un autre quitta sa chaise à son tour et s'approcha nonchalamment de leur table, les mains dans les poches. Il était grand, d'allure agréable. Son pantalon flottait autour de ses jambes ; la plupart des gens n'avaient pas encore retrouvé leur poids d'avant-guerre, beaucoup étaient encore dans la gêne. Ses cheveux bruns bouclés lui tombaient sur le front, son visage ovale avait des traits réguliers. Anna se dit qu'il lui aurait plu encore davantage avec un menton plus marqué. Il aurait même été très beau. Les yeux bleu foncé du jeune homme passèrent de l'une à l'autre.

— M'accorderez-vous cette danse ? s'enquit-il.

En le voyant esquisser une courbette devant elles, Anna pensa comme toujours qu'il s'adressait à Ella, mais c'était bien à elle qu'il parlait. Son amie cligna des paupières avec arrogance pour ne pas montrer qu'elle était vexée ; elle n'eut pourtant guère longtemps à attendre pour être invitée à son tour.

Pas très rassurée, Anna se dirigea vers la piste, trottinant près de l'inconnu. Les pensées se bousculaient dans sa tête. Oserait-elle imposer à son corps les mouvements de la danse ? Quand Ella l'avait forcée à esquisser quelques pas, dans l'appartement, elle avait trouvé son dos raide et ses jambes maladroites. Elle pesta intérieurement de s'être laissé entraîner dans cette expédition. Toutefois elle ne pouvait nier qu'elle y trouvait aussi un certain charme. Son partenaire la dépassait d'une tête, ce qui lui parut inhabituel : avec son mètre soixante-dix, Anna avait toujours été plus grande que ses camarades. Il lui tint la main tandis qu'ils se faufilaient entre les sièges, et elle s'étonna de ne pas trouver cela désagréable.

Il se révéla être un danseur passionné qui la guidait avec autorité, saisissant ses mains pour la tenir fermement avant de la faire tourbillonner à nouveau sous son bras. Il la rattrapait ensuite, lui posait les mains dans le dos, et leurs corps se touchaient. Anna s'étonnait de trouver cela si facile, de la souplesse des mouvements du jeune homme et des siens, de la manière dont il la faisait virevolter. Elle comprit vite ce qu'il attendait d'elle ; quand elle croisait son regard, il prenait un instant l'air grave puis lui envoyait un sourire éclatant.

Quand ils retournèrent s'asseoir, les joues en feu, il lui commanda une bière blanche au sirop, spécialité berlinoise qu'elle n'avait encore jamais bue. La boisson était servie dans une haute coupe en verre, et elle put choisir entre sirop de framboise ou d'aspérule. Elle se décida pour le second, espérant que son parfum lui rappellerait la forêt de la Sprée. Le jeune homme lui demanda la permission de s'asseoir près d'elle et, alors seulement, se présenta :

— Carl Liedke.

— Anna Tannenberg.

— Vous dansez bien ! dit-il.

— Vous aussi !

Ils sourirent, tous les deux un peu gênés. Leurs boissons arrivèrent et Carl observa attentivement l'expression d'Anna tandis qu'elle avalait la première gorgée.

— Alors, vous aimez ?

C'était la première fois de sa vie qu'elle buvait avec une paille. En sentant l'arôme de l'aspérule lui emplir les narines, elle ferma brièvement les yeux. Le goût était sucré, avec une touche d'amertume épicée. Chez elle, au mois de mai, le sol de la forêt était tapissé de ces feuilles vertes. Ils en ramassaient des paniers entiers et sa mère préparait une boisson qu'elle appelait « champagne pour enfants ». Soudain, ses parents et ses frères et sœurs lui manquèrent terriblement. Mais elle lança un sourire à Carl et hocha la tête.

— C'est délicieux !

Carl sourit de nouveau de toutes ses dents. Il semblait vraiment se réjouir de sa compagnie.

— Vous venez souvent ici ? s'enquit-elle.

— C'est seulement la deuxième fois. Et vous ?

Elle secoua la tête, se demandant si elle devait lui avouer qu'elle n'était encore jamais venue dans un tel établissement, et encore moins pour danser. Il risquait de la prendre pour une petite campagnarde. Elle aurait bien aimé en apprendre davantage sur lui, mais avant qu'elle trouve le courage de lui poser une question, Ella revint et se laissa tomber sur sa chaise. Elle était tout essoufflée et manifestement pas de très bonne humeur. Son premier partenaire sur la piste de danse avait vite été remplacé par d'autres. Apparemment, elle n'avait jugé aucun d'eux digne de la raccompagner à sa place.

— Pouh ! souffla-t-elle en se passant la main sur le front. C'était épuisant.

Puis elle cracha sur le bout de ses doigts, se pencha en avant et frotta le bout de ses souliers.

— Et ce grand escogriffe n'a pas arrêté de me marcher sur les pieds, c'était à la limite des coups et blessures. J'espère que ton cavalier n'a pas été aussi maladroit, ajouta-t-elle en hochant la tête vers Carl. On joue à deviner les métiers ? demanda-t-elle sans transition en le scrutant. Montrez-moi vos mains.

— Ella, vraiment ! s'emporta Anna, embarrassée de l'indélicatesse de son amie.

Mais Carl, très candide, tendit les paumes vers elle.

— En voyant ça, je dirais : vous ne travaillez guère physiquement.

Carl ne dit rien.

— C'est vrai ? demanda Ella.

Il hocha la tête, et elle examina son visage.

— Mettez-vous donc de profil ! ordonna-t-elle.

Il obéit.

— Ce bombement, là, c'est clairement un front de penseur. Qu'en penses-tu, Anna ?

— Peut-être, répondit celle-ci, embarrassée, avant d'aspirer une nouvelle gorgée de bière.

— Vous écrivez beaucoup ?

Carl secoua la tête pour tempérer ses espoirs.

— Dommage, je vous voyais peut-être écrivain.

— Pas tout à fait. Je suis fonctionnaire… au bureau pour l'emploi.

— Tu vois ? s'exclama Ella avec un coup d'œil triomphant à son amie.

Anna observa Carl avec étonnement, presque un peu déçue. Elle avait pensé à un métier plus intéressant, pas aussi terre à terre. Avec ses longues boucles et son sens du rythme, elle l'avait même imaginé musicien ou comédien.

— Oh non, je le craignais, lança Ella.

— Quoi donc ? demanda Anna en voulant se retourner.

Ella lui siffla de ne pas bouger.

— Nos deux admirateurs du rayon alimentation viennent par ici.

Quand Emil et Theo arrivèrent, Ella fit mine de ne pas les reconnaître, mais Anna les salua avec amabilité et leur demanda s'ils voulaient s'asseoir. Les deux hommes voulaient danser avec elles. Le blond Theo ne quittait pas Ella des yeux, et Anna remarqua alors qu'il avait le regard un peu vitreux.

— Pas maintenant ! fit Ella d'un ton d'ennui en roulant des yeux, agacée.

— Merci beaucoup, Emil, je suis fatiguée. Un peu plus tard, peut-être, suggéra Anna.

Emil lui adressa un signe de tête compréhensif. Ce jour-là, il ne portait pas de chapeau mais un béret à carreaux, posé de biais par-dessus son oreille manquante, qui lui allait beaucoup mieux. Anna savait qu'il n'était tête nue que pendant ses heures de travail. Elle était navrée de l'éconduire ainsi, car elle l'aimait bien, seulement elle avait déjà l'impression d'avoir exagéré avec la danse précédente.

Emil se détourna pour partir mais Theo le retint par le bras.

— Quoi ? demanda Emil.

— Tu te laisses renvoyer comme ça ? ânonna Theo.

Il avait manifestement bu quelques bières de trop.

— Viens, il vaut mieux rentrer.

Theo resta planté devant leur table, sans un mot. Alors seulement, il remarqua Carl, le danseur d'Anna, qui avait gardé le silence jusque-là. Theo grimaça. Il avait enfin trouvé un rival sur lequel passer sa colère.

— Pourquoi tu restes assis là, sans rien dire ? T'es un planqué ? beugla-t-il.

Carl se leva très lentement. Anna vit qu'il serrait les poings.

— Vous n'avez pas entendu ? Ces dames ne veulent pas danser pour le moment. Retournez à votre table !

— Allez viens, Theo, insista Emil.

Theo se planta face à Carl, les jambes écartées. Ils étaient aussi grands l'un que l'autre, mais Carl paraissait beaucoup moins fort que le colosse blond.

— Tu as fait la guerre, au moins ? demanda Theo en avançant le menton d'un air de défi.

— Et comment ! 231e division d'infanterie.

Carl se mit en position de boxeur, les poings levés, un pied devant l'autre. La querelle des deux hommes attira l'attention des clients assis aux tables voisines. Les conversations se turent, seul l'orchestre continua à jouer. Anna retint son souffle. Ils se dévisageaient comme des fauves sur le point de se sauter dessus, et elle ignorait comment les en empêcher.

— Theo, on s'en va, tenta encore Emil d'un ton suppliant.

À l'instant où il dit « Theo », un crochet du droit toucha Carl au menton. Sa tête fut projetée en arrière, il vacilla mais parvint à se rattraper. Sans attendre, Theo frappa de nouveau, dans la poitrine, à l'épaule et sur le nez, puis envoya un crochet du gauche. Carl avait l'air complètement débordé. La tête pendante, il se retint à une table que des clients venaient de quitter précipitamment. Le sang coulait de son nez. L'orchestre avait cessé de jouer. Theo continuait à sautiller derrière Carl sur la pointe des pieds, l'air d'attendre pour lui porter un nouveau coup.

— Theo, ça suffit, maintenant ! Il en a assez ! lança Emil pour tenter de calmer son collègue.

Étrangement, celui-ci parut enfin l'écouter, et se détourna. C'était seulement pour saisir le verre de bière de Carl, encore plein, et le vider d'un trait. Entre-temps, Carl s'était redressé et reprenait péniblement ses esprits. Il chancelait tant qu'Anna le crut sur le point de s'effondrer.

— Non, Carl ! s'exclama-t-elle.

Cela ne fit qu'attirer de nouveau l'attention de Theo. Il se retourna et reprit ses sautillements, levant les poings à hauteur de la poitrine d'un air belliqueux. Un nouveau coup toucha Carl en pleine figure. Il vacilla encore, mais tint bon. Theo tourna la tête vers Ella et lança, railleur :

— Alors, il te plaît toujours, ton admirateur ?

Il leva le bras droit. C'est alors qu'un choc le toucha en pleine tempe, si puissant qu'un murmure parcourut l'assistance. La tête de Theo partit en arrière. Il resta debout, une expression étrangement stupéfaite sur le visage. L'espace d'un instant, on crut que le coup ne lui avait rien fait, puis ses genoux ployèrent, il s'effondra sur lui-même et tomba, le visage en avant, sur le gazon piétiné.

— Sacrée droite ! commenta un homme.

— Bien fait pour lui ! s'écria une femme.

— Mon Dieu, pourvu qu'il ne l'ait pas tué. Quels types on a rencontrés là, chuchota Ella à Anna, les mains posées sur la poitrine, doigts écartés, en un geste théâtral.

Anna avait porté les mains à sa bouche. On apporta un seau d'eau qu'on renversa sur la tête de Theo. Il se redressa aussitôt et se secoua, faisant gicler l'eau de ses cheveux.

— Attends un peu, je me souviendrai de ta gueule, gronda-t-il articulant avec peine.

Mais sa combativité s'était envolée.

Il faisait déjà nuit quand Carl les raccompagna chez elles. Ella ne se réjouit guère qu'il y tienne absolument. Avec son nez en sang, il risquait d'attirer l'attention des passants. Pourtant Anna se sentait coupable de la rixe ; après tout, c'était à cause d'Ella et elle que Theo l'avait attaqué.

— Nous y voilà ! lança-t-elle.

Une fois devant leur immeuble de Neukölln, elle ralentit le pas.

— Voulez-vous monter un instant pour que nous soignions vos blessures ?

Ella toussota :

— Anna, nous devons nous lever tôt, demain matin !

Carl secoua la tête :

— Ça ira !

À part le sang sous son nez et deux déchirures au sourcil et à la lèvre, il n'a pas l'air trop mal en point, se dit Anna. Mais elle savait d'expérience que le lendemain, il aurait le visage tout gonflé.

— Il faut que vous gardiez votre visage au frais pendant la nuit ! Mettez un linge humide là-dessus, dit-elle en désignant son œil. Et un gros coussin sous la tête.

Elle faillit ajouter « Je sais de quoi je parle ». Elle se retint toutefois, peu désireuse de lui expliquer d'où elle tenait son expérience des coups au visage.

Ella saisit Anna par le bras :

— Allez, viens, maintenant !

Mais Carl resta planté là, l'air d'attendre quelque chose. Anna le regarda.

— Pourrai-je vous revoir, Anna ? demanda-t-il enfin.

Elle hésita, sentant le regard réprobateur de son amie. Carl ne se laissa pas démonter.

— Dimanche prochain ? Devant le monument de la reine Luise, au parc zoologique ? À midi ?

— Anna ! fit Ella, agacée, en ouvrant la porte de l'immeuble.

Tout en laissant son amie l'entraîner dans le bâtiment obscur, elle dit doucement :

— À dimanche prochain, Carl. Bonne nuit !

Les yeux du jeune homme étincelèrent de joie.

— Le bleu est votre couleur préférée, n'est-ce pas ? lança-t-il encore alors que la porte se refermait.

Charlotte

Charlotte discerna la lumière du matin qui perçait autour des rideaux. Elle bougea d'abord la main, perçut un relief inhabituel sur le damas de la taie d'oreiller et le suivit des doigts. Elle finit par ouvrir les yeux. C'était le monogramme aux lettres élégamment recourbées, *L* et *T*, que sa mère avait fait broder sur toutes les pièces de son trousseau.

— L T, murmura-t-elle.

Lotte Trotha. Pourquoi diable sa mère avait-elle choisi l'initiale de son surnom ? Et pourquoi, mon Dieu, pourquoi s'appelait-elle Trotha et pas Händel ? Une boule grossit dans sa gorge, elle était au bord des larmes. Le matelas remua et elle entendit l'édredon se froisser. Charlotte se retourna.

Son mari était couché là, ses yeux aux cils clairs encore clos, les lèvres entrouvertes. Fascinée, elle observa les courts poils blonds de la barbe du dormeur, tendit la main pour les toucher puis se figea. Elle repensa à la nuit passée. Elle avait abordé sa nuit de noces dans l'ignorance la plus complète. Les allusions cryptiques de sa mère ne l'y avaient pas mieux préparée que celles, égrillardes, de son père. Ça n'aurait forcément rien à voir avec les accouplements de vaches et de taureaux ou de juments et d'étalons auxquels elle avait souvent assisté. Aucune femme ne se plierait de son plein gré à un acte aussi bestial. Et elle n'avait bien sûr rien pu demander à Edith, mariée un mois plus tôt. Jamais elle n'aurait voulu apprendre à quel point Leo la rendait heureuse.

Ernst s'était montré étonnamment tendre, et le corps de Charlotte avait réagi au contact de ses lèvres et de ses mains. Elle avait été surprise par le désir de son époux, et par le plaisir qu'elle avait elle-même pris à être si proche de lui. À l'instant de leur union intime, elle avait souhaité que ce moment ne se termine jamais. Cependant l'ivresse avait été de plus courte durée qu'elle ne l'aurait cru. Après, elle aurait aimé demander à Ernst comment il l'avait vécu, et s'il y avait eu d'autres femmes avant elle. Mais il s'était tourné sur le côté et aussitôt endormi.

Charlotte était restée longtemps éveillée. Après un tel bouleversement sentimental, il lui semblait impossible de trouver le calme intérieur et de contenir ses pensées. Elle se mit à comparer les deux hommes, les baisers de la nuit avec ceux du fameux après-midi, crut presque entendre la voix chaude de Leo, percevoir de nouveau le désir brûlant qu'elle avait ressenti dans la grange au moment où cela avait failli arriver. Puis elle finit par se poser la question cruciale : comment se serait passée sa nuit de noces avec Leo ?

Les paupières d'Ernst se soulevèrent et il tressaillit en voyant le visage de Charlotte juste au-dessus de lui.

— Tu m'observes dans mon sommeil ? demanda-t-il.

— À peine un instant ! répondit Charlotte avant de l'embrasser sur la bouche.

Elle posa la tête sur sa poitrine et écouta son cœur battre.

— Parle-moi ! Je veux tout savoir de toi, ce matin, dit-elle.

Ernst posa un baiser sur la racine de ses cheveux puis repoussa doucement son bras et glissa sur le côté.

— Ça va devoir attendre un peu, Lotte, déclara-t-il en sortant les jambes du lit. J'ai rendez-vous à la porcherie avec ton père à 9 heures.

En chemise de nuit, il alla ouvrir les rideaux et les deux battants de la fenêtre. Il se mit ensuite à marcher sur place à un rythme saccadé en exécutant des mouvements de gymnastique avec les bras, un spectacle tellement comique que Charlotte ne put retenir un éclat de rire. Ernst, impassible, se lança dans des flexions de genoux.

— Nous allons faire un état des lieux. Je veux choisir le plus vite possible les animaux avec lesquels je commencerai ma propre série de tests, déclara-t-il, haletant. Je dois rentrer à Leipzig après-demain.

Il lui expliqua d'un ton docte qu'il avait développé une théorie à propos de différentes compositions de la nourriture pour porcs, de l'ajout de divers compléments, et de leur effet sur la croissance des bêtes et la qualité de leur viande. Comme il s'agissait d'expériences à long terme, il devait commencer au plus tôt.

Charlotte ne l'écoutait plus vraiment. Le bien-être du bétail et son rendement comptaient pour elle, et elle se réjouissait qu'il veuille prendre une part si zélée au succès de Feltin. Pourtant, ce qu'il devait avant tout, c'était être son époux. Durant la nuit, elle n'avait pas vu ses yeux, car ils avaient évidemment éteint la lumière. Elle avait eu l'impression qu'il éprouvait de la passion pour elle, mais au matin de leur nuit de noces, elle aurait aimé que l'ardeur et la fièvre qu'elle voyait luire dans ses yeux lui soient consacrées à elle et pas à l'élevage porcin.

Au bout d'un quart d'heure, il referma la fenêtre et rassembla ses vêtements, tout affairé. Quand il passa près d'elle, Charlotte tendit les bras et dit d'une voix douce :

— Tu peux bien offrir quelques minutes de ton précieux temps à ta jeune épouse, non ? Et puis, nous devons aussi parler de notre lune de miel.

— Oui, mais pas maintenant, Lotte.

Sans s'arrêter une seconde, il ouvrit la porte de la salle de bains. Juste avant de la fermer, il repassa la tête dans la pièce et lança :

— Quand le devoir appelle, le plaisir doit attendre. Je te souhaite une merveilleuse journée.

Et il s'en fut.

Charlotte fit une grimace de colère. Elle repoussa l'édredon d'un coup, sauta du lit et se dirigea vers son placard à grands pas. Avec des gestes impatients, elle enfila ses vêtements d'équitation. Ses doigts tremblaient tant sous l'effet de la fureur qu'elle eut du mal à fermer les petits boutons de son chemisier. Elle songea un instant à prendre son petit déjeuner puis y renonça, peu désireuse d'affronter les regards interrogateurs de Lisbeth ou Wilhelmine, surprises de la voir à table si tôt, et sans son mari, au lendemain de ses noces.

En allant à l'écurie, suivie de ses chiens, elle aperçut Richard et Ernst disparaître derrière le bosquet de bouleaux, sur le chemin pavé. Son père avait fait bâtir la porcherie au sud de la maison de maître et des autres annexes, à cause de l'odeur. Il avait pris en compte les aspects météorologiques et l'almanach agricole, d'après lequel les vents du sud avaient été les plus rares au cours des dernières décennies. Elle songea un instant les rejoindre et prétendre s'intéresser aux théories d'Ernst. Repensant à l'air affairé et austère qu'il avait affiché peu avant, elle résolut de lui laisser son domaine d'expertise. S'il se consacrait à l'élevage, elle trouverait autre chose. Sans cesser de pester à voix basse, elle passa la haute porte de fer menant à l'écurie. Werner, assis sur une botte de paille, donnait des coups de marteau sur les dents d'une fourche, qui s'étaient manifestement tordues. À côté de lui, un valet de ferme pelletait du crottin dans une brouette depuis le box voisin.

— Bonjour madame ! dit-il en se levant avec une lenteur étudiée.

À Feltin, personne ne la nommait jamais autrement que « mademoiselle Charlotte ». Le ton même de Werner lui révéla qu'il employait cette expression par pure ironie.

— Bonjour Werner. Selle-moi la jument, s'il te plaît.

— Il faudra attendre. Tous les boxes doivent être nettoyés d'ici 9 heures.

C'était la deuxième fois de la matinée que quelqu'un lui déclarait qu'elle devrait attendre. Mais ce fut son ton méprisant qui l'enragea le plus.

— Je crois que du moment que je te donne un autre ordre, c'est le nettoyage du crottin qui peut attendre. Ou que quelqu'un d'autre s'en charge, rétorqua Charlotte.

Impassible, Werner continua à frapper sur la fourche à gestes puissants. Il reprit :

— Il faudrait que monsieur votre père vienne me le dire en personne, madame.

Charlotte tenta de maîtriser sa fureur. Elle pouvait seller son cheval toute seule, mais elle savait qu'elle ne devait pas tolérer un tel comportement. Werner employait un ton et des mots délibérément provocants. Elle avait été consciente que ces retrouvailles avec le palefrenier seraient inévitables ; de son côté, il devait se douter qu'elle avait emmené Erna à Leipzig pour l'éloigner de lui. Que son plan fonctionne aussi bien, au point qu'Erna tombe amoureuse du valet de pied de son oncle et rompe avec Werner, avait été pour Charlotte une heureuse surprise. La jeune domestique s'était même fiancée à Eberhard avant leur départ.

Elle observa les mains grossières et abîmées de Werner. Elle savait qu'il continuait à répandre des idées communistes dans les logements du personnel, et s'étonna que son père n'en ait pas tiré des conséquences depuis longtemps. Sans répondre, elle fit volte-face et courut jusqu'à la porcherie. Hors d'haleine, elle ouvrit la porte à la volée. Il fallut un moment à ses yeux pour s'habituer à l'obscurité, et l'odeur mordante lui sauta aux narines. Puis elle entendit les voix des hommes. Elle suivit l'allée à pas lent et les découvrit penchés au-dessus du box des porcelets. Ils ne réagirent pas à sa présence, bien qu'ils l'aient certainement entendue arriver. En les voyant plongés dans leur discussion, Charlotte en éprouva une sorte de jalousie.

— Une des causes majeures des fortes pertes de bêtes jeunes est leur habitat inadapté pendant le semestre hivernal, dans des bâtiments en dur qui sont froids, humides et pas assez aérés, déclara Ernst.

— Hum, grogna Richard.

— Je recommanderais donc de construire des porcheries en bois, en dehors de la ferme, ce qui serait d'ailleurs moins cher. De tels bâtiments sont mieux isolés du froid et moins humides que les murs de briques.

— Très bien, je vais y réfléchir, reprit Richard.

— Pour les stocks reproducteurs, la prophylaxie principale contre les maladies toujours plus nombreuses est l'élevage en plein air sous toit protecteur ou dans des huttes, dans de vastes enclos ou avec des sorties sur pré quotidiennes. Seuls les animaux destinés à la boucherie devraient rester toute l'année dans des bâtiments en dur.

Charlotte écoutait encore, muette, étonnée de voir à quel point Ernst s'enferrait dans ses théories.

— Soit ; nous irons tout à l'heure examiner les parcelles qui pourraient convenir, conclut Richard en tapotant l'épaule de son gendre.

Les deux hommes semblaient s'entendre à merveille, partageant manifestement la même passion pour l'optimisation de l'élevage du bétail. À cet instant, Charlotte se sentait complètement exclue de cet univers. Elle finit par toussoter, et Richard se tourna vers elle.

— Lotte ! Que fais-tu donc ici ? demanda-t-il avant d'ajouter d'un ton ironique : Ton mari te manque déjà ?

Charlotte ignora sa remarque équivoque et se planta devant les deux hommes, les poings sur les hanches.

— J'exige que tu renvoies Werner sur-le-champ ! Il est impertinent et ignore mes ordres.

Malgré l'obscurité, elle vit Ernst l'observer d'un air intéressé mais prosaïque. Comme si j'étais un de ses sujets d'expérience, pensa-t-elle, agacée.

— Tu *exiges* ? répéta Richard.

— Tout à fait !

— Enfin, Lotte, reprit son père d'un ton amusé. Qui fera donc son travail ? Qui sera responsable des chevaux jusqu'à ce que nous retrouvions un palefrenier ayant les qualités de Werner ?

— Ses qualités, comme tu les appelles, consistent surtout à inciter nos gens à la révolte. Dès que tu as le dos tourné, il parle de renversement, de révolution mondiale, et proclame que la servitude aura bientôt une fin. Il répète que les domestiques de Feltin sont mal payés et que tu les exploites. Voilà ce qu'il raconte aux gens. Et ne viens pas me dire que tu n'es pas au courant.

Richard n'afficha aucun étonnement face à ces révélations. Charlotte était certaine que grâce à sa relation de confiance avec Erna, elle en savait plus que lui sur ce point. Elle jeta un coup d'œil à Ernst pour voir quel effet ses paroles avaient sur lui ; elle n'avait pas l'intention de passer pour une gamine sans cervelle qui prenait des décisions sans réfléchir. Apparemment, elle avait tout de même réussi à l'impressionner.

— Eh bien, si ce que tu dis est vrai, d'où que tu le tiennes, nous allons devoir renvoyer Werner, fit Richard. Mais nous devrons trouver un remplaçant digne de ce nom.

— J'y ai déjà pensé, papa. Laisse-moi m'occuper de ça. Le travail sera fait, et encore mieux, je te l'assure, affirma-t-elle.

Elle venait tout juste de commencer à chercher une solution, et espéra qu'ils ne s'en rendraient pas compte.

— Bon, je vais y songer, conclut Richard avant de retourner à ses porcelets.

Charlotte n'avait pas l'intention de se laisser éconduire de la sorte. Avant même d'avoir réfléchi à la difficulté de trouver des employés dignes de confiance, elle lança :

— Si je trouve un remplaçant, papa, tu me donnes ta parole que Werner partira ?

Richard posa les mains sur le rebord du box et mit un pied botté devant l'autre.

— Si tu y tiens ! grogna-t-il.

Charlotte ressortit de la porcherie d'un pas vigoureux, et alors seulement, un plan commença à se former dans son esprit. Elle n'était pas la seule à vouloir se débarrasser de Werner. Elle avait déjà vu Leutner secouer la tête en le regardant. Elle allait au plus vite faire jouer en sa faveur l'impopularité de Werner. Si quelqu'un savait où trouver du personnel d'écurie dans les fermes environnantes, c'était bien Leutner. Elle prouverait ainsi à son père et à son mari qu'elle était en mesure d'embaucher des domestiques fiables. Peut-être cela deviendrait-il même une de ses tâches attitrées. Elle jeta un bâton à chacun de ses cockers et regarda les chiens partir au galop. Ces deux-là avaient la belle vie. Ils profitaient de l'amour de leur maîtresse sans avoir à se battre chaque jour pour être reconnus et respectés.

Anna

Elle savait qu'elle n'avait guère de temps, et redoutait d'être surprise. Toutes les couturières étaient en pause déjeuner ; l'une d'elles, avec qui elle s'était liée d'amitié, lui avait permis de se servir de sa machine. Anna était déjà venue d'innombrables fois dans cette pièce exiguë pour y apporter ou y récupérer des modèles à retoucher. Elle s'était parfois demandé si elle aurait préféré être à la place des couturières, qui exerçaient le métier auquel elle avait été formée. Mais elle ne voulait pas se contenter d'effectuer des retouches ; elle aurait aimé créer des modèles et des patrons. Le KaDeWe n'avait pas de collection propre. C'est un magasin, rien de plus, se dit-elle. Et elle préférait nettement travailler aux ventes qu'ici, aux retouches. L'aménagement de cet espace modeste, coincé tout au bout de l'étage, montrait bien le peu d'importance que Jandorf accordait à la couture.

En se penchant sur la machine pour faire avancer le doux tissu sous l'aiguille cliquetante, Anna eut l'impression que la Willnitz allait surgir à tout moment pour vérifier si la couture était bien droite. Combien d'heures avait-elle passées ainsi, à l'époque, dans le petit atelier ? Il lui semblait qu'une demi-vie avait passé depuis. Elle arrêta la machine, coupa le fil et leva la robe devant elle. Satisfaite de ce qu'elle voyait, elle pensa à l'instant où elle l'offrirait à Ella. Elle retourna le délicat tissu. Il ne lui restait qu'à finir l'ourlet. Elle remit la robe dans la machine d'un geste assuré.

— Que faites-vous ici, mademoiselle Tannenberg ? fit une voix de femme dans son dos.

Anna faillit crier mais n'émit qu'un soupir de frayeur. Elle savait à qui appartenait cette voix, et cette certitude lui donna des sueurs froides. Mme Stieglitz, debout derrière elle, examinait le tissu sur lequel elle travaillait. Depuis quand la directrice du rayon confection venait-elle en personne au service de retouche du KaDeWe ? Et pourquoi justement ce midi ? En général, elle envoyait une vendeuse apporter ou récupérer les vêtements. Anna sentit le sang lui monter aux joues. Elle se leva, certaine d'être écarlate.

— Je suis désolée, madame Stieglitz. C'est juste... Je devais coudre cette robe d'urgence et je n'ai pas de machine... Et comme personne ne se sert de celle-ci pendant la pause déjeuner, j'ai cru...

— Cessez de bafouiller ! la rabroua Mme Stieglitz.

Anna avait les mains tremblantes. Elle prit soudain conscience d'avoir tout risqué, sans réfléchir. Elle utilisait sans autorisation la propriété de M. Jandorf, ce qui pouvait lui coûter sa place.

— Qui vous l'a permis ?

Anna baissa les yeux.

— La couturière qui travaille ici d'habitude saitelle que vous vous servez de sa machine ?

Anna secoua la tête. Jamais elle ne la trahirait.

— Montrez-moi ça ! fit Mme Stieglitz d'un ton rude.

Anna coupa prudemment le fil et, le cœur gros, lui tendit la robe. Elle se doutait bien qu'elle ne la récupérerait pas, et qu'aujourd'hui, sa vie allait changer.

Tandis que Mme Stieglitz tenait le vêtement à la lumière, le tournant dans un sens puis dans l'autre, Anna observa le visage de sa supérieure. Aussi grande qu'elle, elle portait toujours les cheveux noués en un chignon strict. Ses rides du lion et son regard dur suffisaient à la rendre impopulaire. Elle intimidait presque tout le monde dans la maison. Personne ne l'avait jamais entendue dire un mot gentil, et même Jandorf semblait lui vouer une certaine déférence, comme Anna l'avait constaté lors d'une visite impromptue du grand chef dans son rayon. Mme Stieglitz suivit les coutures de ses longs doigts osseux et secoua la tête.

— Où avez-vous trouvé ce tissu ? demanda-t-elle au bout d'un moment.

— Dans notre rayon étoffe, répondit Anna.

Voyant Mme Stieglitz plisser les paupières, elle s'empressa d'ajouter :

— Je l'ai payé, bien entendu.

— Tiens donc !

Les couturières rentraient peu à peu de leur pause déjeuner en papotant. Face à cette scène, elles se turent et se figèrent, impressionnées. Anna aperçut quelques regards de commisération, mais vit aussi qu'une des femmes l'observait ouvertement avec une joie mauvaise.

— Pourquoi restez-vous plantées là ? aboya Mme Stieglitz. Au travail !

Puis elle se reprit :

— Une minute !

Toutes les femmes tressaillirent.

— L'une de vous savait-elle que Mlle Tannenberg utilisait sa machine à coudre sans autorisation pendant votre pause de midi ?

Les couturières étaient pétrifiées. Mme Stieglitz s'approcha d'elles, les scrutant une par une avec sévérité, comme à la caserne. Personne ne dit mot.

— C'est bien ce que je pensais, conclut-elle.

Anna se demanda si elle la croyait ou si elle croyait qu'une des employées mentait. La directrice se tourna de nouveau vers elle.

— Je dois rapporter cet incident, et nous verrons ce qui en découlera. D'ici là, retournez à votre travail.

Anna, sans bouger, lui lança un regard plein d'espoir. Nerveuse, elle ouvrait et refermait les poings, les bras pendant le long de son corps.

— Il y a autre chose ? demanda Mme Stieglitz.

— La robe, articula Anna avec un coup d'œil suppliant à la mousseline bleu ciel. Je peux la récupérer ?

Mme Stieglitz pinça les lèvres puis rétorqua, très suffisante :

— Vous ne manquez pas de toupet. Ceci est un élément de preuve, qui demeure en ma possession jusqu'à ce que cette affaire soit réglée.

Tête basse, Anna quitta la pièce à la suite de la chef de service. Elle se sentait comme jadis à l'école, quand elle arrivait en retard en sachant qu'elle n'échapperait pas à sa punition. L'enjeu n'était alors jamais aussi important, et Erich était à ses côtés.

De retour au rayon de confection pour dames, elle entra dans la salle d'essayage ; pour la première fois, la lumière éclatante des lustres lui parut trop forte, éblouissante. Ella, occupée à ajuster la jupe d'une cliente, lui jeta un coup d'œil et tressaillit. Anna était blême.

— Que s'est-il passé ? souffla Ella.

Sa cliente était repartie et elles se tenaient côte à côte dans le salon de présentation, devant les étalages. Anna parvenait à peine à penser clairement. Une immense amphore avec un magnifique arrangement floral trônait au centre de la pièce. Elle s'était souvent demandé où, à Berlin, on trouvait des fleurs si belles et si fraîches, mais à présent, le parfum sucré des boutons de jasmin lui donnait mal au crâne. Elle tourna la tête de tous côtés pour être certaine qu'on ne les écoutait pas, puis expliqua la situation à Ella sans toutefois lui révéler que la robe était prévue pour son anniversaire, afin de ne pas lui donner mauvaise conscience.

Son amie porta une main à la bouche, effarée.

— Oh, ça aurait pu m'arriver aussi quand j'ai emprunté le fer à friser. Il faut absolument qu'on mette Mme Brettschneider au courant, pour lui donner ta version de l'histoire. Elle seule peut t'aider. Peut-être que tu auras de la chance et qu'elle touchera encore un mot en ta faveur.

— Je ne crois pas qu'elle puisse faire grand-chose, et quand elle saura tout, elle n'en aura d'ailleurs pas envie, dit Anna, résignée.

Elle s'enfouit le visage entre les mains. Iris, adossée au mur de l'autre côté de la pièce, les observait. À son sourire satisfait, on aurait pu croire qu'elle était au courant de l'incident.

— Reprends-toi, ne te donne pas en spectacle, siffla Ella. Fais comme si de rien n'était et attends ici. Je vais essayer d'arriver au quatrième avant la Stieglitz, sans qu'on me remarque.

Elle disparut derrière le rideau et en ressortit un instant plus tard avec une boîte ronde.

— J'apporte vite ce chapeau à la caisse, j'ai bêtement oublié de l'y emmener pour ma cliente, dit-elle à voix haute.

Iris haussa les sourcils quand Ella passa devant elle. Anna se tourna vers une cliente qui cherchait un manteau du soir et commença à lui présenter des modèles. Tout en s'efforçant de se concentrer, elle ne cessait de lorgner vers l'entrée. Quand Ella allait-elle enfin revenir ? Au bout d'à peine une demi-heure, Anna fut convoquée chez le directeur. Quand elle croisa son amie sur le palier, elle crut avoir encore une chance, mais Ella baissa les yeux d'un air dépité. Mme Brettschneider était déjà au courant et, à son grand regret, ne pourrait sans doute plus rien faire pour Anna.

Tout était perdu. Anna sentit son dernier soupçon d'espoir s'envoler. Pourquoi avait-elle fait cela ? Comment avait-elle pu se montrer aussi écervelée ? Elle suivit d'un pas lourd le couloir qui menait au bureau de la direction. Les murs étaient lambrissés du même bois que le salon de thé. Elle crut sentir l'odeur des forêts du Nord, agréablement rafraîchissante comparée au lourd parfum des fleurs. Mais en approchant de l'immense porte à double battant et verre dépoli, elle rit d'elle-même intérieurement. Le bois avait perdu depuis longtemps son parfum naturel. Elle avait juste cherché à penser à quelque chose d'agréable pour se changer les idées, oublier qu'elle empruntait ce couloir pour la première et dernière fois. Et le pire, c'est qu'elle ne devait son renvoi qu'à elle-même, à son étourderie et à sa bêtise.

Elle s'arrêta devant les deux secrétaires de Jandorf et donna son nom. La plus âgée, cheveux blond-blanc et lunettes sur le nez, leva les yeux vers elle et dit d'un ton neutre :

— Veuillez prendre place un instant, mademoiselle Tannenberg, M. Jandorf va vous recevoir.

Elle indiqua un fauteuil à oreilles à l'autre bout de la pièce.

Anna s'assit et observa les deux femmes qui tapaient à une vitesse folle sur leurs énormes machines à écrire noires, sans regarder le clavier. Elles avaient les yeux rivés aux modèles manuscrits. C'était une tâche véritablement fascinante. Comment leurs doigts pouvaient-ils trouver à l'aveugle les bonnes touches ? Elle s'imagina coudre sans regarder le tissu... Le résultat aurait été catastrophique.

Au bout de quelques minutes, une des portes du bureau de Jandorf s'ouvrit à la volée et Mme Stieglitz en surgit, le visage de pierre. En voyant Anna, elle plissa les yeux. À la grande surprise de la jeune femme, elle ne lui dit pas un mot et s'engagea dans le couloir d'un pas lourd, l'air furieux. Était-ce bon ou mauvais signe ? Juste après, Mme Brettschneider franchit le seuil à son tour. Elle pinça imperceptiblement les lèvres en passant devant Anna, et celle-ci ne sut pas non plus déchiffrer son expression.

La secrétaire blonde lui adressa un signe de tête.

— Vous pouvez entrer, maintenant.

Dès qu'elle eut passé le battant à la vitre dépolie, Anna fut frappée par le changement d'odeur. De la fumée de cigare froide flottait dans l'air. Jandorf était assis à un gigantesque bureau de bois presque complètement vide : il n'y avait là qu'un appareil téléphonique et un dossier de cuir contenant quelques papiers que le directeur examinait. Anna remarqua encore autre chose, en contraste saisissant avec le bois laqué noir : sa robe bleu ciel. Quelle ironie. Sur le fond sombre, le délicat tissu produisait un effet particulièrement charmant. Elle s'arrêta à deux pas du bureau, croisa les mains devant sa jupe et attendit. Les paumes moites, elle sentit son cœur battre à tout rompre et se dit que Jandorf devait l'entendre aussi. Si seulement elle pouvait penser à autre chose qu'à sa peur.

Osant à peine bouger la tête, elle balaya la pièce des yeux, les imposants fauteuils en cuir noir, le tableau représentant la somptueuse façade du KaDeWe. C'était donc ici qu'on dirigeait le célèbre grand magasin, qu'on réfléchissait chaque jour aux inimaginables quantités de marchandises à acheter et à la meilleure manière de les vendre. Depuis cette pièce, Adolf Jandorf décidait du destin de près de deux mille employés, et aujourd'hui, du sien. Elle pensa à ce qu'elle avait entendu dire sur cet homme svelte aux épais cheveux noirs. Il venait d'un petit village du Wurtemberg et avait suivi une formation de vendeur. On racontait qu'il était parti aux États-Unis à l'âge de vingt ans pour y apprendre les techniques de vente les plus modernes. Cette audace incroyable le différenciait de tout ce qu'Anna connaissait. Quel courage fallait-il pour s'embarquer sur un paquebot pour un continent lointain !

Anna se demanda combien de temps durait un tel voyage, si les gens, là-bas, étaient très différents d'ici, à quoi ressemblait leur langue, et cela la calma, la détourna de sa peur. Le rythme de son cœur s'apaisa. Elle se souvint de ce que racontaient les plus âgés des employés : Jandorf avait fondé son premier magasin à vingt-deux ans, à son retour des États-Unis.

Après ce qui lui parut une éternité, Adolf Jandorf posa son stylo, leva la tête, et dévisagea Anna à travers ses lunettes rondes cerclées de noir.

— Mademoiselle Tannenberg.

Anna ignorait si elle devait répondre, car il se contenta ensuite de la regarder sans rien ajouter.

— Je ne vous imaginais pas comme ça. Mais peu importe.

Elle ouvrit la bouche pour lui demander ce qu'il avait cru, puis se retint de justesse. Une telle question aurait pu paraître impertinente.

— Vous avez donc cousu une robe sur une de mes machines pendant votre temps de travail.

— C'était à l'heure de ma pause déjeuner, répondit Anna à voix basse.

— Mme Stieglitz m'a raconté tout autre chose. Quoi qu'il en soit : reconnaissez-vous avoir utilisé une des machines à coudre du KaDeWe à des fins personnelles ?

Anna hocha la tête :

— Oui, je le reconnais.

— Alors, les choses sont claires. Je ne peux plus vous employer comme vendeuse. Vous êtes renvoyée.

Anna sentit ses genoux fléchir sous elle. Je ne vais pas m'effondrer maintenant, pensa-t-elle, effarée. Elle écarta les pieds pour retrouver son équilibre. Elle n'aurait pas pensé que Jandorf se montrerait aussi expéditif. C'en était donc fini : elle avait travaillé au KaDeWe exactement un an, quatre mois et trois jours. Elle se retrouvait à la rue, et c'était entièrement de sa faute.

— Je comprends, dit-elle. Puis-je y aller ?

Elle ne voulait plus qu'une chose, quitter ce bureau, car elle ne serait plus en mesure de se maîtriser longtemps.

Jandorf hocha la tête, et elle se détourna. Au bout de la pièce, elle posa la main sur la froide poignée de laiton et ouvrit un battant. Seule la secrétaire blonde leva la tête quand Anna revint dans l'antichambre. En voyant son expression déçue, elle pinça les lèvres avec un regard triste, exprimant sa compassion. Anna hocha la tête pour la remercier. Le chemin de retour dans le long couloir lui fut encore plus pénible que l'aller. C'était donc définitif. Le poids du désespoir et de sa colère contre elle-même menaçait de l'écraser. Qu'allait-elle faire ? Elle tiendrait encore quelques semaines avec ses économies, mais ensuite ?

Je ne pleure pas. Si je commence maintenant, je ne pourrai plus m'arrêter. Elle allait se maîtriser, récupérer ses papiers au bureau du personnel, rentrer à la maison. Mais était-ce encore sa maison, si elle ne pouvait plus payer le loyer ? Elle ne pourrait pas abuser éternellement de l'hospitalité d'Ella. Retourner chez Adelheid ? Sa tante l'accueillerait certainement, mais en repensant au couloir obscur de son appartement, à la lumière pâle tombant de la cuisine, elle fut prise de frissons. Jamais elle ne pourrait retourner là-bas, même si Günter avait disparu après la soirée d'horreur, emportant les quatre-vingts marks de son salaire mensuel. Quand elle arriva à l'escalier, un jeune homme en blouse blanche montait les marches. Elle se détourna vite en le reconnaissant, mais il l'avait déjà aperçue. C'était Theo. Depuis la bagarre au *Prater*, Anna l'avait évité autant qu'elle l'avait pu, et il fallait qu'elle tombe sur lui pile maintenant.

— Anna ! Qu'est-ce qui t'arrive ? Quelle mouche t'a piquée ?

Il semblait presque se réjouir de la voir si malheureuse.

— Je voulais te demander, à toi et ton amie, si vous auriez à nouveau envie de sortir avec Emil et moi.

Anna pinça les lèvres.

— Merci, mais je ne pense pas, répondit-elle.

Elle le dépassa à la hâte pour descendre l'escalier. Theo, l'air vexé, lui lança :

— Tu te crois trop bien pour nous !

En entendant des pas rapides dans son dos, elle craignit presque qu'il la suive.

— Mademoiselle Tannenberg ! fit une voix de femme.

Elle se retourna. La secrétaire aux cheveux blond-blanc l'avait rattrapée en courant.

— Il faut que vous reveniez au bureau de M. Jandorf, annonça-t-elle, hors d'haleine.

— A-t-il dit pourquoi ? s'enquit Anna, incapable de deviner ce qu'il pouvait bien vouloir d'elle.

— Hélas non, répondit la secrétaire. Mais à votre place, j'obéirais. Ça ne peut pas être pire, de toute façon, n'est-ce pas ?

Anna lui sourit timidement et la suivit dans le couloir. Elle était abasourdie. Que lui réservait encore cette affreuse journée ? La secrétaire ouvrit une des deux portes et s'effaça pour la laisser passer. Anna entra pour la seconde fois dans le vaste bureau. Jandorf, à la fenêtre, tenait sa robe en l'air. À la lumière aveuglante du soleil d'après-midi, le léger tissu bleu ciel semblait presque reluire de l'intérieur.

— Avez-vous dessiné le patron vous-même ? demanda-t-il, puis, sans attendre de réponse : Où avez-vous appris cela ?

Il désigna de sa main tendue un des gros fauteuils de cuir.

— Asseyez-vous, mademoiselle Tannenberg.

Anna prit lentement place au bord du siège. Son cœur se remit à battre à tout rompre, mais cette fois, l'excitation surpassait sa peur et sa déception.

— J'ai suivi une formation de couturière chez moi, à Vetschau, dans la forêt de la Sprée…

Comme il ne réagissait pas, elle précisa :

— C'est dans le Brandebourg.

— Et c'est là aussi que vous avez appris à créer des modèles et à dessiner des patrons ?

Il reprit la robe à deux mains, contourna son bureau et s'y adossa. Anna se rendit compte alors seulement qu'il était d'assez petite taille, sans doute pas beaucoup plus grand qu'elle.

— Oui, cela fait partie de la formation. À Vetschau, nous avions évidemment très peu de clientes fortunées qui pouvaient se permettre de commander chez nous une garde-robe raffinée. En réalité, nous n'en avions qu'une. Parfois, on cousait un costume traditionnel de la région. C'est très compliqué, avec beaucoup de broderie et de travail au crochet. Et pendant la guerre, nous n'avions pas assez de tissu. Nous avons beaucoup utilisé de vieux rideaux, des nappes, ou de vieux vêtements.

Soudain, Jandorf posa la robe sur son bras et traversa la pièce à grands pas. Il ouvrit la porte et parla à voix basse à ses secrétaires sans qu'Anna entende ce qu'il disait. Quand il revint, au lieu de reprendre la parole, il s'adossa simplement à son bureau, pensif, en se frottant le menton. Le téléphone sonna ; il décrocha puis dit au bout de quelques secondes :

— Pas maintenant, qu'il rappelle. Qu'on ne me dérange pas.

Peu après, la secrétaire brune entra timidement dans le bureau. Anna écarquilla les yeux, stupéfaite : elle portait sa robe. Comme elle avait à peu près la même silhouette qu'Ella, elle lui allait presque à la perfection. Jandorf la détailla à son tour et demanda à Anna :

— Pourriez-vous me dire quelques mots sur votre modèle, mademoiselle Tannenberg ?

Anna se leva et rejoignit la jeune femme. Elle la regarda brièvement dans les yeux et comprit à quel point la situation la mettait mal à l'aise. Toutefois on ne refusait rien à Adolf Jandorf, quelle que soit l'étrangeté de sa demande.

— Cela vous va à ravir, madame… ? dit Anna à voix basse.

En prononçant ces mots, elle pensa à Iris, sa collègue désagréable, quand elle voulait à tout prix vendre un vêtement à une cliente. À l'inverse d'Iris, Anna pensait vraiment ce qu'elle disait, et la secrétaire de Jandorf s'en aperçut.

— Anke Kleinert, répondit-elle.

— Madame Kleinert, répéta Anna.

Elle se mit ensuite à décrire la robe comme elle avait appris à le faire au rayon confection :

— Il s'agit d'une robe d'après-midi bleu ciel. (Elle toussota, hésita un instant.) Elle est en mousseline, un tissu très doux au toucher et au tombé magnifique.

Elle tendit la main vers la jupe, regarda Jandorf et, en voyant qu'il l'écoutait attentivement, poursuivit avec plus d'assurance :

— Observez le détail : ce volant va sans interruption du devant de la robe jusqu'au dos.

Anna s'adressa de nouveau à son modèle :

— Pourriez-vous tourner lentement sur vous-même, s'il vous plaît, madame Kleinert ?

La secrétaire obéit, décrivant une pirouette à petits pas sautillants, et ne se détendit qu'en voyant Jandorf hocher la tête avec bienveillance.

— Le volant est muni d'un petit ourlet roulotté pour rester souple et remuer librement, précisa Anna en le soulevant.

Jandorf s'approcha et ôta ses lunettes pour observer la couture. Anna désigna ensuite le col.

— L'avant du corsage est orné de rangées de coutures en V qui ajoutent un détail particulier à la forme coulante de la robe.

Elle recula d'un pas.

— Pouvez-vous lever les bras, madame Kleinert ?

Quand celle-ci s'exécuta, Anna indiqua la forme moderne des manches dites trompettes qui, elles aussi bordées d'un ourlet roulotté, se terminaient souplement sur le dos de la main. Puis elle fit signe à la secrétaire qu'elle pouvait baisser les bras.

— La robe est entièrement doublée, avec une taille basse lâche très flatteuse et un corsage presque droit. La jupe se termine quelques centimètres au-dessus des chevilles, qu'elle dévoile aux regards, conclut-elle.

Apercevant les bottines noires à lacets démodées de Mme Kleinert, elle ajouta :

— Vous trouverez des souliers assortis, couleur crème ou bleu foncé, à notre rayon chaussures, au troisième étage.

Les lèvres de Jandorf tressaillirent à sa dernière remarque. Il l'avait écoutée avec une grande attention. Anna et Mme Kleinert, plantées sur le moelleux tapis oriental de son bureau, attendaient sa réaction avec une grande curiosité. La secrétaire semblait au moins aussi intéressée qu'Anna.

— Et le tissu vient de chez nous ? demanda Jandorf après un moment.

Anna hocha la tête.

— Combien coûte-t-il ?

— 1,80 mark le mètre.

— Incroyable, dit-il, sans préciser s'il trouvait ce prix incroyablement bas ou, au contraire, bien trop élevé.

Il fit signe à sa secrétaire :

— Merci, madame Kleinert, vous pouvez retourner à votre travail... Et ôter la robe, bien sûr.

Anna vit sa déception de ne pas être autorisée à rester plus longtemps. Manifestement, cette présentation avait constitué pour elle une distraction bienvenue dans son quotidien. Jandorf attendit qu'elle eût quitté la pièce pour reprendre :

— Mademoiselle Tannenberg, je vais être franc avec vous : la création et la confection de votre robe me plaisent. Vous êtes douée. Nous achetons la plupart de nos modèles dans des maisons de confection berlinoises. Ce qu'il me faut, ce sont des vêtements hors du commun, remarquables, pour notre clientèle exigeante. Le reichsmark très faible ne me permet plus d'acquérir des pièces dans les maisons de couture de l'étranger, même si certaines relations commerciales d'avant-guerre commencent à se renouer. Nos clientes fortunées ont en la matière un grand retard à rattraper et un immense désir d'extravagance, qu'il s'agit pour nous de satisfaire.

Pourquoi lui dévoilait-il donc ses réflexions commerciales ?

— Combien pensez-vous pouvoir coudre d'exemplaires de cette robe en deux semaines, mademoiselle Tannenberg ?

Elle baissa la tête et prit une profonde inspiration. C'était donc ça : il ne voulait plus l'employer comme vendeuse, mais comme couturière et créatrice de modèles. Anna envoya une prière de reconnaissance au ciel. Elle n'était pas donc pas à la rue.

— J'ai déjà le patron, je peux donc sauter cette étape, répondit-elle. Il me resterait à l'adapter en quatre tailles différentes.

— C'est évident. Alors, combien en quinze jours ?

Elle sentait Jandorf la scruter sans relâche. Pourquoi était-ce si important ? Anna fit défiler les chiffres dans sa tête. Il lui avait fallu huit heures pour couper et coudre. Depuis presque un an, la loi imposait une journée de travail de huit heures, six jours par semaine. Si elle se contentait au début d'une robe par jour, elle prendrait certainement le rythme et pourrait ensuite accélérer. En deux semaines, elle devrait pouvoir en faire au moins douze. Elle releva la tête et répondit :

— Quatorze.

— C'est d'accord, dit aussitôt Jandorf. Je vous passe commande. J'avance le matériel. Je paie seize marks par robe, mais vous devrez me livrer dans deux semaines. Si vous y parvenez et que je suis satisfait de la qualité de votre travail, nous verrons pour la suite.

Anna se rassit sur le bord du fauteuil et fixa Jandorf, bouche bée. Elle sentit sa jambe droite tressaillir. Il n'avait pas l'intention de l'embaucher comme couturière, il la traitait comme une fournisseuse indépendante. Avec l'étrange impression d'avoir la tête vide, elle calcula ce qu'elle toucherait. Cent douze marks par semaine de travail. Même si elle devait payer le tissu, c'était une somme considérable. Mais où trouverait-elle une machine à coudre ? Jandorf sembla deviner ce qu'elle pensait et afficha une mine grave.

— Vous devrez vous débrouiller pour trouver une machine. Après ce qui s'est passé, je ne peux pas en mettre une à votre disposition. Nous pourrions toutefois discuter d'un crédit pour une nouvelle machine.

Anna perdit aussitôt courage. Elle ne parviendrait jamais à acquérir de machine à coudre, beaucoup trop chère, et qui lui en louerait une par les temps qui couraient ?

— Alors, qu'en dites-vous ? Marché conclu ? (Il lui tendit la main.) Du cran ! Devenez entrepreneuse, mademoiselle Tannenberg, ajouta-t-il pour l'encourager.

Elle hésita. Se rendait-il compte du risque que cela représentait pour elle ? Elle n'était qu'une petite couturière de la forêt de la Sprée. Comment pourrait-elle payer une machine ? Puis elle repensa à ce qu'Ella lui avait soufflé juste avant son entretien d'embauche avec Mme Brettschneider : « Réfléchis à ce que tu sais faire mieux que les autres. Qu'est-ce qui te rend si unique ? Crois en toi, les autres le feront aussi ! »

Elle savait coudre, dessiner des patrons. Et voilà qu'on lui donnait une chance unique de prouver qu'elle connaissait son métier.

— D'accord. Mais le premier versement pour la machine sera seulement dû lorsque vous aurez payé les robes.

Jandorf dressa un sourcil. Il ne s'était apparemment pas attendu à ce que, dans sa situation, elle ait en plus le courage d'avoir des exigences. Pourtant il accepta.

— C'est d'accord, dit-il.

Ils se serrèrent la main et elle le vit sourire pour la première fois, ce qui le rajeunissait de plusieurs années. L'espace d'un instant, elle crut voir le jeune homme aventureux parti en Amérique sur le pont inférieur d'un paquebot. Il se détourna et repassa de l'autre côté de son bureau. Une fois dans son fauteuil, il redevint l'impressionnant directeur du KaDeWe, qui annonça :

— Mes secrétaires vont préparer la commande écrite, pour signature. Et, mademoiselle Tannenberg… Ne me décevez pas.

Voyant qu'Anna ne bougeait pas, il demanda :

— Autre chose ?

Elle toussota :

— Ma robe… pourrais-je la récupérer… juste pour avoir le modèle exact de votre commande ?

Jandorf eut l'air étonné, puis, d'un geste généreux de la main :

— Naturellement. Ma secrétaire va vous la rendre.

Anna effleura du bout des doigts le métal noir brillant orné de l'inscription dorée « Singer ». Puis elle passa le fil bleu ciel dans l'œillet de l'aiguille. Elle venait d'entamer une nouvelle bobine. En poussant le tissu à travers la machine pour appliquer la couture décorative, elle pensa une fois de plus à ce que dirait sa mère. Elle s'était endettée de trois cent quatre-vingts marks pour acquérir la machine. C'était une somme considérable. Jamais encore elle n'avait vu autant d'argent d'un coup. Pour ses parents, acheter une chose de cette valeur à crédit aurait été inimaginable. La crainte d'avoir pris cette décision trop précipitamment lui nouait les tripes. Elle arrêta la roue de la main pour tirer le tissu à rebours et leva brièvement la tête. La vue des cinq robes déjà terminées alignées sur la tringle, près de la porte, la remplit de fierté. Ces derniers jours, elle avait pris conscience que, en tant que vendeuse, elle avait travaillé dans un environnement magnifique, avec la sécurité d'un emploi fixe. Mais la satisfaction de fabriquer des modèles qu'elle créait elle-même était infiniment supérieure.

Assise sur le petit canapé, Ella la regardait coudre d'un air de profond ennui.

— Tu n'avais pas rendez-vous avec ton admirateur du *Prater,* aujourd'hui ? demanda-t-elle.

Anna tressaillit. Elle avait complètement oublié.

— Quelle heure est-il ?

— Bientôt 11 h 30.

Anna regarda la pile de pièces de tissu déjà coupées.

— Impossible. Je n'y arriverai jamais. Il faut au moins que je finisse cette robe aujourd'hui et que j'en entame une autre.

Son amie tourna la tête pour observer les exemplaires achevés.

— Mais tu travailles depuis trois jours presque sans interruption, et à ce que je vois, tu en as déjà beaucoup de prêtes. Ce ne sont pas cinq robes qui sont suspendues là ? Tu peux bien t'accorder une petite pause.

Sans répondre, Anna fit pivoter le morceau de tissu et continua à coudre, très concentrée. Elle était obsédée par l'idée de terminer les robes commandées par Jandorf au moins deux jours avant le délai prévu, et avait résolu de s'interrompre aussi peu que possible.

— Dis donc, tu ne m'entends pas ou tu ne m'écoutes pas ?

Ella se tortilla sur le canapé et glissa par terre comme un reptile après un bain de soleil prolongé.

Anna arrêta soudain la machine.

— Oh, ce silence est un vrai bonheur, je n'y étais plus habituée, soupira son amie.

Anna coupa soigneusement le dernier fil et ôta le tissu de sous le pied-de-biche. Elle brandit la robe et s'exclama :

— Regarde ! C'est déjà la sixième ! Je n'aurais jamais cru aller aussi vite. J'aurais pu en proposer encore plus à Jandorf.

Elle avait simplifié le travail en découpant d'abord toutes les pièces des robes et de leur doublure, puis en effectuant les coutures décoratives de tous les corsages. Ainsi, elle passait beaucoup moins de temps que prévu sur chaque exemplaire. Elle étira les bras et tourna la tête à droite et à gauche ; alors seulement, elle s'aperçut combien ses muscles et ses tendons étaient crispés par la position qu'elle avait gardée des heures durant.

— Eh bien voilà !

Ella se leva.

— C'est le moment idéal pour aller prendre l'air une petite heure.

Anna se laissa aller contre le dossier de sa chaise et regarda par la fenêtre du toit mansardé. La grande surface vitrée à croisillons de plomb ne retenait ni le froid en hiver ni la chaleur en été, en revanche il faisait toujours clair dans le petit appartement. Ce jour-là, le ciel au-dessus des toits voisins était d'un bleu éclatant.

— Tu m'accompagnerais ?

Elle vit à l'expression de son amie que celle-ci n'attendait que ça.

— Pourquoi tiens-tu tellement à ce que je le revoie ? Au *Prater*, je n'ai pas eu l'impression que tu le trouvais vraiment intéressant, reprit-elle.

Ella haussa les épaules.

— Juste comme ça ; je pensais que ça te mettrait de bonne humeur.

— Oh, Ella, vas-y pour moi, veux-tu ? Je suis fatiguée.

Tout en regardant son amie se coiffer, Anna se remémora sa rencontre avec Carl. Elle ferma les yeux et se mit à fredonner la mélodie sur laquelle ils avaient dansé. Elle se souvenait de ses mains qui la rattrapaient après chaque pirouette, de sa poigne à la fois ferme et douce. Tentant de se rappeler son visage, elle revit son sourcil éclaté après la bagarre, mais sa mémoire lui joua un tour : la vilaine blessure était cousue d'un épais fil noir. Avait-elle bien le visage de Carl en tête ? Le menton était plus marqué, les yeux plus gris que bleus. C'était Erich, revenu en congé avec une blessure recousue au front, en cette chaude journée d'été où ils s'étaient aimés au bord de l'eau. Deux ans avaient passé depuis, sans aucun signe de vie de sa part.

— Tu rêves ? fit la voix d'Ella juste à côté d'elle.

Anna rouvrit les yeux. Son amie, prête à sortir, lui tendait avec impatience son gilet couleur rouille.

— Allez, habille-toi. Si tu ne te dépêches pas, il sera parti.

— Une minute ! s'écria Anna.

Elle décrocha une robe bleue du portant et la tendit à Ella.

— Je viens seulement si tu portes ça. C'est mon modeste cadeau en remerciement de tout ce que tu as fait pour moi.

Ella écarquilla les yeux.

— Pour moi ? Je ne peux pas accepter !

Elle ne résista que le temps d'un battement de cils, et se glissa vite dans la robe. Quand son amie s'admira dans le miroir, Anna, derrière elle, hocha la tête avec satisfaction :

— Elle est faite pour toi.

— Tu y comprends quelque chose ? demanda Anna alors qu'elles faisaient pour la troisième fois le tour de la statue de la reine Luise.

— Je comprends que c'est un sacré gentleman que tu t'es trouvé là !

Ella poussa un reniflement de dédain et attrapa son amie par le bras, comme à son habitude. Anna lui lança un regard en coin. Elle n'aurait sans doute autorisé à personne un geste aussi autoritaire, mais étrangement, de la part d'Ella, elle ne s'en formalisait pas.

— Nous avons quand même une heure de retard. On ne peut pas exiger de lui qu'il attende aussi longtemps, non ?

Ella resserra les doigts sur son bras.

— Viens, on n'a qu'à se balader un peu et profiter du soleil. Demain, je serai de nouveau plantée au KaDeWe toute la journée.

— Une minute, dit Anna.

Elle se pencha en avant pour examiner un détail sous la sculpture. Un iris était posé sur le socle, et elle vit quelque chose de bleu sur le marbre blanc. Tout cela n'avait rien à faire là.

— Tu vois la fleur et la flèche bleue, au-dessus de l'inscription ? demanda Anna.

Ella mit la main en visière, se pencha à son tour et ramassa l'iris.

— En effet… On dirait que quelqu'un a dessiné la flèche à la craie bleue.

Elle se redressa et fit tourner la tige entre ses doigts.

— Tu ne crois quand même pas que c'est de sa part ?

— En tout cas, je ne crois pas aux hasards. Avant de partir, dimanche dernier, il m'a demandé si le bleu était bien ma couleur préférée.

Anna se tourna dans la direction qu'indiquait la flèche. À une dizaine de mètres de là, un bosquet. Quand elle s'en approcha, elle vit de loin une autre flèche tracée sur l'écorce noueuse d'un arbre, désignant la droite. Elles continuèrent et trouvèrent une nouvelle flèche, cette fois dessinée sur l'émail d'une poubelle ; un bleuet en dépassait. Ella l'en tira et dit en riant :

— J'ai peine à croire que ces indices viennent vraiment de ton admirateur, mais il y a longtemps que je ne me suis pas autant amusée. Je me demande où tout ça va nous mener.

— On va bien voir, répondit Anna, qui commençait à prendre plaisir à ce jeu de piste.

Elles avancèrent d'une flèche à l'autre ; certaines étaient plus difficiles à débusquer que les premières, et le jeu n'en devenait que plus passionnant. Une fois, au lieu d'une flèche, elles trouvèrent un mouchoir bleu noué à une clôture. Elles regardèrent autour d'elles sans savoir quelle direction prendre.

— Regarde là-bas ! s'exclama Ella avant de se mettre à courir.

Elle faillit télescoper une famille avec enfants en promenade dans le parc. Un petit garçon en costume de marin poussait devant lui un cerceau de bois. Partout, il y avait foule. Elles descendirent un escalier au pas de course, découvrirent un nouvel indice sur le poteau d'un lampadaire, et se retrouvèrent soudain devant un café en plein air. Anna se mit sur la pointe des pieds pour jeter un coup d'œil aux clients par-dessus la haie de lauriers. Elle le reconnut aussitôt, même avec son canotier, à la mode depuis peu pour les hommes. Assis seul tout près de là, jambes croisées, à une table laquée de blanc, il bâtissait un château avec des sous-bocks. À côté de lui, un petit morceau de craie bleue et un bouquet de campanules.

— Pas mal du tout. Son débardeur clair à col en V pourrait venir de notre rayon messieurs, commenta Ella. Il te plaît, pas vrai ?

Anna rougit ; son amie avait vu juste.

— Allez, vas-y, reprit Ella.

Elle se détourna, s'éloigna de quelques pas puis lança à Anna un baiser du bout des doigts.

— Tu ne viens pas ? demanda celle-ci.

— Je ne crois pas que tu aies besoin d'un chaperon.

Ella fit demi-tour, rajusta une mèche qui s'était échappée du chignon d'Anna et lui posa les mains sur les épaules.

— Avec un fonctionnaire, au moins, tu ne seras pas dans le besoin. Promets-moi juste une chose, Anna : n'abandonne jamais tes rêves. Continue à créer tes vêtements et à les coudre, reste telle que tu es, inventive et ingénieuse, tenace et douce.

Charlotte

— Ernst, comment vont les cochons ? demanda Richard sans lever les yeux de son journal.

Son gendre posa le *Leipziger Anzeiger* et prit un morceau de beurre.

— Très bien ! Je suis allé les voir tôt ce matin.

Il étala très soigneusement le beurre sur une tranche de pain et essuya le couteau sur la croûte jusqu'à ce que plus une trace ne reste sur la lame. Il découpa ensuite la tartine en long et en large, formant des petits rectangles de pain sur son assiette.

— Le Polonais note chaque jour dans le tableau les résultats des mesures. Une chance qu'il sache lire et écrire, ça n'a rien d'une évidence. Je te montrerai mes premières analyses tout à l'heure.

Richard abaissa à son tour son journal, le *Chemnitzer Neue Presse*.

— J'espère que ça ne le détourne pas de son travail.

— C'est précisément son travail.

— Bon, bon. Je suis curieux de voir si tout cela en vaut la peine, gronda Richard, les sourcils froncés.

Ernst but une gorgée de café, mangea un petit rectangle, reprit une gorgée puis un autre rectangle, et disparut de nouveau derrière son journal. Sans transition, il lança :

— Von Jagow est poursuivi pour haute trahison. On se demande vraiment s'il n'aurait pas mieux valu que le putsch de Kapp[1] réussisse.

— Et après ? rétorqua aussitôt Richard. Le corps franc l'aurait emporté alors que, selon le traité de Versailles, il n'a même plus le droit d'exister. De quoi l'Allemagne aurait-elle eu l'air ?

Charlotte poussa un profond soupir et se tourna de son père à son mari, assis chacun à un bout de la table de la salle à manger. Elle n'aimait pas du tout qu'ils discutent ainsi par-dessus sa tête. Lorsqu'Ernst mangeait avec eux, trois jours par semaine, Richard semblait complètement oublier les membres féminins de sa famille. Lisbeth et Wilhelmine l'acceptaient sans broncher, prenant leur petit déjeuner en silence. Charlotte roula des yeux et regarda par la fenêtre en affichant son ennui ; dans le verger, le vent d'automne faisait voler les feuilles dorées. Elle espérait qu'Ernst allait enfin se rendre compte de sa présence.

— La limitation de notre armée à cent mille hommes ne rehausse pas précisément l'image de l'Allemagne dans le monde, contra celui-ci en haussant les sourcils. Quand trois cent mille soldats sont renvoyés du jour au lendemain, rien d'étonnant à ce que les fiers combattants de jadis descendent dans les rues.

Il termina son café au lait et s'essuya la bouche avec sa serviette en damas, le petit doigt en l'air. Quel geste précieux, pensa Charlotte en l'observant. Puis il souleva sa tasse, blanche et sobre, et l'examina.

1. Tentative de coup d'État contre la république de Weimar commise par des courants conservateurs entre le 13 mars et le 17 mars 1920.

— Qu'est devenue la porcelaine de Saxe à dragon royal que nous avions le jour de notre mariage ? demanda-t-il soudain.

Wilhelmine, qui s'était un peu assoupie, releva brusquement la tête.

— Nous ne nous en servons que pour les grandes occasions, répondit Lisbeth.

Elle parlait à son gendre d'un ton patient, comme on explique une évidence à un enfant ignorant.

— Je trouverais opportun de sortir cette vaisselle en fin de semaine, fit Ernst.

— Dans l'agriculture, il n'y a pas de fins de semaine, gronda Richard.

Ce fut à son tour de changer de sujet.

— Je suis entièrement d'accord avec toi, les conditions du traité de Versailles sont une honte. Mais il faut garder à l'esprit que ce sont les généraux politiques qui ont refusé d'abandonner le pouvoir et ont suscité la révolution, objecta Richard en secouant la tête, accablé. Comment peut-on en plus leur accorder l'amnistie ? C'est incompréhensible. Le cabinet de Fehrenbach aurait dû faire preuve d'autorité, mais ce ramassis de bons à rien du gouvernement minoritaire en est incapable.

Alors qu'Ernst ouvrait la bouche pour répliquer, Charlotte sauta sur l'occasion de participer au débat :

— La dissolution du corps franc nous a au moins permis d'embaucher Jacobi, notre nouveau palefrenier.

Ernst reposa son journal, Richard cessa de mâcher.

— Et tu dois bien admettre, papa, que Jacobi est mille fois mieux que Werner ! Il possède toutes les qualités allemandes que tu apprécies : il est ponctuel, honnête, travailleur, fiable…

Elle comptait sur ses doigts pour souligner son propos.

— … il sait s'y prendre avec les chevaux, et en plus, ce n'est pas un de ces répugnants communistes comme l'était Werner…

Charlotte se tut en voyant la porte s'ouvrir sur Erna, qui apportait une cafetière ; la domestique tendit visiblement l'oreille en entendant prononcer le nom de son ancien amant.

— Continue, Lotte, l'encouragea son père en ignorant la servante. Tu peux bien le dire à voix haute. Ce vaurien… En guise d'adieu, il a tranché les courroies des selles, versé de la térébenthine dans mes bottes et ruiné deux de mes meilleurs chevaux. Il savait très bien qu'ils n'avaient le droit de sortir que sur la prairie maigre, et maintenant, ils sont tous les deux enfermés à l'écurie avec une fourbure.

Erna posa la cafetière de porcelaine sur la table et se tourna vers la porte, espérant repartir sans se faire remarquer. Richard haussa le ton :

— Ces jeunes révolutionnaires ont perdu tout le respect de la propriété issue d'un dur labeur. « Redistribution des biens », rien que d'entendre cette expression… Peut-être que certains aristocrates n'ont pas conscience de la valeur de leur héritage, mais même ça, ce n'est pas une raison pour le leur disputer.

Erna abaissa la poignée de la porte, provoquant un grincement sonore.

Richard se tourna vers elle.

— Erna ?

— Oui, monsieur Feltin ?

Charlotte regretta soudain d'avoir informé son père de la liaison de Werner et Erna. Voilà qu'il allait rendre la domestique responsable des méfaits de l'ancien palefrenier.

— L'égalité, ça n'existe pas. Certains ont de l'argent, d'autres non. La redistribution n'est rien d'autre que du vol à grande échelle, fit Richard d'une voix tremblante, l'index dressé.

— Oui, monsieur Feltin.

— Laisse donc Erna tranquille, Richard, intervint Lisbeth. Elle ne s'intéresse pas du tout à la politique.

Ernst fit signe à Charlotte de lui resservir du café puis s'enfonça dans son fauteuil en remuant sa cuillère dans sa tasse. Le silence n'était rompu que par ce tintement. De sa place, à l'extrémité de la table, il avait une excellente vue sur toute la pièce. Charlotte eut une fois de plus l'impression qu'il observait la scène d'un regard neutre de scientifique. En général, il gardait ses conclusions pour lui. Elle se tourna de nouveau vers son père et tressaillit. Sous son col blanc, une teinte rouge foncé montait vers son visage. Des taches écarlates peu naturelles venaient d'apparaître sur ses joues, sa moustache tremblait. Elle ne l'avait pas vu dans cet état depuis longtemps. Charlotte recula sa chaise, se dirigea prudemment vers lui et lui posa une main sur l'épaule.

— Viens, papa, il faut que je te montre quelque chose.

Il la regarda dans les yeux. Sa tête vibrait légèrement. Charlotte s'aperçut à quel point il était désarmé face à sa colère naissante.

— Tu savais que Cosima était pleine ? Le vétérinaire est venu hier et a dit que la monte avait été un succès.

— Vraiment ? demanda Richard en lui prenant la main. Cosima a une bonne nature !

Charlotte savait combien il tenait à cette jument reproductrice.

— Oui, père, vraiment. D'ailleurs, c'est une des premières choses qu'a faites Jacobi. Il a su choisir le bon étalon et le bon moment. Tu veux venir la voir ?

Wilhelmine hocha imperceptiblement la tête et Lisbeth respira, soulagée.

— J'espère qu'un tel résultat ne se fera plus attendre chez ses maîtres non plus, intervint Ernst, impassible. Ce ne serait en tout cas pas faute d'avoir soigneusement sélectionné les éléments que tu viens de mentionner.

Wilhelmine lâcha une exclamation choquée et Richard éclata de rire. Charlotte fusilla Ernst du regard. Pendant ce temps, la porte s'ouvrit et se referma sans un bruit. Profitant de l'occasion, Erna avait discrètement quitté la pièce.

Anna

Depuis sa machine à coudre, Anna observa Ida. La petite travaillait patiemment à un ourlet, les joues rendues écarlates par le zèle. Les plaques irritées et écorchées de ses mains n'étaient pas encore complètement cicatrisées mais avaient tout de même pâli. En son for intérieur, Anna se félicita de sa décision. En recevant la deuxième commande de Jandorf, elle avait compris qu'il lui fallait urgemment de l'aide. Il exigeait presque deux fois plus de pièces que pour la robe bleue. Ella ne lui serait d'aucun secours, elle ne voulait pas abandonner son emploi au rayon confection et Anna devait s'avouer que son amie ne deviendrait sans doute jamais une bonne couturière. Ida, en revanche, n'était pas maladroite, et elle avait quitté avec joie son poste à la blanchisserie pour la rejoindre. Au début, Anna ne put lui confier que des travaux mineurs, et la fit s'exercer sur des chutes de tissu. Mais ce jour-là, Ida effectuait pour la première fois un ourlet, une couture invisible qui ne pouvait se faire qu'à la main.

— Tu me montres ? demanda Anna.

Ida se leva aussitôt et traversa le petit salon. Elle avait beaucoup grandi au cours de l'année passée, sans pour autant prendre de poids. Son corps fragile et mince flottait dans une robe-tablier bien trop grande. Anna décida de lui confectionner un vêtement plus à sa taille dès qu'elle le pourrait, et de s'assurer qu'elle mange davantage. Toutefois la tristesse s'était envolée de ses yeux ; rayonnante, elle ressemblait enfin à une jeune fille et avait perdu son air de petit animal affamé et peureux. Anna prit la jupe et examina l'ourlet.

— La panne de velours n'est pas un tissu facile, remarqua-t-elle. Et elle coûte très cher, en plus, ajouta-t-elle à voix basse.

Elle leva à la lumière la pièce cousue par Ida.

— Tu ne t'en es pas mal sortie.

Elle indiqua du bout du doigt un minuscule pli dans la couture.

— Il faut éviter ce genre de choses. Désolée, tu vas devoir tout défaire jusque-là et recommencer.

Ida soupira et dit à voix basse :

— Personne ne le verra !

Mais elle connaissait déjà la réponse d'Anna :

— Ce n'est pas la question. Tu le sais, je le sais, et ça suffit. Nous ne livrerons qu'une qualité parfaite. Il ne faut jamais trahir ses propres exigences.

Ida hocha la tête. Anna se doutait qu'elle n'était pas convaincue. Elle repensa à ce qu'elle ressentait quand la Willnitz lui rabâchait ce principe de base, au nombre de fois où elle avait dû défaire une couture pour tout recommencer. Elle avait détesté sa sévère patronne, la trouvant tatillonne, parfois même sadique, et en tout cas exagérément pointilleuse. Pourtant avec le recul, elle lui en était reconnaissante. Jandorf s'était montré plus que satisfait de son travail. Ses robes bleues avaient aussi convaincu l'acheteur en chef, M. Peters, et passé l'examen impitoyable de Mme Stieglitz, sans bien sûr que Jandorf leur révèle qui les avait cousues. Même s'il ne le lui avait pas avoué, sans doute pour ne pas l'inciter à augmenter ses prix, Anna avait deviné à l'expression du directeur que leur avis avait dû être exceptionnel. Ella lui raconta que ses robes d'après-midi bleu ciel se vendaient à merveille, lui rapportant dans les moindres détails les louanges que faisait Mme Stieglitz de leur coupe et de leur qualité. Peters lui passa sur-le-champ une nouvelle commande : elle allait réaliser son propre modèle d'un ensemble d'hiver. Il demanda vingt-cinq vestes de velours accompagnées des jupes assorties. Le revenu permettrait à Anna de régler une autre partie de ses dettes. Sa seule inquiétude, c'était qu'elle allait bientôt devoir mettre Ida à la machine : comment faire, alors qu'elle s'en servait elle-même presque sans interruption ?

Quelques heures plus tard, les rayons du soleil qui entraient par le vasistas ne donnaient plus qu'une lumière mate et rouge, annonçant la venue du soir. Les journées raccourcissaient. Anna se plia à contrecœur à l'autorité de la lumière déclinante. Ses lampes ne suffisaient pas à travailler avec la précision nécessaire.

— On s'arrête là pour aujourd'hui ! Je peux faire un bout de chemin avec toi, jusqu'au cinéma à l'angle de la Hermannstraße.

Ida écarquilla les yeux.

— Tu vas voir un film ?

Anna devina que la gamine aurait adoré l'accompagner.

— Oui, un ami m'invite. Mais quand j'aurai été payée pour les ensembles en velours, on ira ensemble au Zoo Palast, Ida. C'est promis.

Quand elles arrivèrent sur le trottoir, un camion de nettoyage passa, arrosant la rue. Des hommes suivaient à pied pour balayer la poussière et les feuilles mortes. Devant le cinéma, une file d'attente s'était déjà formée. Carl s'y tenait, regardant droit devant lui d'un air concentré. Anna prit congé d'Ida. De ses grands yeux marron, la gamine fixait avec envie l'immense affiche au-dessus de l'entrée. L'illustration montrait des gens agenouillés, tête levée, autour d'une créature surnaturelle.

— « *Le Golem*, Paul Wegener, UFA-Union », déchiffra-t-elle péniblement. Ça parle de quoi ?

Anna la dévisagea avec stupéfaction.

— Tu sais lire, maintenant ?

Ida hocha la tête, toute fière.

— Oui, mon frère m'a appris, le soir. C'est le premier de la famille qui peut retourner à l'école, depuis l'an dernier.

Anna lui passa la main dans les cheveux.

— C'est formidable ! Je te raconterai le film demain. Je crois que ça parle d'une légende juive.

Ida hocha la tête et Anna la regarda s'éloigner.

Quand ils ressortirent du cinéma, un vent froid balayait les rues de Berlin, leur rappelant que l'hiver approchait, les jours sombres, les temps durs, le charbon à acheter. Anna songea qu'il allait faire un froid glacial dans leur mansarde. Les images lugubres du film n'avaient pas vraiment mis de bonne humeur les spectateurs. Un joueur d'orgue de Barbarie tournait sa manivelle d'une main gantée de laine, tirant de son instrument la mélodie tragique du film. Ses espoirs furent vite déçus : la plupart des personnes n'avaient plus un pfennig à lui donner. L'air sombre, on hâtait le pas pour aller se mettre au chaud chez soi. Carl s'arrêta un instant, pêcha quelques pièces dans sa poche et les lança dans la casquette retournée du vieil homme, qui hocha la tête avec reconnaissance. Anna remonta le col de son manteau et son ami lui posa le bras sur les épaules d'un geste naturel. De fait, elle avait été un peu surprise que, pendant le film muet, il n'ait pas tenté tout de suite de l'approcher. Il avait gardé les yeux rivés sur l'écran, et c'est seulement lorsque le rabbin avait insufflé la vie à la monstrueuse créature d'argile, lui faisant ouvrir les yeux, qu'il avait saisi sa main. Anna aimait sa poigne ferme qui lui donnait un profond sentiment de sécurité, comme s'il pouvait la protéger de tout le mal du monde. Et là aussi, elle aimait la manière dont il lui tenait les épaules. Soudain, à un croisement, il l'entraîna avec douceur dans une direction opposée à son appartement. Elle le regarda d'un air interrogateur, mais il avait l'air si sûr de lui et si imperturbable qu'elle le suivit sans un mot. Les immeubles locatifs se firent plus petits, les voies étaient bordées de jeunes arbres encore coiffés de quelques feuilles.

— Zwiestädter Straße, lut Anna sur la plaque.

Les pavés lui parurent mieux éclairés que dans la partie de Neukölln où elle vivait avec Ella. Les façades étaient percées de petits balcons de briques, les fenêtres très grandes. Carl s'arrêta et se tourna vers un immeuble de l'autre côté de la rue. Une plaque d'émail portant un 8 blanc surmontait la porte d'entrée, éclairée d'une lanterne à gaz. Devant, un jeune châtaignier.

— Comment trouves-tu ce bâtiment ? demanda-t-il.

— Il est joli, si clair et paisible. C'est ici que tu habites ? s'enquit-elle sans le regarder.

Elle compta les balcons ; il y en avait quatre.

— Pas encore. Mais nous pourrions bientôt vivre ici, répondit-il en appuyant sur le « nous ». Enfin, si un appartement de deux pièces avec balcon, au quatrième étage, te convient. Je l'ai visité. Il devrait y avoir assez de lumière.

Assez de lumière pour quoi ? Que voulait-il dire ? Elle ne pouvait pas emménager comme ça avec lui. Anna se tourna vers Carl. Il désigna le balcon du dernier étage et reprit :

— Tu pourrais installer ton atelier dans la pièce de devant. Et celle de derrière serait notre cham…

Il s'interrompit. Anna déglutit.

Tout à coup, le visage de Carl était tout proche du sien.

— Anna, est-ce que tu veux m'épouser ? chuchota-t-il.

Elle se jeta à son cou, le cœur prêt à éclater de joie.

— Et comment !

Il la souleva et l'embrassa doucement sur les lèvres.

Anna jeta son crayon sur la feuille et posa son menton dans ses mains, résignée. Elle travaillait à des croquis. La table était couverte de feuilles roulées en boule, de minuscules fragments de tissu, de magazines de mode qu'Ella lui apportait désormais du rayon confection. Parfois, Anna faisait de brèves excursions dans les maisons de confection pour dames de Berlin. Goetz était tout près du KaDeWe, sur le Kurfürstendamm. Elle allait également souvent dans des maisons traditionnelles telles que Nathan Israel dans la Spandauer Straße et Gerson au Werderschen Markt. Elle avait vu chez Wertheim des modèles sur mesure de Johanna Marbach et Marie Latz, deux femmes qui avaient un grand succès dans ce milieu dominé par les hommes, et qu'elle admirait. Parfois, elle rentrait euphorique et débordante d'idées. D'autres jours, elle se sentait toute petite et insignifiante. Tant de gens étaient plus inventifs et plus géniaux qu'elle, et n'avaient pas à coudre eux-mêmes les modèles qu'ils créaient.

Elle posa les yeux sur la place d'Ida, aujourd'hui déserte. La gamine n'était pas venue travailler depuis deux jours, obligée de s'occuper de sa petite sœur. Leur mère souffrait d'une pneumonie attrapée au cours des premières semaines glaciales de cette nouvelle année.

La sobre robe blanche de son croquis inachevé aurait dû être en mousseline, un tissu noble et fluide, mais aussi très cher. Quelle bêtise, pensa-t-elle. Ils ne pouvaient pas se le permettre. Elle reprit son crayon et ratura le dessin d'un geste nerveux. Anna était perdue. Le chef acheteur du KaDeWe, Peters, l'avait désormais intégrée à sa liste de fournisseurs réguliers, et il lui confiait une commande après l'autre. Mais elle ne parvenait pas à le satisfaire ; même en travaillant nuit et jour, elle n'aurait jamais pu lui livrer le nombre de pièces exigé. Le soir, elle restait éveillée à se demander si elle devrait acheter une ou deux machines à coudre en plus, embaucher une seconde couturière, mais elle ne pouvait se résoudre à franchir le pas. Elle ne s'imaginait pas assumer la responsabilité d'une autre employée en plus d'Ida, ni contracter de nouvelles dettes. L'audace nécessaire lui manquait, elle devait l'admettre. Elle savait aussi que Peters risquait de la laisser tomber si ses capacités restaient trop limitées. Que faire ? Et voilà qu'elle devait aussi coudre sa propre robe de mariée. Elle effleura les petits échantillons de tissu, les faisant glisser sur la table. Certains étaient d'un blanc éclatant, d'autres couleur coquille d'œuf. Elle aurait dû être heureuse, mais tôt ce matin, sa nervosité était réapparue, l'empêchant de se concentrer, de terminer le moindre croquis, la moindre couture.

Peu après la demande de Carl, ils avaient fixé la date de leur mariage, fait publier les bans, établi leur modeste liste d'invités. Ils se marieraient avant l'été, à Neukölln. Elle savait qu'elle avait pris la bonne décision. Carl était l'homme qu'il lui fallait. Et pourtant, aujourd'hui, elle aurait voulu tout repousser, retourner au lit et se cacher sous son édredon.

Anna saisit son manteau et un châle de laine et referma la porte derrière elle. Une fois dehors, elle s'arrêta sur le trottoir sans savoir où aller. Une charrette tirée par quatre chevaux de brasserie fumants s'engagea dans la rue et vint dans sa direction. Le cocher semblait pressé, il fit claquer son fouet et mit ses bêtes au trot. Les sabots grondèrent sur le pavé dans un bruit de tonnerre. Anna ne bougea pas, comme assommée. L'air était si glacial qu'elle enroula son châle autour de sa tête et souffla sur ses doigts. S'agaçant de ne pas avoir pris de gants, elle enfonça les mains dans ses poches. Une fois la charrette passée, elle vit un homme l'observer sans bouger depuis le trottoir d'en face. Il était grand, vêtu d'un long manteau gris qui flottait autour de son corps, une grosse écharpe autour du cou, un chapeau enfoncé bas sur le front. Elle vit ses lèvres former deux syllabes. Son nom, *Anna*.

— Erich ! souffla-t-elle.

Elle traversa la rue en courant et le dévisagea. C'était bien lui, les joues creuses, pas rasé, les yeux fatigués. Elle posa la joue sur le col rêche de son manteau ; au bout d'un moment, il referma les bras sur elle. Ils restèrent ainsi plusieurs minutes, plantés sur le trottoir en plein Berlin, et le monde autour d'eux sembla s'immobiliser, comme si quelqu'un avait arrêté le temps.

C'était la question qu'elle n'avait cessé de se poser pendant plus de deux ans. À l'époque, avant son départ pour Berlin, elle l'obsédait. Pendant ses premiers jours à Wedding, le matin en se levant et le soir avant de s'endormir. Ensuite, elle y avait pensé de moins en moins souvent, tous les deux ou trois jours, avant que ces cinq mots finissent par ne plus lui revenir que très rarement à l'esprit. Peut-être aux moments où, durant ses débuts à Berlin, elle passait les doigts sur la petite assiette de bois incrustée de fougère. Le cadeau avait disparu depuis longtemps dans l'appartement d'Adelheid, après qu'elle l'eut quitté si précipitamment. Parfois, quand elle apercevait quelqu'un qui ressemblait à Erich, sa mémoire lui jouait des tours. Mais à présent, elle comprenait à quel point elle avait enfoui cette question au plus profond de son âme. Elle se posa les mains sur le ventre et enfonça les doigts dans sa peau, de plus en plus fermement. C'était là, sous sa paroi abdominale, que cette question avait vécu, y diffusant un malaise inexplicable, une nervosité intérieure dont elle n'avait jamais pris conscience. Enfin, les mots jaillirent. Elle put les prononcer. Anna ouvrit la bouche, il tourna le visage vers elle. Les poils de sa barbe étaient tout proches de ses lèvres quand elle demanda :

— Erich ?

— Oui, Anna.

— Pourquoi m'as-tu abandonnée ?

Il détourna les yeux et baissa les paupières. Elle ne ressentit aucun soulagement de lui avoir enfin posé la question. Et si sa réponse était tout autre que celle qu'elle avait toujours trouvée en son for intérieur ? Peut-être pire que l'incertitude ? Elle suivit son regard et le vit se triturer les mains avec nervosité. Quand il releva les yeux vers elle, elle avait déjà compris, et ne voulait plus l'entendre.

— C'était dans une ferme française, dans l'Aisne. Au début, on était dans un camp, puis certains de nous ont travaillé comme prisonniers. À la fin de la guerre, ils ne nous ont pas laissés repartir.

— Mais après le traité de paix, tous les prisonniers sont revenus. On a dit que les Français s'y tenaient, qu'ils relâchaient tout le monde.

C'était ce qu'on lui avait sans cesse répété. Elle s'en souvenait très bien parce que cela lui avait ôté son dernier espoir. Tout ce temps, elle s'était cramponnée à la certitude qu'il vivait encore.

Erich reprit, évitant de nouveau son regard :

— Nous n'étions pas mal traités. Et puis le jour est venu où nous avons été autorisés à partir. Mais il y avait une...

Anna posa les doigts sur les lèvres d'Erich. Elles étaient glacées, rugueuses et étrangères.

— Tais-toi. Je ne veux rien savoir de plus.

Il l'entraîna sur le côté, s'adossa au mur nu de l'immeuble, prit entre ses mains froides le visage de la jeune femme. Elle s'était tant languie de cela.

— Je suis revenu, Anna. Je devais te revoir. Je n'ai jamais arrêté de penser à toi.

Il approcha sa bouche de la sienne mais elle détourna la tête. Une jeune femme passa avec un landau d'osier et les dévisagea. Alors seulement, les bruits de la rue revinrent et Anna reprit conscience de la présence des piétons, des voitures. Ils étaient toujours sur le trottoir, en face de l'appartement d'Ella. Sa vie était ici, à présent. Avec Ella, Ida, son atelier de couture... et Carl. Elle s'était promise à lui !

Erich lui caressa les joues d'une main puissante, crevassée et dure.

— Pour moi, ton visage est un soleil éclatant dans toute cette grisaille. Reviens avec moi, Anna !

Elle ouvrit la bouche. Quelque chose en elle voulait sentir les lèvres d'Erich sur les siennes, inspirer son odeur, arracher le lourd châle de laine de ses cheveux et prendre sa main, rejeter la tête en arrière et se mettre à courir en riant, aussi vite qu'ils le pourraient, pour revenir aux jours d'insouciance, traverser le pont de bois, rejoindre leur cachette sur la berge. Mais elle ne le pouvait pas. Les mots prirent forme, firent remuer sa langue puis ses lèvres :

— C'est trop tard, Erich. Je suis fiancée.

Le mariage eut lieu le 9 avril 1921. Anna portait une robe de mousseline blanche dont Adolf Jandorf lui avait offert l'étoffe. Son voile qui descendait jusqu'au sol était retenu par une double couronne de lierre et de fleurs en tissu blanc. Quand elle remonta l'allée centrale de l'église Martin-Luther de Neukölln au bras de son père, Anna était en paix avec elle-même. Devant l'autel l'attendait l'homme qu'elle avait choisi, à qui elle s'était promise. Carl, en queue-de-pie et haut-de-forme, la regardait avancer, l'air fier et heureux. Son père la remit au marié avec un sourire altruiste qui fit mal à Anna. Nul n'ignorait qu'ils ne se verraient presque plus, désormais. En épousant Carl Liedke, elle tournait définitivement le dos à Vetschau et à sa vie dans la forêt de la Sprée.

Après la cérémonie, tous se retrouvèrent dehors et prirent place devant l'imposante église néogothique en briques rouges. Le photographe, sur le point de perdre patience, leur ordonna de ne plus bouger ni sourire. Sur les portraits de mariage, il faut paraître sérieux. Ils se regardèrent, se reprirent, et le flash éclata, saisissant le seul instant où le jeune couple avait l'air solennel et posé. Le photographe était enfin satisfait.

Anna enlaça longuement ses sœurs, prenant conscience alors seulement à quel point elles lui avaient manqué, plus encore que ses frères qu'elle reconnut à peine. Sa mère et son père la serrèrent un long moment contre eux. Philipp Tannenberg avait beaucoup maigri, marqué par les privations et les années dans les tranchées. Ses cheveux toutefois étaient restés épais, ne grisonnant qu'aux tempes. Adelheid serra les mains de sa nièce. Dans ses yeux se lisait le profond regret de ce qui s'était passé. Anna ne pouvait que deviner ce qu'elle en savait vraiment, n'ayant jamais eu le cœur de lui raconter toute la vérité, par honte et culpabilité mal placée. L'affreuse histoire pesait toujours entre elles, et elles ne s'étaient presque pas revues depuis. À présent, Anna regrettait d'avoir si peu donné de nouvelles à sa tante si bonne. Elle embrassa son amie et témoin Ella, et fut heureuse de voir Ida et sa petite sœur Dora si bien s'entendre. Quand elle regarda de nouveau Emma, qui portait son petit garçon dans ses bras, elle se rendit compte que sa grande sœur lui avait énormément manqué. Jadis, ses conseils et son bon sens l'avaient souvent soutenue. Elle pensa soudain qu'elle aussi était bonne couturière, et une sorte de plan prit forme dans son esprit.

Quelle journée heureuse, se dit-elle en regardant son beau-père et son mari. Ils avaient le même humour, tous les deux. Carl lui sourit en retour, fier et heureux.

Elle songea que tous les gens qui comptaient dans sa vie étaient réunis autour d'elle. Tous, sauf un.

Charlotte

Leutner avait pris l'habitude de rester assis dans la voiture quand il allait chercher Ernst à la gare. Surtout quand il pleuvait des cordelettes, selon son expression. En général, il garait la berline non loin de l'entrée et s'accordait une petite sieste. Mais ce jour-là, par la vitre entrouverte, il acheta un exemplaire du journal fraîchement imprimé à un marchand qui vantait son édition spéciale. On était le 9 novembre 1923, et pour la première fois, le nom d'Adolf Hitler apparaissait en une du *Chemnitzer Anzeiger* : « La marche sur la Feldherrnhalle de Munich se termine par une fusillade. Vingt morts. La tentative de renversement du gouvernement par Erich Ludendorff et Adolf Hitler est déjouée. »

Leutner survola l'article et sursauta quand on frappa à la fenêtre. Ernst, l'air impatient, gesticulait à côté de la voiture pour lui ordonner de descendre. Après avoir chargé sa lourde valise dans le coffre, le valet de ferme voulut aussi saisir son sac de voyage plein à craquer. Ernst le devança et le prit avec lui sur la banquette arrière.

Quand Leutner le regarda dans le rétroviseur, Ernst tapota la toile grossière du plat de la main.

— Un sac plein d'argent, déclara-t-il avec un sourire méprisant. Tout juste bon à allumer le poêle.

On touche son salaire le soir, et le lendemain matin, il ne vaut plus rien.

— Non non non, monsieur le professeur, répondit Leutner. Ça ne va pas du tout, ce qu'ils nous font là. On débourse des milliards pour une livre de beurre ou un œuf. Je suis vraiment content que M. Feltin me paie surtout en nature.

Il démarra sans cesser de secouer la tête.

— Vous avez raison, Leutner. Nous autres serviteurs de l'État en faisons les frais.

— Pas étonnant que certains appellent à la révolution. Il a raison, cet Hitler, reprit Leutner.

Ernst acquiesça.

— Je l'ai lu dans le train. Et il faut que ce soit ce Stresemann qui aille défendre la République, lui qui est au fond de son cœur un fervent partisan de l'empereur.

— Une bande de criminels ! pesta Leutner. Ils font imprimer de l'argent pour régler les réparations aux puissances victorieuses et les frais de la grève générale dans la Ruhr, et nous, les petites gens, on paye l'addition.

Il pila quand une autre auto surgit d'une rue attenante.

— La circulation n'est pas réglementée non plus ! s'exclama-t-il avant de reprendre ses imprécations contre le gouvernement. D'abord ils nous promettent monts et merveilles avec les emprunts de guerre, et voilà qu'ils ne valent plus rien. Ils nous font payer les dettes de la guerre. Si seulement j'avais écouté M. Feltin : « N'y touche surtout pas, Leutner », qu'il disait. Et voilà mes économies envolées.

Ernst regarda par la fenêtre. Il songea à expliquer à Leutner la confusion qu'il faisait entre les emprunts de guerre et l'inflation, puis il constata que sur le fond, le valet de ferme avait raison. L'État se désendettait aux frais de la population en mettant en circulation de l'argent-papier. Au centre-ville de Chemnitz, on faisait de nouveau la queue devant les magasins. Presque tous les commerçants indiquaient leurs prix à la craie sur des ardoises pour pouvoir les corriger plusieurs fois par jour. Les gens comptaient en liasses, et non plus en billets. On transportait l'argent dans des corbeilles à linge et des brouettes. Avec son salaire de professeur d'université, Ernst parvenait à peine à subvenir à ses besoins élémentaires. Chaque dimanche soir, en quittant Feltin pour Leipzig, il demandait à Mme Leutner un panier de provisions grâce auquel il tenait jusqu'au week-end suivant. L'année 1923 touchait à sa fin et le reichsmark avait perdu presque toute valeur. L'inflation était annoncée depuis longtemps, mais personne n'aurait pu imaginer l'ampleur qu'elle prendrait.

— Ce matin, on a vendu les porcelets au marché pour deux milliards de reichsmarks la pièce. Jusqu'où tout ça va-t-il encore aller ? reprit Leutner.

— Les porcelets, répéta Ernst.

Il tambourina des ongles sur la poignée métallique de la portière puis se pencha en avant :

— Savez-vous lesquels ? Étiez-vous là quand ils ont été chargés, Leutner ?

— Non, pourquoi, monsieur le professeur ? J'ai juste entendu M. Feltin le dire quand il est rentré avec des sacs d'aliments pour bétail. Il a bien entendu acheté directement de nouvelles marchandises, on ne peut pas laisser l'argent reposer une seule journée.

Ernst hocha la tête et ne dit plus un mot du trajet. Quand ils approchèrent de la propriété, il lança :

— Emmenez-moi directement à la porcherie, s'il vous plaît. Je descendrai là-bas.

Leutner se tourna vers lui :

— Vous ne voudriez pas vous changer d'abord, monsieur le professeur ? Vous allez salir vos beaux vêtements.

— Ça n'a aucune importance, aboya Ernst.

Il sortit de voiture et claqua la portière. Leutner le regarda s'engouffrer dans le bâtiment et secoua la tête.

— Quel grincheux, celui-là ! marmonna-t-il.

Il hésita un instant, Ernst ne lui ayant pas précisé s'il devait l'attendre. Puis, guère désireux de voir l'intérieur de la berline souillé de lisier de porc, il redémarra et amena la voiture jusqu'au perron de la maison de maître.

Charlotte répartit les cartes sur la petite table tendue de cuir vert. Alors qu'elle était sur le point de terminer sa patience et de poser ses dernières cartes, elle entendit l'auto entrer dans la cour. Elle se leva.

— C'est Leutner qui rentre, il est allé chercher Ernst au train de 17 heures.

Les cartes toujours à la main, elle s'approcha de la fenêtre et vit le vieux valet de ferme décharger les bagages.

— C'est bizarre, Ernst ne descend pas. Mais quel temps, aussi, aujourd'hui, marmonna-t-elle.

— Il attend sans doute que la pluie se calme, dit Lisbeth sans lever les yeux de sa broderie.

— Eh bien, il va devoir passer la nuit dans la voiture, conclut Wilhelmine.

Le ciel était si sombre et la pluie si violente que la grisaille ambiante avalait presque les contours de la berline noire. Elles entendirent la porte de la maison se refermer, quelqu'un ôter ses chaussures, une lourde valise se poser. Charlotte s'apprêtait à regagner la table de jeu quand elle aperçut un mouvement dans la cour. Une silhouette se découpa dans l'obscurité de l'après-midi de novembre, venant au galop vers la maison. Quelques secondes plus tard, des pas résonnèrent dans le couloir et le battant du salon s'ouvrit à la volée. Ernst ignora l'exclamation effarée que poussa Lisbeth en le voyant se ruer dans la pièce, trempé, les chaussures boueuses et le manteau dégoulinant. Alors que Charlotte était sur le point d'aller vers lui, elle perçut son odeur pénétrante d'excréments de cochon et se figea devant son siège.

— Comment as-tu osé vendre mes porcelets ? hurla Ernst à son beau-père sans même le saluer.

Charlotte se rassit lentement.

— *Tes* porcelets ? répliqua Richard d'un ton calme. Je me demande bien depuis quand ce sont les *tiens*.

— J'ai travaillé pendant trois ans pour les obtenir. Comment peux-tu les vendre au marché aux bestiaux sans même me poser la question ?

Richard posa son journal sur ses genoux, croisa les jambes avec nonchalance puis s'enfonça dans son siège, les doigts croisés derrière la tête. Il répondit d'une voix très calme :

— C'est très simple : parce que j'avais besoin d'argent pour le fourrage. Le bétail aussi, ça mange.

Ernst serra les poings.

— Ce n'est pas à moi que tu dois dire ça.

Sa voix était inhabituellement stridente. Une flaque brunâtre puante s'était formée autour de ses chaussures, sur le tapis, que Lisbeth observait avec un dégoût muet.

— Comme tu le sais, cela fait longtemps que j'étudie dans les moindres détails la composition de la nourriture pour cochons et que je combine différemment pour chaque truie céréales concassées, pommes de terre, farine de poisson, farine de soja et fourrage vert. Tu aurais pu attendre encore quinze jours, jusqu'à ce que j'aie achevé mes analyses, et, plus important encore : il est primordial pour ma stratégie d'élevage de garder un mâle et une femelle par portée.

— L'exploitant, ici, c'est moi, rétorqua Richard, pas du tout impressionné. Les porcelets, ça ne se vend qu'entre huit et dix semaines. Après, plus personne n'en veut. Et le syndrome du porc gras fait rage dans les fermes voisines. Nous pouvons nous estimer heureux de vendre quelque chose avant que la maladie touche notre cheptel.

Charlotte trouva son père étonnamment détendu. Il avait presque l'air satisfait de l'accablement d'Ernst. Elle dut admettre qu'elle n'avait encore jamais vu son mari dans un tel état. Habituellement, il jouait à la perfection le rôle du scientifique sec et dénué d'émotions. Elle se mit à mélanger ses cartes d'un geste habile, pas certaine de ce qu'elle ressentait, incapable de prendre parti pour l'un ou pour l'autre. Elle conclut qu'elle n'avait de toute façon pas à le faire ; les deux hommes finiraient par trouver un terrain d'entente. Elle posa sa dernière carte, le valet de pique.

Au même instant, son mari lança d'une voix tremblante :

— Charlotte !

Habituellement, il l'appelait Lotte. Il tendait la main vers elle en un geste d'exigence qui la déconcerta.

— Emballe tes affaires. Nous rentrons à Leipzig.

— Rentrer à Leipzig ? Que veux-tu dire ? demanda-t-elle.

— Tu viens vivre chez moi, à Leipzig. Je mets fin sur-le-champ à ma série d'expériences, il n'y a plus de raison que tu restes à Feltin. La place d'une femme est auprès de son mari.

Lisbeth lâcha son cercle à broder et se plaqua une main sur la bouche. Richard ne dit rien. Seule Wilhelmine eut un commentaire pratique :

— Il n'y a plus de train pour Leipzig, aujourd'hui.

— Soit ! reprit Ernst. Nous prendrons celui de 6 heures, demain matin. Lotte, appelle ta domestique pour qu'elle t'aide à faire tes bagages.

— Tu n'es pas sérieux ! s'exclama Lisbeth. Richard, fais quelque chose !

— Je ne crois pas qu'il y ait grand-chose à faire, répliqua Richard en reprenant son journal. On dirait que c'est le jour des révolutionnaires. Ils verront bien ce qu'ils en tireront, tous autant qu'ils sont.

Anna

Au paroxysme de l'inflation, en novembre 1923, le chancelier Stresemann introduisit une nouvelle monnaie : le rentenmark. Le taux de change était d'un rentenmark pour un milliard de reichsmarks. Les épargnants allemands furent ruinés, des existences détruites. Au vu des effets catastrophiques de l'inflation, les Alliés modifièrent leur politique à l'égard du Reich allemand. Les chefs d'État des pays vainqueurs avaient compris que seule une Allemagne économiquement saine et renforcée pourrait régler les réparations exigées. La nouvelle monnaie put être stabilisée, notamment grâce à un prêt américain important. La vie économique se normalisa peu à peu, et suite à l'apaisement de la situation politique intérieure, on parla du « miracle du rentenmark ».

Anna poussa du coude la porte de l'appartement ; elle portait une balle de tissu sous chaque bras et un sac plein de bordures, de fil et de patrons dans une main.

— Il y a quelqu'un ? lança-t-elle en allumant la lumière.

Elle avait pris cette habitude depuis qu'elle vivait à nouveau dans un appartement dont l'entrée donnait sur un couloir. Dans le logement mansardé d'Ella, la porte s'ouvrait directement sur le salon. Anna ne l'avait jamais avoué : depuis l'affreuse agression subie chez Adelheid, elle ne supportait plus de voir un couloir sombre au bout duquel une lueur filtrait d'une porte.

— Oui, ici ! fit Emma.

— Je suis là aussi ! ajouta Ida.

Anna arriva dans le salon changé en atelier de couture, se faufila près d'un mannequin et posa les étoffes sur la grande table de découpe, au milieu de la pièce.

— La nouvelle commande est arrivée, les filles ! Des robes du soir, cette fois-ci. Regardez cette soie.

Ida et Emma se levèrent et tâtèrent prudemment la georgette couleur saumon.

— Quelle douceur ! s'exclama Ida. Ce n'est sûrement pas facile à coudre.

Anna l'observa. Son petit visage de rongeur effarouché avait changé. On y lisait à présent l'expression d'une jeune femme sérieuse, qui avait une vision précise de son avenir.

— Tu as déjà une esquisse ? demanda Emma, impatiente. Fais voir !

Anna sortit les croquis et les déroula sur la table.

— Une grande robe aux épaules nues. Ce sont des perles, dans le décolleté ? s'enquit Emma en se penchant sur le dessin.

Anna fouilla une fois de plus dans son sac et en tira un sachet de papier. Elle fit couler dans la main de sa sœur quelques perles minuscules, toutes munies d'un anneau.

— Des perles d'eau douce ! Regarde leur reflet magique, s'écria-t-elle.

Elle était tout heureuse de les avoir trouvées au rayon mercerie.

Embaucher sa sœur avait été un coup de chance pour Anna. Elle n'avait guère eu de mal à la convaincre. Couturière à Cottbus, Emma n'avait presque pas de commandes, et son mari cherchait du travail depuis plus d'un an. Ils étaient venus s'installer à Berlin peu après le mariage d'Anna, deux ans plus tôt. Ici, dans l'atelier de l'appartement, Emma pouvait garder son fils près d'elle. Matthias dormait dans un petit lit, près de sa machine à coudre dont le cliquetis régulier ne semblait pas le déranger. Désormais, en plus d'Ida et d'Emma, Anna employait douze couturières à domicile. Elle ne confiait à certaines que des cols et des manches, payés à la pièce, d'autres ne se chargeaient que de la doublure. Le repassage aussi se faisait à l'extérieur. Anna s'occupait de la création et des ventes. Emma était la directrice, elle concevait les patrons. Ida, entre-temps devenue une excellente couturière grâce à la formation d'Anna, était responsable des produits finis et de l'assemblage des pièces. En général, Anna et Emma mettaient elles aussi la main à la pâte quand le temps pressait. Anna s'était inspirée du système commercial des grandes maisons de confection. Cela lui permettait de maintenir ses coûts au plus bas, ce qui s'était révélé salvateur, notamment lors de l'hyperinflation. Pendant la crise économique, d'innombrables petites entreprises avaient fait faillite. Grâce à son mode de fonctionnement, la sienne avait survécu. Mieux encore : lors de la réforme monétaire de 1923, les dettes qu'elle avait contractées pour l'achat de deux machines à coudre supplémentaires s'étaient évaporées.

— Tu as vraiment bien fait, avait commenté Carl d'un ton amer en voyant sa joie. De la même manière que le gouvernement s'est débarrassé d'un coup de ses dettes de guerre en créant le rentenmark, tes machines à coudre sont tombées du ciel, comme un cadeau.

— Tu parles d'un cadeau ! Je travaille au moins dix heures par jour, comme tu devrais le savoir.

— Oui, oui. J'aurais dû contracter des dettes aussi, c'est tout. Mais travailler un peu moins ne te ferait sûrement pas de mal.

Anna comprenait son amertume. Fonctionnaire dans l'administration à un poste élevé, Carl avait beaucoup souffert de l'inflation, car les salaires n'avaient jamais été ajustés au coût de la vie.

— Tout ce que je peux acheter avec ça, c'est de la faim, grommelait-il quand il rentrait à la maison avec un sac plein d'argent.

Désormais, Jandorf payait Anna d'avance pour chaque commande, comme il le faisait pour les gros fournisseurs. Sans son revenu de couturière, ils n'auraient pas même eu de quoi subvenir à leurs besoins élémentaires. L'insinuation de Carl selon laquelle elle travaillait trop avait une autre raison, qu'Anna refoulait de son mieux. Elle avait fait une fausse couche cinq mois après leur mariage et espérait depuis, jusqu'ici en vain, retomber enceinte.

Elle sortit un magazine de son sac.

— Vous avez vu ? Les femmes commencent à mettre des pantalons d'hommes.

Elle désigna la photo d'une diva blonde aux cheveux ondulés coupés au menton. Elle portait un pantalon couleur caramel, aux jambes larges et à la taille haute et étroite.

— Qu'est-ce que vous en pensez ?

— Joliment déluré ! s'exclama Ida.

— Ce n'est pas du tout féminin ! décréta Emma. C'est censé être une forme de rébellion ? Comme ces suffragettes à Londres ? Je trouve ça affreux.

Anna dévisagea sa sœur. Pourquoi refusait-elle systématiquement toute nouveauté ?

— Le monde change, Emma. Si tu ne suis pas, il continuera à tourner sans toi. Regarde, jusqu'à hier, tu refusais de couper tes vieilles tresses. Et voilà pourtant que tu l'as fait, acheva Anna en effleurant une mèche ondulée qui s'arrêtait au menton de sa sœur.

— Et tu ne le remarques que maintenant ?

— Au début, tu ne trouvais pas ça assez féminin non plus.

Presque plus aucune femme n'avait les cheveux longs ; Anna et Ida aussi avaient opté deux ans plus tôt pour une coupe à la garçonne. Mais elles avaient le visage très mince et cette coiffure leur allait moins bien qu'à Emma. Le bob blond flattait les contours de son visage rond et féminin, au tout petit nez, lui donnant un air beaucoup plus jeune et plus doux que les tresses remontées en un chignon strict qu'elle avait toujours portées jusqu'ici. Une fois de plus, Anna dut reconnaître que même si sa sœur faisait une tête de moins qu'elle, elle était bien plus jolie.

— Ça plairait à Ella ! reprit Ida en tapotant la photo du doigt. Elle n'aurait aucun mal à sortir se balader en pantalon.

Anna savait qu'elle avait raison. Tout comme avec sa coiffure, à l'époque, Ella était pionnière en matière d'extravagances vestimentaires. Elle travaillait toujours à la confection pour dames du KaDeWe, avec un grand sens du style mais toujours aussi peu d'instinct pour la couture. Anna fournissait son rayon depuis plusieurs années. Comme elle n'y était pas retournée après son renvoi, elle demandait à Ella de lui raconter l'effet produit sur les clientes par ses créations. Et quand il s'agissait de modèles plus simples, vendus aussi dans les cinq autres magasins de Jandorf, elle s'y rendait parfois pour voir ses modèles sur place. La satisfaction d'admirer ses propres créations sur les mannequins du plus élégant rayon pour dames de la capitale lui restait toutefois interdite. Elle s'imaginait parfois la tête que ferait Mme Stieglitz en apprenant qui se cachait derrière le nom d'Anna Liedke Couture.

— Tu as raison ! Et je pense que ce pantalon lui irait à ravir. Je lui demanderai ce soir, nous sortons ensemble, reprit Anna.

Remarquant l'expression d'envie dans les yeux d'Ida, elle ajouta :

— Ça fait des semaines qu'elle insiste pour me montrer la vie nocturne de Berlin. Nous allons assister à un spectacle de variété pas loin de la Friedrichstraße.

Emma pinça les lèvres d'un air réprobateur. Revenue à sa tâche, elle traçait des lignes sur le fin papier pour patrons avec une grande règle.

— Eh bien, tant mieux pour toi si tu as assez de temps et d'argent pour faire la fête ! Carl vient avec vous ?

Anna hocha la tête tout en inscrivant la nouvelle commande dans son registre de cuir.

— Oui, ça lui fera du bien. Ces derniers temps, il est tellement… (Elle chercha le meilleur moyen de décrire l'humeur sombre de son mari.)… mécontent. Et pour moi, ce sera enfin l'occasion de voir de près les dernières robes du soir sur le dos de celles qui les portent, et pas seulement sur des mannequins.

— Tu ferais mieux de veiller à ce que tout ne tourne pas en permanence autour de toi, reprit Emma, l'air grave. Ce n'est jamais bon pour un couple. Regarde un peu !

Elle désigna d'un geste les croquis d'Anna punaisés à tous les murs, les rouleaux de tissu qui encombraient le canapé usé et les deux vieux fauteuils. Il n'y avait pas une chaise libre.

— Montre-moi un seul homme qui tolérerait ça dans sa salle de séjour.

Anna serra les lèvres. Elle savait que sa sœur avait raison. Quand Carl rentrait à la maison, il se retirait le plus souvent dans la petite cuisine pour y lire, seul, le journal ou un livre.

— Et ce n'est pas tout, ajouta Emma en dressant l'index d'un air moralisateur, les sourcils haussés. Aucun homme ne supporte que sa femme gagne plus que lui.

Quand ils descendirent les marches menant au cabaret, des nuages de fumée de cigarette montèrent jusqu'à eux, mêlés d'effluves d'alcool et de parfums capiteux. Ella avait passé le bras sous celui de Hermann, son nouveau galant, qu'elle leur avait brièvement présenté. Grâce à sa corpulence, celui-ci se taillait sans peine un chemin au milieu de la foule. Anna et Carl tentèrent de les suivre, frôlant les bras et jambes nus des dames appuyées au bar. Élégamment gantées, elles brandissaient des fume-cigarettes, jouaient avec leurs interminables colliers de perles et sirotaient des cocktails au champagne. Des hommes en costume blanc buvaient du whisky tout en se balançant au rythme de la musique.

Anna fut aussitôt entraînée par la cadence rapide. À l'instant où ils passaient devant la scène pour rejoindre leur table, le trompettiste se pencha et se mit à lancer des ruades vers l'arrière. C'était la première fois qu'elle voyait un homme noir de si près. Dans la salle étouffante, l'ambiance était frénétique. Autour d'eux, tout le monde semblait ne penser qu'à s'amuser et à savourer jusqu'à l'excès les plaisirs de la nuit. Le rythme de la ville avait atteint une sorte d'hystérie. En venant, ils étaient passés devant d'innombrables cabarets comme celui-ci, aux noms aussi étranges que *Les trois singes* ou *L'éléphant rouge*. Devant leurs portes, des employés tentaient d'attirer le chaland en vantant le spectacle à grand renfort de promesses. Dans la rue, des dizaines de prostituées légèrement vêtues, aux yeux maquillés de noir, attendaient le client adossées au mur ou accostaient les hommes seuls. Certaines avaient paru affreusement jeunes à Anna.

Anna et Ella s'assirent côte à côte à la petite table ronde, flanquées des deux hommes. Carl n'avait pas l'air dans son élément avec son discret costume trois-pièces marron, et Anna se dit qu'il se sentait sûrement un peu mal à l'aise. Mais la bonne humeur du compagnon d'Ella, avec sa petite moustache à la Menjou et son costume rayé, était communicative. À peine furent-ils assis que Hermann fit signe à la serveuse. Sans consulter Anna ni Carl, il commanda une bouteille du champagne le plus cher pour les dames et un vieux whisky pour les messieurs. Ella, sentant leur nervosité, fit sous la table un geste rassurant pour leur signifier qu'ils n'auraient pas à s'inquiéter de l'addition. Anna l'observa : ses cheveux bruns brillaient d'un tel éclat qu'on les aurait dits laqués de noir. Elle portait au front un bandeau scintillant orné d'une plume d'autruche noire. L'ourlet et le décolleté de sa robe sans manches étaient garnis de franges. Avec ses lèvres bordeaux et ses faux cils noirs, elle se fondait à la perfection dans ce milieu de débauche. Anna se demanda si son compagnon lui avait offert sa robe, un modèle coûteux reconnut-elle tout de suite.

L'homme semblait nettement plus âgé qu'elle ; Ella ne lui avait encore jamais parlé de lui. Avant qu'elle puisse souffler une question à son amie, le trompettiste quitta le devant de la scène et un présentateur prit sa place. Anna dut y regarder à deux fois, car il était maquillé en femme. Il annonça le premier numéro de cabaret et une belle blonde fit son apparition. Elle ne portait guère plus que des bas résille, une veste queue-de-pie et un chapeau haut-de-forme. Ses jambes interminables envoûtèrent aussitôt le public masculin. Elle se mit à danser autour d'une chaise avec des mouvements lascifs, frappant les planches de ses chaussures rouges et roulant des hanches, tout en chantant d'une voix profonde et rauque :

Lieben, lieben, das ist gut, wer es recht verstehen tut. Wer es aber nicht recht kann, der fange nicht zu lieben an… Aimer, aimer, c'est bien beau quand on sait s'y prendre, mais qui ne sait pas s'y prendre ferait mieux de ne pas commencer…

Le public se déchaîna quand elle s'assit à l'envers sur la chaise, les cuisses écartées, allongeant la dernière syllabe. Elle laissa la tête pendre par-dessus le dossier. Les applaudissements furent soulignés d'exclamations et de bravos. Du coin de l'œil, Anna regarda Carl qui sifflait sur ses doigts avec ferveur. La chanteuse lui avait apparemment remonté le moral. Hermann lui offrit un cigare et Carl l'accepta, à la surprise d'Anna ; il se pencha par-dessus la table vers le briquet d'argent que lui tendait l'ami d'Ella.

— Pas mal, la petite, pas vrai ? demanda Hermann avec un clin d'œil complice à Carl. Attendez, vous allez voir, il y a mieux.

Peu après, quatre hommes musclés, torse nu, apportèrent une cage sur la scène. Un murmure traversa le public. À la stupéfaction d'Anna, comme de tous ceux qui ne connaissaient pas encore le numéro, la cage contenait deux grands singes. Un examen attentif révélait que seul l'un d'eux était vrai, l'autre étant en fait un homme costumé.

— C'est fou, non ? glissa Ella en donnant un coup de coude à Anna. Moi, je ne me laisserais pas enfermer volontairement avec un monstre pareil.

Elles assistèrent à l'étrange spectacle en retenant leur souffle. L'orang-outan imitait tous les mouvements de l'homme déguisé, se grattait le crâne, croisait les jambes et buvait du whisky dans un verre. Au bout d'un moment, Anna demanda à voix basse, avec un hochement de tête imperceptible vers Hermann :

— Ça fait combien de temps que tu sors avec lui ?

— Un mois. Tu sais qu'il est terriblement généreux ?

— Et il veut quoi, en échange ?

— Anna, enfin ! Pour qui me prends-tu ?

— Il est bien trop vieux pour toi !

Ella, sans répondre, baissa les yeux et ôta d'une chiquenaude un peu de cendre tombée sur son genou. Alors seulement, Anna comprit pourquoi son regard lui avait paru si étrange : elle avait collé à la base de ses cils une épaisse rangée de minuscules cailloux scintillants. Cela avait dû lui prendre des heures, mais l'effet était incroyablement glamour. Soudain, le public poussa des « Oh ! » et des « Ah ! ». Le singe avait pris le porte-cigarettes de la main de son comparse et fumait en le tenant entre deux doigts. Anna observa de nouveau Carl, qui hurlait de rire en se tapant les cuisses. Hermann désigna la scène avec son verre de whisky.

— Regardez la suite, vous n'allez pas le croire.

Il les observa en attendant leur réaction, les yeux brillants de plaisir. L'instant suivant, le singe arrondit les lèvres et se mit à souffler des ronds de fumée dans l'air étouffant de la cave. Les spectateurs hurlèrent de joie et tapèrent des pieds, l'orang-outan les imita. Sans rien leur demander, Hermann commanda une nouvelle tournée. Anna n'arrivait toujours pas à croire qu'il était l'amant d'Ella, même si elle les vit à plusieurs reprises échanger des gestes tendres et des regards presque languissants. On aurait vraiment dit de l'amour. Ella se pencha vers son amie et lui souffla à l'oreille :

— Il fait partie du clan Tietz. Tu sais, les grands magasins.

Anna connaissait bien sûr le nom de Tietz – la plus importante chaîne de grands magasins en possession propre, et seul véritable concurrent de Jandorf. Elle savait aussi que son fondateur, Oscar Tietz, était mort deux ans plus tôt, et que l'entreprise était à présent dirigée par ses fils. Ella avait-elle séduit un des héritiers Tietz ? Anna jeta un regard en coin à Hermann. Il tira sur son cigare et leva de nouveau son verre vers eux.

— Tu ne peux pas comprendre, Anna, parce que tu as réussi : tu as ta propre petite entreprise de confection et un gentil mari. Moi, je ne veux pas rester vendeuse célibataire toute ma vie. Hermann va me trouver un poste de directrice de la confection pour dames dans un des magasins. Si je ne trouve pas d'homme riche pour m'épouser, que j'en aie au moins un qui me fasse avancer.

Anna saisit d'un coup. Hermann était le mari d'une héritière Tietz. Elle se mordit les lèvres.

— Oh, Ella ! souffla-t-elle. Tu n'as vraiment pas besoin de ça ! Tu as ton salaire régulier ! Tu sais à quel point je te l'envie ?

— Et même si tu ne me crois pas, ajouta Ella à voix basse, je l'aime.

— Qu'est-ce que vous marmonnez, toutes les deux ? s'enquit Hermann, curieux.

— Rien du tout, mon chéri ! Des histoires de filles sans intérêt, répondit Ella en lui agitant son boa de plumes sous le nez.

Il alluma un nouveau cigare pour elle et pour lui ; Carl refusa cette fois d'un geste poli.

— Peut-être que ça nous intéresse plus que vous ne l'imaginez, pas vrai, Carl ? demanda Hermann en tentant d'attirer le regard de celui-ci.

— Oh, je ne pense pas, répliqua-t-il avec un sourire gêné.

Anna savait que ce genre de conversations le mettait mal à l'aise. Le numéro du singe terminé, le présentateur s'était lancé dans une chanson grivoise sur les souffrances de l'amour. Elle avait du mal à se concentrer sur les paroles à double sens, à rire aux pointes osées. Elle prit une gorgée de champagne, qui lui parut soudain fade. Quand elle regarda autour d'elle, les visages des spectateurs qui riaient à gorge déployée, la bouche grande ouverte, lui firent l'effet de grimaces hideuses et trop maquillées. Elle se demanda si Ella était heureuse avec Hermann, ou s'ils profitaient seulement l'un de l'autre.

— Pourquoi on n'irait pas dans un bar chic ? À l'*Adlon*, peut-être ? suggéra Ella. Au bout d'un moment, c'est quand même un peu miteux, ici.

Hermann ne répondit pas tout de suite et Anna comprit que la question l'embarrassait. Évidemment ! Il ne voulait pas être vu en compagnie de sa maîtresse au célèbre bar fréquenté par la bonne société berlinoise. Anna regarda Carl ; au même instant, il tourna la tête vers elle et lui saisit la main. Sans un mot, ils surent tous deux ce dont ils avaient envie : danser.

Au *Hugo Tanzpalast*, l'ambiance était tout autre. Personne ne tenait en place ; les clients, regroupés sur la piste de danse, dévoraient des yeux le chanteur debout sur la scène tel un prédicateur. Quand le batteur donna le rythme sec et marqué du charleston, tous se mirent à s'agiter comme des pantins. Anna, Carl et Ella, en deuxième ligne, reproduisaient les mouvements, comme tirés par des fils invisibles. Ella se tourna vers Hermann ; adossé au mur, il lui adressa un gentil signe de la main. Il n'aimait pas danser, mais elle ne bouda pas son plaisir pour autant. Des bras nus se tendaient en l'air, les têtes se penchaient à droite puis à gauche. Le volume augmenta ; le chanteur, costume blanc et petit chapeau rond, exécutait les pas de danse à une vitesse vertigineuse. Quand il se pencha en avant, le public ivre d'amusement l'imita. Il plia les poignets et lança des coups de pied de côté, copié par des centaines de jeunes gens en habit de soirée. Les genoux pivotaient vers l'intérieur puis l'extérieur, jambes en X puis en O, les bras décrivaient des moulinets. Les mollets nus des femmes en robes courtes s'envolaient sur les côtés, leurs talons allaient cogner contre les tibias tout proches. Le son monta, le rythme martelé devint plus effréné encore. De la vapeur émanait des corps en sueur. La robe en crêpe saumon d'Anna lui collait à la peau et les murs vert foncé dégoulinaient d'eau de condensation. Soudain, la musique se tut, le silence se fit. Les danseurs se figèrent, les yeux rivés sur la scène. Un des musiciens saisit un accordéon ; la chanson qui suivit était un tango. La plupart des spectateurs semblaient en connaître le refrain et entonnèrent à gorge déployée :

Vorgestern Nacht hab ich von zwei Mädchen geträumt,
die waren furchtbar kregel und aufgeräumt.

Die eine hatte nen' schwarzen Bubikopf und die andre einen braunen,
und sie hatten einander so lieb, das war einfach zum Staunen.
Sie waren leicht gekleidet – glatt zum Erkälten,
und sie taten einander immer Gleiches mit Gleichem vergelten.

Avant-hier, j'ai rêvé de deux filles
Joliment vives et proprettes.
Coiffées à la garçonne, l'une noiraude, l'autre brunette
Elles s'aimaient tant que j'en restai muet.
Bien légèrement vêtues, à en attraper froid,
Elles se rendaient coup pour coup.

Anna ne faisait que remuer les lèvres. Elle regarda Ella, puis Carl. Tous deux semblaient envoûtés par l'atmosphère extatique. Dans la cohue, leurs corps se touchaient. De plus en plus de monde se pressait sur la piste, poussant derrière et sur les côtés. Les spectacles des cabarets étaient terminés mais les Berlinois voulaient prolonger les plaisirs de cette nuit. Certains, leur verre à la main, avalaient l'alcool à flots ou en renversaient sans distinction sur les robes bon marché ou hors de prix, en tissu très fin. Le chanteur dressa deux doigts en l'air, invitant les danseurs à former des couples. Anna sentit des doigts se poser entre ses omoplates et se retourna. C'était Carl, emporté comme elle, comme tous ici, par l'extase de la nuit. Il l'enlaça pour la guider avec la détermination qui l'avait séduite dès leur première danse au *Prater*. Il lui serra les poings et la fit tournoyer sous son bras, la rattrapa, posa sa main dans son dos. Leurs corps se collèrent l'un à l'autre. Anna ne voulait pas laisser échapper cette sensation d'euphorie. Pourtant une ombre se posa sur sa belle humeur. L'ivresse à laquelle ils s'abandonnaient avait quelque chose de malsain. Une menace sourde émanait de l'ambiance survoltée.

En se réveillant au petit matin, Anna sut tout de suite que quelque chose avait changé. Aucune lumière ne filtrait par la fenêtre qui donnait sur la cour. Il n'était sûrement pas encore 6 heures. Elle tâta sa poitrine à travers sa chemise de nuit en coton et sentit que ses seins étaient durs et tendus. Puis la nausée monta. Elle connaissait ces signes, et l'idée d'être de nouveau enceinte fit naître en elle des sentiments mêlés. Près d'elle, dans le lit conjugal, Carl respirait calmement. Impossible de le lui annoncer dès maintenant. Il refuserait qu'elle continue à travailler et ne supporterait pas qu'elle subisse une nouvelle fausse couche, lui qui voulait tellement des enfants. Anna se tourna et se leva le plus doucement possible pour ne pas le réveiller. Elle attrapa ses vêtements à tâtons sur la chaise et sortit de la chambre pieds nus. Dans la cuisine, elle s'habilla puis prit du pain dans un pot de terre et en brisa quelques morceaux qu'elle se fourra dans la bouche. Ne jamais avoir le ventre vide, c'était la seule chose à faire contre les nausées. Elle ralluma le feu et, quand les braises rougeoyèrent enfin, mit ses mains glacées au-dessus.

Une heure plus tard, Carl était parti au travail. Ida arriva, puis Emma. Celle-ci comprit au premier coup d'œil ce qu'il en était, et eut soudain l'air attendri ; déjà mère d'un enfant, elle se réjouissait pour sa sœur.

— Depuis quand le sais-tu ?

— J'en suis sûre depuis ce matin, répondit Anna en baissant la voix. J'ai une semaine de retard.

En les entendant chuchoter, Ida leva le nez de sa machine à coudre.

— Vous n'avez pas besoin de me le cacher, lança-t-elle. Je m'y connais. J'ai eu tellement de frères et sœurs, un mort-né, deux qui n'ont pas passé les six mois, et…

— Ida ! s'écria Emma, effarée. Mon Dieu, mais tais-toi donc !

Alors seulement, celle-ci comprit l'effet de son bavardage. Anna était blême, les traits décomposés. Sa mère aussi avait accouché d'un enfant mort-né après Dora, et avait failli succomber à une hémorragie. Elle chercha des yeux le soutien de sa sœur aînée, qui savait exactement à quoi elle pensait.

— Je suis désolée ! marmonna Ida en rougissant. Mais ça ne veut pas dire que ça arrivera à Anna ! Ma mère a continué à travailler dur à la blanchisserie pendant toutes ses grossesses, et…

— Silence, Ida ! Tais-toi tout de suite ! ordonna Emma d'un ton menaçant que la jeune fille ne lui avait encore jamais entendu.

Emma passa un bras autour des épaules de sa sœur et lui murmura à l'oreille :

— Ne te fais pas de souci ! J'ai un enfant en bonne santé, ce sera pareil pour toi.

Anna repensait à cette nuit fatidique. Sa mère avait subi des contractions toute la journée, et la nuit, ses gémissements mal étouffés avaient empêché les enfants de dormir. Serrés les uns contre les autres dans l'escalier raide menant à la chambrette, ils avaient attendu que le cri libérateur du nouveau-né retentisse enfin. Le regard pétrifié de leur père, le paquet serré dans ses bras, un minuscule corps sans vie. Le petit garçon était tout bleu, avait-elle entendu dire plus tard. Emma serra sa main et la regarda dans les yeux.

— Tu connais la meilleure manière de te sortir ces soucis de la tête ?

Sans attendre la réponse d'Anna, elle poursuivit :
— Le travail ! Et ne t'en fais pas : rester assise à une table de découpe ou devant une machine à coudre n'a jamais fait de mal à aucune femme enceinte !

Charlotte

Charlotte replaça le vase arrondi au centre de la table basse et inspira le parfum sucré des arums. Elle balaya leur salle de séjour du regard. Au bout de presque un an et demi, elle s'y sentait toujours emprisonnée. Après leur départ précipité de Feltin, ils avaient vite trouvé cet appartement spacieux dans le quartier des musiciens de Leipzig, choisi de nouveaux meubles et organisé le déménagement. Il n'avait guère fallu de temps pour faire apporter les maigres possessions d'Ernst, surtout des livres techniques, de sa chambre de la Kupfergasse au logement de la Mozartstraße. Ils avaient équipé une des pièces de leur nouveau foyer d'étagères sur mesure qui montaient jusqu'au plafond. Charlotte ouvrit la fenêtre à double battant et se pencha par-dessus la balustrade en fer forgé du balcon. Le vacarme tant haï de la ville l'assaillit. Les ormes de trois ans, au feuillage encore modeste, n'étouffaient guère le bruit du trafic. Une automobile ouverte passa juste en dessous d'elle, les chapeaux cloches des élégantes passagères paraissaient à portée de main. Un landau tiré par deux chevaux noirs arriva en sens inverse. Machinalement, Charlotte estima l'âge et la qualité des bêtes, manifestement nobles et bien soignées. Les calèches devenaient rares, en ville.

Elle fut prise de nostalgie. S'habituerait-elle un jour à cet environnement de pierre et de bitume au lieu des champs de maïs dorés et des vertes prairies ? À ne plus entendre le chant du coq, à 5 heures, suivi des mugissements des vaches attendant la traite ? À ne plus partir à la chasse avant l'aube ni traverser les prés au galop sur le dos de sa jument dans le brouillard matinal ? Sa vie devait-elle vraiment se dérouler ici, à Leipzig ? Pour l'instant en tout cas, à son cinquième mois de grossesse, elle ne pouvait pas monter à cheval. Les incessants reproches d'Ernst sur son infertilité manifeste et les protestations de Richard, arguant que les absences répétées du géniteur étaient contraires à tout désir d'enfant, avaient pris fin. Une fois de plus, son père avait visé juste avec ses taquineries. Mais c'était bien la perspective des semaines suivant l'accouchement qui aggravait sa nostalgie de Feltin. Et tout ça juste parce que Richard et Ernst s'étaient disputés à propos de stupides porcelets ? Elle savait que ce n'était pas la vraie raison de leur querelle. Les luttes de pouvoir incessantes entre son père et son mari avaient trouvé là leur point culminant. Elle aurait dû se douter que les expériences d'Ernst seraient seulement tolérées aussi longtemps qu'elles ne contrecarreraient pas les projets de rentabilité de Richard. En propriétaire exploitant pur et dur, il ne laissait rien ni personne influencer ses décisions. Pour le moment du moins, elle devait l'accepter et tâcher de tirer le meilleur de sa situation. Au moins Lisbeth avait-elle promis de venir à Leipzig après l'accouchement.

Charlotte consulta la pendule de la cheminée, encadrée de deux panthères de bronze. Il était presque 15 h 30 ; Cäcilie, Edith et deux de leurs amies venaient prendre le café. Elle regonfla de la main ses cheveux brillants, qu'elle avait fait onduler le matin même. L'influence de Cäcilie était visible aussi bien dans l'habillement de sa nièce que dans son ameublement. Sa tante l'avait dissuadée dès le début de copier le style campagnard de la maison de ses parents et convaincue de choisir un aménagement plus moderne et contemporain. Mondanité extraordinaire : Cäcilie et Salomon étaient revenus avec des idées nouvelles de l'Exposition internationale de Paris. On ne tapissait plus les murs de motifs fleuris mais de tons émeraude foncé ou de subtils reflets bronze. Les lourds rideaux étaient confectionnés dans un velours coûteux. Même Ernst s'était révélé impuissant face au goût très affirmé de sa tante, et avait fini par capituler. Ses revenus ne leur permettaient pas de mener grand train, mais Charlotte avait reçu une dot généreuse de son père et Ernst la laissait libre d'en disposer. Ils étaient allés chez un ébéniste qui opposait aux arrondis de l'Art nouveau, alors très populaire en Allemagne, les formes nouvelles de l'Art déco français. Ses meubles étaient beaucoup plus massifs, anguleux, laqués d'un vernis à piano d'un noir très brillant ou ornés de ronce jaune, luisante et polie. L'Allemagne allait mieux. Depuis le début de l'année 1925, le pays était de nouveau solvable. Même la paix internationale était plus solide qu'à n'importe quel moment depuis 1914. Les gens, si longtemps secoués par les crises et dégoûtés de la politique, voyaient une lueur d'espoir à l'horizon. Les jeunes, surtout, croyaient qu'une nouvelle ère d'insouciance venait de s'ouvrir. On pensait que le pire était passé.

Quand la sonnette retentit, Charlotte jeta un dernier coup d'œil aux pâtisseries nappées de sucre disposées sur un présentoir. Erna alla ouvrir la porte puis guida les visiteuses jusqu'au salon. Quand

Charlotte la pria de leur servir du café, la domestique disparut vers la cuisine. Elle l'avait suivie à Leipzig sans protester. Depuis son mariage avec Eberhard, le valet de pied de Salomon, elle occupait avec lui un petit appartement mansardé dans la villa des Liebermann. Elle travaillait toujours pour Charlotte et Ernst, qui ne pouvaient d'ailleurs pas employer d'autre personnel.

— Un poste de radio ! C'est vraiment pour moi ? s'exclama Charlotte.

Erna apporta dans la salle de séjour la lourde boîte en bois noir entourée d'un ruban bleu.

— Cela te fera un peu de distraction quand tu ne pourras plus guère sortir de chez toi ! déclara Cäcilie en ôtant ses gants. Il vient tout droit du salon de la radiodiffusion de Berlin : le premier récepteur à tubes. Salomon en a acheté trois d'un coup. Tu connais son enthousiasme pour les nouvelles inventions.

Charlotte sauta au cou de sa tante.

— Merci mille fois ! Quel cadeau extraordinaire ! Erna, pose-le sur la commode en faisant bien attention, ajouta-t-elle.

Elle se tourna ensuite vers ses autres visiteuses.

— Madame la *Kommerzienrätin*, je vous prie de m'excuser de ne pas vous avoir saluée plus tôt. Quel honneur vous me faites !

— Je vous excuse bien volontiers. Après un cadeau si exceptionnel, il est bien normal que vous me préfériez votre tante, répondit la plus âgée de ses visiteuses, qui avait observé la scène en silence. Madame Trotha, quel plaisir. Je me réjouis tellement de votre invitation.

Charlotte se souvenait qu'elle lui avait été présentée à l'occasion du concert de salon d'Edith. Cäcilie avait convaincu Charlotte de prendre enfin une part plus active à la vie mondaine de Leipzig, et pour cela, impossible de passer outre à madame la *Kommerzienrätin* Taubner. Grâce à l'essor que connaissait la foire de Leipzig depuis la fin de la guerre, sa famille avait décuplé sa fortune immobilière. Elle était accompagnée de sa fille, Helene.

— Vous êtes-vous bien accoutumée à la vie à Leipzig ? demanda-t-elle en mordant dans un petit-four tout en regardant autour d'elle. Je vois que vous avez hérité du goût extravagant de notre chère Cäcilie.

— Eh bien, pour répondre à votre première question, je me sens bien en ville, maintenant, mais...

Charlotte baissa les yeux et se mit à tripoter son alliance.

— Mais ? insista Mme Taubner.

— Les chevaux me manquent, parfois... et la forêt, et l'odeur du foin fraîchement coupé...

— Et peut-être aussi celle du fumier ? ajouta Mme Taubner avant de s'excuser aussitôt : Quel manque de tact de ma part, ma chère. Ça m'a échappé.

Edith et Cäcilie gardèrent le silence. Elles savaient pertinemment que cette virtuose de la conversation ne lâchait jamais un mot sans l'avoir mûrement soupesé. Charlotte aurait du mal à s'intégrer après avoir attendu si longtemps pour inviter le membre le plus éminent de la bonne société locale.

— Quant à votre constatation, reprit Charlotte sans commenter, ce mobilier n'est évidemment pas un hasard. Ma tante a eu son mot à dire. Je ne suis moi-même qu'une petite campagnarde.

— Un point pour vous ! admit Mme Taubner.

Elles rirent toutes, détendues, puis Cäcilie contredit sa nièce.

— C'est vraiment de la fausse modestie, Lotte ! Tu as toi-même un goût très sûr. Je me suis contentée de t'emmener chez le bon ébéniste.

Edith prit un petit-four au glaçage vert et Charlotte fut éblouie par son saphir. Depuis que sa cousine avait quitté Feltin, elles n'avaient plus passé aucun moment ensemble, seules. Elle ne savait presque plus rien d'elle, à part ses succès sur scène et ses premiers concerts au loin. Charlotte avait été surprise qu'elle trouve du temps à consacrer à une activité aussi profane que cette visite en plein après-midi. Quand Edith releva la tête, leurs regards se croisèrent et Charlotte tressaillit. Les yeux clairs de sa cousine étaient emplis d'une expression qu'elle n'y avait jamais vue. Elle ne put l'interpréter que comme de la douleur et du désespoir, sans s'expliquer ce qui l'accablait à ce point. Edith avait pourtant tout pour être heureuse.

— J'ai entendu dire que votre époux est professeur à l'université de Leipzig, intervint la fille de Mme Taubner.

Helene avait sans doute son âge, mais elle affichait déjà les airs de matrone de sa mère.

— En effet, il enseigne les sciences agraires, confirma Charlotte.

La mère d'Helene poursuivit l'interrogatoire.

— Et à quoi comptez-vous passer votre temps, à Leipzig ? Aimeriez-vous vous engager dans les œuvres de bienfaisance ? (Elle saisit un gâteau entre le pouce et l'index.) Nous aurions bien besoin de votre soutien pour l'organisation de notre bal au profit des vétérans. Ou n'êtes-vous déjà plus assez mobile, dans votre état ? Helene a deux enfants adorables, un garçon et une fille, et chaque fois, elle a continué à nous aider activement jusque peu avant l'accouchement.

Mme Taubner scruta ouvertement la taille de Charlotte, peu visible sous sa robe d'après-midi plissée et droite. La jeune femme secoua la tête.

— Il me reste quelques mois, je ne vais pas rester assise sans rien faire.

— Et vous-même, Edith ? reprit Mme Taubner.

— Edith prépare en ce moment un concert à Vienne et doit naturellement beaucoup répéter, intervint Cäcilie pour venir au secours de sa fille.

Tout en ajoutant du sucre dans son café, Mme Taubner répliqua :

— Naturellement. Je voulais parler de ses projets plus… personnels, mais laissons cela.

Elle fit tourner sa cuillère dans sa tasse en souriant à la ronde d'un air innocent.

Edith baissa la tête, observa ses mains et se mit à se frotter les doigts comme pour en ôter une tache d'encre. Alors seulement, Charlotte comprit que Mme Taubner venait d'insister sur le fait que sa cousine n'avait pas d'enfant. Quelle impertinence ! Elle savait pourtant ce qu'elle devait ressentir. Était-ce donc cela qui la rendait si malheureuse ? La pression de l'extérieur prenait des proportions monstrueuses lorsque, comme elle, on n'avait toujours pas d'enfant après cinq ans de mariage.

— Je serais enchantée de participer à l'organisation de ce bal, lança Charlotte avant qu'on ne poursuive sur cette question si délicate.

— Merveilleux ! s'exclama Mme Taubner en applaudissant. Votre tante est évidemment de la partie, en charge de la décoration… Comment pourrait-il en être autrement, avec son talent.

Charlotte regarda Cäcilie, dont la bouche souriait tandis que ses yeux restaient froids. En son for intérieur, elle admira sa retenue.

— Nous espérions tant que Mme Trotha se joindrait à notre comité, n'est-ce pas, Helene ? reprit Mme Taubner.

Sa fille approuva avec empressement.

— Peut-être pourriez-vous assister à notre réunion hebdomadaire, dès demain matin. Elle a lieu à tour de rôle chez les membres du comité. Cette fois, c'est chez les Gerling, dans la Beethovenstraße, à deux pas d'ici. Très bien, ma chère...

Elle se leva et fit signe à sa fille, qui venait d'engouffrer un nouveau petit-four, de l'imiter.

— Nous nous voyons donc demain à 10 heures.

Juste avant de quitter la pièce, elle mit la main devant sa bouche, comme si elle redoutait les oreilles indiscrètes, et précisa :

— Surtout, soyez à l'heure, ma chère. Mme Gerling ne supporte pas qu'on arrive en retard aux réunions, elle est assez regardante sur ce point.

Erna raccompagna les invitées en oubliant de fermer la porte du salon et elles entendirent distinctement Mme Taubner glisser à sa fille, dans l'entrée :

— Le décor que la Liebermann a imposé à sa nièce est vraiment exagéré. Pauvre enfant ! Ces parvenus de Juifs s'imaginent qu'avec tout leur argent, ils peuvent aussi acheter le bon goût.

Cäcilie, Charlotte et Edith s'entre-regardèrent en silence. Sans commenter, Cäcilie posa une main sur le bras de sa nièce.

— Ma pauvre ! Dans quoi t'ai-je entraînée là !

— Vraiment, mère ! renchérit Edith. Comment as-tu pu pousser Charlotte dans ce nid de vipères ?

Charlotte sourit à cette expression.

— Ne t'en fais pas. Tante Cäcilie ne pouvait pas deviner quelle tournure prendrait la conversation.

— Oh si, elle le pouvait ! Elle le pouvait même très bien ! répliqua Edith d'un ton amer.

Charlotte dressa l'oreille. Elle n'avait encore jamais perçu une telle discorde entre les deux femmes.

— Quoi qu'il en soit, je m'ennuierai moins à Leipzig.

Edith lui lança un coup d'œil de commisération :

— Au contraire. Toute cette histoire est d'un ennui abrutissant ! Elles m'ont très souvent demandé de participer, et jusqu'à présent, je m'en suis toujours sortie en prétextant une répétition ou un concert important.

Cäcilie fit glisser quelques miettes dans sa main puis se redressa. À la lumière dure de l'après-midi, Charlotte remarqua les premières rides sur le beau visage de sa tante. Comparée à Lisbeth qui avait même un an de moins, à quarante-trois ans, Cäcilie avait conservé son allure juvénile. Pourtant, en cet instant, elle paraissait abattue, exténuée.

Charlotte se leva et tira à moitié les rideaux.

— C'est mieux comme ça ? demanda-t-elle.

Cäcilie hocha la tête, reconnaissante.

— Vous savez, moi aussi, j'ai de plus en plus de mal à supporter cette hypocrisie. Mais crois-moi, Lotte, dans la bonne société de Leipzig, tu es obligée de fréquenter ces gens. Soit tu participes, soit ils se retournent contre toi et tu te retrouves seule.

Le visage d'Edith se durcit :

— En ce qui me concerne, je préfère de loin la seconde option.

Anna

Le travail commença tôt le matin. La douleur fulgurante lui rappela aussitôt son coccyx cassé. Anna poussa un violent soupir et s'agrippa au mannequin auquel elle venait d'enfiler un manteau de ramie. Elles confectionnaient désormais un prototype de chaque modèle avec ce tissu bon marché pour ne pas gaspiller les étoffes coûteuses. Anna était seule : Carl était déjà parti, Ida et Emma pas encore arrivées. Elle se recroquevilla, haletante. L'élancement disparut aussi brusquement qu'il avait surgi. Anna s'assit et consulta la pendule. Il était 6 h 10, personne n'arriverait avant 7 heures. Alors qu'elle se dirigeait vers la cuisine pour se servir un verre d'eau, la deuxième contraction survint. Elle s'appuya au cadre de la porte et se laissa doucement glisser au sol. Les douleurs étaient venues à vingt minutes d'intervalle. Lors de sa dernière visite chez le médecin, on lui avait dit de partir à la clinique lorsque les douleurs seraient espacées d'une demi-heure. On l'avait aussi rassurée : en général, pour le premier enfant, il fallait un certain temps avant que cela ne devienne urgent, parfois toute une journée. Elle n'avait pas peur. Emma avait eu raison : travailler était le meilleur remède contre les idées noires. Anna se tourna vers le modèle inachevé. À côté, au mur, elle avait punaisé ses esquisses colorées et des échantillons de tissu. Peters, enthousiasmé par son projet de manteau au revers sophistiqué, lui en avait commandé cinquante exemplaires à livrer dans deux semaines. Qui allait se charger de tout ce qu'elle avait à préparer ? Résolue à en faire encore le plus possible, elle s'approcha du mannequin, resserra les épaules avec des épingles, tirailla sur le drapé pas assez volumineux à son goût. Puis elle appuya de nouveau les mains sur son bas-ventre, essaya de respirer malgré la douleur, regarda de nouveau l'heure : 6 h 50. Emma et Ida n'allaient pas tarder. Elle ôta le manteau du mannequin et découpa à la lame de rasoir la couture du drapé, au col. La clé tourna enfin dans la serrure, et Anna poussa un soupir de soulagement.

— Bonjour ! lança une voix.

Emma. Anna répondit. En ouvrant la porte du salon, sa sœur vit d'abord le manteau de ramie sur la table.

— Ah, tu as enlevé le col. Je m'en doutais. Le drapé est trop petit, c'est ça ? (Puis, voyant le visage d'Anna :) Qu'est-ce qui se passe ? Tu es toute pâle !

Anna se posa une main sur le ventre et hocha la tête.

— Tu as des contractions ? demanda Emma, un mélange de joie et de compassion sur le visage.

Elle savait ce qui attendait Anna, et même si une naissance était un phénomène normal et naturel, ce n'était pas non plus sans danger.

— À quel intervalle ?

— Vingt minutes.

Emma tenta de dissimuler son affolement. Elle savait qu'Anna avait préparé des semaines plus tôt un sac contenant les affaires indispensables pour la clinique. À présent, elle se demandait si elle parviendrait à l'y emmener à temps.

— Je vais appeler la sage-femme et je reviens tout de suite.

Carl et Anna n'avaient pas le téléphone, mais pour une telle urgence, le marchand de charbon d'à côté la laisserait certainement se servir du sien. Elle se fit mettre en contact avec le cabinet de la sage-femme, où on l'informa que celle-ci était déjà partie pour une autre naissance. Emma décrivit tout de même l'état d'Anna à son interlocutrice, qui lui recommanda de l'emmener au plus vite à la clinique. De retour sur le trottoir, elle leva le bras. Deux automobiles klaxonnèrent et la dépassèrent. Puis un attelage tirant une charrette noire s'approcha, et le cocher arrêta ses deux chevaux bruns juste devant elle. Emma perdit courage en voyant qu'il s'agissait d'un corbillard ; il y avait une entreprise de pompes funèbres au coin de la rue. Elle ne pouvait pourtant pas se permettre de faire la fine bouche. Le cocher était un homme rougeaud et aimable ; quand elle lui décrivit la situation, il promit d'attendre Anna puis de la conduire à la maternité du Mariendorfer Weg. Emma et Ida, arrivée entretemps, aidèrent la jeune femme à rejoindre le véhicule. Elle déglutit en voyant la carriole noire chargée d'un cercueil. Sa mère était superstitieuse et Anna n'avait jamais complètement oublié ses réflexions, entendues durant toute son enfance, sur toutes sortes de signes inquiétants. Jamais Sophie Tannenberg ne serait montée de son plein gré dans un corbillard, et certainement pas pour aller accoucher.

— Allez ! Nous n'avons pas le choix ! l'encouragea Emma.

Au même instant, Anna sentit d'un coup que ses sous-vêtements étaient inondés ; le liquide coulait sur l'intérieur de ses cuisses. Elle venait de perdre les eaux.

La sage-femme de la clinique, Sigrid, avait beaucoup d'expérience et déjà plus d'un millier de naissances à son actif, comme elle ne cessa de le répéter à Anna pour la rassurer. Mais la jeune femme, une main agrippée à sa blouse amidonnée, l'autre crispée sur la froide poignée de métal du siège gynécologique, n'entendait presque plus ses paroles apaisantes. Elle avait l'impression qu'on la déchirait par le milieu. Dès son arrivée en salle de travail, l'enfant avait commencé à se frayer de toutes ses forces un chemin vers l'extérieur. Puis la douleur s'arrêta d'un coup. Peu après, elle tendit les bras et on lui posa sur le ventre un robuste nourrisson brun qu'on couvrit d'une serviette.

— Félicitations, dit le médecin. Une petite fille en pleine santé, après un accouchement précipité digne d'un manuel.

Une vague de bonheur submergea Anna. Elle avait une fille. Elle sentit à peine le médecin lui recoudre le périnée.

Quand Carl frappa à sa porte, une heure plus tard, l'enfant était allongée dans un berceau tout près de son lit. Anna savait qu'on viendrait bientôt la chercher pour l'emmener dans la salle des nourrissons ; il leur restait quelques minutes à passer ensemble. Ils se penchèrent vers son visage chiffonné et cherchèrent des ressemblances. Carl caressa tendrement la minuscule menotte, qui se referma aussitôt sur son doigt. La petite les regardait calmement de ses grands yeux bleu foncé.

— Elle a tes yeux ! dit-il.

— Tous les bébés ont les yeux bleus, lui expliqua Anna. Mais ça, c'est ton nez, en tout cas ! ajouta-t-elle en désignant le petit nez aplati.

— Merci bien ! Espérons que ça changera. Et ce sont tes cheveux ! Comment allons-nous l'appeler ?

Anna regarda sa fille, puis son mari. Elle avait un prénom en tête depuis longtemps déjà.

— Anita, répondit-elle.

Il s'assit au bord du lit, embrassa prudemment Anna sur les lèvres et vit qu'elle avait les larmes aux yeux. Si seulement je pouvais arrêter le temps, pensa-t-elle.

Charlotte

Assise face à sa coiffeuse, Charlotte regardait Erna lui gaufrer les cheveux. Depuis l'accouchement, elle avait l'impression que ses mèches pendouillaient, mornes et ternes. Une odeur de brûlé lui monta au nez et elle houspilla la domestique :

— Attention, Erna ! Si tu continues comme ça, je n'aurai bientôt plus un seul cheveu sur la tête !

Remarquant aussitôt son injustice, elle s'en voulut terriblement.

— Je suis désolée ! Je ne voulais pas dire ça, ajouta-t-elle en cherchant les yeux d'Erna dans le miroir.

— Ça ne fait rien, marmonna celle-ci en évitant son regard.

Charlotte savait qu'elle tourmentait son entourage avec sa mauvaise humeur permanente. Son intimité de jadis avec Erna en avait souffert. Elles n'échangeaient plus que le minimum d'informations, sans évoquer de détails personnels. Et c'était en partie à cause des insupportables sautes d'humeur de sa fille que Lisbeth était si vite repartie pour Feltin.

« Reviens à la maison. Tout ira bien, là-bas. » Lisbeth ne l'avait pas dit clairement, mais ces paroles flottaient entre elles quand elles avaient pris congé sur le quai de la gare.

Si elle continuait à se comporter ainsi, Erna finirait par la quitter. Bien qu'elle en soit consciente, Charlotte ne parvenait pas à se contenir. Son fils, Felix, avait trois mois. Il était pénible, criait beaucoup, et bien qu'ils aient engagé une nourrice grâce au soutien financier de Salomon, le bébé l'empêchait de dormir en pleurant la nuit. Mme Toepfer appliquait le principe éducatif alors courant : le laisser hurler pour ne pas le gâter. Charlotte trouvait cela cruel mais n'avait pas la force d'intervenir. Quant à Ernst, cela ne semblait pas le déranger. Il avait le sommeil si lourd que les pleurs ne le réveillaient pas. Et il n'avait pas touché sa femme depuis la nouvelle de sa grossesse. Au début, elle avait allaité Felix, mais à cause de mastites à répétition, il était désormais nourri au biberon. Elle se regarda dans le miroir. Ses yeux soulignés de cernes gris allaient à la perfection avec son humeur maussade. Elle demanda à Erna de lui mettre ses bijoux puis caressa le collier de rubis du bout des doigts.

— Magnifique ! s'exclama la domestique.

Charlotte soupira. C'était tellement vieillot. Ernst le lui avait offert à la naissance de leur fils, un bijou à mille lieues des critères de mode actuels. Elle ôta le bouchon d'un flacon de cristal et se parfuma le cou et l'intérieur des bras. On frappa à la porte. Quand Ernst entra, elle lui demanda encore s'il ne voulait pas l'accompagner. La question était rhétorique, elle connaissait déjà la réponse. Par principe, Ernst ne sortait jamais. Il préférait passer ses soirées dans son bureau à étudier ses livres et ses statistiques. Il émanait de lui en permanence une insatisfaction latente. Depuis qu'il ne pouvait plus mener ses propres expériences avec les porcelets, son travail de recherche s'était tari et il ne publiait plus. Charlotte savait que sa réputation de scientifique en souffrait, que cela l'accablait. Le seul travail d'enseignant ne lui suffisait pas.

— Je suis content que tu portes ce collier, dit-il en lui tapotant le bras.

À son expression absente, elle comprit qu'il pensait déjà à ses livres.

— Ça va certainement te faire du bien de te changer les idées, ajouta-t-il.

Charlotte lui envoya un baiser du bout des doigts.

— Je serai de retour à 23 heures au plus tard !

Edith tenait absolument à l'emmener voir une représentation de cabaret et avait insisté jusqu'à ce qu'elle cède. Sa cousine trouvait du temps à lui consacrer malgré ses répétitions et ses concerts, et Charlotte n'avait pas pu refuser. Elle attendit qu'Ernst soit sorti pour dire à Erna :

— Enlève-moi ça et donne-moi le sautoir en perles d'élevage.

Charlotte remarqua tout de suite les regards qu'elle attira en entrant dans l'établissement enfumé aux murs noirs. Les hommes ne furent pas les seuls à l'observer. Quelques femmes interrompirent même leurs conversations, scrutèrent la robe striée de fils d'or de Charlotte, la dévisagèrent, presque salaces. Elle se réjouit que son manque d'appétit l'ait aidée à retrouver rapidement sa silhouette d'avant sa grossesse. Une main s'agita en l'air, lui faisant signe, et Edith se leva. Elle portait un costume pantalon avec veston et cravate. Ses cheveux courts, une boucle rabattue sur le front et des pointes sombres qui flottaient tout près de sa bouche rouge sombre, transformaient complètement son visage. La beauté mystérieuse était devenue une artiste bourgeoise, sans rien perdre de sa fascination. Edith la présenta. Deux messieurs à sa table se levèrent à leur tour pour baiser la main de Charlotte avec effusion. Leur comportement était très différent de celui des autres hommes qu'elle connaissait. Ils lui firent de la place, quelqu'un apporta une chaise.

— Tu connais beaucoup de monde, ici ? demanda-t-elle une fois assise en lissant sa jupe.

— Plutôt, oui. Et regarde. (Edith désigna l'orchestre.) La bassiste et la clarinettiste étaient avec moi au conservatoire et je joue aussi avec elles, maintenant. Il va bientôt falloir que j'y retourne.

Charlotte s'étonna que l'orchestre ne soit composé que de femmes, toutes en pantalon.

— Qu'est-ce que tu veux ? demanda Edith. Attends. Je nous commande quelque chose, tout le monde boit ça, ici.

Elle leva le pouce et l'index à l'intention du serveur, qui hocha la tête. Edith posa un coude sur la table et se pencha vers Charlotte.

— Je voulais être seule avec toi. Mais il faut d'abord que j'aille jouer. Ça fait tellement longtemps que nous ne nous sommes pas vues à deux ! Je crois que depuis, nos vies ont complètement changé.

— Oui, c'est bien vrai. Au fait, où est… ?

— Leo ?

Les yeux clairs d'Edith changèrent d'expression, comme si Charlotte venait de dire quelque chose de triste. Elle baissa les paupières et répondit :

— Ah, le cabaret satirique, ce n'est pas son genre. Il est bien trop sérieux pour ça.

Que veut-elle dire ? se demanda Charlotte. C'était pourtant de Leonhard Händel qu'elles parlaient, son premier et seul amour, celui qu'elle avait abandonné sans lutte à sa cousine. Et elle ne connaissait personne qui aimait rire autant que lui.

Son rire de gorge.

Elle déglutit en y repensant.

Le serveur posa devant elles deux verres remplis d'un liquide vert pâle. Edith leva le sien à l'attention de sa cousine ; leurs voisins de table l'imitèrent.

— À nous ! J'espère que nous nous verrons plus souvent, désormais !

— À nous ! répéta Charlotte.

L'absinthe sentait l'anis et avait goût d'herbes et d'alcool fort. La brûlure dans sa gorge lui rappela l'eau-de-vie de fruit que son père ne sortait qu'aux grandes occasions. Décidément, c'est la soirée des souvenirs nostalgiques, songea-t-elle. Pourtant elle se trompait. Deux hommes prirent place sur la petite scène pour le premier numéro. Leurs cheveux courts et pommadés étaient peignés en arrière, leurs visages maquillés de blanc, avec une fine moustache. Ils étaient vêtus de costumes à la Stresemann, pantalon à rayures et veste noire. On aurait dit des vrais jumeaux. Ils se lancèrent dans une danse synchronisée aux mouvements saccadés, faisant tournoyer leurs cannes comme Charlie Chaplin, la nouvelle star aux jambes arquées du cinéma muet américain. À la stupéfaction de Charlotte, ils ajoutèrent des gestes obscènes à leur chorégraphie, se plaquant la main sur l'entrejambe ou tendant les fesses vers le public tandis que la trompettiste produisait un son sans équivoque. Elle trouva cet étrange spectacle à la fois répugnant et fascinant.

— Vingt-cinq cheveux, c'est trop ou trop peu, qu'en penses-tu ? lança un des danseurs.

En entendant sa voix haut perchée, Charlotte comprit qu'il devait s'agir d'une femme. Alors seulement, elle remarqua les rondeurs des silhouettes des deux artistes.

— Ça dépend ! répondit l'autre d'une voix tout aussi féminine. Sur la tête d'un homme, ça ne suffit pas, alors que dans la soupe, ça fait beaucoup !

Quelques éclats de rire stridents jaillirent dans la salle. Charlotte observa le public. Rares étaient les tables mixtes, la plupart n'étaient occupées que par des hommes ou par des femmes. Sur scène, les artistes passèrent à des blagues plus crues, touchant principalement aux malheurs des vieux couples, et dans la salle, l'ambiance monta. Entre deux boutades, l'orchestre féminin jouait quelques mesures de charleston ou de jazz. On apporta ensuite une table où était posée une boule de cristal ; une femme déguisée en diseuse de bonne aventure s'y assit.

— Votre mari va mourir subitement demain, annonça-t-elle à l'autre comédienne, élégamment vêtue.

— Je suis au courant ! répondit celle-ci. Je voudrais juste savoir si je serai acquittée !

Le public hurla de rire. Charlotte regarda Edith, assise sur le côté droit de la scène avec l'orchestre, son violoncelle entre les jambes. Elle s'amusait comme une petite folle. Était-ce là le genre de pensées qui lui passaient par la tête ? Pas étonnant qu'elle ne supporte pas l'entourage de la *Kommerzienrätin* Taubner. Elle évoluait dans un monde complètement différent. Charlotte en était déjà à son quatrième verre, ses voisins de table n'avaient cessé de passer commande. Elle eut l'impression que les murs, autour d'elle, commençaient à tourner.

— Ça te plaît ? s'enquit l'homme assis près d'elle, un certain Moritz, en la tutoyant sans vergogne.

Il avait le visage bien découpé, des pommettes hautes et le nez droit. Elle constata qu'il avait intensifié l'expression de son regard en soulignant ses yeux de khôl noir. Charlotte vit avec surprise qu'il avait la main posée sur la cuisse de son compagnon.

— C'est intéressant.

Il sourit comme s'il avait deviné ce qu'elle pensait.

Edith revint à leur table, but le verre qu'on venait de lui apporter et s'alluma une cigarette.

— Tu fumes ? demanda-t-elle.

Charlotte secoua la tête.

— Alors, tu participes toujours aux réunions de bienfaisance de la Taubner ?

— Oui, j'y suis allée la semaine dernière. La prochaine aura lieu chez moi. Nous récoltons de l'argent pour les orphelins de guerre, maintenant. Tu voudrais venir ? Bien que je t'imagine très occupée par tes répétitions et tes concerts.

— Toutes vos bonnes actions sont très louables, répondit Edith sans répondre à sa question. Mais comment supportes-tu ces conventions, ces ragots, cette hypocrisie...

Tout à coup, Edith lui attrapa la main et la scruta avec une intensité qui la fit frissonner. Leurs visages se touchaient presque. À la lumière rougeâtre, elle distingua les petits pâtés de maquillage sur les longs cils gainés de noir de sa cousine. Edith baissa la voix :

— Tu connais cette impression, quand on se rend soudain compte qu'on s'est bercé d'illusions ?

Charlotte détourna les yeux. Edith lui faisait peur, un chatoiement fébrile scintillait dans ses yeux.

— Pendant des années, j'ai cru que le jeu de violoncelle classique, c'était moi. C'était ce qui me définissait. Mozart, Brahms, Sibelius, les cadences compliquées, le *pianissimo* expressif. C'était la seule chose que j'aimais chez moi... et la seule chose que mon entourage voyait en moi. Tu sais que dès mon enfance, j'ai travaillé cinq heures par jour... Je ne connaissais rien d'autre.

Charlotte prit une nouvelle gorgée, consciente pourtant d'avoir déjà trop bu. La franchise d'Edith la troublait. Elle avait toujours envié sa cousine, justement parce qu'elle pensait que celle-ci décidait librement de sa vie et pouvait vivre sa passion.

— Maintenant, j'ai compris que j'étais coincée dans un corset et que je laissais les autres me dicter où et quand me produire... Il fallait toujours que je sois parfaite.

Elle enfouit son visage entre ses mains. Comme ses longs doigts minces étaient nus et blancs. Alors seulement, Charlotte s'aperçut que quelque chose manquait à sa main droite : elle ne portait ni son alliance ni sa magnifique bague de fiançailles. Edith s'essuya les yeux et reprit :

— Tu aimes ton mari ?

Charlotte observa ses propres mains et, du pouce et de l'index, fit tourner son alliance en or toute simple. Elle connaissait la réponse, aurait voulu la hurler. Elle ouvrit les lèvres, mais aucun son n'en sortit.

— Lotte... (Edith lui prit la main, la serra.) Je suis tellement désolée de t'avoir pris Leo, à l'époque. C'était mal. Je pense si souvent à ce que je t'ai infligé. Nous ne sommes pas heureux, ensemble. Vous croyez tous que je ne peux pas avoir d'enfants, alors qu'en réalité je me suis assurée moi-même de ne pas tomber enceinte.

Charlotte releva la tête. Edith pouvait faire cela ? Elle avait entendu dire qu'à l'aide de tableaux et de courbes de température, certaines femmes évitaient de se soumettre au devoir conjugal leurs jours de fécondité. Mais seulement quand elles avaient déjà plusieurs enfants !

— C'était toi, la femme qu'il lui fallait, lâcha Edith.

Charlotte eut l'impression que sa tête allait éclater. L'alcool, la musique assourdissante, l'air étouffant et les aveux d'Edith... C'était beaucoup trop.

— Je crois que je ferais mieux d'aller prendre l'air, marmonna-t-elle en se levant.

À cet instant, une des comédiennes en costume Stresemann vint à leur table, tira une chaise tout près d'Edith et l'embrassa passionnément sur la bouche.

— Lotte ? J'aimerais te présenter Hannah, dit celle-ci en se retournant.

Mais elle ne vit plus que le dos de sa cousine disparaître derrière le rideau noir.

Le lendemain, Charlotte était indisposée. Elle ne pouvait guère avouer qu'elle souffrait d'une monstrueuse gueule de bois. Tandis que la nourrice allait au parc promener Felix, nourri et langé de frais, elle resta allongée dans sa chambre obscure, un linge froid sur la tête. Quelle mère était-elle donc ? Elle se sentait si superflue, si inutile. Sa vie entière lui paraissait dénuée de sens. Que faisait-elle ici, à Leipzig ? Jamais elle ne s'y sentirait chez elle. Jamais Ernst ne lui avait donné l'impression de la désirer, sans même parler de l'aimer. Et après l'aveu d'Edith sur son mariage malheureux avec Leo, Charlotte se demandait ce qui avait pu la pousser à refuser sa main. Pourquoi avait-elle suivi Ernst à Leipzig sans lui opposer la moindre résistance ? Par aveuglement ? Et pourquoi Edith lui avait-elle dit que son mariage la rendait malheureuse ? Était-ce pour cela qu'elle avait voulu la voir ? Pour la mettre au courant, lui donnant pour ainsi dire une seconde chance ? Et qui était cette Hannah ? Sa maîtresse, peut-être ? Cela dépassait complètement son entendement. Plus elle repensait à leur conversation, plus il lui semblait comprendre les intentions d'Edith. Elle voulait lui avouer qu'elle affranchissait Leo. Pourtant, un divorce était impensable. Se souvenait-il même d'elle ? Charlotte savait que, peu après ses noces, il avait ouvert son propre cabinet d'avocat à Leipzig. Depuis, ils s'étaient à peine revus. Peut-être devait-elle prendre son destin en main ?

Charlotte mit longtemps à se résoudre à agir. En un lundi du mois d'août 1926, une jeune femme blonde en manteau d'été vert tilleul, maquillée discrètement mais avec soin, s'arrêta devant un immeuble à façade de stuc. Quiconque l'observant l'aurait remarquée pour une seule raison : en pleine journée, les femmes de sa classe et de son âge s'occupaient de leurs enfants, de leur maison et, surtout, du bien-être de leur mari. Mais cette dame aux cheveux mi-longs ondulés à la dernière mode était plantée à midi devant un bâtiment fin de siècle, l'air indécis. Elle se tourna d'un côté puis de l'autre, ôta ses délicats gants de soie et passa le bout du doigt sur les lettres gravées de la plaque de laiton dépolie. Le métal avait déjà perdu un peu de son brillant, on ne l'astiquait manifestement pas tous les jours.

Leonhard Händel
Avocat
Notaire

Son index effleura le bouton de la sonnette. D'un coup, elle remit ses gants, partit en courant jusqu'au croisement où elle télescopa un homme en tenue de peintre. Il pesta :

— Vous pouvez pas faire attention, bon sang ?

Figée, Charlotte marmonna des excuses. Elle se retourna et le vit venir droit vers elle : Leo. Son cœur bondit. Qu'allait-elle lui dire ?

— Lotte ! Que fais-tu ici ? s'exclama-t-il avant d'éclater de rire : Regarde, il y a de la peinture blanche sur ton manteau ; ça porte sûrement bonheur.

Son rire de gorge. En l'entendant, Charlotte faillit se jeter à son cou et l'embrasser. On aurait dit qu'ils s'étaient vus la veille, qu'il venait de discuter avec son père de ses dernières acquisitions agricoles. Elle regarda ses vêtements ; il avait raison. Une large bande blanche souillait sa manche. En cet instant, elle s'en moquait complètement. Elle se mit à rire à son tour. Il avait perdu des cheveux, son front s'était dégarni, mais cela lui allait bien ; il avait l'air plus sérieux, moins juvénile que jadis. Il portait un costume gris clair, une chemise un peu froissée, plus aussi coquet qu'elle l'avait connu. Il devait avoir trente-cinq ans.

— J'allais au parc. À midi, j'aime bien prendre l'air et manger léger.

Voilà pourquoi il avait le teint un peu hâlé. Aucun des citadins qu'elle connaissait ne s'exposait au soleil de son plein gré.

— Mais tu veux peut-être nettoyer la tache tout de suite ?

Elle écarquilla les yeux.

— Nous pourrions aller un instant à mon cabinet, reprit-il en désignant l'immeuble, dans son dos. Il y a même l'eau chaude.

Charlotte rougit et hocha la tête.

Le cabinet se trouvait à l'entresol. Dans le couloir, Leo l'aida à ôter son manteau, effleurant comme par mégarde la peau de son bras. Ce contact fit frémir Charlotte. S'en rendait-il compte ? Elle portait une robe toute simple, à manches courtes. Leurs yeux se croisèrent et elle ne fut pas certaine de ce qu'elle vit dans les siens ; un ravivement des sentiments qu'il avait un jour nourris à son égard ?

— Je te montre la cuisine, proposa-t-il.

— Tu travailles seul ?

Il risquait de mal interpréter sa question, de croire qu'elle lui demandait s'ils ne seraient pas dérangés.

— Je veux dire, tu n'as pas de secrétaire ? ajouta-t-elle en avançant sur le parquet grinçant.

La porte entrouverte donnait sur un bureau massif. Des piles de livres et de dossiers. De la poussière dans l'air. Des volets à moitié fermés pour tamiser la lumière du milieu de journée.

— Elle rentre toujours déjeuner chez ses parents.

Il la regarda frotter prudemment la tache. Charlotte savait pertinemment que la peinture ne partirait pas comme ça et qu'en grattant, elle risquait même d'endommager le tissu. Pour rien au monde elle ne l'aurait avoué. Elle se retourna lentement.

— Il vaut mieux que je le laisse tremper un peu.

Elle s'assit près de lui et regarda la modeste cuisine. La vaisselle d'un petit déjeuner était encore sur la table. Elle fut soudain intriguée : vivait-il ici ?

Leurs regards se croisèrent et il parut deviner ses pensées, car il hocha la tête.

— J'ai quitté la maison… et pour le moment, j'habite dans mon cabinet.

Charlotte frissonna et croisa les bras. La cuisine donnait sur la cour, le soleil n'entrait jamais par la haute fenêtre étroite. Sans même la regarder, Leo perçut son mouvement.

— Tu as froid ?

— Oui !

Il enleva sa veste, la lui posa sur les épaules et resta debout devant elle.

— C'est vraiment une sensation étrange, de perdre ses rêves. Tu connais ça ?

— Oui, dit-elle de nouveau.

Elle redressa la tête. Sans un mot, il lui prit les mains et la fit se lever. Son visage parut soudain très vulnérable. Charlotte lui caressa la joue. Il la saisit à la nuque, se rapprocha. Elle perçut son souffle et, pour la première fois depuis longtemps, se sentit de nouveau vivante. Enfin, la douce brûlure était de retour, les genoux flageolants, les fourmillements. Tout ce dont elle avait si souvent rêvé était revenu. En plongeant les yeux dans ses pupilles dilatées, elle fut certaine qu'il ressentait la même chose. Charlotte ouvrit les lèvres et ferma les paupières. Quoi qu'il advienne, pensa-t-elle, cela naîtrait d'un désir profond et inassouvi. Et l'amour, ça ne pouvait pas être mal.

Ils se retrouvaient presque uniquement le midi. Quand la secrétaire de Leo quittait le cabinet, Charlotte attendait déjà au coin de la rue. La chambre du cabinet, juste meublée d'un lit étroit, devint leur lieu de rendez-vous secret, et ils développèrent tous deux une sorte de dépendance à leurs rencontres. Charlotte emmenait parfois le petit Felix, prétexte à ressortir le midi. Étonnamment, il s'endormait presque aussitôt dans le landau et restait calme un bon moment quand elle le laissait dans le couloir. Ils n'avaient jamais beaucoup de temps car Charlotte devait disparaître avant le retour de la secrétaire, Mlle Klöß. Ils s'aimaient avec tendresse et émerveillement, parfois aussi de manière dévorante, hâtive, presque brutale. Certains jours, ils se jetaient l'un sur l'autre comme s'ils mouraient de soif. Ensuite ils restaient allongés un instant, collés, hors d'haleine. Charlotte rassemblait vite ses vêtements et ses souliers, se glissait dans la petite salle d'eau, guettant toujours un retour inopiné de Mlle Klöß. Mais la jeune et zélée secrétaire était une véritable horloge suisse. Charlotte se lavait au petit lavabo, peignait ses cheveux ébouriffés devant le miroir, maquillait ses lèvres enflées par les baisers, poudrait ses joues rosies et redevenait l'épouse bien sage qu'elle devait être en public, face à ses employées de maison et à son mari. Parfois, elle rêvait de s'endormir auprès de Leo, de passer l'après-midi, la soirée, voire la nuit avec lui. Puis elle se tançait. Il fallait se satisfaire de ce qu'elle avait. C'était déjà tellement plus qu'au cours des six années passées. Elle appelait cela sa seconde vie.

Erna fut la première à s'en rendre compte. Du jour au lendemain, Charlotte changea. Contente et équilibrée, elle ne se mettait plus dans des rages folles à la moindre erreur, au moindre oubli. Elle s'intéressait de nouveau à sa domestique, prenait des nouvelles d'Eberhard et ne la traitait plus comme une étrangère. Elle cajolait son fils, le tenant longtemps dans ses bras ou jouant avec lui, se souciant enfin de son développement. Ses yeux brillaient de bonheur et d'énergie.

Un midi, Erna et Mme Toepfer se retrouvèrent à la cuisine. La nourrice mit du lait à chauffer pour la bouillie de Felix.

— Attention à ce que ça ne déborde pas ! lança-t-elle à Erna avant de s'asseoir.

Pourquoi c'est à moi de le faire ? se demanda celle-ci. Cependant, elle ne protesta pas. La vieille femme aurait recommencé à se plaindre de ses jambes. Mme Toepfer ouvrit son roman de gare. Erna secoua la tête en voyant le titre : *Pauvre Annette la Blonde.* La Toepfer passait ses moindres instants de liberté plongée dans ces fadaises. La nourrice reposa vite l'ouvrage et déclara :

— Je me demande bien ce que fait madame tous les midis. Quand j'ai commencé ici, elle mangeait à la maison tous les jours sans exception. Comme un moineau, d'ailleurs. Pas étonnant qu'elle n'ait pas eu de lait. Et voilà qu'elle se met à promener le petit Felix alors qu'elle s'est à peine intéressée à lui pendant des mois.

Erna se tourna vers elle, une assiette et un torchon entre les mains, et rétorqua :

— Au début, elle pouvait à peine sortir, l'accouchement l'avait affaiblie. Et puis elle a eu très mal à cause des mastites, mais elle n'a jamais manqué de lait. J'ai d'ailleurs entendu dire que l'âme de certaines femmes changeait après une naissance. Les semaines qui suivent, elles deviennent mélancoliques.

Mme Toepfer agita la main :

— Bah, c'est de l'histoire ancienne, ça. Sa mélancolie a disparu du jour au lendemain ! C'est bizarre. Et même si c'était vrai, voilà un moment qu'elle quitte la maison tous les jours à 11 h 30 tapantes. Elle rentre pile à 13 h 30. La plupart du temps, elle se jette sur les restes dans la cuisine. Voilà qu'elle mange comme quatre, maintenant. Hier, elle a avalé la moitié du pain de viande. Il y a quelque chose qui cloche.

Erna aimait bien Charlotte. Même si celle-ci s'était à une époque montrée injuste, elle attribuait cela à sa dépression post-partum. Jadis, elle l'avait toujours bien traitée, et elle lui devait même son mariage avec Eberhard. Ce qu'Erna n'aimait pas, en revanche, c'était cette nourrice donneuse de leçons qui, à peine arrivée dans la maison, croyait pouvoir tout commander.

— Le lait déborde, dit-elle.

Mme Toepfer bondit, attrapa le manche de la casserole avec son tablier et l'ôta du feu.

— Tu aurais pu me le dire plus tôt ! s'exclama-t-elle. Il est trop chaud, maintenant.

Elle jeta un coup d'œil réprobateur à Erna, qui se détourna et prit un verre dans l'évier en inox. Elle ne supporterait plus longtemps de vivre ici avec cette nourrice grincheuse. Tout en briquant le verre avec son torchon, elle prit une décision.

Le soir, elle ouvrit un coin de l'édredon et y étendit la chemise de nuit de Charlotte alors que celle-ci entrait dans la chambre.

— Merci Erna, tu peux aller te coucher ! Je m'en sortirai toute seule.

Erna ne bougea pas.

— Il y a autre chose ? Tu as des soucis ? s'enquit Charlotte en dévisageant la domestique.

Celle-ci fronça les sourcils et se mordit la lèvre.

— Viens, assieds-toi, reprit Charlotte.

Elle tira à elle le fauteuil de la penderie et s'assit sur le lit.

— Tu ne veux pas me dire ce qui se passe ?

Erna s'assit prudemment.

— C'est à cause de Mme Toepfer.

— Oui ? Qu'est-ce qu'elle a ?

La domestique baissa la tête et se tordit les mains.

— Je crois qu'elle ne traite pas très bien le petit Felix.

Charlotte fut soudain tout ouïe. La nourrice lui avait paru suspecte dès le début. Ce n'était qu'une impression, mais elle n'avait jamais pu s'en défaire.

— Qu'est-ce qui te fait dire ça ?

— Aujourd'hui, elle a mis du lait bouillant dans son biberon, et il a hurlé quand il l'a bu.

Charlotte porta la main à sa bouche et ses yeux se remplirent de larmes. Son cher petit garçon si joli !

— Oh mon Dieu ! Tu en es sûre ? Pourtant, elle vérifie toujours. Je l'ai souvent vue poser le biberon sur sa joue pour contrôler la température.

— Peut-être, mais elle le fait seulement quand vous la voyez. Quand elle se croit seule, elle s'en moque complètement.

Submergée d'inquiétude pour son fils, Charlotte faillit se trouver mal. Quelle cruauté de lui brûler intentionnellement la bouche et la gorge !

— C'est peut-être pour ça qu'il crie autant, murmura-t-elle.

Qui sait ce qu'elle lui a infligé d'autre, pensa-t-elle. Après tout, il est entièrement à sa merci. Et elle était elle-même à blâmer.

— Tu en témoignerais ouvertement si je lui demandais des explications ?

Erna secoua la tête.

— Non, madame Charlotte, s'il vous plaît. Les domestiques peuvent se nuire quand ils en veulent à quelqu'un.

— Je comprends. Et je te crois, Erna. Nous nous connaissons depuis toujours. Tu es à notre service depuis aussi longtemps que je m'en souvienne.

Erna baissa la tête et rougit. Pas très fière de son mensonge, elle se consola en se disant qu'elle calomniait Mme Toepfer pour protéger Charlotte.

Le soir même, celle-ci parla à Ernst de l'incident, et Mme Toepfer fut renvoyée le lendemain. Trouver une nouvelle nourrice ne fut guère difficile. Grâce à l'aide de Helene Taubner, ils embauchèrent bientôt une jeune infirmière pédiatrique diplômée.

Mme Toepfer, remerciée sans motif ni lettre de recommandation, ne s'accommoda pas de son sort. Elle était certaine que Charlotte cachait quelque chose. La quinquagénaire était certes un peu simplette, mais avait une longue expérience de la vie.

Charlotte ne serait pas la première à tromper son mari, et ses innombrables romans à quatre sous renforcèrent ses soupçons. Ce fut très facile : elle n'eut qu'à suivre discrètement son ancienne patronne quand elle sortait le midi. À plusieurs reprises, elle la fila à prudente distance jusqu'à la Haydnstraße et la vit attendre, les yeux fixés sur la façade de stuc de l'autre côté de la rue. Mme Toepfer nota soigneusement l'heure à laquelle Mlle Klöß quittait l'immeuble et celle à laquelle Charlotte poussait la lourde porte de chêne pour s'y engouffrer. Elle prit aussi note du moment précis auquel les volets de la seconde fenêtre de gauche se fermaient, de celui auquel Charlotte ressortait et, pour finir, du nom gravé sur la plaque de laiton.

Deux semaines plus tard, en rentrant de chez Leo, Charlotte s'arrêta un instant face au miroir à facettes du couloir. Le bord de son pull-over rose clair rebiquait. Elle le rajusta, ôta son chapeau couleur crème, arrangea ses cheveux, examina son reflet. Elle n'était pas maquillée, comme Leo l'aimait. Ses cils et sourcils blonds donnaient à son visage l'air nu et innocent.

— Erna ? lança-t-elle.

Elle se figea et tendit l'oreille. Un profond silence régnait dans l'appartement. Elle ouvrit la porte de la cuisine. Personne.

Habituellement, à cette heure-ci, Erna était rentrée des courses depuis longtemps. Charlotte suivit le couloir jusqu'à la chambre d'enfant, poussa doucement la porte entrouverte. Felix dormait dans son petit lit, la tête tournée sur le côté, ses paumes ouvertes de chaque côté de son visage. Ses cils blonds sur ses paupières agitées par les rêves, ses sourcils presque invisibles – une vision angélique.

Charlotte découvrit la valise près de la commode. Son rabat de cuir était ouvert, appuyé contre le mur. Les barboteuses, couches et gilets de Felix y étaient rangés avec soin. Le cœur de Charlotte battit à tout rompre. Tout doucement, pour ne pas réveiller son fils, elle ouvrit les tiroirs de la commode. Vides !

Elle repartit dans le couloir, ses pas étouffés par le tapis. La porte de leur chambre était entrebâillée et avant même d'entrer, elle aperçut la malle-armoire. Une manche de sa robe plissée tissée de fils d'or en dépassait et remua dans le courant d'air qu'elle provoqua en ouvrant la porte. Avant même de s'approcher, elle sut que tous ses vêtements y étaient suspendus. Son côté de la penderie, sa commode, ses produits de beauté, tout avait été rangé dans des valises et des sacs de voyage. Et tout cela avait dû être accompli pendant ses deux heures d'absence. Les affaires d'Ernst étaient toujours à leur place. Elle s'assit un instant sur le lit. Que se passait-il ?

En entrant au salon, Charlotte se sentit tout de suite observée. Elle tourna la tête et croisa le regard de Richard.

— Papa ! s'exclama-t-elle. D'où viens-tu donc ?

Elle se dirigea lentement vers lui mais il ne quitta pas le profond fauteuil. Quand elle se pencha pour l'embrasser, il laissa ses mains sur les larges accoudoirs, comme pétrifié.

— J'aimerais surtout savoir d'où tu viens, toi, siffla-t-il.

Son regard glacial lui révéla qu'il était au courant de sa liaison avec Leo.

Coupable ! disaient ses yeux.

Charlotte sentit le rouge lui monter aux joues, tout son visage s'empourprer. Accablée de honte, elle aurait voulu disparaître. Elle comprit aussitôt que c'était la vengeance de son mari. Elle lui avait fait du mal, et il connaissait la pire manière de la blesser : en la privant du respect de son père.

— Va chercher le petit, dit Richard. On part d'ici !

LIVRE SECOND

Anna

Les trois fillettes gravirent au galop les marches du 8, Zwiestädter Straße, à Berlin-Neukölln. Anita, la plus âgée et la plus rapide, montait quatre à quatre, ses longues tresses dansant dans son dos.

En percevant l'odeur de cire fraîche qui flottait toujours dans l'escalier le lundi et le jeudi, elle sut qu'elles allaient avoir des ennuis. Mme Kalinke, la maniaque femme du concierge piquait une colère à la moindre trace de pas sur les marches. Arrivée au troisième étage, Anita sonna, hors d'haleine. Tout en bas, la voix criarde de la gardienne résonna :

— Comment osez-vous ! Je vous l'ai déjà dit cent fois : on ne court pas dans mon escalier !

Anita l'imita d'un ton moqueur en grimaçant. Quelques secondes plus tard, Gisela arriva à son tour, suivie de Regina.

— Première ! cria Anita en posant ostensiblement la main sur le battant.

En entendant des pas dans le couloir, elles se mirent à taper des pieds, impatientes que la porte s'ouvre.

— Ah, c'est toi ! fit Anita en passant en trombe devant Emma.

Celle-ci referma la porte derrière les filles et lança :

— On dit : « Bonjour, Emma ! Comment vas-tu aujourd'hui, ma chère tante ? » En voilà des manières, c'est ça qu'on vous apprend à l'école, de nos jours ?

Elle se pencha vers Regina, sa fille, et l'embrassa. Regina et Gisela, la plus jeune fille d'Anna, avaient toutes deux six ans et venaient d'entrer à l'école. Anita, âgée de dix ans, allait déjà au collège. Elle ouvrit à la volée la porte de l'atelier. Anna releva la molette avec laquelle elle était en train de découper une feuille de papier pour patrons.

— On vous entend d'ici quand vous êtes encore dans la rue, et les murs tremblent dès que vous mettez le pied dans la cage d'escalier.

— B'jour, maman !

Anita ôta son cartable et en sortit un cahier. Comme d'habitude, toutes les chaises étaient encombrées de balles de tissu et de catalogues d'échantillons ; elle laissa son cartable tomber par terre. Gisela se pencha et posa délicatement le sien, en cuir rouge, encore tout neuf.

— Il faut que vous arrêtiez de faire ça, les semonça Anna à voix basse. Nous avons beaucoup de chance d'avoir obtenu le grand appartement. Si Mme Kalinke se plaint encore une fois au propriétaire, il pourrait bien finir par nous jeter dehors.

Anna se remit à découper le papier le long de la marque, mais Anita lui colla son cahier sous le nez.

— Regarde ! J'ai eu la meilleure note de la classe à ma rédaction, et notre prof d'allemand l'a même lue devant tout le monde.

Anna reposa pour de bon sa molette, contourna la table et s'y appuya, le cahier à la main. De son écriture vive et assurée, sa fille avait écrit toute une page sur « Le peuple allemand ». Anna lut les premières lignes.

Je suis fière des grandes qualités du peuple allemand : son courage héroïque, sa force physique et mentale et son endurance, son amour de la vérité, son désir de tout ce qui est noble et bon.

Elle releva la tête et observa sa fille aînée, son visage mince au nez droit, sa bouche un peu trop large. Seul le bleu de ses yeux était plus mat que le sien. Quelques mèches claires dépassaient de ses tresses, qui allaient certainement foncer au fil du temps. Quand elle sortait l'unique photographie de sa propre enfance, elle constatait qu'Anita était son portrait tout craché. Sa fille la regardait avec impatience, remuant les lèvres, attendant un compliment. Que pouvait-elle lui dire ? Elle hocha doucement la tête et poursuivit sa lecture.

Savoir que l'Allemagne est réunie et rétablie dans son honneur, et que le peuple tout entier regarde son Führer avec espoir et confiance, me remplit de joie.

Elle tourna la page pour lire le commentaire du professeur :

Cette rédaction prouve une maturité et une clairvoyance remarquables. Continuez ainsi !

« Maturité et clairvoyance », répéta Anna. Elle dut se contenir pour parler sans ironie afin de ne pas vexer Anita. C'était pourtant précisément les qualités qui manquaient à ces lignes. Bien sûr, les phrases ne comportaient pas une faute d'orthographe et étaient étonnamment bien formulées pour une gamine de dix ans. Elles n'étaient toutefois que la répétition des slogans et du mode de pensée inculqués aux élèves depuis l'arrivée d'Hitler au pouvoir, deux ans plus tôt.

— C'est bien, Anita ! dit-elle en essayant de sourire.

La petite, voyant que sa mère se forçait, lui reprit le cahier sans un mot et le remit dans son cartable. Emma passa la tête par l'entrebâillement de la porte :

— Lavez-vous les mains. Le déjeuner est prêt.

— Qu'est-ce qu'on mange ? s'enquit Gisela.

— Du chou farci.

— Hum ! fit-elle avec un sourire qui dévoila une gencive édentée.

Ses deux incisives du milieu n'avaient pas encore repoussé. Anna regarda les filles courir vers la cuisine. On sonna de nouveau à la porte, un pas lourd fit vibrer le plancher, et la tablée du déjeuner fut complète : l'aîné d'Emma rentrait lui aussi de l'école. Matthias était devenu un garçon athlétique. Du haut de ses quatorze ans, il les dépassait toutes en taille et en appétit. Emma servit le chou farci et les pommes de terre. Les enfants étaient serrés sur le banc, à l'étroit dans la petite cuisine. Mais comme Emma travaillait ici tous les jours de la semaine, il était plus pratique et moins cher qu'ils mangent ensemble chez Anna le midi. Les deux femmes se relayaient au fourneau, les familles n'étaient séparées que le dimanche.

— Anita a un amoureux ! Il l'attendait devant la boulangerie, déclara Regina.

Anita flanqua aussitôt un violent coup de poing dans le bras de sa cousine, qui en lâcha sa fourchette, et siffla :

— N'importe quoi ! Tu ferais mieux de ne pas parler de ce que tu ne connais pas !

Pourtant tout le monde la vit rougir.

— Ah oui, et qui c'est ? intervint Matthias. On le connaît ?

Regina pinça les lèvres, n'osant pas en révéler davantage. Anita pouvait se montrer féroce. Matthias se dit qu'il arriverait bien à la faire parler quand ils seraient seuls. Ils mangèrent un moment en silence, affamés. On n'entendait que le cliquètement des couverts. Anna observa la tête d'Anita penchée sur son assiette, sa raie au milieu bien droite, et repensa à l'époque où elle avait l'âge de sa fille. Elle avait eu un ami, alors, le meilleur qu'on puisse souhaiter. Il l'attendait tous les matins sur le chemin de l'école. Erich. Son souvenir lui revint subitement. Elle se leva, se détourna, tira un mouchoir de sa poche et se moucha tout en essayant de chasser de son esprit le visage du jeune homme.

— Qu'est-ce que tu as, maman ? demanda Gisela.

— Rien, juste une poussière dans l'œil.

Étrange comme son image avait soudain réapparu. Elle n'avait pas pensé à lui depuis des années.

— Tu as reprisé le trou dans ma chemise d'uniforme, maman ? demanda Matthias. Il y a réunion, ce soir.

Emma hocha la tête.

— Oui, elle est à côté de ma machine, sur la chaise.

Il laissa tomber sa fourchette dans son assiette, posa une main sur la table et bondit par-dessus les jambes de sa sœur.

— Mais enfin, où sont passées tes manières ? lui lança Emma tandis qu'il courait à l'atelier.

— Vous avez beaucoup de devoirs ? demanda Anna en se rasseyant.

— Pas trop, répondit Gisela.

Regina se mit à glousser.

— Qu'y a-t-il donc de si drôle, Regina ? s'enquit Emma.

— Oh, rien du tout.

La fillette posa un coude sur la table et se plaqua une main sur la bouche. Elle était moins grande que Gisela, mais plus musclée. Son joli petit nez lui venait de sa mère ; elle portait les cheveux tressés en macarons au-dessus des oreilles. Emma lui attrapa vivement le bras.

— Aïe ! cria Regina.

— On ne met pas les coudes sur la table, répliqua sèchement Emma.

— Pour un sou, donne-moi un coup ! chuchota Gisela avant de glousser.

— Qu'est-ce que ça veut dire ? s'enquit Anna.

— On s'est cotisés pour donner dix pfennigs à une fille de notre classe, pour qu'elle aille à l'épicerie et dise ça, expliqua Regina. Et elle est tellement bête qu'elle l'a fait !

Les deux fillettes éclatèrent de rire.

— Mon Dieu, comment peut-on être aussi stupide ! commenta Anita.

Anna regarda sa sœur. Emma ne réagit pas.

— Ça n'est vraiment pas gentil, intervint Anna. Imaginez-vous à sa place.

— Bah, Sara est toujours tellement naïve… Il faut dire qu'elle est juive, aussi, reprit Regina avec un geste méprisant de la main.

Anna se tourna de nouveau vers sa sœur, attendant une réaction. Mais dis enfin quelque chose, pensa-t-elle. Emma se leva.

— Débarrassez la table, ordonna-t-elle aux filles.

Matthias revint à la cuisine dans sa chemise brune des Jeunesses hitlériennes et se planta près d'Emma, qui commençait la vaisselle. Il lui montra son bras gauche.

— Merci, maman. La déchirure ne se voit presque plus.

— Montre-moi ça ! demanda Anna.

Matthias lui mit son coude sous le nez et indiqua la couture du doigt.

— C'était déchiré là.

Juste en dessous du brassard à croix gammée rouge et blanche, elle distingua une fine couture.

— Ta mère est une véritable artiste de l'aiguille.

— Heureusement, renchérit Matthias. Si l'uniforme n'est pas impeccable, on est puni.

— Tu pars déjà ? Il faut d'abord faire tes devoirs, ordonna Emma.

— Non, je n'y vais qu'à 18 heures.

— Alors tu peux rester en civil pour l'après-midi, dit Anna.

Matthias, faisant mine de ne pas l'entendre, garda sa chemise. Les enfants sortirent leurs cahiers et se rassirent. De retour à l'atelier, Emma se pencha sur les esquisses d'un corsage de soirée. C'était un modèle très cintré, avec un col montant sous lequel Anna avait tracé de larges biais. Emma passa la main sur l'échantillon d'étoffe dorée collé sur la feuille.

— C'est quoi, ce tissu ?

— Un satin de soie.

— De soie ? Mais on ne pourra pas repasser les plis des biais sans le brûler !

— Oui, j'y ai pensé. On va devoir faire une couture invisible dans le pli.

Anna prit une balle de tissu sur une étagère et la posa sur la table. Elle déroula un mètre de l'étoffe brillante.

— Tiens, regarde. C'est tout nouveau. Pas bon marché, mais vraiment exceptionnel, et ce n'est même pas encore en vente officiellement au rayon tissu.

Emma tâta l'étoffe, la fit glisser entre son pouce et son index, et tressaillit en recevant un petit choc électrique.

— On dirait du métal, fit-elle, surprise.

Anna hocha la tête, satisfaite.

— Je ne sais pas si c'est vraiment la solution. Est-ce qu'on ne devrait pas plutôt proposer quelque chose de moins cher ? objecta Emma.

— Au contraire !

Anna rangea l'étoffe et reprit :

— On trouve du tissu et des accessoires de couture partout, et même des magazines avec des patrons inspirés de la mode parisienne. Et la plupart des femmes savent coudre. Certaines des robes faites maison qu'on voit à tous les coins de rue sont vraiment raffinées.

— C'est bien là le problème.

— Nous devons les surpasser, proposer quelque chose d'unique, des modèles que personne n'a et que personne ne sait faire. C'est notre seule chance de ne pas fermer boutique. Ce corsage se porte aussi bien avec une jupe au genou qu'avec une robe longue. Il transformerait n'importe quelle femme en reine de Saba, insista Anna pour tenter de convaincre sa sœur. Je vais chez Ella demain matin. Le mieux serait que j'aie déjà un modèle terminé du chemisier.

— Si vite ? Mais comment faire ? J'ai encore tellement de travail !

Anna consulta sa montre.

— Ida m'a promis de revenir cet après-midi. Elle pourrait t'aider. Elle devrait d'ailleurs être là depuis un moment. (Elle déchira le dernier coin du papier de coupe et brandit le patron terminé.) Tu ne veux pas venir avec moi au KaDeWe ? Ça fait si longtemps que tu n'y es pas allée !

Emma et Anna fournissaient toujours le KaDeWe en modèles de confection. Le propriétaire avait changé, Adolf Jandorf ayant vendu son magasin à l'entreprise familiale Tietz en 1927. Depuis, Ella, la meilleure amie d'Anna, était directrice du rayon confection pour dames. Son ami Hermann avait tenu parole. Ella en payait le prix fort : il ne divorcerait jamais. Elle en avait toutefois pris son parti. C'était grâce à elle qu'Anna faisait toujours partie des fournisseurs. Entre-temps, elles avaient redistribué les rôles dans leur petite entreprise, et Anna mettait de nouveau la main à la pâte. Au moins, dans l'appartement plus grand, elles avaient leur propre atelier et ne devaient plus lui sacrifier le salon. En revanche, toute la famille dormait dans la même chambre.

— Ça te ferait du bien de voir d'autres modèles et de sortir un peu d'ici, insista Anna.

Emma secoua la tête.

— Pas le temps. Tu vois bien tout ce qui m'attend. (Elle désigna les robes de jour fleuries suspendues à un portant.) Il faut terminer tout ça.

— Seulement pour après-demain, objecta Anna. Et Ida va sûrement arriver. Elle devait juste aller à l'administration avec sa sœur, sa carte d'identité est périmée. Après, elle pourra t'aider. S'il te plaît, Emma, occupe-toi du chemisier doré, d'accord ? Je t'assure que ce sera le grand succès de la saison.

Emma leva le patron à la lumière.

— Le mieux, ce serait qu'une célébrité le porte. Une actrice célèbre, comme Marika Rökk ou Marlene Dietrich.

Charlotte

Les bouleaux qui bordaient l'allée de Feltin jaunissaient déjà. L'air clair était encore d'une douceur agréable mais l'odeur de feuilles mortes et de champignons annonçait l'automne. Charlotte était assise sur un large banc de bois qu'elle avait fait installer près du perron de la maison de maître. De là, elle avait vue sur la cour et ne se sentait pas aussi isolée que dans le verger, à l'arrière. Le soleil de l'après-midi chauffait encore la façade, orientée au sud. Charlotte aidait sa plus jeune fille à habiller une poupée, fermant péniblement les boutons minuscules. Bärbel, âgée de tout juste deux ans, attendait avec impatience de pouvoir la mettre dans son petit landau. Charlotte regarda ses autres enfants courir sur les pavés, galopant sur des manches à balai. En entendant le cri des oiseaux surmonter leurs rires et leurs exclamations de joie, elle leva la tête. Les grues étaient de retour : elles filaient en formation de vol. Équilibre immuable de toute chose, l'instinct leur disait qu'il était temps de se regrouper pour entreprendre leur long et pénible voyage. Elles se moquaient bien des événements en cours dans les pays qu'elles survolaient, des puissances politiques qui y assemblaient leurs forces.

— Regardez ! lança Charlotte aux enfants. Les grues partent vers le sud.

Therese posa son cheval de bois pour venir s'asseoir près de sa mère. Charlotte passa un bras autour de ses minces épaules et lui montra le ciel.

— Elles partent pour leurs quartiers d'hiver, très, très loin. Jusqu'en Espagne, certaines même jusqu'en Afrique.

— En Afrique..., répéta Therese, rêveuse.

Elle avait la tête contre la poitrine de sa mère, ses immenses yeux bruns tournés vers le ciel. Charlotte repoussa une mèche de son petit visage en biais. Therese était très proche de sa mère, et pas seulement parce que Leo était son père ou qu'elle était sa première fille. Le sort aussi les avait rapprochées : quand Therese avait deux ans, une otite s'était étendue à un nerf facial. Depuis, la moitié droite de son visage pendait légèrement. Aujourd'hui, à huit ans, elle subissait souvent des brimades à l'école.

— Au printemps, les oiseaux faisaient toujours étape sur les champs de maïs du Breitenlehn, déclara Charlotte.

Elle repensa aux jours où elle galopait à travers champs sur sa jument préférée pour les faire fuir. Ces dernières années, ses grossesses l'avaient empêchée de monter.

— Votre papi et moi les mettions en fuite, sans quoi ils auraient dévoré toutes les semences.

Klaus, six ans, brandit son fusil de bois et mit le ciel en joue.

— Et pourquoi vous ne les chassez pas maintenant ? demanda-t-il.

— Regarde comme elles volent haut, répondit Charlotte. Nous n'avons pas encore semé le blé d'hiver. Je crois qu'elles ont une espèce de sixième sens.

— On ne sèmera sûrement pas avant fin octobre. C'est ce que papi m'a expliqué. Ça dépend du temps, ajouta Therese, l'air important.

— Tu vois ! constata Charlotte. Tu vas devenir une exploitante agricole très habile.

— Il revient quand, papa ? demanda Heinrich, son plus jeune fils, en passant devant elle sur le dos de son cheval-balai.

— Encore quinze jours, Heiner, répondit sa mère. Un peu de patience.

On était le 3 octobre 1935. Charlotte avait désormais cinq enfants.

« Un tous les deux ans. Comme il se doit pour une femme allemande ! » répétait Richard. Il lançait toujours cela sur un ton ironique, comme presque chaque fois qu'il commentait les doctrines nationales-socialistes. Cependant la fertilité de sa fille n'était pas pour lui déplaire. Alors que Lisbeth et lui n'avaient eu qu'un enfant, Charlotte et Ernst avaient assuré pour de bon la succession de Feltin.

« Heureusement que j'ai eu la sagesse de faire construire une maison avec beaucoup de chambres », aimait-il dire quand une nouvelle naissance s'annonçait.

Il savait, bien sûr, que Therese était la fille de Leo et non d'Ernst. Un regard à ses grands yeux marron suffisait. Mais Richard était fou d'elle, avide de l'attention avec laquelle elle l'écoutait discourir sur les choses de l'agriculture, et Charlotte avait parfois l'impression qu'il la préférait même aux garçons.

Ernst avait compris, lui aussi, mais il avait pardonné à Charlotte, et même s'il ne traitait pas Therese comme son propre enfant, il tolérait sa présence et se montrait aimable envers elle. Ernst et Charlotte ne s'étaient revus que six mois après que la jeune femme eut quitté Leipzig. Il n'y avait pas eu de grande discussion, plutôt un arrangement, et par la suite, il était venu à Feltin un week-end sur deux, puis tous les week-ends. Jamais Richard et lui n'avaient trouvé de terrain d'entente qui lui aurait permis de reprendre ses expériences d'élevage porcin. Ernst avait entre-temps perdu son poste à l'université. Quand, en 1930, une école agricole ouvrit à Pillnitz, il s'y consacra à la formation de jeunes agriculteurs et agricultrices dans son domaine de prédilection. Durant toute cette période, Charlotte vit bien que sa vie ne le satisfaisait pas. Elle ne fut donc pas aussi surprise que Richard quand, en mars 1935, Ernst entra dans la Wehrmacht tout juste fondée, comme officier de carrière.

Au loin, le portail s'ouvrit ; une berline décapotée pénétra dans la cour et se dirigea droit vers eux.

— Attention, une automobile ! s'écria Charlotte.

Elle ôta son bras de l'épaule de Therese, lui prit la main et se leva. Klaus et Heiner les rejoignirent.

— C'est une Horch 850 ! s'exclama Klaus, impressionné. Elle n'est sortie que cette année.

Sa mère s'intéressait moins au type de voiture qu'à la tenue de celui qui la conduisait. Il portait l'uniforme noir des SS.

— C'est Felix, sur la banquette arrière, à côté de l'autre garçon ! lança Heiner.

La voiture décrivit une courbe et s'arrêta devant le perron. Charlotte s'approcha de la portière conducteur de l'élégant véhicule bicolore. L'homme au volant éteignit le moteur mais resta assis et tendit le bras droit :

— *Heil Hitler !*

— *Heil Hitler*, répondit Charlotte en levant brièvement la main.

Le SS avait la nuque rasée. Ses traits paraissaient étrangement doux, en contraste avec son uniforme, mais il remarqua sur-le-champ la retenue du salut de Charlotte.

— Madame Trotha ?

— C'est moi.

— *Obersturmführer* Brandt.

Charlotte hocha la tête, incapable de répondre « enchantée ».

— Nos deux fils sont dans la même classe et sont devenus amis. (Il se tourna vers ses passagers.) Erik ?

Aussitôt, le garçon assis à gauche de Felix se leva et tendit le bras droit d'un mouvement sec. Il avait les mêmes yeux que son père, des yeux qui ne révélaient aucune émotion.

— *Heil Hitler !*

Charlotte se contenta de hocher la tête et de répondre :

— Bonjour, Erik.

Père et fils lui furent immédiatement antipathiques.

— Felix a dit qu'il devait attendre l'autobus pendant deux heures, alors je lui ai proposé de le ramener.

— C'est très aimable à vous, monsieur Brandt. (Puis, à Felix :) Tu as remercié M. Brandt ?

— Merci beaucoup, *Obersturmführer*, dit Felix.

Il ouvrit la portière, descendit et fit le tour de la voiture.

— Ne me remerciez pas. Nous avons eu une conversation fort agréable pendant le trajet. Felix est un garçon très éveillé. Vous devriez l'inscrire aux Jeunesses hitlériennes. Entraînement physique, jeux en plein air, feux de camp et esprit de corps, tout ce qui manque à la jeunesse d'aujourd'hui. Ça leur nettoie la tête de toutes les idioties qu'on leur inculque à l'école. N'est-ce pas, Felix ?

Il regarda sa mère puis répondit :

— Oui, *Obersturmführer* !

— Nous verrons, déclara Charlotte. Je dois en parler à son père. Felix souhaite passer son brevet d'équitation cet automne, il est donc au club presque tous les après-midi.

Brandt éclata d'un rire bref et grave, juste pour montrer qu'il avait gagné.

— Excellent ! Il fera partie des Jeunesses équestres. Il sait certainement se servir aussi d'un fusil. Monsieur son père est officier de la Wehrmacht, me dit-on ?

— Effectivement.

— Dans ce cas, il ne s'y opposera certainement pas, au contraire.

Charlotte savait qu'Ernst voyait les Jeunesses hitlériennes d'un œil sceptique, bien qu'étant lui-même militaire de carrière. Il serait à présent difficile de tenir leur fils à l'écart.

— Merci beaucoup d'avoir ramené Felix. Mais il est habitué à attendre l'autobus.

Elle souleva la petite Bärbel, se détourna et posa un pied sur la première marche.

— Venez, les enfants.

— Ce sont tous les vôtres ? Tous blonds aux yeux bleus, félicitations ! C'est votre fille aînée ? ajouta-t-il en désignant Therese du menton. N'a-t-elle pas l'âge d'entrer à la BDM[1] ? Approche. Comment t'appelles-tu ?

Therese lâcha à contrecœur la main de sa mère et fit deux pas vers Brandt, hésitante. Tête baissée, elle répondit à voix basse :

— Therese.

---

1. *Bund Deutscher Mädel,* « Ligue des jeunes filles allemandes », branche féminine des Jeunesses hitlériennes.

— Tu ne peux pas me regarder dans les yeux, Therese ?

Elle leva lentement le visage vers lui. L'expression de Brandt changea dès qu'il vit le coin de sa bouche pendant et ses yeux sombres. Sans un mot, il se tourna de nouveau vers Charlotte, qui soutint son regard en rassemblant toute sa volonté. Brusquement, il tendit de nouveau le bras.

— *Heil Hitler !*

— Bonne journée, répondit-elle.

Elle avança de quelques pas et reprit la main de sa fille. Ils suivirent la berline qui retraversait la cour et tournait à gauche après avoir franchi le portail.

— Pourquoi il a une tête de mort sur son képi ? s'enquit Therese. Sur celui de papa, il y a l'aigle du Reich.

— Parce qu'il est de la SS, idiote ! répondit Klaus.

En deux bonds, il remonta sur son cheval de bois.

Un vent sec et froid se leva ; la chaude lumière du soleil disparut d'un coup. Charlotte ouvrit la lourde porte bardée de fer et fit rentrer les enfants. Elle avait soudain le sentiment qu'ils auraient bientôt besoin des murs épais d'une forteresse.

Anna

Carl rentra tard. Les filles dormaient, Anna était encore penchée sur les biais de la blouse dorée. Emma était partie avant 18 heures pour préparer le dîner de son mari. La seule source de lumière provenait d'une lampe de bureau braquée directement sur l'étoffe. Carl embrassa sa femme sur la tempe.

— Tu vas t'abîmer les yeux.

— C'est vrai, le reflet sur le tissu est éblouissant. Tu peux allumer le plafonnier ?

Carl tourna l'interrupteur. Les cinq bulbes de verre jaune s'éclairèrent, baignant la pièce d'une lumière froide.

— C'est mieux comme ça ?

— Guère agréable, mais bien mieux pour travailler. (Elle leva la tête et lui sourit.) Tu rentres tard, où étais-tu ? Tu as déjà dîné ?

Carl ôta d'une chaise une pile de catalogues d'échantillons qu'il posa sur la table de découpe.

— Réunion du parti. J'ai mangé une saucisse.

— Ça te suffira ?

Il approcha une chaise et s'assit près d'elle.

— Oui, ça ira.

— Tu es vraiment obligé d'y aller ? reprit Anna.

Carl fit la moue. Il n'aimait pas aborder ce sujet dont ils avaient déjà si souvent parlé.

— Ne recommence pas avec ça, s'il te plaît.

— Je ne comprends vraiment pas. Comment peux-tu continuer à les encourager ? Tu ne vois pas ce qu'ils font ? Ils embrigadent même nos enfants. Aujourd'hui, Anita est rentrée toute fière de l'école : elle a eu dix sur dix à une rédaction où elle décrit les qualités merveilleuses du peuple allemand et l'amour du Führer.

Carl se passa les mains dans les cheveux. En apparence au moins, il ne s'est pas encore rallié à ses camarades du parti, songea Anna. Il portait toujours ses boucles volumineuses, n'ayant coupé ses mèches que sur la nuque et au-dessus des oreilles.

— Anna ! J'aurais perdu mon poste. Dès qu'ils sont arrivés au pouvoir, ils ont fait passer la loi sur le rétablissement des professions de la fonction publique et renvoyé six mille employés opposés au nouveau régime. Rien que des membres de syndicats ou de partis de travailleurs, et des Juifs. Tous mes collègues sans exception ont leur carte du NSDAP. On était forcé de devenir membre.

— Mais tu ne partages pas du tout ces opinions ! Tu aurais cherché un autre travail, voilà tout.

— Bon sang !

Carl se leva et alla à la fenêtre, passant entre les portants de vêtements. Il s'appuya à l'encadrement et regarda la rue. Un lampadaire éclairait une affiche représentant un jeune garçon en uniforme brun qui brandissait un drapeau à croix gammée.

— Tu crois vraiment que j'aurais trouvé autre chose ? Et ce n'est pas ton tricotage qui va nourrir la famille.

Anna se mordit les lèvres. En temps normal, elle aurait été furieuse que Carl parle de « tricotage ». Elle savait cependant que ses mots avaient dépassé sa pensée. Elle se remit à ses biais sans parvenir à se concentrer, puis vit que son travail n'était plus soigné.

— Même les élèves de CP sont endoctrinés. Regina et Gisela trouvent normal de brimer une camarade sous prétexte qu'elle est juive.

Carl se tourna vers elle.

— C'est ce qu'elles t'ont dit ?

Anna hocha la tête :

— Regina nous a raconté ça au déjeuner, comme si de rien n'était.

Même de loin, elle vit que Carl était troublé.

Il sortit un paquet de cigarettes de sa poche et fouilla sa veste à la recherche de son briquet.

— Non, Carl, s'il te plaît ! Les tissus ! Tu sais bien que s'ils sentent la fumée, je ne pourrai plus les vendre.

Il rempocha les cigarettes, posa un pied sur le rebord de la fenêtre et se frotta les mains.

— Il ne fait vraiment pas chaud. (Il s'approcha du poêle en faïence, près de la porte.) On dirait que le feu est éteint. Tu veux que je le rallume ?

— Oui, s'il y a encore du charbon. Il faut que je finisse ça ce soir et j'ai déjà les doigts tout engourdis.

Carl saisit la pince à charbon et tisonna les braises. Il attrapa deux briquettes dans le seau de fer-blanc et les glissa dans le fourneau. Sans se retourner, il reprit :

— Après tous ces renvois, ils ont embauché de nouveaux employés, en priorité des hommes entrés à la SA avant janvier 33 et des membres du parti avec un numéro de carte inférieur à 300 000. Ils les appellent les « anciens combattants ». (Il eut un rire méprisant.) Seuls les nationaux-socialistes confirmés obtiennent les postes clés. Toute l'administration est minée, maintenant. On est obligé de faire avec. (Il referma le fourneau et remit la pince dans le seau.) Il faut s'adapter, tu comprends ?

Anna souffla dans ses mains et se pencha de nouveau sur l'étoffe.

— Et puis, ils créent quand même des emplois. L'Allemagne allait tellement mal, il y avait une telle misère, surtout depuis la crise de 29. Maintenant qu'Hitler est au gouvernement, ça s'améliore.

Anna abaissa son aiguille.

— Je ne sais pas, Carl. Tout ça m'a l'air tellement irréel. Ce n'est pas toi. Comment peux-tu te renier à ce point ?

Elle se piqua le doigt avec l'aiguille et tressaillit. Du sang avait coulé sur l'étoffe.

— Oh non, c'est pas possible, soupira-t-elle.

Carl s'approcha aussitôt pour l'aider, chercha de quoi essuyer le sang.

— Va vite chercher un chiffon, dit-elle.

Il ouvrit silencieusement la porte et revint au bout de quelques secondes avec un torchon à vaisselle. Anna en tapota prudemment l'étoffe dorée, mais le sang y avait déjà pénétré.

— Quelle maladresse, marmonna-t-elle. Une demi-journée de travail perdue.

Elle leva le tissu brillant à la lumière, le retourna et l'examina plus attentivement.

— Incroyable !

Le sang n'avait pas traversé. La surface dorée du recto était immaculée.

— Je vais peut-être quand même l'emporter demain, juste comme exemplaire de démonstration, qu'en penses-tu ? demanda-t-elle en se tournant vers Carl.

Il lui posa les mains sur les joues.

— Tu te fais bien trop de souci.

Sa voix était chaude et tendre, ses yeux tout proches des siens, et elle reprit conscience de tout ce pour quoi elle l'avait épousé. Comme elle aimait son regard, les arcs dressés de ses sourcils, les fines ridules près de son nez qui lui donnaient l'air si intelligent, son menton arrondi qui n'allait pas avec le reste. C'était bien le même homme. Le danseur plein d'élan qui inventait pour elle une course au trésor, l'homme qui avait toujours quelques piécettes pour les mendiants dans la rue, le père si aimant avec leurs filles. Elle refusait de croire qu'il avait tant changé. C'était impossible.

Charlotte

Charlotte et Richard, assis côte à côte dans le bureau, examinaient les livres de comptes. C'était une journée idéale pour ce genre de travail. Dehors, il pleuvait des cordes. Les enfants étaient à l'école et la petite Bärbel à la cuisine avec Mme Leutner. Ils avaient toute la matinée devant eux.

Richard n'était guère doué pour déléguer mais sa fille insistait. Lisbeth s'occupait de la gestion des questions domestiques auxquelles Charlotte ne s'intéressait guère. Elle voulait être intégrée à la marche de l'exploitation. Après tout, à une époque, Richard l'avait mise au courant des affaires agricoles. Avant que d'autres hommes n'entrent dans sa vie.

— Le prix du lait m'inquiète. (Il suivit une colonne de chiffres de la pointe de son porte-plume noir.) Même s'il est remonté d'un pfennig l'an dernier, vingt-trois pfennigs le litre, c'est encore trop peu.

Charlotte hocha la tête.

— Nous avons pourtant réduit nos coûts, depuis que nous avons des travailleurs de la Jeunesse agricole et du *Reichsarbeitsdienst*[1]. Impossible d'économiser davantage.

---

1. *Reichsarbeitsdienst* : littéralement « service du travail du Reich ». Organisme de l'appareil du pouvoir

Il passa la main sur sa moustache désormais striée de gris.

— C'est vrai qu'il faut du temps pour former les nouveaux. Ils changent souvent et ne sont pas tous doués, ajouta-t-elle.

— La production laitière n'est plus rentable. Je me demande si nous ne ferions pas mieux de développer encore l'élevage de porcs. Ça rapporte plus, déclara Richard.

— Il faudrait agrandir les annexes.

— Nous pourrions construire des porcheries en bois, en dehors de la ferme. Elles sont mieux isolées du froid et de l'humidité que celles en dur, beaucoup moins chères, et il paraît même que leur bonne aération est meilleure pour la santé des porcs.

Charlotte le regarda du coin de l'œil, incrédule. Elle se souvenait parfaitement de cette idée. Ernst l'avait exposée à son père le matin suivant leur nuit de noces, la première fois où ils avaient parlé d'élevage porcin. Richard ne l'avait jamais mise en pratique, et voilà que soudain, quinze ans plus tard, il voulait s'y atteler ? Ce n'était pourtant pas son genre d'être à la traîne en matière d'innovation.

— Et tu es sûr que c'est toujours à la pointe de la nouveauté scientifique ? s'assura Charlotte.

— Oui, et ça a fait ses preuves.

La sonnerie du téléphone la fit sursauter. Richard venait de faire installer un second appareil sur son bureau.

— Ici Feltin, répondit-il. Ah, Edith. Comment vas-tu ? Tu veux certainement parler à Charlotte. (Il n'avait jamais eu grand-chose à dire à sa nièce.) À moi ? reprit-il.

---

national-socialiste de 1933 à 1945. Travail obligatoire de six mois précédant le service militaire.

Il s'enfonça dans son fauteuil en cuir et prit une profonde inspiration.

Charlotte observa son père. Les rides de son front se creusèrent, son visage prit une expression qu'elle ne parvint pas à interpréter. La voix d'Edith résonnait dans l'appareil et elle n'en saisissait que des fragments. Pendant un long moment, Richard se contenta d'écouter, lâchant de temps en temps « oui » ou « hum ». Sa fille jouait avec une mèche de cheveux, feuilletait le livre de comptes.

— Je comprends. Il faut que nous en parlions au calme. Prends le train de 9 heures demain, Leutner viendra te chercher à la gare. Et pas de panique.

Puis il se tut, de nouveau attentif. Charlotte perçut quelques mots : « insupportable », « issue », « Angleterre ».

— Sois donc raisonnable, s'écria-t-il soudain. C'est complètement précipité ! Cette situation ne durera pas éternellement… Hum… Bon, alors si tu ne viens pas, c'est moi qui viendrai. Dis à ta mère que je prends le premier train demain, gronda-t-il avant de raccrocher.

Charlotte leva de nouveau les yeux vers lui. Richard était blanc comme un linge.

— Que se passe-t-il ?

Il tira son mouchoir de sa poche et y souffla bruyamment.

— Je dois aller à Leipzig demain.

La pluie avait cessé. Charlotte ouvrit la fenêtre et une bouffée d'air odorant s'engouffra dans la pièce. L'averse violente et le vent avaient presque dénudé les arbres, les bouleaux de l'allée n'avaient plus que quelques feuilles brunâtres. Une tache de ciel bleu surgit au-dessus des étables, les nuages semblaient sur le point de se disperser. Charlotte se retourna.

Son père, toujours dans son siège, se grattait le front d'un air songeur.

— Vas-tu enfin m'expliquer ce qui se passe ? insista-t-elle.

— Je ne sais pas grand-chose.

Richard abattit les mains sur ses accoudoirs et fit mine de retourner à son livre de comptes. Charlotte n'allait pas le laisser s'en tirer comme ça. Elle n'avait plus de nouvelles d'Edith depuis longtemps. Sa cousine avait juste envoyé à son filleul Felix un livre de Karl May pour son dixième anniversaire, pendant l'été. Charlotte avait en vain cherché une lettre dans le paquet, mais le cadeau n'était accompagné que de la carte de vœux de rigueur.

— Que t'a raconté Edith ?

Dehors, les grands corbeaux croassaient bruyamment en se jetant sur les vers de terre sortis après la pluie. Elle referma la fenêtre.

— Les nazis ont voté au congrès de Nuremberg de nouvelles lois raciales qui viennent d'entrer en vigueur.

Charlotte le regarda, les yeux écarquillés. Elle aussi en avait entendu parler.

— Maintenant, les mariages entre Aryens et Juifs sont considérés comme une souillure raciale. Ce n'est valable que pour les unions consacrées depuis l'entrée en vigueur de la loi, mais on dirait que ça va en s'aggravant… (Il se racla la gorge.) Apparemment, ta cousine vit séparée de Händel depuis longtemps. Je n'en sais pas davantage sur ce point et je ne veux pas en savoir plus. (Richard pinça les lèvres et secoua la tête.) Pour Händel, c'est un coup de chance. Edith étant à moitié juive, il a demandé l'annulation du mariage pour ne pas être radié du barreau.

Charlotte soupira. Edith n'aurait pas appelé uniquement pour annoncer cela à Richard.

— Et maintenant ?

Son père prit une profonde inspiration.

— Elle a fait une allusion…

— Une allusion à quoi ?

— À un concert qu'elle doit bientôt donner à Bath… en Angleterre. Elle n'a pas voulu m'en dire plus au téléphone.

— Et tu crois que… ?

Charlotte ne termina pas sa phrase. Elle avait déjà entendu dire que de nombreux artistes et écrivains juifs quittaient le pays.

— Je crois qu'elle compte rester là-bas, acquiesça Richard. Et elle s'inquiète pour ses parents. C'était la principale raison de son appel.

Il reprit son stylo et tapota les pages jaunes de son livre de comptes. Charlotte l'observa. Ses cheveux s'éclaircissaient et des pattes-d'oie se dessinaient autour de ses yeux. Il n'était toutefois pas aussi buriné qu'on aurait pu s'y attendre pour un homme ayant passé la moitié de sa vie en plein air.

— Je ne sais pas quelles chicaneries les nazis vont encore inventer. Et je dois reconnaître qu'à l'époque, je n'étais pas vraiment enthousiaste à l'idée que ma sœur épouse un Juif. Nos parents non plus, d'ailleurs. Mais depuis, j'ai appris à apprécier Salomon. C'était un homme d'affaires travailleur et un mari attentionné.

— « Était » ? demanda Charlotte.

Richard laissa tomber son stylo sur le cahier.

— J'ai dit « était » ?

Elle hocha la tête.

— Quoi qu'il en soit, il faut que j'y aille.

— Si tu vas à Leipzig, je t'accompagne, déclara Charlotte.

Ils arrivèrent en ville le lendemain à 11 heures, seulement munis d'un bagage léger ; ils ne comptaient pas rester plus d'une nuit. Charlotte n'était pas venue à la gare de Leipzig depuis des années. Cette fois, elle n'eut pas le loisir d'admirer l'imposante construction. D'innombrables fanions à croix gammée étaient tendus au-dessus des quais. La gare fourmillait de monde. Partout, des hommes en uniforme brun ou noir, seuls ou en groupe. Certains avaient des bergers allemands en laisse. Cette présence militaire massive était inhabituelle.

Richard tenait d'une main un sac de voyage en cuir et de l'autre la canne dont il se servait depuis peu. Charlotte avançait à côté de lui. Dans son ensemble bordeaux à jupe au genou volante, elle se frayait avec assurance un chemin à travers la foule. Ses cinq grossesses l'avaient un peu arrondie. Elle portait les cheveux noués bas sur la nuque en un volumineux rouleau très à la mode. Un groupe de militaires s'écarta pour les laisser passer quand elle s'avança, tête haute. Elle remarqua qu'ils les suivaient du regard. Consciente d'incarner l'idéal moderne de la femme allemande, elle savoura un instant cette sensation.

Dès qu'ils sortirent sur le parvis, une violente bourrasque vint déranger son chignon. Les gigantesques drapeaux se gonflèrent, le rouge sang dominant la place grouillante de monde. Au-dessus, le ciel de traîne bleu d'acier. Charlotte s'arrêta et chercha la voiture de son oncle.

— Je ne comprends pas. Tu nous as pourtant annoncés, dit-elle à son père.

Ils traversèrent la foule jusqu'au dégagement où attendaient d'habitude de nombreux taxis. Quand ils s'approchèrent de l'unique véhicule, un homme portant un attaché-case arriva au pas de course, ouvrit la portière à la volée et fit mine de monter. Richard leva sa canne pour indiquer qu'ils avaient la priorité, mais l'homme l'ignora, se jeta sur la banquette arrière et leur claqua la portière au nez. Charlotte regarda le taxi s'éloigner, furieuse. Alors qu'elle était sur le point de jurer, ils furent soudain bousculés par la cohue. Des hommes en uniforme brun ouvrirent dans la foule une large brèche qu'ils délimitèrent avec des cordes, faisant reculer les gens sans ménagement. Ils furent repoussés sur plus de dix mètres, Charlotte rattrapa son père quand il trébucha. On se pressait tant qu'une vieille femme perdit connaissance et fut emmenée par des militaires.

— Savez-vous ce qui se passe ? demanda Charlotte.

Une femme, près d'eux, la dévisagea brièvement puis répondit d'un ton sévère :

— Vous ne le savez donc pas ? Le Führer vient inaugurer la foire. (Un enthousiasme débordant brillait dans ses yeux.) Le train spécial doit arriver d'un instant à l'autre.

Charlotte entendait maintenant partout : « Le Führer arrive ! » Soudain, plusieurs centaines de jeunes garçons portant le bermuda noir et la veste brune des Jeunesses hitlériennes jaillirent de la gare et commencèrent à distribuer à la foule des fanions rouges à croix gammée. Des jeunes filles de la BDM, en jupe noire, faisaient la même chose en face. On passa les fanions dans la foule jusqu'à ce que tout le monde en ait un. Charlotte dut lâcher le bras de son père pour attraper le sien. Richard secoua la tête, les lèvres serrées, quand un homme trapu lui en tendit un.

— J'ai les mains prises ! fit-il en haussant les épaules.

— Lève ton drapeau, pépé ! Ou est-ce que tu es fatigué de vivre ? gronda l'homme en lui agitant son fanion sous le nez.

Charlotte n'aurait su dire s'il parlait par peur ou par fanatisme.

— Il vaut mieux faire ce qu'il dit, père, chuchota-t-elle.

Richard lâcha son sac et saisit de mauvais gré la hampe du fanion. Charlotte aussi laissa tomber son bagage. Ils étaient si serrés dans la cohue que le sac ne tomba même pas à terre, restant coincé entre les corps. Les jeunes s'installèrent aux premiers rangs et se tournèrent vers la foule qui attendait.

— *Heil !* lancèrent-ils en chœur.

Ils agitèrent les bras pour inciter le public à les imiter. Au milieu, des membres de la SS observaient la foule, scrutant un à un les spectateurs. Le cri fut repris par tant de voix que Charlotte faillit se boucher les oreilles. Ensuite, le dirigeant des Jeunesses hitlériennes leur fit signe de se taire. Ils durent patienter une éternité. Charlotte commençait à avoir froid et se reprocha de ne pas avoir mis de manteau. Sentant Richard s'affaisser, elle lui saisit le bras. Il était livide.

— Ça va aller, père ? chuchota-t-elle.

Il hocha la tête.

Une tension phénoménale régnait sur la foule. Du coin de l'œil, Charlotte vit la femme à côté d'elle couver d'un air recueilli la façade de grès jaune de la gare. Au bout d'environ une demi-heure, un grondement sourd résonna à l'intérieur de l'imposante bâtisse. Enfin, le portail voûté cracha deux motos, puis trois autres, puis encore deux. Les jeunes tendirent le bras droit et hurlèrent :

— *Heil !*

L'escadrille remonta lentement la haie d'honneur. Les motards en uniforme étaient penchés sur leurs machines trapues qui faisaient un vacarme infernal.

Les membres des Jeunesses hitlériennes agitaient de la main gauche leurs fanions à croix gammée, et la foule les imita. La main de l'homme debout derrière Charlotte vint lui cogner le dos. Sa voisine tendit le bras et se tourna un instant vers elle ; ses yeux gris semblèrent la transpercer. Charlotte leva le bras. Une Mercedes noire décapotée surgit de l'obscurité. Adolf Hitler était debout à la place passager, les mains sur le bord chromé du pare-brise. Il portait un manteau d'uniforme marron, étroitement serré par une ceinture noire, et une cartouchière noire en travers de la poitrine. Son képi était enfoncé bas sur son front.

— *Heil !* hurla la foule, jubilant.

Quand la berline traversa au pas l'immense haie d'honneur, Hitler leva le bras droit et replia l'avant-bras par-dessus son épaule, dévoilant la paume de sa main. Peu après, il arriva devant eux.

— Regarde-moi ! lança la voisine de Charlotte d'un ton suppliant. Regarde-moi !

À cet instant, Hitler se tourna précisément vers eux.

— *Heil !* hurla la femme d'une voix étranglée.

Elle avait le visage couvert de larmes. Une seconde escadrille de motards suivait la voiture d'Hitler. Le vacarme des moteurs et les hurlements de la foule faisaient trembler les corps. La cage thoracique de Charlotte vibrait, ses oreilles grondaient et sifflaient. Alors seulement, elle s'aperçut qu'elle criait aussi, qu'elle hurlait à gorge déployée, presque à s'en couper le souffle.

Ils gardèrent le silence pendant le trajet en taxi à travers la ville. Les drapeaux rouges à croix gammée flottaient partout.

— Alors, vous avez pu voir le Führer ? demanda le chauffeur d'un ton joyeux.

Il n'obtint pas de réponse. Ses passagers se sentaient comme assommés.

Ils passèrent par la Haydnstraße, devant l'immeuble du cabinet de Leo. Charlotte n'était pas certaine que son père y soit déjà venu. Elle tenta de ne pas observer trop ostensiblement la façade blanche, elle aussi surmontée d'un drapeau. Le bâtiment disparut vite. Il lui sembla même reconnaître les rideaux, et elle se revit attendre le signal de Leo. Quand Mlle Klöß sortait déjeuner, il fermait un volet. Combien d'années avaient passé depuis ? Elle ne l'avait jamais revu.

Dix minutes plus tard, le taxi s'arrêta devant chez les Liebermann. Le portail de fer forgé noir aux pointes dorées, jadis toujours ouvert et si large que même les fiacres pouvaient remonter l'allée, était fermé. Aucun drapeau ne pendait au mât. En descendant, Charlotte vit que quelqu'un avait souillé la grande plaque de laiton où était gravé le nom des habitants. Elle enfonça plusieurs fois la sonnette. Personne ne vint ouvrir. Un rideau remua au premier étage, derrière une haute fenêtre. Au bout d'un moment, la lourde porte en noyer de la maison s'entrouvrit et un visage apparut dans l'entrebâillement. Charlotte ne reconnut pas immédiatement sa tante.

— Une minute, je vais chercher la clé du portail.

Cäcilie avait changé ; elle semblait fatiguée et terne, comme si elle n'avait pas dormi plusieurs nuits de suite, mais sa robe vert clair et sa coiffure avaient toujours l'élégance de jadis. Quand Charlotte l'enlaça, son corps lui parut fragile. Sa tante lui rendit une accolade sans force.

— Vous n'avez plus de domestiques ? demanda Richard dans l'entrée.

— Si, si, nous avons encore Eberhard et Erna, une cuisinière et une femme de ménage. Ils ont congé, aujourd'hui ; ils voulaient assister à une grande manifestation en ville, ils n'ont pas dit laquelle.

Charlotte baissa les yeux, devinant où ils étaient allés.

— Si vous m'aviez prévenue, j'aurais préparé quelque chose. Venez donc au salon, je vais vous chercher à boire.

— Volontiers. Le voyage a été assez pénible.

Charlotte et son père échangèrent un coup d'œil en montant les marches menant au bel étage. Tacitement, ils convinrent de ne pas mentionner les événements de la gare.

— Edith ne t'a rien dit ? s'enquit Charlotte.

Cäcilie ouvrit la double porte et les précéda au salon. La pièce était sombre, les rideaux presque tous tirés. Elle se tourna vers eux.

— Qu'aurait-elle dû me dire ? demanda-t-elle, étonnée.

— Nous nous sommes parlé hier au téléphone et, avant de raccrocher, je l'ai prévenue que nous viendrions vous voir aujourd'hui, expliqua Richard. Sais-tu où elle est ?

Cäcilie, sans répondre, désigna le canapé.

— Asseyez-vous, je reviens tout de suite.

Elle quitta la pièce. Ses pas s'éloignèrent sur le sol de marbre ; ils l'entendirent descendre aux cuisines. Charlotte s'enfonça dans les coussins et regarda autour d'elle. Dans les amphores cuivrées, les feuilles des grands palmiers pendaient. Elle repensa aux réceptions et aux soirées si sophistiquées de sa tante, quand la bonne société de Leipzig se réunissait dans ces salles élégantes et que toute la maison résonnait de voix.

— Edith ne devrait-elle pas être là ? Elle savait pourtant que tu venais, chuchota Charlotte.

— Tu as raison, répondit Richard.

Alors seulement, elle vit son état d'épuisement. Rester debout si longtemps dans le froid l'avait exténué.

— Tu ne voudrais pas t'allonger, père ? demanda-t-elle.

— Pas question. Je dois d'abord parler à Cäcilie.

— Ne lui dis surtout rien des projets d'Edith. Peut-être qu'ils ne sont pas au courant.

— Je sais ce que je fais, rétorqua sèchement son père.

Au bout d'un moment, Cäcilie revint avec un plateau où elle avait posé une carafe d'eau, des verres et une coupelle de biscuits secs. Elle les servit, prit place dans un fauteuil, puis regarda ses mains.

— Je ne sais pas où est Edith, commença-t-elle. Pour dire la vérité, je ne l'ai pas vue depuis des semaines. Son mode de vie... (Cäcilie releva la tête et ses yeux errèrent nerveusement de l'un à l'autre.)... nous ne faisons que nous disputer, ces derniers temps.

Sa lèvre inférieure tremblait un peu, elle semblait à fleur de peau.

— Cäcilie..., se lança Richard. La tournure que prennent les choses en Allemagne m'inquiète... Tu sais pourquoi.

Cäcilie pâlit encore.

— Je ne vais pas quitter Salomon, si c'est ce que tu insinues ! explosa-t-elle soudain. C'est mon mari, et je resterai à ses côtés quoi qu'il arrive.

D'un coup, ses yeux avaient retrouvé de leur éclat.

— Je le sais bien, répondit Richard d'une voix apaisante. Mais il faut regarder la réalité en face. Les nouvelles lois raciales... La *Reichsbürgergesetz* dégrade officiellement les Juifs au rang de citoyens de seconde classe, les derniers fonctionnaires et notaires juifs sont renvoyés, toutes les entreprises dirigées par des Juifs doivent être déclarées, les médecins, dentistes, vétérinaires, pharmaciens, avocats juifs ont interdiction de pratiquer...

Il se mordit les lèvres, voulant éviter la question du mariage d'Edith et de Leo Händel.

— Que veux-tu qu'il nous arrive, Richard ? demanda Cäcilie. Ils ne vont tout de même rien nous faire. Salomon s'est battu pour l'Allemagne pendant la guerre. Il a été décoré de la Croix de fer. Il est allemand pur et dur et renierait sa religion si c'était nécessaire. Alors explique-moi, pourquoi est-ce qu'ils s'en prendraient à lui ?

— Vous n'avez même plus le droit de mettre de drapeau sur votre maison, comme tout le monde en ville, ajouta Richard.

— Ça, je m'en passe très bien, rétorqua Cäcilie avec humeur avant d'éclater d'un petit rire amer. Tu te rends compte, Lotte, Mme Taubner et Mme Gerling ne m'invitent même plus à leur cercle de bienfaisance. Avant, elles ne pouvaient pas se passer de moi, ni surtout des généreuses donations de Salomon, elles n'arrêtaient pas de nous flatter... (Puis elle soupira.) Ah, Richard, qu'allons-nous devenir ?

Elle enfouit son visage entre ses mains.

Son frère déglutit. Pendant un moment, on n'entendit plus que le tic-tac de l'imposante pendule surplombant la cheminée en marbre noir.

— Avez-vous déjà pensé à quitter le pays ? s'enquit Richard.

Cäcilie releva la tête. Elle observa en silence la carafe de cristal et les verres finement ciselés, reflets de leur vie aisée.

— Mais où irions-nous ? demanda-t-elle doucement.

Anna

Anna entra au KaDeWe par la porte principale, franchit le portail et mit la main en visière. Les lambris avaient été remplacés par un revêtement de métal nu éclairé de centaines de lampes, et le reflet était éblouissant. Des grappes de clients s'étaient déjà formées devant les ascenseurs aux grilles en fer forgé ouvragé. Même avec le sac de vêtements qu'elle portait sur le bras, elle irait plus vite par l'escalier.

Depuis les grands travaux d'agrandissement, quatre ans plus tôt, les deux premiers étages étaient entièrement dédiés à la clientèle féminine. Ici, on avait remis aux murs des bois précieux dans des encadrements de métal luisant. Anna passa devant les accessoires. Des milliers de foulards, de châles, de gants et de bijoux fantaisie scintillants étaient exposés dans des vitrines et sur des étagères. Elle s'arrêta devant un mannequin vêtu d'une robe de soirée à profond décolleté chute d'eau. Un petit sac du soir en forme de zeppelin pendait à un de ses poignets. Avant d'atteindre le rayon confection pour dames, les clientes devaient résister à d'innombrables tentations.

Anna vit Ella de loin. Elle aussi avait laissé repousser ses cheveux et les portait coiffés de manière plus féminine, comme presque toutes celles qui s'intéressaient à la mode. Son amie discutait avec une cliente de haute taille, aux cheveux bouclés, qui tournait le dos à Anna. Elle remarqua aussitôt sa silhouette de jeune garçon, épaules larges et hanches étroites. Les deux femmes étaient entourées de vendeuses qui présentaient des robes à la cliente.

— Non, je ne vois rien pour moi, l'entendit-elle dire. Je cherche quelque chose d'inhabituel, d'à la fois sobre et très élégant. Ah, j'aimerais tellement avoir le temps de dessiner mes modèles moi-même.

En apercevant son amie, Ella dressa ses sourcils finement épilés et hocha imperceptiblement la tête. La cliente se tourna vers elle. Non seulement elle était très belle, avec des traits doux et réguliers, mais Anna eut tout de suite l'impression de la connaître.

— Anna, tu tombes à pic, s'exclama Ella.

Elle portait une robe très cintrée d'une étonnante teinte bronze. Directrice du rayon mode, elle avait la liberté de ne plus porter d'uniforme. Et depuis qu'elle avait son mot à dire, même les vêtements des vendeuses étaient beaucoup plus modernes.

— Madame Berger, puis-je vous présenter une de nos fournisseuses les plus créatives ? La fondatrice et propriétaire de la maison de confection qui porte son nom, Anna Liedke Couture.

Ella débita sans ciller ces propos outrés, mais elle paraissait tendue. Les vendeuses s'éloignèrent pour servir d'autres clientes.

— Oh, ravie, madame Liedke. Pourquoi n'ai-je pas fait votre connaissance plus tôt ?

Mme Berger lui tendit une main qu'Anna saisit.

— Anna, reprit Ella, Mme Berger est une de nos plus célèbres réalisatrices de cinéma. Tu as certainement entendu parler d'elle.

Anna hocha la tête.

— Enchantée.

— Peut-être allez-vous me sauver, madame Liedke, reprit Mme Berger.

Elle désigna le sac de vêtements qui pendait au bras d'Anna.

— Eh bien, pour être honnête, je ne pense pas qu'il y ait là-dedans quelque chose pour vous, répondit Anna.

Les robes à motif floral qu'Emma avait terminées la veille ne correspondaient pas du tout à son style.

— S'il vous plaît, laissez-moi au moins jeter un coup d'œil !

Mme Berger fit la moue et joignit les mains. Sous ses sourcils tout droits, ses yeux marron regardaient Anna d'un air suppliant.

— J'ai urgemment besoin de quelque chose pour une cérémonie de remise de prix ; il n'est d'ailleurs pas exclu que je monte sur scène, comme mon dernier film a été nominé. Enfin, il vaut mieux ne pas le crier trop fort.

Elle regarda autour d'elle, s'approcha d'une table ronde ornée d'un arrangement floral dans une amphore dorée, puis frappa trois fois sur le bois.

— Je touche du bois ! Je suis hélas horriblement superstitieuse, expliqua-t-elle en se retournant vers les deux amies avec un grand sourire.

— Moi aussi, renchérit Anna. Jamais de chaussures sur la table, ça porte malheur ; quand je renverse du sel, j'en jette aussitôt une pincée pardessus mon épaule droite, et le pire, c'est de briser un miroir…

— Mon Dieu, sept ans de malheur ! s'écria Mme Berger. Nous voici un point commun. La plupart des gens me prennent pour une folle quand je parle de ça.

La glace était brisée. Elle dévisagea Anna.

— Alors, qu'avez-vous là-dedans ?

Anna défit les boutons de la housse en ramie et en sortit deux robes fleuries, une bleue et une rouge. Elle vit aussitôt la déception se peindre sur les traits de Petra Berger.

— C'est très joli mais ce n'est hélas pas ce qu'il me faut, dit celle-ci en se détournant. Si vous n'avez rien d'autre... Attendez, c'est quoi, ce tissu doré ? Vous permettez ?

Elle plongea la main dans la housse. Anna perçut distinctement son parfum, un mélange de jasmin, d'aldéhydes et de vanille. Devait-elle lui montrer le corsage doré ? Il suffisait de retourner le rabat des biais pour dévoiler la tache de sang grosse comme l'ongle. Que penserait-on alors d'elle ?

— C'est un corsage de soirée, s'entendit-elle répondre. Vous pouvez le porter sur une jupe au genou ou une jupe longue, selon ce que vous...

— Montrez-moi ça ! lança Mme Berger, impatiente.

Anna hésita un instant puis finit par sortir le chemisier.

— Quel est ce tissu ? Je n'ai jamais rien vu de tel, remarqua Mme Berger en palpant le vêtement.

— C'est de la soie enduite. Du satin d'or. Une nouveauté absolue, en effet.

— Vous savez si c'est ma taille ? Je l'essaie tout de suite.

— Volontiers. Par ici, je vous prie, intervint Ella.

Elle la guida vers les cabines spacieuses réservées aux clientes fortunées. Anna demanda à une vendeuse de leur apporter différentes jupes.

Tandis qu'elles attendaient, Ella lui chuchota :

— Elle a mordu à l'hameçon. C'est exactement son style. (Elle saisit Anna par le bras et approcha sa bouche discrètement maquillée de son oreille :) C'est le ciel qui t'envoie. Tu ne te rends pas compte à quel point j'ai besoin d'un coup de main d'en haut. Il paraît qu'elle est dans les petits papiers d'Hitler, si ce n'est plus...

Le cœur d'Anna se mit à battre la chamade. Elle se rappela soudain avoir vu la cliente aux actualités à côté du ministre de la Propagande, Joseph Goebbels. Au même instant, la porte de la cabine s'ouvrit et Mme Berger en sortit. Un regard suffit : le corsage était fait pour elle.

— Incroyable, murmura Anna.

Mme Berger écarta les bras comme si elle se trouvait face à un immense public.

— C'est exactement ça, s'exclama-t-elle. Exactement ce que je cherchais.

Le col droit raccordé aux biais étroitement plissés du rabat couvrait à la perfection son long cou mince. Les demi-manches à smocks mettaient en valeur la peau blanche et lisse de ses avant-bras. Le satin doré renvoyait la lumière éclatante de la salle, formant autour d'elle une sorte de halo. Avec la jupe de velours gris foncé qui s'évasait en cloche aux chevilles, le chemisier doré formait un ensemble glamour. Anna souffla quelques mots à une vendeuse ; Ella et Mme Berger la regardèrent, dans l'expectative. Le soulagement se lisait sur les traits d'Ella.

— Qu'en pensez-vous, Anna ? Je peux vous appeler Anna ? Appelez-moi Petra !

— Mais bien sûr. Vous êtes magnifique.

— Et vous, vous êtes un génie ! Puis-je l'emporter ?

À cet instant, la vendeuse revint et tendit à Anna le petit sac à main que celle-ci avait remarqué en traversant le premier étage. Elle le saisit et vit alors seulement la croix gammée et l'inscription portées sur la bordure de cuir. Après une brève hésitation, elle se dirigea vers Petra Berger et lui suspendit le sac à l'épaule. En reconnaissant la forme de zeppelin, Ella et la cliente éclatèrent de rire.

— Ce détail manquait, expliqua Anna.

— Le *Hindenburg* ! Quelle idée formidable ! Vous êtes merveilleuse, Anna ! Emballez-moi le corsage… avec le sac et la jupe.

Anna déglutit.

— Le corsage est un modèle d'exposition. Je préférerais le couper pour vous, sur mesure.

— Pourquoi donc ? Celui-ci me va parfaitement !

Mme Berger la regarda, étonnée, en clignant des paupières d'un air théâtral.

— Eh bien, normalement, nous ne vendons pas nos modèles d'exposition.

— Mais il me le faut absolument pour demain !

— Allons, nous pouvons bien faire une exception, intervint Ella.

Anna pensait à la tache de sang. Elle ne pouvait pas vendre un corsage souillé à la célèbre réalisatrice. Que se passerait-il si elle soulevait le rabat biaisé ?

— C'est moi qui décide, reprit Ella. Bien sûr que vous pouvez l'emporter, madame Berger. Vos désirs sont des ordres.

Une heure plus tard, les deux amies entraient dans la nouvelle salle de restauration du KaDeWe, très fréquentée. Le sol dallé en échiquier et les vasistas en paliers donnaient à la grande pièce claire une allure remarquablement moderne. Autre particularité : les plats froids présentés sur un immense étalage. C'était un nouveau système venu d'Amérique, on se servait soi-même en posant les assiettes sur son plateau. Au mur, un panneau d'émail annonçait : « Sers-toi, paie à la caisse. » Juste à côté, un avertissement en grandes lettres noires : « Notre bonjour, c'est *"Heil Hitler"*. »

Après avoir toutes deux opté pour du rôti froid à la sauce rémoulade, elles cherchèrent une table libre. Soudain, un grand homme mince s'approcha.

— Puis-je être utile à ces dames ?

Anna et Ella se tournèrent vers lui.

— Theo ! s'exclama Anna.

Elle le dévisagea, surprise. À part son front qui se dégarnissait, il avait à peine changé. Il portait le costume croisé sombre des chefs de rayon, l'emblème du parti à son revers.

— Ça se peut. Nous cherchons une table calme, à l'écart de la foule, répondit Ella.

Son visage avait pris d'un coup l'expression arrogante qu'elle affichait face aux gens qu'elle n'aimait pas.

— Très volontiers, mesdames, reprit Theo.

Il les guida vers une table un peu plus grande que les autres, à l'autre bout de la salle, puis fit signe à un serveur et lui donna quelques ordres brefs. Au bout d'un instant, celui-ci revint avec une nappe blanche qu'il étendit sur la table laquée. Il plaça deux serviettes amidonnées face aux chaises et ajouta des couverts propres.

— Je ne savais pas que tu travaillais toujours au KaDeWe, dit Anna.

Elle remarqua qu'on les observait. Leur table était la seule à avoir une nappe.

— En fait, j'ai passé quelques années chez Hertie, sur l'Alexanderplatz, mais je suis revenu il y a un an pour diriger le restaurant du KaDeWe.

— Je croyais te l'avoir dit. Ça n'a pas dû me paraître assez important, ajouta froidement Ella.

Elles prirent place sur les chaises de faux cuir rouge que Theo et le serveur avaient reculées pour elles.

— Puis-je vous servir un rafraîchissement ? reprit Theo en ignorant l'hostilité d'Ella. Vous êtes nos invitées, bien sûr.

Ella hocha la tête.

— Mais oui, une bouteille de mousseux, répondit-elle comme si c'était la chose la plus naturelle du monde. Nous avons quelque chose à fêter.

Theo rougit. La demande d'Ella dépassait manifestement ses compétences, et était d'ailleurs totalement éhontée.

— Ella, tu n'exagères pas un peu ? Moi, en tout cas, je prendrais volontiers une limonade, répondit Anna en regardant Theo dans les yeux.

Il eut un petit hochement de tête et baissa un instant les paupières. Elle repensa à la soirée où il s'était battu avec Carl, au *Prater*. Cela remontait à plus de dix ans.

— Très bien ! convint Ella. Nous prendrons donc deux limonades ; nous ne voudrions pas mettre monsieur le directeur de restaurant dans l'embarras.

Elle parlait si fort que les clients des tables voisines en cessèrent de manger. Theo leur fit apporter leurs boissons et prit congé en esquissant une courbette. Anna le regarda s'éloigner dans le restaurant en se pavanant.

— Je ne sais pas pourquoi, mais quelque chose me dit qu'il vaut mieux ne pas s'en faire un ennemi.

— Bah, c'est juste un petit coq vaniteux, rien de plus, conclut Ella.

Anna avait attendu avec impatience d'être enfin seule avec Ella. Elle devait absolument lui parler de la tache de sang sur le corsage, pour alléger sa conscience. Son amie ne fut pas impressionnée le moins du monde :

— Tu m'as sauvée, Anna. Tu te rends compte, si la Berger n'avait rien trouvé dans mon rayon… Tu sais à quelle vitesse ce genre de chose se répand ?

Anna piqua un morceau de viande sur sa fourchette, la plongea dans la sauce rémoulade, puis la reposa.

— J'aurais au moins dû faire un nouvel exemplaire rien que pour elle. Que se passera-t-il si elle découvre la tache chez elle, en s'habillant ou se déshabillant ?

— Enfin, tu as bien vu qu'elle refusait d'attendre. Elle serait allée chez Goetz ou chez Gerson, et je l'aurais perdue. (Ella lui posa une main sur le bras et se pencha en avant.) Anna, je subis une pression énorme.

Son amie la regarda, curieuse, et Ella reprit d'une voix plus basse :

— Ils ont flanqué toute la famille Tietz à la porte. (Elle ajouta en un murmure :) Pour mettre une majorité d'Aryens à la direction.

Les deux femmes en manteau de fourrure qui venaient de s'asseoir à la table voisine se tournèrent vers elles. Ella leur adressa un signe de tête puis se fourra un morceau de rôti dans la bouche.

— Mais je croyais que le magasin leur appartenait ? demanda Anna à voix basse.

Ella s'assura que les deux femmes discutaient avant de répondre :

— Tu es vraiment naïve. Ils ont été forcés de vendre. À un prix ridicule, paraît-il. C'est Karg le directeur, à présent.

Anna secoua la tête.

— *Le* Georg Karg ? Celui qui dirigeait la centrale d'achat de toutes les maisons Jandorf après la fusion avec Tietz ?

— Oui, exactement. Il est plus puissant que jamais. Depuis, je suis mal vue. Je crois qu'il est au courant de ma liaison avec Hermann. Nous avons toujours essayé de rester discrets, ne serait-ce qu'à cause de sa femme. En vain, apparemment… Et puis, Hermann est juif.

Ella enfourna plusieurs bouchées à la suite.

— Je n'étais pas au courant, reprit Anna. Et où est Hermann ?

Ella haussa les épaules.

— Je ne sais pas, et c'est peut-être mieux ainsi. Il paraît que toute sa famille est partie à l'étranger, par différentes voies.

Anna dévisagea son amie. Elle avait encore minci, et depuis peu, ses yeux étaient soulignés de cernes. Elle restait pourtant séduisante. Le sort de son ancien amant ne semblait guère lui inspirer de compassion.

— Tu comprends, maintenant, pourquoi j'ai tellement besoin de la bienveillance de clientes comme la Berger ?

— Oui, je vois, répondit Anna. Mais tu n'as donc pas de scrupules ?

— Des scrupules ? Que veux-tu dire ?

— Tu vois bien comme sont évincés les Juifs et ceux qui ne sont pas du même avis que le gouvernement.

— Chuuut ! Pas si fort !

Ella jeta un coup d'œil nerveux à la table voisine et répliqua, d'une voix à peine audible :

— Je ne les soutiens pas, seulement il faut bien que je trouve un moyen de m'en sortir. Quel mal je fais en vendant un chemisier à une réalisatrice célèbre ? Et puis je te signale que ce chemisier, c'est toi qui l'as créé et cousu.

Charlotte

Edith ne rentra pas chez ses parents de la journée et n'appela que dans l'après-midi. Quand elle apprit que Charlotte avait accompagné Richard, elle demanda à lui parler et lui donna rendez-vous le soir. Sa cousine ne parvint pas à la convaincre de revenir chez elle.

Juste après 18 heures, Charlotte descendit l'escalier ; elle se figea en entendant des voix d'hommes venir du salon.

— Faut-il vraiment que nous abandonnions tout, Richard ? demandait son oncle. Nos biens, notre pays, notre langue ? C'est ça qu'ils veulent de nous ? Nous disperser à tous les vents, nous voir disparaître ?

Par la porte entrouverte, elle aperçut Richard et Salomon assis devant un monceau de papiers étalés sur la table basse.

— Je sais que c'est une décision difficile, mais regarde ça : ils exigent des inventaires de ton entreprise. À ton avis, que comptent-ils en faire ?

Charlotte se pencha et vit son père agiter des feuilles en l'air.

— Tu crois qu'ils veulent exproprier les Juifs ? s'enquit Salomon d'une voix enrouée. Ils ne le peuvent pas.

Richard toussota.

— J'ai bien peur que ce soit exactement leur but. Regarde autour de toi, Salomon. Les magasins juifs sont boycottés. La quasi-totalité des entreprises juives ont été reprises par des commerçants aryens. Tu penses vraiment que tout ça se déroule légalement ?

— Je sais, je le vois tous les jours… Et que proposes-tu ?

Salomon se passa une main sur le visage et prit le verre de cognac que Richard lui tendait.

— Tiens, buvons d'abord un coup !

Charlotte, percevant des pas derrière elle, se retourna. C'était Eberhard, qui montait les marches un plateau à la main. Les hommes l'avaient entendu aussi et se tournèrent vers la porte. En voyant sa nièce, Salomon vint vers elle, les bras tendus.

— Mon oncle ! dit-elle.

Son teint olivâtre lui parut plus pâle que jadis, et son front se dégarnissait. Quand il la vit, ses yeux sombres s'éclairèrent. Il portait un costume confortable en fin coton gris. Charlotte le serra contre elle et s'agrippa à ses épaules. Elle devait graver ce moment dans sa mémoire, comme un souvenir d'enfance lié aux jours heureux. Ils se voyaient encore plus rarement qu'avant. La plupart du temps, quand elle venait à Leipzig, Salomon était presque toujours au bureau. Mais chaque fois, il lui offrait quelque chose. Ce soir-là aussi, il tira un petit cadeau de sa poche et le laissa tomber dans la paume de sa nièce. C'était une chaînette d'or ornée d'un pendentif en pierre de lune.

— Je n'ai hélas rien trouvé de plus approprié, n'ayant appris votre venue que cet après-midi, fit-il pour s'excuser.

— Ah, mon oncle, tu ne devrais pas me faire autant de cadeaux, protesta Charlotte. Ce collier est magnifique.

Elle se tourna et releva ses cheveux pour qu'il le lui attache, puis elle l'embrassa sur la joue.

— Je vous dérange, ou est-ce que je peux m'asseoir une minute ? demanda-t-elle en désignant les papiers étalés sur la table. Et où est Cäcilie, d'ailleurs ?

— Tu ne nous déranges pas le moins du monde, voyons. Assieds-toi donc, Lotte. Cäcilie s'est allongée un moment, elle ne devrait plus tarder, répondit Salomon en rassemblant les documents.

Charlotte eut le temps de déchiffrer le mot « inventaire » sur la feuille du haut de la pile avant que Salomon ne dépose le tout sur le manteau de la cheminée.

— Que devient ta jolie tribu ? J'envie Richard et Lisbeth d'avoir déjà cinq petits-enfants. Cela restera un rêve pour Cäcilie et moi.

Charlotte vit combien il souffrait qu'Edith n'ait pas eu d'enfants.

— Ils grandissent vite, et bien. Felix va déjà au collège.

— Tu ne dînes pas avec nous ? s'enquit Richard en désignant le manteau que Charlotte tenait à la main.

— Non, Edith m'a demandé de la retrouver.

L'expression de son oncle s'assombrit. Charlotte s'assit face à lui et lui saisit les mains.

— Je suis désolée. Je vais tâcher de la convaincre de rentrer.

— Ce n'est pas à toi de le faire, Lotte, intervint Richard.

— Où t'a-t-elle demandé d'aller ? Pas dans un de ces cabarets louches où elle traîne ? demanda Salomon en se détachant.

— Non, c'est une adresse privée.

— Sois prudente. L'ambiance est vraiment tendue en ville. Avec la visite du Führer, ça grouille de chemises brunes et de SS.

— Ne t'inquiète pas. Ils ne me feront rien, à moi.

Charlotte se rendit aussitôt compte de sa maladresse. Face à son oncle juif, très inquiet de son avenir en Allemagne, cette insouciante était malvenue.

— Quand même, insista-t-il. Il vaut mieux que Brenner t'emmène.

Peu avant 19 heures, Charlotte prit place sur la banquette arrière de la berline noire et donna l'adresse au chauffeur. Brenner marmonna une réponse incompréhensible puis hocha la tête. À sa moue, elle comprit qu'il n'était guère enthousiaste à l'idée de ressortir. Il travaillait pour les Liebermann depuis que Salomon avait acheté sa première automobile et elle ne le connaissait qu'ainsi, grincheux mais débonnaire. Ici, dans le quartier des musiciens, celui des villas des Leipzigois aisés, les rues étaient désertes. Ils empruntèrent la Haydnstraße. Quand ils passèrent devant le cabinet de Leo, Charlotte lança soudain :

— Pourriez-vous vous arrêter un instant ?

— Ici ? Ce n'est pas l'adresse que vous m'avez donnée.

— Je sais, mais garez-vous tout de même, juste une minute.

Le chauffeur s'arrêta au bord du trottoir.

— Attendez-moi là, Brenner. Je reviens tout de suite.

Charlotte ouvrit la portière et alla jusqu'à l'entrée de l'immeuble. La plaque aux lettres noires était toujours là :

Leonhard Händel
Avocat
Notaire

Le laiton était poli au point de lui renvoyer l'image de son visage, pas comme jadis. Elle ne reconnut pas son reflet. Que faisait-elle ici ? Elle passa le doigt sur les lettres de son prénom, puis recula d'un pas et tenta de distinguer quelque chose à travers les fenêtres, toutes éclairées. Soit il vivait toujours au cabinet, soit il travaillait tard. Pouvait-elle sonner et faire attendre le chauffeur si longtemps ? Les secondes passèrent sans qu'elle parvienne à se décider. Comment Leo réagirait-il, après toutes ces années ? Elle se détourna, revint à la voiture et monta.

— Vous pouvez repartir, Brenner.

Au moment où l'automobile démarra, elle le vit tirer un rideau, elle aperçut ses yeux, son regard interrogateur. Elle ouvrit la bouche pour lancer « Stop ! ». Aucun son n'en sortit. Voilà le bonheur de ma vie, se dit-elle.

— Personne ne peut remonter le temps, gronda Brenner comme s'il savait tout.

Leurs yeux se croisèrent un instant dans le minuscule rétroviseur.

Les rues devinrent plus tortueuses, les façades plus grises et lépreuses. Des poubelles encombraient les trottoirs étroits. Brenner se tourna vers elle :

— Il vaut mieux verrouiller les portières !

Charlotte obéit. Des prostituées au maquillage criard et des silhouettes louches traînaient devant des bars mal éclairés. Son oncle avait raison : il y avait des SA en uniforme brun partout. Certains avaient des bouteilles de bière à la main, l'un d'eux brandissait un drapeau du Reich. Manifestement saouls, ils scandaient des chants nazis : « Libérez la rue pour les bataillons bruns, libérez la rue pour l'homme de la section d'assaut, des millions de gens regardent la croix gammée avec espoir, le jour de la liberté et du pain arrive[1]... »

Certains marchaient en plein milieu de la chaussée, et la voiture dut s'arrêter. Par la fenêtre, Charlotte vit deux SA encercler une prostituée et la plaquer contre un mur.

— Alors, il est où, le salut au drapeau ?

Charlotte vit les yeux écarquillés de peur de la jeune femme ; un des hommes lui plaqua brutalement une main entre les jambes tandis que l'autre lui tirait le bras droit vers le haut.

— Tu es juive, peut-être ? Tu incites le bon peuple allemand à la souillure raciale ?

Alors qu'ils venaient de lui arracher sa perruque blonde, ils la lâchèrent subitement et se détournèrent. L'espace d'un instant, un calme étrange régna. Charlotte entendait battre son cœur, vite et fort. Apparemment, les autres nazis venaient d'attirer l'attention de leurs deux camarades sur la voiture. Les SA encerclèrent la berline en beuglant, se penchèrent pour regarder à l'intérieur. Les nerfs de Charlotte se tendirent à se rompre quand elle vit leurs faces cramoisies aux fenêtres, tout près d'elle. L'un d'eux s'aplatit le nez contre la vitre et lécha le verre. Un autre renversa sa bière sur le pare-brise. Ils tirèrent sur les poignées pour tenter de faire céder les portières.

— Ouvre-nous, ma jolie ! lança une voix.

Un martèlement dur lui glaça le sang. Apparemment, ils frappaient du poing ou de la main sur le toit de tôle. Brenner redémarra avec prudence et avança lentement. Elle savait qu'il devait veiller à ne pas les exciter encore plus. Quand

1. *Horst-Wessel-Lied*, hymne national du IIIe Reich.

ils reprirent de la vitesse, certains se mirent à courir en criant :

— Halte ! Police !

Brenner fit exactement le contraire : il bifurqua au croisement suivant et accéléra. Charlotte respira profondément.

— Merci !

— Racaille brune !

Il ne dit rien de plus et poursuivit sa route en silence à travers le dédale de ruelles. Au bout de quelques minutes, il ralentit.

— C'est là ! dit-il en désignant une façade toute sombre.

Au rez-de-chaussée se trouvait une petite épicerie. Sur son rideau de fer tiré, on avait tracé à la peinture rouge une grande étoile juive avec la mention : « Allemands, n'achetez pas chez les Juifs. »

— Vous voulez vraiment descendre ici ? demanda Brenner.

Il s'arrêta en laissant tourner le moteur. Charlotte inspecta les alentours. Il y avait beaucoup moins de réverbères que dans le quartier de son oncle. Une seule fenêtre était éclairée, tout en haut, au quatrième. On entendait encore les beuglements des nazis, au loin, mais dans cette ruelle, il n'y avait ni bars ni prostituées pour les attirer. Elle déverrouilla sa portière.

— Dites-moi à quelle heure vous voulez que je vienne vous rechercher, reprit Brenner.

Elle réfléchit, consciente de la générosité de son offre. Elle ne voulait pas lui faire retraverser la ville trop tard.

— Merci beaucoup, Brenner. 21 heures, ce sera bien. Et pourriez-vous attendre que je sois entrée ?

— Bien sûr. Je crois que la voie est libre.

Charlotte regarda de tous côtés, sans distinguer grand-chose à travers la minuscule lunette arrière, puis elle se ressaisit et ouvrit la portière. En apercevant quelqu'un dans l'entrée de l'immeuble, elle tressaillit. La silhouette surgit de l'obscurité et s'approcha de la berline. C'était Edith, vêtue d'un gilet grossier. Elle tira la portière, prit la main de Charlotte et l'aida à descendre, puis se pencha pour saluer son vieux chauffeur :

— Merci de l'avoir amenée jusqu'ici.

Brenner porta la main à son képi et hocha la tête :

— Avec plaisir. Content de vous voir, mademoiselle Edith. Mais je serais encore plus content si je pouvais vous ramener avec nous à la maison.

Edith pinça les lèvres sans répondre et se redressa. Au bout de la ruelle, on apercevait les silhouettes des SA. Des bribes de chants leur parvinrent.

— Montons vite avant que cette horde arrive ici.

Une fois dans le hall obscur, elles s'embrassèrent. Edith expliqua :

— Les nazis se baladent dans le quartier depuis le début de l'après-midi. Je crois qu'ils sont presque tous saouls, et ça les rend encore plus imprévisibles.

Elles montèrent au quatrième étage par un étroit escalier de bois. En chemin, Edith expliqua d'une voix étouffée :

— Je suis désolée de t'avoir fait venir ici, mais je ne peux plus retourner à la maison et il fallait absolument que je te parle encore une fois.

Charlotte était perplexe. L'appartement avait deux pièces, une minuscule cuisine et des toilettes avec un lavabo. Pourquoi Edith vivait-elle de son plein gré dans une telle misère ? Quand elles entrèrent dans la salle de séjour, un homme se leva d'un fauteuil miteux. Une femme était assise près de lui. Charlotte fut surprise et déçue de ne pas être seule avec Edith, et les deux autres avaient l'air de penser la même chose. Elle lut dans leurs yeux un mélange de profonde méfiance et de peur. L'homme lui offrit son fauteuil et prit le siège d'un bureau où trônait une machine à écrire. C'était le seul mobilier de la pièce, avec un tabouret et une étagère de livres. L'étui du violoncelle d'Edith était appuyé dans un coin.

— Voici Maja et Joachim. J'habite chez eux temporairement.

Edith désigna une bouteille de mauvais vin posée sur une caisse de bois, au milieu de la pièce.

— Tu en veux ?

Charlotte hocha la tête et regarda sa cousine remplir à moitié un verre à eau. Elle avait complètement changé depuis leur dernière rencontre. Ses cheveux ondulés presque noirs lui tombaient jusqu'aux coudes, détachés, comme lorsqu'elles étaient enfants. Ils encadraient son visage pâle mangé par ses immenses yeux bleu clair. Edith avait tant minci que ses joues semblaient creuses. Pourtant, même ainsi, il émanait d'elle une beauté mélancolique. Après avoir bu une gorgée, ils allumèrent des cigarettes.

— Tu ne fumes toujours pas ? s'enquit Edith.

Charlotte secoua la tête. Subitement, sa cousine éclata de rire :

— Tu es vraiment la femme allemande parfaite : blonde, les yeux bleus, tu ne fumes pas, tu donnes cinq enfants au Führer…

— Edith ! lança l'homme.

Il avait les cheveux ébouriffés et une barbe de trois jours.

— … tu suis ton père et ton mari, tu te sacrifies pour le sang et la terre…

— Edith, arrête ! Elle n'y peut rien ! insista Joachim.

Charlotte les dévisagea et se demanda soudain s'ils étaient en couple. Ou était-ce Joachim et Maja ? Ou même Edith et Maja ?

— Qui dit qu'elle n'y peut rien ? intervint celle-ci.

Elle était brune, à la coupe courte et aux yeux presque noirs, et semblait avoir dix ans de moins qu'Edith. Elle s'était montrée hostile dès l'arrivée de Charlotte.

— Tu as bien vu comme ils jubilent tous quand le Führer parade à travers les rues. Par milliers, par millions. Tu penses qu'elle fait exception ?

Maja la montra du doigt. Charlotte se leva, blessée par ses paroles. Après les événements de la veille à la gare, elle se sentait soudain coupable. La jeune femme la transperça de son regard sombre, comme si elle l'avait vue en personne dans la foule.

— Je crois que je ferais mieux d'y aller, dit Charlotte en se détournant.

Edith se plaqua la main sur la bouche et bondit sur ses pieds.

— Lotte, pardon, excuse-nous, nous ne voulions pas dire ça.

Elle posa les mains sur les épaules de sa cousine et la força à se rasseoir.

— C'est juste que... Nous avons tous les nerfs à vif.

— Je comprends, répondit Charlotte.

Maja continuait à la fixer avec colère.

— Je vais te confier quelque chose, car je suis certaine que si je te le demande, tu le garderas pour toi. Et je te le demande instamment. Voilà : je vais quitter le pays. Nous allons tous les trois... partir d'Allemagne.

Edith parut presque déçue de ne pas lire la moindre surprise sur son visage.

— Mon père l'avait déjà déduit de tes allusions au téléphone. C'est pour ça que nous sommes venus à Leipzig. N'est-ce pas un peu précipité ?

— Lotte ! Regarde-moi ! Ce n'est plus mon pays ! Je n'ai plus le droit de jouer, ils interdisent le jazz, ils ferment les cabarets, Joachim ne peut plus publier ses livres, au contraire, ils ont été brûlés sur un bûcher devant l'université… et Maja est actrice, elle ne trouve plus d'engagements.

— Vous êtes aussi… juifs ? demanda Charlotte en déglutissant.

Joachim hocha la tête, Maja se détourna.

— Mais toi, tu n'es qu'à moitié juive, Edith. Ta mère est aryenne. Tu ne pourrais pas revenir à Feltin, chez nous ? Personne ne te prêterait la moindre attention, là-bas, et…

— Lotte ! Il n'y a rien pour moi à Feltin ! C'est ta vie, pas la mienne. Et puis les nazis ne font plus de différence entre les demi-Juifs, les Juifs entiers, etc. Ils ont bien établi ça dans leur nouvelle loi raciale. Nous sommes des citoyens de seconde classe, en Allemagne.

Charlotte se mordit la lèvre et hocha la tête. Elle savait que sa cousine avait raison.

— Comment comptez-vous vous y prendre ? Vous avez déposé une demande de sortie de territoire ?

— Non. Je pars pour une petite tournée solo en Angleterre. Et eux… (Elle agita la main vers ses amis.)… ils m'accompagnent, c'est mon équipe, pour ainsi dire. Maja sera ma coiffeuse et Joachim mon agent. Nous ne rentrerons pas. Quand on dépose une demande officielle de sortie de territoire, on doit payer une taxe de fuite du Reich[1] et on reçoit un numéro d'attente à quatre chiffres du consulat anglais. Depuis l'entrée en vigueur des lois raciales, il y a une vague de départs. Nous ne pouvons pas attendre plus longtemps. La situation va encore empirer.

Charlotte eut soudain une vision douloureuse.

— Et tu veux disparaître comme ça, sans dire au revoir à tes parents ? Ça va leur briser le cœur.

Elle vit le visage blême d'Edith se couvrir de taches rouges et comprit que sa cousine se contenait avec peine.

— C'est pour ça que je voulais vous voir, Lotte, toi et Richard… Vous devez vous occuper d'eux, vraiment ! Ils ne comprennent pas. Depuis que j'ai commencé à jouer au cabaret, que je me suis séparée de Leo, que le violoncelle ne tient plus la première place dans ma vie, je ne peux plus leur parler sans que papa explose et que maman fonde en larmes.

Edith se remit à se frotter les mains, comme Charlotte l'avait vue faire à plusieurs reprises.

— Et nous avons besoin d'argent pour le voyage. Tu le récupéreras dès que j'aurai touché mes gages en Angleterre. Je ne peux pas en parler à mon père.

Charlotte comprit à quel point cette demande mettait sa cousine mal à l'aise.

— Combien ?

— Mille reichsmarks.

Charlotte déglutit. C'était une grosse somme.

---

1. *Reichsfluchtsteuer :* Mis en place dès 1931 pour empêcher la fuite de capitaux, cet impôt fut adapté par les nazis en 1933 pour faciliter le pillage des biens des Juifs contraints et forcés de quitter le pays.

— Et Leo ? C'est toujours ton mari, quand même. Même s'il essaie d'annuler votre mariage, il pourrait au moins te soutenir financièrement.

— Chuuut, fit Edith en posant un doigt sur ses lèvres. Je ne veux pas. Le chapitre Leo est clos depuis longtemps.

Charlotte se mâchonna la lèvre inférieure et répondit :

— Il va me falloir plusieurs jours pour réunir de l'argent liquide. Nous ne sommes pas riches, malgré ce que tu peux croire. J'ai mis un peu d'argent de côté après avoir vendu les meubles de l'appartement de Leipzig, j'ai la solde d'Ernst, mais c'est modeste. Tout notre argent est investi dans la ferme.

Edith eut l'air déçu.

— Ne t'en fais pas, je vais t'aider. Je pense qu'il me faudra huit jours. Vous pouvez attendre aussi longtemps ?

Edith hocha la tête.

— Le premier concert est dans quinze jours. Je dois être à Bath au plus tard à ce moment-là.

— Et où nous revoyons-nous ?

— Nous ne nous revoyons pas.

Edith fixa un rendez-vous à la gare de Chemnitz ; Joachim ou Maya viendrait. Charlotte ne lui demanda pas pourquoi elle ne venait pas elle-même, bien que l'idée de confier l'argent à un inconnu la mette mal à l'aise.

— Que vais-je dire à tes parents ?

— Seulement que je suis en tournée. Rien de plus. (Sa cousine lui lança un regard suppliant.) Et, Lotte, pour le moment, partir en voyage est encore facile. S'il te plaît, essaie de convaincre mes parents de faire la même chose.

Vers 21 heures, Charlotte s'approcha de la fenêtre et regarda dans la rue. À la faible lueur du réverbère, elle vit la berline noire qui l'attendait. Les deux femmes s'enlacèrent longuement. Leurs yeux bleu clair se croisèrent et elles observèrent leurs lèvres en forme de cœur, signes incontestables de leur parenté. Elles se faisaient face pour la dernière fois, cousines, amies et rivales. Elles avaient mené des vies totalement différentes, fréquenté des univers très éloignés en habitant pourtant des années dans la même ville. Elles s'étaient senties liées tout en étant séparées. Bien du temps était passé. Et ces adieux leur donnèrent l'impression qu'on leur arrachait un morceau de cœur.

Anna

— C'est la marchande de charbon ! On te demande au téléphone ! hurla Anita.

Anna arrêta la pédale de sa machine à coudre et se précipita dans le couloir.

— Tu es obligée de brailler comme ça ? Tu pourrais simplement venir jusqu'à l'atelier pour me le dire.

— Excuse-moi ! Je le ferai la prochaine fois.

Anna se tourna vers la porte de l'appartement restée ouverte et n'entendit plus que des pas qui s'éloignaient dans l'escalier. Elle attrapa son manteau sur la patère, enfila ses chaussures et poursuivit Mme Lampert dans la rue. Quand elle entra dans la boutique de charbon de l'immeuble voisin, la femme trapue était de retour derrière son comptoir, tout essoufflée. Sa blouse à fleurs était noircie par la poussière des briquettes. D'un signe de tête, elle désigna le combiné du téléphone posé près de l'appareil.

— Madame Liedke, ça ne peut pas continuer comme ça, geignit-elle. Vous recevez trop d'appels, je ne peux quand même pas courir en permanence au troisième étage…

— Je sais, madame Lampert, lui répondit Anna dans un sourire, ça va bientôt s'arranger. (Elle prit le combiné.) Allô, ici Anna Liedke… Ah, c'est toi, Ella.

Elle écouta un moment tandis que la marchande de charbon l'observait avec curiosité.

— Cent exemplaires de plus ! Mais comment veux-tu que je m'y prenne ? Et pour quand ?

Elle secoua la tête. Mme Lampert suivait des yeux le moindre de ses mouvements.

— Dans une semaine ? C'est impossible.

La marchande fit la moue et secoua la tête d'un air dépité, puis la clochette de la porte sonna et une cliente entra.

— Tu sais bien tout le travail que représente chaque corsage, rien que les biais… Oui, j'ai déjà embauché vingt employées à domicile de plus, ma tante et ma petite sœur… Ella, je sais que c'est un succès incroyable.

— Mais que se passe-t-il donc ? s'enquit Mme Lampert, sur le point d'exploser de curiosité.

— Enfin, je ne suis qu'une petite tailleuse indépendante, pas une usine textile… Quoi ? Ella, je te l'interdis !

Mme Lampert prit une profonde inspiration et regarda Anna, dans l'expectative. Deux autres clientes arrivées entre-temps ne perdaient pas une miette de la conversation. L'une d'elles était sa voisine du dessous.

— Tu ne peux pas faire coudre mes modèles par quelqu'un d'autre !

— Il ne manquerait plus que ça ! commenta Mme Lampert, indignée, regardant autour d'elle en quête d'approbation.

— Bon, très bien, Ella. Tu as gagné. Je te livre tes cent exemplaires, mais tu me paieras cinq reichsmarks de plus par pièce.

— Bien dit ! lança Mme Lampert.

Toute l'assistance entendit le cri de protestation qui jaillit du téléphone.

— Si, Ella, je suis obligée de te demander ça. Je ne trouverai pas si vite des couturières bon marché, et tu exiges la meilleure qualité… Bon, d'accord… Quatre reichsmarks supplémentaires par chemisier, pour vendredi prochain. Marché conclu. Au revoir.

Anna raccrocha. Mme Lampert et ses trois clientes la dévisagèrent.

— C'était encore cette femme du KaDeWe ? s'enquit la marchande de charbon, haletante.

— Oui, confirma Anna.

— Et vos affaires avec eux marchent vraiment bien, maintenant, pas vrai ?

— Il ne faut pas exagérer. Enfin, effectivement, un de mes chemisiers a beaucoup de succès. La Berger le portait à la remise du prix national du film, et on l'a vu aux nouvelles. Encore que…

— Quoi donc ?

— Ce qui rend ce corsage si particulier, c'est le lamé or, et ça ne se voit pas aux informations qui sont en noir et blanc.

— Peu importe, madame Liedke. Les gens qui comptent étaient sûrement sur place.

— Oui, sûrement.

— La Berger…, répéta Mme Lampert d'un air de vénération.

Elle tourna la tête vers ses clientes, toute fière, comme si la couturière lui devait un peu de sa réussite.

Anna se dirigea vers la porte et remercia chaleureusement la marchande de charbon avant de sortir.

— J'espère pouvoir bientôt me permettre de faire installer mon propre téléphone, ajouta-t-elle.

— Bah, ne vous en faites pas, madame Liedke. Venez vous servir de mon appareil aussi souvent que vous le voudrez, lança Mme Lampert alors qu'elle était déjà dehors.

En refermant la porte de la boutique, Anna s'aperçut que ses mains, son manteau, sa jupe de laine bleue et même ses chaussures étaient couverts d'une fine couche de poussière de charbon. Elle allait devoir se déshabiller et se laver avant de se remettre au travail. Il était vraiment temps d'avoir le téléphone. Un unique flocon de neige dansa soudain devant elle puis voleta doucement jusqu'aux pavés gris. Elle leva les yeux vers le ciel laiteux, entre les alignements d'immeubles, et vit de plus en plus de flocons tourbillonner dans le vent glacial. Quelques enfants qui jouaient à fouetter leurs cerceaux de bois sur le trottoir tendirent les mains pour les attraper, puis cinglèrent les cristaux de neige du lacet de leurs petits fouets. C'était la première neige de l'hiver 1935.

Anna se souvint de l'impatience avec laquelle elle attendait cette saison, jadis, dans la forêt de la Sprée. Elle descendait chaque jour jusqu'au canal, posait prudemment un pied sur la surface gelée pour deviner si elle pourrait supporter son poids, suçait des stalactites de glace. À combien d'années cela remontait-il ? Elle résolut d'emmener ses enfants chez ses parents pendant les vacances de Noël. Une fois qu'elle aurait terminé les chemisiers, elle s'accorderait un peu de repos. Elle y était allée bien trop rarement au cours des années précédentes, accaparée par son travail.

À cet instant, la porte de l'immeuble s'ouvrit à la volée et Anita surgit dans la rue. Quand elle vit sa mère devant la boutique de charbon, elle voulut faire demi-tour, mais Anna l'avait déjà vue. Anita boutonna son manteau à la hâte.

— Où vas-tu comme ça ? s'enquit sa mère.

Elle aperçut sous le pardessus un nœud de cravate noir et un chemisier blanc. Elle s'approcha, voulant écarter le tissu de laine grossier, puis se retint pour ne pas le tacher de charbon.

— Depuis quand as-tu cet uniforme ?

Anita baissa les paupières et fixa le bout de ses souliers usés. Une des clientes du magasin de charbon passa devant elles et ouvrit la porte de l'immeuble.

— *Heil Hitler*, madame Schneider, dit Anita, bien élevée, en levant la main.

— *Heil Hitler*, Anita.

— Alors ? insista Anna.

— Seulement depuis la semaine dernière.

Elle dressa la tête et ajouta, les yeux scintillants de défi :

— Maman, tout le monde y va. Je suis la seule de ma classe à ne pas être aux Jeunesses.

Anna sentit le froid grimper le long de ses jambes à travers ses collants fins. Sa fille grelottait aussi. Elle ne portait même pas de bonnet, les flocons blancs se posaient sur ses cheveux bruns séparés d'une raie.

— Tu vas déjà deux fois par semaine au club de gymnastique, ça ne te suffit donc pas ? J'aurais bien besoin d'aide à la maison, moi.

Anita serra les poings, un geste presque touchant chez une gamine de dix ans, pensa Anna.

— Maman, il n'y a plus de club de gym. Le sport, maintenant, on en fait aux Jeunesses. Et il faut aussi que j'aille à la réunion de l'après-midi. Si on arrive en retard, on a une punition, c'est Clara qui l'a dit.

Anna lui saisit le bras et fut surprise de le trouver si délicat. Anita venait d'entrer en dernière année de primaire. Malgré son corps d'enfant, elle savait parfaitement ce qu'elle voulait. Anna pensait pourtant qu'elle se trompait. Elle n'aurait pu expliquer avec précision pourquoi elle refusait que sa fille rejoigne les Jeunesses hitlériennes, mais elle se méfiait du dressage que les enfants y subissaient et de l'évidence avec laquelle ils y étaient incorporés.

— C'est hors de question. Remonte sur-le-champ. Et tu ne m'as toujours pas dit qui t'a donné cet uniforme.

Anita retourna vers la porte, tête basse. Quelqu'un devait le lui avoir prêté, rien n'était gratuit. Emma avait été obligée d'acheter l'uniforme de son fils.

— Tu n'as pas à dénoncer qui que ce soit, reprit Anna.

— Quoi, alors ? rétorqua sa fille rudement en la toisant par-dessus la rampe de l'escalier.

Elle continua son ascension en tapant bruyamment des pieds. Aussitôt, la porte du logement des concierges s'entrebâilla et une tête couverte de bigoudis surgit. Mme Kalinke ouvrait déjà la bouche pour pester quand elle vit Anna sur la marche du bas. Elle grimaça un sourire.

— Oh, c'est vous, madame Liedke ! Je voulais juste aérer un peu. *Heil Hitler*.

— Oui, ça fait du bien, de temps en temps. Bonne journée, madame Kalinke.

D'où venait cette soudaine amabilité ?

— Cent corsages dorés, murmura-t-elle en montant les marches.

Charlotte

Le lendemain matin, Richard, Salomon et Cäcilie étaient déjà attablés dans la salle du petit déjeuner quand Charlotte descendit. La pièce donnait sur le jardinet. Avec ses hautes fenêtres aux cadres vert sombre et ses palmiers en pot de plus de deux mètres, elle ressemblait à une serre. L'air y était d'ailleurs chaud et humide. Les plantes exotiques faisaient pourtant triste mine. Tous les yeux se braquèrent sur la jeune femme tandis qu'elle tirait une chaise à elle. Quelque chose avait changé dans la maison depuis la veille.

— Alors ? s'enquit Cäcilie. Tu as vu Edith ? Comment va-t-elle ? Pense-t-elle rentrer ? J'espérais que tu la ramènerais peut-être. J'ai même mis un couvert pour elle.

Charlotte observa la cinquième assiette disposée avec soin, le rond de serviette en argent gravé des initiales E.L. Un solitaire à rose blanche était posé près de la tasse. Nerveuse, Cäcilie tendit à sa nièce la corbeille à pain et le beurrier. Charlotte vit que sa tante avait le visage rougi comme si elle avait pleuré, des cernes noirs sous les yeux, les lèvres craquelées. L'espace d'un battement de cœur, elle ne la reconnut pas. Quand Cäcilie voulut lui verser du café, le couvercle de la cafetière cliqueta. Elle dut la reposer tant ses mains tremblaient, presque aussi pâles que la vaisselle en porcelaine. Une goutte tomba du bec verseur. Tous fixèrent des yeux la tache brune qui s'étendait lentement sur la nappe. Charlotte saisit la cafetière.

— Je m'en occupe, proposa Erna, qui venait d'entrer et s'approchait à la hâte.

— Merci beaucoup, dit Charlotte.

Tandis qu'Erna la servait, elle observa le profil de son ancienne domestique.

— Ça me fait plaisir de te revoir enfin. J'espère que tu vas bien !

— Oui, merci, mademoiselle Charlotte, répondit Erna sans la regarder.

L'air nerveux, elle se figea un instant devant la place inoccupée d'Edith, puis ressortit en précisant :

— Je vais refaire du café.

— Lotte ? Tu as entendu ce que t'a demandé ta tante, intervint Richard.

Il replia son journal et le posa sur la table. À la une du *Leipziger Anzeiger*, une photo d'Adolf Hitler dans sa berline, en route pour la foire de Leipzig. Autour de lui, la foule l'acclamait, bras droit tendu, en agitant des fanions de papier. Charlotte prit une gorgée de café. Dès le trajet de retour, la veille, elle s'était demandé s'ils se satisferaient de la version que lui avait dictée Edith.

— Tu ne crois pas lui devoir une réponse ? insista Richard.

— Edith va bientôt partir pour une tournée de concerts en Angleterre, déclara-t-elle.

Elle se rendit soudain compte de ce qui avait changé. Habituellement, le tic-tac d'une horloge résonnait dans chaque pièce. Mais la pendule du buffet s'était arrêtée. Le silence était total.

Salomon fut le premier à réagir.

— Apparemment, nous étions censés être les derniers à l'apprendre, mais je le savais tout de même.

— Et elle ne reviendra pas à la maison avant son départ ? demanda Cäcilie.

Charlotte fut incapable de regarder sa tante en face, tant elle était triste de ne pas pouvoir apaiser sa peine. La sueur perlait sur sa lèvre supérieure ; son ensemble d'hiver était bien trop chaud. Elle ôta sa veste et l'accrocha au dossier de sa chaise.

— Tu ne te sens pas bien ? s'enquit son oncle.

Il se leva et ouvrit la fenêtre.

— Elle doit partir très bientôt, mentit Charlotte.

Au même instant, un corbeau noir qui semblait avoir attendu cette opportunité entra par la fenêtre. Il se posa sur le dossier du siège vide d'Edith. Cäcilie brisa un morceau de pain et le lui mit sous le bec. À la lumière du matin, le plumage noir de l'animal avait un reflet vert métallisé.

— Elle dit que vous devriez partir en voyage, vous aussi, tant que c'est encore faisable, articula enfin Charlotte avec peine.

Tous regardaient les mains blêmes de Cäcilie rompre des morceaux de pain pour les donner au gros oiseau. Elle lui caressait parfois le bec du bout de l'index. L'animal, confiant, la laissait faire. À Feltin, les corbeaux étaient des animaux mal-aimés, considérés comme nuisibles pour le gibier et le bétail. On haïssait leur manie de donner des coups de bec aux bêtes faibles, jeunes ou trop vieilles. Personne n'aurait eu l'idée de les nourrir, et encore moins de les laisser s'installer à table. Richard observait sa sœur et l'oiseau, la moustache tremblotante. Toutefois il ne dit rien.

— C'est ce que nous allons faire, Lotte, répondit Salomon d'une voix calme. Hier, j'ai vendu à ton père mon entreprise et la maison.

Charlotte crispa les mains et tourna la tête vers son père. Sa moustache continuait à trembler imperceptiblement. Elle qui connaissait si bien Richard sut interpréter son expression, le menton légèrement avancé, l'éclat de ses yeux. Elle l'avait souvent vu ainsi. Chaque fois qu'il concluait une excellente affaire.

Subitement, le corbeau déploya ses grandes ailes et les agita. Il lâcha une fiente sur le tapis de soie puis disparut dans l'air froid du matin.

— Maintenant, nous sommes libres d'aller où nous voulons, reprit Salomon.

Anna

L'atelier de couture était bondé. Elles travaillaient à cinq dans la petite pièce, et entre les balles de tissu, les portants et les mannequins, on avait à peine la place de se retourner. La vieille table de découpe trônait toujours en plein milieu, sa surface tout éraflée couverte de traits de crayon. Anna savait qu'elle devait en changer, le bois abîmé faisait des accrocs dans le tissu. Les machines à coudre s'alignaient sur deux côtés, le long des murs. À part Ida, toutes les employées étaient ses parentes, mais Anna considérait depuis longtemps la jeune femme comme un membre de la famille. Elle venait d'embaucher à la hâte cinquante couturières indépendantes de plus, ayant reçu une commande pour deux cents corsages lamés supplémentaires. Désormais, Anna travaillait presque sans discontinuer. Cela ne la dérangeait pas. Elle se sentait bien mieux depuis que Dora et Adelheid l'avaient rejointe. Elle n'avait jamais pu se faire à la séparation d'avec sa petite sœur, et Dora, à la perspective d'une chambre chez Emma et d'un travail, ne s'était pas fait prier longtemps pour venir s'installer à Berlin. La fascination qu'exerçait la capitale était irrésistible.

La porte claqua et, malgré le vacarme des machines à coudre, Anna entendit qu'on faisait glisser quelque chose de lourd sur le sol. Dans le couloir, Carl poussait un sapin de près de trois mètres de haut qui le dissimulait presque entièrement. Gisela, à côté de lui, faisait grise mine.

— Quelle chance, tu en as trouvé un ! s'exclama Anna. Mais est-ce qu'il n'est pas beaucoup trop gros ?

— On m'a fait un prix. J'avais envie d'un arbre vraiment imposant, cette fois-ci, et il est... Tu verras bien.

— Le sapin est complètement déplumé ! s'écria Gisela, à deux doigts de fondre en larmes.

Au même instant, Carl surgit de derrière l'arbre et Anna se plaqua une main sur la bouche, choquée.

— Mais qu'as-tu fait ?

— Papa est allé chez le coiffeur, déclara Gisela.

Anna s'approcha et passa la main sur ses cheveux courts et ondulés, peignés en une sévère raie de côté et retenus par de la laque. Carl ne se ressemblait plus. Il ne restait rien de sa toison bouclée.

— C'est plus pratique comme ça, fit-il, laconique.

Il se retourna vers l'arbre.

— Où as-tu rangé le pied ?

— À la cave, dans la caisse des décorations.

— Très bien, je vais le chercher.

Anna se pencha pour consoler Gisela.

— Laisse papa s'occuper du sapin. Il va trouver un moyen de l'embellir. Toi qui aimes bien faire les ourlets, tu pourrais aller aider Ida, tout à l'heure, chuchota-t-elle.

Le visage de Gisela s'éclaira. Elle passait de plus en plus de temps à l'atelier et s'intéressait beaucoup au travail sur les machines.

Quand Carl ressortit de l'appartement, il faillit télescoper la marchande de charbon.

— Madame Lampert ! s'exclama Anna. Encore le téléphone ?

— La secrétaire de je ne sais qui, je n'ai pas bien compris le nom. Ça a l'air important. Venez vite.

Anna enfila son manteau.

— Je reviens tout de suite, glissa-t-elle à Gisela.

Elle s'étonna que Mme Lampert soit toujours là ; celle-ci fronça son petit nez rond avec ostentation et s'exclama :

— Ça sent le brûlé, chez vous !

— Mon Dieu, les biscuits ! s'écria Anna.

Elle se rua à la cuisine, d'où jaillit un nuage de fumée noire.

— Anita, je t'avais dit de surveiller les biscuits !

Mais son aînée n'était nulle part.

Anna saisit la manique et sortit du four la plaque couverte de petits gâteaux carbonisés. Elle jeta le tout dans l'évier puis ouvrit en grand la fenêtre. Mme Lampert, qui l'avait suivie, observa les restes calcinés.

— Eh bien, on dirait que vous avez fabriqué votre propre charbon, vous n'aurez plus besoin d'en acheter chez moi. Venez vite, maintenant, sinon ça va raccrocher.

Anna enfila ses chaussures et se précipita vers l'escalier.

Quand elle revint à l'atelier, Dora fut la première à s'apercevoir que quelque chose clochait. Elle leva le nez de sa machine et arrêta la pédale. Peu à peu, les autres s'interrompirent. On n'entendit plus que la musique de défilé à la radio. Ida se leva pour aller l'éteindre. Soudain, le silence se fit dans la pièce. Personne n'osait rien demander. Anna déclara enfin, la bouche sèche :

— Et voilà. Elle s'en est aperçue. Mme Berger vient de me convoquer chez elle.

— Aujourd'hui ? La veille du réveillon de Noël ? demanda Emma. Pour qui se prend-elle donc ?

Anna haussa les épaules, désemparée.

— Mais de quoi s'est-elle aperçue ? s'enquit Dora.

Anna regarda sa petite sœur qui lui ressemblait tant, avec ses cheveux bruns et lisses et son visage mince. C'était une jeune femme, à présent, et Anna avait manqué tant d'années de son enfance.

— Le modèle, le corsage qu'elle a essayé et emporté le jour même, n'était pas destiné à la vente. Je voulais juste le montrer à Ella. Il y a une grosse tache de sang au revers des biais parce que je me suis piqué le doigt le soir où je l'ai terminé. (Elle se rendit compte à quel point son récit était confus.) En tout cas, je ne vois pas ce qu'elle pourrait avoir d'autre à me dire.

Anna observa sa jupe élimée et son pull-over gris clair, puis se détourna.

— Je vais me changer. Elle envoie une voiture… et il faut que j'apporte ma carte d'identité.

Ce fut au tour d'Emma de blêmir.

— Ta carte d'identité ? Qu'est-ce que ça signifie ? (Elle se leva.) Je viens avec toi. Pas question que tu affrontes ça toute seule.

— Moi aussi, lancèrent Ida et Dora en même temps.

— C'est hors de question. Continuez à travailler, même s'il se peut que nous ne vendions plus ces modèles. Je réussirai peut-être à l'amadouer.

Emma la retint par le bras.

— Cette femme a des amis puissants. Par les temps qui courent, on ne sait jamais… Il suffit d'un mot de travers pour se faire arrêter.

Anna ôta doucement la main de sa sœur.

— Ne t'inquiète pas.

Quand elle prit l'escalier, Carl remontait, le carton de décorations de Noël sous le bras. Anna s'efforça de reprendre contenance. Pour couper court à toute discussion, elle lui dit :

— Je dois vite aller acheter quelque chose avant que les magasins ferment.

Elle l'enlaça et l'embrassa. Il ne vit pas la robe élégante qu'elle portait sous son manteau.

— Je reviens tout de suite, conclut-elle. Tu t'occupes des enfants, pendant ce temps-là ?

Carl hocha la tête puis la suivit des yeux, pensif. Elle ne lui avait encore jamais dit ça.

L'homme qui vint la chercher portait un manteau de cuir noir et un chapeau tiré bas sur le visage. Il ouvrit la portière de la berline noire avec une mine impénétrable, intimidante. Anna s'étonna qu'un chauffeur soit accoutré de la sorte, mais elle n'avait guère d'expérience en la matière. En dehors du salut hitlérien, il ne lui dit pas un mot. Assise sur la banquette arrière, elle passa en revue tous les scénarios qui l'avaient si souvent tenue éveillée, la nuit. La Berger qui l'accueillait en lui mettant sous le nez le rabat découpé, plein de sang, la traitait de tous les noms et lui assurait qu'elle ne vendrait plus un seul vêtement à Berlin. Le trajet s'éternisa. Ils traversèrent des quartiers qu'Anna n'avait jamais vus. Des rangées d'immeubles gris défilaient. Les rayons du soleil couchant éclairaient l'église de Friedenau. Quand ils passèrent devant, Anna se retourna vers le grand édifice de briques qui ressemblait à celui de Neukölln où elle s'était mariée. Elle repensa à la discussion qui l'attendait. Pourvu qu'elle puisse parler à Mme Berger seule à seule ! Elle réfléchit. Devait-elle nier et rejeter toute responsabilité ? Prétendre que la tache venait d'une autre couturière ? Et si elle lui demandait son nom ? Quand ils arrivèrent dans la partie de Berlin où les immeubles s'espaçaient et les jardins s'agrandissaient, entourés de hauts murs et de clôtures, le crépuscule tombait déjà et on allumait les lampadaires. Ils suivirent les larges allées de Dahlem. Anna avait pris sa décision : elle dirait la vérité à Mme Berger, lui présenterait ses excuses et remettrait son sort entre ses mains. Que pourrait-il bien lui arriver ? Il faisait froid dans la voiture et elle ne voulait pas demander au conducteur s'il y avait du chauffage. Sous son manteau, Anna portait sa toute dernière robe en lamé argent gris, un modèle bien trop cher pour elle, et les vieux escarpins à bride que lui avait donnés Ella. Si elle devait subir l'humiliation d'un sermon, elle tenait au moins à être bien habillée et digne.

La voiture ralentit en approchant d'un large portail. Un garde en uniforme SS noir se tenait devant chaque pilier, deux soldats porteurs de flambeaux attendaient de l'autre côté. Lorsque la berline franchit le portail, ils saluèrent en tendant le bras. Le chauffeur s'arrêta et baissa sa vitre, un des gardes se pencha vers lui. Il portait des gants et une cartouchière de cuir blanc. Anna déchiffra l'inscription « Adolf Hitler » brodée à la main sur son brassard. Ses paumes devinrent moites. Ces hommes faisaient partie de la garde personnelle du Führer.

Après un bref échange, le SS leur fit signe d'entrer. D'autres hommes en uniforme se tenaient à droite et à gauche de l'allée. Quand ils les dépassèrent, Anna aperçut un visage familier parmi eux et se crut traversée d'une décharge électrique. Impossible ! La voiture s'arrêta de nouveau et on ouvrit sa portière. Le SS accompagna Anna jusqu'à un tapis rouge déroulé sur le gravier jusqu'à l'entrée de la villa illuminée.

Des voix et des rires s'en échappaient. Une soirée ? Anna reprit courage. Avant qu'elle entre, une femme en uniforme brun, à l'expression dédaigneuse, vint vers elle. D'un ton rude, elle lui ordonna de s'écarter et d'enlever son manteau, puis la palpa avec des gestes brusques. La scène était humiliante, d'autant que les SS postés non loin n'en perdaient pas une miette et la déshabillaient des yeux. L'un d'eux la scrutait encore plus ouvertement que les autres. Anna faillit hurler en reconnaissant le nez rouge et coulant, les petits yeux durs : c'était Günter, engoncé dans l'uniforme noir de la SS. C'était la personne la plus répugnante qu'elle ait jamais rencontrée, et il fallait qu'elle le retrouve justement en cet instant ! Si seulement elle portait quelque chose de moins extravagant que cette robe en lamé ! Elle se serait sentie plus en sécurité dans ses vêtements habituels.

La femme hocha froidement la tête et fit signe aux gardes. Günter sortit du rang et lui demanda son passeport. La jubilation que lui inspiraient ces retrouvailles se lisait sur son visage. Il feuilleta le livret en prenant tout son temps et Anna se mit à trembler, son assurance envolée. La température était tombée en dessous de zéro et elle ne portait que sa mince robe en soie. Günter s'en moquait bien, savourant son bref instant de pouvoir. Il exigea qu'elle s'approche du réverbère et compara plusieurs fois la photo avec son visage. Anna songea que les gardes ne traitaient certainement pas tous les invités de manière aussi humiliante. Son sang battait à ses tempes. Qu'allait-il encore inventer pour se venger ? Il lui rendit son passeport avec un regard éloquent et un petit signe de tête. Anna le lui arracha des mains d'un geste brusque, incontrôlé. Au même instant, une moue impitoyable se dessina sur les lèvres de Günter. Une profonde satisfaction se lisait dans ses yeux. Anna se serait giflée. Quelle bêtise de trahir ainsi sa nervosité ! Il se tourna vers ses collègues avec une lenteur étudiée, comme pour demander : « Qu'est-ce qu'on fait d'elle, maintenant ? »

Au grand soulagement d'Anna, la porte de la villa s'ouvrit et la femme qui l'avait palpée lui indiqua qu'elle pouvait entrer. Elle fit appel à toute sa volonté pour ne pas se précipiter à l'intérieur. La tête haute et le dos droit, elle pénétra dans la villa de Petra Berger sans un coup d'œil à Günter. Une fois la porte close, elle ferma brièvement les yeux avant de regarder autour d'elle. Un immense hall d'entrée traversait le bâtiment jusqu'au jardin. Le rez-de-chaussée était noir de monde. La plupart des hommes étaient en uniforme, quelques-uns en costume, et presque tous avaient à la main une tasse d'un breuvage rouge fumant : du punch. Les dames, en élégantes robes de soirée au genou, buvaient du champagne dans des coupes. Une domestique prit son manteau et Anna chercha l'hôtesse dans la foule. Au milieu, un escalier suspendu reliait la salle de séjour à l'étage supérieur. Tout à coup, des stores occultants furent abaissés devant toutes les fenêtres. Alors seulement, Anna vit le vaste écran déployé à une extrémité de la salle. La pièce se changea en un cinéma privé grâce à un projecteur disposé dans une petite pièce attenante, dont surgit Petra Berger. Anna retint son souffle : la réalisatrice portait son corsage. D'un pas assuré, elle traversa le salon, consulta sa montre puis fit tinter l'un contre l'autre deux verres qu'on lui tendait. Les invités se tournèrent vers elle, les conversations se turent. Agile comme un chat, elle grimpa d'un bond quelques marches de l'escalier et se retourna.

— Écoutez-moi tous : la représentation va commencer dans quelques instants ! Nous attendons encore notre invité d'honneur, qui devrait arriver d'une minute à l'autre.

Anna se tenait un peu à l'écart, près de l'entrée. Soudain, Petra Berger l'aperçut. Anna lui rendit son regard, puis elle vit la tache de sang quelques centimètres sous son larynx. Elle se détachait clairement du tissu doré, beaucoup plus étendue que dans son souvenir, désormais grosse comme le poing. Anna se rendit compte que Mme Berger s'était tue et tendait les mains dans sa direction. Tous les invités s'étaient tournés vers elle. Les femmes scrutaient sa robe, les hommes détaillaient sa silhouette. Qu'avait-elle dit ? Attendait-on une réponse de sa part ? Il régnait un silence tendu. Anna serra les poings et ouvrit la bouche ; elle avait la gorge nouée. Elle toussota. Au même moment, la porte s'ouvrit. Un SS entra, s'approcha de Petra Berger et lui chuchota quelque chose à l'oreille. Le regard de la réalisatrice s'assombrit. Anna crut y lire de la contrariété, voire de la colère. Toutefois elle se reprit vite et afficha de nouveau un air rayonnant.

— Mes chers, très chers invités : nous avons attendu en vain. On m'annonce que notre Führer et le ministre Goebbels ne nous honoreront hélas pas de leur présence ce soir. Ils ont dû modifier leurs projets.

Un murmure parcourut la salle, quelques femmes lancèrent des exclamations de dépit.

— Je comprends parfaitement votre déception, que je partage. Mais nous devons l'accepter. Le devoir avant tout ! Je ne suis pas autorisée à vous donner les raisons de ce contretemps, j'espère que vous le comprendrez.

Anna prit une profonde inspiration et regarda de nouveau le corsage de Mme Berger, qui resplendissait d'or. Pas la moindre tache. Ses oreilles sifflaient, son cœur battait la chamade. Sa mauvaise conscience lui avait joué un tour. Elle venait de comprendre pourquoi des membres de la garde personnelle du Führer étaient postés devant la villa. Mais elle, Anna Liedke, que venait-elle faire là-dedans ? Pourquoi l'avait-on conduite ici ?

Soudain, un visage familier apparut au milieu des fêtards. Ella lui sourit, et le pouls d'Anna s'apaisa.

— Je me vois dans l'obligation de repousser la première privée de ma nouvelle œuvre, reprit Petra Berger. Vous comprendrez certainement que je ne souhaite procéder à la toute première projection qu'en sa présence. Mais je vous en prie, chers amis, profitez de la soirée ! Mangez, buvez, amusez-vous ! Nous avons encore bien assez de punch et de champagne.

Mme Berger redescendit les marches et vint vers elle.

— Anna ! Je suis heureuse que vous ayez pu venir. Votre robe est fabuleuse, elle est de vous ? Il me la faut absolument.

Elle passa son bras sous le sien et l'entraîna vers un petit groupe. En passant, elle saisit une coupe de champagne sur le plateau d'un serveur et la tendit à Anna.

— J'aimerais vous présenter M. Lehnich. Il vient d'être nommé directeur de la *Reichsfilmkammer*[1].

Le petit homme au crâne dégarni se tourna vers elle.

— Oswald, voici Anna Liedke, propriétaire de la maison de mode Liedke Couture.

---

1. Littéralement « Chambre du cinéma du Reich », une des sept « chambres de la culture du Reich ». Quiconque désirant travailler dans l'industrie cinéma tographique devait en être membre.

Il esquissa un baisemain.

— Enchantée, marmonna Anna.

— Liedke Couture ? Je ne m'y connais pas très bien en mode, c'est plutôt le domaine de mon épouse.

Il désigna une femme bien en chair dont un profond décolleté dévoilait le dos. Elle était en grande conversation avec d'autres invités.

— Avez-vous déjà créé des costumes de film ? demanda-t-il à Anna en la scrutant de ses petits yeux.

Elle prit une gorgée de champagne. C'était la seconde fois de sa vie qu'elle en buvait. Elle le trouva amer et faillit faire la grimace.

— Non, jamais. Je ne travaille que pour le rayon confection du KaDeWe, et parfois aussi pour d'autres maisons Hertie. J'ai une toute petite affaire…

— … petite mais très raffinée, compléta Mme Berger.

— Cela vous intéresserait-il ? demanda Oswald Lehnich.

— Je ne sais pas.

Un silence embarrassé se fit.

— Eh bien, si vous changez d'avis…

Il tira de sa poche poitrine une carte de visite imprimée de l'aigle du Reich et la lui tendit.

— … vous savez où me trouver.

Anna saisit le carton gris sans même le regarder, tant elle était nerveuse. Petra Berger ignora sa réaction discourtoise.

— Venez, Anna, j'ai encore quelqu'un à vous présenter. Je suis désolée, Oswald, mais je ne peux pas te la laisser pour toi tout seul.

Anna sentit qu'il la suivait du regard tandis que Mme Berger l'entraînait vers le splendide arbre de Noël. Du coin de l'œil, elle aperçut sur les branches bleutées du sapin, entre les boules argentées et les guirlandes, des croix gammées scintillantes.

Tout à coup, Ella surgit devant elle.

— Anna ! J'espérais tant que tu viendrais, mais je n'ai pas trouvé le moyen de te joindre !

— Je vous laisse un instant, excusez-moi, fit Mme Berger avant de se diriger vers un autre groupe, les bras tendus.

— Tu m'aurais épargné au moins deux heures d'angoisse, répondit Anna en observant la robe de satin rouge foncé de son amie.

Ella lui prit le bras et l'attira dans un coin.

— Je suis désolée mais il faut absolument que tu te fasses installer le téléphone, Anna. J'ai appelé chez cette stupide marchande de charbon, la Lampert… Quelle bonne femme insupportable ! Elle m'a dit qu'elle avait des clients et qu'elle ne pouvait pas courir une fois de plus chez toi. Quelle mollassonne. Bref, n'en parlons plus. Très honnêtement : tu es splendide. Je ne connaissais pas encore ce modèle.

Anna baissa la tête et tirailla le lamé argenté sur ses hanches.

— Je voulais te la montrer la semaine prochaine. Elle est plutôt réussie, non ?

— Plutôt réussie ? Elle est phénoménale ! s'exclama Ella d'un air théâtral.

Anna regarda les yeux bruns artistement maquillés de son amie et chuchota :

— Pendant un moment, j'ai vraiment cru que la Gestapo venait me chercher, surtout parce qu'il a fallu que j'emporte mes papiers. Et je n'arrêtais pas de penser à la tache de sang.

Ella écarquilla les yeux et s'assura aussitôt que personne ne l'ait entendue.

— Chuuut ! Tu es folle ? siffla-t-elle. Ne prononce plus jamais ce mot !

Elle éclata de rire, faisant mine de s'amuser comme une petite folle :

— Oh, Anna, j'adore vraiment ton humour ! (Puis elle murmura :) Si tu étais un peu plus maligne, tous ces gens pourraient t'aider à devenir un grand nom ! Crois-moi, il faut nager avec le courant ! Ça ne fait de mal à personne.

Elle lui agrippa le poignet. Malgré la chaleur de la pièce, elle avait les doigts glacés.

— Alors, mesdames, vous avez tout ce qu'il vous faut ?

Ella afficha aussitôt un sourire éclatant.

— Eh bien, nous ne dirions pas non à deux nouvelles coupes de champagne, Hansi, pourrais-tu... ?

Anna n'avait pas vu arriver l'homme massif à la moustache carrée. Il portait un costume de ville sobre, marron chiné, au revers orné de l'insigne doré du parti.

— Tu ne nous présentes pas ? demanda-t-il.

Ella lui jeta un bref coup d'œil interrogateur et répondit :

— Comme tu voudras ! Hansi, puis-je te présenter Anna Liedke ? La plus douée de mes couturières, ou créatrices de mode, c'est selon... Et mon amie, aussi, bien sûr.

Son rire perlé fusa. L'homme ne la quittait pas des yeux, fasciné. Il avait au moins vingt ans de plus qu'elle ; la même histoire qu'avec Hermann, pensa aussitôt Anna.

— ... Anna... Voici Hans Pfundtner, secrétaire d'État à l'Intérieur.

Pfundtner serra la main d'Anna. Elle s'étonna qu'un aussi haut fonctionnaire du parti ne fasse pas usage du salut hitlérien, pas plus que Lehnich juste avant.

— Hans est membre du comité olympique ; tu sais que 1936 sera l'année des Jeux !

Ella lança à son amie un coup d'œil éloquent puis adressa un sourire ravageur à Pfundtner :

— Alors ? Que devient notre champagne, Hansi ?

Il se détourna aussitôt :

— Tes désirs sont des ordres. Ne vous sauvez pas, je reviens tout de suite !

Quand il fut hors de portée de voix, Ella souffla :

— Anna, c'est la chance de notre vie... Les athlètes doivent être équipés de la tête aux pieds, tu te rends compte de ce que ça signifie ? Et Petra a déjà reçu une commande pour un film sur les Jeux olympiques. Tu vas voir : le succès arrive !

— Petra ? fit Anna.

— Petra Berger, bien sûr ! répliqua Ella comme s'il était naturel qu'elle appelle tout le monde par son prénom. Hansi a beaucoup fait pour notre maison. Tu sais que le KaDeWe était tombé en disgrâce, les membres haut placés du parti y voyaient un bastion du capital juif. C'est pour ça que...

Elle s'interrompit en voyant Petra Berger approcher. La réalisatrice mit les poings sur les hanches et s'exclama d'un ton faussement indigné :

— C'est un comble ! Je ne voyais pas les choses ainsi. Quand j'invite chez moi des femmes belles et intelligentes, tous mes invités doivent pouvoir en profiter ! Ella, puis-je te reprendre Anna ?

— Bien entendu ! répondit Ella en souriant.

Anna sentit entre ses omoplates la main de Mme Berger, qui la poussa doucement à travers la pièce.

— Au fait, j'ai été très soulagée d'apprendre que votre mari était membre du parti. La prochaine fois, emmenez-le donc.

Anna la regarda, interloquée. Mme Berger pinça les lèvres et hocha la tête.

— Vous pensiez ne pas avoir été contrôlée ?

Anna fut si stupéfaite qu'elle ne trouva rien à répondre. Elle avait du mal à digérer toutes les impressions que lui laissait cette soirée.

— Madame Werner, connaissez-vous la couturière la plus talentueuse de Berlin ?

Une brune très mince se tourna vers elles. Anna l'avait vue dans un film : c'était une star du cinéma allemand. La femme aux cheveux blond roux, à ses côtés, lui parut familière aussi.

— Nous nous demandions qui vous étiez, dit Ilse Werner d'un ton aimable. Une femme si bien habillée attire les regards. C'est un modèle de votre collection ?

Anna hocha la tête.

— Oui, tout comme mon corsage doré. Je le porte exprès aujourd'hui, intervint Petra Berger.

— Ah, je comprends, à présent. Tu sais qu'on t'appelle « la Dorée » ? Depuis que tu l'as porté à la remise du prix du film, ce chemisier est le nouvel objet de convoitise de toutes les Allemandes qui s'intéressent à la mode.

— Vous faites aussi du sur-mesure ? s'enquit la femme blonde.

Anna acquiesça et baissa les yeux. Elle était toujours très tendue, et ces compliments la mettaient mal à l'aise. Pour une raison inconnue, elle n'arrivait pas à les apprécier.

— Qu'y a-t-il donc ? demanda Mme Berger. Vous devriez vous réjouir d'avoir autant de succès. Et vous verrez, il pourrait encore augmenter. Tenez, goûtez donc ces petites quenelles, ajouta-t-elle en faisant signe à un serveur. C'est le plat préféré du Führer, lui chuchota-t-elle à l'oreille.

Anna prit une profonde inspiration.

— Madame Berger, je suis navrée mais il faut vraiment que je rentre. J'ai encore une grosse commande à terminer, et demain, c'est le 24 décembre.

— Oh, ma pauvre !

Bien que son regard dise tout autre chose, elle reprit :

— Je comprends.

Elle raccompagna Anna à la porte et dit à un des SS de faire venir le chauffeur. Anna chercha Ella des yeux pour prendre congé, en vain.

— Attendez, j'ai quelque chose pour vous. J'en offre à tout le monde, aujourd'hui, déclara Mme Berger tandis qu'Anna enfilait son manteau.

— Petra, où es-tu ? lancèrent plusieurs invités en levant leurs tasses. On s'ennuie, sans toi !

De petites boîtes carrées étaient empilées sur une table près de l'entrée. Mme Berger en donna une à Anna, puis se pencha vers elle et murmura :

— Ne soyez pas bête, Anna. Nous vivons une grande époque. Profitez-en. On a rarement une seconde chance.

Anna regarda ses yeux sombres sans savoir que répondre.

— Merci beaucoup pour tout, madame Berger, articula-t-elle enfin.

La réalisatrice recula et tendit sèchement le bras droit :

— Joyeux Noël et *Heil Hitler* !

— *Heil Hitler !* répéta Anna en l'imitant.

En sortant, elle se tourna de tous côtés, redoutant que Günter l'ait attendue. Mais il ne restait que deux SS près de la porte. Il avait sûrement profité de l'occasion pour noter son adresse. Désormais, elle allait devoir être sur ses gardes.

— Tu peux me donner la deuxième à partir de la droite ?

Carl était debout sur l'échelle devant le sapin, une chignole à la main. Gisela se retourna. Vingt branches de pin étaient soigneusement alignées sur la table par ordre de taille. Elle en prit doucement une, la soutenant de la main comme s'il s'agissait d'un précieux trésor. Quelques aiguilles s'en détachèrent, dégringolèrent entre ses doigts et atterrirent sur le tapis élimé.

— Celle-là, papa ?

— Fais voir !

Il attrapa prudemment la branche et la posa près du petit trou qu'il venait de percer dans le tronc déplumé.

— Oui, c'est parfait, murmura-t-il. Et maintenant, la colle à bois.

Anna ouvrit la porte du salon et demanda :

— Vous n'avez toujours pas fini ? Il est déjà midi ! Il faut laisser un peu de temps au père Noël pour venir déposer les cadeaux sous le sapin.

Gisela écarquilla les yeux et la regarda, effrayée. Anna regretta presque ses paroles. Sa fille cadette, qui croyait encore au père Noël, s'inquiétait réellement.

— Enfin, il aura encore un moment quand nous serons à l'église, ajouta-t-elle pour la rassurer.

— C'est une affaire fort délicate, intervint Carl en enfonçant dans le tronc la branche badigeonnée de colle. Gisela, monte ici et tiens la branche.

— Mon Dieu, Carl ! fit Anna. Il faut vraiment qu'elle monte sur cette échelle bancale ?

— Oui, si tu veux qu'on finisse plus vite. Et tu vas voir : quand on aura terminé, ce sera le plus magnifique arbre de Noël qu'on ait jamais eu.

Anna sourit. Lors de leur premier Noël ensemble, déjà, elle s'était étonnée de la minutie avec laquelle Carl avait déposé sur les branches les fils scintillants des guirlandes.

— Soyez prudents avec cette échelle.

Anna retourna à la cuisine, mit son tablier et sortit le saladier de pommes de terre de la réserve pour les peler. Elle repensa à la soirée de la veille à Dahlem. Tout cela lui paraissait irréel, comme si elle l'avait rêvé. Elle avait été invitée à une soirée chez Petra Berger, à une première de cinéma privée censée se dérouler en présence du Führer. Elle était presque soulagée qu'il ne soit pas venu. Et elle avait fait la connaissance d'Ilse Werner. Tout le monde avait été si gentil avec elle. Pourquoi ne parvenait-elle pas à s'en réjouir ? Anita entra dans la cuisine et demanda si elle pouvait l'aider.

— Tu pourrais sortir les cornichons du cellier et les couper en petits morceaux.

Anita s'assit près d'elle, le bocal à la main, et Anna l'aida à décoincer le large anneau de caoutchouc qui retenait le couvercle de verre. Aussitôt, l'odeur du vinaigre se répandit dans la pièce. Pour Anna, c'était le parfum de son enfance. L'énorme tension des semaines passées s'apaisa peu à peu. Elle pouvait se détendre. C'était sa vie, ici : préparer la salade de pommes de terre avec sa fille aînée pendant que Gisela et Carl décoraient le sapin au salon. Elle posa son couteau sur la table de bois et saisit la main d'Anita.

Si seulement elle pouvait arrêter le temps !

Il avait encore neigé la nuit précédente, et quand ils rentrèrent de l'église dans les rues toutes blanches de Neukölln, Anna attira l'attention des enfants sur les silhouettes qu'on distinguait à travers les fenêtres. Certains allumaient les bougies de leur sapin. Ce spectacle était doux et paisible.

— Le soir du réveillon a toujours été un de mes moments préférés, leur expliqua-t-elle. Quand j'étais petite, je trouvais l'attente presque insupportable. Vous aussi ?

Elle serra la main gantée de Gisela, et Carl lui posa tendrement un bras sur les épaules.

Peu après, elle le regarda allumer les bougies rouges de leur arbre. Le sapin de Noël éveillait toujours en lui une joie enfantine. Ils avaient déposé ensemble les cadeaux en dessous.

— C'est prêt ? demanda-t-elle.

— C'est prêt.

Ils échangèrent un coup d'œil. Anna saisit la clochette à la poignée ouvragée et sonna, puis elle ouvrit la porte du salon. En voyant ses filles, les yeux brillants, admirer le sapin féerique et les cadeaux à son pied, elle se sentit fondre. Le parfum de la résine emplissait la pièce.

— Il est magnifique, souffla-t-elle à Carl.

Adelheid entra à son tour. Anna l'avait invitée pour qu'elle ne passe pas le réveillon seule. Quand elle admira les branches régulières de l'arbre, Carl adressa un clin d'œil à Gisela. Les enfants se jetèrent sur leurs cadeaux. Gisela avait aperçu depuis la porte sa petite épicerie de bois, et Anita trouva vite le sien. Ses parents avaient économisé longtemps pour lui acheter un accordéon Hohner rouge nacré. Avec une profonde satisfaction, Anna regarda Anita mettre la lanière sur ses épaules et essayer d'en tirer les premiers sons. Elle espérait lui faire passer ainsi l'envie d'entrer aux Jeunesses hitlériennes.

— L'an prochain, tu nous joueras des airs de Noël : tu vas prendre des cours, lui dit-elle.

Anita sourit, ravie. Anna fut envahie d'une sensation de douceur. Carl et elle avaient résolu de ne rien s'offrir, préférant dépenser l'argent pour les enfants. Mais Adelheid tira de son sac un petit objet emballé dans un mouchoir.

— Ce n'est pas un cadeau, dit-elle à Anna, juste quelque chose que j'ai retrouvé et que je voulais te rendre depuis longtemps.

Anna déplia le mouchoir d'un blanc immaculé et hoqueta : il contenait la petite assiette de bois incrustée d'une fougère. Elle passa le doigt sur la fêlure du verre et déglutit. Tant de souvenirs y étaient associés. Elle serra sa tante dans ses bras, baissa les yeux et dit :

— Je file à la cuisine. Il va tout de même falloir qu'on mange.

— Je peux t'aider ? demanda Adelheid.

Anna secoua la tête et lança un regard voilé à Carl, qui jouait les clients dans la boutique de Gisela.

— Non, merci, reste donc ici et regarde les enfants s'amuser. Il n'y a plus grand-chose à faire, j'ai déjà préparé le plus gros.

Dans le couloir, elle s'adossa à la porte et serra l'assiette de bois contre sa poitrine. Ses yeux se remplirent de larmes. Le cadeau d'Erich ressurgissait de manière si inattendue ! Pourquoi provoquait-il en elle des sentiments aussi violents ? Ses pensées se bousculaient. Dans sa tête tourbillonnèrent les images de leurs rendez-vous au pont de bois et de leur cachette sur la rive, se mêlant au souvenir de leur dernière rencontre. À ce moment-là, quinze ans plus tôt, elle venait d'abandonner tout espoir de le revoir et avait choisi Carl. D'un pas lourd, elle se rendit dans la salle de bains, verrouilla la porte derrière elle et se moucha. Elle observa de nouveau la fougère.

Ses feuilles étaient toujours vertes, bien que le verre fêlé ne soit plus hermétique.

On frappa à la porte.

— Anna ? Tout va bien ? s'enquit Adelheid.

— Oui, j'arrive tout de suite.

Elle s'aspergea le visage d'eau froide, sécha devant le miroir sa peau rougie et ouvrit la porte. Sa tante, debout dans le couloir près du guéridon, la regarda d'un air soucieux et désigna l'assiette de bois :

— Si j'avais su ce que je provoquerais, je ne l'aurais pas apportée.

— Ne t'inquiète pas, Adelheid, tu n'as rien fait de mal. Viens avec moi. Tu peux aller chercher la salade de pommes de terre dans le cellier ?

Elle ouvrit la porte de la cuisine, mit son tablier et ranima le feu dans le fourneau.

— Je réchauffe vite les saucisses… Dans la famille de Carl, c'est le repas traditionnel du réveillon : petites saucisses et salade de pommes de terre. C'est dommage que ses parents ne soient pas là, mais Francfort est trop loin.

— Oui, c'est vraiment dommage, dit Adelheid. Je ne les ai vus qu'au mariage et ils m'ont paru très gentils.

— Tu te réjouis déjà de revoir mes parents, demain ?

Anna s'efforça d'entretenir la conversation pour ne pas retomber dans ses souvenirs. Le lendemain aux aurores, ils partiraient tous ensemble pour Vetschau. Elle voulait enfin passer de nouveau le jour de Noël chez ses parents. Elle se réconforta en se disant que d'ici là, elle aurait surmonté ces vieilles histoires.

— Et voilà le repas ! lança-t-elle avec une jovialité forcée.

Elle revint au salon avec les saucisses, suivie d'Adelheid qui portait la salade de pommes de terre.

— Anita, tu veux bien aller chercher la moutarde ? demanda Anna en se retournant.

Sa fille revint au bout d'un moment, le pot de grès dans une main, une petite boîte carrée dans l'autre.

— Maman, c'est quoi ? C'était sur le guéridon près du portemanteau.

— Ah, j'avais complètement oublié, répondit Anna en voulant le lui prendre.

Gisela s'approcha, curieuse.

— Oh, on peut l'ouvrir, s'il te plaît ? supplia-t-elle.

Déjà, elle ôtait le couvercle de carton et sortait de la boîte une croix gammée couverte de paillettes noires. Elle la souleva prudemment au bout de son fil vert puis la suspendit avec soin à une branche du sapin. Anita lut à voix haute l'inscription portée d'une écriture féminine et régulière sur la carte qui l'accompagnait :

— « Joyeux Noël et *Heil Hitler* de la part de Petra Berger. »

Charlotte

Richard eut une série d'entretiens avec le directeur de sa banque de Chemnitz. Il lui fallait un crédit, et un administrateur de biens versé en affaires bancaires et en assurances. N'ayant pas l'intention de prendre lui-même en main la direction de l'entreprise de Salomon, il pensait plutôt à une période limitée durant laquelle, en tant qu'actionnaire aryen, il éviterait la spoliation imminente. Comme il avait besoin de ce crédit sur-le-champ, le taux d'intérêt fut excessif. Il dut hypothéquer Feltin à la limite du raisonnable, ce qui fut pour lui une démarche douloureuse. Et il n'aurait pu réunir la somme nécessaire sans vendre de terres, mais là aussi, il avait une solution. Un exploitant du voisinage cherchait depuis longtemps à lui acheter un terrain qui jouxtait sa propriété, transaction que Richard avait toujours refusée jusque-là. Le moment était désormais venu, et le prix proposé élevé. Rigoureux et organisé comme il l'était, il accomplit chaque opération avec minutie. Durant cette période, il se montra encore moins loquace que d'habitude avec sa famille. Le transfert de l'argent posa aussi problème : à cause du blocage des devises, il fallut faire passer la somme à l'étranger en liquide, secrètement. On parlait de familles juives qui s'attachaient des liasses de billets autour de la taille pour franchir la frontière. Richard rejeta cette possibilité et chercha un intermédiaire de confiance, qui lui aussi coûta cher. La promptitude de son père laissait Charlotte pensive. Même s'il ne lui en avait rien dit, elle était presque certaine qu'il avait déjà son projet en tête le jour où ils étaient partis à Leipzig. Quand elle le questionnait, il restait vague. Avait-il acheté l'entreprise de Liebermann et ses biens immobiliers à un juste prix ? Elle ne pouvait en juger.

Ce fut Wilhelmine qui l'éclaira :

— Tu connais ton père au moins aussi bien que moi : Feltin, c'est sa vie. Tu penses qu'il aurait hypothéqué sa propriété jusqu'au cou, et même vendu des terres, s'il n'avait pas été question de sa sœur ? Toutefois, il n'a certainement pas fait de cadeau à ton oncle.

— Et que va-t-il arriver à la villa ? demanda Charlotte. Faut-il la laisser vide jusqu'au retour de Cäcilie et Salomon ?

— Autant que je sache, Richard a trouvé un locataire aisé, mais seulement pour un an.

— D'ici là, ils pourront certainement rentrer, conclut Charlotte.

Wilhelmine la dévisagea, impassible, sans une once d'espoir dans les yeux.

Charlotte fut soulagée que la villa des Liebermann ne soit pas vendue. Elle ne parvenait pas à s'imaginer son oncle et sa tante vivre autrement que dans un environnement confortable et de bon goût. Entre-temps, elle avait résilié le livret d'épargne ouvert après la vente des meubles de l'appartement de Leipzig. La somme n'était pas tout à fait aussi élevée que celle demandée par Edith. Cependant, vu les circonstances, Charlotte ne pouvait se tourner vers Richard. Elle espérait de tout son cœur que sa cousine retrouverait ses parents en Angleterre. Sur le quai numéro 4 de la gare de Chemnitz, elle remit un livre à Joachim. Le roman *Shylock unter Bauern* de Felix Nabor, relié de cuir brun, lui avait paru suffisamment anodin pour servir à transporter l'argent. Joachim prit le volume et l'observa d'un air écœuré. C'était un ouvrage de littérature populiste, un des rares que les nazis n'avaient pas interdits.

— Je pensais que ça n'éveillerait pas trop l'attention, murmura Charlotte. Je n'ai guère d'expérience en trafic.

Debout sous l'horloge de la gare, ils se dévisagèrent, embarrassés.

— Bonne chance. Peut-être qu'Edith pourrait essayer de m'écrire ?

— Il ne vaut mieux pas.

Les pupilles de Joachim s'agitaient en tous sens avec nervosité.

— Et... merci ! ajouta-t-il doucement.

Au dernier moment, alors qu'il se détournait pour monter dans le train, Charlotte se souvint :

— S'il te plaît, dis-lui que ses parents aussi vont quitter l'Allemagne !

Il écarquilla les yeux.

— Elle en sera très heureuse. Mais à l'avenir, sois plus prudente. Moins on parle de ce genre de choses, moins ça risque de tomber dans les mauvaises oreilles.

Le 23 décembre, Leutner alla chercher Ernst à la gare avec les garçons. Ses fils étaient toujours enchantés de voir leur père descendre du train en uniforme. Ils le regardèrent avec vénération et les deux plus jeunes, Klaus et Heiner, se suspendirent à ses bras tandis qu'ils se dirigeaient vers la berline.

— Tu devrais venir nous chercher à l'école comme ça, dit Felix. Pour que les autres te voient… Juste une fois !

— Pour l'instant, ce sont les vacances, objecta Ernst.

Quand ils s'arrêtèrent devant le perron, les filles descendirent les marches à leur rencontre. Ernst prit la petite Bärbel dans ses bras et l'embrassa, puis il caressa les cheveux de Therese. Charlotte, emmitouflée dans un châle de laine, fit rentrer les enfants.

— N'attrapez pas froid ! Il y a de nouveau une vilaine épidémie de grippe au village.

Ernst l'embrassa furtivement sur la joue puis sortit de petits cadeaux de la poche de son manteau : un insigne en fer-blanc pour chaque garçon, une broche ornée de l'aigle du Reich pour les filles.

— Ernst, le réveillon n'est que demain, fit Charlotte d'un ton vaguement ironique.

Pendant le dîner, Lisbeth rapporta que le père d'un camarade de classe de Felix le ramenait souvent à la maison en voiture.

— Encore ? demanda Charlotte.

— Oui, hier encore, le dernier jour d'école. Tu étais à l'écurie.

Elle reprit une tranche de pain dans la corbeille et y étala du pâté de foie.

— Maintenant que j'y pense…, ajouta Lisbeth. Curieusement, il a demandé à voir Therese. Tu sais pourquoi ?

Charlotte cessa de mastiquer et se tourna vers sa fille aînée.

— Qu'est-ce que l'*Obersturmführer* Brandt voulait de toi, hier ? demanda-t-elle. C'était bien lui, Felix, n'est-ce pas ?

Il hocha la tête.

— Oui. C'est gentil de sa part, ça m'évite de devoir toujours attendre si longtemps l'autobus.

— Ne t'en fais pas, reprit Charlotte. Mais quel rapport avec Therese ? Que te voulait-il ?

Sa fille la regarda, intimidée. Elle n'aimait pas attirer l'attention.

— Je ne sais pas trop. Il m'a posé des questions bizarres, et il voulait que je me tourne pour pouvoir regarder mon visage de côté.

Therese se mit de profil. Malgré son mauvais pressentiment, Charlotte ne laissa rien paraître de son inquiétude. Elle jeta un coup d'œil à Richard, qui secoua imperceptiblement la tête.

— S'est-il passé quelque chose en mon absence dont je devrais être informé ? demanda Ernst en les regardant tour à tour.

Charlotte secoua la tête.

— C'est sûrement sans importance.

Avant que Therese n'aille se coucher, Charlotte la fit venir dans sa chambre. Sa fille dormait encore avec un ours en peluche, qu'elle serrait à présent contre elle. Elle n'était pas très grande pour ses huit ans. Charlotte lui saisit les mains et s'assit sur le lit, puis la questionna de nouveau sur sa rencontre avec le SS.

— Il m'a demandé mon âge, dans quelle école et quelle classe je vais, quelles notes j'ai. Puis il m'a donné quelques problèmes de calcul à résoudre, mais c'était facile... et il m'a demandé si je savais déjà lire et écrire.

Charlotte lui caressa les cheveux et serra contre elle son corps mince et fragile. Où voulait-il en venir avec toutes ses questions ? Elle sentait que ça n'augurait rien de bon. Cela l'oppressait, elle avait peur pour sa fille.

— Ensuite il m'a demandé ce qui était arrivé à mon visage, si j'avais toujours été comme ça, ajouta Therese en baissant les paupières.

— Et que lui as-tu répondu ? s'enquit doucement Charlotte.

— La vérité. Il faut toujours dire la vérité, maman.

Elle releva les yeux et regarda sa mère de ses yeux marron. Les yeux de Leo.

— Tu as très bien fait, mon ange. Va dormir, maintenant, et ne t'inquiète pas. (Elle l'embrassa et lui chuchota à l'oreille :) Demain, c'est le réveillon de Noël. Ça va être merveilleux.

Therese se jeta à son cou et Charlotte déglutit péniblement pour garder contenance. Quand sa fille eut refermé la porte derrière elle, elle resta assise sur son lit et s'enfouit le visage entre les mains. Parfois, en regardant la petite dans les yeux, elle pensait à Leo. Il ne lui était jamais venu à l'idée de lui avouer qu'ils avaient un enfant, mais à présent, elle aurait aimé qu'il soit près d'elle. Comment aurait-il réagi ? Aurait-il compris son angoisse, partagé son inquiétude pour sa fille naturelle ? L'aurait-il prise dans ses bras pour la consoler ? Aurait-il entrepris quelque chose contre le furetage éhonté de Brandt ?

Au bout d'un moment, elle se leva pour aller rejoindre les autres enfants. À la porte de la chambre des garçons, elle s'arrêta et tendit l'oreille. Ernst, assis sur une chaise entre les lits, leur lisait le livre de Winnetou de Felix. En voyant Charlotte, il referma l'ouvrage et lança :

— Ça suffit pour ce soir. Demain, c'est le réveillon, vous n'aurez sûrement pas envie d'aller vous coucher très tôt.

— Papa, est-ce que tu pourras mettre ton uniforme pour aller à l'église ? demanda Felix.

Ernst fit la moue et hocha la tête.

— Il te plaît, hein ? Mais c'est mon vêtement de travail. Le ramoneur ne met pas son pantalon couvert de suie pour aller à la messe, pas plus que le meunier n'y porte sa blouse pleine de farine.

Charlotte sourit, sachant pertinemment qu'Ernst avait un uniforme de cérémonie pour les occasions de ce genre. Toutefois, elle avait souvent l'impression qu'il ne se sentait pas aussi à sa place dans la Wehrmacht qu'il l'aurait espéré. Ils allèrent ensemble dans la chambre des filles et il borda soigneusement la petite Bärbel. Quand il caressa doucement la joue de Therese, Charlotte s'étonna de ce geste plein de tendresse. Alors qu'ils redescendaient l'escalier, il la retint par le bras.

— Je vois bien que tu te fais du souci. Que t'a-t-elle raconté ? demanda-t-il.

Charlotte s'adossa à la rampe et lui rapporta le récit de Therese. Il l'écouta, l'air grave.

— Soit il pense qu'elle a du sang juif... et il faut avouer qu'à la voir, on pourrait le penser.

Charlotte évita son regard. Ils n'avaient jamais discuté ouvertement du fait qu'il n'était pas le père de Therese.

— Soit quoi ?

— Soit il croit qu'elle est handicapée mentale et il veut l'envoyer dans une institution.

— Mon Dieu !

Charlotte se plaqua une main sur la bouche. Une sueur glaciale lui dégoulina dans le dos.

— Ne t'en fais pas. Nous savons tous les deux qu'elle est parfaitement normale, elle est même remarquablement intelligente, et que son visage de travers n'est qu'un détail esthétique.

Il descendit quelques marches, puis s'arrêta de nouveau et se retourna.

— Toutefois, en ce qui concerne le premier point, Lotte, tu es la seule avec Dieu à connaître la vérité.

Charlotte prit une profonde inspiration.

— Cela ferait-il une différence pour toi ?

Il posa une main sur la rampe et tendit l'autre pour repousser une mèche du visage de sa femme. Elle recula avec humeur.

— Réponds-moi, dit-elle.

Ernst abaissa la main.

— Pour moi, non. Crois-moi, Lotte, j'aime Therese autant que je le peux, et je la défendrai. Mais la réponse à ma question est décisive pour notre stratégie. Si c'est oui, dans les circonstances actuelles, nous devrons nous mettre sur la défensive. Si c'est non, nous passons à l'attaque.

— Enfin, tu sais très bien qui est son père, répondit-elle avec brusquerie.

Elle se sentait acculée, comme s'il voulait juste l'entendre avouer que Therese n'était pas de lui.

Ernst pinça les lèvres puis, au bout d'un moment, hocha la tête.

Le lendemain soir, alors qu'ils se préparaient pour la messe, Charlotte le vit avec stupéfaction enfiler son uniforme de cérémonie.

— Je croyais que tu préférais te mettre en civil quand tu n'es pas de service ?

— C'est vrai. Aujourd'hui, je fais une exception.

Son expression ne trahissait rien de ses intentions. Une fois dans la petite église, il s'assura d'être assis entre Charlotte et Therese sur un des bancs de devant, réservés à la famille Feltin. Il se penchait de temps en temps vers la fillette pour lui chuchoter quelque chose à l'oreille. Bärbel était sur les genoux de Charlotte, mais les garçons regardaient Therese d'un air jaloux. Ernst ne l'avait encore jamais privilégiée. Père et fille chantèrent les cantiques de Noël avec ferveur. La basse profonde d'Ernst et la claire voix de Therese résonnaient avec une telle ardeur dans la nef que plusieurs fidèles paroissiens tendirent le cou vers eux. Quand on éteignit les lampes électriques et que l'église ne fut plus éclairée que par la lueur chaude des bougies, le soprano enfantin de Therese sembla se détacher encore plus nettement du reste des voix. Charlotte se pencha un peu vers l'avant pour la regarder. Comme elle chantait juste !

L'orgue annonça la fin de la messe et l'assistance se dirigea vers la sortie en empruntant l'allée centrale ; Ernst prit Therese par la main et l'entraîna vers l'extérieur en passant par le couloir latéral. Ils furent les premiers dehors, où ils attendirent.

— Le voilà ! chuchota-t-elle peu après en désignant un homme en uniforme noir.

Ernst fit un pas en avant.

— *Heil Hitler !* lança-t-il d'une voix forte.

Il tendit le bras droit quand Brandt vint vers lui et s'enquit :

— *Obersturmführer* Brandt ?

— Lui-même. *Heil Hitler,* répondit le petit homme en affichant une mine suffisante. Et vous êtes... ?

Il scruta Ernst. Ses yeux survolèrent son uniforme et s'arrêtèrent un instant sur les deux barrettes fixées à son épaule, qui révélaient son grade. En quelques secondes, il dévisagea le père et la fille, et sembla en tirer sa conclusion.

— Lieutenant Trotha, fit Ernst.

— Je suis enchanté de faire enfin votre connaissance, déclara Brandt d'une voix nasillarde. Votre Felix use ses fonds de culotte sur le même banc que mon fils.

Il désigna le gamin maigrelet qui venait de sortir de l'église avec sa mère. Ernst, au lieu de s'y intéresser, reprit :

— Vous connaissez aussi Therese, ma fille aînée.

Il la souleva, mettant son visage à hauteur du sien.

— En effet, je connais cette demoiselle.

Ernst la reposa et lui dit à voix basse :

— Allez, va rejoindre ta mère.

Puis il saisit Brandt par le bras et le poussa à l'écart.

— Monsieur Brandt… On m'a informé que vous aviez demandé à voir Therese et lui aviez posé quelques questions très personnelles, dans notre propriété.

Les yeux de Brandt s'étrécirent. Ernst s'approcha au point que son menton frôla le front de Brandt, qu'il dépassait de presque une tête.

— J'aimerais mettre une chose au clair pour l'avenir : si vous avez des questions sur ma fille, vous me les posez à moi et à personne d'autre. Est-ce que nous nous comprenons ?

Brandt le dévisagea.

— Si on me rapporte encore une fois que vous l'incommodez, cela aura de graves conséquences. Et je ne peux croire que votre épouse aimerait apprendre les tendances malsaines de son mari…

Ernst avait réussi à prendre Brandt de court en jetant une tout autre lumière sur sa rencontre avec Therese.

— Je voulais juste m'assurer que…, balbutia Brandt avant de se taire.

Puis il se reprit, redressa la tête et demanda avec insolence :

— Vous êtes certain qu'elle est bien votre fille ?

Ernst le regarda droit dans les yeux.

— Aussi sûr qu'un et un font deux. Et maintenant, ne laissons pas nos familles nous attendre plus longtemps, et fêtons Noël. Je suis certain que nous nous sommes compris… *Obersturmführer* Brandt.

Il lui donna un coup de poing amical dans la poitrine et tendit le bras droit en un salut hitlérien que Brandt fut forcé de lui rendre. Enfin, Ernst tourna les talons et se dirigea vers Mme Brandt pour lui dire, après une courbette polie :

— Je suis ravi de faire votre connaissance, madame Brandt. Votre mari m'a tellement parlé de vous. Permettez-moi de me présenter : Ernst Trotha. J'espère qu'à l'avenir, nous nous verrons plus souvent.

Il tourna la tête pour voir l'expression de Brandt qui le fixait, les lèvres pincées. Charlotte observait la scène à prudente distance.

— Que lui as-tu raconté ? demanda-t-elle quand ils reprirent le chemin de Feltin.

Le ciel était étoilé, le clair de lune faisait reluire les champs enneigés d'un reflet mystérieux. Pour la première fois, Ernst lui passa le bras sur les épaules en public.

— Sois certaine qu'il n'importunera plus Therese, dit-il à voix basse pour que les enfants ne l'entendent pas. Il faudrait peut-être juste que tu invites une fois Mme Brandt à prendre le café.

Tard ce soir-là, ils montèrent ensemble dans leur chambre. Charlotte se déshabilla vite et se coula sans chemise de nuit sous la couette. Quand Ernst la rejoignit, elle se blottit contre lui et mit la tête sur sa poitrine, écouta sa respiration, le battement régulier de son cœur. Ils gardèrent le silence. Elle caressa son haut de pyjama, glissa la main dessous pour la poser sur sa peau chaude, défit les boutons un à un. Il lui effleura le dos avec hésitation puis ramena ses paumes vers l'avant et lui caressa les seins. Pour la première fois depuis longtemps, le corps de Charlotte s'éveilla. Des années durant, la honte et la culpabilité l'avaient changée en un bloc de glace, et elle avait supporté sans broncher le devoir conjugal. Cette nuit-là, tout était différent. Sous ses mains caressantes, elle se sentit de nouveau désirée. Elle crut percevoir l'amour qu'il lui portait, et son corps se colla au sien avec passion quand il s'allongea sur elle. Elle lui ôta son pantalon puis s'agrippa à son dos lorsqu'il la pénétra. Elle voulait que cela dure longtemps, pas comme à chaque fois, quand elle comptait les secondes jusqu'à ce qu'il en termine enfin. Elle fut de nouveau comblée, submergée par une sensation d'eau perlée courant sur tout son corps. L'espace d'un instant, elle crut désormais pouvoir aimer Ernst.

Deux semaines après Noël, Richard reçut une carte postale de Cäcilie depuis Klosters, en Suisse. Il la donna à lire à Charlotte.

Pensées affectueuses de nos vacances d'hiver. Nos bagages sont bien arrivés. Nous n'attendons plus que le beau temps pour partir en randonnée. C & S.

— Je ne savais pas qu'ils aimaient la randonnée, dit-elle en observant la photo du village alpin enneigé.

— Ils n'aiment pas ça. Cela signifie qu'ils sont arrivés en Suisse sans encombre, qu'ils ont bien reçu l'argent, et qu'ils attendent leurs visas pour les États-Unis d'Amérique, expliqua Richard comme s'il avait appris son texte par cœur.

Charlotte fut soulagée mais s'inquiéta pour Edith, dont elle n'avait aucune nouvelle. Si seulement elle était partie en Suisse aussi ! Elle aurait tant aimé savoir Cäcilie, Salomon et Edith réunis et en sécurité.

— C'est malheureux qu'ils ne puissent pas emmener Edith aux États-Unis, intervint Lisbeth. Ça va leur briser le cœur.

— On verra bien ! fit Richard, l'air d'en savoir plus qu'il n'en disait.

Anna

Anna était pressée : aujourd'hui, c'était son tour de préparer le déjeuner avant le retour des enfants de l'école. Son filet à provisions à la main, elle s'engagea dans l'escalier. Les rationnements avaient été mis en place quelques jours plus tôt. Elle était allée chercher leurs tickets dès le lundi, et s'était disputée avec Carl à propos du système d'attribution alambiqué. Il le défendait avec véhémence, soutenant que cela assurait un approvisionnement optimal en ces temps de crise. Quelle crise, avait rétorqué Anna, puisque le NSDAP ne cesse de promettre au peuple allemand « travail, liberté et pain » ? Ces derniers temps, elle se disputait souvent avec Carl, qui s'identifiait de façon de plus en plus obsessionnelle à l'idéologie du parti. Parfois, elle avait l'impression de côtoyer un inconnu.

À peine avait-elle franchi trois marches que la porte de l'appartement des concierges s'ouvrit. Comme toujours, Mme Kalinke avait la tête couverte de bigoudis bien ordonnés.

— Toutes mes félicitations, madame Liedke ! lança-t-elle d'une voix criarde.

Anna la dévisagea, surprise. Anita avait-elle été récompensée à l'école ? La concierge ne l'aurait pourtant pas appris avant elle. Mme Kalinke s'approcha et Anna perçut l'odeur de sa laque faite maison, dont elle lui avait déjà confié plusieurs fois la recette : « Une tasse d'eau, une cuillère à café de sucre, un trait de bière, et votre coiffure tiendra au moins quinze jours, croyez-moi. »

À présent, ses yeux ronds la scrutaient avec une expression presque servile.

— Votre mari s'y prend bien, c'est comme ça qu'on avance, au parti. Et vous pouvez compter sur moi si vous voulez savoir quoi que ce soit.

Comme Anna la dévisageait sans comprendre, la concierge désigna le tableau noir de l'entrée. Elle se retrouva nez à nez avec l'aigle blanc du Reich. Depuis deux ans, le hall de chaque immeuble était équipé d'un tel tableau. On y lisait, en lettres rouge vif :

CECI EST UN MESSAGE DU NSDAP
Camarades !
S'il vous faut un conseil ou de l'aide,
Adressez-vous au NSDAP

En dessous, figuraient le nom et les horaires de permanence du surveillant du bloc, et les annonces aux habitants. Anna se pencha. Quelqu'un avait effacé le nom de l'ancien surveillant et en avait inscrit un nouveau à la place, à la craie blanche. Mme Kalinke lut à haute et intelligible voix :

— Surveillant de bloc du NSDAP : Carl Liedke. Heures de permanence : lundi et jeudi de 19 à 20 heures.

Anna sentit le sol vaciller sous ses pieds. Carl ne lui avait pas dit qu'il remplacerait Bohne, le surveillant du n° 16 détesté de tous. Désormais, c'était donc à son mari de veiller à ce qu'une soixantaine de foyers affichent la bonne orientation politique.

Bohne, un type insignifiant, avait abusé de son pouvoir, et tout le monde s'efforçait d'éviter de les croiser, lui ou sa femme. Ce serait leur tour à présent, à elle et Carl, d'être surnommés en cachette « terriers d'escalier » ou « mouchards ».

— Votre mari occupe un poste très important, madame Liedke, fit Mme Kalinke. Vous pouvez être fière de lui.

— Oui, c'est merveilleux, madame Kalinke, conclut Anna en se détournant. Il n'aurait rien pu nous arriver de mieux.

L'air extasié, la concierge regarda Anna monter les marches. Une fois à la porte de son appartement, celle-ci entendit un cliquètement de fer-blanc. Un homme, agenouillé le dos vers elle sur les marches menant au quatrième étage, frottait le linoléum. Normalement, le ménage de l'escalier était le travail de Mme Kalinke.

— Bonjour ! dit-elle.

L'homme sursauta et se retourna. Il lâcha aussitôt sa brosse, tendit le bras et lança :

— *Heil Hitler !*

Anna le reconnut : c'était l'ancien primeur du coin de la rue. Elle venait d'acheter des pommes de terre chez son successeur. Soudain, elle eut mauvaise conscience. Pourquoi n'avait-elle jamais cherché à savoir ce qu'il était devenu ? Elle regarda l'homme tout voûté et lut de la résignation, et même de la peur, dans ses yeux sombres.

— Monsieur Grün ! Je ne savais pas…

Elle n'acheva pas sa phrase.

Il se redressa péniblement.

— C'est le seul travail que j'ai trouvé.

Il souleva le seau et le porta à l'autre bout du palier.

— J'ai fini l'étage supérieur. J'ai tout lavé, à part les marches qui mènent à la mansarde. Ça, je ne suis pas censé y toucher… (Il baissa la voix.)… parce que ce sont les Eppstein qui y habitent.

Comme Anna ne réagissait pas, il désigna le linoléum.

— Ça ira, comme ça ?

Pour la première fois depuis qu'elle vivait ici, elle vit le bleu clair d'origine du revêtement du sol.

— N'hésitez pas à vérifier. J'ai vraiment frotté aussi dur que j'ai pu.

Il considérait visiblement Anna comme une personne digne de respect. Des pas retentirent plus bas et Mme Kalinke surgit, haletante. Rien ne lui échappait dans l'immeuble.

— Ah, madame Liedke, ne vous laissez pas entraîner dans une conversation avec celui-là. Il cherche vraiment toutes les occasions de tirer au flanc. C'est bien un Juif.

Mme Kalinke la regarda, l'air d'attendre son approbation. Anna toussota.

— Ce n'est pas vous qui êtes payée pour faire le ménage ? s'enquit-elle.

La concierge prit une profonde inspiration et rougit.

— Je le surveille et je m'assure que tout se passe bien. Pourquoi est-ce que je devrais continuer à me salir les mains ? Il peut s'estimer heureux d'être autorisé à travailler dans une maison comme la nôtre.

Les mains sur les hanches, elle inspecta les marches supérieures et désigna une unique tache sombre.

— Là ! Ce n'est pas propre. Est-ce que tu connais même le sens du mot « propre » ?

Grün se pencha vers la tache.

— Ça ne part pas, j'ai tout essayé ! C'est du goudron. Il me faudrait de la térébenthine.

— De la térébenthine ? Où veux-tu que je trouve ça ? Frotte plus dur, c'est tout, même si ça te prend une heure ! Pourquoi tu crois que tu es là ? aboya la Kalinke.

Elle se tourna vers Anna, reprenant aussitôt son nouvel air soumis.

— Mais si vous ne voulez pas que j'emploie un Juif, madame Liedke, je le mets à la porte sur-le-champ, dit-elle avec l'air d'épier une proie.

Anna hésita puis conclut :

— Non, c'est bien, madame Kalinke. (Elle enfonça la clé dans la serrure.) Il faut vraiment que j'aille préparer le repas. Les enfants vont rentrer de l'école.

Elle referma la porte derrière elle et s'y adossa, le cœur battant la chamade. Dans quoi venait-elle d'être embarquée ? Il fallait qu'elle parle à Carl. Il pouvait sûrement démissionner.

— Il y a quelqu'un ? lança-t-elle.

— On est là ! firent les voix familières depuis l'atelier.

Elle savait bien sûr qu'Emma, Dora, Ida et Adelheid seraient à leur place, comme tous les jours de la semaine, mais elle avait gardé l'habitude de poser cette question en rentrant.

Anna posa son filet à provisions sur la toile cirée de la cuisine et rangea les cartes de rationnement colorées dans un tiroir qu'elle ferma à clé. Elle soupira. Elle allait devoir gérer les tickets de tous ceux qui mangeaient chez elle, et ça lui compliquerait la vie. Qu'allait-il encore advenir ? Elle continuait à fournir le KaDeWe. Les vêtements allaient-ils eux aussi être rationnés ? Anna passa son tablier et commença à brosser les pommes de terre. Soudain, elle entendit une exclamation, puis des pas précipités dans le couloir. Ida surgit à la porte et chuchota, les yeux écarquillés :

— Vite, viens écouter ça ! Le Führer parle au Reichstag. Il s'est passé quelque chose...

Anna la suivit. Les femmes s'étaient regroupées devant le poste de radio ; Emma monta encore le son. Anna s'approcha d'un pas lent. La voix nasillarde d'Hitler résonnait à travers la pièce. Il parla des conditions de vie intolérables subies par le peuple allemand à cause du Traité de Versailles, précisant qu'il avait tenté d'innombrables fois de les modifier par des suggestions pacifiques que la Pologne avait toujours refusées. Il affirma que la Pologne combattait depuis des mois la ville libre de Dantzig, dont la minorité allemande était privée de ses droits et maltraitée...

On sonna à la porte et Ida alla ouvrir à la hâte. La radio reposait sur une étagère que Carl avait fixée au mur à hauteur de tête. La voix assourdissante d'Adolf Hitler semblait faire vibrer le boîtier marron. Les têtes des enfants apparurent par l'entrebâillement de la porte. Emma posa un doigt sur ses lèvres et désigna le poste. Une atmosphère étrange régnait, comme si tous se doutaient qu'une chose terrifiante se préparait. La voix qui sortait du haut-parleur affirma que la Wehrmacht n'avait pas l'intention de combattre les femmes et les enfants ; les adultes de la pièce s'entre-regardèrent, le visage figé. Hitler ajouta qu'il voulait que la Luftwaffe s'en tienne à des objectifs militaires, mais que la Pologne ne devait pas pour autant s'imaginer avoir carte blanche.

— On mange quoi ? s'enquit Gisela.

— Chuuut, fit Matthias en dressant les sourcils d'un air éloquent. Le Führer parle !

Puis jaillirent de l'appareil des mots lourds de sens qui allaient bouleverser leur vie pour toujours.

— Pour la première fois cette nuit, la Pologne a fait tirer des soldats réguliers sur notre territoire. Depuis 5 h 45, nous ripostons !

— Non ! s'écrièrent Anna et Emma.

Dora et Ida s'agrippèrent l'une à l'autre, Adelheid s'enfouit le visage entre les mains.

— Qu'est-ce qu'il y a, maman ? lança Regina.

Gisela dévisagea les cinq femmes au comportement si bizarre et comprit qu'il venait de se passer quelque chose de terrible – mais quoi ?

Les menaces d'Hitler pleuvaient comme des grêlons.

— Désormais, une bombe répondra à chaque bombe ! Quiconque nous empoisonne sera combattu par des gaz toxiques. Quiconque refuse les règles d'une guerre humaine ne peut attendre de notre part autre chose qu'une riposte équivalente...

Emma, pâle comme un linge, se tourna vers les enfants et déclara d'une voix faible :

— C'est la guerre... Les enfants, nous sommes en guerre.

Ils la regardèrent, incrédules, incapables de comprendre ce que ses paroles signifiaient pour eux. Quand les « *Sieg Heil* » assourdissants des députés du Reichstag firent trembler le poste de radio, Emma l'éteignit.

— Il faut que je mette les pommes de terre à cuire, dit Anna.

C'était le 1er septembre 1939. Serrés à la table de la cuisine, les cinq femmes et les quatre enfants mangeaient des pommes de terre à la crème dans un silence inhabituel. Anna vit qu'Emma gardait les yeux fixés sur son fils. Matthias avait dix-huit ans et serait bientôt incorporé.

Anita fut la première à prendre la parole.

— Est-ce que papa va devoir partir à la guerre ?

— Qu'est-ce que tu crois ? fit Matthias. Et moi, je vais me porter volontaire aussi.

— Je te l'interdis ! Tu ne vas rien faire du tout ! le rabroua Emma.

Elle piqua une pomme de terre et commença à la peler.

— Pour l'instant, le mieux est de ne rien changer à nos habitudes, intervint Anna.

Ida écrasa une pomme de terre, la nappa de crème, puis leva la tête et demanda :

— Et pour notre travail, que va-t-il se passer ?

— J'irai au KaDeWe demain voir avec Ella si elle peut nous passer de nouvelles commandes. Et Carl saura sûrement si le tissu et les vêtements seront rationnés. Je suppose que ce sera le cas, répondit Anna.

Matthias avait avalé deux portions à la hâte. Il posa les mains sur la table et bondit sans prévenir par-dessus les genoux de sa sœur pour s'extirper de son recoin. Regina lui balança un coup de poing dans le bras, qu'il ignora.

— Pourquoi vous ne cousez pas plutôt des uniformes ? lança-t-il. Ce serait enfin quelque chose d'utile, au lieu de vos trucs de bonnes femmes.

Anna regarda Emma, attendant qu'elle réagisse.

— Et tes manières ? fit seulement celle-ci, comme chaque jour quand son fils sautait par-dessus les jambes des autres.

Matthias l'embrassa sur la joue.

— Il faut que j'y aille, maman. On part à 15 heures au camp des Jeunesses.

Anna se demandait depuis un moment pourquoi il était si nerveux. On aurait dit que la nouvelle de la déclaration de guerre impliquait pour lui non pas une menace, mais une aventure qu'il attendait depuis longtemps.

— Aujourd'hui, malgré le début de la guerre ? fit-elle.

— Bien sûr, justement aujourd'hui ! Ça fait trop longtemps que nous jouons à la guerre, il faut passer aux choses sérieuses…

Ses yeux brillaient de ferveur. Il ressemblait au jeune garçon des affiches de propagande des Jeunesses hitlériennes, pensa Anna. Un mètre quatre-vingts, blond aux yeux bleus, galvanisé par les idées nazies.

— N'oublie pas d'emporter des sous-vêtements de rechange, mon garçon. Et fais attention à toi, lui dit Emma.

— *Die Fahne hoch ! Die Reihen fest geschlossen !* Hissez le drapeau ! Serrez les rangs…, chantonna-t-il.

La porte de l'appartement claqua derrière lui. Les yeux d'Emma étaient emplis de fierté.

— La dernière fois, il est rentré avec une oreille à moitié arrachée et un orteil cassé, mais au moins, ça fait d'eux de vrais hommes et pas des mauviettes, dit-elle.

Anna ravala sa réponse. Emma n'avait rien trouvé à redire quand son fils s'était empressé d'entrer aux Jeunesses hitlériennes bien avant que cela devienne obligatoire pour tous les adolescents. Qu'il chante si souvent la *Horst-Wessel-Lied*, connaisse par cœur le programme du parti national-socialiste et ait le bras droit beaucoup plus musclé que le gauche à force de faire le salut hitlérien, rien de tout cela ne semblait la déranger.

— Il a de la chance ! pesta Anita en repoussant son assiette, déçue. Si j'avais seulement un mois de plus, je pourrais y aller aussi, mais à treize ans, je suis encore chez ces stupides gamines...

— Il ne manquerait plus que ça ! répliqua Anna en ramassant les assiettes.

Regina se mit soudain à glousser et donna un coup de coude à Gisela.

— Vous avez embêté qui, vous deux, aujourd'hui ? fit Anna d'un ton rude. Encore cette pauvre Sara ?

— Ça fait longtemps qu'elle n'est plus dans notre école ! répliqua Regina d'un ton triomphant.

Les gamines pouffèrent de plus belle.

Anna balança la pile de vaisselle dans l'évier en grès, faisant éclater l'assiette du dessous, et appuya les mains sur ses oreilles. Regina et Gisela se turent.

— Qu'est-ce qui t'arrive, tu ne te sens pas bien ? demanda Ida en se levant.

Elle poussa doucement Anna de côté et lui dit :

— Laisse-moi faire. Assieds-toi donc et repose-toi un peu.

Puis elle commença à ramasser les éclats de porcelaine.

Charlotte

Felix se réjouissait d'accompagner Richard. Il aurait certes préféré s'asseoir près de Leutner pour mieux profiter du paysage, mais cela aurait été impoli vis-à-vis de son grand-père. Ils eurent donc le temps de discuter sur la route de Lichtenwalde.

— Alors, l'école, Felix ? Tes examens se sont bien passés, n'est-ce pas ? demanda Richard.

— Oui, ça aurait pu être pire. Mais je préfère les vacances.

— Je m'en doute ! répondit Richard en éclatant de rire. Tu es un homme qui compte, maintenant, à la propriété.

Felix rougit de fierté. Son grand-père, les mains sur sa canne, regardait droit devant lui. Il a l'air sincère, pensa le jeune garçon.

— Je vais acheter quatre bœufs, Felix.

— Je sais, grand-père.

— Bien, mais sais-tu pourquoi ?

Felix secoua la tête.

— Parce qu'ils vont nous enlever les chevaux.

— Tous ? demanda Felix en déglutissant.

Il n'avait pas encore pris conscience que son hongre Yago serait lui aussi confisqué pour être envoyé à la guerre.

— Oui, tous ceux de plus de trois ans.

Richard se tourna vers son petit-fils :

— Il ne faut pas trop s'attacher aux bêtes, mon garçon.

Felix étouffa sa peine en s'efforçant de penser à autre chose. Il baissa la vitre, inspira l'odeur du diesel, observa les peupliers qui bordaient la route ; leurs feuilles agitées par le vent scintillaient à la lumière du soleil. Voilà ce qu'on leur avait appris, aux Jeunesses hitlériennes. Tout était question de volonté. Quiconque pleurait était humilié publiquement et devenait la risée de tous. Leur éducation était fondée sur la dureté et la brutalité.

— Ça s'est passé comme ça lors de la dernière guerre et ce sera la même chose maintenant, pas vrai, Leutner ? Nous l'avons déja vécu ! J'aurais dû acheter les bœufs il y a six mois. Tout ça était prévisible.

Il chercha le regard de Leutner dans le rétroviseur.

— Vous n'avez rien à vous reprocher, monsieur Feltin, approuva celui-ci. Je ne crois pas que les prix aient grimpé.

Ils franchirent le portail d'une ferme et la voiture cahota sur les pavés en direction d'un long bâtiment gris.

— Et sais-tu qui rentrera les bœufs, Felix ? demanda Richard.

— Moi, grand-père.

Charlotte entra dans la cour et arrêta sa jument. Elle mit pied à terre, défit les sangles de la bride et guida l'animal jusqu'à l'abreuvoir. Depuis aussi longtemps qu'elle s'en souvienne, l'auge octogonale de grès où s'abreuvait le bétail constituait le cœur de la ferme. Felix passa près d'elle avec deux bœufs. Quand elle était partie, deux heures plus tôt, il faisait déjà tourner les bêtes brunes autour de l'abreuvoir. C'était des animaux puissants à l'air très doux, que son père avait achetés à Lichtenwalde. Alors que sa jument baissait la tête pour boire, Charlotte posa la joue contre son cou trempé de sueur. Elle aurait beaucoup donné pour pouvoir la garder. L'idée d'envoyer son cheval préféré servir de chair à canon lui fendait le cœur. Ils allaient bientôt venir la chercher, et quiconque cachait des bêtes encourait des peines draconiennes.

— Tu es toujours avec ces deux-là ! Ils ont des noms, au fait ? lança-t-elle à son fils. Dommage que tu ne sois pas venu monter avec moi, Felix ! Nous n'en aurons plus beaucoup l'occasion.

— Ce sont les deux autres, pas ceux de tout à l'heure, répliqua-t-il. Et ils n'auront pas de nom.

— Pourquoi pas ? reprit Charlotte en essuyant la sueur du cheval de sa veste en tweed.

— Parce qu'ils n'en auront pas !

— Ce n'est pas une explication, c'est une répétition.

Elle examina les bœufs et proposa :

— Celui de droite pourrait s'appeler Hannes et celui de gauche Xaver.

Elle éclata de rire quand les deux bêtes s'arrêtèrent d'un coup, signifiant à Felix qu'elles en avaient assez. Il regarda sa mère et tendit les bras, résigné. En voyant son fils aîné ainsi, elle repensa à l'époque où elle avait elle-même mené les bœufs, une corvée éreintante dans les champs boueux. Elle était alors à peine plus âgée que Felix. Charlotte refusait toujours d'admettre que ces temps difficiles étaient de retour. Ernst insinuait depuis des mois que la Wehrmacht se préparait à la guerre. Elle n'avait pas voulu l'entendre. Il lui avait aussi expliqué qu'en réalité, c'était les Allemands qui avaient agressé la Pologne. Un miracle qu'il lui en parle si ouvertement. Depuis la fameuse nuit de Noël, deux ans plus tôt, il était comme transformé. Jamais elle ne l'avait connu aussi accessible, et elle devait même admettre qu'il lui manquait depuis qu'il était au front. Chaque jour, elle espérait une lettre de lui.

— Fais encore un tour avec eux, pour qu'ils ne croient pas pouvoir décider eux-mêmes du moment de s'arrêter, puis donne-leur à boire, dit-elle. N'oublie jamais la récompense, Felix.

Sans répondre, il ramassa une cravache par terre. Charlotte s'étonna de le voir lever le bras aussi haut. D'ordinaire, il suffisait de tapoter les bêtes. C'est alors que Felix fouetta violemment le flanc d'un des bœufs. Un claquement retentit. Charlotte laissa échapper un cri. L'animal poussa un long meuglement de douleur, la jument se cabra en hennissant, et elle la retint à grand-peine par les rênes. Une fois sa monture apaisée, elle vit la profonde entaille à l'aine du bœuf.

— Felix ! s'exclama-t-elle, effarée. Qu'as-tu fait là ?

Elle lâcha sa jument, s'approcha des bœufs et caressa le dos de l'animal tremblant en observant la blessure. Le sang coulait sur le pelage et gouttait sur les pavés.

— Tu es devenu fou ? Faire aussi mal à cette pauvre bête ? Qu'est-ce qui t'a pris ?

Elle se retourna vers son fils, furieuse, presque sur le point de le gifler. Elle se rendit compte alors de son état. Jamais elle ne l'avait vu comme cela : le visage empourpré, il pinçait les lèvres, et son nez fin dégoulinait. Il semblait retenir son souffle. À tout juste quinze ans, il avait encore l'air d'un enfant. Extérieurement, on ne remarquait rien de sa puberté naissante. Que lui arrivait-il ?

— Felix, pourquoi as-tu fait ça ? Ce n'est pas du tout ton genre !

Elle s'approcha doucement de lui, mais il recula. La cravache lui glissa des doigts. Charlotte remarqua sa poitrine s'élever et s'abaisser. Son fils essayait d'étouffer des sanglots.

— Viens ici, Felix ! dit-elle avec douceur.

Cette fois, il ne bougea pas quand elle vint vers lui. Elle l'enlaça prudemment et appuya la tête de son fils contre sa poitrine en lui caressant les cheveux. Enfin, il parvint à pleurer, secoué par de violents sanglots.

— Il ne faut pas… s'attacher… aux animaux. Un homme… ça doit être dur, balbutia-t-il.

— Ça va aller, calme-toi. C'est à cause de Yago, c'est ça ? s'enquit Charlotte à voix basse.

Felix hocha la tête.

— Nous devons tous faire des sacrifices. Je sais moi-même à quel point c'est douloureux. Ils vont aussi prendre ma Jorinde…

Felix fondit de nouveau en larmes. Elle s'écarta et le tint par les épaules.

— Promets-moi de ne plus jamais faire de mal délibérément à un être vivant, Felix. C'est comme ça que nous t'avons élevé : ici, nous respectons les bêtes et les gens !

Felix baissa les yeux. Il s'approcha du bœuf blessé et lui passa les bras autour du cou. L'animal, ne semblant pas reconnaître son tortionnaire, resta calme.

— Pardonne-moi, marmonna-t-il, la voix noyée de larmes.

Charlotte observait son fils tout en se mordillant un ongle. Felix avait toujours été doux avec les bêtes. Jamais il ne s'était montré irascible ou cruel envers elles, à l'inverse de certains valets de ferme, qu'on renvoyait alors sur-le-champ. La perte imminente de son cheval n'expliquait pas à elle seule son comportement. Depuis qu'il avait été enrôlé de force par les Jeunesses hitlériennes, Felix avait changé. Il n'en parlait pas beaucoup, pourtant elle voyait bien qu'il allait aux réunions à contrecœur. Il avait prétexté des maux de gorge pour ne pas participer au dernier camp, et elle regrettait de ne pas l'avoir pris assez au sérieux. Quelque chose n'allait pas.

Je vous en prie, laissez-moi mon mari et mes fils, n'en faites pas des brutes sans cœur ! pensa-t-elle en une prière muette. Elle se tourna vers la maison. Le bâtiment massif aux nombreuses fenêtres, le lierre qui couvrait une partie de la façade, les nids d'hirondelles sous l'avancée du toit, tout paraissait paisible, comme si aucun danger ne menacerait jamais ses murs épais. Feltin serait-il un abri sûr face à cette nouvelle guerre ? La porte s'ouvrit et sa mère descendit les marches du perron en tenant sa plus jeune petite-fille par la main. Bärbel, âgée de six ans, portait une robe-tablier fleurie et un foulard jaune sur ses cheveux blonds. Une fois par jour, son petit panier au bras, elle allait ramasser les œufs. Juste avant qu'elles n'arrivent à l'abreuvoir, Charlotte murmura à Felix :

— Emmène les bœufs à l'étable et demande au garçon d'écurie de la pommade pour la blessure avant que quelqu'un la voie.

Anna

Anna voulait flâner une dernière fois au rayon alimentation du sixième étage du KaDeWe, s'assurer que ce paradis d'opulence existait encore. Elle s'arrêta un instant, impressionnée, à l'entrée de l'immense halle carrelée en damier noir et blanc, ferma les yeux et laissa les odeurs exquises l'envahir. Le fumet épicé du jambon cru dominait. Juste au-dessus de sa tête, d'innombrables cuisses de porc fumées et séchées venues de Forêt noire, d'Italie et d'Espagne pendaient à des crochets. Elle observa avec nostalgie les larges allées, véritables rues marchandes issues d'un monde imaginaire où la paix et l'abondance régnaient éternellement. Des deux côtés, des vitrines pleines à craquer de pyramides de pâtés, charcuterie, jambons et saucissons. Au milieu, un cochon de lait rôti avec une orange dans la gueule. À l'autre bout, sur des montagnes de glace, des poissons nobles entiers, des calamars et des monstres marins à la gueule béante, du saumon fumé et des anguilles, des filets d'aiguillat fumés, des boîtes de caviar dorées aux inscriptions en caractères cyrilliques. À perte de vue, des tentations grasses, juteuses et prêtes à consommer. Derrière chaque comptoir, une armada de vendeuses et de vendeurs tirés à quatre épingles dans leurs tabliers rayés noir et blanc, prêts à emballer quelques-uns de ces délices. Anna se crut catapultée dans le livre de contes qu'elle lisait jadis à Gisela et Anita. Le pays de Cocagne, le vrai, se trouvait ici. Mais l'opulence était trompeuse. Elle aurait tant voulu se persuader que rien de tout cela ne changerait, qu'ils n'étaient pas menacés par de nouvelles années de misère et de faim. Carl affirmait que le Führer les protégerait et qu'aucun Allemand, homme, femme ou enfant, ne souffrirait de la faim. Ils remporteraient victoire sur victoire et conquerraient un nouvel espace vital pour le peuple allemand. Carl avait l'air de croire aux promesses d'Hitler, comme tant d'autres. Anna se pencha vers d'appétissants petits pâtés et boudins que son mari aimait tant. Elle compara mentalement les prix avec ceux de leur boucherie de la Zwiestädter Straße, hésitant à dépenser ici quelques-uns de leurs tickets de viande.

— Puis-je vous renseigner, chère madame ? dit une voix masculine dans son dos.

Anna fit volte-face.

— Emil ! s'écria-t-elle.

Elle faillit sauter au cou de l'homme en costume gris. Comme il avait fière allure avec sa chemise d'un blanc immaculé, sa cravate sombre, ses cheveux bien coupés qui avantageaient son visage aux contours devenus plus virils. Il ne cachait plus son oreille manquante sous un couvre-chef ; les cicatrices avaient pâli et se remarquaient moins.

— Anna ! Quelle joie ! Ça fait une éternité que je ne t'ai pas vue. Que fais-tu ici ? Les courses ?

Il l'observa. Avec sa robe en jersey vert foncé, le spencer assorti et sa coiffure soignée, qui descendait plus bas que ses épaules, elle était presque aussi élégante que les clientes aisées du KaDeWe.

— Moi ? Oh non, je ne peux pas me le permettre.

Il sourit.

— Tu n'as pas besoin d'en dire plus. Je connais ça, tu fais du lèche-vitrines... Tu n'es pas la seule. (Il ouvrit les bras.) Regarde bien autour de toi et garde ça en mémoire. Les jours du pays de Cocagne sont comptés.

— Le pays de Cocagne... c'est exactement ça. J'ai bien peur que tu aies raison. Qui vient encore faire ses courses ici, depuis que le rationnement a été réinstauré ?

— Qu'est-ce que tu crois ? dit-il à voix basse d'un air éloquent.

— Tu es directeur du rayon charcuterie, maintenant ?

— Quelque chose comme ça, répondit Emil en souriant.

Il désigna le sac de vêtements qu'elle portait sur le bras.

— Tu veux que je te prenne ça ? Tu travailles toujours pour le rayon confection ?

Anna approuva d'un signe de tête. Ces derniers temps, elle souffrait de douleurs à l'épaule, qui empiraient quand elle portait plusieurs modèles. Emil saisit la housse de ramie et claqua des doigts. Aussitôt, un vendeur surgit de derrière le comptoir.

— Veuillez conserver soigneusement le bagage de madame pendant qu'elle fait ses achats.

— Très bien, monsieur Köstner, je m'en charge !

Le jeune homme saisit le sac et se détourna.

— Ne le suspendez pas à côté des fromages du Hartz, s'il vous plaît ! ajouta Anna.

Le vendeur se tourna de nouveau vers eux et fit une courbette :

— Certainement pas, madame !

Emil lui offrit son bras et proposa :

— Viens, je te fais visiter !

Anna l'observa du coin de l'œil. Elle était heureuse que sa blessure de guerre ait si bien guéri mais se demandait également si, comme tous les vendeurs, il n'allait pas bientôt être de nouveau incorporé.

— J'ai été réformé, indiqua-t-il comme s'il devinait ses pensées. Je suis complètement sourd de l'oreille droite.

— Ça ne se voit pas du tout, dit Anna.

Ils s'arrêtèrent devant la vitrine de bonbons et de chocolats.

— J'ai appris à lire sur les lèvres, expliqua-t-il.

Il ôta discrètement la main d'Anna de son bras. Une petite femme rondelette en robe bordeaux faisait remplir plusieurs sachets de douceurs par une vendeuse. Anna sentit Emil se raidir. Il tendit le bras droit et lança :

— *Heil Hitler !*

La cliente se tourna vers eux.

— Monsieur Köstner... *Heil Hitler !*

Elle esquissa à peine le salut hitlérien puis tendit la main à Emil. Anna examina son visage rond et rose et ses cheveux blonds peroxydés en se demandant où elle l'avait déjà vue. Elle la dépassa d'un pas nonchalant, se détourna et fit mine d'observer la marchandise.

— Madame Lehnich ! Quel plaisir ! fit Emil en esquissant un baisemain. J'espère que vous êtes satisfaite de notre offre ?

Alors, Anna se souvint : elle l'avait rencontrée à la fête de Noël de Petra Berger. C'était l'épouse du directeur de la Chambre du cinéma.

— Oui, comme toujours, monsieur Köstner. Je ne sais vraiment pas ce que je ferais sans vous et vos merveilleux délices. Je donne une soirée, et vous savez comme ces gens du cinéma sont exigeants.

— Bien entendu, répondit Emil.

Anna le regarda à la dérobée. De vendeur de charcuterie, il était passé directeur de tout le rayon alimentation ? Quelle carrière ! Elle ne s'en étonna pas. Il était intelligent, ambitieux, et son sourire éclatant débordait de sincérité. La femme du haut fonctionnaire nazi, en tout cas, semblait s'y laisser prendre.

— Et c'est à moi d'aider tout ce petit monde gâté à garder le moral. Nous luttons tous les deux « à l'arrière », n'est-ce pas, monsieur Köstner ?

Anna faillit se retourner et lui dire en face ce qu'elle pensait. Comme sa réflexion était indécente alors que des milliers d'hommes étaient envoyés au combat ! Si Emil pensait la même chose, il le cacha bien.

— Si vous avez besoin d'aide pour choisir ou pour faire porter vos achats à domicile, vous savez à qui vous adresser. Je me tiens à votre entière disposition.

Mme Lehnich hocha la tête.

— De fait, vous pourriez m'être utile. Il me faut du caviar béluga, bien frais, évidemment. Le mieux serait que vous me livriez la glace avec. Et notre réserve de champagne est presque épuisée…

Mme Lehnich venait d'apercevoir Anna et l'observait du coin de l'œil.

— Et qui est donc cette dame ? demanda-t-elle soudain en s'approchant d'elle. Nous nous connaissons, je crois ?

Anna hésita. Elle n'avait jamais recontacté Lehnich, bien qu'il lui ait fait une offre assez claire et lui ait même donné sa carte de visite. Cela aurait pu dans le meilleur des cas être considéré comme de l'impolitesse.

— Oh, pardonnez-moi, quelle négligence de ma part ! s'excusa Emil. Permettez-moi de faire les présentations : Mme Liedke, Mme Lehnich.

Anna tendit le bras droit :

— *Heil Hitler.*

Mme Lehnich hocha la tête et, comme avec Emil un instant plus tôt, ne fit qu'esquisser le salut. Elle porta une main à son front et dit :

— Aidez-moi. Où nous sommes-nous donc rencontrées ?

— Je ne m'en souviens pas, mentit Anna.

Mme Lehnich regarda soudain derrière elle ; des talons de femme claquaient sur le dallage.

— Anna ! s'exclama une voix féminine.

Elle se retourna.

— Quelle chance de te trouver là ! Tous les chefs de rayon viennent d'être convoqués chez Karg en personne, je ne peux pas te recevoir comme prévu, lui lança Ella en s'approchant d'un pas rapide.

Son tailleur gris clair et ses boucles lâches lui donnaient l'air à la fois séduisante et respectable. Elle adressa un signe de tête à Emil :

— On vous y attend aussi, monsieur Köstner, naturellement.

Ella s'arrêta devant Mme Lehnich pour la saluer, mais cette dernière l'ignora froidement et se tourna vers Anna :

— Je sais ! Je vous ai vue chez Petra Berger ! N'était-ce pas à Noël avant les Jeux olympiques ?

— Ah oui, en effet, c'est bien possible.

Mme Lehnich agita la main en l'air, comme saisie d'une subite inspiration, et claqua des doigts :

— C'est vous qui aviez créé le fameux corsage doré. Comment se fait-il qu'on n'entende plus parler de vous ?

— Monsieur Köstner, vous venez ? Nous devrions déjà être à la réunion, fit Ella avec impatience en désignant l'escalier d'un signe de tête.

Mme Lehnich était une cliente trop importante pour qu'Emil la plante là. Il voulait poliment attendre la fin de leur conversation.

— Je ne sais pas..., répondit Anna, hésitante. Je couds toujours des chemisiers, des robes... et des manteaux.

Mme Lehnich l'observa de la tête aux pieds et demanda :

— Êtes-vous mariée ?

Pourquoi veut-elle savoir ça ? songea Anna. Ça ne la regarde pas !

— Oui.

— Et votre mari est déjà au front ?

— Non, il est fonctionnaire au bureau pour l'emploi, et les hommes de son âge ne sont incorporés qu'au cas par cas.

Elle ne voulait pas avouer que jusque-là, c'était surtout grâce à sa fonction de surveillant de quartier que Carl avait échappé à l'appel des armes.

Mme Lehnich hocha la tête avec bienveillance.

— Ici aussi, nous avons encore besoin d'hommes vaillants.

— Anna, peux-tu venir une minute ? demanda Ella.

Pour une raison quelconque, elle voulait visiblement empêcher Anna de discuter avec Mme Lehnich. Mais celle-ci ne toléra pas l'interruption et vint se placer entre les deux femmes.

— Des enfants ?

— Oui, deux filles.

— Merveilleux ! s'écria Mme Lehnich. Nous en avons quatre. Jeune comme vous semblez l'être, vous pouvez certainement offrir encore quelques beaux garçons au Führer.

D'un coup d'œil plein de mépris à Ella, elle exprima tout le mal qu'elle pensait des célibataires, sans enfants. Alors seulement, Anna comprit le conflit qui se jouait entre les deux femmes. Ella était la maîtresse du secrétaire d'État Pfundtner, c'était un secret de Polichinelle. Rien d'étonnant à ce que les épouses des hauts fonctionnaires nazis la méprisent. Mme Lehnich ouvrit son sac, en sortit une enveloppe brune et la tendit à Anna avec ostentation, un sourire condescendant aux lèvres.

— Je vous en prie ! Une invitation pour vous et votre mari. Et je ne tolère aucun refus !

Anna saisit l'enveloppe et entendit son amie pousser un reniflement de mépris.

— Si vous ne venez pas, j'irai seule à cette réunion, lança Ella à Emil d'un ton mordant. Je ne peux pas laisser M. Karg attendre plus longtemps.

Emil ne bougeant pas, Ella repartit d'un pas pressé.

— Allez-y donc ! fit Mme Lehnich à l'intention du chef de rayon. Ne vous attirez pas d'ennuis à cause de moi.

Anna remercia Mme Lehnich à la hâte et courut derrière son amie, qu'elle rattrapa alors qu'elle descendait déjà l'escalier.

— Ella !

Ella s'arrêta et se tourna, l'air revêche.

— Il y a autre chose ? demanda-t-elle froidement.

— Quand pourrai-je te montrer mes nouveaux modèles ? Et il faut aussi qu'on parle du rationnement des tissus.

— Reviens demain, rétorqua Ella sur le ton qu'on emploierait pour chasser un mendiant importun.

Anna ne comprenait pas l'attitude cassante de son amie. Elle descendit encore deux marches et s'enquit :

— Qu'est-ce qu'il y a, Ella ? J'ai l'impression que tu es fâchée. Qu'est-ce que je t'ai fait ?

Au fil des ans, le joli visage d'Ella avait pris des contours un peu plus sévères, mais c'était toujours une femme séduisante. Ses yeux bruns se posèrent sur Anna, un instant emplis d'un élan de chaleur et de nostalgie. Elle se mordit les lèvres, baissa la tête vers les marches de marbre. Quand elle la releva, son regard était redevenu glacial.

— Anna, je ne sais pas comment te le dire. Tu as eu tellement d'occasions, tellement de chances à saisir, et il me semble y avoir contribué pour une part non négligeable. Pendant toutes les périodes de crise, j'ai fait en sorte que tu continues à recevoir des commandes. Je t'ai présentée à la Berger et le corsage doré a failli te rendre célèbre. Je peux encore comprendre que tu n'aies pas voulu dessiner de maillots pour les Jeux olympiques, alors que ça aurait pu devenir l'affaire de ta vie. Et j'ai aussi respecté ta décision quand tu as refusé toutes les autres invitations de Petra Berger.

— Enfin, je ne pouvais pas... Tu as bien vu ses films, cette apologie de..., bafouilla Anna.

Ella leva la main pour la faire taire.

— Stop... Je pourrais te dénoncer pour de tels propos. Mais que tu aies l'impertinence de passer de la pommade à la Lehnich au point qu'elle t'invite à sa soirée tout en m'ignorant ostensiblement... Ça dépasse vraiment les bornes.

Anna, désemparée, suivit le regard d'Ella, braqué sur l'enveloppe brune qu'elle tenait toujours à la main. Elle la brandit et la déchira en mille morceaux sans même l'avoir ouverte, éparpillant les fragments de papier sur l'escalier.

— Ella, ça ne m'intéresse pas du tout. Je n'y serais jamais allée, crois-moi.

Son amie secoua lentement la tête.

— C'est trop tard, Anna. C'est la fin de notre relation commerciale... (Elle se détourna.)... et de notre amitié.

Sans un mot d'adieu, elle se remit à descendre les marches. Anna resta plantée là et la regarda disparaître. Au bout d'un moment, elle retourna au rayon alimentation pour y récupérer ses vêtements. Le vendeur à qui Emil avait confié sa housse n'était plus là. Elle discuta un instant avec une vendeuse, qui lui apprit que les hommes nés en 1913 et 1914 avaient reçu leur convocation la semaine précédente et devaient se rendre aujourd'hui au bureau de défense de leur quartier.

Au bout du couloir, Anna jeta un coup d'œil derrière elle. Elle ignorait qu'elle ne reverrait jamais le KaDeWe ainsi.

Charlotte

La voix qui surgit du bureau incita Charlotte à ralentir le pas. Elle venait discuter avec son père de l'arrivée des travailleurs polonais. Ils en avaient grand besoin, tous les valets de ferme en âge de travailler ayant été envoyés au combat. Les logements des employés devaient être remis à neuf de toute urgence. Elle posa la main sur la poignée de cuivre et ferma un instant les yeux. Le rire grave lui donna la chair de poule ; un frisson bienfaisant lui parcourut le dos. C'était le rire le plus chaud et le plus agréable qu'elle connaisse. Même les gloussements cristallins de ses enfants n'avaient jamais provoqué en elle des sensations d'une telle intensité. C'était Leo !

Que diable faisait-il ici ? Elle n'avait jamais pensé le revoir un jour, et certainement pas dans le bureau de son père. Elle entendit Richard lui poser une question. Ils parlaient d'assurances et d'immobilier. Le nom de son oncle fut prononcé plusieurs fois, ainsi que celui de sa cousine. Charlotte savait depuis longtemps que Cäcilie, Salomon et même Edith se trouvaient en sécurité à New York. En cet instant, tout ce qu'elle voulait, c'était écouter la voix de Leo. Dans sa bouche, même le jargon juridique aride et des mots tels que « placements tutélaires »,

« autorisation de radiation » ou « compte notarial » lui paraissaient charmants et joyeux.

— Nous devons à tout prix éviter qu'un rapport soit établi avec leur départ à l'étranger, nous sommes bien d'accord là-dessus, dit Richard.

— C'est évident ! renchérit Leo.

Que faire ? Elle haletait, son pouls s'affola. Depuis quand n'avait-elle plus pensé à lui ? N'y avait-il pas assez de notaires ? Fallait-il absolument que ce soit encore Leo ? Elle n'aurait jamais imaginé que son père s'adresserait de nouveau à lui, prenant ainsi sciemment le risque qu'ils se retrouvent. Sans doute le patriarche aurait-il préféré qu'elle tourne les talons. Mais Charlotte leva la tête et se redressa. Elle avait quarante-deux ans, mis au monde et élevé cinq enfants, et dirigeait une grande exploitation agricole depuis que Richard, qui approchait les soixante-dix ans, lui avait confié la majeure partie des affaires courantes. Elle n'allait pas repartir bredouille juste parce que son ancien amant se trouvait dans le bureau de son père. Elle lissa ses cheveux, pinça plusieurs fois ses lèvres pour les colorer, prit une profonde inspiration et poussa la porte. Il était là, penché sur un plan du cadastre, les coudes appuyés sur la table. Il leva la tête. Ses cheveux bruns ondulés, toujours épais, étaient striés de quelques mèches grises.

— Lotte ! s'exclama-t-il.

La surprise et une joie non feinte étincelèrent dans ses yeux sombres.

— Leo !

Elle perçut un reniflement réprobateur. Son père les observait, les yeux plissés ; à son expression, elle comprit qu'il regrettait soudain amèrement d'avoir fait venir Leo à la ferme.

— Qu'y a-t-il, Lotte ? fit-il, grognon. Je croyais que ce matin, tu t'occupais de la remise à neuf des logements des travailleurs ! De toute façon, nous avons presque terminé, et M. Händel va retourner en ville.

Il se tourna vers Leo, une expression presque implorante dans le regard.

— C'est précisément pour ça que je viens te voir, père, et ça ne peut pas attendre !

— Alors je t'écoute ! répondit Richard, les mains sur les hanches.

— Le toit du logement des employés fuit. Il a plu dans le grand dortoir, et j'aimerais que tu voies ça. Je voulais faire venir le couvreur, Blei, mais mère dit qu'il a été envoyé au front et son apprenti aussi. Si nous ne trouvons pas d'artisan, nous allons devoir le rafistoler tant bien que mal dans un premier temps...

— Exactement. Il doit rester du papier goudronné dans la réserve, grogna Richard. Demande au garçon d'écurie de s'en occuper.

— Nous avons déjà utilisé ce qui nous restait pour le toit de la porcherie. Je crois que nous allons devoir faire venir un couvreur de Chemnitz.

Richard chassa une mouche de sa cravache, qu'il portait encore en permanence, puis s'assit dans son fauteuil. Il tira un mouchoir blanc de sa poche et se moucha, l'air épuisé.

— Si vous en êtes d'accord...

Leo la vouvoyait, après tout ce qui s'était passé entre eux. C'était certainement mieux ainsi, pensa Charlotte.

— ... je pourrais chercher un couvreur à Chemnitz dès que je serai rentré.

Chemnitz ? N'habitait-il donc plus à Leipzig ?

— Inutile ! répliqua aussitôt Richard. Je vais faire venir Gieseler de Flöha. De toute façon, c'est lui le meilleur.

— J'y ai pensé aussi, mais il a transmis son affaire à son fils l'an dernier, et le fils a été incorporé, objecta Charlotte.

— Je serais heureux d'y jeter un coup d'œil. Peut-être pourrai-je quand même être utile, reprit Leo.

Charlotte le regarda avec reconnaissance, charmée par son regard chaleureux et sa voix enveloppante. Lui semblait ressentir la même chose. Il saisit son chapeau et vint vers elle. Richard parut sur le point de protester, puis comprit ce qu'il venait de provoquer : Leo était revenu dans la vie de Charlotte.

Anna

— Madame Liedke ! chuchota une voix incertaine derrière elle.

Anna venait de glisser sa clé dans la serrure. Elle se retourna d'un coup et vit la vieille locataire du logement sous les toits se lever avec peine.

— Madame Eppstein ! Qu'est-ce que vous faites assise dans l'escalier ?

— Chut ! fit celle-ci.

Elle saisit une Anna stupéfaite par la manche et l'entraîna quelques marches plus haut.

— Il ne faut pas que votre voisine nous voie par le judas.

Mme Eppstein tira une enveloppe de la poche de son tablier, déplia péniblement la feuille de papier gris et la tendit à Anna d'une main tremblante. Elle vit d'abord le cachet avec l'aigle du Reich. Elle suspendit à son bras sa housse de vêtements pour prendre la lettre.

— « ... dans le cadre d'une relocalisation... devez vous présenter à 5 heures à la gare de l'Est... une valise par personne... emporter de la nourriture pour deux jours... », lut-elle à voix basse. Oh non, madame Eppstein ! lâcha-t-elle.

Elle regarda les yeux terrifiés de la vieille femme.

— Vous ne pourriez pas faire quelque chose, madame Liedke ? Je sais que vous êtes quelqu'un de bien. Et votre mari occupe un poste important.

Tandis qu'Anna réfléchissait fébrilement, elles entendirent une porte se fermer au rez-de-chaussée et des pas rapides monter les marches. Anna reconnut le léger claquement des pantoufles sur le linoléum et comprit aussitôt que la concierge arrivait. Il ne manquait plus qu'elle. Telle qu'Anna la connaissait, si elle apprenait que les Eppstein devaient être déportés, elle veillerait à leur départ avec zèle. Sans un mot, elle attrapa sa voisine par le bras et l'entraîna jusqu'à son appartement mansardé. La porte était entrouverte. Elles s'y glissèrent à la hâte, refermèrent le battant et restèrent silencieuses. Le bruit des pantoufles enfla encore ; elles retinrent leur souffle quand les pas s'arrêtèrent juste devant l'entrée. Anna regarda le visage ridé de la vieille femme et son mari aux cheveux blancs, immobile sur une chaise. L'appartement ne disposait que d'une pièce et M. Eppstein n'était qu'à quelques mètres de la porte. Il l'observait d'un air calme. Ses yeux n'exprimaient pas tant la peur que la résignation. Mme Eppstein agrippa la main d'Anna. Une éternité passa, puis les pantoufles de Mme Kalinke redescendirent les marches en claquant. Quand son cœur eut repris un rythme normal, Anna fit quelques pas dans la pièce basse de plafond.

— Asseyez-vous, je vous en prie, proposa M. Eppstein.

Il se leva et lui offrit son siège. Anna secoua la tête.

— Restez donc assis, dit-elle avant de se tourner vers sa femme. Je n'ai pas encore de solution, mais je vais trouver quelque chose. Préparez-vous comme c'est indiqué dans la lettre et gardez votre calme jusqu'à ce que je revienne vous voir.

Anna redescendit chez elle, le cœur pesant des tonnes. Elle ne pouvait pas demander à Carl d'aider les Eppstein. Pour lui, les lois, les règlements et les injonctions gouvernementales étaient incontournables. Parfois, elle se disait qu'il avait débranché son propre esprit. Elle allait devoir se débrouiller toute seule.

En ouvrant sa porte, elle trouva Ida qui l'attendait avec impatience.

— Imagine un peu... Paul a un congé, il est à Berlin à cause de sa blessure. Rien de grave, il a juste perdu une phalange, et à la main gauche, Dieu merci...

Anna posa la housse sur le portemanteau et enfila ses chaussons.

— Où est-il ? s'enquit-elle. Tu ne veux pas prendre ta journée ? Tu n'as pas besoin de travailler aujourd'hui, et peut-être d'ailleurs plus ja...

Anna s'interrompit. Ce n'était pas le moment. Elle ne voulait pas gâcher la joie que la jeune femme éprouvait à retrouver son fiancé. Pourtant, elle allait bien devoir annoncer à ses sœurs, Ida et Adelheid, qu'elles n'avaient plus de commandes et qu'elle ignorait où en trouver de nouvelles. Ida joignit les mains, les yeux brillants.

— Il est au bureau d'état civil. Nous voulons nous marier cette semaine, avant qu'il retourne au combat.

— Oh, n'est-ce pas un peu précipité ? objecta Anna.

Elle savait pourtant que la campagne de Pologne avait plongé bien des gens dans la terreur, les poussant à des décisions hâtives. Le souvenir de la guerre précédente et de la misère qu'elle avait fait s'abattre sur l'Allemagne était encore très présent. La vague de mariages était une des conséquences de la déclaration de guerre. Elle regarda Ida, cherchant dans son visage mince la gamine apeurée avec qui elle était partie en quête de travail dans les rues de Berlin en 1919, toutes deux affamées et grelottantes. Depuis, son amitié faisait partie intégrante de sa vie. Pourvu que tout cela ne recommence pas. Voilà qu'elles se retrouvaient sans travail.

— C'est peut-être aussi bien ainsi. Comme ça, tu toucheras au moins une partie de sa solde, ça te permettra de vivre.

Ida la regarda, étonnée :

— Ce n'est pas pour ça qu'on se marie. Et puis, je gagne ma vie !

Anna déglutit. Elle prit les mains d'Ida :

— Je sais. Allez, il faut qu'on te trouve une belle robe.

Elle se tourna vers le portemanteau, ouvrit la housse de ramie et en sortit une de georgette bleu clair.

— Si tu peux te passer de blanc, j'aurais peut-être quelque chose.

Ida rougit et éclata de rire :

— À trente ans passés, on ne se marie pas en blanc ! Je me sentirais ridicule.

Anna ôta la robe bleue de son cintre et la plaqua sur Ida. Elle poussa la jeune femme vers le miroir et vint derrière elle.

— Ridicule, toi ? Tu seras la plus belle des mariées… À part mes filles, bien sûr.

Plus tard, Anna prit Adelheid à part pour lui parler des époux Eppstein et de la lettre qu'ils avaient reçue. Sa tante était la seule personne qu'elle supposait assez courageuse pour les aider.

— Ils ne pourraient pas se réfugier chez toi quelques jours ? Juste le temps que je trouve autre chose.

Adelheid écarquilla les yeux.

— Anna, tu es consciente de ce que tu me demandes ? Je courrais un danger mortel.

Anna baissa les paupières sans répondre, puis reprit au bout d'un moment :

— Tu as toujours une dette envers moi.

Quand elle releva les yeux, elle ne vit que la peur et le rejet dans le visage d'Adelheid. Et si elle cachait les Eppstein dans sa cave pendant quelques jours ? Elle ne cessait de penser au vieux couple apeuré, les imaginant dans leur mansarde à attendre qu'elle fasse quelque chose. Elle était leur dernier espoir. Une heure plus tard, Anita rentra et expliqua qu'elle venait de croiser dans l'escalier deux hommes en manteau de cuir noir. Anna courut à la porte et colla l'œil au judas. Son regard tomba sur l'arrière d'une tête couverte de bigoudis. Des voix retentirent, les bigoudis disparurent. Quelques minutes plus tard, les Eppstein descendirent les marches, escortés par la Gestapo. Leurs visages approchèrent de sa porte. À travers la lentille du judas, ils lui parurent étrangement blêmes et déformés. Anna crut voir Mme Eppstein la fixer droit dans les yeux ; son regard terrifié était tourné vers sa porte. Elle agrippa la poignée, inspira profondément, et ne rabaissa la main que lorsque les pas se furent éloignés.

Il n'y avait que quinze invités. La mère d'Ida était morte un an plus tôt et son père avait abandonné la famille depuis longtemps. Mais trois de ses quatre frères et sœurs vinrent, tout comme les parents et la sœur du marié, et bien sûr Emma, Dora, Adelheid, Carl, ainsi que Gisela, Anita, Regina et Matthias. Anna était fière d'être le témoin d'Ida. Ils se marièrent au bureau d'état civil de Neukölln et le banquet eut lieu dans l'atelier de couture vidé pour l'occasion. Anna n'avait encore dit à personne que de toute façon, elle n'en aurait plus besoin de sitôt. Anita sortit son accordéon et joua pour son petit public la marche nuptiale et quelques chansons populaires. Soudain, Matthias se leva et entonna à pleins poumons : « *Die Fahnen hoch, die Reihen fest geschlossen...* » Il lança un coup d'œil à Anita, qui reprit les accords sur son instrument. Son père et Carl joignirent leurs voix à la sienne. Après un hochement de tête, Emma, Paul et sa mère se lancèrent à leur tour. La voix de Matthias était puissante à défaut d'être belle. Les yeux rivés sur le portrait d'Hitler que Carl avait accroché au mur l'année précédente, il chanta les quatre strophes de la *Horst-Wessel-Lied*, qu'il connaissait par cœur. Les autres se contentèrent de fredonner la mélodie. La chanson enfin terminée, Matthias tendit le bras droit. Anna lança alors :

— Ça ira comme ça, Anita. Je crois qu'on en a assez entendu. (Puis, aux hommes :) Asseyez-vous donc. C'est un mariage, pas un congrès du parti.

Carl toussota ; Anita jeta un coup d'œil offensé à sa mère mais remballa son accordéon. Les parents du marié avaient apporté du vin et quand, à la fin du repas, Carl servit aussi de l'eau-de-vie à tous les adultes, Ida se fit loquace. Elle raconta avec exubérance à ses beaux-parents le succès du célèbre corsage doré, et se mit à dépeindre l'avenir de l'entreprise Anna Liedke Couture d'un air radieux. Les parents de Paul, des gens simples, l'écoutaient d'un air ébahi. Ils ne connaissaient rien à la mode mais avaient déjà entendu parler de Petra Berger.

— Le KaDeWe existera toujours. Les Berlinois l'adorent, et même en temps de guerre, personne ne peut se balader tout nu, plaisantèrent Ida et Dora.

— Alors, lança Paul en levant son verre de schnaps, buvons à Liedke Couture !

— Et à une victoire rapide contre la Pologne ! ajouta Carl.

Le visage blême de Paul prit aussitôt des couleurs :

— Les Polonais, nous les anéantirons en un rien de temps !

Ida regarda son époux, tout étonnée. Ils étaient fiancés depuis un an et elle ne le connaissait que paisible et réservé. Cette ferveur soudaine était nouvelle. Anna, percevant son malaise, jeta un coup d'œil à Carl pour l'empêcher d'aborder d'autres sujets politiques. Adelheid vint à son aide en changeant de sujet.

— Combien le KaDeWe a-t-il commandé d'exemplaires de la robe bleue d'Ida ? demanda-t-elle.

Anna déglutit.

— Anna ? insista Emma.

— On ne pourrait pas parler d'autre chose que de la campagne de Pologne et du travail ? Qu'est-ce que vous avez prévu de faire demain, Ida ? s'enquit Anna.

— J'aimerais bien prendre encore un jour de congé pour aller au Wannsee avec Paul avant qu'il ne reparte en Pologne, répondit la mariée. Mais si nous avons trop de commandes, tant pis.

Anna fixa un moment des yeux le motif brodé de la nappe, puis elle leva la tête.

— En ce qui me concerne, tu peux bien passer toute la semaine au Wannsee, voire tout le mois…

Les regards de l'assemblée se posèrent immédiatement sur elle.

— Que veux-tu dire ? demanda Emma.

— Exactement ce que je viens de dire. Nous sommes au chômage. Le KaDeWe ne nous passera plus de commandes.

Emma désigna la bouteille d'eau-de-vie et fit signe à Carl :

— Resserre-moi, s'il te plaît. Il va falloir que je digère ça.

— Moi aussi ! fit Adelheid.

Carl remplit les petits verres du schnaps incolore qu'il gardait pour les grandes occasions, ne buvant d'habitude pas d'alcool. Adelheid reprit :

— Enfin, Anna, tu ne pourrais pas nous en dire plus, maintenant que tu nous as annoncé cette mauvaise nouvelle pile le grand jour d'Ida ?

Anna observa ses doigts qui faisaient tourner son verre. Elle regarda Ida :

— Je suis désolée. Je sais bien que ce n'est pas le moment, j'aurais dû me retenir.

Elle dévisagea ses fidèles employées, ses sœurs et amies.

— Ella ne nous passera plus de commandes.

— Oh non ! s'exclama Dora.

— Et voilà ! Je t'ai toujours dit qu'on ne devait pas se fier uniquement à Ella et au KaDeWe ! s'écria Emma d'un ton réprobateur.

— Laisse-la donc ! Tu ne connais pas ses raisons, rétorqua Anna pour tenter d'apaiser les esprits.

Le père de Paul se leva avec lenteur. Un peu rouge, il défit le premier bouton de son col amidonné.

— Je ne connais pas les raisons de votre dispute, et je ne veux rien en savoir. Mais aujourd'hui, nous célébrons le mariage d'Ida et de Paul, notre seul fils, qui doit retourner au front dans quelques jours. Alors ne nous querellons pas ! (Il leva son verre.) Aux mariés !

Tous les autres se redressèrent et répétèrent, trinquant à leur tour :

— Aux mariés !

Alors que, tard le soir, Carl et Anna étaient couchés, il se tourna vers elle et lui murmura à l'oreille :

— C'est vraiment fini avec le KaDeWe ?

— Définitivement ! répondit Anna.

Elle se redressa et écouta la respiration régulière des filles pour s'assurer qu'elles n'écoutaient pas.

— Ella ne me passera plus de commandes, nous sommes brouillées de la pire des manières.

Anna s'attendait à ce que Carl lui en demande les raisons, mais il garda le silence. Puis il se serra contre elle et lui posa une main sur le ventre. Alors qu'elle le croyait endormi, il chuchota :

— Ça veut dire que les filles pourront dormir dans l'atelier, maintenant.

Carl et Paul avaient vu juste : la Pologne fut vaincue par la Wehrmacht en cinq semaines, avant même que Paul soit rappelé à Dantzig. Ses alliés, la France et la Grande-Bretagne, déclarèrent la guerre à l'Allemagne sans pour autant intervenir sur place. Le 17 septembre 1939, suite au pacte Hitler-Staline, l'Union soviétique envahit la Pologne et se partagea avec l'Allemagne les régions conquises du pays. La Wehrmacht poursuivit son avancée à un rythme infernal, rien ne semblait pouvoir l'arrêter. La campagne de France fut lancée en mai 1940, et au mois de juin, la croix gammée flottait sur l'Arc de Triomphe. Pour éviter la destruction de leur capitale, les Français livrèrent Paris sans combattre. Le 25 juin, la France capitula. La Wehrmacht célébra sa victoire écrasante et l'euphorie gagna aussi la population civile. La mi-août 1940 vit le début du combat aérien pour l'Angleterre. L'objectif d'Hitler était d'assurer ses arrières en vue de l'attaque prévue de l'Union soviétique. Mais les Britanniques ripostèrent. Le 25 août 1940, la Royal Air Force bombarda Berlin pour la première fois.

Quand les sirènes retentirent, à 23 heures, Carl bondit aussitôt du lit et s'habilla en quelques minutes tandis qu'Anna réveillait les filles et les pressait de se dépêcher. Carl était chargé de s'assurer que les instructions de la protection aérienne soient appliquées à la lettre dans la Zwiestädter Straße.

— Vous avez bien éteint toutes les lumières et rempli les baignoires ? demandait-on à ceux qui rejoignaient l'entrée de l'abri antiaérien.

Anna y arriva en même temps que le vieux M. Grün.

— Ils ne m'ont pas laissé entrer dans la cave de mon immeuble, expliqua-t-il à voix basse.

— Pourquoi ça ? demanda Anna, scandalisée.

M. Grün haussa juste les épaules.

— Eh bien, parce que je suis Juif.

Avant que Carl puisse dire quoi que ce soit, Anita tendit son bras au vieux monsieur fragile et le guida, sous le nez de son père, au bas des marches raides. Anna regarda sa fille, stupéfaite et pleine de fierté. Carl serra les lèvres sans un mot. Des masques à gaz étaient mis à disposition de la population civile. Carl avait chargé des auxiliaires de contrôler que chacun enfilait le sien correctement. Après la Première Guerre mondiale, les gens craignaient tant les armes chimiques que presque tous mirent leur masque de leur plein gré. Des semaines plus tôt, on avait placé des bancs le long des murs ; les habitants y prirent place, serrés les uns contre les autres. Les plus grands étaient particulièrement mal à l'aise, le plafond voûté les forçant à rester courbés. Au bout du couloir se trouvaient quelques lits de camp pour les plus âgés, les malades et les enfants de moins de dix ans. Ils étaient loin de suffire. Gisela et Anita étaient déjà trop grandes pour en bénéficier, et durent rester assises. Tous portaient des masques à gaz verts, à l'exception d'un nourrisson qui hurla jusqu'à ce que sa mère le nourrisse. Le spectacle de la femme allaitant, le visage caché sous un masque à gaz, était sinistre. Les masques puaient tellement le caoutchouc que tous avaient la nausée. Anna posa le bras sur les épaules de Gisela et serra la main d'Anita. Muets de peur, ils écoutèrent les moteurs des avions. En cette première nuit, on ne les entendit que de loin, et la pire des terreurs se révéla infondée : il ne tomba pas de bombes à gaz. Après ce début si inoffensif, personne ne pouvait se douter du nombre de jours et de nuits interminables qu'ils passeraient dans cet abri.

Charlotte

Elle n'avait pas eu besoin de le lui dire. À l'instant où il vit Therese pour la première fois, Leo sut qu'elle était sa fille. Dès lors, il vint à Feltin chaque semaine pour passer du temps avec elle, jusqu'au jour où il reçut son ordre d'incorporation. Cette fois-ci, il n'eut pas la chance d'être assigné à une tâche administrative, on l'affecta à la 3e division blindée. Charlotte recevait à présent du courrier de trois hommes : les deux pères de ses enfants et son fils aîné Felix, parti en Tchécoslovaquie avec le Service de travail. Quand la factrice apportait à la ferme une enveloppe couleur sable, Charlotte l'ouvrait avec impatience sans savoir de qui elle venait. Ernst avait d'abord envoyé de France des lettres pleines d'euphorie, mais depuis le début de la campagne de Russie, Leo et lui étaient dans deux divisions de ce même front long de deux mille kilomètres. Ernst avait mené en première ligne la bataille de Minsk. Quant à Felix, Charlotte n'avait aucune nouvelle de lui depuis des semaines et commençait à se faire du souci.

Alors qu'elle se dirigeait vers le bâtiment des employés, elle vit sa grand-mère venir vers elle avec Therese. Voûtée, appuyée sur sa canne d'un côté et agrippée au bras de la jeune fille de l'autre, Wilhelmine avançait à petits pas hésitants.

— Une poule a avalé l'alliance de grand-maman ! lança Therese de loin.

Elle portait un panier d'œufs. Quand elles s'approchèrent, Charlotte aperçut le cuir chevelu de Wilhelmine à travers ses fins cheveux blancs comme neige. L'aïeule s'arrêta devant la fontaine et tenta péniblement de se redresser.

— Tu te rends compte, mon alliance ! répéta-t-elle, chagrinée.

Charlotte jeta un coup d'œil plein de nervosité à l'entrée de la ferme. Elle attendait la factrice d'un moment à l'autre. Si elle apportait une lettre de Leo, elle préférait être seule pour la réceptionner.

Wilhelmine écarta ses doigts griffus.

— Elle a glissé de mon doigt pendant que je distribuais le grain, et avant que je m'en rende compte, une des poules l'avait déjà avalée.

Alors que Charlotte réprimait un petit rire, sa fille lui lança un regard réprobateur. Therese était particulièrement empathique. Charlotte l'avait souvent constaté.

— Tu sais quelle poule c'est, au moins ? s'enquit-elle en reprenant son sérieux. Ça ne peut pas être si compliqué que ça, nous n'en avons plus beaucoup.

— Oui, c'est la brune, une de nos meilleures pondeuses.

— Tant pis, il va quand même falloir l'abattre. Il y aura du bouillon de poule demain.

Sa fille secoua la tête avec ardeur :

— Je l'ai déjà isolée dans un petit enclos pour qu'on retrouve la bague.

Wilhelmine caressa les cheveux sombres de Therese.

— Brave petite, dit-elle avant de frotter son annulaire nu. Mes doigts ont tellement maigri que l'alliance ne tenait plus.

Charlotte dévisagea sa grand-mère. Elle était émaciée et ridée, sa peau jadis rosée était blême. La robe-tablier qu'elle remplissait autrefois si généreusement pendouillait désormais autour de son corps. À quatre-vingt-six ans, c'était une vieillarde. Charlotte eut soudain mauvaise conscience. Elle était si occupée par les enfants, la ferme et, depuis peu, ses propres états d'âme, qu'elle n'avait pas vu combien Wilhelmine faiblissait.

— Grand-mère, tu ne te sens pas bien ? demanda-t-elle, inquiète.

— Bah, ça va aller. Je suis juste fatiguée. Tu peux me raccompagner dans ma chambre ?

— Naturellement.

La factrice n'était toujours pas là, et Charlotte donna le bras à sa grand-mère.

— Il n'y a pas beaucoup d'œufs ! fit-elle après un coup d'œil dans le panier.

— C'est aussi ce que j'ai dit à Therese : comment est-ce que cinquante-huit poules peuvent ne pondre que vingt-neuf œufs ? renchérit Wilhelmine. Les Pollacks et les Russkofs volent comme des pies. Enfin, Therese ne veut rien entendre.

— Vous ne leur donnez pas assez à manger, alors ils sont bien obligés de se débrouiller, répliqua celle-ci.

Elle s'était liée d'amitié avec quelques prisonniers et aimait écouter leurs histoires et leurs chants, le soir. Depuis quelque temps, elle intercédait en leur faveur. Et elle passait des heures avec un jeune et séduisant Polonais, Witec, ce que Charlotte ne voyait pas d'un bon œil. Il finirait par y avoir des rumeurs.

— Les travailleurs étrangers mangent à leur faim, Therese, rétorqua-t-elle. Regarde un peu Igor.

Elle montra du doigt le jeune Russe qui, à quelque distance de là, ratissait le gazon.

— Il doit peser deux cents kilos. Il n'a vraiment pas l'air affamé !

— Quelle méchanceté ! s'exclama Therese, outrée. Il a une maladie qui le fait rester gros même quand il mange peu. Et c'est un des plus gentils.

— Tout ce qu'il mange lui profite, ce n'est pas une maladie, c'est une bénédiction, intervint Wilhelmine avant de s'effondrer dans un râle.

— Oh mon Dieu ! s'écria Charlotte. Vite, aide-moi à la relever !

Igor, le géant, lâcha aussitôt son râteau et courut vers elles. Il souleva Wilhelmine sans effort, comme si elle ne pesait pas plus lourd qu'une plume.

— Je n'ai pas besoin d'aide, protesta Wilhelmine.

Sa voix n'était plus qu'un souffle éraillé. Ses bras pendaient mollement.

— Va vite trouver Lisbeth ou Richard, qu'ils aillent chercher le médecin, chuchota Charlotte à Therese.

Elle suivit Igor, qui porta Wilhelmine jusqu'à sa chambre, à l'étage. Une fois la vieille dame sur son lit, Charlotte le remercia. Elle ôta les chaussures de sa grand-mère et la couvrit. Son visage se détachait à peine sur la taie d'oreiller blanche. Charlotte prit soudain conscience de ce que sa grand-mère représentait pour elle, et du peu de temps qui leur restait à passer ensemble. Voyant une petite bouteille brune sur la table de nuit, elle la saisit et lut à voix basse :

— « Morphine. » Tu as mal, grand-mère ? Le médecin va bientôt arriver.

— Le médecin ? Pour quoi faire ? protesta Wilhelmine d'une voix redevenue étonnamment vaillante. Je n'ai plus besoin de médecin.

Elle prit le flacon des mains de Charlotte et la regarda. Ses yeux aqueux et clairs avaient quelque chose de suppliant, comme si elle voulait l'empêcher de poser davantage de questions.

— Mais j'aimerais bien une bouillotte... J'ai si froid...

L'été arrivait et il faisait une chaleur étouffante dans la chambre. Charlotte vit pourtant que Wilhelmine grelottait. Elle sonna la femme de chambre.

— J'ai si froid..., répéta la vieille dame.

Charlotte prit une étole de laine et l'étendit pardessus l'édredon.

— Une bouillotte, s'il te plaît, insista Wilhelmine.

— Bien sûr, grand-mère. Je vais t'en chercher une. Je reviens tout de suite.

Elle se leva pour sortir.

— Et, Lotte..., reprit Wilhelmine à voix basse. Ne te reproche rien. Tu as fait tout ce qu'il fallait, dans ta vie. Seulement tu vas devoir te décider pour un homme ou pour l'autre.

Charlotte baissa la tête.

— Oui, grand-mère, nous en reparlerons dans un instant.

En bas de l'escalier, elle tomba sur Lisbeth. Avec ses cheveux cachés sous un foulard, sa robe bleue en coton grossier et son tablier taché de rouge, elle ressemblait plus à une simple paysanne qu'à la maîtresse des lieux.

— Comment va-t-elle ? J'étais au verger pour surveiller la récolte quand on est venu me chercher... Richard est à Chemnitz, aujourd'hui.

— Elle s'est effondrée dans la cour. Maintenant elle est couchée et elle gèle alors qu'il fait bien trop chaud dans sa chambre.

Lisbeth hocha la tête, l'air d'en savoir plus que Charlotte.

— Oui, elle a souvent froid, ces derniers temps. C'est à cause de l'ulcère. Mais elle n'a pas voulu aller à l'hôpital.

— Quel ulcère ? demanda Charlotte.

La tristesse et la résignation se peignirent sur les traits de Lisbeth. Durant tout son difficile mariage, sa belle-mère avait toujours été sa conseillère et sa confidente.

— Ta grand-mère est gravement malade, mais elle n'a jamais voulu que je vous le dise...

Charlotte fut saisie d'un terrible pressentiment : la dernière phrase de Wilhelmine avait sonné comme un adieu. Elle remonta l'escalier quatre à quatre et ouvrit la porte de la chambre à la volée. Trop tard. Sa grand-mère gisait là, les yeux fixes. Wilhelmine Feltin mourut le 15 juin 1942.

Charlotte suivait le cercueil en tenant Therese et Bärbel par la main. Devant elles, Richard, voûté, un bras sous celui de Lisbeth, l'autre appuyé sur sa canne. Elle se demanda si sa grand-mère aurait apprécié d'être emmenée au cimetière par des bœufs. L'absence de sa fille et de son autre petite-fille était certainement bien plus grave. Cäcilie et Edith n'avaient évidemment pas pu rentrer en Allemagne pour l'enterrement. Richard avait même jugé trop risqué de leur envoyer un télégramme, craignant que les employés du bureau de poste le soupçonnent d'avoir un rapport avec leur fuite. Cela aurait pu soulever des questions sur le transfert des biens de Salomon. Quand le cortège funèbre passa devant les propriétaires de la ferme voisine debout au bord de la route, tête basse, Charlotte hoqueta. Tous les membres de la famille Bamberg portaient sur leurs vêtements une étoile jaune bien visible. Ils n'étaient plus traités comme des Allemands, mais comme des parias. Edith, Cäcilie et Salomon auraient partagé leur sort s'ils n'avaient pas quitté leur patrie à temps. Elle effleura du bout des doigts le petit pendentif à son cou. C'était la délicate pierre de lune que Salomon lui avait offerte la dernière fois qu'ils s'étaient vus, à Leipzig. Elle ne l'avait presque plus ôtée depuis.

Elle se tourna vers Felix. L'air sombre, il avançait seul, à quelques mètres de ses frères, en retrait du cortège. Son fils aîné avait presque dix-sept ans. Son vieux costume était trop court pour sa silhouette virile et musclée. Il avait la peau brunie par le travail en plein air, et ses cheveux, au-dessus de sa nuque rasée, étaient striés de mèches blondes. Mais son regard était vide et inexpressif. Il n'était rentré que la veille, en train, du Service de travail en Tchécoslovaquie. Après le décès de Wilhelmine, une semaine plus tôt, Charlotte avait envoyé des dépêches. Ernst n'avait pas obtenu de congé, le lien de parenté avec la grand-mère de sa femme n'étant pas assez étroit. Felix, lui, avait été autorisé à rentrer pour les funérailles. Depuis que Leutner était allé le chercher à la gare, il n'avait pas prononcé plus de deux phrases. Charlotte n'avait encore jamais vu son fils aussi peu loquace, et elle s'étonnait que la mort de sa grand-mère le touche à ce point.

— Au moins, nous avons retrouvé son alliance, dit Therese.

— Grâce à toi ! renchérit Charlotte.

Elle regarda sa fille. Therese et Bärbel portaient des robes noires cousues à la hâte avec du tissu à rideaux destiné à masquer les fenêtres. Par chance, Chemnitz n'avait jusqu'à présent été survolé que rarement par la Royal Air Force ; Feltin était si proche de la ville qu'en cas d'attaque aérienne, ils auraient pu être touchés.

— J'ai passé la moitié de la journée à côté de la pondeuse à attendre que la bague ressorte, reprit Therese, toute fière. Grand-maman aurait sûrement été malheureuse qu'on l'enterre sans elle.

— C'est vrai. Tu as vraiment été patiente, et tu as très bien agi ! approuva Charlotte, la félicitant une fois de plus.

Bärbel leva la tête et regarda sa mère. Un éclair de jalousie traversa ses yeux bleus. Charlotte était consciente de parfois favoriser Therese. Elle se le reprocha intérieurement et se promit de traiter ses cinq enfants plus équitablement.

Quand ils furent réunis devant la tombe ouverte, elle prit dans le seau de zinc une des églantines blanches qu'elle avait fait couper pour l'occasion. Bien qu'il ne soit que 11 heures, une chaleur étouffante régnait sur le cimetière et les fleurs fanaient déjà. D'un geste sans élan, Charlotte la jeta dans la tombe ainsi qu'une petite pelletée de terre. Elle avait la gorge nouée. Sa grand-mère adorée était morte, la laissant avec une sensation d'abandon. La personne qui l'avait tant aimée dès sa naissance, telle qu'elle était, sans aucune exigence, était partie pour toujours. Le bruit de la terre dégringolant sur le cercueil de chêne la glaça. Du coin de l'œil, elle vit Felix sortir lentement des rangs de la famille. Quand elle regarda dans sa direction, il lui tournait le dos et remontait le sentier de gravier menant à la sortie, les bras pendants et inertes. Il accéléra le pas, atteignit en courant le portail du cimetière, l'ouvrit d'une poussée et se rua à travers le pré. Elle vit sa silhouette rapetisser tandis qu'il approchait de la lisière de la forêt. Que fuit-il donc ? se demanda-t-elle.

Felix ne réapparut pas de la journée. Tout le monde était si occupé par la réception et l'accueil des invités qu'on ne s'interrogea à son propos qu'en fin d'après-midi. Charlotte blêmit. Comment avait-elle pu l'oublier si facilement ? Après un instant d'hésitation, elle franchit le hall d'entrée et ouvrit la porte en grand. Une chaleur de plomb écrasait toujours les pavés et un parfum de fruits trop mûrs flottait dans l'air. La lumière du soleil était voilée et un mur de nuages noirs se formait à l'horizon, au-dessus des toits plats des étables. L'orage n'allait pas tarder. Charlotte traversa la cour à la hâte. La lourde étoffe de sa robe de deuil lui collait à la peau. Felix est forcément là, pensa-t-elle. L'idée de l'écurie désertée s'imposait à elle. S'il n'y était pas, elle devrait envoyer une troupe à sa recherche.

— Felix ? lança-t-elle avant même d'entrer.

Elle poussa la porte massive à la peinture verte écaillée. Le grincement des charnières la fit sursauter.

— Felix, tu es là ?

L'écho de sa voix entre les cloisons des boxes vides lui parut lugubre. Deux souris filèrent devant ses pieds. Les rayons du soleil bas passaient difficilement à travers les lucarnes mangées par le lierre. Presque aucune lumière n'atteignait le couloir central. Charlotte avança lentement. Les noms des chevaux figuraient encore sur les portes des boxes. Elle s'arrêta à la hauteur de celui de sa jument, Jorinde. Quand elle poussa les barres de fer vertes, des nuées de souris s'égaillèrent sur quelques brins de paille esseulés. Et à travers les toiles d'araignée tissées entre les barreaux, elle vit quelque chose bouger dans le box voisin, celui de Yago. Une tête aux cheveux striés de blond se dressa brièvement. Comme elle s'y était attendue, Felix était là, assis par terre, les jambes repliées contre lui, le visage posé sur les genoux.

— Felix, dit-elle d'une voix douce, pleine de compassion.

Elle entra dans le box vide et pensa un instant à ses fidèles chevaux. Où se trouvaient-ils en ce moment ? Étaient-ils même encore en vie, ou massacrés par des soldats dans les steppes russes ? Elle s'adossa à la cloison de bois et se laissa glisser au sol près de lui.

— Je sais ce que tu ressens. Et je suis heureuse que tu n'oublies pas Yago. L'âme de nos chevaux continue à vivre en nous pour toujours.

— Tu ne sais rien du tout ! lâcha Felix, le front toujours sur les genoux.

Charlotte tendit la main pour lui caresser les cheveux. Il repoussa brusquement son bras et s'écarta.

— Mais qu'est-ce qui t'arrive ? demanda-t-elle.

Il ne répondit rien.

— C'est à cause de grand-maman ?

Il secoua la tête. Ils restèrent un moment assis là en silence, puis Felix se plaqua soudain les mains sur le visage et éclata en violents sanglots. Son corps mince et musclé tremblait, secoué de spasmes. Hésitante, Charlotte posa le bras sur les larges épaules de son fils et l'attira contre elle. Elle appuya son visage trempé contre sa poitrine et lui caressa le dos, sentant chacune de ses vertèbres sous ses doigts. Alors il se mit à parler, d'une voix hachée :

— ... tout rasé... tout détruit, le moindre mur, la moindre pierre... tout brûlé... l'odeur... la chair brûlée... les cadavres... des centaines, maman, des centaines de cadavres.

— En Tchécoslovaquie ? demanda-t-elle à voix basse.

Elle le sentit essayer de hocher la tête.

— À Lidice...

Charlotte le maintint doucement contre elle.

— Que s'est-il passé là-bas ? N'était-ce pas à la Wehrmacht de s'occuper des prisonniers de guerre ?

— Il n'y avait pas de prisonniers, reprit Felix d'une voix enrouée. Il n'y avait que des morts... Ils nous ont même forcés à sortir les cercueils des tombes, au cimetière, et à les ouvrir...

Il s'interrompit et fondit de nouveau en larmes.

Charlotte fut saisie d'horreur. Voilà pourquoi il avait fui l'enterrement, ce matin.

— On n'a pas le droit d'en parler. Mais ils nous ont ordonné de piller les tombes et de les profaner...

Elle lut dans les yeux de son fils l'abomination qu'il avait traversée au cours des derniers jours.

— Il ne devait rien rester du village ni de ses habitants... rien du tout... Ils appellent ça des représailles... à cause du meurtre de Heydrich. Les habitants du village avaient hébergé le coupable, chuchota-t-il.

Charlotte n'arrivait pas à comprendre qu'on charge de telles tâches les membres du Service de travail, encore presque des enfants. Elle regarda Felix dans les yeux ; ils avaient perdu tout leur éclat. Au même instant, il déclara :

— Je n'y retournerai pas !

Quand ils revinrent à la maison, elle envoya son adulte de fils se coucher. Il la remercia d'un hochement de tête.

— Tu as retrouvé Felix ? s'enquit Lisbeth quand Charlotte entra au salon.

Elle prit place devant la cheminée à côté de ses parents. Ils étaient allés chercher une bouteille de vin rouge à la cave ; à l'encontre de ses habitudes, elle leur en demanda un verre. En observant le fauteuil à oreilles de sa grand-mère, elle perçut de nouveau la douleur cuisante de sa perte. Cette place resterait vide à jamais.

— Apparemment, Felix a vécu des choses terribles en Tchécoslovaquie.

Richard saisit son verre.

— Avec le Service de travail ? Ça ne peut quand même pas être si horrible que ça. Estime-toi heureuse qu'il n'ait pas encore été incorporé !

— Père ! Il n'a pas même dix-sept ans ! C'est encore à moitié un enfant, et il est complètement choqué !

Elle but une grosse gorgée et sentit le bordeaux capiteux lui monter aussitôt à la tête. La sensation n'était pas désagréable.

— Il m'a expliqué que tous ceux de sa promotion ont été envoyés directement en arrière-ligne du front de l'Est. Ils construisent des installations militaires, des chemins, des ponts... et ils débarrassent les cadavres.

Elle leva les yeux et croisa le regard plein de compassion de Lisbeth.

— Espérons que la guerre sera finie avant qu'il soit envoyé en première ligne... Des nouvelles d'Ernst ?

— Sa dernière lettre remonte à un mois et il n'y disait pas grand-chose, à part que l'armée allemande est victorieuse.

— De toute façon, il n'a pas le droit d'écrire autre chose, grommela Richard.

Charlotte termina son verre d'une traite puis laissa son regard passer du visage de son père aux joues écarlates de sa mère. Lisbeth avait moins vieilli que Richard. Et c'est seulement en les voyant là, assis ensemble près de la cheminée, qu'elle remarqua combien il était étrange d'allumer un feu au mois de juin.

— Felix refuse d'y retourner, lâcha-t-elle.

— Alors ils viendront le chercher, rétorqua Richard à voix basse.

Anna

Anna travaillait depuis des heures dans l'usine mal chauffée, aux côtés de plus d'une centaine de compagnes de misère. Elle ne sentait presque plus ses doigts pousser le tissu caoutchouté sous le pied-de-biche de la machine à coudre. Depuis qu'elle avait reçu sa lettre d'incorporation au Service de travail, six mois plus tôt, elle cousait des uniformes et des équipements dix heures par jour.

— Tu dois rester au Service encore longtemps ? demanda à voix basse la jeune femme maigre assise à côté d'elle.

Toutes deux avaient les cheveux couverts d'un fichu gris.

— Deux semaines pile, répondit Anna.

Elle observa le ventre arrondi de sa voisine, à peine visible sous son ample blouse, et se demanda quel âge elle pouvait avoir. Sans doute pas plus de dix-huit ans.

— J'espère qu'ils tiendront parole. Toutes celles que je connais ont été obligées de continuer. Je crois que ça dépend du nombre de travailleuses forcées qui arrivent.

La jeune femme avait raison et Anna en eut presque honte : espérer en avoir bientôt fini impliquait qu'il arrive beaucoup de renfort. Les prisonnières efflanquées effectuaient les mêmes tâches. Elles étaient toutefois enfermées dans une partie de l'usine séparée par un grillage et strictement surveillée. De plus, elles travaillaient assises sur des bancs de bois nu, tandis que les Allemandes avaient des chaises munies d'un mince coussin de feutrine censé les protéger de la cystite tant redoutée.

— Et toi, combien de temps ? s'enquit Anna avec un signe de tête vers le ventre de sa voisine.

Elle lui jeta un coup d'œil paniqué.

— Ça se voit déjà ? Je n'en suis qu'au cinquième mois. Ne le dis à personne, s'il te plaît !

Anna acquiesça, pleine de compassion. Elle avait peine à croire que la jeune fille puisse supporter ces conditions de travail encore longtemps.

— Mais si tu ne dis rien, tu n'auras pas de congé maternité, souffla-t-elle juste assez fort pour couvrir le cliquètement des machines à coudre.

Sa voisine avait l'air angoissée.

— Garde-le pour toi, s'il te plaît. Je ne suis pas mariée, ils donneraient le bébé à une famille inconnue. Il y a une association qui s'occupe de ça, *Lebensborn*.

Elle regarda Anna d'un air suppliant et celle-ci hocha gentiment la tête. Alors qu'elle s'apprêtait à répondre, une voix d'homme haut perchée, bien connue de toutes, résonna dans le haut-parleur d'un ton pathétique.

— Le peuple allemand doit défendre ses biens les plus sacrés, ses familles, ses femmes et ses enfants, la beauté et la pureté de ses paysages, de ses villes et ses villages, l'héritage bimillénaire de sa culture, et tout ce qui donne de la valeur à nos vies.

— Goebbels ! siffla une femme juste à côté d'elles en roulant des yeux.

Anna aperçut une surveillante et espéra que la grimace de sa voisine lui avait échappé. Elle savait que Goebbels prononçait aujourd'hui un discours important au Sportpalast. Carl ne parlait que de ça depuis des jours. Le ministre de la Propagande avait invité un public trié sur le volet, constitué des membres les plus fidèles du parti, dont Carl. Des chœurs avaient répété des slogans, on avait précisé à une centaine de soldats quand et combien de temps applaudir, et le discours entier serait diffusé à la radio.

— Continuez à travailler ! ordonna sèchement la surveillante en arpentant les rangées.

Elle jeta un coup d'œil acéré à Anna et sa jeune voisine.

— Et arrêtez de bavasser !

La voix de Goebbels baissa d'un ton. En un chuchotement théâtral, il demanda à l'assistance du Sportpalast :

— Ce que je vois ici devant moi est un échantillon représentatif du peuple allemand, au front et au foyer. Est-ce vrai ?

— C'est faux ! répondit Anna à voix basse au milieu des hurlements d'approbation lâchés par les haut-parleurs.

Après que les « ouiiii ! » se furent tus, Goebbels ajouta :

— En effet, les Juifs ne sont pas représentés ici !

Les machines à coudre continuèrent à cliqueter sans relâche tandis que la voix du ministre se faisait de plus en plus stridente et cinglante. Les questions se succédaient :

— Croyez-vous, comme le Führer et comme nous, à la victoire totale et définitive des armes allemandes ?... même au prix des pires sacrifices personnels ?

Des cris de jubilation et des « Ouiiii ! » jaillirent des haut-parleurs, les faisant vibrer. Anna revit soudain Carl, le matin même face au miroir. Il avait bien aplati sa raie de côté, poli de la manche l'insigne du parti à son revers. Acclamait-il vraiment Goebbels avec des milliers d'autres, plein d'enthousiasme, les yeux brillants ? Comment avait-il pu changer à ce point ?

— Êtes-vous prêts dès maintenant à investir toute votre force… à la mettre à la disposition des hommes et des armes… pour vaincre le bolchevisme ?

La voix étranglée d'excitation retentissait dans l'usine :

— Voulez-vous… que la femme… partout où c'est possible… remplace l'homme pour lui permettre d'aller au front ?

Anna jeta un coup d'œil à sa voisine. Sans prononcer un mot, elles savaient toutes deux combien la question était grotesque. C'est alors que tonna la phrase vers laquelle Goebbels avait dirigé tout son discours :

— Voulez-vous la guerre totale ?

Les *Heil* et les clameurs venant du Sportpalast furent si assourdissants que plusieurs femmes se bouchèrent les oreilles. Anna se demanda si la voix de son mari y était mêlée, si Carl criait aussi, acclamant avec frénésie ce démon de Goebbels.

— Mais bien sûr, dit-il calmement en mordant dans son pain au saindoux. Crois-moi, Anna, personne ne tenait en place. Toi aussi, tu aurais bondi sur tes pieds pour hurler avec tout le monde.

— Maman, certainement pas ! fit Anita avec un geste de dénégation. Jamais ! Elle n'approuve rien de ce que font les nazis. Emma a dit qu'elle aurait même pu créer des ensembles et des robes pour

Ilse Werner si elle n'avait pas fait la fine bouche comme ça.

— La fine bouche..., répéta Anna.

Elle se demanda comment sa sœur avait eu vent de la chose ; elle-même n'en avait jamais parlé à personne. Elle devait le tenir d'Ella.

— Quoi qu'il en soit, je couds maintenant des uniformes et des bâches de camion dans une usine sans chauffage, et je remplace les hommes partis au front, répliqua-t-elle avec humeur.

Carl la dévisagea. Incapable de se retenir plus longtemps, elle lança :

— La femme est bien censée prendre la place de l'homme partout où c'est possible. Je pourrais peut-être occuper ton poste au bureau pour l'emploi et devenir surveillante de quartier pour que tu puisses enfin servir ton Führer comme il se doit.

Carl lui jeta un coup d'œil d'avertissement :

— Attention à ce que tu dis !

— J'ai encore le droit de dire ce que je pense dans ma propre cuisine, rétorqua-t-elle.

Gisela les dévisagea l'un après l'autre puis demanda à quitter la table. Anna l'y autorisa. C'était mal de se disputer devant les enfants, mais l'obéissance aveugle de Carl la mettait hors d'elle. Parfois, elle lui souhaitait vraiment d'être appelé au front, pour qu'il ressente dans sa chair l'œuvre des nazis. Ses fonctions lui avaient jusqu'à présent épargné l'incorporation. Ils continuèrent à mastiquer leur pain dur en silence. Soudain, le long hululement de la pré-alarme aérienne retentit. Tous se levèrent aussitôt. Anna glissa le reste du pain dans un petit sac prévu à cet effet, toujours à portée de main. Les attaques aériennes faisaient désormais partie de leur quotidien.

Chacun attrapa un paquet contenant le strict minimum. Ils passaient presque toutes les nuits dans l'abri. Gisela et Anita jouaient aux cartes et à des jeux de société avec les enfants de l'immeuble voisin qui les rejoignaient, n'ayant pas de cave assez sûre. Anna se réjouit que ses filles soient ainsi occupées. Ce soir-là, elle remarqua tout de suite que le bruit des moteurs était bien plus proche que d'ordinaire. Apparemment, le barrage antiaérien allemand avait laissé passer beaucoup plus d'avions que d'habitude. On racontait que l'horrible sifflement qui retentissait entre le lâcher de la bombe et la détonation était voulu, destiné à semer la panique et le désespoir. Carl répétait que les Anglais cherchaient à démoraliser la population civile. Puis vint l'impact. Le vacarme et la secousse furent si violents qu'Anna les ressentit longtemps après. Certaines femmes hurlèrent, Gisela se rua vers sa mère et enfouit la tête dans son giron. Le plâtre et la poussière dégringolèrent du plafond. La lumière clignota puis le noir complet se fit. Les enfants fondirent en larmes.

— Vite, allumez les lampes à acétylène ! ordonna Carl.

Les lampes s'éclairèrent les unes après les autres, plongeant la cave dans une faible lueur qui donnait aux visages des airs fantomatiques. Personne ne dit mot. Assis en rangs sur les bancs, tous espéraient et priaient. La sirène de fin d'alerte ne retentit qu'une heure plus tard. Ils se dirigèrent vers la porte, inquiets. Elle était bloquée. Carl se jeta contre le battant à plusieurs reprises, en vain.

Alors seulement, il se souvint qu'il y avait une hache dans la caisse des masques à gaz. Il s'en servit pour défoncer la porte, et un nuage de suie et de calcaire envahit la salle. La fine poussière leur brûla les yeux et provoqua des quintes de toux. Ceux qui le pouvaient se couvraient le nez et la bouche d'un mouchoir. Les murs de leur immeuble avaient tenu bon. Le ciel était violemment éclairé par les projecteurs de la défense antiaérienne. La bombe était tombée en plein milieu de la rue ; l'onde de choc avait brisé toutes les fenêtres et arraché les portes de leurs gonds. Terrifiés, ils regardèrent l'immense cratère sur la chaussée ; on n'en voyait pas le fond. Une fontaine d'eau jaillissait des conduites éventrées.

— Venez, les enfants, dit Anna en posant les mains sur les épaules de ses filles. Allons chez Emma. Espérons que ce n'est pas encore pire chez elle. Tu nous suis, Carl ?

Elle le regarda tout en sachant que ce soir, il devrait assumer son devoir de préposé à la sécurité antiaérienne. Il était si consciencieux, son Carl. Et cette fois-ci, elle ne pouvait que l'en admirer.

— Allez-y sans moi. Il faut que j'aille vérifier les autres caves et le bunker de la Böhmischer Platz, voir si tout le monde s'en est sorti.

Il s'approcha pour enlacer sa famille. Son visage, ses cheveux, ses vêtements étaient couverts de poussière de chaux, et Anna prit conscience qu'elles avaient toutes la même apparence. Elle ôta les bras des épaules de ses filles et commença à tapoter leurs vêtements.

— Arrête ! dit Carl en retenant son poignet. Ça ne sert à rien. Débrouille-toi plutôt pour arriver chez ta sœur. Je vous y rejoins tout à l'heure.

Anna baissa le bras. Elle attendait que naisse en elle un sentiment quelconque : la peur qu'il ne vienne pas, qu'il lui arrive quelque chose, qu'un immeuble s'effondre sur lui. La nostalgie d'une soirée tranquille à deux, quand il lui tenait compagnie alors qu'elle terminait de coudre un modèle. Le désir de sentir sur elle ses mains puissantes qui la faisaient virevolter quand ils dansaient. Pourtant elle était comme anesthésiée, incapable de ressentir autre chose que son inquiétude pour sa sœur et ses filles.

À 1 heure du matin, toutes trois traversèrent leur quartier entre les monceaux de gravats, les flammes et les cratères d'obus. Le chaos régnait. Les gens restaient plantés près d'immeubles détruits, des mères cherchaient leurs enfants, des orphelins pleuraient devant des décombres. Le trajet vers la Böhmischer Straße était bloqué par un bâtiment effondré, elles durent faire demi-tour. Au croisement, devant la forge de Rixdorf, elles virent une carriole renversée. L'un des chevaux gisait au sol, l'autre était encore debout, couvert de blessures sanglantes. Des lambeaux de chair pendaient de ses flancs, mais il tenait toujours sur ses pattes.

— Oh non, maman, s'écria Anita, horrifiée.

Le cocher n'avait manifestement pas réussi à mettre ses bêtes à l'abri. Plusieurs hommes étaient en train de dételer les bêtes paniquées. Elles entendirent l'un d'eux lancer :

— Mets donc fin à leurs souffrances !

Peu après, un coup de feu, suivi d'un hennissement pitoyable. Anna serra contre elle le corps mince de Gisela pour lui épargner le spectacle de l'animal mourant. Le second coup de feu retentit. Elle entraîna hâtivement ses filles jusqu'à la Schöneweider Straße. Ici, toute une rangée d'immeubles avait été touchée, des flammes jaillissaient d'un étage élevé. Anna fut à nouveau saisie d'angoisse. Elles n'étaient qu'à une cinquantaine de mètres de l'immeuble d'Emma, mais le nuage de fumée l'empêchait de voir s'il était toujours debout. Elles pressèrent le pas, escaladèrent un monceau de gravats, et Anna poussa un soupir de soulagement :

l'immeuble du 16 était encore là. Sa sœur avait elle aussi survécu à l'attaque, et elles purent passer la nuit chez elle.

Le lendemain, ils condamnèrent toutes les fenêtres du 8, Zwiestädter Straße avec des planches et du carton ; inutile d'espérer obtenir de nouvelles vitres. Ce fut un des derniers actes de Carl en tant que surveillant de quartier à Berlin-Neukölln. Peu après, il reçut son ordre d'incorporation.

Charlotte

Début juin 1944, suite au débarquement des alliés en France, un front occidental se forma. Environ deux semaines plus tard, le 22 juin 1944, l'Armée rouge lança une grande offensive sur le front oriental, envoyant cent vingt-cinq régiments contre le groupe d'armées Centre. Ce groupe, composé de cinq cent mille hommes, n'avait que quarante avions à opposer aux près de six mille machines soviétiques. Staline semblait disposer de réserves inépuisables de soldats, d'armes et de munitions. Les renforts arrivaient sans discontinuer de son gigantesque pays. Les Russes avaient à présent atteint la Vistule, Varsovie allait tomber. La guerre était perdue, et continuait pourtant.

Charlotte n'avait plus de nouvelles d'Ernst ni de Leo depuis dix mois. Elle savait qu'ils faisaient tous deux partie du groupe d'armées Centre mais ignorait s'ils étaient encore en vie, blessés, prisonniers, ou toujours sur le champ de bataille. Seul Felix lui écrivait régulièrement. Suivant l'avis de Richard, il s'était porté volontaire comme aspirant officier de l'artillerie de marine, une idée qui se révéla fort judicieuse, voire salvatrice. Au début, Charlotte avait eu du mal à comprendre ce conseil de son père. Fallait-il vraiment, à ce stade de la guerre, se porter volontaire ? Richard avait ses raisons : en tant que volontaire, on pouvait choisir son unité. Felix fut accepté à l'académie militaire de Stralsund et celle-ci fut peu après transférée à List, sur l'île de Sylt.

« Nos journées se partagent entre les cours théoriques, l'exercice, l'entraînement à la défense antiaérienne et les tours de garde. Mais il y a aussi des tâches ennuyeuses, comme enrouler les cordes, compter les couvertures… et parfois, on paresse dans les dunes en se chauffant le ventre au soleil… »

Charlotte lut sa dernière lettre en date pendant le petit déjeuner. Incrédule, elle secoua la tête. Les descriptions de Felix paraissaient presque surréalistes alors qu'au front, c'était l'enfer sur terre, que les champs de bataille étaient imbibés de sang.

— Quel tire-au-flanc ! commenta Klaus.

Lisbeth, pour l'apaiser, posa une main ridée sur son bras.

— Ne parle pas comme ça de ton frère.

— Comment as-tu eu cette idée grandiose, papa ? demanda Charlotte.

— Grandiose !? répéta Klaus d'un ton méprisant.

Charlotte lui jeta un coup d'œil sévère. Comme son père ne répondait pas, continuant à tremper sa tartine dans son ersatz de café, elle lança, plus fort :

— Père !

— Quoi donc ? fit Richard.

Depuis qu'il avait perdu deux dents, peu de temps auparavant, il articulait mal et ne mangeait plus que des aliments mous. Il était aussi devenu très dur d'oreille. L'âge le malmenait, mais jamais il ne lui serait venu à l'idée de transmettre la direction de l'exploitation.

— Comment as-tu pensé à conseiller à Felix de se porter volontaire pour la marine ? reprit Charlotte en haussant la voix.

Richard porta sa tasse à ses lèvres ; sa main tremblait légèrement.

— Ce n'était pas mon idée mais celle de ton mari. Étant père de trois fils, Ernst a commencé il y a longtemps à réfléchir au meilleur moyen de leur faire traverser la guerre indemnes. C'est quand même un homme intelligent !

— Tu t'en rends compte bien tard !

Charlotte n'avait pu retenir sa remarque. Elle revoyait Ernst et Richard se disputer à propos de l'élevage de porcs. Mais son père ne parut pas l'entendre. Quand il ne répondait pas, on ne savait jamais si c'était par calcul ou à cause de sa surdité.

— Espérons que Heiner et Klaus passeront la guerre sans être incorporés, pas vrai, les garçons ? dit-il alors en se tournant vers ses petits-fils, tous deux occupés par leur troisième tartine de confiture.

— Que dis-tu là, grand-père ? protesta aussitôt Klaus.

Comme tous les jours, il portait sa chemise brune des Jeunesses hitlériennes. Il ne la lâchait jamais, et Charlotte devait la subtiliser dans sa chambre pour la laver.

— Si ma patrie a besoin de moi, je me battrai jusqu'à mon dernier souffle, comme père ! lança-t-il d'un ton sec avant de bondir sur ses pieds et de saluer.

Richard fut assez fin pour ne pas réagir et ignorer le fanatisme d'un gamin de quinze ans.

— Quelqu'un a vu Therese ? demanda Lisbeth pour changer de sujet.

— Elle est sûrement encore avec les Russkofs et les Pollacks ! fit Klaus. C'est vraiment répugnant de la voir passer tout son temps avec cette vermine.

Son frère, Heiner, pouffa.

— Klaus ! le tança Charlotte. Ça suffit, maintenant. Est-ce que tu as fait tes devoirs, au moins ?

Au même instant, la porte s'ouvrit à la volée et Therese se rua dans la salle à manger, écarlate et hors d'haleine :

— Ils emmènent Witec et Igor, maman, grand-père... Venez vite !

— Witec et Igor ? Mais pourquoi ? Et qui les emmène ? demanda Charlotte.

— Trois hommes en uniforme, dans une voiture noire. Cet homme de la SS est là aussi. Si tu n'y vas pas tout de suite, ils vont les arrêter !

Charlotte se demanda ce que les SS voulaient des travailleurs forcés. Ils n'avaient évidemment pas rapporté la disparition des œufs. Et pourquoi Therese se mettait-elle dans des états pareils ? Pourtant, elle se leva et se hâta vers la porte. En sortant sur le perron, elle vit une berline noire garée dans l'entrée de la ferme. Apparemment, il n'était pas encore trop tard.

— Reste ici ! ordonna-t-elle à sa fille.

Elle se rua dans la cour. Une centaine de mètres la séparait du portail, elle atteignit la voiture au moment où deux hommes en uniforme traînaient deux travailleurs menottés hors du logement des employés. C'était bien Igor et Witec. Celui-ci était mal en point, il avait dû résister. Il semblait avoir le nez cassé et une entaille s'ouvrait sur sa tempe. Witec était un des travailleurs polonais les plus doués ; il avait vite appris des bribes d'allemand, et jouait le soir sur son harmonica des morceaux qu'ils entendaient par les fenêtres ouvertes. Tout le monde l'appréciait. Charlotte se mit en travers de leur chemin, le dos bien droit, les poings sur les hanches.

— Qu'est-ce que ça veut dire ? Où les emmenez-vous ? demanda-t-elle d'un ton tranchant.

Le grand homme en uniforme hésita face à cette intervention courageuse et tourna la tête d'un air interrogateur vers Brandt, qui sortait du baraquement en remettant ses gants. Quand Charlotte croisa son regard, son sang se glaça dans ses veines. Une haine pure se lisait dans ses yeux. Elle repensa au soir où Ernst, après la messe de Noël, lui avait demandé des explications à propos de Therese. Depuis, il n'était plus revenu à Feltin. Ernst n'avait jamais révélé à sa femme comment il l'avait écarté.

— *Heil Hitler !* lança Brandt en tendant le bras.

— *Heil Hitler,* monsieur le *Obersturmführer* ! répondit Charlotte d'une voix faible.

— *Gauleiter*[1] *!* la corrigea-t-il.

— Monsieur le *Gauleiter,* répéta-t-elle lentement.

Elle sentit fondre son courage. Avait-il vraiment un poste si élevé ? Elle allait devoir s'en méfier encore plus.

— Selon nos informations, des Juifs se cachent parmi vos travailleurs.

— Des Juifs ? Je n'en crois pas un mot, contra Charlotte avec conviction.

D'un coup, sa voix avait retrouvé son autorité.

— Je me moque que vous le croyiez ou non. Nous en avons trouvé deux.

Il fit signe à son subalterne, qui lâcha le bras de Witec. L'autre lui donna un coup de botte dans le creux du genou, le faisant tomber au sol, le visage contre le pavé. Charlotte entendit un cri suraigu

---

1. Responsable régional politique et administratif d'une circonscription territoriale, sous le régime nazi.

dans son dos. Malgré son ordre, Therese l'avait suivie. Elle se jeta sur Witec, s'allongea sur lui et lui soutint la tête.

— Mais que fait la gamine ? s'exclama Brandt. Elle est folle ?

— Therese ! s'écria Charlotte. Relève-toi tout de suite !

Les yeux de Brandt s'étrécirent. Il avait manifestement attendu une occasion de ce genre. Au comportement de Therese, il était aisé de deviner que Witec était plus pour elle qu'un travailleur forcé.

— Espèce de...

— Therese ! hurla Charlotte avec un hoquet.

Son cœur battait à se rompre. Brandt fit un pas vers la jeune fille.

— Alors ? Parle ! Il te plaît, c'est ça ?

Il se tourna vers Charlotte, le visage déformé par un affreux rictus. Il fit signe à un des soldats, qui saisit Therese par le bras et l'arracha au Polonais.

— Non ! supplia Charlotte.

Mais cela ne fit qu'aiguillonner Brandt. Il n'eut qu'à lever l'index. Le soldat prit aussitôt son élan et balança un violent coup de pied dans le ventre de Witec, puis la pointe de sa botte lui atterrit en pleine figure.

Therese hurlait et pleurait, se tortillant sous la poigne de fer de l'autre militaire. Witec hoqueta, cracha du sang et des dents sur les pavés de basalte gris.

— Arrêtez ! cria Charlotte. Vous allez le tuer !

— C'est ton chéri ? demanda Brandt à Therese. Avoue donc !

Therese pinça les lèvres. Ses yeux étaient écarquillés d'horreur, les larmes dégoulinaient sur ses joues. Charlotte tenta de croiser son regard et secoua la tête d'un air de supplique.

— Avoue, c'est tout... Et on le laissera en paix, reprit Brandt d'une voix mielleuse.

— Therese, je t'en prie, ne dis rien ! siffla Charlotte. Tu ne fais qu'aggraver les choses !

— Nous ne sommes pas des monstres ! Si tu nous dis que c'est ton amoureux, nous fermerons les yeux.

— S'il te plaît ! Ne dis rien ! chuchota Charlotte.

Elle haletait. Ses genoux faillirent se dérober sous elle. Ne montre aucune faiblesse, s'ordonna-t-elle. Mais qu'est-ce que cela changerait, maintenant ? Qui pourrait l'aider ? Si seulement Leo était là, le père de Therese... Ou Ernst. Il l'avait déjà sauvée une fois. Elle savait parfaitement que Brandt mentait, qu'il se montrerait impitoyable. Depuis la fameuse messe de Noël, il attendait cette occasion de se venger de sa fille chérie, si innocente et fragile dans sa robe bleu pâle aux manches trop courtes, son visage de travers couvert de larmes. En entendant un claquement derrière elle, elle se retourna. C'était la canne de Richard sur le pavé ; il s'approchait en boitillant.

— Mais enfin, que se passe-t-il ici ?

Il brandit sa canne d'un air menaçant, mais sa voix se brisa et il vacilla.

— Père ! cria Charlotte.

Elle se précipita vers lui pour le soutenir.

— Oui, je l'aime.

Les mots jaillirent, francs et clairs, de la bouche de Therese.

Le temps sembla s'arrêter. Durant une fraction de seconde, Charlotte vit la stupéfaction se dessiner sur les traits de Brandt. Il avait presque l'air déçu, semblant penser : ils me facilitent la tâche à ce point-là ? Une seconde plus tard, il afficha une profonde satisfaction.

— On les embarque, ordonna-t-il d'un geste sec.

En un clin d'œil, il décida ainsi du sort de trois personnes.

Il leur fit raser la tête à tous les trois. On disposa trois chaises au milieu de la place du village et ils durent s'y asseoir, surveillés par six hommes en uniforme. Therese portait autour du cou un panneau proclamant : « Moi, Therese Feltin, suis la plus grosse truie du village, car je couche avec des Juifs. »

Igor à sa gauche et Witec à sa droite portaient eux aussi des panneaux : « Je suis Juif et n'entraîne dans mon lit que des filles allemandes. »

La tête de Witec pendait vers l'avant, le menton sur sa poitrine. Il avait le visage déformé par les coups. Quand il perdit connaissance et tomba de sa chaise, ils l'y ligotèrent. Les villageois pressaient tous le pas. D'habitude, la place était un lieu de rencontre où l'on prenait le temps de bavarder. Ce jour-là, tous se hâtaient de rentrer chez eux et de fermer leurs rideaux. Charlotte eut le cœur brisé de les voir là tous les trois sans pouvoir leur venir en aide. Therese avait dix-sept ans. Elle avait le crâne rasé, elle dont les épais cheveux bruns faisaient sa fierté. Au moins une chose chez moi que je ne trouve pas hideuse, avait-elle dit un jour. Elle s'était amourachée de Witec car, malgré le visage de biais de la jeune fille, il lui adressait des compliments, s'intéressait à elle, blaguait et la taquinait amoureusement. Ils n'avaient pas eu de liaison, mais il avait été le premier à lui donner la sensation d'être perçue comme une femme. Ni le maire ni le curé n'avaient permis à Charlotte de s'interposer. Personne ne voulait d'ennuis avec le tristement célèbre *Gauleiter* de Saxe.

Richard se fit emmener en voiture par Leutner jusqu'à la place. Ils se garèrent de l'autre côté, à l'ombre d'un tilleul, juste derrière la fontaine hexagonale. Charlotte les rejoignit dans la berline, où ils attendirent en silence le coucher du soleil. Quand il fit presque nuit, un des soldats remplit un seau d'eau à la fontaine et le balança à la figure de Witec. Celui-ci réagit à peine. On entendit un léger râle ; il ne restait presque plus de vie en lui. Ils le détachèrent de sa chaise et il glissa sur le pavé. À la lueur de la lune, Charlotte vit tressaillir les mains de sa fille.

— Ne fais pas de bêtise ! chuchota-t-elle.

Sans même avoir entendu son avertissement, Therese resta figée sur sa chaise, le dos bien droit. On traîna Igor et Witec jusqu'à une camionnette.

Lorsque celle-ci partit, Charlotte ouvrit sa portière et traversa la place pour rejoindre Therese. Apathique, les yeux vides, sa fille fixait le néant.

— Viens, on rentre à la maison, dit Charlotte en lui prenant le bras.

Anna

Les Russes finirent par envahir Berlin en avril 1945. Les Soviétiques avançaient dans la ville, prenant rue après rue, immeuble après immeuble, logement après logement. On voyait des draps, des taies d'oreiller ou des mouchoirs suspendus à des fenêtres sans vitre. Mais tous n'osaient pas hisser de tels drapeaux blancs improvisés. Le peuple était toujours appelé à se battre « jusqu'au dernier souffle » et à opposer aux bolcheviques une résistance acharnée. D'innombrables « traîtres à la patrie », condamnés par des tribunaux arbitraires, moururent aux tout derniers jours de la guerre, exécutés par d'irrécupérables fanatiques. La Nollendorfplatz était mitraillée. Quelques enfants et vieillards membres du *Volkssturm*[1] avaient élevé des barricades, auxquelles ils finirent par mettre le feu dans un acte désespéré. Les Russes n'y allèrent pas par quatre chemins ; ils les écrasèrent sous leurs chars. Bientôt, le crépitement des mitrailleuses résonna aussi entre les immeubles de la Zwiestädter Straße. La fumée obscurcissait le ciel.

1. Littéralement, « Tempête du Peuple ». Nom donné à la milice populaire allemande levée en 1944 pour épauler la Wehrmacht dans la défense du territoire du Reich.

Quand le char russe franchit le large porche du numéro 8, Anna, ses filles, Emma, Dora et Ida étaient cachées dans un étroit réduit tout au fond de la cave, avec quatre autres femmes de l'immeuble et leurs enfants. Deux hommes, M. Pahlke et M. Meinel, revenus du front depuis longtemps avec de graves blessures, avaient poussé une armoire devant l'entrée du cagibi pour le dissimuler. Le visage couvert de charbon, les cheveux ébouriffés, elles osaient à peine respirer, entassées dans l'obscurité. Elles perçurent physiquement la secousse qui ébranla l'immeuble quand le char entra dans l'arrière-cour. Pire encore fut le moment où la vibration cessa d'un coup.

Anna avait la gorge nouée. L'air poussiéreux du réduit se raréfiait. Sentant soudain naître un chatouillement au fond de son gosier, elle mit toute sa volonté à refouler l'irritation. Le char s'était arrêté. Ils allaient se déployer et fouiller les immeubles. De lourdes bottes claquèrent dans le hall d'entrée, des piétinements se firent entendre ; apparemment, ils commençaient par explorer les étages supérieurs. Gisela gémit soudain :

— Ma jambe ! J'ai une crampe !

Anna eut la présence d'esprit de lui plaquer une main sur la bouche. De l'autre, elle trouva à tâtons la jambe de sa fille et tira sur ses orteils pour lui étirer le mollet. Elle sentit Gisela se détendre peu à peu. Très prudemment, pour ne provoquer aucun bruit, elle essaya de lui faire un peu plus de place. Soudain, les piétinements revinrent, beaucoup plus proches, puis un grincement bruyant retentit : la porte de la cave. Terrifiées, les femmes se prirent les mains, les mères serrèrent leurs enfants contre elles. Tout près de son oreille, Anna entendit Mme Kalinke murmurer :

— Je ne tiendrai pas. Je préfère mourir que de subir ça.

— Chut ! fit Anna. Silence !

Les lourds pas s'approchèrent. Ils sont au moins trois ou quatre, pensa-t-elle. Des voix étrangères se lançaient de brèves phrases saccadées. Il y eut du vacarme, comme s'ils renversaient les bancs. Ils défoncèrent une à une les portes des caves individuelles, faisant craquer le bois, et soudain, quelques salves de mitrailleuses retentirent. Les femmes comprirent aussitôt qu'ils venaient d'abattre Pahlke et Meinel. Le silence régna un moment. Anna se dit que la tension, la peur et l'obscurité étaient sur le point de lui faire perdre la raison. Soudain, un homme lui apparut. Elle crut d'abord que c'était Carl, puis se rendit compte qu'il s'agissait d'Erich. Vêtu de son uniforme gris de la Première Guerre mondiale, il lui tendait la main comme pour l'inviter à le suivre. Le sang lui monta à la tête, son cœur battit la chamade. Tout à coup, son premier, son plus vieil ami lui manqua si douloureusement qu'elle se mit à pleurer sans bruit. Les larmes coulaient, dégoulinant le long de ses joues noircies. Elle qui ne pensait pourtant presque jamais à lui comprenait à présent que, de manière inexplicable, elle l'avait toujours aimé, alors qu'il avait disparu de sa vie depuis si longtemps. Gisela serrait très fort sa main, plantant ses ongles dans sa chair au point de lui faire mal. L'image d'Erich s'estompa. Des pas résonnèrent de nouveau. Était-ce une illusion ou s'éloignaient-ils vraiment ? Les femmes, qui avaient retenu leur souffle tout ce temps, se remirent prudemment à respirer. Les soldats russes n'avaient pas trouvé leur cachette et remontaient les marches de la cave.

— Merci ! murmura une voix.

Au même instant, un minuscule grain de poussière se fraya un chemin dans une narine du fils des voisins, âgé de huit ans, accroupi à côté de Gisela. Il émit un étrange gargouillement, essayant de retenir son éternuement en se pinçant le nez. Mais le grain de poussière s'était posé à un endroit particulièrement sensible, et le tourmenta jusqu'à finir par déclencher un réflexe naturel.

— Atchoum !

Aussitôt, un des soldats poussa un cri guttural. Les choses se passèrent à toute vitesse : l'armoire fut écartée, la lumière aveuglante d'une lampe de poche éclaira leurs visages noircis. Éblouis, ils ne virent rien, ne sentant que des mains rudes les attraper par les bras, les vêtements ou les cheveux pour les extirper de leur cachette. Ils entendirent les voix rauques, les mots étrangers. Femmes et enfants se cramponnaient les uns aux autres et furent séparés avec violence.

Les soldats étaient six. Ils poussèrent du pied les cadavres des deux Allemands abattus et firent glisser les lits de camp tout au fond de la cave. Toutes savaient ce qui allait se passer. Elles avaient assez entendu les horreurs qui se racontaient à voix basse. Chaque acte de cruauté perpétré par les Allemands sur le front de l'Est entraînait vengeance et représailles. Et personne n'était plus là pour les protéger. Ils jetèrent les femmes sur les couchettes, l'une après l'autre. Un soldat lui tenait les bras au-dessus de la tête tandis que les autres abusaient d'elle à tour de rôle. Quand ils attrapèrent Anita, Anna se jeta à genoux devant un soldat et le supplia d'épargner ses filles. L'homme avait tiré son casque d'acier bas sur son visage. Ses yeux sombres et obliques l'observèrent un instant avec attention. Il ne comprenait pas ce qu'elle disait, mais le temps d'un battement de cœur, Anna espéra qu'il serait ému par son geste. Combien de fois, depuis qu'il combattait, avait-il vu une femme le supplier d'épargner sa fille ? Cent fois ? Deux cents ?

— Je vous en prie ! répéta-t-elle à voix basse, joignant les mains.

Alors qu'elle restait ainsi, deux autres soldats attrapèrent Mme Kalinke pour la traîner vers la couchette de gauche. Elle lança un hurlement abominable, agita bras et jambes et se défendit de toutes ses forces jusqu'à ce qu'un des hommes la frappe violemment au visage, plusieurs fois. Elle cessa alors de crier, ne poussant plus que de petits gémissements. Anna était toujours à genoux devant le soldat qui tenait Anita. Il ouvrit la bouche en un rictus qui dévoila une incisive manquante, puis tira brutalement la jeune fille par le bras et la projeta sur la paillasse.

— Ne te défends pas ! lui chuchota Emma.

Enfin, les Russes les lâchèrent. Ils remontèrent leurs pantalons verts, bouclèrent leurs ceinturons, ramassèrent leurs armes et gravirent les marches de la cave en se lançant de brèves phrases et en riant. Leurs pas s'éloignèrent.

Ils étaient restés environ une heure, une éternité d'horreur pour Anna. Elles demeurèrent dans la cave, prostrées et terrifiées, personne n'osant aller jusqu'à la porte. Mme Kalinke pleurait sans interruption. Son visage était un tableau de misère, couvert de sang, un œil enflé, la lèvre éclatée. Ida tentait de la réconforter. Au moins n'avaient-ils frappé personne d'autre, et les enfants avaient été épargnés. Toutes s'efforcèrent de remettre de l'ordre dans leurs vêtements. Elles étaient immobiles, assises ou allongées sur le sol glacial ; tout le monde se tenait à distance des couchettes. Soudain, le plafond se remit à vibrer. Le char s'en allait, ses chaînes grinçant et crépitant sur l'asphalte. Un écho assourdissant retentit quand il franchit le porche. Au bout d'un moment, le silence se fit.

— Ils sont partis ? demanda Mme Kalinke d'une voix tremblante.

— Je vais voir, répondit Anna en se levant.

— Attends encore un peu, objecta Dora. Et s'ils reviennent ? Ou s'il reste des Soviets dans l'immeuble ?

Anna hésita. Sa sœur avait raison. Des soldats russes pouvaient parfaitement être encore en train de fouiller les appartements. Elle jeta un coup d'œil à Anita, qui s'était adossée à Emma. Elle avait le regard vide, absent. Pourtant, Mme Kalinke avait besoin de soins. Anna ôta ses chaussures, s'approcha de l'escalier sur la pointe des pieds et monta. La porte était béante. Elle passa la tête au-dehors, regarda autour d'elle, tendit l'oreille dans la cage d'escalier. N'entendant que quelques coups de feu épars dans la rue, elle se risqua jusqu'à l'entrée de l'immeuble. Elle perçut distinctement sous ses pieds les marques creusées dans l'asphalte par les chenilles du char. Les Soviets avaient aussi détruit le portail. Tremblant de froid et de peur, elle dut se faire violence pour oser avancer jusqu'à la rue. Elle ne voulait surtout pas prendre le risque d'exposer sa famille à l'agression d'une autre troupe russe. Soudain, un jeune garçon surgit au coin de l'immeuble et lui fonça presque dedans. Il laissa tomber un manche à balai surmonté d'un chiffon blanc et hésita un instant. Anna lut la panique dans ses yeux écarquillés.

— Willi ! souffla-t-elle.

Elle venait de reconnaître le fils d'une voisine, incorporé au *Volkssturm* quelques semaines plus tôt. Il avait tout juste quinze ans.

— Ne me dénoncez pas, s'il vous plaît ! chuchota-t-il. Il y a un SS qui me poursuit, il m'a vu avec le drapeau blanc. Il va me tuer !

Son visage encore enfantin était déformé par la peur.

Anna hocha la tête. Elle avait entendu parler de la brutalité des tribunaux arbitraires SS qui, malgré l'avancée des Soviétiques, parcouraient toujours la ville et fusillaient ou pendaient tous ceux qui faisaient mine de se rendre de leur plein gré. Le gamin se précipitait déjà dans l'arrière-cour. Elle se pencha et ramassa le chiffon qui s'était détaché du manche de bois. C'était une vieille taie d'oreiller. En entendant de lourdes bottes approcher rapidement, elle retourna dans la cage d'escalier, sans lâcher le tissu, et se cacha derrière une saillie de briques. Les pas approchèrent encore puis s'arrêtèrent à l'entrée du hall. Anna se colla au mur froid, enfonçant les ongles dans le plâtre. Où étaient les Waffen-SS quand les Soviets nous violaient ? se demanda-t-elle. L'homme fit demi-tour et Anna entendit ses pas résonner quand il entra dans l'arrière-cour. Prenant son courage à deux mains, elle fourra le chiffon blanc sous l'escalier et revint dans l'entrée.

— Aidez-nous, s'il vous plaît ! lança-t-elle vers le large dos de l'homme pour le détourner du jeune garçon.

Le SS en uniforme noir pivota lentement vers elle.

— Nous avons besoin de votre ai…

Quand elle vit son visage, le dernier mot mourut dans la bouche d'Anna. Les petits yeux perçants au-dessus du nez rouge reluisirent et il s'approcha d'elle. Lui aussi l'avait reconnue.

— Tiens tiens, en voilà une surprise, fit Günter.

Anna recula, cherchant fébrilement une issue. Dans l'escalier ? Et s'il la poussait jusqu'à l'un des appartements vides ? Elle avait des sueurs froides. Retourner à la cave ? Avec les autres ? Non, ses filles étaient là-bas, qui sait ce qu'il irait encore imaginer. Sans plus réfléchir, elle fit volte-face et se précipita dans la rue. Günter se lança à sa poursuite. Il était plus rapide qu'elle, évidemment, et réduisit la distance. Anna courait aussi vite qu'elle le pouvait. Au bout de la rue, elle vit un char soviétique rouler dans le sens inverse. Serait-il son salut ? Günter était sur ses talons, elle l'entendait haleter ; déjà, il lui saisissait le bras et la projetait contre un mur. Il colla sa face hideuse à la sienne.

— Comme on se retrouve ! siffla-t-il.

Anna poussa un cri strident. Au même instant, un coup de feu retentit. Günter ouvrit la bouche, étonné, comme pour dire quelque chose, puis il s'affaissa. Anna, toujours collée au mur, haletait. Sur le trottoir d'en face, un soldat russe remit son pistolet dans son étui et brandit sa mitraillette. Elle leva doucement les mains. Le soldat traversa la rue, l'arme au poing, sans quitter Günter et Anna des yeux. Arrivé devant elle, il poussa le corps inerte du pied. Quand Günter gémit, le Soviétique abaissa un peu le canon de son arme et le transperça d'une pluie de balles. Après avoir désarmé le cadavre, le soldat adressa un hochement de tête sec à Anna, lui signifiant de déguerpir.

Elle repartit en tentant de contrôler ses jambes tremblantes, de n'avancer ni trop lentement ni trop vite. Alors seulement, elle se rendit compte qu'en fuyant Günter, elle s'était beaucoup éloignée. Elle n'osa baisser les bras qu'en arrivant près de chez elle, et se retourna. Le soldat russe avait disparu.

— Il n'y a plus personne, dit-elle en entrant dans la cave.

— Où étais-tu passée, tout ce temps ? demanda Gisela.

Anna se contenta de serrer les lèvres.

Elles aidèrent Anita et Mme Kalinke à se relever, puis montèrent péniblement jusqu'à leur appartement. Des coups de feu résonnaient toujours dans la rue, parfois soulignés de salves de mitraillettes. En haut, un spectacle de désolation les attendait : l'accordéon rouge d'Anita était par terre, juste derrière la porte défoncée. Apparemment, les Russes avaient voulu l'emporter mais, le trouvant peut-être trop encombrant, l'avaient jeté contre le mur. Il gisait sur le tapis, brisé et piétiné. Anita poussa un sanglot étouffé puis alla sans un mot dans la chambre des filles. Les meubles étaient renversés, le contenu des tiroirs et des armoires éparpillé partout au sol, les matelas éventrés. Ils ne possédaient aucun objet de valeur, mais les Russes avaient manifestement emporté les tasses de collection et les cadres. Bien entendu, toutes leurs maigres réserves alimentaires avaient disparu du cellier. Anna commença par vérifier si elles avaient encore assez de charbon pour préparer un bain, et ramassa les restes dans les chambres et la cuisine. Elle alluma ensuite le fourneau de la salle de bains.

Charlotte

— Maman !

Charlotte ne se sentit pas concernée par cet appel. Penchée en avant, les jambes écartées, elle fouillait à mains nues la terre friable et jetait dans un panier les pommes de terre presque noires. Celui qui venait d'appeler avait la voix enrouée. Elle ne leva pas la tête. Des glaneurs arrivaient sans cesse de la ville, en un flot semblant infini, jusque dans leur ferme et leurs champs. Des gens amaigris, vêtus de haillons, munis de paniers et de sacs à dos, se jetaient sur leurs terres comme des nuées de sauterelles. Charlotte avait pitié d'eux et leur donnait ce dont ils pouvaient se passer à Feltin, surtout aux femmes qui avaient de jeunes enfants. Mais elles se passaient le mot, il en venait de plus en plus, et le pillage empirait. Tandis qu'elle s'occupait des nécessiteux à la ferme, on vidait les poulaillers et les champs dans son dos. Le peuple mourait de faim, la détresse était si grande qu'on oubliait scrupules et honnêteté. Charlotte continua à travailler, enfonçant les doigts dans la terre desséchée. Il fallait faire vite, ramasser le plus de pommes de terre possible. On avait besoin de tous les bras, il y avait urgence ! Tout ce qu'ils ne récoltaient pas le matin serait volé le soir.

Et s'il ne se mettait pas à pleuvoir bientôt, le reste flétrirait sur place.

— Maman !

Charlotte se redressa lentement et se tourna dans la direction d'où venait la voix.

— Mais c'est Felix ! s'exclama Bärbel, agenouillée près d'elle.

Le grand homme maigre, juste vêtu d'un pantalon noir et d'un maillot de corps côtelé, la dévisageait.

— Felix ! souffla Charlotte.

Il venait déjà vers elle, courant sur la terre fendillée dans ses bottes de soldat. Ils se sautèrent au cou, et Charlotte serra son fils aîné contre son cœur. Elle n'avait plus eu de ses nouvelles depuis la fin de la guerre, pas plus que de ses jeunes frères ni d'Ernst. Mais il était bien là, les épaules brûlées par le soleil. Il lui raconta par bribes comment la base militaire de la marine allemande de Sylt avait été prise par les Britanniques, qui les avaient tous désarmés avant de les envoyer en camp d'internement.

— ... et ils ne nous ont libérés que la semaine dernière à Flensbourg, dans la zone ouest-allemande. Alors je me suis demandé comment j'allais faire pour rentrer à Feltin, qui est dans la zone soviétique, maintenant que les frontières entre les zones sont tellement surveillées. Je ne voulais qu'une chose : rentrer à la maison, rentrer à Feltin.

Alors que Charlotte allait passer la main dans ses cheveux coupés très court, il la retint et marmonna, honteux :

— Non, maman, s'il te plaît... Ils sont pleins de poux, à cause du camp...

Il posa les yeux sur les deux jeunes filles maigrelettes aux robes déchirées, près de Charlotte. L'une avait noué ses cheveux blonds en queue-de-cheval, son visage rond au petit nez fin était devenu joli.

— Bärbel ! s'exclama-t-il en enlaçant sa petite sœur.

Felix regarda Therese, dont les cheveux bruns étaient très courts, et demanda :

— Tu as coupé tes beaux cheveux ! Tu avais des poux aussi ?

Elle secoua la tête et baissa les yeux. Charlotte vint à son aide.

— Je te raconterai plus tard. Commence par aller prendre un bain, et demande une bouteille de vinaigre à Mme Leutner pour ta tête.

Felix hésita. Il aurait voulu savoir comment elle avait vécu la conquête soviétique mais n'osait pas, ayant entendu des horreurs. Il se contenta de s'enquérir de son père et de ses frères. Charlotte serra les lèvres et secoua la tête.

— Aucune nouvelle.

— Il ne faut surtout pas que papa revienne à la maison ! s'écria-t-il.

Il regarda autour de lui, l'air soudain très nerveux, et ajouta à voix basse :

— Les Soviets arrêtent tous les officiers de la Wehrmacht et les envoient en Sibérie, à condition même qu'ils y arrivent vivants.

Charlotte hocha la tête. Richard le lui avait déjà dit.

— Va donc te laver. Tout va s'arranger.

Elle repoussa une mèche grise derrière son oreille et le regarda se diriger vers la ferme.

Le soleil du matin baignait les feuilles vertes des bouleaux, près du chemin de terre, d'une lumière irréelle. L'air était encore limpide. C'était une des rares journées où soufflait un vent d'ouest léger et frais. Charlotte se demanda si tout ce qui venait de l'ouest était bon. Si seulement Feltin avait pu se trouver de l'autre côté, dans le secteur américain !

— Maman, regarde, en voilà encore plus ! dit Therese.

Apparemment, un autre train venait d'arriver. Une nouvelle file interminable se dessinait à l'horizon sur la colline de Rabenstein.

— Dieu du ciel ! gémit Charlotte. Mais que vont donc manger tous ces gens ?

Anna

— Anita ! dit Anna doucement en s'asseyant par terre à côté du lit. Ça ne peut pas continuer comme ça !

Sa fille fixait de ses yeux vides le mur nu de la chambre. Au début, elle avait passé des heures dans la salle de bains, la porte verrouillée, sans réagir quand on frappait. Debout dans la baignoire, une cuillère de bois entre les dents, elle s'infligeait un rinçage au vinaigre après l'autre, étouffant impitoyablement ses cris, sa douleur cuisante quand l'acide rongeait ses blessures béantes. À présent, elle restait assise là, blême et muette, sans répondre à aucune question, sans rien manger. Anna, résignée, reposa la tartine de saindoux qu'elle lui tendait. L'odeur de graisse de porc éveillait en elle le désir presque irrésistible d'y mordre à pleines dents, et elle se maudissait. Elle avait eu tant de mal à l'obtenir. Il n'y avait rien. Pendant toute la guerre, l'approvisionnement avait fonctionné, sans abondance mais en quantités suffisantes. À présent, ils avaient faim, une faim qui devenait l'épouvantail gouvernant leurs pensées, tourmentant leurs corps amaigris. Il n'y avait plus qu'une solution. Elle devait aller à la campagne chercher de quoi manger. Jusqu'à présent, elle n'avait pas osé laisser Anita seule plus d'une heure.

— Je laisse ça là si tu changes d'avis, d'accord ?

Anna posa l'assiette sur le parquet puis passa tendrement la main sur les cheveux bruns de sa fille en espérant une réaction, un regard. Mais Anita s'était retirée tout au fond d'elle-même.

Deux jours plus tard, à 5 heures du matin, Anna partit avec Gisela. Elle avait prié Emma, Ida et Dora de surveiller Anita à tour de rôle, sans jamais la laisser seule. Munies de sacs à dos vides, elles se mirent en route dans les rues de Berlin en ruine auxquelles l'aurore donnait un air fantomatique. La guerre était finie mais plus rien ne tenait debout. Les survivants s'éveillaient sous le soleil de juin. On tirait des décombres des restes de murs, des poutres de bois et même d'acier. Femmes et enfants faisaient passer des seaux de gravats ou tiraient eux-mêmes des chariots et des wagonnets lourdement chargés ; il n'y avait plus de chevaux ni de camions. Les vestiges de la guerre servaient de matériel de reconstruction. Anna savait qu'elle et Gisela devraient bientôt s'y mettre à leur tour. Avant cela, il leur fallait de quoi manger. Elles longèrent d'interminables files d'attente devant des épiceries de fortune, où elles ne virent que des étagères vides. D'autres faisaient la queue pour obtenir de l'eau potable, les conduites ayant éclaté presque partout. Les rues détruites étaient si méconnaissables qu'elles finirent par se perdre. Anna avait entendu dire que la gare de Görlitz fonctionnait encore. Il fallait donc qu'elles aillent vers le nord, et elles s'orientèrent grâce au soleil. Les chaussures de Gisela étaient désormais bien trop petites ; elle avait les talons en sang. Pourtant, elle continuait à avancer avec courage.

Elle semblait avoir beaucoup mieux surmonté leur terrible expérience que sa pauvre sœur. Le dos droit, la tête haute, elle prenait parfois un peu d'avance pour repérer le chemin et Anna regardait alors sa fille, ébahie. Elle paraissait si fraîche et si sûre d'elle, avec ses cheveux bruns noués en un chignon lâche et ses hautes pommettes. Elle portait une ancienne robe d'Anita, à taille cintrée et ample jupe. Et bien que la couleur de bleuet du tissu soit défraîchie et que ses souliers grossiers n'y soient pas du tout assortis, elle rayonnait ainsi d'une douce beauté.

— Regarde, maman ! Un signe avant-coureur de chez toi !

Elle désignait un panneau bleu resté intact où on lisait : « Spreewälder Platz », place des Forêts de la Sprée.

— Tu as raison, et la gare est là-bas, ajouta Anna.

Elles se joignirent à une foule arrivant de toute part qui se hâtait vers le bâtiment à moitié effondré. Il ne restait qu'une des deux célèbres tours de la gare de Görlitz, la partie arrière du hall avait disparu, mais on avait dégagé les voies et réparé les rails. Le quai était noir de monde, des gens levés encore plus tôt qu'elles ou venus de moins loin. Certains avaient même dormi là pour pouvoir prendre le premier train.

— Par ici ! dit Gisela à sa mère.

Anna la suivit, enjambant les corps et les jambes de ceux qui patientaient par terre. Gisela s'excusait gentiment auprès de chacun. Il émanait d'elle une telle sérénité que tout le monde la croyait animée d'un idéal supérieur. Certains se contentaient de la regarder, personne ne protestait, la plupart leur faisaient de la place d'eux-mêmes. Au vu de la foule agglutinée là, Anna savait que leur seule chance de monter dans le train serait d'attendre tout au bord du quai, mais la présence de Gisela l'emplissait soudain de confiance.

Peu après, elles se retrouvèrent pressées dans le couloir d'un wagon ; du moins étaient-elles à la fenêtre. La plupart des passagers descendirent à des gares proches de Berlin. À Halbe, les voitures se vidèrent au point qu'elles trouvèrent des places dans un compartiment. Puis le train s'enfonça dans la région boisée de son enfance. De loin en loin, le soleil se reflétait sur l'eau verte des canaux de la Sprée, reluisant dans ses yeux comme de petits éclairs. Le cœur d'Anna battit plus vite. Elle n'avait jamais pris conscience que sa forêt lui manquait autant. Les jolis villages de Kolkwitz et Kunersdorf filèrent devant elles, intacts, comme si la guerre n'avait jamais eu lieu.

— Nous sommes presque arrivées ! dit-elle à Gisela, émue, en serrant sa main.

La petite gare au crépi jaune de Vetschau apparut soudain, et ne grossit guère à mesure qu'elles approchaient. Les encadrements verts des fenêtres n'avaient pas changé non plus. Après la traversée des ruines de Berlin, se retrouver face à un bâtiment de son enfance encore entier fut une bénédiction pour Anna. Elles descendirent et se mirent en route pour la maison de ses parents, si affamées désormais que le long chemin leur parut presque insurmontable. Elles espéraient beaucoup du jardin potager de sa mère. Il devait bien y rester quelque chose de comestible. Les talons de Gisela s'étaient remis à saigner et elle ôta ses chaussures pour continuer pieds nus ; les ampoules étaient trop douloureuses.

— On trouvera peut-être une paire plus à ta taille chez papi et mamie, souffla Anna pour la consoler. Sinon, tu pourras te reposer chez eux pendant que je ferai le tour des fermes des environs.

Il ne restait plus qu'à grimper le talus et franchir le petit pont de bois. Quand elles bifurquèrent devant les trois grands saules pleureurs, Anna vit la colline. Les clapiers à lapins et la basse-cour étaient toujours là, et derrière, la minuscule maison de ses parents, au toit de tuiles biscornu qui abritait les deux chambrettes. En avançant vers la vieille porte de guingois au bois tout érodé, Anna sentit sa gorge se serrer. Pendant tout le voyage en train, elle s'était réjouie de retrouver ses parents, mais voilà qu'elle était saisie d'un sentiment oppressant.

— Qu'est-ce qu'il y a ? Nous n'entrons pas ? demanda Gisela.

D'habitude, sa mère voyait par la fenêtre de la cuisine quiconque s'approchait de la maison. Anna enfonça la poignée de métal et poussa la porte, qui n'était pas verrouillée.

— Maman ? Papa ? lança-t-elle en entrant dans le vestibule bas de plafond.

Pas de réponse. Un parfum incomparable de bouillon de poule qui flottait dans l'air leur mit aussitôt l'eau à la bouche.

— Oh, quel délice ! Mamie a fait de la soupe ! s'exclama Gisela. Comme si elle avait deviné que nous venions.

En se dirigeant vers la cuisine, elles passèrent devant un mur où un étroit miroir avait toujours été suspendu. Anna tressaillit : il était encore là, mais on l'avait couvert d'un linge noir.

— Qu'est-ce que ça veut dire ? s'enquit Gisela.

— Je ne sais pas, mentit Anna.

Elle ne voulait pas formuler à voix haute son terrible pressentiment, craignant de le rendre réel.

Elles entrèrent dans la cuisine et virent aussitôt la nappe blanche étendue sur la table en bois grossier. Les assiettes et cuillères empilées semblaient attendre un grand nombre de convives. Sur le fourneau, une énorme marmite de bouillon de poule. Anna monta quatre à quatre l'étroit escalier menant aux chambrettes. Dans celle de ses parents, le miroir était lui aussi voilé d'un drap noir. Une douleur sourde commença à la ronger. Aucun doute, la famille était en deuil. Un de ses frères ?

— Viens, Gisela. Il faut qu'on aille au cimetière !

En regardant par la fenêtre, elle vit s'avancer une femme voûtée, toute de noir vêtue. Près d'elle, dans un costume bien trop ample mais aux manches et aux jambes trop courtes, un homme qui devait être son frère Wilhelm. Derrière eux, un cortège endeuillé. Anna redescendit les marches en courant et ouvrit la porte à la volée.

— Anna ! s'écria sa mère en se figeant. Tu es là !

Elles tombèrent dans les bras l'une de l'autre sans pouvoir retenir leurs larmes.

— Et Gisela aussi !

Sophie serra longuement sa petite-fille contre elle.

— Et où est Anita ? demanda-t-elle ensuite. Nous ne savions pas comment vous joindre. Il n'y a plus de courrier, plus rien.

— Anita est à Berlin, dit Anna avant d'ajouter, honteuse : Maman, nous sommes seulement venues parce qu'en ville, il n'y a plus rien à manger. Que s'est-il passé ?

En voyant l'infinie tristesse dans le regard de sa mère, elle comprit tout de suite que son père était mort. Son cœur s'alourdit. Elle ne l'avait pas vu depuis si longtemps, et pourtant, la certitude que quelqu'un l'aimait sans réserve avait toujours été un encouragement pour elle. Wilhelm et elle restèrent longtemps dans les bras l'un de l'autre. Peu à peu, le cortège funèbre arriva. Certains l'appelèrent par son prénom, mais elle eut du mal à reconnaître tous les visages de son enfance. Recevoir leurs condoléances fut presque au-delà de ses forces. Finalement, son estomac vide et sa douleur intérieure lui coupèrent les jambes. Alors qu'elle était sur le point de s'affaisser sur la marche inférieure du perron, un des derniers membres de l'assistance entra. Une main ferme retint son bras pour l'aider.

— Anna !

Sa voix déclencha en elle une exaltation à la fois réconfortante et alarmante. C'était Erich.

Ils étaient assis côte à côte au bord de l'eau, dans leur cachette de jadis. Les hautes herbes étaient couchées, comme si des enfants ou d'autres amants étaient venus récemment sur la rive où la Sprée était aussi limpide que le ciel. Dans le lit du cours d'eau, quelqu'un avait disposé des galets gris pour former sur le sable un mot très lisible.

— « Chance », lut Anna à voix basse.

Elle saisit une petite pierre et referma les doigts dessus.

— N'est-ce pas un mot étrange ?

— Non ! s'écria Erich.

Il posa doucement sa main sur la sienne et lui reprit le galet strié de deux raies blanches.

— Ça porte malheur.

Il le remit soigneusement en place, l'enfonçant bien dans le sable.

— Malheur ? Encore plus ? demanda Anna. Comment serait-ce possible ? Mon père vient de mourir. Je ne sais pas comment je vais l'annoncer à mes sœurs et à ma fille aînée, qui viennent en plus de subir des horreurs… Les Russes nous ont…

Elle se tut, sans savoir si elle serait capable d'en parler un jour.

— Oh non…, chuchota Erich. Ça doit être affreux.

Il chercha son regard et, l'espace d'un instant, ils plongèrent l'un dans l'autre, oublièrent tout ce qui les entourait, redevinrent très proches. Les années qu'ils avaient passées séparés s'effacèrent. Ils avaient retiré leurs chaussures pour rafraîchir leurs pieds nus dans l'eau froide. En observant Anna, Erich songea qu'elle avait bien peu changé durant tout ce temps. Ses cheveux retenus par un ruban pendaient dans son dos, lisses, sans un fil gris. Son visage mince était très pâle. Il voyait toujours en elle l'adolescente qui courait aussi vite que lui, partante pour les pires âneries, et qui supportait les punitions du maître d'école avec le même courage. Qui avait été sa maîtresse l'espace d'un après-midi. Après deux guerres et deux moitiés de vie, elle était là, assise près de lui, et les sentiments d'autrefois étaient revenus.

— Tu as repris la ferme ? s'enquit Anna.

Erich hocha la tête.

— Pourquoi tu ne t'es jamais marié ? ajouta-t-elle au bout d'un moment.

Il tourna la tête et observa l'endroit bouillonnant où le courant rencontrait de grosses pierres. Il agita les orteils dans l'eau puis haussa les épaules :

— Je ne sais pas... Peut-être aussi parce que celle qu'il me fallait était déjà prise.

Anna vit une douce rougeur monter lentement de son cou vers son visage.

— Et toi ? fit-il. La jolie jeune fille, c'est la tienne ? En fait, je n'ai même pas besoin de te poser la question. C'est ton portrait tout craché.

— Tu trouves ?

— C'est exactement toi, juste avant ton départ à Berlin. Quel âge a-t-elle ?

— Gisela a seize ans.

— Presque comme toi, à l'époque... Et son père... ton mari ?

Anna secoua énergiquement la tête.

— Il n'est pas encore rentré de la guerre. Il était sur le front de l'Est.

Erich hocha la tête.

— Tu es toujours couturière ?

— Bah, répondit Anna en rejetant la tête en arrière. Qu'est-ce que je pourrais bien coudre ? Ces derniers temps, je faisais des uniformes et des toiles de tente pour la Wehrmacht dans une usine. À l'arrière, comme ils disaient. Il n'y a plus de tissu ni de fil depuis longtemps.

Erich se tourna vers elle, la main droite appuyée dans l'herbe. Son visage anguleux, tout proche du sien, était tanné par le soleil. Deux rides profondes longeaient chaque côté de son nez et quatre plus petites partaient de chaque œil. Elle les compta sans bruit, les effleurant du bout des doigts. Si familières.

— Reste avec moi ! dit-il.

Anna laissa retomber sa main et la posa sur ses genoux, sur sa robe vert clair tout usée. Elle examina ses ongles coupés court. Son cœur lui disait : accepte. Reste avec lui, tu serais heureuse, ici. Mais ce fut sa conscience qui lui fit répondre :

— Je ne peux pas, Erich. J'ai un mari et deux filles. Je ne peux pas les abandonner. Ils ont besoin de moi.

Anna et Gisela restèrent là deux jours et deux nuits puis rentrèrent à Berlin avec des sacs à dos pleins à craquer. Sophie leur avait tant donné qu'elles peinaient à tout porter. Vetschau était si éloigné de Berlin que très peu de glaneurs s'y aventuraient, il restait encore beaucoup de légumes et de pommes de terre dans son jardin. Elle leur offrit même un bocal de lapin en gelée sorti de son cellier. Quand elles rejoignirent Neukölln, en croisant dans les rues de Berlin tant de gens si tenaces, presque uniquement des femmes, Anna se dit une fois de plus : demain, nous mettrons la main à la pâte, nous aiderons à déblayer les gravats, à tout reconstruire. Demain !

Gisela souffrait visiblement à chaque pas, sans se plaindre. Sophie lui avait donné d'autres chaussures, mais elles ne lui allaient pas non plus et écorchaient ses talons déjà blessés. Le sang coulait sur le cuir brun.

— Tu veux qu'on fasse une pause ? demanda Anna, inquiète.

— Non, ça va aller, maman, répondit Gisela en secouant la tête. Je voudrais juste rentrer à la maison. Ce n'est plus très loin.

Elle luisait de sueur, ses cheveux lui collaient au visage. Anna savait qu'elle-même n'avait pas meilleure allure. C'était un après-midi de juin inhabituellement chaud. Le soleil brillait sans pitié sur la ville bombardée, rendant encore plus insupportables la poussière et la cendre qui montaient des décombres. Elles avaient en permanence la gorge et les yeux irrités.

Une file d'attente s'était formée devant une pompe à eau, serpentant jusqu'au bout de la rue. Femmes et enfants patientaient munis des récipients les plus inattendus, seaux, bouteilles, cafetières. Anna s'aperçut qu'elle avait horriblement soif. Mais attendre leur tour ici durerait une éternité, et puis leur immeuble était un des derniers ayant encore l'eau courante. Elles remontèrent la file en sentant des regards envieux se poser sur leurs sacs à dos pleins à craquer.

— Tiens, en voilà qui ont bien glané ! lança un jeune garçon.

Mieux vaut ne pas se retourner, pensa Anna en le faisant quand même. Le gamin maigrelet ôta son béret, le retourna comme pour faire la quête et lui sourit.

— Une petite obole, s'il vous plaît !

Ce n'était qu'une blague, et pourtant Anna hésita et ralentit le pas. Elles avaient tant de provisions, et la plupart des gens qui attendaient ici n'auraient même pas une croûte de pain à mettre dans leur assiette le soir. Gisela, devinant ses pensées, lui attrapa le bras.

— Allez viens, maman.

Anna hocha la tête. Par les temps qui couraient, c'était chacun pour soi. Soudain, son regard croisa celui de la femme qui faisait la queue derrière le jeune garçon. Un bidon à lait à la main, elle tapotait impatiemment le sol du pied. Elle avait un foulard rouge pâle autour de la tête, comme la plupart des « femmes des décombres », mais sur elle, il ressemblait presque à un accessoire de mode. Elle dévisageait Anna ouvertement. Ces yeux bruns tout ronds... Ce joli nez mince... Les joues creuses, en sueur, exténuée, et pourtant, c'était bien elle...

— Ella ?

La femme lâcha son bidon, qui tomba par terre avec un bruit de tôle. Elles firent un pas l'une vers l'autre puis se sautèrent au cou, se berçant, incapables de se lâcher. Leur querelle était si loin, elles avaient oublié ce qui l'avait déclenchée. Les gens qui attendaient là observèrent leurs retrouvailles, certains semblèrent même s'en émouvoir.

— Voici ma fille Gisela, dit Anna en faisant signe à celle-ci d'approcher.

— Je t'ai connue, tu étais grande comme ça, fit Ella en mettant une main à hauteur de son nombril. Comme tu es jolie !

— Et moi, je sais qui vous êtes, répondit Gisela en s'approchant. La meilleure amie de ma mère.

Ella tourna la tête vers Anna et sourit.

— C'est vrai, et elle aussi est ma meilleure amie, et le sera toujours.

Elle déglutit, tentant de masquer son émotion, puis reprit :

— Où est-ce que vous avez atterri ? Vous habitez toujours au 8, Zwiestädter Straße ou vous avez été bombardées ?

— On y est toujours. On a eu de la chance, répondit Anna.

Voilà que ce drôle de mot ressurgissait. *De la chance…*

— Et toi ?

— Oh, je me débrouille…

Avant qu'Anna ait eu le temps d'en demander davantage, une Jeep remonta la file d'attente, deux G.I. à son bord. La voiture freina abruptement devant elles en soulevant encore plus de poussière.

— *Hey, Ella baby !* fit le plus âgé des deux soldats, assis sur le siège passager.

C'était apparemment un officier supérieur, à en juger par le nombre de barrettes cousues sur sa chemise. Il semblait très bien connaître Ella.

— *Come and get in !* lança-t-il.

Le conducteur, qui n'avait pas éteint le moteur, scruta Gisela de la tête aux pieds. Après un bref échange avec l'officier américain, Ella ramassa son bidon à lait, grimpa dans la Jeep et s'assit sur la banquette arrière. Le conducteur montra Gisela du doigt et demanda quelque chose à Ella en anglais.

Elle secoua la tête puis leva la main en un geste d'adieu désinvolte.

— Prenez soin de vous, Anna et Gisela. Je sais où vous trouver, maintenant.

Le conducteur enfonça l'accélérateur et la Jeep disparut dans un nuage de poussière.

Anna et Gisela arrivèrent enfin dans leur rue. Une file d'attente s'était formée devant le magasin de charbon de l'immeuble voisin. En plein mois de juin, on n'avait pas besoin de chauffage, mais il fallait du charbon pour faire la cuisine et se laver. L'indestructible Mme Lampert se tenait derrière son comptoir et secouait la tête inlassablement.

— Où voulez-vous que je trouve du charbon ? Il faudrait que je le vole ! demandait-elle aux clients furieux.

Elle ne pouvait même pas fournir les maigres quantités permises par les tickets de rationnement. Briquettes et boulettes de charbon étaient aussi rares que toutes les denrées de première nécessité. Chacun était livré à soi-même. Anna frémit en voyant qu'on avait même arraché le carton qui obstruait les fenêtres du rez-de-chaussée, sans aucun doute pour en faire du combustible. Quand elle croisa le regard de Mme Lampert et lui adressa un signe de tête, il lui sembla que la marchande de charbon détournait vite les yeux au lieu de la saluer avec son effusion habituelle.

Anna et Gisela entrèrent dans leur immeuble. Il faisait une fraîcheur agréable dans le hall haut de plafond. Quatre gros trous béaient dans le mur là où peu de temps auparavant était encore accroché le tableau d'annonces du NSDAP. On voyait la marque rectangulaire plus claire sur le plâtre jauni. Qui l'a donc dévissé ? se demanda Anna. En montant les premières marches, elle s'attendit machinalement à voir s'ouvrir la porte de l'appartement des concierges. Mais Mme Kalinke ne sortit pas. Elles entendirent un toussotement étouffé, tout proche, comme si quelqu'un était juste derrière la porte. Gisela lança un regard interrogateur à sa mère. Anna ne se souvenait pas d'une seule occasion où Mme Kalinke fût restée chez elle alors que quelqu'un s'engageait dans l'escalier. Quelque chose clochait. Elles montèrent au troisième avec un mauvais pressentiment. Anna ouvrit la porte.

— Emma ? Anita ? Il y a quelqu'un ? lança-t-elle en pénétrant dans le couloir obscur.

Une veste d'uniforme était suspendue à la patère. Elle entendit un grincement venir du salon. Gisela se dirigea vers la porte ouverte et, en voyant qui se levait du fauteuil, s'exclama :

— C'est papa !

Anna posa son sac à dos et suivit le couloir à la hâte. Carl était si amaigri et affaibli qu'elle le reconnut à peine. Pourtant ses joues creuses et ses yeux bordés de rouge, profondément enfoncés dans leurs orbites, n'étaient pas le pire, de loin. Son regard trouble et sans éclat, dénué de la moindre joie de les revoir, lui brisa le cœur. C'était la même expression éplorée qu'elle avait vue dans les yeux clairs de sa mère. Le signe d'une souffrance profonde, incurable. Gisela ne le remarqua pas, ou tenta de l'ignorer.

— Regarde, papa, nous avons rapporté plein de nourriture.

Elle ôta son sac de ses épaules, le posa par terre avec un bruit sourd, puis l'ouvrit.

— Tiens, dit-elle en sortant le bocal de lapin en gelée. C'est merveilleux, non ? Anita ne pourra sûrement pas résister. Avec ça, elle va enfin recommencer à manger. Elle est dans notre chambre ?

Sans attendre sa réponse, Gisela bondit sur ses pieds, le bocal toujours à la main, et courut dans la chambre que se partageaient les sœurs. La pièce était vide. Le lit était fait avec soin, l'étui noir contenant l'accordéon brisé dépassait un peu de sous le sommier en métal.

— Anita ? lança-t-elle.

Anna vit la douleur empirer sur le visage de Carl. Soudain, un poids insoutenable lui écrasa les épaules.

— Non ! souffla-t-elle.

Carl garda le silence un moment. Il serrait et desserrait les poings, planté devant le fauteuil. Son corps paraissait même trop faible pour rester debout.

— Si ! dit-il d'une voix à peine audible.

Il se passa une main sur le visage.

— Ils ont repêché son corps hier du bassin du canal de Landwehr.

Anna n'oublierait jamais cet instant. Il lui sembla que quelqu'un venait d'éteindre la lumière de sa vie, la plongeant dans une obscurité éternelle. Elle avait laissé sa fille seule avec son désespoir. Elle ne se le pardonnerait jamais.

Pourquoi Anita serait-elle allée dans l'eau, elle qui n'avait jamais appris à nager ? Il n'y avait qu'une seule explication : pour mettre fin à ses jours. Anna avait longtemps cru que la pauvreté, le règne des nazis, la guerre, la vengeance des vainqueurs, que tout cela était le pire qui leur arriverait. Et voilà que la vie la détrompait. Alors que la guerre était terminée, elle perdait en quelques jours deux des personnes qu'elle aimait le plus au monde. C'en fut trop. Elle tomba à genoux, exactement comme devant le soldat russe pour le supplier d'épargner ses filles. Puis elle se jeta de tout son long sur le tapis élimé et se mit à sangloter sans retenue.

— C'est de ma faute ! balbutia-t-elle. Je n'aurais jamais dû la laisser seule.

Carl était debout près d'elle, désarmé, incapable de la consoler, trop faible pour pleurer. Ce fut Gisela qui se pencha vers sa mère pour tenter de la soutenir au moment le plus noir de sa vie.

— Ce n'est pas de ta faute, maman. Ce n'est la faute de personne ! C'était juste la guerre, murmura-t-elle.

Carl ne survécut que quelques mois à Anita. Son mauvais état de santé le priva de la force nécessaire pour surmonter le terrible sort de sa fille aînée. Il fut enterré près d'elle dans une petite tombe familiale du vieux cimetière Saint-Jakobi de Berlin-Neukölln. Gisela entama une formation de couturière. Elle choisit cette profession parce qu'elle s'était toujours intéressée au travail de sa mère, de ses tantes et d'Ida. L'atelier Liedke Couture du 8, Zwiestädter Straße, avait été pour elle l'endroit le plus douillet qu'elle puisse s'imaginer, même si, certains jours, l'urgence des délais y rendait l'ambiance presque hystérique. Et en matière de tickets de rationnement, les apprenties couturières bénéficiaient des mêmes privilèges que tous les travailleurs manuels et faisaient partie de la catégorie II. Durant l'après-guerre, ils avaient droit à mille deux cents calories de plus par jour que les usagers « normaux », qui en recevaient deux mille quatre cents. La faim joua donc un rôle décisif dans sa décision.

Charlotte

Richard sut avant même la fin de la guerre que Feltin, tout à l'est de l'Allemagne, serait certainement attribué aux Soviétiques. Et bien avant l'entrée en vigueur des lois des occupants communistes, il prit conscience que ceux-ci ne toléreraient pas la propriété foncière privée. Peu importe qu'il ne soit pas un noble ayant hérité de ses terres mais qu'il ait tout bâti de ses propres mains. Richard Feltin fut exproprié sans dédommagement par les forces d'occupation soviétiques. De nombreux grands propriétaires terriens furent envoyés en camps d'internement, ou au moins relocalisés dans d'autres circonscriptions. Ce sort lui fut épargné. On lui attribua un modeste appartement de deux pièces dans l'ancien bâtiment où logeaient les employés. La maison de maître devint le siège de la coopérative agricole. Toutefois Richard refusa de quitter la ferme. Charlotte dut prendre une décision, douloureuse mais inéluctable. Elle allait partir pour l'Ouest sans ses parents. Ernst était porté disparu. Klaus avait terminé sa formation d'électricien et trouvé un poste à Chemnitz. Il resterait chez ses grands-parents. Le régime communiste avait refusé à Felix et Therese, enfants d'un ancien officier de la Wehrmacht et d'une grande propriétaire terrienne, le droit de faire des études universitaires. Felix étudiait à présent la gestion et Therese le droit à l'université libre de Berlin-Ouest. Elle s'était installée chez son père, resté à l'Ouest après son retour d'un camp de prisonniers. Il avait ouvert un cabinet d'avocat, qui était aussi son logement, non loin du Kurfürstendamm. Felix allait bientôt se marier avec Gisela Liedke, une jeune couturière. Charlotte ne se voyait aucun avenir sous le règne des communistes. Elle décida de quitter sa maison et sa ferme pour suivre ses aînés à Berlin-Ouest.

— Lisbeth et moi n'avons eu qu'une fille, et je m'inquiétais de savoir qui allait hériter de Feltin, déclara Richard avec amertume.

Dans les bras l'un de l'autre, père et fille se faisaient leurs adieux sur le perron, au petit matin. La plaquette d'émail blanc de la coopérative avait déjà été apposée près de la lourde porte de chêne. Charlotte sentit sous ses mains les omoplates saillantes de son père. Ses cheveux d'un blanc de neige étaient toujours épais, sa moustache triangulaire taillée un peu moins strictement que ces dernières années. Le col de sa chemise était bien trop large, il avait perdu beaucoup de poids.

— Et maintenant que nous avons assez d'héritiers, nous n'avons plus rien à leur léguer, conclut-il avec la voix faible d'un vieil homme.

C'était tout ce qui restait de son père si énergique, le seigneur de Feltin, qu'elle avait vénéré, dont elle avait toute sa vie redouté les colères, et qu'elle avait aussi éperdument aimé.

— Pensez-y, papa, dit Charlotte. Venez nous rejoindre à l'Ouest. (Puis, à sa mère :) Promets-moi que tu essaieras de le convaincre.

Lisbeth hocha la tête et écrasa quelques larmes. Charlotte embrassa sa joue ridée. Bärbel et

Heiner dirent au revoir à leurs grands-parents et à Mme Leutner puis montèrent dans la vieille berline d'avant-guerre, que le fidèle Leutner conduisait toujours. Ils agitèrent la main, et la voiture s'engagea sur la longue allée pavée.

Quand ils bifurquèrent, Charlotte jeta un dernier regard à la maison blanche aux fenêtres encadrées de grès rouge. Lisbeth et Mme Leutner se tenaient encore sur le perron, Richard était déjà rentré. Sa maison adorée, dont les murs épais l'avaient si longtemps abritée et protégée, où elle avait fêté son mariage, mis ses enfants au monde, connu bonheurs et malheurs, se dressait toujours, paisible et intacte, après toutes ces années fatales. Puis elle disparut de sa vue.

Avant qu'ils atteignent la colline de Rabenstein, elle demanda à Leutner de s'arrêter un instant. Elle posa une dernière fois les yeux sur les terres pour lesquelles elle aurait donné sa vie, si cela avait pu les sauver. La forêt et les prés étaient baignés d'une rosée argentée. Au fond de la vallée, une fine brume montait du ruisseau. Sur la colline d'en face, les premiers rayons de soleil passèrent entre les arbres, jetant de longues ombres bleutées sur les prairies et les champs du Breitenlehn. Dans le jour naissant, trois chevaux, un roux et deux bruns, s'avancèrent au petit trot sur le pré. Rejetant la tête en arrière, ils se mirent au galop et filèrent dans la vallée blanche avant de disparaître comme un rêve dans la brume.

Feltin était perdu mais la beauté de ce coin de terre survivrait aussi à la domination soviétique, se dit Charlotte.

Leurs coffres et valises ne renfermaient pas grand-chose. Elle savait que leurs bagages seraient fouillés à la frontière, qu'on y chercherait argent et objets de valeur et qu'on ne leur laisserait rien. Ils avaient dû joindre à leur demande de sortie du territoire une liste détaillée de toutes leurs possessions. Ils arriveraient à Berlin les mains presque vides.

Anna

L'appartement du 8, Zwiestädter Straße était bien trop exigu pour tout le monde, ils allaient devoir se serrer. Ce ne serait qu'une solution de secours, jusqu'à ce que Charlotte trouve un logement à l'Ouest pour sa petite famille. Gisela ôta toutes ses affaires personnelles de sa chambre et les apporta dans celle de sa mère.

— Alors, elle est comment... ta belle-mère ? s'enquit Anna tandis qu'elles faisaient les lits.

Gisela se redressa, pensive, une main sur la hanche.

— Je ne sais pas. Très différente de toi, en tout cas !

— Différente comment ? insista Anna en tapotant un oreiller.

— D'abord, elle ne te ressemble pas du tout. En fait, vous êtes totalement opposées. Tu es brune, elle est blonde, ou l'était ; ses cheveux sont maintenant plutôt gris, ou même blancs. En général, elle les relève ou les attache en chignon. Elle est ronde, tu es mince. Tu portes des jupes et des chemisiers, elle porte presque toujours des robes, mais démodées... (Gisela chercha la bonne expression pour rendre justice à la mère de son fiancé.)... disons d'un style élégant-conservateur, pas chic comme mes modèles... ou comme les tiens, à l'époque, ajouta-t-elle à la hâte.

Anna observa sa fille, son étroite jupe-crayon vert sombre, ses longues jambes dans des collants de Nylon, sa taille très fine, son ventre plat et ses hanches minces. Presque trop minces, se dit-elle. Quant à son chemisier crème au doux col châle, elle avait terminé de le coudre la veille. Anna était forcée d'admettre que sa fille avait hérité aussi bien de son adresse que de sa créativité, qu'elle les surpassait même peut-être.

— Mais il y a quand même une chose : les yeux ! Vous avez toutes les deux les yeux bleu clair... comme moi.

— Et quel genre de caractère a-t-elle ? s'enquit Anna en saisissant un nouveau drap.

Gisela s'assit devant la petite coiffeuse et prit un peigne.

— Eh bien, plutôt autoritaire. On voit qu'elle a passé une bonne partie de sa vie à diriger ; c'est la fille d'un grand propriétaire terrien, un domaine qu'elle a même dirigé. Elle aime attribuer les tâches et n'écoute pas trop l'avis des autres...

— Houla, on va bien s'amuser, commenta Anna en levant les yeux au ciel.

— Mais pas d'inquiétude, elle sait aussi travailler dur, précisa Gisela. Après tout, elle a élevé ses cinq enfants et dirigé l'immense ferme pratiquement toute seule.

Elle crêpa quelques mèches brunes à l'arrière de sa tête puis remit en forme sa coupe au carré autour de son menton.

— Viens, donne-moi encore un coup de main, reprit Anna.

Elle étendit le drap blanc sur le lit. Aussitôt, Gisela se leva, tira sur l'autre extrémité du drap et la coinça fermement sous le matelas.

— Ne va-t-elle pas trouver notre appartement et notre aménagement bien modestes ? demanda Anna.

Gisela secoua la tête :

— Les communistes leur ont tout pris. Ça fait deux ans qu'ils habitent entassés dans un tout petit logement de l'ancienne maison des domestiques.

— Quel destin tragique, quand on a tant possédé. Ça doit être encore pire que quand on a toujours été pauvre.

— Le mieux est que tu t'en fasses une idée par toi-même. Ils ne vont plus tarder, Felix est parti les chercher à la gare.

Elle sautilla sur place en claquant des doigts.

— Maman, je suis tout excitée. Je pourrais faire un autre essayage pour voir s'il ne faut pas resserrer encore la taille ?

Anna secoua la tête en souriant.

— Mais nous l'avons déjà fait cent fois ! Tu devrais demander son avis à Ida. Moi, je trouve ta robe de mariée parfaite telle qu'elle est.

Gisela pinça brièvement les lèvres puis fit volte-face et se rua hors de la chambre.

— Tu es nerveuse, voilà tout ! C'est tout à fait normal, juste avant de se marier, lui dit Ida, debout derrière elle. Et mange quelque chose, au nom du Ciel, sinon tu vas tomber dans les pommes à l'église.

Gisela tournoya devant le miroir, saisit à deux doigts le tulle blanc qui recouvrait le satin bleu pâle, et le resserra à la taille.

— C'est encore bien trop ample ici !

Ida chaussa des lunettes sévères à monture noire. On la taquinait encore en lui disant qu'elle avait un visage de petite souris qui, ainsi encadré, prenait un air particulièrement touchant. Elle saisit le mètre en ruban qu'elle portait autour du cou et en entoura la taille de Gisela.

— Cinquante-neuf centimètres, pile.

Elle mit le doigt sur le chiffre 59 et le montra à la jeune femme.

— Ce n'est pas une chose à faire à sa couturière, ça, de ne plus rien manger jusqu'au grand jour et de ne pas arrêter de maigrir, protesta-t-elle par plaisanterie.

Soudain, la sonnette de l'entrée retentit. Gisela poussa un petit cri et se plaqua une main sur la bouche.

— Oh mon Dieu, ils sont déjà là ! Vite, aide-moi à enlever la robe, il n'a pas encore le droit de la voir.

Ida ouvrit la fermeture Éclair avec précaution.

— Plus vite !

Gisela s'éventait des deux mains.

— Arrête de gigoter, je ne vais pas y arriver comme ça !

Enfin, la glissière descendit et Ida aida Gisela à tirer la robe par-dessus sa tête. Puis elle l'emporta vite dans la chambre où elle la recouvrit d'un linge.

— C'est moi ! lança une voix de femme depuis la porte.

Ella fit son entrée au salon. Gisela et Ida se regardèrent.

— Ella ! On n'aurait pas dû aller cacher la robe. Au contraire ! Tu m'as offert le tissu, et maintenant, tu ne l'as même pas vue terminée.

Ella apportait un carton à chapeau blanc. Elle ôta ses gants, un doigt après l'autre, et les posa sur la table déjà mise pour le repas de noce.

— Ça ne fait rien ! Je la verrai demain à l'église. Mais le plus important manque encore…

Elle était un peu trop maquillée, et avec sa robe d'un vert pimpant à jupe assiette et son rouge à lèvres rose pétant, elle paraissait un peu trop apprêtée pour une simple visite de l'après-midi chez une amie. Ella ouvrit le carton à chapeau et en sortit un diadème orné d'innombrables petites roses de tissu. Un voile y était fixé.

Gisela le prit et passa prudemment la main sur les fleurettes artistement arrangées.

— C'est magnifique ! s'exclama-t-elle. Le tulle est brodé des mêmes roses que ma robe !

— Mais oui, qu'est-ce que tu crois ? répliqua Ella en riant. Pas question de faire les choses à moitié !

Satisfaite, elle posa une main sous son menton et ajouta :

— Vas-y, essaie-le !

Anna sortit de la cuisine et suspendit son tablier au dossier d'une chaise. Emma et elle s'affairaient depuis des jours à préparer le repas.

— Oh, la cerise sur le gâteau ! s'écria-t-elle en voyant Gisela avec le voile, puis, à Ella : Comment pourrons-nous te remercier... Ces tissus merveilleux, et maintenant le voile...

Ella agita la main en un geste de dénégation, mais elle savourait visiblement ces louanges.

— N'en parlons plus. Au fait, tu es au courant ? demanda-t-elle en prenant une chaise.

Elle croisa les jambes, prit une cigarette dans son sac à main de cuir verni et l'alluma avec un briquet doré très raffiné. Anna sourit. Son amie avait toujours su se procurer les petits articles de luxe sans lesquels elle ne pouvait pas vivre. Elle souffla la fumée, et Gisela s'empressa de lui apporter un cendrier.

— Le KaDeWe rouvre un étage de plus, annonça Ella d'un ton triomphant en les regardant, dans l'expectative.

— C'est merveilleux ! s'exclama Gisela.

Ida dit doucement :

— Quelle bonne nouvelle.

Anna examina ses mains, où collaient encore quelques restes de pâte.

— C'est vrai ? fit-elle, presque indifférente.

— Oui ! Georg Karg l'a annoncé hier à la presse. Ça prendra quelques mois, parce que tout est toujours en ruine pour le moment. Mais il a déjà confié les travaux à un architecte de Francfort, et le nouvel étage devrait être prêt au mois de mai.

Ella tira sur sa cigarette, fit tomber la cendre et attendit qu'Anna affiche enfin l'enthousiasme espéré. Son amie continuait à se tripoter les doigts.

— Ça ne t'intéresse donc pas ? insista Ella. Anna, le KaDeWe... Notre KaDeWe va bientôt retrouver toute sa splendeur passée !

Anna se mordit les lèvres puis regarda Ella dans les yeux.

— C'est une bonne nouvelle pour les Berlinois.

— Pour les Berlinois ?

— Tu sais, Ella, j'ai bien d'autres soucis pour le moment... Ma fille se marie demain, il faut que je loge la famille de mon gendre, que je m'occupe de tout, tu comprends...

Ella, incrédule, secoua sa tête aux cheveux brillants, fraîchement teints en brun.

— Ne comprends-tu donc pas ? Karg va embaucher une centaine de vendeuses et de vendeurs de plus, et il tient à donner la priorité aux anciens employés ! C'est notre chance ! Tout pourrait redevenir comme avant !

Gisela écarquilla les yeux et intervint :

— Ce serait formidable ! Peut-être que maman pourrait à nouveau créer des modèles pour le rayon de confection pour femmes, et moi aussi.

Anna, sans rien dire, reprit son tablier et l'enfila par-dessus sa tête. Tout en nouant la ceinture dans son dos, elle se dirigea vers la porte. Puis elle s'arrêta et se retourna.

— C'est peut-être ta chance, Ella, bien qu'il me semble que tu aies déjà un très bon poste chez Gerson. Tu seras toujours ma meilleure amie, et je serais très heureuse pour toi si tu pouvais redevenir directrice de rayon. Mais as-tu oublié comment tout s'est terminé ? Regarde-nous, au lieu de te faire des idées : notre époque dans la mode est révolue. Place aux jeunes, à la nouveauté. (Elle tendit la main vers Gisela.) C'est l'heure de la génération suivante… et c'est très bien comme ça.

Gisela secoua la tête. Elle n'avait encore jamais entendu sa mère parler ainsi, et se sentait mal à l'aise d'être prise en exemple. Ida aussi dévisagea Anna à travers ses lunettes. Dans son regard, la réprobation face à ces paroles si dures était nuancée d'une pointe d'admiration. Elles gardèrent toutes le silence un moment, et le vacarme du ramassage des ordures, dans la rue, monta par la fenêtre ouverte.

Ella parut assommée. L'épaule basse, assise près de la table dressée pour le banquet, elle avait l'air presque pitoyable dans son attirail aux couleurs criardes. Dans son euphorie, elle avait réellement cru que son succès pourrait se répéter. Jamais elle n'avait pensé être trop vieille. Anna en regretta presque ses paroles, qui semblaient bouleverser Ella bien plus qu'elle n'en avait eu l'intention.

— Ella… Je suis désolée. Je ne voulais pas te faire de peine. On en reparlera au calme, d'accord ?

Ella secoua doucement la tête et répondit après un instant :

— Tu as sûrement raison.

C'est alors que la sonnette retentit, les faisant toutes sursauter. Gisela prit une profonde inspiration et dit :

— C'est parti, maman. Tu es prête ?

Anna lui sourit.

— Si tu es prête, je le suis aussi.

Charlotte

En arrivant à Berlin-Ouest, Charlotte était curieuse de voir pour la première fois l'ancienne capitale, mais pas seulement. On l'avait déjà prévenue qu'il y restait encore énormément de ruines, comme à Chemnitz et Leipzig. Elle attendait surtout avec impatience de voir les gens qui jouaient et joueraient un rôle dans sa vie. La fiancée de Felix était déjà venue plusieurs fois à Feltin. Charlotte n'était pas mécontente du choix de son fils. Gisela était une jeune femme jolie, pleine de vie et manifestement intelligente. Et surtout, elle avait du cœur. Elle n'aurait peut-être pas fait une propriétaire terrienne idéale, mais depuis l'expropriation, cela n'avait plus aucune importance. Et avec elle, Felix paraissait fier et heureux.

Charlotte allait aussi revoir Leo et s'étonnait elle-même d'attendre leurs retrouvailles avec une telle impatience, après tant d'années. Quelqu'un d'autre, enfin, avait écrit pour annoncer sa venue à Berlin : Edith rentrait d'Amérique pour assister aux noces de son filleul.

Elle vit Leo l'après-midi même dans un café presque désert du Tiergarten. Les fenêtres étaient sales, la table pleine de miettes. Elle faillit ne pas le reconnaître : ses cheveux ondulés jadis si épais étaient encore sombres, mais son front dégarni et ses lunettes à monture d'argent lui donnaient une tout autre apparence. Son costume gris était mal coupé. Ils commandèrent du café et de la tarte meringuée à la rhubarbe. Charlotte demanda des nouvelles de Therese et de ses études. Leo lui assura qu'elle se montrait intelligente et zélée et qu'elle ferait certainement un jour une bonne juge civile, puisque c'était la carrière qu'elle avait choisie. Charlotte parla du mariage imminent de Felix et s'enquit prudemment : Therese avait-elle enfin un galant ? Elle n'avait jamais cessé de se faire des reproches à cause de l'otite mal soignée et du visage de travers de sa fille. Therese n'était toujours pas entourée d'une cour de prétendants ? Leo secoua la tête en silence. La conversation se fit poussive. Il faisait glisser sa part de gâteau dans son assiette du bout de sa fourchette, et le grincement sur la porcelaine était presque insupportable.

Charlotte le dévisagea et essaya de capter son regard, mais les yeux de Leo allaient et venaient, insaisissables. Il ne restait rien de la flamme de jadis. Qu'avait-elle bien pu lui trouver ? Par la fenêtre, il observa deux enfants qui lançaient un bâton à un teckel. Le chien s'arrêta si abruptement qu'il roula cul par-dessus tête, et Leo éclata de rire. Soudain il était là, ce merveilleux rire grave, inimitable et irrésistible. Charlotte en eut la chair de poule. Leurs yeux se croisèrent, et l'espace d'un battement de cœur, elle crut reconnaître la chaleur passée.

Quand la serveuse s'approcha, il regarda de nouveau son assiette et écrasa de sa fourchette les dernières miettes. Ils prirent congé, se promettant de rester en contact, et il l'assura qu'il l'informerait régulièrement des progrès de Therese. Charlotte ne lui parla pas de la visite berlinoise d'Edith.

À quoi bon ? Il n'avait plus jamais demandé de ses nouvelles.

Quand elle traversa le parc pour regagner l'arrêt de bus, les souvenirs l'envahirent. Il lui avait tant manqué, elle avait tant souhaité le revoir, retrouver leurs étreintes passionnées de son étude de Leipzig, voyant en lui son bonheur inaccessible. Elle songea que tout le monde devait porter en soi une nostalgie de ce genre. Et soudain, Charlotte se sentit capable d'accepter la vie telle qu'elle était.

Anna et Charlotte

Les noces furent modestes, les deux familles n'ayant guère de moyens. Seule la robe irradiait d'une splendeur extraordinaire quand Wilhelm conduisit sa nièce jusqu'à l'autel. Le tissu reflétait la joie de vivre, l'enthousiasme et l'espoir du jeune couple. Charlotte ne retrouva Edith qu'à l'église. Sa cousine était assise au troisième rang, le teint plus transparent que jadis, son visage à la beauté classique marqué de contours plus durs qui la rendaient toutefois presque encore plus belle. Même à plus de cinquante ans, Edith attirait tous les regards. Avec ses cheveux poivre et sel coupés court, ses grosses boucles d'oreilles avant-gardistes et sa robe près du corps à l'étonnant motif graphique, elle avait l'aura d'une New-Yorkaise typique telle que, dans l'Allemagne d'après-guerre, on n'en voyait que dans les magazines. Près d'elle, une petite femme fluette aux cheveux lâchement relevés, dont le maintien très droit évoquait celui d'une danseuse. Charlotte se dirigea vers sa cousine dès la fin de la cérémonie. Les retrouvailles furent chaleureuses, l'émotion les laissant un moment sans voix. Sa compagne ne parlait qu'anglais, Edith la présenta comme une bonne amie et collègue de travail. Elle avait fondé une école de musique et de danse à New York, et semblait satisfaite.

— L'Allemagne ne te manque pas ? demanda Charlotte à voix basse, plus tard.

Elles étaient dans le salon d'Anna, attablées devant un *Sauerbraten*, le fameux rôti à la sauce aigre-douce, accompagné de quenelles. Edith n'eut pas besoin de réfléchir pour répondre :

— Ce rôti, à la rigueur. Mais je trouvais tout trop étroit d'esprit et petit-bourgeois.

— Et Salomon et Cäcilie ?

Edith baissa les yeux.

— Le pays leur manque. Mais ils n'arrivent pas à pardonner.

— Tu veux m'accompagner pour une petite promenade ? demanda Anna à Charlotte le lendemain du mariage.

Charlotte leva la tête et la regarda, étonnée, avant d'accepter. Tous avaient beaucoup trop mangé la veille. Après les années de privation, chacun avalait tout ce qu'il pouvait dès qu'il y avait de la nourriture. Un peu de mouvement lui ferait du bien.

— Où allons-nous ? fit Charlotte.

— Au cimetière, répondit Anna.

Elle prit un bouquet de roses blanches dans un vase, sur la table.

Le ciel était bas et couvert, et quand elles bifurquèrent sur la Nollendorfplatz, la bruine se mit à tomber.

— Quelle triste journée. Enfin, il vaut mieux qu'il pleuve aujourd'hui, dit Anna en ouvrant son parapluie.

Charlotte la rejoignit en dessous et passa un bras sous le sien.

— Oui, le principal, c'est que le soleil ait brillé hier pour les amoureux... C'était un si beau mariage ! Merci encore pour cette jolie fête !

Anna sourit.

— Oui, tout s'est déroulé comme nous l'avions espéré.

— C'était vraiment beau ! répéta Charlotte.

Quand elles arrivèrent au cimetière, la pluie s'arrêta. Anna poussa le portail de fer forgé et salua une vieille dame qui venait dans leur direction. Elle s'arrêta un instant et tendit le doigt. Au bout du chemin se dessinait un arc-en-ciel aux couleurs éclatantes.

— On n'en voit pas des comme ça tous les jours, constata Charlotte.

Elles avancèrent un moment entre les châtaigniers en fleurs puis arrivèrent devant la tombe de Carl et Anita. Anna ramassa le vase aux fleurs fanées posé devant la pierre tombale. Elle remit de l'eau fraîche au robinet puis le replaça sur la tombe avec les roses blanches.

— Ça aurait pu être son bouquet de mariée, à elle aussi... Non que je ne sois pas heureuse pour Gisela, ajouta-t-elle. Bien au contraire. Je lui souhaite tout le bonheur du monde, et je crois que Felix et elle s'aiment vraiment.

Charlotte jeta un coup d'œil pensif à Anna.

— Ça doit être terrible, pour toi. Ne pas voir ta propre fille devenir adulte...

— C'est la pire chose que la vie puisse infliger, je crois.

Charlotte lui saisit la main.

— J'ai eu de la chance. Mes cinq enfants ont survécu à la guerre. Pourtant, j'ai longtemps eu du mal à accepter mon sort. Mais avant-hier, j'ai compris à quel point j'étais ingrate.

— Avant-hier ? demanda Anna en la dévisageant.

Charlotte se détourna pour aller s'asseoir sur un banc de pierre.

— Anna, nous nous connaissons à peine. Je ne sais pas pourquoi je te raconte ça...

Leurs yeux bleus, leur seul point commun apparent, se croisèrent un instant. Anna hocha la tête et Charlotte reprit :

— Dès mon arrivée à Berlin, j'ai revu quelqu'un dont j'avais cru qu'il était le vrai bonheur de ma vie, mon bonheur inaccessible.

Elle secoua la tête comme si elle avait encore du mal à y croire. Anna s'assit près d'elle et joignit les mains.

— Tu n'imagines pas à quel point je te comprends. Dans ma vie aussi, il y a quelqu'un comme ça.

Charlotte redressa la tête, avec dans les yeux une question qu'elle ne posa pas.

— Parfois, j'ai eu l'impression d'avoir gaspillé au moins une poignée de vie, ajouta Anna.

Le soleil traçait des taches claires et mates sur le gravier, à leurs pieds, et une bourrasque agita les branches des châtaigniers au-dessus d'elles. Des milliers de pétales rose pâle virevoltèrent et recouvrirent les tombes comme un tapis.

Charlotte se pencha, en ramassa quelques-uns, puis elle ouvrit les mains et regarda les pétales s'envoler de nouveau en tournoyant.

— Nous n'avons rien gaspillé du tout, dit-elle. Nous avons tellement plus que deux poignées de vie.

13813

Composition
NORD COMPO

Achevé d'imprimer à Barcelone
par CPI Black Print
le 10 avril 2023

Dépôt légal avril 2023
EAN 9782290384237
OTP L21EPLN003414- 552375

ÉDITIONS J'AI LU
82, rue Saint-Lazare, 75009 Paris

Diffusion France et étranger : Flammarion